LA VIE DÉRAILLE À L'HEURE

DU MÊME AUTEUR

Casque sur un homme sans tête.
L'homme selon Satan.
Les errances d'un jour d'été.
Stanno tutti bene.

STEFAN VERELLEN

LA VIE DÉRAILLE À L'HEURE

Roman

Éditions du Petit Véhicule

Collection « Les Confins »

20, rue du Coudray - 44000 Nantes
http://www.petit-vehicule.asso.fr

ISBN 978-2-84273-622-4

Le miroir octogonal s'érigeait dans le désert le plus misérable du monde. Il faisait trois mètres de diamètre et reposait à demi incurvé sur le socle d'un faux diamant assez ressemblant au Carbonado. Bon Dieu ! Qu'il était imposant, ce miroir miraculeux, l'opus 451 de mon vénéré maître feu Pettorossi, savant émérite et protecteur de l'humanité ! Son génie rachetait une part importante de la bêtise humaine car Pettorossi aimait le bipède humain d'un amour extrême dans l'exacte mesure où il le considérait comme le prototype de la sottise.

L'homme n'est pas le chef-d'œuvre de Dieu, aimait-il à répéter les soirs de morosité en massant sa longue barbe grise qui lui descendait à la ceinture. À quoi je répliquais, déjà imbu de ma personne, l'homme est le chef-d'œuvre du diable. Ce disant, je me caressais les quelques poils blonds, presque roux, que je possédais au menton car mon ambition la plus secrète, cette année-là, l'année de mes vingt-deux ans, consistait à me faire pousser un petit bouc en forme de poire. Il est vrai que je n'en étais encore qu'à mon opus 8 et que seul mon maître Pettorossi voulait bien accorder une confiance absolue à mes capacités d'inventeur.

Le chef-d'œuvre de mon maître, appelé pompeusement le miroir de l'Éternelle Vérité, était situé dans le désert tout à fait stérile du Luxor, assez proche de la petite ville charmante de Red and Black Dog, là même où quelque dix années plus tard, la municipalité devait lui élever un monument entouré de merveilleux catalpas. L'Éternelle Vérité n'avait d'autre ambition que d'infliger aux hommes le spectacle de la panoplie complète de leurs travers. Miroir cruel mais envoûtant où chacun, fût-il le moins masochiste au monde, se devait de venir contempler son reflet.

Jour et nuit, les touristes débarquaient de cars bariolés dans le souci de se planter devant le miroir et de se récrier d'effroi au spectacle de leur propre ineptie. Certains, et ils étaient les plus nombreux, se convertissaient enfin aux devoirs de la modestie.

D'autres entraient en méditation philosophique, d'autres se contentaient de ricaner. Rares étaient ceux qui se suicidaient sur-le-champ et en héros, maîtres de leur mort. Le miroir était infernal car la vérité de la condition humaine y apparaissait sans fard et presque toujours insoutenable pour celui qui conservait quelque illusion sur sa valeur morale ou intellectuelle. Dans ses rares moments de lucidité, l'individu, même pétri de quelques qualités, n'est jamais aussi absurde que vu par ses propres yeux.

Il est vrai qu'en se mirant au miroir de l'Éternelle Vérité, non seulement on se voyait dans sa cruelle nudité psychologique mais aussi avec vingt ou trente ans de plus sur la face. Même devant le plus jeune des visages, le miroir, astucieusement soudé à une membrane contractile et survoltée par une onde d'atropine, pouvait préjuger de l'état du faciès dans l'extrême vieillesse. Bien sûr, cette vision soudaine engendrait l'horreur. Pour oublier ou se consoler, beaucoup s'employaient à dissoudre dans un verre à dents quelques sucres de Bohême dans un triple whisky. Ce spectacle de désolation était assez risible et très vite Red and Black Dog se vit convertir en une singulière nécropole ornée des plus formidables monuments funéraires. À l'insu de Maître Pettorossi, j'osai souscrire à quelques actions de la Générale Funérailles. Au fil des années, les dividendes de plus en plus généreux me permirent de survivre quelque temps lors de mon triste retour en Europe. Oui, l'opus 451 était décidément le chef-d'œuvre de mon bien-aimé maître Pettorossi, lequel m'avait pris en profonde affection, plus sans doute en raison de la misère qui embellissait ma vie que pour mon simple génie.

Nous restâmes trois ans aux USA… Puis, un soir d'hiver, à l'heure où les employés municipaux viennent encapuchonner les délicats palmiers-crapauds, j'entendis Pettorossi m'avouer qu'il ressentait une certaine nostalgie de la vieille Europe et plus particulièrement de son Italie natale. Je compris que notre départ était imminent et nous embarquâmes bientôt six malles numérotées sur le cargo Capitaine Dulieux.

Soucieux de voir revenir un jour l'illustre bienfaiteur de leur cité, les habitants de Red and Black Dog organisèrent deux jours de suprême festivité sur les quais de Monkey-City, le port le plus proche, où était amarré le Capitaine Dulieux. Toujours à l'insu de Pettorossi, j'en profitai pour essayer de séduire quelques créatures choisies parmi les moins gracieuses de la ville : de ces filles plates, sans fossettes, tout en clavicules, et dont la silhouette évoque l'ombre de la chauve-souris sur les murs dorés de soleil. Mes ambitions étaient bien modestes. Il est vrai que mon absence de bouc au menton, en voie de constitution cependant, me paraissait un trop lourd handicap pour oser m'attaquer aux filles les plus séduisantes que nous vîmes se déployer en farandole le long des quais ou sous les tilleuls odorants du parc de la douane. L'idée de partir me rendait triste. La vie me semblait si douce alors… Oh ! Oui, c'est tout à fait merveilleux, un jour de fête, de voir des jeunes filles qui se tiennent par la taille et qui vont sous le soleil, vers la mer, avec des rires roses et des cris inachevés… Celles-là, tendres adolescentes, tellement radieuses du bonheur de vivre, si j'étais né comme les autres, j'aurais pu les séduire. Car mon visage était intéressant et mon esprit assez original en dépit de certaines médiocrités qu'inflige un excès de malheurs.

Au fur et à mesure que nous approchions du vieux continent, une angoisse m'assaillait. Je pensais à mon épouse dont j'avais égaré jusqu'au souvenir, persuadé de ne plus jamais la revoir. Elle est étonnante et combien réconfortante cette facilité avec laquelle l'homme peut faire table rase des longs et douloureux épisodes du passé.

– Qu'aviez-vous besoin de vous marier ! me reprocha mon maître, tandis que nous faisions les cent pas sur le pont du bateau.

– Une faiblesse… un moment d'égarement, soupirai-je.

– Oui, mon petit Baltazar, vous avez un faible pour les filles bancroches, celles aux multiples bouffissures, sujettes aux acarus et aux effrayants borborygmes, montées sur brancards de viande à coulisse, oui, je dis bien, à coulisse… et bas du cul et hautes en lippe et porteuses de seins en trompe-l'œil. Vous en avez de drôles, Baltazar ! Quel goût vous avez ! Pour un inventeur de votre trempe, c'est surprenant. Quoique… quoique… je sais que le génie engendre souvent d'invraisemblables faiblesses.

– Terrible faiblesse, c'est vrai, Maître. Mais ne m'accablez pas. Je fus subjugué par le gabarit et la volonté de cette créature. Si vous l'aviez vue alors… superbe femme de force. Le verbe haut, la phrase qui tue, le regard de l'aigle au premier éclair de l'orage. Aujourd'hui, l'idée de la revoir me rend triste à mourir. Je ressens des faiblesses au niveau du cou et des membres inférieurs. Connaissez-vous ces symptômes ?

– Pas du tout…

– Pourquoi me suis-je marié ? Quelle erreur !

– Dieu nous préserve du matriarcat, du bruit et du remords, s'exclama Pettorossi. Triple calamité ! Rompez, mon cher Baltazar, rompez et cela dès votre retour sur le sol français ! Divorcez ! Soyez ferme et n'éparpillez plus votre esprit à des futilités. Pensez à votre prochain opus et n'ayez que cela en tête.

– Hortense n'acceptera jamais le divorce ! Elle est chrétienne, très digne, très droite… dans la tradition des nobles familles d'autrefois.

– Forcez-la ! gronda Pettorossi en humant l'air du large.

– Ce genre de femme ne se laisse pas faire violence.

– Expectorez, que diable, expectorez… ! Cette créature traîne le malheur à ses basques.

– Plutôt que de divorcer, elle me tuera, au nom de la morale chrétienne.

– N'ayez crainte, mon ami, au moindre danger je serai là. Et puis, un homme comme vous doit faire plier toutes les mégères du monde. Vous avez l'âme d'un macho, Baltazar, ça se devine ces choses-là. Oui, ne riez pas… Flanquez-lui une volée verbale, des mots sanglants, des harangues portées au chaud à la pointe de la baïonnette. Faites pogrom de tout sentiment, de toute délicatesse. Lardez-la de cure-dents par exemple ! Menacez-la d'excision et faites-lui boire son flux alvin…

Il grondait, mon Maître. Une vaste fureur l'envahissait à l'idée que je puisse souffrir encore des manigances de mon épouse. Cependant, la mer était étrangement calme et de la voir si apaisée, cela me rendit soudain euphorique. Une vague d'enthousiasme me submergea. À cette époque, j'avais le délire facile et je passais des larmes au rire avec une facilité déconcertante.

– Oui, Maître, vous avez raison, dis-je en frottant mon dos et mes flancs contre la paroi d'un canot de sauvetage. Hortense devra bien se tenir car ma patience est à bout. Je crois que je vais me fâcher là-bas à Paris. Peut-être irai-je jusqu'au carnage. Ce serait amusant de la larder de cure-dents… à mourir de rire. En tout cas, je vais immoler Hortense sur le gigantesque bûcher de mon opus 10.

Mon bon Maître me serra contre lui. Je sentis que toute son amitié était pour moi.

– Je veux que vous soyez heureux, mon petit Baltazar. Il faut écraser à jamais votre malheur pour la simple raison que le bonheur fait fleurir une surprenante tendresse dans vos yeux.

Cher, merveilleux, formidable, terrible Pettorossi, se peut-il que vous m'ayez aimé avec autant de force que votre disciple vous aima ? Le soleil orange se couchait dans l'océan. Les mouettes rebroussaient chemin, comme à regret…

Encore au bonheur d'avoir achevé si glorieusement l'opus 9, l'idée d'une œuvre suivante commençait à germer dans le subtil terreau de mon esprit.

Nous arrivâmes au Havre un dimanche d'automne sous un soleil moribond. Prévenue par je ne sais qui, mon épouse Hortense Zulte m'attendait sur le quai. Une épouvantable angoisse me terrassa et je grattai jusqu'au sang le sommet de mon crâne grâce à la complicité d'un montant de porte.

Dissimulé derrière les caisses d'agrumes, je la regardai un long moment. Il me parut qu'elle avait encore grossi, la tendre épouse, et Pettorossi avait raison d'affirmer qu'elle était montée sur des brancards à coulisse. Pourtant, Hortense, légèrement bigle et fortement ventrue avec deux seins qui lui écrasaient le nombril, possédait un aspect assez séduisant. Je crois qu'elle était belle, tout simplement, en dépit de son masque de tribun taillé à la hache. Caprice subtil de la nature, à son menton croissaient quelques herbes noires plus fournies que les miennes, hélas, et propres à dissimuler une verrue qu'elle avait maintes fois, au prix d'une douleur intense, essayé d'éliminer à la râpe. Ces particularités odieuses excitent les hommes de beau calibre, m'avait un jour confié Pettorossi, sans rire. À celui-ci, sous le sceau du secret, j'avais confié qu'Hortense se lavait deux fois par mois et qu'elle puait joliment. On ne savait de quoi au juste. L'odeur était infernale, presque insoutenable, même s'il m'arrivait d'apprécier, dans le délire de la passion, ces effluves de sombre femelle accroupie dans le caniveau et qui se soulage en regardant passer les nuages. Il est vrai que tout est poétique dans la vie, hormis la souffrance et peut-être la mort. Pour oublier ou pour mieux voir, il suffit parfois de mettre son esprit en branle ainsi qu'un cerf-volant dans la pire des bourrasques.

Certes, c'est Hortense Zulte que j'aurais dû traîner devant l'admirable opus 451. Se découvrant soudain débarrassée du stras de l'illusion, peut-être se serait-elle ouverte au couteau de boucherie, du pubis à la naissance du front. « Une femme suicidée mal en chair vaut mieux qu'une femme déconfite bien en chair… », dixit Pettorossi. Tome VIII de ses *Variations de la Géhenne.* Comprenne qui pourra. Non satisfait d'être homme de science, inventeur génial et subtil moraliste, mon maître se piquait également d'écriture lorsque son esprit sollicitait un moment de répit. À dire vrai, je ne comprenais pas toujours le sens de ses aphorismes. Devenez vieux, vous comprendrez… me disait-il alors en guise de consolation. Il est vrai que Pettorossi était passé maître dans la démence des antinomies.

Me souviendrai-je toujours de l'exquise douceur avec laquelle Hortense m'embrassa sur les deux joues ? Son sourire était radieux, sa voix douce, son regard empreint de l'efflorescence du plus suave repentir. Elle se laissa aimablement baiser la main par le galant Pettorossi. Il cachait un peu son mépris. Ces deux-là rivalisaient de prévenances et de propos badins. Mon angoisse s'était évanouie et il me sembla sentir renaître les braises de mon ancien amour pour Hortense. Ce qu'elle me parut charmante dans le badinage, drôle aussi, en se déhanchant, puis en riant aux éclats, la bouche en gouffre noir parce que Pettorossi affirmait d'un ton docte qu'elle était une créature exquise auprès de laquelle il devait être bon de rêver aux joies d'une vie commune ! Dans le train à moitié vide, Hortense nous fit présent d'un sac de figues et d'un joli melon rose. Elle parla beaucoup de la vie parisienne jusqu'à l'instant où Pettorossi, excédé, lui demanda de se taire afin qu'il puisse méditer en silence sur les splendeurs de l'Italie autrement plus enivrantes que les grises et funèbres splendeurs de la capitale. Ceci jeta un froid, lourd de vagues menaces, mais nous permit de dormir.

À Paris, Pettorossi nous quitta. Je réprimai un sanglot et je fus aussitôt happé par la poigne d'Hortense qui me projeta dans un taxi. Je vis mon Maître entouré de quelques mendiants auxquels il distribuait des pièces de monnaie. Il me fit un signe d'amitié, de force, de révolte, d'espoir, puis me montra le ciel où volaient les pigeons. Ultime image de mon bienfaiteur. Je ne devais plus jamais le revoir. Cher grand Maître, que je considérais comme un père, cher philosophe dont le regard vibrait au seul mot de liberté, pourquoi n'avoir pas gagné Potenza dans le Basilicate au lieu de rester à Paris ? En s'acharnant sur les virus neurotropes de la rage et sur un tissu de fibrome animal, il se trouva contaminé et mourut lors d'une crise d'hystérie. Son dernier mot fut un rire en cascade, Tome IX de ses *Variations de la Géhenne.* « Mieux vaut mourir en riant que vivre en tenant en rênes les sanglots. » Étrange prémonition.

Quand j'arrivai dans notre pavillon de Malakoff, Hortense vida mes malles et se montra très prévenante à mon égard. Avait-elle changé à ce point ? Les feux brûlants de mon antique amour renaissaient dans l'enchantement. Ce que j'aimais l'éclat de son regard, ses cheveux noirs, longs et odorants dont les flots formaient un torrent sur son dos de discobole ! Était-elle belle à me dévisager en souriant ! Petite femme chérie, murmurai-je. Peut-être mon imagination, tour à tour capricieuse et mélancolique, l'avait-elle cruellement affligée de crimes inexistants ? Ma mémoire flanchait et dans l'émotion des retrouvailles, je me mis à la presser du buste en respirant avec ivresse son haleine létale.

– Alors, mon cochon ? dit-elle en se dégageant nerveusement. Tu as donc perdu de vue que tu étais l'époux de la belle Hortense Zulte ? Juste un petit oubli… Oui, vas-y, explique-moi, dis-moi tout ce que tu as sur le cœur, mon gros loup. Ne te gêne pas surtout… Il y a trois ans, tu m'as dit : je vais acheter un massepain à l'épicerie ! Et te voilà revenu, mon chou ! Elle a été longue, ta course à l'épicerie… Pauvre chéri ! Raconte-moi ce qui s'est passé. Trois ans, c'est long ! Il t'est arrivé de grands malheurs sans doute…

J'allais expliquer sans ambages, sans grand mensonge, mais elle me frappa la tête avec le cendrier qu'elle dissimulait dans sa main. Puis ce fut avec une ceinture de cuir qu'elle me cingla le corps.

– Salaud ! hurla-t-elle.

Elle éclata en sanglots tout en frappant de plus belle. Elle émettait des sons d'une telle violence que je pus voir tressaillir sa petite verrue qu'en d'autres circonstances, infiniment plus tendres, j'aurais peut-être caressée avec transport. Le visage en sang, je m'affalai sur le tapis, à peine étonné de ce prologue violent qui aurait dû me faire souvenir des furies d'autrefois.

– Aie pitié, suppliai-je.

Un rire d'aliénée fit tressauter sa poitrine aux deux mamelles écroulées. Je vis ses dents, belles et grandes, trop grandes, ses lèvres épaisses dégoulinantes de salive. Sans doute espérait-elle me voir crever sous ses pieds à même le tapis où je m'agitais comme un ver sous le tranchant de la bêche. Pouvait-elle comprendre l'ignominie de frapper un être sans défense ? Certaines femmes d'âge mûr dont les traits du visage d'année en année se façonnent dans la virilité jouissent d'une force peu commune. C'était bien ma chance d'avoir épousé une virago aussi massive alors que dans mes rêves voltigeaient de frêles adolescentes dont les doigts diaphanes, sur les fronts, ne se posent que pour la caresse.

– Hortense... Hortense, arrête... Je vais mourir, j'étouffe !

Mais Hortense Zulte persévérait dans son œuvre de sang. Déchaînée, elle était. Une sueur malsaine, lourde de sanie, lui dégoulinait du visage et du torse, activant ainsi les émanations de ses puanteurs. Je n'étais plus qu'un ruisseau de sang. Crier m'était impossible. De ma vie, je n'avais subi autant de coups. Pourtant que de raclées jadis Hortense m'avait infligées à moi, le suborneur, dixit Pettorossi, lequel se trompait parfois dans ses appréciations psychologiques. Le cher homme me portait en trop haute estime pour ne pas sombrer dans le délire.

– Pourriture, tenez, prenez ça dans votre gueule… me criait-elle. Je vais vous dresser, moi. Au pied ! Mal foutu, impuissant… Voulez-vous la carotte ? Hein, l'inventeur… Crapule dans l'invention, oui… !

C'est dans la fureur et la haine qu'elle me vouvoyait, Hortense. À cet instant, j'allais sombrer dans l'inconscience sous les coups répétés de la furie lorsque mon regard aperçut ses dessous affriolants. D'habitude elle portait un large slip d'homme de couleur jaunâtre. Ce soir-là, ses dessous m'apparurent sublimes ! Il s'agissait d'une délicate lingerie à paillettes roses où s'accrochaient tendrement les pattes fluorescentes des jarretières de dentelle. Finement poilues, ses jambes étaient gainées de la même couleur rose chair. Bon Dieu Jésus, était-elle appétissante Hortense, ma femme, admirée dans cette position, moi écroulé sur le tapis, elle dressée par-dessus moi, la lanière de cuir à la main ! D'où provenaient ces dessous de haut vol dont la suave fragrance parvenait à faire oublier l'odeur fauve de ses cuisses ? Marié aux effluves de la matrone, ce parfum offrait un mélange si capiteux qu'il m'embrouilla l'esprit et me procura soudain une force singulière. Je m'agrippai à ses jambes et la fis vaciller. Elle s'affala sur un guéridon de faux acajou qui se brisa dans un bruit assourdissant.

– Hortense, laisse-moi mordiller tes dessous !

– Vicieux ! Je vais vous faire flamber la panse…

La haine lui déformait les traits. C'est à coups de poing qu'elle réussit à m'assommer avant de me soulever du sol pour me traîner dans l'arrière-cuisine où m'attendaient deux écuelles neuves en plastique remplies l'une d'eau, l'autre d'un affreux magma de nourriture.

– Vous resterez enfermé huit jours. La crapule, je prétends la dresser, vous entendez ? Vous viendrez bientôt manger dans ma main et vous crierez pardon d'avoir oublié que vous avez une femme à la maison.

– Ouvre, Hortense, criai-je en tambourinant du pied sur la porte.

– Crevez !

– Pitié, Hortense ! Il n'y a pas de lumière ici. Comment veux-tu que je puisse travailler à mon œuvre ? J'ai mon opus 10, là, dans la tête, une composition brillante toute pleine de génie.

– Des inventions ? Pauvre con ! Cessez de gueuler ou je vous trique à nouveau.

J'ai gémi longtemps mais d'une façon assourdie afin de ne pas réveiller la fureur d'Hortense. J'ai bu un peu, accroupi comme une bête en aspirant le liquide. L'arrière-cuisine où l'on n'aurait pu placer un lit ne possédait aucune fenêtre. Il y faisait noir comme dans un four et humide comme dans une cave. Dans ce caveau, j'ai passé cinq nuits à dormir sur le carrelage. C'était l'enfer des ténèbres. Un endroit à se pendre en méditant sur les vastes champs de lavande de l'au-delà. Sans jamais me laisser aller au désespoir, je travaillais avec une force invincible. Des projets audacieux qu'il fomentait, mon cerveau, à tout rompre, ne me laissant jamais le moindre repos. Entre une théorie sur l'application des antiforces du titane supporté par quelques lanthanides, tels l'iode ou le fluor et une étude visant à créer un crayon à deux têtes pour traduction simultanée, j'allais laper l'eau du bol et me délecter de la mixture à base d'avoine préparée par Hortense. Faute de lumière, je ne pouvais coucher sur papier les ébullitions de ma pensée. Mais grâce au ciel je jouis d'une mémoire dite à clapets allant de un à deux cent cinquante qui me permet d'emmagasiner une suite formidable de données scientifiques parmi les plus abstraites.

Au cinquième jour de ma réclusion, prise de compassion, Hortense se montra magnanime. Elle ouvrit la porte et m'apparut dans toute sa splendeur de belle parisienne parfaitement mûre. Elle s'était maquillée, la coquine ! Ô femme à point ainsi que la pomme sur la branche, prête à être croquée, belle et désirable, exultant les spasmes du désir, belle, belle, les lèvres peintes et les pommettes baignées du vermillon criard ! Elle portait une petite jupe de cuir noir fendue des deux côtés qui mettait en valeur le galbe de son gros ventre sur lequel s'étalaient ses mamelles. Des souliers dorés à talon aiguille rehaussaient sa taille tout en portant au pinacle un postérieur dont les deux larges fesses à consistance flaccide semblaient continuellement s'éloigner l'une de l'autre. En connaisseur ignare j'appréciais le corps d'Hortense sauf le prodigieux arrière-train dont les proportions ne cessaient de me pétrifier. L'idée d'être broyé par ces deux fesses monstrueuses et la crainte d'être englouti dans les entrailles de cette femme de tête constituaient peut-être les deux raisons pour lesquelles je me trouvais si souvent sans force sous l'avalanche de ses coups et de ses brimades.

Les premiers mots qu'elle m'adressa ne contenaient aucune aménité. De sa bouche et même de son nez en trompette sourdait le venin. Ses narines s'entrouvraient... Elle me reniflait ainsi qu'on renifle une charogne, elle me vomissait, l'incomparable épouse.

– Ce que tu pues, ordure !

Je souriais. Je me grattais les aisselles au dossier d'une chaise, ému, mal à l'aise, triste aussi, avec le souvenir de mon excellent Pettorossi dont chaque parole était un gage d'amitié.

– Il faudra que tu te trouves un boulot, t'entends ! Et rapidement... C'est dans les quarante-huit heures qu'il faudra te mettre au turbin. Hein, ne t'imagine pas que je vais t'entretenir...

– Tu oublies mon handicap, bredouillai-je. N'oublie pas que ma vie est consacrée à la science et que je ne puis distraire une heure à l'avancement de mes recherches.

– Tes recherches ! Crétin ! Ça fait un bail que tu me promets la lune avec tes découvertes de pourri.

– La chance me sourira bientôt...

– Ta gueule, bovin ! hurla-t-elle en me lançant son poing au visage que j'évitai de justesse. Ce sont des sous qu'il me faut. Ta paye ! Au trot, le raté, ou alors tu prends la porte, compris ?

Devant le miroir du salon, je la vis mimer les gestes de l'élégante en se posant un peu de poudre sur ses joues grasses où dégoulinait le Rimmel. Même dans sa forte et puissante laideur, je la trouvais belle, Hortense, ma femme. Je la regardais avec une certaine admiration, d'autant plus qu'elle avait pris soin des herbes de son menton en les rabattant vers les stigmates de la verrue râpée. C'est vrai, il est inutile de nier, c'était un joli carré de poils qu'elle possédait là, presque un bouc en miniature, tel que celui que je rêvais de posséder. Après quelques injures de second choix, elle me quitta pour se rendre en ville. Je me suis demandé s'il s'agissait d'une véritable veste d'astrakan qu'elle posa sur ses épaules. Tout ce luxe m'éblouissait.

Je me retrouvai seul dans le pavillon. Je fus vers la fenêtre dont j'entrouvris les rideaux comme pour me convaincre que l'environnement n'avait rien perdu de sa laideur depuis mon départ vers les Amériques. Durant la première heure, je restai affalé sur le divan devant l'écran noir et muet du téléviseur. Au-dessus de l'appareil, à côté d'un ravissant bouquet de fleurs rouges en plastique, traînait la photo d'Hortense en maillot de bain deux pièces. Un singulier jeu d'ombre et de lumière la rendait beaucoup plus mince qu'elle ne l'était en réalité. Au moins quinze kilos s'étaient évaporés dans les embruns de l'océan. Cette photographie datait des premiers jours de notre mariage, lors de notre voyage de noces sur une plage de Normandie. C'est sur cette plage, me rappelai-je soudain, qu'Hortense m'administra ma première correction. Je ne me souviens plus du prétexte qui motiva cette humiliante punition infligée sous les yeux de plusieurs dizaines de baigneurs assommés de stupéfaction. Hortense, luisante de crème solaire, m'avait agrippé par mes omoplates saillantes de jeune homme – j'avais dix-huit ans à l'époque, elle quarante-deux –, puis déculotté et fessé avec une rare frénésie. Quelle humiliation ! Il existe des moments où l'on ne peut que pleurer toutes les larmes du monde et maudire le destin de vous avoir fabriqué avec un déchet de boue, des os manquants et une chair mal irriguée. Ce n'est pas gai d'être tel un poteau dans un monde où il est nécessaire d'avoir des poings et des griffes pour gagner et se défendre.

Par fierté, je m'étais efforcé de ne pas laisser échapper un seul cri de souffrance, ce qui me permit d'entendre quelques ricanements, quelques rires mais surtout les exclamations révoltées de certains baigneurs qui ne pouvaient admettre qu'on frappe un handicapé.

En contemplant la photo d'Hortense, je me suis demandé s'il existait quelque part une association des hommes battus. Des pensées moroses me vinrent à l'esprit. Mon bel optimisme de ces années passées en compagnie de mon maître Pettorossi semblait se dissoudre à jamais sous le poids intolérable de ma situation présente. Pourquoi étais-je revenu me jeter dans les griffes de cette épouse ? C'est ça, la vie… Ne jamais prévoir ce qui va vous arriver de pire. Le pire est devant nous, horrible bête qui nous attend dans la délectation, disait Pettorossi, mais soyons sourds et aveugles aux lointaines menaces. Il n'y a qu'un printemps, c'est celui d'aujourd'hui. Dansons avant que la vieillesse nous immobilise. Ainsi parlait mon maître.

Hortense Zulte m'attirait comme la mouche est attirée par le miel où elle s'engloutira et périra. Pourtant, je haïssais la violence tout autant que ses étreintes de femelle en rut assoiffée de profanations et de bestialités. C'était, en opposition à ma pitoyable faiblesse, son allure de grognasse forte et volontaire, son parler parisien à l'entonnoir, cette façon qu'elle avait de remettre le monde à sa place, elle qui ne gardait pas sa place dans ce monde d'assassins, oui, c'est aussi cela qui m'avait décidé à la prendre comme femme. Elle m'avait fait peur en me peignant mon avenir de handicapé sous les plus noires couleurs. On te tuera, mon chéri, qu'elle disait, tu verras… Enfant, on te protège, adulte on te fera rendre bile et sang sur le trottoir.

Je me suis lassé de fixer la photographie d'Hortense. J'ai déambulé dans les quatre pièces du pavillon en traînant les pieds et en méditant sur la difficile réalisation de mon opus 10, un œil artificiel vissé à l'arrière du crâne et relié aux deux yeux du visage. Le projet était fantastique et calcinait les crêtes de mon cerveau. Pourtant, ne pas pouvoir regarder derrière soi tout en regardant vers l'avant m'avait toujours paru une calamité. C'est lorsque vous contemplez béatement l'éclosion d'une rose dans la tiédeur du matin que se trament derrière vous les pires manigances. J'ai déjà dit: on est entouré de brutes. L'homme est né pour tuer plutôt que pour créer. L'instinct de mort. À défaut d'humain, on tue autre chose, l'animal par exemple, ce qui ne m'empêche pas de travailler comme un sauvage pour le progrès de la science.

J'ai ouvert l'armoire de notre chambre à coucher afin d'y prendre un nœud papillon et essayer de le suspendre à mon cou. Je désirais être séduisant pour le retour d'Hortense. Cela l'aurait calmée peut-être de me voir en bel homme distingué et disposé à oublier les séquelles du passé. Ce que je découvris m'assomma de stupeur ! L'armoire pétrie des suaves puanteurs de l'épouse contenait une profusion de vêtements du plus admirable effet. Des cachemires, des jupes de cuir fin, des manteaux de vison, des capes de fourrure, des vestes d'astrakan frappées au pointeau d'argent, des zibelines, des pulls ornés de peaux de viscache dont les soies portées à la sève offraient la plus chaude phosphorescence. Une lingerie multicolore des meilleures marques évoquait un jardin printanier où j'osais porter mes lèvres. Tout était d'un luxe inouï. Dans l'autre armoire, une nouvelle que je ne connaissais pas, en bois de rose moucheté au feutre et recouverte d'un merveilleux organdi au vulcain, je découvris cinquante paires de chaussures et une profusion insensée de foulards et d'écharpes, la plupart paraphés par le célébrissime Eustache de Saint John. D'où provenaient ces splendeurs ? À l'époque où je fus à l'épicerie pour faire emplette d'un massepain, Hortense vivait comme une bougresse. J'allais de découverte en découverte… À la salle de bain régnait une baignoire en marbre de Carrare et dans la commode de petit-bois indien incrusté de nacre jaune, une invraisemblable collection de parfums. Dans l'antre obscur de la commode reposaient les flacons les plus rares, ceux qu'il est bon de commander six semaines à l'avance « Larmes du ciel », « Élixir d'un soir d'orage », « Baiser de l'âme », « Soupir de Dieu, mon amant » et même un immense cristal ouvragé de « Quintessence intime », parfum aux fragrances exquises et dont la femme se oint pour se faire posséder six fois de suite par le plus indolent des amants. Je ne pus résister au désir d'ouvrir le divin cristal. Quel enchantement, Ô Dieu ! Quel enivrant souvenir d'une vie d'autrefois ! Et aussi quel trouble en moi, que de désirs pour l'épaule nue d'une tendre inconnue !

D'où tenait-elle ces trésors, ma chère épouse ? Elle vivait comme une reine à présent. Une sourde jalousie commença à poindre. Me savoir trompé aurait assombri encore davantage mes jours d'infortune. Hortense Zulte, ma femme… Je l'aimais, cette femme ignoble dotée de tant de rares qualités. Il me sembla l'aimer de plus en plus fort depuis que l'infâme soupçon s'était insinué dans mon crâne. Je me suis retrouvé tout bête, assis sur le rebord de la baignoire, à me contempler dans le quadruple miroir taillé au biseau, où, par un jeu de perspective, ma face et mon buste se reproduisaient à l'infini. J'avais un air ahuri de me voir répété vingt fois ! Luxuriante Hortense aux beaux seins en cascade ! Petite femme de tête si chérie ! Quelle sorte d'individu pouvait-elle fréquenter ? Peut-être était-ce ses grosses joues blafardes, ses formidables puanteurs, ses suaves remugles de viande faisandée qui attiraient les mâles. Des hommes en équerre et en bretelles, farcis de stupre et fanatiques d'odieuses exigences. Peut-on savoir ce qui se trame dans l'immense Paris ? Un Gainsborough sur la face, Hortense se serait livrée publiquement aux pires débauches devant une foule de spectateurs. Jadis, lors de notre lune de miel, sous la tente du camping, l'avais-je assez câlinée ? Des nuits torrides que nous connûmes, les râles, les hurlements, puis les menaces, les gifles et les morsures avant de s'écrouler suante, sur le matelas à boudins… Le lendemain, au petit matin, les vaillants campeurs, voisins de notre tente, nous regardaient d'un sale œil. Les braves, ils se demandaient sans doute comment je pouvais, avec des bras de vingt centimètres et des mains minuscules de bébé, être le dispensateur de telles caresses.

À force de respirer et de mâchouiller les dessous, les bijoux et les parfums de l'intrigante, je sentis que ma passion ne cessait de s'enflammer. La tête me tournait. J'avais des vertiges comme un homme saoul au sommet d'une échelle. Salope ! criai-je. Cette forte femme toute en muscles, comblée de qualités, de vertus et de tragique beauté, me trompait ! Tout à coup m'est revenu en mémoire l'appendice 88 du Tome II de Pettorossi. « Arrive ce jour où l'amour n'est plus qu'un débris fécal qui sert d'engrais à la débilité humaine. » Certes, il pensait un peu fort, mon maître. Comme le boucher manie le couteau, il maniait l'aphorisme. Lui, il le dédaignait, l'amour de chair, de larmes et de fureurs. Un jour, son génie lui recommanda de ne plus goûter aux richesses de la volupté. Il était né coquin. Adolescent, il fut galant, presque pervers mais il mourut transfiguré de solitude et de pureté, comme un enfant de Marie. Sa femme à lui, c'était la science à laquelle il resta fidèle jusqu'à l'heure ultime de ses quatre-vingt-douze ans. Sa longue barbe lui servait de voile pour dissimuler les odieux attributs de l'asservissement. Belle barbe en vérité, barbe de chasteté, barbe immaculée riche de quelques boucles fauves que des créatures du meilleur monde brûlèrent d'envie de caresser. En vain ! Pettorossi ne l'eût pas toléré. Il n'était, bien sûr, pas homme à se fâcher, mais son œil gauche, le seul valide derrière ses lunettes, lançait des éclairs de Titan. Parvenu à l'âge rassis, lorsque la gloire m'éclaboussera, j'aimerais aussi posséder une barbe à la Pettorossi. À cette époque, celle de mes vingt-deux ans, torturé d'impatience, j'utilisais secrètement un beurre rance pour ranimer la croissance de mon maigre bouc en forme de poire.

C'est très pensivement que je revins à la cuisine. Depuis mon départ vers les USA, rien n'avait été modifié dans cette humble et sinistre pièce où nous prenions nos repas. Pourtant, en ouvrant la porte du réfrigérateur, je tombai en stupéfaction devant la quantité d'aliments. Luxe et volupté... Que de trésors ! Ce n'était pas de ce frigo que provenait la nauséabonde pitance que m'avait servie Hortense durant mes jours de réclusion. Je vis du foie gras triple sécrétion à quadruple couronne, des truffes roses de Bohême, du caviar, le meilleur du monde, pur cœur de Tzarine, du beurre fin de Sydney arrosé d'essence du Bengale, des liqueurs de Toaxie, du champagne sous scellés aux armoiries des antiques empires du Levant, six bouteilles de vin jaune, dites cuvée du siècle, enrobées du certificat autographe du Prince électeur Saxe-Blütmener, protecteur de la Gironde. Le doute n'était plus permis ! Hortense Zulte s'était trouvé un amant de haut niveau. Un crésus amateur d'atrocités, un Arnolphe friand de pestilence ou, peut-être, un de ces Saint-Sulpice chasseur de gros culs et de mamelles en avalanche... Mon esprit s'égarait. Une laide colère me montait du ventre à la glotte, à la simple idée qu'un homme puisse profaner les rondeurs de mon épouse. Précisément, à cet instant, je le vis cet homme, intrépide et fort, escalader les flancs de l'infidèle. Il suait, le monstre, sous l'effort... Son désir était obscène et répondait parfaitement à celui non moins odieux de la charogne. Horrible vision... Ces détails cliniques qui empoisonnent le sang et vous font suer toutes les sanies du corps... C'est alors que j'ai songé à lui infliger une volée à Hortense, mon épouse... Oui, quelque chose de monstrueux, de violent. Une bastonnade à l'ancienne. Une giboulée de coups, tiens ! Une série de manchettes venues des pieds et administrées à la pointe du menton, une flagellation de son pétard qui le ferait exploser à la manière d'une pastèque. J'écumais la haine... J'envisageais de la défigurer à l'ouvre-boîtes, de lui scier les tibias, de lui faire fondre les seins au chalumeau.

Je retournai à la salle de bain où, face au miroir, je me mis à mimer des attitudes de lutteur oriental. Bon Dieu, ce qu'on peut avoir l'air mauvais rien qu'à l'idée de sévir ! Elle allait en baver, la digne épouse. C'est dans le creux de ma voûte plantaire qu'elle viendra verser les larmes du repentir et à quatre pattes, ainsi qu'un caniche abricot, qu'elle essayera de me séduire.

Afin de retrouver le calme, je fis couler l'eau dans la baignoire de marbre et m'y plongeai aussitôt. Quelle puanteur dégageait mon pauvre corps d'être resté tant de jours et de nuits, allongé tel un porc dans son auge ! Je me détendais. Je rêvais... J'allais, les yeux clos, vers des mers inconnues. J'oubliais déjà mon état de mari bafoué sans oublier cependant la correction qu'allait subir la femme adultère. À défaut de mains, mes pieds peuvent suffire. Tout compte fait, Pettorossi se trompait à peine lorsqu'il affirmait que j'avais le profil d'un dresseur de femmes. Ça m'enchantait de punir Hortense. J'étais déjà prêt pour le combat. Je me devais de l'attaquer dès son retour, par quelque prise de mon invention. Quelle surprise elle allait connaître ! La surprise de sa vie. J'allais la mater à tout jamais. La rendre bonne et loyale, douce et attentionnée. Au matin, je l'imaginais m'apporter le petit-déjeuner au lit. Une vision émouvante me fascinait : elle, câline, assise sur mes genoux, humble, les yeux baissés sur les draps de mousseline, moi le torse raide, l'air sévère, en pyjama rose, dix grammes de beurre au menton. Bientôt mon bouc au menton resplendirait, de quoi fêter mon opus 10.

J'en étais là à rêvasser aimablement dans l'eau tiède lorsque la porte s'ouvrit avec fracas. C'était Hortense échevelée, la langue de travers et les lèvres beurrées à l'amarante. Son regard me fit peur. Je me ressaisis sur-le-champ pour lui lancer : « Alors, ma salope, de quels bras sort-on, encore toute tiède ? »

Ma voix avait mué pour de bon. Un baryton j'étais devenu. Je ricanai, prêt à sauter de la baignoire pour lui flanquer la surprise mémorable. Je n'eus pas à faire cet effort. L'immonde créature me prit à bras-le-corps et m'infligea une raclée d'une rare violence. Je fus griffé, frappé, giflé, puis piétiné par cette furie dont les énormes mamelles, débarrassées du soutien-gorge, battaient l'air. C'était son amant, sans doute, qui lui avait ôté son joli balconnet. L'infamie du bipède obnubilé par la frénésie du coït. Pour terminer en beauté elle m'envoya un genou dans les parties nobles.

Je me suis retrouvé dans l'arrière-cuisine, roulé en boule sur le sol, nu et sanguinolent. J'entendis siffler le monstre dans la cuisine. Elle me préparait une pâtée d'avoine et un bol d'eau.

Ce n'est pas gai, la vie, je trouve. On se demande qui peut être heureux dans ce monde de misères, de souffrances, d'injustices. Paraît-il qu'il faut être crétin ou crétin à demi pour se sentir heureux, parfaitement heureux, bien dans sa peau, comme on dit. Peut-être faut-il être sourd et aveugle aussi et avoir l'imagination tronquée par la suffisance ou la sénilité précoce.

Faut-il avouer que ma flamme pour Hortense Zulte avait diminué de beaucoup ? Comment souffrir plus longtemps son visage de suif, ses yeux inquisiteurs et perclus de miasmes, sa graisse orientale, son beau gros ventre en baudruche dans lequel, certains soirs de grand silence, on peut entendre un bizarre tumulte de vers en divagation ? Elle prétendait qu'elle cachait un fibrome tapi sous ses couches de lard blanc. Cela n'était guère encourageant d'entendre ces détails d'hôpital. Les élans du cœur se trouvent brisés net.

Je l'avais épousée à cette époque où, à bout de ressources, sans domicile véritable, diminué physiquement et malade de privations, elle m'avait fait miroiter une existence bien paisible dans son pavillon de Malakoff. On allait voir de quel bois elle se chauffe pour récupérer ma pension de handicapé. Jour après jour, elle se promettait de me dorloter afin que les inventions jaillissent comme un geyser dans mon cerveau.

« Mon chéri, elle disait, nous allons connaître une vie de rêve tous les deux. On va déguster, tu sais... Tu as de bonnes dents au moins ? Chaque soir que tu viendras te frotter à mes seins et à mon beau cul, le plus beau de Paris et blanc, blanc comme le pain. Hein, tu as remarqué ma chair blanche et bien ferme encore ? »

Très vite j'ai compris qu'elle s'intéressait davantage à ma maigre indemnité qu'à ma personne. Ce n'est pas gai, la vie... Heureusement qu'on finit tous par s'éteindre ainsi que la flamme d'une bougie. La mort, ce n'est pas si mal au fond... Elle apparaît comme un vaste lit où l'on se débarrasse enfin de tous ses chagrins. Cela console un peu. Je raconte cette histoire qui est l'histoire de ma vie. Je n'invente rien. Parfois un mot, une phrase pour dissimuler mes larmes. La vie c'est la pire histoire qui puisse arriver à un homme mal construit. L'homme n'est pas le chef-d'œuvre de Dieu. Quel couac, l'homme, dans la création... ! disait Pettorossi. J'ajoutai... l'homme est le chef-d'œuvre du diable. Nous avions tous deux foi dans cette perspective pessimiste de la création de l'homme. Nous nous complétions, mon maître et moi. Il disait encore, inépuisable comme une source de haute montagne : Baltazar, regardez l'œil de l'homme... s'y reflète l'enfer. Et le paradis, demandai-je, où se trouve-t-il ?

– Peut-être dans les yeux d'un chien abandonné qui voit revenir son maître.

– Et encore, maître ?

Pettorossi fixait le ciel et me montra un oiseau.

– Voyez, Baltazar, et écoutez le divin chanteur... Les oiseaux s'approchent sans crainte du cheval comme du taureau, de l'éléphant comme du rhinocéros mais craignent viscéralement la présence de l'homme. L'instinct infaillible leur fait entendre que l'homme est le prédateur par excellence, celui qui tue, par plaisir, le monstre hideux friand de la souffrance d'autrui.

Paroles effrayantes : la bête plus proche de Dieu que ne l'est l'humain. En dépit de ses excès, de son trop-plein d'amour et de haine, de ses démesures proches de la divine déréliction du génie, Pettorossi ne se trompait jamais. C'est dans la suite de ma vie, au contact des hommes, que je vérifierais cela. Flanquezvous au coin d'une rue, disait-il, et tendez la main, regardez le visage de ceux qui passent et vous ignorent.

– Assez, mon maître, criai-je, assez… !

J'avais l'indulgence chevillée à l'âme et je ne voulais pas voir mourir mon espoir en l'homme.

Ma faute consista à épouser une femme de vingt-trois ans mon aînée. Elle avait quarante-cinq ans, Hortense, mais personne n'aurait pu lui donner cet âge canonique car sa graisse camouflait son regard et ses chairs en accordéon sublimaient ses rides. Elle était ce qu'on appelle, sur le trottoir des grandes villes, une femme de classe, un peu peuple certes, mais imposante et dégourdie et fameusement bottée de cuissardes de cuir blanc. Seuls les cuistres n'apprécient pas les cuissardes de cuir blanc, disait-elle. Peut-être préfèrent-ils les cuissardes de plastique rouge… ?

Le lendemain du jour exquis où Hortense jugea bon de me libérer de ma cage, je résolus de mener une enquête afin de connaître l'origine de ses imposantes ressources. Il suffirait de la suivre dans ses pérégrinations à travers la ville. Au risque de m'infliger de nouvelles souffrances, je devais voir et connaître l'amant qu'elle s'était choisi.

Harnachée de luxe, cuissardes et petite jupe de cuir couleur havane et le buste enveloppé d'une marmotte de Finlande, Hortense Zulte quitta le pavillon. Je remarquai qu'elle puait très fort ce jour-là. « Charogne du caniveau » se mariait à « Caprices de tilleul ». Il me sembla que l'odeur âcre de la charogne prenait le dessus. Ça puait à la hache ! Et cela fermentait en plus… Elle exagérait, Hortense. S'était-elle curé les bas-fonds au moins une seule fois depuis le début du mois ?

Embelli d'un complet anthracite et de souliers vernis, je poussai la porte du pavillon et la suivis à distance. Elle prit un taxi, j'en pris un autre en suppliant le chauffeur de suivre au plus près la voiture de son collègue. Nous traversâmes une jolie partie de la ville lumière. Le taxi d'Hortense s'arrêta peu avant Montmartre dans un quartier assez sombre que je ne connaissais pas. Elle paya le chauffeur et s'élança d'un pas décidé vers une place agrémentée de quelques maigres platanes. Sa démarche de femme empressée ne pouvait tromper : elle se rendait en un lieu où tout n'était que perversion et volupté. J'allais donc pouvoir jauger l'ignoble qui possédait le rare courage de lui relever la jupe et aussi la témérité de combler de caresses ces lieux obscurs où grouillait une vermine porteuse des plus néfastes streptocoques. Soudain, je la vis s'arrêter sur le trottoir et regarder vers le côté opposé de la place où gesticulait un noir d'une rare élégance. Son formidable nez supportait une paire de lunettes aux verres dorés. L'homme traversa la place et fit le baisemain à Hortense. Était-ce lui, l'amant ? Un noir de petite taille, assez corpulent et habillé avec le dandysme de l'empereur... Cela me rassurait. Il était sympathique, celui-là. Il riait de toutes ses dents. Il se trémoussait avec de grands gestes en désignant les maisons au loin. Hortense l'écoutait d'un air mauvais et le quitta tout à coup pour s'engouffrer sous le porche d'un immeuble d'aspect sordide et haut de cinq étages. En secouant mon torse comme un précieux, je m'approchai du noir. Mon superbe complet noir anthracite faisait merveille.

– Vous connaissez cette femme ? demandai-je ?

– Cocotte-minute ?

– Cocotte-minute ? C'est qui, Cocotte-minute ? Je vous demande si vous connaissez la dame avec laquelle vous parliez il y a dix secondes ?

– Ji connais. Ji te dis que la dame, c'est Cocotte-minute... Ti veux peut-être faire clop-clop avec pitite femme très belle ? Si ti veux, ji ti présente...

– Clop-clop ? Non, merci... Qui habite cet immeuble ?

– La maison di Mustafa Al Khaded. Là-bas, faire clop-clop pour pas cher.

– Cocotte-minute aussi clop-clop ? demandai-je plein d'angoisse.

– Non... Cocotte-minute, c'est femme di Al Khaded. Al Khaded un peu maquereau... Cocotte-minute aussi maquereau, ajouta le noir en s'esclaffant.

Comme un dément, j'ai ri moi aussi. Rire à en pleurer jusqu'à ne plus pouvoir tenir sur mes jambes. J'allais m'écrouler, soutenu par les bras du noir. Il s'étranglait, l'élégant, habillé comme un monarque d'un ensemble gris perle avec un œillet blanc à la boutonnière.

- Cocotte-minute pue terrible. Y a bon parfum pour Mustafa... Lui jaloux comme chacal ! Toi pas faire clop-clop avec Cocotte-minute ou toi ramasser couteau dans omoplate.

C'est lui que je devais soutenir à présent. Il riait avec des soubresauts de carpe suspendue à un fil. Des larmes lui coulaient sur les joues. La confidence du noir m'était atroce. Un coup affreux, là, au plexus. J'avais beau savoir que ma femme n'allait pas fleurir les statues de la basilique, apprendre qu'elle était une maquerelle et la compagne attitrée d'un souteneur appelé AI Khaded m'était intolérable. La salope ! Mais je l'aimais, mon Hortense, ma femme à moi, ma grasse et immonde chérie, la lolotte de ma vie, je l'aimais en dépit de ses puanteurs, de ses vices, de ses injures, de ses coups.

– Ji m'appelle Ma Kadaka Vito Kimba Junior, articula le noir entre deux explosions de rire. Toi, comment ti appelle ?

– Baltazar Ninon, répondis-je en écrasant un rire.

– Ni non, ni oui, hurla Ma Kadaka, ployé en deux.

Il s'essuya les joues. Son jeu de mots qu'il répéta dix fois lui arrachait un rire proche de la convulsion. Il était gai, celui-là... Un homme à emporter dans ses bagages pour traverser la vie...

– Pourquoi l'appelle-t-on Cocotte-minute la femme qui est entrée dans l'immeuble ? demandai-je.

– Pasque... pasque... Elle... Elle a vapeur, vapeur di femme grosse, parvint à éructer le noir.

Soudain, il s'effondra sur le trottoir en proie à une sorte d'hystérie. Il se débattait à mes pieds en hurlant de rire tandis que je réfléchissais quant à la décision à prendre. Fallait-il entrer dans l'immeuble et surprendre Cocotte-minute en flagrant délit dans les bras du marloupiot ? Cocotte-minute, ma belle Hortense ! Je réalisais avec humiliation que ma femme se faisait appeler Cocotte-minute en raison de ses vapeurs de femme obèse. Quelle déchéance ! Je la vis en houppelande, vautrée sur un édredon, suante des vapeurs d'un corps harcelé de désirs tandis qu'à ses pieds, sur une moquette de vieux chien malade, se traîne le gigolo hérissé de flagorneries. Le maquereau et la maquerelle... Hortense... À son âge, après quarante-cinq ans de vie intègre se retrouver dans le bourbier de la pègre ! Je fermai les yeux, de rage. Lorsque je les ouvris, Ma Kadaka était debout très affairé à épousseter son complet gris perle. Il proposa de me servir de guide dans les cinq étages de l'immeuble où régnait le vice. J'acceptai.

– Vous aussi vous êtes du métier ? demandai-je.

– Quel métier ?

– Eh bien... protecteur de ces dames...

– Moi, marabout, grand voyant africain, dit-il en me tendant une carte qu'il sortit instantanément de sa manche de chemise.

Je lus Professeur Ma Kadaka Vito Kimba Junior. Homme de bien. Grand médium. Marabout. Vient d'arriver. Résout tous problèmes. Rien d'impossible. Chance. Affaires. Amour. Examen. Travail. Transactions. Rend invulnérable toute personne désireuse de l'être. Prévoit tous dangers. Réussite instantanée. Examen de la langue pour avoir force en amour. Retour au foyer le jour même de la personne que vous aimez. Résultats garantis. Crédit pas possible. Reçoit tous les jours, même la nuit. Rue de la Trappe, 12. Paris. Si pas argent apporter chèque, si pas chèque apporter bijoux.

– Fameux, dis-je. Toi professeur ?

– Ti veux que ji dis avenir pour pas cher ?

– Plus tard, monsieur Ma Kadaka. Ce que je désire, c'est visiter cette maison.

– Viens, Ninon... Ji vas ti faire voir pitites femmes et grosses femmes jolies comme un cœur.

Elle ressemblait à une bouche d'égout, la porte cochère. Le sol carrelé était humide et glissait comme recouvert d'une couche de poix. Sur les murs gris on voyait ricaner des initiales ainsi que des cœurs transpercés de flèches en forme de phallus. En revanche, l'air était parfumé. C'était le lieu de rencontre de tous les parfums de la capitale et je crus reconnaître quelques délicats effluves de « Quintessence intime ». L'escalier de bois, propre et javellisé, était agrémenté de nombreux crachats. Il est vrai qu'on se racle volontiers la gorge à la sortie des bordels. Une purge avant le retour au bercail. Au premier étage, dans les longs couloirs, comme à la promenade, déambulaient les punaises, les cancrelats. Ça pullulait sur la moquette avant de se glisser dans les chambres et de s'abreuver aux corps nus et suants des amants de l'aimable quart d'heure. Le professeur m'expliqua qu'au rez-de-chaussée on louait des chambres à des couples de passage tandis qu'ailleurs des femmes en titre et en chambre, habiles à l'abattage, recevaient les clients. On faisait feu de tout bois dans l'immeuble. Un commerce sérieux. Al Khaded tenait la caisse et dirigeait tout ce petit monde à la pointe du rasoir.

Ma Kadaka essaya d'ouvrir quelques portes. Certaines résistaient, d'autres s'ouvraient. Nous recevions en plein vol une bordée d'injures. Nous avions le temps d'apercevoir un bel embrassement de jambes, de troncs, de fesses nues. Je fermais les yeux, effrayé de ces tableaux tout en viande qui sentaient l'abattoir. Ma Kadaka ricanait. D'un air entendu il clignait de l'œil. Il était comme chez lui, ma parole ! Moi aussi, en quelque sorte j'étais comme chez moi au cœur du bordel. Ma femme y travaillait, après tout... Je me sentais d'attaque en compagnie du voyant africain, le professeur de la rue de la Trappe. Sans lui, je n'aurais pas eu l'audace de monter si haut dans le pandémonium. C'était plein de bruits inquiétants. Surtout là-haut au dernier étage, sous les mansardes... Un hurlement... Des plaintes de femmes torturées, des rires, un juron, des bruits de bottes, des vagissements, des déflagrations, d'affreux gargouillis, puis en écho, un rire d'idiot. Une porte s'ouvrait et retentissait le claquement d'une main sur une fesse. Ailleurs, s'entendaient des chuintements ou des vociférations de vieilles en perruque à qui des sadiques en muselière faisaient peut-être subir de singuliers outrages. Quel enfer c'était ! On devait tuer là-bas... Et dépecer les corps dans les baignoires sous le jet violent et tiède des douches. À Paris, on disparaît sans crier gare. Et puisque de toute façon personne ne vous recherche... L'homme, je sais de quoi il est capable s'il est assuré de l'impunité. Pettorossi *Variations de la Géhenne*, Tome XX. « L'ombre de l'homme... Oui, même son ombre se tient en retrait. Par prudence... »

Nous redescendîmes au rez-de-chaussée d'où provenait une rumeur de voix masculines.

– Ici, salle d'attente, souffla Ma Kadaka en s'épongeant le front d'un mouchoir à fleurs. Ti vas voir ci qui ti vas voir !

Nous entrâmes dans la salle. Un beau spectacle ! La pièce était comble : trente types de tous âges, de tous calibres, de toutes races confondues, assis sur vingt-huit chaises et deux tabourets. Restait un banc où personne n'avait pris place. C'était le banc des chaudes-pisses réservé à ceux qui souffraient de ce calvaire. Nous nous y assîmes prudemment, les fesses à peine posées sur le bord. Il y avait de tout dans la salle d'espérance. Un choix distingué d'ergotants amateurs d'émétiques et de lavements au petit-lait. Même un Chinois, je vis, et un Turc en robe grise occupé à sucer un chapelet à gros grains. Le plus jeune devait avoir seize ans. Un écolier titillé par le stupre. Il pressait un cartable sur sa poitrine et louchait sur son voisin, un homme à moustache et à favoris dont les doigts jaunes et les ongles orange feuilletaient une revue légère de filles assoupies prises d'assaut par des cosaques en bottes. Comme en proie à un grand trouble de l'âme, il soufflait fort, ce moustachu. Le plus vieux des gourmets en chambre approchait des soixante-quinze ans et en paraissait vingt de plus. Il devait s'accrocher à ses deux cannes pour mettre un pied devant l'autre. Il y avait une mare sous lui. Il bavait sec un mélange de salive et de jus de tabac dans lequel agonisait un cancrelat. On se demandait dans quel état elle était sa libido, comment les créatures de la maison devaient s'y prendre pour lui faire monter la petite bête. Peut-être venait-il simplement pour fouetter une femme bien en chair ou se faire mordre les mollets… Ce vieux-là avait l'air honnête. Les mains jointes sur ses cannes, les yeux clos, il semblait s'abîmer dans un flot de souvenirs érotiques. À vrai dire, il était bien le seul amateur de l'assemblée à ne pas offrir une face de truand ou de dépravé. Les autres, même le collégien avec ses yeux bigleux, rien qu'à les regarder, on se sentait comme des démangeaisons d'angoisse dans les entrailles.

C'est ça, l'humanité… Ils avaient raison, au fond, ces friands des étreintes, de préférer les débauches aux rapacités et aux violences. Tout un monde venu de tous les horizons pour se recueillir dans la lubricité, oublier les tracas du quotidien, se changer les idées, se rappeler aussi que la damoche à la maison n'est pas la seule femme de l'univers. Je philosophais, sans plus me demander ce que je faisais dans cet endroit, assis auprès de Ma Kadaka, sur le banc javellisé.

J'en étais là de mes réflexions lorsque la porte située au fond de la salle s'ouvrit dans un battement sec. Je crus mourir d'horreur. C'était Hortense, mon épouse, à demi-nue, harnachée de ses cuissardes qui lui arrivaient au pubis, d'un slip à jarretières rouge sang de bœuf et d'un soutien-gorge mauve à dentelle jaune. Un feu d'artifice ! Une explosion de couleurs ! Énervée qu'elle était, Hortense, et suante ainsi qu'une truie qui vient d'engloutir sa progéniture…

– Au suivant ! cria-t-elle.

Sa voix était aigre. C'était celle qu'elle prenait au petit matin pour m'ordonner de me glisser hors des draps. Un petit homme à l'air ahuri, coiffé d'un béret, se leva avec empressement. Son tour était venu de goûter aux sanies de la chair. Tant sa hâte était grande, il faillit trébucher sur les jambes étendues de son voisin. Hortense ne me vit pas. Ma Kadaka ricanait tout en transpirant lui aussi dans cette pièce surchauffée par trente carcasses en fusion. Hortense… Hortense, mon épouse, ma légitime, ma superbe grognasse… Je revis notre mariage. Elle en robe longue, blanc immaculé et petit bouquet de jasmin à la main… Moi en jaquette, la boutonnière ornée d'une branche de lilas odorant. Je rêvais alors à l'amour qui ne pouvait être qu'éternel.

– Belle femme, Cocotte-minute, remarqua le marabout.

– Oui, dis-je, ravissante.

– Ti veux pas tirer un coup, Ninon ? Il y a belles Africaines avec boubou, pas trop vieilles et pas chères du tout.

– Merci, c'est un nid à chaude-pisse ici.

– Chaude-pisse, K.-O. debout… Chaude-pisse pas résister à miasmes gros comme pamplimousse…

Après l'homme au béret, ce fut au tour d'un homme haut en jambes, une brute dépoitraillée, à l'allure de pitre qui s'était permis d'éructer à plusieurs reprises pour meubler le silence de la salle.

– Ji connais cet homme. Il va demander deux femmes dans son lit, grogna Ma Kadaka.

Ça défilait et au trot… Le marabout me confia que plus de vingt femmes pratiquaient dans les chambres de l'immeuble. Chacune possédait l'une ou l'autre spécialité. J'appris plus tard que la plus vicelarde s'appelait Gastone. Belle comme une aube d'été, brune, presque noire, toquée, jouissant d'une arrière-fosse de basse-cour et d'un barbidant érectile aussi gros qu'un pouce de gorille. Lorsqu'elle était de bonne composition, un calvados dans le nez, les privilégiés de la maison pouvaient venir l'admirer à califourchon sur un matelas, nue, un clystère entre les dents et sous elle, hurlant des mots immondes, deux jeunes ribaudes, le cul en sang à force d'être fessées. Un spectacle de qualité, disait-on. C'est celle-là, la célèbre Gastone, que j'aurais désiré rencontrer pour me faire peur et mieux rêver à une Ophélie dont la tendresse du regard vous convie à l'inexprimable.

À un certain moment, Hortense fut remplacée par une jeune femme d'allure famélique dont le Rimmel dégoulinait un peu sur les joues. La salle d'attente ne désemplissait pas. Un troupeau frétillant venait prendre les places chaudes encore des heureux que l'on entendait quelquefois ahaner de plaisir lorsqu'une porte s'ouvrait. Ça faisait caserne et hôpital. Un peu église aussi à cause du silence. Je finis par me sentir mal. Des vapeurs me montaient à la tête comme Cocotte-minute. Le marabout n'allait guère mieux. À le voir de profil, la cravate de travers, on imaginait un phoque affalé sur un banc de sable sous le soleil de feu. Son mouchoir à fleurs était trempé.

– J'en ai assez vu, dis-je en me levant. Je meurs de chaud.
– C'est vrai, y a grosse chaleur ici. Ti viens avec Ma Kadaka boire un coup au Pitit Pigalle ?

Nous étions à peine installés à la terrasse du Petit Pigalle que le professeur me désigna, assis à une table, un homme en complet blanc crème dont la lèvre supérieure était ornée d'une élégante moustache double teinte. Les extrémités de la moustache retombaient avec grâce des deux côtés de la bouche. Une angoisse m'assaillit et je ne pus m'empêcher de me gratter le ventre au plateau de la table.

– Ti a morpions ? demanda Ma Kadaka.
– Quel est cet homme, celui en costume blanc, assis à côté de ces deux hommes en robe ?
– Ça est Ii maquereau, AI Khaded, mari di Cocotte-minute.
– L'ordure, murmurai-je.
– Pourquoi ti dis ordure ? AI Khaded est homme propre. Il pue pas du tout… Il prend bain di lait de chèvre tous les jours.
– Selon vous, il couche avec Cocotte-minute ou pas ? Parce que Cocotte minute pour puer, elle pue et fameusement…

– Ninon, ti es amoureux de Cocotte-minute, je crois… Al Khaded beaucoup clop-clop avec belles pitites femmes. Al Khaded aimer aussi grosses femmes puantes. Fait beaucoup clop-clop avec Cocotte-minute à cause odeur de sanglier.

Je le jugeais odieux, cet Al Khaded. L'archétype de l'homme à femmes imbu de sa personne et soucieux de séduire n'importe quelle carogne fût-elle la dernière des dernières à se mouvoir du ventre sous le préau des hospices. Je n'osais trop l'imaginer enferré sous les bras musculeux et les cuisses d'Hortense. Quelles dégoûtantes étreintes contre nature devaient-ils se prodiguer ces deux-là ? Lequel était le plus bestial dans les enlacements ? Mon vieux maître soutenait que même la femme de bien, celle de grand mérite, est souvent plus disposée que l'homme aux épanchements pervers et qu'on ne peut imaginer jusqu'où peut l'entraîner sa lascivité lorsqu'elle est amoureuse. Mais Pettorossi souffrait un peu de misogynie dans ses vieux jours. Accablé, je laissai enfin tomber ces mots pénibles dans l'oreille amicale de Ma Kadaka.

– Professeur, je vais vous faire un aveu… Et cela me coûte beaucoup. Vous comprenez, la honte, la tristesse… Je suis un homme bafoué. Gardez-le pour vous, n'est-ce pas. Cocotte-minute n'est autre que mon épouse légitime. Nous fûmes mariés par le chanoine Septime. Cette femme, ma femme, s'appelle Hortense Zulte… Et je l'aime !

– Mon Dieu, pauvre Ninon… ! Y a misère partout. Ji ti demande pas vouloir tuer Al Khaded. Lui terrible… Toujours couteau ou pétard dans la poche. Ji vais ti expliquer. Mustafa y aime faire clop-clop dix fois par jour comme cochon di Sénégal. Lui toujours banda-banda ! Tirrible un homme comme Ii maquereau. Ji ti dis bon conseil : ti vendre Cocotte-minute à Al Khaded…

– Vendre ma femme ? Vous délirez ?

– Moi pas lire, moi dire ti vendre Cocotte-minute vingt mille francs. C'est bon prix.

– Jamais, je préfère me pendre à la hongroise ou la tuer plutôt que de vendre la femme de ma vie.

– Femme de ta vie ! Femme de ta vie… ! Mauvaise femme, oui, qui fait clop-clop avec maquereau. Ninon, ji ti dis, toi prendre autre femme di Martinique, fidèle, avec pitit cul rond joli-joli très bon pour clop-clop avec toi.

– Vous connaissez des Martiniquaises ? demandai-je malgré moi, presque convaincu soudain par les grands yeux amicaux du marabout où dansaient des éclairs tropicaux.

Il se mit à rire comme un forcené. Même Al Khaded, intrigué par le vacarme, l'infâme, tourna la tête dans notre direction.

– Ji connais cent femmes di Martinique, di Haïti, di Sénégal… Ji présente à toi et pitite femme déjà amoureuse de Ninon.

Imaginant que j'étais séduit par cette proposition, Ma Kadaka fit signe à Al Khaded. Celui-ci fronça les sourcils, regarda autour de lui comme s'il soupçonnait quelque traquenard, se leva avec la lente souplesse du félin et vint s'asseoir à notre table. Je le voyais enfin de près l'immonde individu que je brûlais de terrasser d'un coup de talon en espingole.

– Mon frère, dit Mustafa, qu'y a-t-il pour ton service aujourd'hui ? Tu peux parler en confiance.

– Mustafa, ji ti présente Baltazar Ninon, un ami à moi.

– Enchanté, Baltazar, répliqua Al Khaded en faisant mouvoir son torse d'une manière guindée comme s'il supportait une minerve autour du cou.

Je les entendis parler tous les deux. L'interminable préambule. De la famille, des neveux, des tantes, du temps passé et à venir, de la dureté de la vie, de la hausse du prix des ananas et de la menthe fraîche. Le professeur s'esclaffait sur son siège en rotin. Tout en parlant, Al Khaded agitait ses dix doigts. Six étaient ornés de bagues dont l'or et l'argent scintillaient au soleil. Il avait vraiment un bizarre faciès, je trouvais. Une tête d'halluciné dont le regard en fission vous évaluait corps et âme jusqu'à l'ultime profanation. Jusqu'à la déliquescence absolue. Sa moustache taillée au scalpel et affinée à l'ébarboir me fascinait. Certes, je préférais le port du bouc mais j'avoue que la moustache de ce pitre me faisait envie. Il me regardait en souriant à présent mais ses deux yeux divergeaient jusqu'à s'égarer on ne sait où en feignant une sorte de prostration imbécile.

– Écoute, Mustafa, reprit le marabout, y a problème avec mon ami Ninon. Pitit problème pas gros. Ji veux ti dire…

– Parle, mon frère, si je peux aider, j'aide, tu le sais depuis toujours…

– Pas fâché toi ? Ji suis personne de confiance.

– Parle, reprit Al Khaded en soufflant sur une de ses bagues et en la faisant reluire sur la manche de son veston blanc.

Je reculais légèrement mon siège. Il commençait à m'inquiéter sérieusement ce sauvage, d'autant plus qu'il ne m'avait pas échappé que les deux hommes en robe me regardaient d'un air mauvais, comme prêts à me bondir à la gorge.

– Ninon, mon ami à moi, il a femme qu'est Cocotte-minute. Voilà, Mustafa, ji ti dis aussi sec, l'ami Ninon veut vendre à toi Cocotte-minute pas cher. Vingt mille francs…

Al Khaded encaissa très bien cette surprise. Seul un léger frémissement des narines vint trahir son émotion. Se voir demander de l'argent au lieu de se sentir saigné par un coup de rasoir à la carotide soulage toujours et étonne profondément le proxénète qui a pris la femme d'un autre.

– Je peux te le dire, professeur, très franchement, devant notre ami Ninon, Cocotte-minute est une femme très distinguée que tout le monde doit respecter.

– Cocotte-minute très belle pitite femme, approuva Ma Kadaka.

– Une personne très respectée...

– Vingt mille, pas cher, je trouve.

– Mon ami, reprit Al Khaded en se tournant vers moi, j'achète ta femme les yeux fermés et je donne dix mille tout de suite de la main à la main.

– Non, dis-je.

– Je te donne deux mille de plus et je fais encore plus, je t'offre personnellement, avec bon cœur, trois mille de ma cassette personnelle. Pour toi, mon frère, je veux faire ce gros sacrifice.

– Vendre ma femme ! Ma femme officielle... Vous voulez rire !

– Écoute... J'ai encore mille francs pour toi dans ma cassette personnelle. C'est pour toi, mon ami, je te les donne les yeux fermés.

– Pas question

– Seize mille francs est une jolie somme. Je dois dire tout de suite que c'est fort bien payé pour une personne distinguée de cet âge. Mon frère, tu sais comme moi qu'après trente, trente-cinq ans maximum... Une femme n'a plus beaucoup de valeur marchande. Ma cassette est vide... je ne peux pas donner plus.

– On ne vend pas sa femme, criai-je en me levant. Hortense est la femme de ma vie, mon épouse...

– Mon ami, je le répète, si tu as besoin de moi tu me trouves où tu veux.

Il offrait une physionomie très digne, Al Khaded. À ses côtés le professeur semblait désolé. Je voulais partir, quitter ce quartier plein de menaces, attendre Hortense au pavillon.

– Toi trop gourmand, Baltazar. Avec seize mille francs ti achètes harem en Sénigal. Belle pitite femme avec grand amour plein la façade et Ii cœur.

AI Khaded souriait, patelin, l'œil aqueux dans sa face de pervers. Pour l'instant il envoyait une haleine parfumée sur chacune de ses bagues et les faisait reluire à l'aide d'un chiffon rouge Il me regarda en plissant les yeux et dit trois fois de suite : tu me trouves où je suis ! La première fois avec sympathie, une seconde fois d'un air candide, la dernière fois d'une voix sourde où perçait une odeur de viande déchirée. Cet homme était un habitué du coutelas, habile sans doute dans la discrétion à vous envoyer dans la Seine découpé en huit morceaux. Peut-être était-il aussi un fin spécialiste de la strangulation…

Oui, je l'ai attendue, la belle Hortense, la femme distinguée, une grande partie de la nuit, assis dans la bergère auprès des poupées blondes en celluloïd dont elle appréciait le sourire ahuri.

Mustafa Al Khaded hantait mon esprit. Je haïssais ce monstre, véritable barbichon des plus crasseuses taules d'abattage, de prétendre acheter mon épouse comme on marchande l'achat d'un véhicule dans l'arrière-cour d'un garage. Je n'avais pas épousé une vache qu'on vend au plus offrant… Mais, dans le même temps, peut-être pour m'insuffler du courage, je ne cessais de me dire que cet ignoble était un homme à poigne mordu par la chique tel que je devrais l'être pour dresser Hortense.

À fréquenter la pègre de Pigalle, je me sentais presque un autre homme. Il fallait agir ! Être féroce… Montrer les dents et ne plus tolérer la moindre brimade, la plus légère compromission. D'ailleurs, signe évident d'une intense nervosité, je me grattais violemment les cuisses puis le dos aux différents meubles du salon. Hortense avait déchu dans mon estime, à jamais sans doute. L'amour périclitait… Comment aimer une abbesse au fouet, une tôlière dont le prurit du gain et de la luxure contamine le plus innocent sentiment ? Ou bien elle me jurait de ne plus revoir ce souteneur ou je l'éjectais de ma vie à coups de procédures. De ses toilettes et de ses parfums je ferais un carnage. Je rêvais encore… J'exigeais un amour nouveau, printanier en quelque sorte, plein de respect mutuel ou alors le divorce, avec, en ma faveur, une demande démesurée de pension alimentaire.

Vers trois heures du matin, j'entendis une clé fourrager dans la serrure. J'allumai aussitôt le lustre du plafond afin que notre entrevue se déroule en pleine clarté. Il me parut qu'elle était légèrement éméchée, Hortense. Elle se dandinait haut perchée sur ses talons avec un mal de chien à trouver son équilibre. Plus violettes que rouges, ses lèvres enduites remontaient jusqu'aux narines. Elle avait l'air d'un clown. Un clown puant car elle sentait atrocement cette odeur nauséabonde de linges imbibés à la fois de parfum lourd, d'urine et de sueur. Ce mélange décapait les narines. Je lui en fis la remarque d'un air dégagé, presque suffisant, à la manière du maquereau de qualité à l'issue d'un bon repas et qui allume un havane, le bras à l'écarté posé sur l'accoudoir du canapé. Pouvait-elle me trouver fin et ironique, pas le moins du monde agressif? À l'inverse des soudards qu'elle accueillait dans la salle du lupanar, j'étais un homme d'esprit. L'important, c'est de se mouvoir avec grâce, ne pas être bas de plafond. En dépit de mes infortunes, un jeune homme comme moi promis à quel avenir, Bon Dieu Jésus ! à quel avenir, se devait de rester digne dans l'adversité tout en apportant le témoignage d'une spirituelle fatuité. D'où ma jambe repliée élégamment sur l'accoudoir de la bergère.

– Qu'est-ce que tu fous là, ignare, à cette heure de la nuit?

– Je vous attendais, chère amie, dis-je en la vouvoyant comme pour définir la distance qui nous séparait. Je souhaite m'entretenir avec vous de certains faits assez répréhensibles et, par la même occasion…

– Non, mais en voilà des manières! grogna-t-elle en chancelant. Tire ta patte de ma bergère ou tu vas prendre une volée ! Monsieur joue les messieurs à présent… Tu entends quand je te cause, tire ta patte.

Elle m'expédia son sac en pleine figure.

– Madame, dis-je en me levant péniblement, étourdi par la puissance du choc, Madame, apprenez que je ne puis plus tolérer ni vos insultes, ni vos violences. Vos coups me font mal, plus à l'âme peut-être qu'au corps et vos injures d'une grossièreté sans égal me meurtrissent l'entendement.

– Parle français, imbécile !

– Je reprends le tutoiement, Hortense, pour te dire simplement que cet après-midi dans un immeuble de Pigalle, je t'ai vu officier en tant que maquerelle. Tu as un amant. Il se nomme Mustafa Al Khaded, porte moustache fine en pointe calamistrée et trouve spirituel d'harnacher ses doigts de six bagues dont une en platine, dite chevalière en tête de mort.

– Ça te gêne ?

– La gêne, l'humiliation, la souffrance aussi...

– Ferme donc un peu ta gueule, raté... Je vais te dire, moi, écoute... c'est seulement aujourd'hui que tu découvres l'homme de ma vie ? Toujours aussi con, incapable... ! C'est bien fait pour ta pomme. Non, mais, tu t'es déjà regardé dans un miroir, poteau ! Un type qui part à l'épicerie pour acheter un massepain et qui revient trois ans après... Bien sûr que j'ai été me choisir un amant. Je l'aime, moi, mon Mustafa. C'est un homme, lui, au moins, un mâle, un viril, la classe dans les manières et le parler, pas comme toi qui es plutôt minable, du genre : j'ai la migraine, j'ai l'âme en compote, ce vent qui me fait tourner la tête ! Non mais... raté ! Même ta mère t'a raté, c'est dire. Homme tronc avec ces deux morceaux de sale bidoche aux épaules. Laisse-moi rire, tiens ! Et ça fait des manières malgré tout. Inventeur de papiers mâchés, poète du hachoir. On se demande ce que tu conserves sous le pantalon pour ne pas supporter mon parfum de femme bien portante. Question de tempérament, mon Mustafa, il te bat de cent longueurs. Lui au moins, il sait apprécier l'odeur rare de la charogne que toute belle femme porte dans ses dessous. Je te le dis, Mustafa, c'est un étalon, un vrai, un à exhiber sur les champs de foire ! Toi, un rien te flanque la nausée, même les parfums, même « Quintessence Intime » que le grand parfumeur Zapolème – Zapola fait mariner six mois dans un container d'immondices intimes recueillies chez les jeunes orphelines du Petit Palais. Ha ! Mais tu es un débris hors série, Ninon Baltazar, un savant d'eau pétillante, un philosophe de télévision, un moraliste de machine à sous. C'est bien ma veine d'avoir épousé ta pourriture. Impuissant, eunuque, débile... ! Souris pas ou tu as ma patte sur ta gueule ! Moi, j'ai du tempérament plein les organes et les viscères. J'en exige des caresses et pas qu'un peu et des sales et des faisandées encore bien... Mustafa, lui, c'est à genoux qu'il se met sur la courtepointe pour me supplier de ne pas aller gaspiller mes odeurs. Voilà ce qui flatte une belle femme comme moi. Ça me fait des choses dans le fondement. Je me sens femelle à cent pour cent et c'est pas une semaine mais deux, t'entends, deux semaines que je ne touche plus un savon. Mustafa, je vais te le dire, car je suis une femme honnête, moi, une femme propre qui peut regarder le monde en face, oui, Mustafa, eh bien, il est fou amoureux de son Hortense. Cocotte-minute, qu'il me glisse dans l'oreille, le chéri, durant nos ébats, à cause de mes vapeurs. C'est l'amour, ça, le grand amour ! Toi, tu n'en connaîtras jamais, une passion comme ça. T'es trop mal foutu pour qu'une femme s'intéresse à toi. Jamais que tu connaîtras l'amour. L'amour c'est pas pour toi. Pour toi, c'est la merde. Tiens, dis merci... Ne me regarde pas comme ça, raté ! Mangeur de bleu, buveur de noir, fumier... T'es même pas capable de te fouiller, poteau ! Tiens, c'est ton quart d'heure, tu vas prendre la pâtée et pas qu'un peu... C'est moi, Hortense de Pigalle qui te le dis. À genoux, enfant de l'assistance, à genoux, au pied, crapule, que je te brise les lombaires !

Son poing gauche me cueillit à la mâchoire. D'un revers du droit elle frappa le nez. J'ai tout de suite saigné abondamment. Mes narines devenaient des fleuves de sang. Hortense, Hortense... ! Pourquoi ? Se dire malgré tout que dans chaque être existe une parcelle de bonté et de tendresse, qu'en certaines circonstances l'homme peut s'arrêter dans sa routine de haine ordinaire pour venir en aide à celui qui souffre. Même le tigre délaisse une proie trop facile. Si j'avais eu une main, une seule, solide et vaillante pour arrêter son bras ! Hortense, pourquoi... ? Pourquoi m'infliger le paroxysme de la douleur ? Elle était habile à donner ces coups qui font si mal. Elle ratait rarement... Os extrêmement sensible, le tibia était sa proie de prédilection. Elle visa juste. Je m'écroulai sur le parquet. Le mal était virulent, si atroce que je souhaitais trouver dans la mort l'anéantissement de la souffrance, la fin de tous mes chagrins.

– Arrête... Ne me frappe plus...
– Ferme-la, ordure.

J'ai pensé sans penser. C'est-à-dire me venaient des images, des sons, des couleurs. Surtout ne plus souffrir... Ne plus souffrir. C'est bête comme l'enfance revenait au galop. Peut-être que c'est toujours comme ça, dans les instants de grande souffrance... Mes petites années avec mon tablier noir d'enfant au rebut. Poteau... c'est vrai que c'est amusant de frapper un poteau. Mais j'allais dans toutes ces années d'autrefois en rêvant de recevoir quelquefois une caresse, un petit baiser au coin de la joue, un mot gentil. Et puis, une lettre surtout, moi qui n'ai jamais reçu de lettre. Une lettre de quelqu'un, de ma mère, de mon père. Une maman qui regrettait de m'avoir oublié quelque part... Pourtant, j'en avais vu des femmes, même dans cet effrayant Paris, même à Tourcoing, qui portaient dans le regard toute la gentillesse du monde. Papillon bleu aperçu entre cent visages figés d'indifférence.

Hortense me cingla deux fois le visage avec son sac à main dont le fermoir de cuivre vint lacérer la rétine de mon œil. Cette nuit-là, j'ai perdu à jamais l'usage de l'œil droit. J'étais borgne. Un seul œil, mais c'est suffisant, je crois, pour admirer tous les chefs-d'œuvre de Dieu. C'était un accident domestique, en somme… Dès cet instant, Hortense aurait pu ressentir un peu de compassion, un remords, me soigner, appeler du secours… Elle préféra m'envoyer un coup de pied dans les côtes. Je n'ai pas crié beaucoup. À peine, comme quand on est trop triste.

Je fus soigné à l'hôpital et je n'ai pas dénoncé Hortense Zulte. Je n'ai pas l'âme d'un délateur. Dans mon cœur Judas aurait étouffé. Dans mon cœur n'existait que l'écheveau de mon opus 13. Il s'agissait d'une machine à ultrasons convertibles, dite de Bénévent, pour redonner espoir et fécondité aux vieux arbres solitaires et souvent malades. C'était une folle entreprise, une tâche ardue mais combien plaisante car mon esprit vagabondait sans cesse au fond vert des plus lointaines campagnes de France.

En définitive, je n'ai jamais pu me résoudre à céder Hortense au proxénète Mustafa. Il ne fallait plus remettre les pieds à Pigalle. Le souteneur m'aurait probablement payé en coups de couteau. Un complot se préparait avec les bons soins d'Hortense, laquelle se délectait à l'idée de devenir veuve et de pleurer toutes les larmes de son corps. Une veuve est toujours digne d'intérêt.

J'ai une confiance inouïe en Ma Kadaka Vito Kimba Junior, ce nouvel et cher ami dont je me réjouis des rires effrayants et du spirituel esprit. Durant cette année-là, c'est vers lui, le grand marabout d'Afrique ou d'Haïti - je n'ai jamais réussi à démêler l'imbroglio de ses origines - que je me tournai lorsque le sort se montra trop cruel envers moi Il existe des adultes précoces et les autres pas du tout précoces. Je n'étais pas précoce peut-être en raison du génie qui m'embrouille l'esprit. Aujourd'hui encore me viennent des visions de ce qui n'est pas, des vertiges, des exaltations de sensibilité, des hallucinations où naissent la pléthore des sentiments, les paniques aussi, ces affres du solitaire devant la fourmilière des humains. Dans mon cerveau s'éveillent des prodromes infernaux… Et puis, j'avais vingt-deux ans, un âge plein de privilèges où la fontanelle de la bêtise est encore bien ouverte pour croire à l'impossible et absorber toutes les inepties, toutes les niaiseries du bipède triomphant. Souvent, les naïvetés contiennent l'éclair d'où naîtront les inventions. Je comprenais confusément qu'à la réalité il est bon souvent de préférer les chimères. Lorsqu'on n'a plus rien à rêver on adopte la langue de bois messianique, on se rase la nuque, on se fait pousser cravate et pochette de soie et on souhaite à voix haute entrer à l'académie, l'épée à la fesse et l'uniforme en sus.

Lorsque de l'hôpital de l'Hôtel-Dieu je suis revenu au pavillon, j'ai trouvé la porte close et la serrure changée. Mon épaule est restée appuyée cinq minutes sur le bouton de la sonnette. Derrière la porte, j'ai entendu du bruit. Hortense, comme elle pouvait le faire avec délectation, se raclait la gorge avant de m'apostropher. Je retirai mon épaule mais la porte ne s'ouvrit pas. Je tendis l'oreille. Une voix aigre, celle de l'épouse, criait des insultes et des menaces.

– Fous le camp, fous donc le camp, graine de crapule !

– Ouvre-moi, Hortense, je suis guéri, tu sais… Je reviens de l'hôpital.

– Crève… !

– Tu ne vas pas me laisser sur le trottoir.

– Je te hais, salopard, je te vomis, toi et toutes tes conneries, toi et ton corps de mal foutu, toi et mes glaires, mes crachats. Toi, le tronc et je tire la chasse.

– Hortense !

– Barre-toi, nom de Dieu… Combien de fois faudra-t-il te le répéter ? Barre-toi, crapule !

– Maman !

– Tu te fous de moi, eunuque…

– Salope, j'ai dit, pour changer de musique, pour rire un peu, pour entendre autre chose avant de partir à jamais.

La rue était devant moi avec un peu de soleil, des gens sur le trottoir et le bruit triste de la ville. J'ai pris à gauche afin de recevoir les rayons du soleil sur la figure, comme une caresse, quelque chose de vivant, de chaud, plein d'amitié. Je me souviens… Oui, malgré tous mes chagrins je conservais au fond du cœur un joli fagot d'espoir. J'avais un sac de marin léger comme tout avec quelques chemises et mon beau complet anthracite ; une écharpe, des mouchoirs, des sous-vêtements, ma boîte en fer-blanc qui contenait les photographies de l'orphelinat et de mon séjour aux USA ainsi que les plans techniques de mes œuvres. C'était toute ma fortune. Les passants n'offraient que le pli dur de l'indifférence. Fascinants visages pourtant de ceux qui passent et qu'on ne reverra jamais plus. Peut-être ne me voyaient-ils pas, après tout… Et c'était ça qui était bizarre, qu'ils ne remarquent même pas un tronc mobile dans la rue. C'est la cage vide de mon cerveau qui m'incite à les dévisager avec stupeur et à les recréer à ma manière et non plus à celle du créateur.

Au début, lorsqu'on perd l'usage d'un œil on imagine sans cesse qu'il vous vient un danger du côté de l'œil mort et on tourne la tête comme une girafe puis on s'habitue… Un œil en verre ne coûtait pas trop cher mais depuis la vente de mes actions « Funérailles », je ne possédais plus le moindre sou. De l'hôpital on m'avait laissé partir accompagné de quelques paroles de réconfort, sans œil de verre, mais avec une petite cicatrice, comme une chenille qui se tord sur la peau d'une pêche. À présent, je pouvais faire peur aux enfants et même aux autres à cause de mon regard bancal et de mes bras de bébé qui flottaient au bout des épaules. Physiquement, je devenais plutôt moche avec l'âge.

Paris, la ville lumière où naissent tant de dieux et de demi-dieux, est une ville idéale pour tourner en rond à la manière d'un cloporte. Quelle ville immense et hideuse lorsque la faim vous tenaille ! Un jour bête, un dimanche sans doute, je finis par soupçonner ces milliers de passants d'être des clones. Où allaient-ils à toute heure, figés d'imbécillité dans leur automobile ? Il me semblait perdre la raison au sein de cette furie sonore. La foule, le trafic, le vacarme m'assaillaient et je préférais, à défaut de pouvoir m'installer dans un square ou un parc, aller me terrer dans quelque interstice pestilentiel du métro. Afin de percevoir à nouveau ma maigre indemnité, j'ai pris mon courage à deux pieds pour harceler la mairie d'où l'on m'expédia séance tenante à l'office départemental de l'assistance sociale, puis au Centre de Coordination du CRAL. Quel embrouillamini ! Car c'était ma femme légitime nantie de tous les pouvoirs qui percevait à ma place la petite rente de la pitié. Que voulez-vous, avait-elle dû dire, c'est un enfant, un handicapé né sans bras... Des moignons, vous voyez... ? Incapable de signer et pour cause. Du CRAL je fus au COS de triste réputation. De ce charmant bureau, on m'éjecta aussitôt vers l'Assistance Judiciaire de la ville de Paris, laquelle me réclama un justificatif de domicile, les formulaires médicaux en quadruple exemplaire ainsi que le dossier du DROP sans oublier les attestations dites AA200 et 205 généralement accordées par la commune d'où l'on est originaire. C'était un fameux tourbillon pour le pantin criblé d'impérities ! En ai-je rencontré des experts à ne pas vouloir me tendre un morceau de bois merdeux pour m'aider à sortir de l'abîme ! Terrible de gigoter dans le cloaque des indifférences humaines...

Un matin, très tôt, sans trop savoir comment, trois hommes en gabardine vinrent me surprendre au pied de la paillasse dans un dortoir du Secours Catholique pour me conduire dans l'annexe d'un commissariat du onzième arrondissement où un individu pondéré au verbe clair m'offrit la menace d'un enfermement social. À trop traîner dans certaines rues, disait-il, où on vous voit mendier... Dans ces quartiers précieux la mendicité n'est pas tolérée. C'est vrai qu'on ne peut pas mendier n'importe où. Il me traitait de parasite. Je n'avais qu'à retourner dans le métro comme les autres. Vous êtes un ivrogne, qu'on me répéta d'une façon presque aimable et sans trop forcer sur l'épithète d'ivrogne. D'ailleurs, on m'avait vu partout, aux quatre coins de la capitale, le litron de rouge en évidence au sommet de mon sac de marin. Moi qui ne buvais que du lait... Pour échapper aux magnanimes intentions d'entraides républicaines, j'ai promis un départ immédiat pour le Guatemala où l'on m'offrait une situation d'homme de rang et de siège dans un comité de promotion de l'invention industrielle... Et je suis parti le sac sur le dos, vers la banlieue, du côté de Montfermeil et de Sevran. L'idée qu'on puisse me boucler à nouveau sous les murs d'une institution quelconque me faisait frémir d'angoisse. J'ai continué à déambuler, seul, sans aide, sans toit, avec mes pieds en quintuples ergots pour porter le pain à la bouche et une épingle de nourrice, grand modèle, tordue en forme de huit, agrémentée d'un double lacet remonté jusqu'au menton pour baisser et remonter mon pantalon.

L'idée du Nord ne me quittait pas. C'était mon pays là-bas. Une idée inepte de revenir vers le pays plat, celui des autrefois, où les maisons aux briques brunes sont pommelées du soleil d'eau, le soleil d'hiver. Un moment, en face de la gare, j'ai pensé retourner à Tourcoing, puis, de là, me rendre du côté de Cysoing où une femme payait des cierges pour mon salut au curé de l'endroit. Ma maman peut-être... Avec les remords qui lui défonçaient la conscience. Mais j'ai revu l'abject quadrilatère de l'orphelinat et les tessons de bouteilles incrustés au sommet des murs où même les oiseaux ne se posent jamais. Cette vision du passé m'a fait trembler. Je me suis souvenu du goût du sang dans la bouche. C'était ma grenadine... À chacun sa grenadine. Il est bon que la mémoire soit défaillante. J'ai oublié mes souvenirs de bébé. Mais il suffit de regarder la voûte de mon pied droit pour voir briller la brûlure d'une cigarette. Un mégot à écraser sans doute... Faute de cendrier sous la main. Je crois me souvenir... C'est alors sans doute, afin de retenir un sanglot, que je me suis mis à rire, d'un rire bête et effrayant comme si à l'instant un quidam venait de déposer cent francs sur mon sac de marin. Bon Dieu Jésus ! J'ai pensé, Ma Kadaka, l'excellent professeur, le grand marabout, ami-ami de Ninon-Nioui ! Celui-là possédait une âme dans le regard. J'ai été le voir rue de la Trappe.

C'était fameux comme quartier et elle n'était pas belle à voir, la rue de la Trappe. Aucun géranium sur les balcons mais des linges multicolores qui se mettaient à vivre tout à coup lorsque le vent se levait. Les vieilles maisons devenaient navires... Là, au moins, dans ce quartier perdu des confins du canal de l'Ourcq, régnait un silence seulement entrecoupé par les cris des enfants et par les chansons. La maison portant le numéro 12 était une belle bâtisse datant du XVIIE SIÈCLE. Une antique baraque construite de travers, défoncée, fissurée, défigurée, pétrifiée par le poids des ans et les couches de moisissure. Elle ressemblait à une gangrène enfoncée à coups de trique dans un cul-de-sac car la rue de la Trappe était une voie sans issue. Vue de près cependant, elle était comblée de beautés, cette maison, à cause de la délicatesse des dessins que créait le salpêtre, en raison aussi des vieilles pierres ornées de moulures et de figurines à l'emporte-houle où apparaissent des figures mutilées de pélicans et de goélands. Parfois, dans ces demeures, les tuyaux d'évacuation des eaux usées ne retrouvent plus le chemin des égouts. Alors ils crèvent, ces tuyaux, en fanfare, avec de gros bouillons d'eau noire projetés jusqu'au plafond. Des mains, doigts écartés, se plaisaient à en recueillir quelques lourdes gerbes, en guise de peinture, pour agrémenter les murs gris. C'était de l'art, peut-être... Des allégories, des figures androgynes, des effigies délirantes où, en rêvant, l'œil rivé au mur jusqu'à l'abrutissement, on finissait par distinguer des visages de jeunes filles moustachues ou des guerriers en casque dont les lèvres se perdent sous les paupières.

Je l'ai tout de suite apprécié, ce vaste taudis suintant les humeurs de la décrépitude où l'on ne risquait pas de s'ennuyer, même le dimanche. L'air était fouetté par des hurlements dénués de menace. Il y avait des rires en tromblon, des exclamations et des roulements de tonnerre, des ululements bizarres, sifflés les deux doigts sous la langue... Les chansons arabes s'élevaient, entraînant l'âme à mille lieues de la ville lumière.

Sur le couvercle d'une benne à ordures qui servait de boîte aux lettres, j'ai découvert le nom du professeur Ma Kadaka, entresol numéro 2, escalier de gauche. Plutôt sombre l'entresol du marabout pour un lieu où l'incertitude devient lumière. Un vrai coupe-gorge... Un avant-goût de caveau. Une trappe tapie sous la rue de la Trappe où il est de bon ton de marcher à reculons, tous nerfs dehors, pour ne pas se faire étriper par un rat nourri au lait d'égout et dont la taille correspond à l'avant-bras d'un humain. J'ai descendu quelques marches. Au fond d'un couloir brillait une ampoule emprisonnée sous des barreaux. Elle éclairait la carte de visite de Ma Kadaka. À cet instant, sous ma semelle, j'ai heurté quelque chose de mou. C'était le pied d'un trisomique. Un jeune homme dans toute la force de l'âge, souriant et fier apparemment des clafoutis bouclés qui lui ornaient les deux tempes. Assis sur la première marche de la cave, ses yeux fixaient les mains écarlates de deux voyous occupés à torturer un chat dont le nez laissait filer un petit ruisseau de sang. Ce n'était pas agréable, cette mise à mort dans la pénombre. Un martyre qui ressemblait à celui infligé par les adultes à d'autres adultes au nom de la loi en vigueur. Du coup j'ai moins aimé ce taudis. J'étais prêt à le haïr lorsque la porte du marabout s'ouvrit pour laisser passer une femme en bigoudis venue en consultation. Au fond de la pièce éclairée par des candélabres, assis dans un fauteuil de plastique bleu de Prusse, les coudes appuyés sur une table de formica, le professeur Ma Kadaka me regarda hésiter sur le seuil.

– Baltazar ! cria-t-il en levant les bras. Toi ici ! Ti veux savoir avenir ? Entre, mon ami. Ti fais beaucoup plaisir à Ma Kadaka de Ii venir voir.

– Professeur, je n'ai pas le moindre sou.

– Pour toi, jt ti dis que c'est gratis…

– Merci, professeur, mais je préfère ne pas connaître l'avenir, surtout s'il est à l'image de mon passé. Ce n'est pas gai, la vie…

– Oui, grande salope, la vie ! Ti as raison, Ninon, la vie seulement belle pour macaques dans les arbres, près soleil du bon Dié. Les hommes ont tronçonneuses entre les dents. Pas gai, la vie… Ninon, mon ami, ti veux argent ? Ji ti donne cinq cents francs bounda-doumdi.

– Bounda-doumdi ?

– Ji dis bounda-doumdi… C'est moi donné à toi et toi pas retour argent.

– Je vous le rendrai cet argent. J'y tiens… un jour lorsqu'on voudra bien manufacturer l'une ou l'autre de mes inventions.

– Assieds-toi, Ninon. Ti inventes quoi maintenant ?

Je me suis assis sur une chaise, rompu de fatigue mais étourdi de joie profonde à l'idée d'énumérer quelques-unes de mes œuvres placées en retrait, bien délicatement dans le lobe temporal.

– Écoutez bien, Professeur, je vais vous dire… Ça s'agite là-haut. Des inventions prêtes à jaillir sur le tarmac de la vie, un rosier hybride dont les roses s'épanouissent selon le désir de l'amateur. La larme artificielle pour noyer les tristesses. Les devinettes sans solution à l'usage des insomniaques. Une jolie guillotine sans lame pour se faire peur les jours de trop grande quiétude. Dans le même effort je compte créer l'aspirine éthylique pour les hypocondriaques.

– Très utile ça, opina Ma Kadaka.

– Plus fort, Professeur. Écoutez... Une machine à eau de pluie montée sur cylindre dont le piston de forme octaédrique permet de stabiliser une masse en mouvement tout en ne la maintenant pas en équilibre.

– Terrible ça !

– Et ceci moins imposant mais très précieux... Un peigne sans dent pour les chauves. Un râtelier en perles fines d'Istanbul monté sur coussin d'air pour les dimanches et les jours de fête. Un préservatif en poils à gratter pour les obsédés et un autre, du même calibre, en fine toile de Jouy pour l'amour platonique.

– Moi acheté le lot, yeux fermés.

– Je vous donne tout, Professeur. Mais il existe d'autres opus dans ma pauvre caisse du dessus.

– Quoi, mon Ninon ?

– Tant et tant de choses... Des rêves secrets... Comment dire ? Créer un petit enfant malheureux pour faire tomber Dieu en amour.

– Amour fantastique je trouve.

– Amour de feu ! Vous imaginez, Dieu qui pleure, enfin, enfin, en prenant le petit garçon ou la petite fille dans ses bras pour l'arracher aux griffes du malheur.

– Ninon, ji ti dis, ça chef-d'œuvre de première qualité, s'exclama le Professeur en se levant pour venir m'embrasser sur les deux joues. Ji ti dis, toi génie rouba matafia !

– Peut-être, dis-je. C'est sans mérite. Je n'y puis rien... C'est vrai que l'homme est un veau dans le labyrinthe du savoir. Heureusement, il y a le hasard, la chance, les coïncidences stupides, la fatalité qui vous fait trébucher sur une solution. Même l'aveugle assoiffé finira par découvrir la source. Oui, Professeur, c'est le tonnerre là-haut dans le temporal. Une masse formidable en mouvement perpétuel, prête à écraser le lobe frontal et l'autre, le pariétal. La fureur, si vous voulez, qui nous fait percevoir l'ombre avant le corps, le mot avant la pensée, l'inexprimable avant la plate réalité.

– Toi grand sorcier rouba matafia, Ninon. Toi mon ami de toujours.

Il était ému, le Professeur. Cher Professeur ! Grand ami de mon cœur que je devinais d'une immense bonté. Oui, il y avait une âme dans ses magnifiques yeux noirs. C'est ça, au fond, la grande chance de ma vie : avoir rencontré quelques hommes dont l'obsession consiste à créer le bonheur autour d'eux et qu'on retrouve au détour de la route, au sein des tourmentes, lorsque plus rien ne va et que le désespoir est trop fort.

Ma Kadaka m'a fourré cinq billets de cent francs dans la poche de ma veste. Puis il m'a offert un petit verre de quinquina et deux cigares à fumer dans la même envolée, presque noirs et tordus comme la tige d'un tire-bouchon. J'ai pris le verre avec mon pied gauche et placé les deux cigares sur une soucoupe. Nous parlâmes de la vie qui pourrait devenir gaie un jour.

– Comme chewing-gum sous la patte éléphant, observa le Professeur en s'étranglant de rire, puis, en s'arrachant la cravate, comme Al Khaded avec dix puces dans moustache.

Moi aussi, j'ai ri avec des larmes dans les yeux et une envie de pleurer avec du soleil dans la gorge. Après avoir écrasé ses deux cigares dans un cendrier, Ma Kadaka, à mon seul profit, prétendit entrer en modeste transe afin de chercher le chemin que je devais suivre désormais pour aller débusquer la chance.

– Le bonheur est grand filou, toujours lui se cacher, s'exclama-t-il.

– Non, Professeur, non, je ne veux rien apprendre aujourd'hui. La peur, vous voyez, la crainte de l'avenir, cette appréhension des jours masqués du futur… ! Pour l'instant j'ai faim, c'est tout. Grâce à vos billets, Professeur, je vais aller dans une épicerie pour acheter de quoi manger.

– Ninon, ti est fou ! Ji ti dis que Ma Kadaka va préparer petit plat d'Haïti, bon comme tout. Sévice pressé, patate pas guin peau.

Ce fut autre chose peut-être que me prépara le marabout. Un délice !

Du riz rose avec des ananas, des galettes à la corolle de lotus arrosé de lait de cochon noir. Je l'entendais chanter dans la cuisine : petit air comme doudouce pour cœur de Baltazar.

- Ogou-Fer qui monté lan mer.
Ogou-Fer l'aller
Li pas dit m'en rien
Ogou-Fer qui monté sou lan mer, l'allé.

Plus tard, lorsque vint la nuit, il me prépara un lit dans une pièce voisine où était peinte sur le mur une fenêtre aux rideaux blancs constellés de perroquets, de loriots jaunes et noirs et de tangaras. On voyait la mer par la fenêtre, un ciel bleu et une barque poussée par l'alizé. C'était stupéfiant de voir tout cela en plein Paris, cette explosion de couleurs et l'alizé qu'on sentait frémir sur sa peau. J'ai dit à Ma Kadaka qu'il était un superbe artiste, un authentique rouba matafia, un grand sorcier surtout dans l'art d'apaiser les chagrins.

Didou et Marina étaient belles et dodues comme ces petits fruits dorés qu'on rêve de croquer lorsque la soif est ardente. Elles habitaient à l'étage, au troisième, dans le même immeuble que celui de Ma Kadaka. Didou portait un boubou rouge et elle ressemblait à une bougainvillée émerveillée de la naissance de l'aurore. Sur sa frimousse hallucinée, toujours en éveil, et rieuse comme une alouette au printemps, venait parfois s'étendre la nostalgie des lagons émeraude où se baigne le soleil. Sa peau était plus sombre que celle de Marina. Celle-ci ornait ses oreilles de cerises jaunes du Costa Rica que l'air faisait palpiter ainsi que des fleurs d'oranger-Kyrie. Sur ses cheveux d'ambre reliés en tire-bouchon, elle aimait poser un charmant boutafou-qui-rit inondé des larmes d'un minuscule cristal multicolore. Ainsi parée avec sa coiffure à repentirs on la croquait vivante. On rêvait d'un fourmillement de baisers… Le matin, dès l'aube, nous nous laissions bercer par leurs chants qui ressemblaient aux pépiements des oiseaux des tropiques. Toutes deux étaient originaires de la République Dominicaine. Le lendemain de mon arrivée à la rue de la Trappe, le Professeur me les présenta. Ce fut un grand jour et je dois avouer que j'étais superbe dans mon joli complet anthracite.

Nous fûmes reçus comme des princes dans le charmant appartement où veillait, calme et solennel, un vieux singe aux yeux verts, assis à califourchon sur un arrosoir placé au sommet d'une armoire encombrée de casseroles. Il nous regarda fixement, le monstre, inquiet sans doute de nous voir pénétrer dans son domaine. Didou se gargarisait avec de l'eau pétillante aromatisée au citron. Marina nous offrit de la confiture de goyave et du pain sucré d'autruche. Quelques oiseaux en liberté qui ressemblaient à des perruches entraient et sortaient par la fenêtre entrouverte. D'autres, des bengalis, des cotingas de Guyane ainsi qu'un couple d'énormes céphaloptères ornés du Brésil s'employaient à façonner des nids dans les lourdes tentures de la cuisine. Les oiseaux chantaient, Marina et Didou aussi, même Ma Kadaka de sa voix de baryton enroué se plaisait à imiter les roulements de tambour ou le fracas de l'orage. Tant de musique me combla de joie et je me grattai les côtes contre le mur. Le singe, habillé d'une petite jaquette en verrou d'espagale, appréciait et dodelinait de la tête en se grattant lui aussi, mais avec une élégance plus subtile que la mienne. Marina chantait la pluie dans la danse des libellules, Didou les rayons du soleil sur les voiles blanches d'un bateau… Toutes deux, en me parlant le créole que je ne comprenais pas, venaient poser leur tête sur mes épaules et y déposer l'ébauche d'un baiser qui sentait la vanille. Pour rire, j'imitais la langue des îles et le professeur s'esclaffait, allongé sur le tapis, sous les palmiers en pot. Petit Jésus Mon Dieu ! Ce que nous étions bien tous les quatre… Tous les cinq, puisque Gabine, le singe, participait amicalement à nos joies.

Oui, je n'avais plus qu'à choisir entre ces deux chéries des îles, Marina ou Didou. Le professeur m'expliqua que je pouvais prendre l'une comme femme légitime et l'autre comme femme-caille. J'hésitais, les regardant toutes les deux, toutes les deux aussi jolies et souriantes. Le soir d'hiver s'insinuait dans le vaste salon encombré de plantes luxuriantes.

Dans la pénombre on se serait cru dans la jungle. Silence…

Même les oiseaux s'étaient tus. Il ne fallait pas allumer les lumières, surtout. L'instant était auguste, presque sacré.

– Ji entends couler source de ton cœur, murmura le Professeur.

J'entendais aussi, entremêlés au doux bonheur de l'incertitude, le murmure des feuillages sur un toit de paille et le frémissement des eaux vives. Je m'imaginais déjà aux îles, idéalement loin de la ville-lumière, courant sur le sable rose de Gauguin, les deux filles à mes trousses pour me précipiter dans l'écume de la mer. Elles me souriaient, je crois, sans me regarder, dans le souci de ne pas m'influencer. Sur son arrosoir qui lui servait de pot de chambre, le singe Gabine se dandinait, très attentif, car lui aussi brûlait d'impatience d'entendre exprimer mon choix. Il faisait partie de la famille après tout… Tellement humain qu'on s'étonnait qu'il n'ait pas encore pris la parole. Pour finir, comme je n'arrivais pas à montrer ma préférence, on a tiré la courte-paille. C'est ainsi que Marina devint ma légitime, la matelote et Didou ma femme-caille.

Marina et moi ne sommes pas passés à la mairie pour officialiser le mariage. Si nous avions pu deviner les manigances du futur… Tous, tant que nous sommes, on est niais à en pleurer dans la quiétude du jour alors que les cauchemars se préparent.

J'ai été chercher mon sac de marin après avoir choisi deux petits bouquets de roses d'églantier. Vers minuit, j'étais au troisième étage, comme chez moi, gâté déjà ainsi qu'un bouddha en sucre d'orge, entre mes deux papillons de nuit, les oiseaux chanteurs et Gabine, impérial dans sa jaquette en verrou d'espagale.

Nous vécûmes des jours heureux. Le printemps arriva un beau matin, encombré de toutes sortes de soleils et de parfums. De mon esprit, les œuvres jaillissaient avec la folle impétuosité d'une source après la fonte des neiges. Parfaitement cohérentes, des élucubrations venues d'on ne sait où fertilisaient les immenses espaces de mon ignorance de pauvre humain. Je mis au point le dessin technique d'une automobile sans carrosserie dont il manque le moteur ainsi qu'une moustache amovible – assez puérile en somme – en poils durs pouvant servir aussi de brosse à reluire, brosse à dents et ramasse-miettes. Marina et Didou à qui j'enseignais les rudiments de quelques sciences me secondaient avec plaisir dans mes recherches. Marina m'apprenait le créole. Didou me faisait faire des vocalises. Nous vivions en parfaite harmonie, folâtres et gais comme pinson au bord de la margelle et j'arrivais à les confondre toutes les deux dans la même et tendre amitié. Au-dessus de nous les oiseaux chanteurs ne cessaient d'aller et venir et nous donnaient l'impression de vivre dans un arbre des tropiques !

Chaque jour, je me rendais dans le sous-sol de Ma Kadaka. Avant de recevoir ses clients il m'invitait à boire deux larmes de quinquina ou à fumer simultanément les cigares tordus. Une odeur d'encens stagnait dans l'antre de son bureau où, coiffé d'un burnous noir et les épaules recouvertes d'un drap rose, je faisais parfois fonction d'assistant du Professeur, d'envoyé du ciel, distributeur de grâces et d'apaisements, petit homme ami des hommes et protecteur émérite des femmes battues, délaissées ou répudiées. Mes titres étaient nombreux et le marabout m'en accordait des nouveaux à tout moment. C'est vrai que les clientes du grand Professeur appréciaient ma présence. Elle les rassurait. La cape rose et mon angélique figure de jeune homme à l'œil modeste mettaient comme un baume de quiétude sur l'appareil satanesque dont Ma Kadaka aimait s'entourer. D'affreuses rumeurs circulaient à l'encontre de certains marabouts, d'un remarquable calibre, qui se permettaient des privautés envers ces dames affligées ou solitaires. Des mains s'égaraient sur les tissus, disait-on, sous les dessous, tâtaient les poitrines ou remontaient le long des jambes sous prétexte de mieux percevoir les ondes bénéfiques ou néfastes. Parfois, ces attouchements trouvaient une apothéose dans une noire débauche et tout le bénéfice de la consultation s'évaporait dans le néant.

Le Professeur Ma Kadaka, lui, était sérieux ainsi qu'un vénérable prêtre dont le privilège est d'avoir vu l'enfer de tout près. Jamais il ne se serait autorisé le moindre geste impertinent. Ji suis beaucoup vieux maintenant, disait-il, puis ji dis faut pas rigoler avec misères di pauvre femme. Moi pas marmiteux... Il prétendait encore que l'harmonie de l'amour doit être guidée par la mélodie du cœur. Que la femme s'offre enveloppée des mystères de la nuit. Ah oui, c'était un vieux et vénérable prêtre que Ma Kadaka ! Les clients lui apportaient des cierges qu'il allumait aussitôt en l'honneur de certains saints, amis-amis de Dié lui-même.

En attendant le client nous devisions à l'irrécusable sans trop tenir compte des évidences. Nous n'attendions pas longtemps. Le marabout était joliment connu à Paris, surtout dans les faubourgs du Nord et de l'Est. C'était des femmes surtout qui se présentaient, obsédées par un avenir qui, espéraient-elles, n'aurait pas du passé ou du présent un aussi cruel visage. Les yeux humides, la mine défaite, elles voulaient savoir si, par hasard, le créateur leur avait réservé quelques jours de bonheur, ne les avait pas oubliées dans sa formidable distribution des délices de la vie. On ne se doute pas assez de la grande misère humaine, de celle qui sévit de l'autre côté de la porte, de toutes ces barbaries que le bipède ourdit pour voir trébucher son double dans la suie de l'ornière. Pour prospérer le malheur ne réclame ni terreau ni azote. Même dans l'environnement le plus aride il trouve moyen de crever la rocaille. Bizarre comme le malheur est toujours en fin de compte le vainqueur de ce qui ressemble au bonheur. Car, lorsque ce n'est pas l'homme qui est l'artisan des afflictions, c'est la nature, tiens, qui prend le relais avec non moins d'allégresse. Les accidents, les coups du sort, la vieillesse et le corps qui se déglingue, le hasard imbécile, le virus bicéphale qui fait crever à feu doux... Les eaux de l'océan sont salées... Peut-être sont-ce toutes les larmes versées par l'homme et la bête depuis des millénaires qui les ont rendues salées à ce point. Un symbole, disait Pettorossi.

D'autres, parmi toutes ces infortunées en quête d'espérances, venaient consulter le grand médium pour des retours d'affection, des influences à distance, pour les aider dans le combat contre l'envoûtement, contre le mauvais sort lancé par incantation les nuits de pleine lune par quelque parent vipérin dont l'âme débraillée fait sa couche dans l'ornière de Satan. La vie, peut-être faut-il la vivre les yeux clos pour la trouver belle. C'est cela le grand secret... Ronronner en fermant les yeux, se sentir bien dans sa peau comme le ver en extase confiné dans une charogne, comme la mouche verte enfouie au plus profond de l'étron. Ma Kadaka, en dépit de ses rires et de son visage hilare, ne la trouvait pas particulièrement belle, l'existence humaine.

– Ji ti dis, Ninon, que bon Dié avoir verre de mauvais pinard dans le nez quand lui créa l'homme. L'homme très fameux chabraque avec cervelle pas culotte coin-coin.

Dieu n'y peut rien, je disais. Il nous voit, il nous juge sans doute. Il nous attend tous au seuil de l'éternité pour savourer nos faces assommées de stupeur devant la réalité enfin révélée.

C'est hallucinant, je pensais, ce qui nous attend après la mort du corps ! Une abracadabrante surprise, une révélation à nous faire exploser l'entendement dans le chaudron ébouillanté des plus acerbes stupeurs. Pour essayer de comprendre un peu, il faut extravaguer. Mais peut-être qu'il n'y a rien après le dernier râle pour rabattre les draps humides… C'est cela, le summum de la farce tragique, tant de tourments et de misères pour aboutir au néant. La vérité est-elle sœur jumelle de la démence ? Un jour, je le présageais, j'allais m'atteler, tel un vieux cheval piqué à l'héroïne, aux mystères de la mort et de l'au-delà. Ce sera mon petit chef-d'œuvre, un peu bancal certes, mais un chef-d'œuvre quand même. Ce sera l'opus 100, une œuvre remarquable dans le domaine de l'alogie.

Vêtu d'une pelisse de velours noir et porteur d'une calotte blanche imbibée de patchouli, Ma Kadaka fit tourner plusieurs fois le tarot, s'adressa aux morts en les interpellant vivement et mit en état de catalepsie momentanée une jeune femme âgée de trente ans environ, de race indéterminée et mère d'un enfant assez singulier dont la caractéristique la plus vive consistait à tenir un langage abscons parsemé de ci de là de réflexions omniscientes. De plus, il bavait. La photographie du jeune garçon reposait dans la main d'ébène d'un centaure. Âgé de sept ans, le bonhomme semblait occupé à faire des bulles de salive à l'instant où le photographe l'avait immortalisé dans une pose d'immortel, les doigts en éventail des deux côtés du menton. Les yeux bleus aux reflets violets, légèrement plissés, offraient, certes, quelques papelardises, mais sans la moindre trace de sournoiserie. Cet innocent savant n'était peut-être qu'un farceur soucieux d'abuser la société sans même épargner sa pauvre mère.

Assis au coin le plus reculé de la pièce, je tenais au pied un cierge allumé. La femme étendue sur la table se trouvait dans un état de léthargie proche de la mort, puis, soudain, se réveillait en poussant le bêlement de la chèvre ou éternuait d'une manière saccadée. La sueur ruisselait sur son visage. C'est à travers elle, la mère meurtrie, que Ma Kadaka espérait exercer une influence sur le mental de l'enfant. À vrai dire, elle paraissait plus débile que son fils à cause de ses yeux qui allaient en tous sens et de son front bas, coincé comme une lanière de cuir bouilli entre les cheveux et les sourcils.

– Attention, Ninon, ci femme est hystérique... Convulsions comme mygale enfermée dans poubelle.

C'est en créole qu'il s'exprimait, le marabout. Des exhortations sibyllines dont les créatures de Satan, infiltrées dans le corps et l'âme de la femme et de son fils, ne pouvaient souffrir la cinglante dialectique. Allongée et recouverte jusqu'au cou d'un drap noir aux franges argentées ainsi qu'un tissu de funérailles, la mère respirait très faiblement. Son âme s'envolait, revenait sur terre, repartait vers d'incertains univers, hésitant douloureusement entre la vie qui n'était que leurre et la mort qui était un cauchemar. Ma Kadaka, penché sur son visage, s'en prenait à toute la généalogie satanique. Ce combat était effrayant. Soudain, il y eut un silence. J'ouvris mon œil et vis que la flamme du cierge s'était éteinte.

– La femme, partie avec la mort! s'exclama le Professeur en soulevant les paupières de la mère.

– Morte? demandai-je.

– Morte! Ji va faire pitites invocations comme tempête. Ô femme toi pas partir pour Géhenne. Poudre escampette pas bon quand y a pas Élysée au bout voyage.

Sa voix de baryton s'élevait vraiment sinistre dans le silence des ténèbres. Je rallumai le cierge en manquant me brûler la langue avec une allumette. Le professeur chantait en massant le cœur de la femme, cria des phrases barbares aux aspérités germaniques dont je ne devais jamais deviner le sens. Mais la vie s'était enfuie à jamais. Elle nous quitte vite, la vie. C'est la vie qui est l'exception et c'est quand on s'y attend le moins qu'on se trouve en présence de la mort. Ma Kadaka s'écroula sur son fauteuil en s'adressant les pires malédictions.

– Ninon, ji suis perdu ! Aujourd'hui chance foutu le camp, naba fou moutou... Ma kadaka vieux, trop vieux... La pitite femme partie sur dos de la mort comme cavalier sur cheval.

– Elle souffrait du cœur sans doute. Ce n'est pas normal de mourir ainsi, sans crier gare...

– La faux de la mort travaille yeux bandés.

Nous ouvrîmes les rideaux afin d'y voir plus clair et essayer de comprendre pourquoi cette femme avait jugé bon de nous fuir d'une manière aussi brutale. Elle reposait, le visage fermé, pas content du tout... Sa bouche retenait une sorte de grimace comme si à l'instant de mourir elle avait voulu crier une injure. À voir l'expression de ses traits, ça ne devait pas être très gai, là-bas, dans l'au-delà, dans l'empyrée où on se demande ce que doivent faire les heureux élus pour meubler leurs journées dites éternelles. Tout compte fait, à bien y réfléchir, la chance consiste à n'avoir jamais vu le jour.

Nous restâmes immobiles un long moment, comme abrutis, devant le cadavre de la malheureuse. C'était une épouvantable malchance, un maléfice de sabbat. Pauvre femme... gémissait Ma Kadaka qui se reprochait de n'avoir pas suffisamment conversé avant la séance. Elle souffrait du cœur, peut-être, ou d'autre chose... Des énervements en caillots ou des tourments en transes dont les baldaquins expriment l'abandon au sacrifice suprême. Certains ne cessent de supplier la mort de bien vouloir venir les visiter.

– À Paris pas beaucoup parler les gens. À Haïti, Sénégal aussi, beaucoup parler comme oiseaux dans bocage et rire comme crapauds sous la pluie. Naba fou moutu, je suis triste comme corde autour cou du pendu...

Assommé de détresse, avons-nous songé à faire disparaître le corps en allant l'enfouir dans un coin bien vert de la campagne ? Les sous-bois de la forêt de Montmorency sont plus plaisants que les cimetières où l'on court le risque de se trouver allongé en rang d'oignons à côté d'un fâcheux affligé d'une famille larmoyante. D'autres, peut-être, des colosses en maillot de corps, auraient possédé la force de le découper, ce corps, en une douzaine de morceaux qu'ils déposeraient dans des sacs aux quatre coins de la capitale. Nous n'étions pas des bouchers, nous. C'est d'horreur que nous aurions défailli. Plus jamais nous aurions pu regarder une femme comme on admire une rivière sous la lune ou un fruit sur la branche. Cela s'oublie difficilement, paraît-il, le spectacle bourdonnant des viscères et des entrailles étendus sur la table de travail. J'entendis le Professeur me parler de l'enfant, le demeuré, dont les propos sollicitaient Platon et Épicure après avoir bavé du jus de réglisse… Celui de la photo avec les mains en éventail. Nous aurions pu l'élever, ce bonhomme, aujourd'hui orphelin, au troisième étage de l'immeuble entre Marina et Didou. Ne pas le laisser seul ou dans les fers de l'assistance sociale.

– Ninon, ti vas appeler police… Moi pas trouver courage, ji suis plein de tristesse. Signeur, comment vous quitté main commi ça ?

J'ai disposé une cravate noire autour de mon cou et je me suis rendu au commissariat le plus proche afin d'expliquer qu'il s'agissait d'un accident, d'un coup du sort, dont nous n'étions pas responsables. En compagnie de deux agents, je suis revenu au numéro 12 de la rue de la Trappe. Une heure plus tard, ils étaient plus de trente à prendre d'assaut la sombre bâtisse. Ma Kadaka fut embarqué le premier. Dans la rue, deux cars attendaient, prêts à avaler tout un beau monde interlope dénué de papiers. C'était le tiers-monde sans permis de séjour ni de travail, travailleurs clandestins et modestes négociants en drogue douce, traqués comme des rats qu'il fallut évacuer au rythme des matraques et renvoyer au-delà des mers en camisole de force et menottes aux chevilles. Elle n'en voulait plus, cette pauvre horde, de la somptueuse Afrique, ni des îles au soleil, ni des barrières de corail, des palmiers dressés sous l'azur étincelant, des rivages enchanteurs... Pendant plus d'une heure ce fut rocambolesque et très moche aussi. Une partie de cache-cache violente dans un effroyable tapage. Des mains se pressaient pour égorger, d'autres pour saigner. On voulait tuer dans l'ombre... Personne n'était vraiment en règle au numéro 12 de la rue de la Trappe sauf un vieux jockey, un homme à poigne, un pur-sang au retour d'âge, pas plus haut qu'une commode Empire et qui subissait des visions nocturnes, expliquaient certains la voix en sourdine. C'est lui, l'homme-tige qui renseignait les flics sur les secrets du labyrinthe dont les méandres, coins et recoins s'en allaient des arrière-caves aux mansardes parsemées de portes en trompe lumière. Il expliquait d'un ton sans réplique avec le rictus inviolable du babouin. Une mèche de cheveux gras lui inondait une oreille et un morceau de mâchoire.

– Permettez, Messieurs, expliquait-il, plus de quatre-vingts drôles habitent la maison, parfaitement et même davantage en hiver lorsque le gel sévit. Vous parlez d'une engeance. On n'est plus chez soi. Faut sortir armé...

Les enfants expédiaient des casseroles et des seaux d'eau sur les agents dans l'escalier. Ceci créait une singulière cascade et un bruit d'égout dont se régalaient les voisins, des Français pur miel de vieille souche venus en nombre pour assister au pugilat. Aidé de Marina et de Didou, j'ai poussé du dos des meubles devant la porte de l'appartement. Dans l'escalier les bottes des flics faisaient un bruit d'enfer. On annonçait les CRS, une compagnie d'élite encadrée d'énergumènes et déployée en épluchure d'attaque avec casque et treillis d'acier. Des hommes triés sur le gril, le sang entre les dents et qui brûlaient de se perfectionner la main et le pied sur les tribus du Maghreb. Sur le visage de mes deux femmes se peignait la terreur. Didou, ma femme-caille, et Marina, ma matelote, ne cessaient de gémir. Ni l'une ni l'autre n'étaient en règle au sujet des papiers de la République.

– Nom di Dié ! Ji veux pas retour à Saint-Domingue. Ji préfère mourir, criait Marina, l'officielle, celle que j'aurais dû épouser bien légalement afin qu'elle puisse rester dans l'heureux pays des lumières, la République, bastion des droits de l'homme et terroir de la haute pensée universelle.

Lorsque le vacarme diminuait, on entendait la voix impérieuse du jockey indiquer aux policiers dégoulinants comment procéder pour empêcher les Arabes du quatrième, sous les combles, de filer par les toits. Les Arabes, ils n'appréciaient pas du tout le jockey. On ne savait pas pourquoi… Une lubie de pur Français décoré, très à cheval sur les principes. Les Haïtiens et les Dominicains, il les détestait tout autant. Quant à moi, Français de pure chair, à cause de mon accent du Nord, il me prenait pour un Chleuh ou quelque chose de ce goût-là et cela lui donnait des répugnances. Peut-être aussi était-il secrètement envieux de mon bouc qui commençait doucement à prendre forme de poire.

– Un conseil, méfiez-vous, monsieur le Commissaire, prévenait-il, le dos rigide et les pieds joints dans ses pantoufles en étoffe de chameau, il y a une fameuse cohorte dans les mansardes. Le poignard est au fil du nez. Au plus on monte au plus grouille la racaille, c'est moi qui vous le dis. Le napalm qu'il faudrait pour nettoyer la baraque. Vraiment, on ne se sent plus chez soi, en famille…

– Allons, allons, c'est pas la guerre, répliqua le commissaire.

– Pire que la guerre ! Je vous les expédierais, moi, tiens ! En avant, toute pompe dehors… D'ailleurs, je vais vous dire franchement, monsieur le Commissaire, des zouaves qui ne respectent pas l'uniforme, c'est à coups de canon, le pied au cul et une triple paire de claques au museau qu'il faudrait les expédier d'où qu'ils viennent. Ces gens-là, ce ne sont pas des humains, ce sont des chloratés. À liquider, nom de Dieu, à liquider !

Nous l'entendions derrière la porte, l'intègre, baver ses mots taillés au scalpel. Parfois, il se mouchait violemment comme pour évoquer l'héroïque souvenir du coup de clairon.

Nos meubles contre la porte atteignaient le plafond. Tout en haut, Gabine se grattait les bajoues avec virulence. Je l'imitais. Jusqu'au sang. Discrètement cachés sous les rideaux des fenêtres, les oiseaux se taisaient, apeurés par le vacarme. Que pensent-ils de nous, les animaux ? Mieux vaut ne pas savoir, ne pas s'imaginer surtout. J'en étais là de mes méditations lorsque la porte céda sous la pression des forces de l'ordre. Les meubles s'écroulèrent avec fracas. Dans un bel accord Didou et Marina poussèrent un hurlement de terreur en faisant mine de se jeter par la fenêtre. Les sbires déchaînés nous empoignèrent et nous passèrent les menottes. Ce fut amusant cette façon brutale qu'ils avaient de me chercher les bras, de ne pas les trouver, de jurer et de me passer une corde autour du ventre.

Jamais plus je ne devais revoir ma matelote et ma femmecaille. Même un petit baiser nous fut refusé. En les voyant partir à tout jamais j'ai pleuré. Comme un jeune veau abandonné, j'ai longtemps pleuré nos jours de tendre bonheur, nos chants, nos baisers, nos chastes caresses, le merveilleux pépiement de leurs voix mêlées lorsqu'elles me voyaient apparaître le soir après une journée de vagabondage dans les rues de Paris. Parce que je possédais une carte d'identité en bonne et due forme, Gabine et les oiseaux me furent confiés ainsi que l'appartement dévasté où flottait le parfum de vanille de mes deux chéries déportées à Saint-Domingue.

Emprisonné à la prison de la Santé, le Professeur me fit parvenir un mois plus tard une lettre fort longue dont je détache un extrait court : « Li maton a bouc en forme de fraise. Lui brave homme. Moi beaucoup parlé de toi, mon ami, seul avec Gabine li pitit singe di Mozambique. Toi donné lait écrémé avec banana écrasée. Gabine plus beaucoup dents, vieux maintenant comme Ma Kadaka. Mon ami Ninon, moi donné la bonne adresse pour travail de homme de compagnie : Augustin des Gachoux. Domaine des Bazouges Ustaritz. Domaine loin dans campagne avec belle rivière. Ji connais aussi pitite femme de Augustin, très gentille avec perruque, jolie comme une fleur. Si toi vouloir écrire à Ma Kadaka à la prison, moi beaucoup plaisir à ti lire et plus pleurer capicho de tristesse. »

Capicho de tristesse ! Ce que j'étais triste, moi aussi, de savoir mon fidèle Professeur enfermé entre assassins et voleurs, entre les innocents et ceux dont la tête devenue caboche explose à force de désespoir. Chaque jour ma pensée allait vers lui. Ainsi, même au fond noir de sa geôle, le formidable marabout veillait sur moi et m'offrait un lieu sûr où je pouvais trouver un travail. Homme de compagnie… En quoi consistait cette occupation ? Ces Gachoux étaient-ils gens de bonté ? Mais Ma Kadaka, par cette bienfaisance qui le caractérisait, ne pouvait m'envoyer que chez des personnes de réelle humanité. Un jour, mes ressources se trouvèrent épuisées. Je vendis les quelques meubles de Didou et Marina qu'elles m'avaient laissés afin que je ne crève pas de faim en compagnie de Gabine et des oiseaux des îles. Depuis qu'il me savait français de vieux et pur pâturage, le jockey décoré avait cessé de me prendre en grippe. Votre accent a de la tripe dans la glotte, m'avait-il affirmé d'un ton sec en se redressant, nuque blême au-dessus d'un col de chemise amidonné suintant l'eau de Javel. Il vint m'aider à embarquer tout mon petit monde animal.

– Les Basques, je connais, me déclara-t-il d'un ton pénétré. De drôles de cocos, ceux-là... À surveiller. Pas mauvaises bêtes, au fond, à condition de les tenir au pli et de leur faire goûter la schlague à la première incartade.
– Tiens ! C'est inquiétant, ai-je dit. J'espère qu'ils ne s'en prendront pas à mes bêtes.
– Vigilance, mon vieux. Levez le sourcil et tenez-les au pli ! Ce n'est pas Paris là-bas, vous saisissez ? Hein ? Les forêts, les montagnes, tout ça donne des zigues à leur briser le ceinturon sur le râble !

Il me parlait, le buste tendu à l'acier, en fronçant le nez d'un air entendu. S'il continuait sur ce ton, il allait tuer mon enthousiasme à partir sous d'autres cieux. Il ajouta encore, l'œil cruel, presque mauvais.

– C'est Paris que vous allez regretter, garanti !... Oui, mon pauvre vieux... Ici on vit au moins. Ça bouge, ça travaille. Une vie honnête entre gens civilisés. On sait se tenir et se montrer du respect. Là-bas, c'est l'ornière pour vous coucher avec les bœufs. Je la connais, la racaille des campagnes. Remarquez, à vivre au fond des labours, dans les sous-bois, le cul dans la bouillasse, faut être taré et les tarés, ils ne connaissent que le knout et la bastonnade. Ah ! Je vous en ferais une fameuse boucherie de tous ces métèques. Au canon, nom de Dieu, file à droite, le fleuret au ras de l'échine...

J'ai claqué la portière du taxi tellement il m'effrayait à me saisir par l'écharpe que je portais autour du cou pour mieux ponctuer son discours. C'était un patriote, après tout. Un homme de devoir très sensible au maintien de l'ordre, au respect de la famille, au caractère sacré du travail. Il en faut de ces hommes-là, me suis-je dit pour me rassurer bêtement. Il y a bien des tueurs dans les abattoirs.

Nous prîmes le train de Bayonne, les bêtes et moi. J'aurais dû être heureux comme un pinson dont la porte s'ouvre sur la liberté des nuages. Mais je ne pouvais oublier la souffrance de ceux qui m'avaient accueilli chez eux comme on accueille un chien malade une nuit d'hiver, mon ami Ma Kadaka et mes deux petites galantes des îles, ma matelote et ma femme-caille.

Le ciel de Bayonne était d'un bleu à se baigner et lui, de la Touche, portait un costume blanc sur une chemise noire triple deuil. Sa beauté subjuguait. De ma vie, je n'avais vu un homme dont les traits fussent à ce point aussi irréguliers et aussi riches d'un charme invincible.

– Vous êtes Baltazar Ninon, l'homme de compagnie ? me demanda-t-il en souriant.

– Oui et voici Gabine, natif du Mozambique.

– Je suis le chevalier de la Touche. Appelez-moi simplement chevalier.

– Très heureux, chevalier.

– Je suis le chargé d'affaires, l'homme de confiance et le compagnon de musique de monsieur Augustin des Gachoux. Cher Baltazar, c'est le ciel qui vous envoie auprès de nous. Vous verrez, le domaine est idyllique et plein de ressources. Les de Gachoux sont gens charmants, d'une très surprenante culture ! Des artistes. Vous êtes savant, je crois.

– Modeste... Je n'en suis qu'à l'opus 24.

– Mes compliments, Baltazar !

Il avait de la conversation, le beau de la Touche, une grande présence amicale, puis, soudain sans en saisir la raison, il s'arrêtait de parler, son regard se perdait, il n'écoutait plus. Ses yeux de velours noirs allaient se poser délicatement à vos côtés comme une abeille qui se pose sur la fleur dont le pétale vous caresse la joue. Un léger tic faisait mouvoir ses lèvres et son menton. Son charme s'accroissait encore et devenait fascinant tandis qu'un reflet d'arrogance, légèrement dément peut-être, venait enflammer ses traits. Quel était son travers ? C'est vrai qu'il prenait parfois l'allure d'un toqué, soudain distrait par une voix venue de l'au-delà… Certains possèdent des vices, d'autres des manies ou des délires, ou des bontés d'âme qu'il faut quelquefois des mois ou des années pour débusquer. Son regard n'était pas mauvais cependant. Il me regardait avec bienveillance tout en caressant le crâne de Gabine, lequel, accroupi dans un vaste sac de toile, contemplait avec inquiétude la foule qui se pressait sur les quais de la gare.

Cependant, en conversant davantage, je crus déceler en lui quelque tare formidable, comme une perversion qui lui calcinait le cœur ou une frénésie à laquelle il s'accrochait avec délice. Ceci vaut mieux que l'indifférence qui pétrifie. À vrai dire, vivre en compagnie de son vice comme avec une femme bien aimée est assez réjouissant et vous garde l'âme au chaud. Pour survivre chacun a sa bouillotte.

Nous quittâmes la gare de Bayonne, Gabine dans son sac et les oiseaux enfermés dans un panier d'osier. J'avais mon sac de marin sur le dos. Dans une ruelle près de la place nous attendait une CX Pallas, la plus belle des voitures, aux sièges profonds et qui se balançait sur la route dans une lenteur impériale. J'ai désiré voir l'océan tout de suite. Gabine aussi, je le devinais, voulait contempler l'océan. Nous étions immensément béats, presque stupides, d'être là, dans cette voiture souveraine sous ce ciel d'un bleu intense, sous ce soleil et environnés des parfums éblouissants de viorne, de lilas, de seringat… Au volant, le chevalier conduisait lentement en regardant davantage les passants que l'avenue qui nous conduisait à la mer. Un moment, il parut s'égarer dans un dédale de petites rues. Il paraissait soucieux à présent. Son tic charmant de la bouche et du menton reprenait de plus belle. Gabine accroché à mon cou montrait des signes d'impatience surtout lorsqu'il vit s'ériger des splendides palmiers qui devaient lui faire souvenir de son enfance africaine. Puis, non loin du casino, nous apparut la mer. Gabine ricana en montrant ses dents jaunes et les oiseaux, Jésus mon Dieu ! Les oiseaux qui reprirent leurs chants après ce voyage passé dans l'angoisse d'un panier fermé. Comme ce fut beau, oui, comme ce fut sacré, ces chants divins de mes petits Mozart. Sans être mélodieuse, mais si pure, la voix du Cotinga Pompadour me rappela le souvenir de Didou et Marina. Il y avait des voiles blanches à l'horizon. Le vent venait d'Espagne.

Le chevalier ne regardait plus la rue… Ou si peu. Il roulait de plus en plus lentement. À fixer la plage et les baigneurs, il paraissait en extase. Mais le fond de son œil était sombre, parfois traversé par l'éclair d'une singulière convoitise. Lui aussi devait aimer la mer, pensais-je, et souffrir de ne pas être porté par les flots vers des destinations inconnues et le cher péril du naufrage.

– Qu'en pensez-vous, Baltazar ? Fameuse, n'est-ce pas ? cria-t-il en me lançant un clin d'œil complice dans le miroir du rétroviseur.

Car j'étais assis à l'arrière de la somptueuse berline avec Gabine sur les genoux qui pissait d'émotion et les oiseaux dans la cage dont la porte allait s'ouvrir bientôt.

– Fameuse ?

– Superbe… Superbe… Vous êtes un connaisseur, je suppose ? Fameuse ! Oui, vraiment… répéta de la Touche d'une voix exaltée, si frémissante que l'on aurait pu y déceler de la souffrance.

– Oui, superbe, approuvai-je quoique ne devinant pas le moins du monde de quoi ou de qui il parlait.

– Baltazar, je sens qu'on fera des étincelles tous les deux, reprit-il en ricanant. Biarritz n'est pas Paris, certes. Néanmoins, il y a ici de très beaux spécimens et puis iI y a le flux et le reflux des vacanciers. Les immenses troupeaux de touristes…

Comme à regret la limousine quitta le bord de mer pour emprunter une avenue qui menait à l'avenue du Maréchal Foch. Gabine semblait faire des grimaces aux passants.

– Quelle ménagerie vous avez ! observa le chevalier.
– Ils s'impatientent de retrouver la liberté. Sommes-nous loin du domaine ?
– Environ 10 km. Vous verrez, ce sera le paradis pour votre ménagerie. Un lieu perdu englouti sous les arbres. Vous aimez la campagne, j'espère ?
– Bien sûr. Vous connaissez le professeur Ma Kadaka ?
– Le marabout ! Un homme épatant, gai comme le soleil. Il a passé six mois au domaine à l'époque où il ne possédait pas de carte de séjour. Baltazar, vous devinez ce que nous avons pu rire en sa compagnie Quel soleil, celui-là !
– C'est lui qui m'envoie ici.
– Je sais. Il nous écrivit une lettre à rallonge. Le malheur lui est tombé sur le dos.

À cette vie agitée que je subissais depuis toujours devait peut-être succéder une ère de quiétude. Les illusions tourbillonnaient. Le chevalier de la Touche, en dépit de ses tics papillonnants et de son regard porté à l'écarlate de l'incandescence, me paraissait un honnête homme. J'adorais déjà le fastueux domaine de Bazouges.

Nous quittâmes Biarritz et prîmes la direction de Arcanques, puis une petite route fort belle et tortueuse dans la campagne et les bois. C'est là qu'il se nichait, le domaine, délabré et désuet, dissimulé sous une végétation débridée et une douzaine de palmiers. Au bout d'une allée de gravier rose s'érigeait ce qui n'était pas un palais mais une branlante et vaste bâtisse rectangulaire caressée par les flots luxuriants de vingt vignes vierges.

Vraiment, l'endroit était céleste ! Sous le ciel radieux folâtraient ces parfums insinuants dont les émanations soudain réveillent dans l'âme du promeneur ces vagues mais entêtantes réminiscences des vies d'autrefois. Gabine s'échappa par la fenêtre entrouverte de la voiture et se trouva aussitôt dans les plus hautes branches d'un platane. À leur tour, les oiseaux s'en furent, bien au-dessus de la maison vers le fond du domaine où passait une rivière traversée par de singuliers ponts de bois à la japonaise. Sur le perron, monsieur et madame des Gachoux nous attendaient, l'un comme l'autre porteur de parapluie blanc qui faisait fonction de parasol.

– Bienvenue, Baltazar, bienvenue ! cria monsieur des Gachoux. Bienvenue aussi à vos fidèles compagnons, bienvenue dans notre modeste château claustral où s'étiolent nos vieux rêves d'apogée !

Plus tard, j'appris qu'à chaque visiteur que son cœur espérait, le digne vieil homme aimait adresser une phrase de bienvenue auréolée de désuétude ou, selon la personnalité du visiteur, du plus imprévisible délire.

– Monsieur et madame des Gachoux, je vous présente mes hommages, dis-je en me courbant légèrement ainsi qu'un homme de qualité.

– Ainsi vous êtes notre homme de conversation… Bravo !

– Homme de compagnie, je crois…

– Sacrebleu, non, mon ami ! Qu'avons-nous besoin d'un homme de compagnie ? Un homme de conversation, oui, voilà qui sera parfait et nous enchante déjà, pas… Vous êtes ici vivement espéré, Baltazar, et depuis longtemps. Vive Ma Kadaka, notre excellent ami ! Puisse le ciel lui ouvrir bien vite toutes les portes de l'ignoble geôle et prions pour lui ! Oui, Baltazar, après tout, vous êtes inventeur, moraliste et philosophe de la vie vécue, écrivain et pamphlétaire n'est-ce pas, optimiste et homme d'esprit, homme de bien et contempteur des hypocrisies, pas…

– J'apprécie déjà beaucoup ce bon monsieur Baltazar, déclara madame des Gachoux. Permettez-moi de vous embrasser en souhaitant de tout cœur que vous vous plaisiez parmi nous.

À la mode du Poitou, nous nous embrassâmes quatre fois. Madame des Gachoux portait en effet une ravissante petite perruque blanche, presque blonde, dont les cheveux ramassés en icône d'étain s'élevaient légèrement au-dessus de la nuque. Une intense douceur pétillait dans ses yeux bleus.

– Notre nouvel ami est un habile observateur, déclara de la Touche en posant amicalement un bras sur mon épaule. Un rien l'intéresse et nul ne lui est indifférent. Ceci est assez surprenant pour un Parisien, revenu de tout.

– Je suis des environs de Tourcoing, pas de Paris.

– Tourcoing ! Ah ! Tourcoing, cité des cassolettes, je connais et j'apprécie.

À cet instant, son bel œil devint torve. Je le vis loucher vers une buanderie, située légèrement en retrait du palais, d'où s'échappait d'une fenêtre, soulevé par un vent léger, un ruban bleu de quelque ruisselante chevelure.

– Veuillez entrer, monsieur Baltazar, dit madame des Gachoux en refermant son parapluie et en s'effaçant pour me laisser pénétrer dans un salon tendu de soierie grenat, aussi vaste qu'un sanctuaire de campagne. Le lieu était exquis, riche de coins d'ombre, d'alcôves baignées de lumière, d'encoignures de recueillement, de renforcements où gisaient des petits canapés dont les coussins roses fanés conservaient l'empreinte d'anciens corps, les souvenirs d'étreintes tumultueuses.

Ainsi que Gabine revenu de ses exercices de haute voltige, nous prîmes place dans des confidents placés près de l'une des trois cheminées.

– Votre singe est très marrant et fort bel homme, jura monsieur des Gachoux en posant une main longue et fine sur le crâne de Gabine.

Gabine tendit sa patte ainsi qu'un chien bien élevé. C'est vrai qu'il était bel homme, le bougre, les yeux malicieux, la bouche souriante et ses petites mains toutes de délicatesse occupées à se chercher l'une ou l'autre puce de compagnie. Une vieille femme, en soutane et dentelles accrochées sous le menton, nous servit du thé tiède à l'orange. Soudain, de la Touche, renversé sur son fauteuil à la manière du prussien ceint de lauriers, se mit à discourir sur les vertus curatives des bains de mer. Madame des Gachoux l'interrompit.

– Voyons, Chevalier, nous devinons ce qui vous attire sur les plages.
– Vous vous méprenez, Madame, protesta de la Touche d'un air digne dont je ne l'aurais pas cru capable.

Je me permis de sourire, amusé... J'étais bien, assommé de fatigue, dans ce fauteuil des confidences, entouré de ces êtres qui allaient m'être si chers. Je me souviens que nous entendîmes une cloche d'église égrener les heures dans le lointain. Un coq là-bas... Le tic-tac des horloges. Le chant des oiseaux et le chant du merle moqueur que Haydn écoutait à genoux le long des haies. Madame des Gachoux portait la tasse blanche à mes lèvres. Monsieur des Gachoux discourait à l'infini sur les diverses qualités des divers silences des plus lointaines campagnes.

– Afin de mieux s'accommoder à l'idée de la mort, fit remarquer le chevalier.

– Voyons, voyons… protesta monsieur des Gachoux. Quoi qu'on dise, la mort est violente, brutale, chargée de vociférations. Le silence n'est que douceur, pas… Croyez-vous qu'il y a silence dans la pauvre tête de celui qui se sent partir à jamais ? La mort joue du clairon, puis du tambour sans diapason et finit par faire exploser les tympans. Voyons, Baltazar, vous le philosophe de la vie vécue, que pensez-vous de la mort, de la vie, du silence ?

– La vie d'un homme ? Quelques battements d'espérance entre deux éternités de non-existence.

– Diable ! Et la mort ?

– La mort n'est qu'une crainte. Sans la crainte, la mort n'existe pas. La peur de la mort ? Nous fûmes morts quinze milliards d'années sans grand regret de ces milliards de printemps non vécus.

– Et le silence ? demanda madame des Gachoux,

– Le silence est la musique de Dieu peut-être… Le silence nous fait adorer le bruissement de la mouche, le soir, au fond de l'hiver

– Quel poète vous êtes, Baltazar ! s'exclama monsieur des Gachoux. Avec vous nous irons à la rencontre de Verlaine, de Jammes, de Rimbaud peut-être… Ma Kadaka, notre ami à tous, nous a raconté vos malheurs, vos épreuves. Dès lors, un homme comme Rimbaud ne doit plus avoir de secret pour vous, ou si peu.

– Lui aussi désirait le silence. On dit que la vie est une épreuve. À l'arrivée on se demande s'il y aura quelqu'un pour nous tendre un verre d'eau.

– Cher Baltazar, vous voici pessimiste, dit de la Touche. Afin de mieux me connaître, apprenez que je crois en l'être suprême et que je me conforme à chacun de ses commandements.
– Taratata, chanta monsieur des Gachoux.

Mon regard se posa sur le chevalier. Quel homme étonnant, pensais-je, mais combien inquiétante cette manière de faire mouvoir ses yeux comme s'il cherchait à surprendre non l'âme du Créateur, mais celle du diable. Lorsque ses traits s'estompaient dans la pénombre, une sorte de malaise naissait chez son interlocuteur. Quelle était l'obsession de ce bellâtre fébrile ? Que manigançait-il sans arrêt ? Jamais en repos, toujours en éveil, un tic admirable au coin des lèvres et ses doigts en espalier pour se triturer le menton ou les joues… Jouissait-il du syndrome de Tourette ? Des cauchemars d'enfant m'assaillaient. Je l'imaginais lui, le bel homme en entrechat, les mains sanglantes, occupé à égorger les deux des Gachoux pour s'acharner ensuite, le verbe effrayant d'indignation, à me faire endosser la responsabilité de l'affreux massacre.

– Monsieur Baltazar, prendrez-vous à présent un peu de madère ? s'enquit madame des Gachoux. Vous semblez fatigué et ceci vous remettra d'aplomb.

J'acceptai. Elle fut comme une mère pour me le faire boire. Petite femme charmante aux yeux vifs et au teint couleur de pêche dont la quiétude prenait sa source au sein de cette nature débridée qui nous entourait.

– Baltazar, soyez des nôtres ! s'exclama monsieur des Gachoux en levant son verre.
– À votre santé, illustre savant ! claironna le chevalier d'un ton impérial.

Il est vrai que le chevalier de la Touche, de par ses multiples fonctions au domaine, était sans doute comme chez lui. Après tout, il était l'homme de confiance, le maître à tout faire, le chargé d'affaires, l'aigle administratif du palais des Bazouges. Entraîné par le léger alcool du madère, je balayai aussitôt tous mes soupçons. Le chevalier ne pouvait être qu'un être de vertu. Je le regardai en souriant. Il répondit à mon sourire tout en clignant de l'œil d'un air de profonde connivence comme si nous allions bientôt fomenter des entreprises inouïes. Monsieur des Gachoux se leva pour faire quelques pas, allant d'une cheminée à l'autre, puis s'arrêta auprès de moi.

– Ma femme et moi ainsi que le chevalier sommes vraiment heureux que vous soyez auprès de nous, cher Baltazar. Vous aurez à mon égard un peu de patience, vous me laisserez parler un peu, et même radoter, pas… ! Mais ce qui importe, c'est de vous entendre, vous, homme et maître d'aimable conversation. Figurez-vous qu'un rien nous émeut… L'histoire d'une fenêtre… la chanson du vent dans un peuplier, les rêveries d'un pot de confiture dans l'obscurité d'une commode, une robe abandonnée et ce petit billet froissé dans la poche, près du cœur… Ces instants fugitifs, ces images rêvées, les mots et les phrases d'autrefois… Les heures qui passent et qui ne reviendront jamais plus, ces êtres délicieux connus jadis, disparus aujourd'hui et dont nous aimons faire revivre l'éclatant souvenir. Oui, Baltazar, vous nous direz sans doute des choses éblouissantes car par notre malheureux Ma Kadaka Junior nous savons que vous êtes poète autant qu'homme de science, ce qui est bien rare, surtout de nos jours où la vacuité de l'âme se porte à même le visage. Ce monde ou plutôt ce siècle, comme on disait autrefois, nous inspire une certaine répulsion dont vous n'avez pas idée. C'est ainsi que vous nous verrez souvent porter les habits et les coiffures d'un délicat XVIIIe siècle. Au domaine des Bazouges, on prétend que la mouche est de rigueur. Il en est de même de la gruge au poignet, de l'évariste, de la mélique d'Auvergne, du chapeau à la floche dont le fil suit la trame en accent circonflexe d'une manière si élégante, de la robe forestière à grands ramages qui se porte idéalement les jours de grand vent… Madame des Gachoux joue du clavecin et du piano : elle chante également. Plus modestement je m'exerce au violon et à la viole de gambe. Vous nous entendrez chanter et vous mêlerez sans doute votre voix aux nôtres. Quant au chevalier, outre ses talents de violoniste et sa virtuosité au *glockenspiel*, vous aurez la surprise de le découvrir en ecclésiastique de la plus noble essence. Certes, ses sermons sont quelquefois barbants… Mais toujours édifiants, pas… Dès demain matin, monsieur de la Touche se fera la grâce de vous faire visiter le domaine ainsi que la chapelle qui jouxte la serre. En quelque sorte, le chevalier est notre chapelain… Vous en dira-t-il des choses, ce redoutable coquin ! Fermez une oreille, celle de la raison, et ouvrez l'autre, celle du cœur Il est préférable d'ouvrir la fenêtre du cœur, pas… le paysage y est plus beau et incontestablement moins cruel.

Certes, monsieur des Gachoux dont je venais d'apercevoir sous sa pomme d'Adam une gracieuse lavallière, aurait pu tenir ce spirituel crachoir deux heures d'affilée, si Gabine, excédé du ronron, ne s'était mis brusquement à escalader les rideaux qui ornaient les portes. L'infâme se méconduisait comme souvent lorsque la faim le tenaillait. C'est alors que survint, comme par enchantement, une soubrette de quelque vingt ans vêtue d'une robe noire sur laquelle elle avait noué un tablier de très fine dentelle d'Argentan. Sa blondeur, son teint frais et rose, cet air amusé du nez en trompette la faisaient idéalement descendre d'un tableau de Quentin de la Tour. Elle apportait à Gabine un demi-régime de bananes ainsi qu'un cruchon de lait. L'œil noir de la Touche brillait de la plus vive incandescence. Il se trémoussait, prenant des mines de dragon, arrondissait les joues qu'il avait trop creuses, plissait les paupières qu'il avait avenantes et souriait comme un junker en queue de moine qui surprend son visage dans le plus indulgent des miroirs. La soubrette, dont le nom était Blondine, lui lança un bref regard avant de filer vers les cuisines dans un déhanchement tout à fait intéressant. Elle laissait derrière elle la voltige d'un léger parfum de fraise que nous respirâmes de concert avec volupté. À peine eut-elle disparu que le chevalier sombra dans une grande mélancolie. En dix secondes, il parut gagner dix ans d'âge tant ses traits, si juvénilement en éveil, venaient de s'affaisser. Je découvrais la nature intime du séduisant chevalier. Auprès des femmes, un homme de cette qualité devait connaître des succès considérables. Ainsi, cette tension de l'âme, cette torture du visage et des mains, cette perpétuelle sécrétion d'anxiété et même de supplice révélaient la nature exacte de l'aimable hystérie du chevalier.

Après la visite de Blondine, nous écoutâmes madame des Gachoux nous réciter de mémoire quelques poèmes éculés de Coppée et d'autres combien charmants de Samain. Je me promis de leur offrir des variations sur des poèmes de Verlaine, quand monsieur des Gachoux nous proposa de passer à table.

– La soupe nous attend, déclara-t-il.

– Le potage ! rectifia de la Touche en se torturant le menton d'un index agité.

– Chevalier, vous avez raison de me reprendre sur l'inélégance du terme. Cependant, permettez-moi de vous rappeler ces deux vers de Molière : « Le moindre solécisme en parlant vous irrite mais vous en faites, vous, d'étranges en conduite. »

– Dieu du ciel ! soupira le chevalier avec élégance, Vous m'accorderez que ce qui est étrange n'est pas nécessairement répréhensible.

– Je vous l'accorde. Vous connaissez mon indulgence, pas…

– Certes.

Il encaissait bien, le Lovelace, comme un homme de vertu qui se voit reprocher un grain de poussière à l'extrémité de son jabot.

Ma première nuit au domaine de Bazouges fut excellente. J'eus le bonheur de dormir dans un lit à baldaquin fleuri au timbre pastel par un élève du singulier et merveilleux Éverette Millais. Autant dire que je dormis au sein d'un bouquet de fleurs des champs le plus nimbé de lumière. Au petit matin clair, de la fenêtre de ma chambre, j'aperçus le chevalier de la Touche en bras de chemise et pantalon en bouffe de maraîchin, suant, pas rasé du tout, occupé pensivement à biner les plants de tomates. L'admirable avait perdu de sa superbe sans que ses yeux, ceux de braise, ne consentissent à perdre de vue la jeune Blondine qu'on pouvait admirer non loin de là, sous la treille, assise sur une chaise dans l'exercice délicieux du dénoyautage de la prune.

Souvent, en cette période de l'année, vers midi, le ciel se couvrait de minuscules nuages. Le soleil redoublait de puissance orientale, on levait la tête et on s'étonnait de ne plus découvrir le moindre nuage dans le vaste ciel bleu du pays basque. C'est à cette heure privilégiée que de l'antique demeure sortait monsieur des Gachoux suivi à courte distance par son épouse. Poudré et parfumé à l'ancienne mode, le couple charmant partait se promener dans les allées du domaine, lui en pourpoint damassé, piqué aux fers et austère perruque du XVIIIe siècle, elle en robe à panier rose ou verte selon la luminosité du jour. Mon rôle consistait à les suivre et parfois à me laisser aller à les rencontrer au détour d'un sentier. Nous nous congratulions avec aisance comme si nous ne nous étions plus vus depuis longtemps. On se saluait en ployant la jambe et le buste selon l'épure du maître à danser de la Marmotte.

Plus tard, au-delà de la roseraie ou sur un pont qui dominait la rivière, nos pas se joignaient à nouveau. Commençait alors une conversation souvent musicale. La chanson du vent dans l'arbre nous engageait à parler de Schubert, celle de l'oiseau nous rappelait Mozart. Monsieur des Gachoux redoublait de divagations. Sa langue devenait celle de la coloquinte d'une finesse sans pareille et qu'on ne parle plus qu'au sein de la société du Haut Tarangin. Sous les tilleuls, madame des Gachoux se plaisait à chanter les lieder de Schumann et de

Schubert et avait même l'audace inouïe de célébrer ceux de Carl Loewe. Sa voix n'était plus celle de jadis mais recelait encore des accents splendides et déchirants. J'entretenais les feux de leurs transports tandis qu'ils se plaisaient à me faire goûter aux multiples péripéties des vies rêvées. La vie n'est qu'un songe grimé et animé par l'illusion, pensait monsieur des Gachoux, et il me donnait du Marquis ou de Son Excellence d'une manière très naturelle. Madame se plaisait soudain dans l'imparfait du subjonctif par dérision peut-être ainsi que dans les propos obsolètes tout à fait délicieux pour une oreille sensible comme devenait la mienne.

– Mon petit Baltazar, disait-elle presque en chantant, qu'importe que vous lussiez ou non les philosophes imbibés de chimères et que même vous ne plussiez point aux satrapes de l'empyrée, l'heure viendra où de votre fardeau vous encombrerez tous les cautères du monde. Quelle jolie victoire sera la vôtre !

J'acquiesçais à ce dialecte d'académie que je ne parvenais pas toujours à comprendre en dépit de mon génie. Je répliquais par quelque fadaise dite bien à propos.

– Toujours aussi espiègle dans ce parterre de fleurs échevelées, avec succès, vous implorerez les tribulations généreuses d'une nature jamais assez aimante en hommage à vos bienfaits.

À l'écoute de ces embrouillaminis, monsieur des Gachoux se mettait à glousser sans trop savoir pourquoi tout en pressant contre son front le pommeau d'argent de sa canne, dite canne d'élégance. Nous l'entendions murmurer son doux français d'autrefois, le plus antique connu à ce jour.

– Sur la valle y suade num jour d'hui qu'enchanteresse sobre pluie close en harelles des courbarils, Ô amour mien !

– Certes, acquiesçait madame des Gachoux, mais n'oubliez pas que la douceur supplée souvent à la beauté.
– Assurément, disais-je sans comprendre, mais de l'air le plus fin du monde.

La plus féminine mansuétude passait dans le céruléen des yeux de madame. Oui, mon Dieu Jésus, que de bonheur ! Nous reprenions notre marche, ravis, pour nous redécouvrir un peu plus loin sous la charmille d'un bosquet de noisetiers.

– Marquis ! Quelle surprise ! s'exclamait le vieil homme en brandissant ses bras vers le ciel. Vite, Marquis, à l'emporte-pièce, d'une seule traite, d'un seul coup de pinceau, peignez-nous un tableau… Non, même pas, une esquisse, un fusain aussi léger que l'envol du papillon.
– Voici… La boucle d'étain d'un soulier abandonné dans la rosée du matin… Là-bas un sentier qui se perd et les blés mûrs qui reçoivent le baiser des coquelicots… l'hésitation d'un visage, parfois une envie de rire au souvenir du bonheur qui s'échappe.

Chacun ajoutait une petite note de couleur à mon tableau champêtre.

– Je vois au ciel le recueillement d'un sourire, parfois l'ombre d'une tristesse agenouillée, disait Madame.
– L'ébauche d'un geste et le ravissement du regard pour ramasser la boucle perdue, ajoutait monsieur.
– La rosée comme une larme au premier frisson du soleil, disais-je.
– La nuit s'éloigne et voici l'aube triomphante…
– L'éternelle indulgence dans le cri moqueur du merle.
– Croyez-vous que l'enfant porte ses rêves glissés entre les pages assommantes du livre d'école ?
– Le maître ouvrira la fenêtre qui donne sur le verger.

– Les fruits rouges et jaunes comme les notes de musique sur la partition du feuillage…

– Quelle musique, Ô mon âme !

– Oui… voici Chausson… ! Notre cher ami apparaîtra en bicyclette, là, près du vieux mur ocre. Revenu du paradis mais avec un casque sur la tête où l'acier disparaîtra sous les gerbes de fleurs.

– Alors les écoliers bravaches, arrachant leurs noirs tabliers, s'échapperont…

– Entraînés par la cascade des rires dont l'allégresse jaillira par-delà les murs, les haies, les chemins d'ombre et de lumière, les sentiers bleus, les champs d'avoine où l'épouvantail berce les amours du rossignol…

Nous n'en finissions jamais d'embellir ces modestes gravures d'autrefois, nées à l'instant, dans une joie et une innocence partagées.

Un jour, afin de mieux m'intégrer au paysage, j'ai porté des bas blancs jusqu'à mi-jambe, puis un jabot au petit point de dentelles d'Auricours autour de la gorge pour mieux porter à la naissance mes délicats tableaux champêtres. De mystérieuses bouffées de chaleur me rosissaient les joues. C'est très amusant, et très bon, je trouve, d'être quelquefois heureux comme quand on a bu un peu de vin pour assassiner ses chagrins.

Habillé en ecclésiastique de haut vol d'une soutane violette de l'année 1777, le superbe de la Touche voguait lui aussi toutes voiles dehors, sur les innombrables sentiers et allées du domaine. Le bel homme, devenu très digne dans le maintien et le port de tête, s'asseyait sur un banc ou sur l'escarpolette en faisant mine de lire un faux bréviaire de cuir jaune à odeur d'encens. Le livre était vierge de tout texte mais les pages décolorées par l'âge contenaient des herbes et des fleurs d'un lointain passé. Peut-être s'agissait-il d'un herbier où palpitaient encore les émotions d'un anachorète. À notre approche le chevalier entamait une homélie qui se voulait en quelque sorte le pendant de nos aquarelles. Mais pourquoi roulait-il les « r » de cette façon quasi ridicule ? Et pour quelle raison ces soudains papillotements de paupières ?

– Car le fils écrasé sous le joug barbare demanda au père : « Père peut-on espérer mourir un jour et ne plus souffrir ni de l'humain ni de l'inconséquente nature ? » Et le père brisé par la peine de son fils posa une main sur les plaies de celui qui allait périr crucifié par les hommes : « En vérité je te le dis, en ce monde rien de ce que j'ai créé ne périra ni l'homme ni la bête. Les jours futurs seront une aurore perpétuelle et ne feront jamais regretter les heures les plus heureuses du passé. Car j'ai créé toutes choses afin qu'elles accèdent au bonheur suprême et c'est cela que l'homme ne veut comprendre… »

Certes, ces paroles ne sortaient pas de l'esprit du chevalier. Ces propos sublimes étaient parmi les plus beaux qu'un être promis à la mort puisse entendre et cependant ils n'étaient pas l'œuvre du Père. S'agissait-il de paroles d'un obscur prophète, confident privilégié de Dieu, et fourvoyé dans la conscience du chevalier. Promesse divine quel qu'en soit l'auteur ! Ainsi même les animaux étaient destinés à l'immuable félicité de l'au-delà. J'en fis la remarque à monsieur et madame des Gachoux et ceci servit de prétexte à l'éclosion de multiples observations où la divagation ne parvint plus à s'insinuer dans les propos. Le bréviaire sur les genoux et les yeux perdus dans une vague éternité, le prédicateur en grande tenue d'évêque ressemblait à un archange auréolé du mérite des martyrs.

En fin d'après-midi, après le thé, nous aimions nous retrouver dans la chapelle enfouie, ainsi qu'une bonbonnière de Périvelli, sous un embrassement de tulipiers, de magnolias et de virgiliers à bois jaune. Lieu d'intense recueillement ! Suspendues aux voûtes bleues et blanches, une douzaine de statues de saints et de saintes parmi les moins connus se laissaient bercer au gré du vent qui passait sous les combles. Le silence est toujours d'une intense beauté, parfois indicible, mais que dire lorsque de ce silence s'élèvent les premiers accords d'un quatuor de van Beethoven. Au jubé, d'un geste solennel, le chevalier posait un disque sur l'appareil, puis allait s'étendre à demi dans un fauteuil à brandebourgs dorés situé près d'une fenêtre en amande de laquelle il soulevait les rideaux. Dehors, sous le soleil, vaquait peut-être la jolie servante... Notre prélat aimait s'épanouir au spectacle d'une créature évoluant dans un jardin encombré de fleurs aux capiteux parfums. Peut-être rêvait-il d'étreintes tout en souhaitant ne plus devoir rêver.

Je le trouvais de jour en jour plus formidable, le chevalier, surtout quand il se plaisait à revêtir ses habits sacerdotaux et qu'il joignait ses deux mains à hauteur de sa bouche dans une attitude d'intense méditation. Ce qui ne l'empêchait le moins du monde de me décocher bizarrement des clins d'œil de grande amitié. Quand je ne faisais mine de les ignorer, je répondais par un imperceptible mouvement de la tête. Le clin d'œil me paraît le summum de la vulgarité. Peut-être parce qu'Hortense, jadis, lors de nos fiançailles, à l'époque de ses amabilités, m'en prodiguait sans arrêt, bouche grande ouverte à la manière de l'idiot. En ces journées, je ne devinais pas la signification de ces singulières manifestations de complicité.

Après l'audition du quatuor suivait une sérénade de Mozart ou une symphonie tout aussi vivifiante de l'aimable Haydn. Les jours de fête, madame des Gachoux nous faisait entendre le délicieux Guétry. Le Liégeois, auquel Mozart vouait la plus vive admiration, nous paraissait le compositeur le plus habile au monde à nous rendre les oreilles joyeuses. Ces instants que nous vivions en perruque et en habit dans cette chapelle du XVIIIe siècle rejoignaient idéalement l'époque de ces divins créateurs. À cette heure de la fin de l'après-midi, survenaient souvent trois autres musiciens qui habitaient les environs. L'un était un jeune homme de haute taille aussi sec qu'un sarment, le dos voûté, silencieux, timide ainsi qu'un androgyne débarqué de force sur un champ de foire où des lutteurs se massacrent. Il s'appelait d'Otraxu et jouait très bien du violoncelle. Quelques minutes après son arrivée, apparaissait un couple charmant, les Klotz. Lui. Modeste Klotz, jouissait de joues sang de bœuf, fortement couperosées en dépit d'un talc à l'essence de plomb. Il empoignait son violon avec une crispation des doigts qui en disait long sur sa joie de jouer. Son épouse l'admirait tout en jouant elle aussi du violon et de l'alto. C'était une femme de beau gabarit, souriante, coquette, assez confite en dévotion car elle se disait juive et native d'un haut lieu de pèlerinage. D'une petite valise à pique-nique, elle sortait sa perruque ainsi que celle de son mari, qu'elle poudrait ensuite avec une extrême délicatesse. Après tant de musiques et d'émotions, monsieur et madame des Gachoux nous interprétaient quelques pièces de Forqueray, le père, ou quelques morceaux de Caix d'Hervelois. On ne se lassait jamais d'écouter ces petits maîtres de si grand génie. L'âme vagabondait. L'esprit se laissait porter par la déraison. Malgré ses plaintes et ses pleurs, cette musique sublime nous transportait de ravissements en extases.

– Faut-il se retirer du monde et fuir les hommes sans perdre le souvenir de quelques-uns pour goûter vraiment cette musique ? demandait madame des Gachoux en m'adressant un sourire.

Alors madame plissait les yeux à ravir. On mourait d'envie de poser un baiser vibrant d'affection sur ses vieilles mains. Ses joues étaient des reinettes, petites pommes ridées et roses qu'effarouche le soleil… Elle m'aimait beaucoup, je crois, et faisait d'émouvants efforts pour aiguillonner la conversation sur les mystères de ma naissance. À vrai dire, je ne l'aidais pas beaucoup. J'étais peu bavard sur les premières années de ma vie.

Madame des Gachoux jouait admirablement du clavecin. Son époux maîtrisait avec quelques difficultés les redoutables accords de la non moins redoutable viole de gambe. Le morceau terminé, de la Touche décroisait ses jambes dans un large envol et s'exclamait de là-haut, au jubé : Bravo ! Fameux !

– Oui, applaudissez pour moi, chevalier, criai-je.

Et tandis qu'Otraxu se mouchait violemment dans son mouchoir gris, un peu ému lui aussi, madame Klotz nous faisait entendre le cristal de son rire de gorge. Sa belle et opulente poitrine, échancrée profondément, attirait nos regards. Lors de nos promenades, le chevalier, lorsque monsieur Klotz errait en retrait, se piquait de témérité et se plaisait à poser une fleur des champs entre ces deux vallons de chair douce et rose.

Ce soir-là, mes chers amis interprétèrent le quintette pour piano de César Franck. Mon émotion était grande, si grande que je me jurai d'apprendre la musique et de jouer d'un instrument.

C'est monsieur des Gachoux et non madame pleine de discrète sollicitude, qui s'entretint le premier de mon infirmité. Je lui contai mon histoire comme un conte banal et que je ne raconte à personne de crainte d'infliger l'ennui ou d'inspirer une morne pitié. Pour clore mon récit, j'ai dit : c'est pas gai, la vie… comme pour implorer le pardon pour l'énumération de ces jours sordides, comme pour affirmer que je n'étais pas du tout coupable, comme pour certifier que je n'avais pas exigé de venir au monde.

– Mon Dieu, quelle histoire ! soupira monsieur des Gachoux en déambulant dans le salon et en s'adressant aux murs comme s'il eût pu y découvrir un miraculeux réconfort. Pauvre ami, j'admire votre courage ! Que faire ? Que faire pour vous assurer un peu de bonheur ?

– Je suis heureux ici, auprès de vous… Heureux à en devenir idiot, à m'imaginer que l'avenir m'apportera la fortune.

– La fortune ! Vous, Baltazar, vous me parlez de fortune ?

– Avec frénésie que je la recherche la fortune. J'enrage vraiment d'économiser sou après sou, franc après franc et de ne jamais constituer cette somme qui me permettra de faire fabriquer mon opus secret, l'opus 1, la mécanique tentaculaire.

– La mécanique tentaculaire ?

– Ceci, dis-je en mimant le geste qui permit à monsieur des Gachoux de comprendre.

– Bon Dieu ! Des bras ! Vous êtes inouï, mon petit Baltazar. Si fabriquée un jour, cette machine sera-t-elle vraiment fiable ?

– Oui, je crois, j'espère… Voilà cinq ans qu'elle n'arrête pas de fonctionner dans mon cerveau, cette machine. Une machine déshabillée que je possède là et dont je vois chaque rouage, chaque axe fileté, chaque ressort, chaque engrenage. Je la vois se mouvoir. Je l'ai mise sur papier, cette invention, quarante feuillets numérotés avec les dessins à l'échelle de chaque pièce.

– Vous êtes singulièrement adroit de la bouche, pas… Si je vous comprends bien, le seul obstacle à la création de cette machine est le manque d'argent ?

– Hélas… Je l'ai proposée, cette invention, à un industriel spécialiste des prothèses en tous genres. C'est à peine s'il m'a écouté. Trop compliqué, trop hasardeux, trop cher surtout qu'il m'a fait savoir par lettre.

– Combien d'argent faut-il donc pour construire cet engin ?

– Deux cent mille francs sans doute. Mais j'ai l'optimisme avec moi, monsieur des Gachoux, si vous voyez ce que je veux dire, oui je garde espoir… Avec mon crayon mécanique à deux pointes pour traduction simultanée et mon opus 20, celui dont je vous ai parlé, le gobe-mouches articulé en double faisceau pour les jours de famine. Dans certains pays d'Afrique, les mouches prolifèrent dans l'exacte mesure où la famine s'accentue. Quant à mon œil artificiel vissé trois doigts au-dessus de la nuque, il pose le même problème de financement que la machine tentaculaire.

– Quel problème ! s'exclama le vieil homme d'un air courroucé. En voilà des histoires pour créer ces prothèses des bras et des mains qui apporteront tant de réconfort.

– La réalisation de ces prothèses est très délicate car ces appareils doivent être reliés à l'énergie du corps. Aux vaisseaux pour l'œil, aux muscles pour la machine tentaculaire.

– Deux cent mille francs, murmura monsieur des Gachoux.

– Une somme considérable.

– Eh bien Baltazar, je vais essayer de vous les trouver, ces deux cent mille francs.

– Vous !

– Qui d'autre ? grommela monsieur des Gachoux en s'arrachant péniblement du fauteuil. Je vais vendre les quelques terres qui me restent, pas... quelques vignobles et je réaliserai cette somme, foi de Basque !

– Vous êtes formidable, monsieur des Gachoux, dis-je extrêmement ému.

C'était un homme étrange, monsieur des Gachoux. Le sauveur venu d'un autre siècle pour m'aider dans un monde d'indifférence où l'homme à la sortie des gares préfère détourner les yeux vers le néant plutôt que de donner la petite pièce de monnaie qui agonise au fond de sa poche. Quelle chance j'avais en dépit de mes déboires d'homme tronc, mon œil crevé, ma femme adultère, mon cher Ma Kadaka en prison, Didou et Marina chassées de la République et le regret de ne pouvoir caresser la joue d'un enfant dont les yeux d'innocence s'élèvent vers les vôtres !

Il marchait nerveusement à travers le salon, monsieur des Gachoux. Parfois le regard d'un aïeul confiné dans son cadre de plâtre doré semblait revivre sous le poids de la tension et le cher homme s'arrêtait pour le fixer d'un air tragique tout en murmurant quelques phrases en euskara vibrantes de véhémence. Afin de témoigner ma reconnaissance, je cherchai un mot, une expression, une promesse qui eût été agréable à monsieur des Gachoux.

– Laissez-moi vous dire, monsieur des Gachoux... cette machine tentaculaire portera un nom forcément... Eh bien elle s'appellera la gachoux, tout simplement.

– Quelle idée ! s'exclama-t-il en souriant. La gachoux ! Tiens, aujourd'hui je m'achète une gachoux. Ma gachoux me va à merveille. Voyons, un peu d'exercice pour ma gachoux car elle s'ankylose... Mon cher Baltazar, vous me gâtez vraiment en m'offrant la postérité. Je me trouve mieux loti que monsieur Poubelle ou que ce monsieur Guillotin dont l'intention d'adoucir les souffrances du condamné ressemble à celle du faux dévot en culotte courte qui préfère violer la nuit que le jour afin de ne pas offusquer la pudeur de sa victime.

Monsieur des Gachoux ricana en contemplant une aïeule au visage un peu chafouin engoncé tristement dans une fraise.

– Mon arrière-arrière-grand-mère, me dit-il en désignant le vaste portrait. Une femme pieuse qui, bébé, se laissa aller sur la robe de Marie Leszczynska. Louis le Bien-Aimé trouva la plaisanterie indécente, paraît-il. Celle-là, malgré son air maussade, m'aurait approuvé de vous venir en aide. Un peu forte mais belle femme, pas... ?

Le soir tombait et l'obscurité étendait sa douceur dans le délicieux petit salon anglais où une oreille exercée aurait pu percevoir la renaissance d'antiques chuchotements. Entraîné par ses propos, le vieil homme entamait un délire. La venue de la nuit lui imposait souvent des réflexions audacieuses où le vrai se mêlait à l'imaginaire. L'histoire de France n'avait pour lui aucun secret et, quand il se trouvait par hasard dans l'ignorance de quelque détail infime, ses extrapolations finissaient par devenir autant de certitudes. Mais peut-être allais-je l'entendre me demander l'ébauche d'une aquarelle, une image légère aux couleurs à peine esquissées sur lesquelles nous embarquerions de concert, comme dans le parc, avec l'idée vivifiante de fuir à jamais ce siècle d'agités, où la réalité se pare si souvent d'une apparence peu aimable. Afin de le calmer et de m'offrir une joie certaine, je m'assis à même le sol sur un tapis, et pris avec les pieds *Fêtes galantes* et lui fis lecture à la lueur d'un couple de bougies de quelques merveilleux poèmes de Verlaine...

Le ciel si pâle et les arbres si grêles semblent sourire
[à nos costumes clairs
Qui vont flottant légers avec des airs
De nonchalance et des mouvements d'ailes

Musique sublime des mots ! Parce que la nuit tombait et qu'on percevait, venus d'on ne sait où, des rires étouffés et des soupirs en essaims d'abeilles et qu'on prêtait aux moindres choses la passion de la vie et que monsieur des Gachoux était plein de bontés pour moi et que le bonheur parfois succède au malheur, je dus fermer ma paupière sur le beau livre de Verlaine. Il y avait de l'eau dans mon œil valide et un soleil infernal dans l'autre, celui qui ne voit que ce que l'esprit imagine.

Car j'ai connu alors une journée éprouvante. M'est apparu, sur la plus haute marche de l'escalier, le chevalier très décontracté et plus magnifique que jamais. En chemise noire à manches courtes et en pantalon blanc immaculé. Il s'était admirablement ébouriffé les poils de la poitrine tout en leur laissant un peu d'air au-dessus du troisième bouton de sa chemise entrouverte. Existaient, dans son sourire de miel d'oranger, une grâce d'enfant versatile dans son maintien et au creux de son regard, la fatuité du piétiste aussi liquoreuse qu'une gerbe de gingembre mariné dans du marsala. Quelle femme aurait pu lui résister ? Certes, je n'avais plus aucun doute sur la nature de son obsession. Le chevalier de la Touche n'était autre qu'une sorte de Casanova en gibecière dont la libido prend le mors aux dents à la moindre apparition féminine. Mais nous nous étions promis de passer ensemble la journée à Biarritz, la perle de l'Atlantique.

Sous un soleil radieux, nous sommes partis dans la vieille Peugeot du chevalier. Les fenêtres ne s'ouvraient plus. Sous l'habitacle, la chaleur était insupportable. Lui, Le chevalier, cela paraissait l'exciter, cette étuve ! Dès le départ, brisant les barrières de la retenue affichée jusqu'alors, il évoqua des souvenirs de femmes, d'anciennes conquêtes qu'il avait forcées sur les pires chemins de la luxure. Il se dévoilait, tel qu'il était, et son langage s'assombrissait joliment sous le tumulte des scories. Nul n'aurait pu reconnaître en lui l'édifiant évêque du domaine de

Bazouges. Ce n'était plus des suppliques qu'il adressait au ciel ni de pieuses recommandations à l'adresse des dévots. Il adorait les femmes, tout simplement… À en mourir de convoitise. Mordu, oui, je suis mordu, disait-il en clignant de l'œil et en abandonnant le volant pour m'envoyer une claque sur l'épaule ou sur la cuisse.

– Tu vois, Baltazar, c'est la chasse, la grande chasse… Oui, je te tutoie, tu permets ? Copain-copain. Je vais te présenter à des femmes superbes, d'une élégance, d'un chic ! Des jeunes aussi… des créatures en nattes, avec le cartable sur le dos. Je vais te dire, tiens, sans fausse honte, en ami, eh bien, je bois du vieux en baisant du jeune. Ça t'épate, hein ? Pour un homme d'église, j'ai le bavardage en liberté. Une vulgarité à couper au couteau. On va s'amuser, mon vieux… Tu aimes rigoler au moins ?

– Oui, dis-je un peu effrayé, en louchant vers son poing qui se tordait au-dessus du volant comme s'il s'exerçait à étrangler le cou d'une volaille ou d'une femme.

– Remarque, il m'arrive de succomber et de séduire une peau pas trop jeune. L'autre jour, à Saint-Jean-de-Luz, une femme remontée mais sur le déclin, recyclée si tu vois ce que je veux dire… Une Parisienne ultra chic que j'ai fait exploser dans mes bras. À quarante ans, elle n'avait jamais rencontré le véritable amour. En somme, c'était ma bonne action de l'année. Je ne suis pas de marbre, mon petit Balta, j'ai un cœur là, tu sais, et qui sonne furieusement.

J'ai opiné pour faire plaisir. À chaque bout de phrase, il se lançait un regard d'airain dans le miroir du rétroviseur. Son nez frissonnait et il formait une moue avec ses lèvres comme lorsqu'on mord une fraise au jardin, toute chaude de soleil.

– Quel âge tu me donnes, Baltazar ?

– Vingt-cinq, vingt-huit ans peut-être…

– Farceur ! cria-t-il en riant. J'ai quarante-trois balais et j'en parais quinze de moins. Épatant, non ?

– Oui, dis-je d'un ton aimable.

– Mais toi aussi, mon coco, mine de rien, malgré ton handicap et ton œil, tu séduis les femmes, paraît-il… Deux d'un coup à Paris, aussi sec. Des filles des îles… Hawaï ! Fameux ! Qu'est-ce que tu leur fais de si vicieux ? Tu as un secret ?

– Rien de particulier.

– Avoue, cochon ! Excuse-moi, c'est amical… Mais un inventeur de ta trempe, ça doit imaginer des étreintes pas possibles.

– J'apprécie surtout l'amour platonique. L'autre, le charnel, merci… Je l'ai connu avec mon ex-épouse et ce fut l'enfer.

– Pauvre vieux ! Moi, je trouve que tu as du bagout dans le genre poétique. On t'adore là-bas au domaine, Elle aussi, la Gachoux, elle en bave pour toi. Remarque, ses soixante-dix-huit ans, elle les supporte très bien lorsqu'elle se tient droite avec sa perruque et qu'elle retire son verre de loupe pour t'écouter causer.

– Ne parlons pas des Gachoux sinon en bien, dis-je d'un ton froid. Ce sont mes bienfaiteurs et mes amis, des gens de cœur et d'esprit.

Mais il ne m'écoutait plus, le chevalier, car nous étions arrivés à Biarritz. Son regard sautillait de femme en femme. Quelques démangeaisons apparaissaient çà et là, autour des yeux à présent, puis aux narines, aux commissures des lèvres. Un prurit de la face devant lequel on s'inclinait tant il paraissait douloureux. Je n'ignorais pas qu'en présence d'une femme ces tics allaient disparaître aussitôt pour faire place à des mines madrées, à des expressions toutes chargées de hautes spiritualités. Son vocabulaire devint de plus en plus vulgaire.

– Putain ! répétait-il d'un ton extasié en découvrant les femmes en tenue légère qui se promenaient boulevard du Prince-de-Galles. Regarde-moi cette garce, Balta, celle en short… Hein, les jambes et ce cul, nom de Dieu ! Oh ! La salope, ce qu'elle est foutue !

Il devenait odieux. Et puis, il commençait à me faire peur, l'animal, en ne tenant pas le volant et à écumer de la bouche ainsi qu'un dément. Sur le trottoir les gens nous regardaient de travers. Au bout d'un quart d'heure de circulation hagarde, il alla garer la vieille voiture près de la grande plage, non loin du casino municipal.

– Regarde, Baltazar, dit-il en désignant un imposant hôtel, ma plus fine conquête c'est là que je l'ai faite, il y a juste un an ! Un exploit, mon vieux… Une descendante de la Néfertiti, une dame au cou long comme celui d'un cygne, un visage surnaturel où se devinaient toutes les impatiences du monde. Rude combat pour la conquérir à la régulière… Une femme de classe très recherchée…

– Néfertiti, l'Égyptienne ?

– En personne… Son double ressuscité. Un morceau de choix, je t'assure. Elle exigeait un percheron, un vrai, de pure race, un brutal mais avec des délicatesses. J'ai dit oui. Elle m'a trouvé !

– Qu'est-elle devenue ?

– Elle est retournée à Paris, congédiée dans l'heure. Vois-tu, elle était rasante… une pie, une baveuse. Un long cou mais une bombarde à la place de la bouche.

On s'est promené sur l'allée, le long de la plage afin d'examiner les jeunes femmes étendues sur le sable. L'air était doux et le ciel radieux en ce premier jour du mois de juillet. La mer étincelante où voguaient des bateaux à voile dont un magnifique trimaran de couleur rouge me donnait des envies de plonger dans des gouffres d'écume. Lui, le chevalier, il ne la voyait pas, la mer, ni le ciel d'azur, ni les bateaux dans l'ivresse de l'errance.

Putain… putain ! Oh là là, celle-ci, regarde celle-là… ! C'était la litanie de l'obsédé presque monotone s'il n'y avait toutes les subtiles variations de la voix. Soudain, il n'a pu résister. Il m'a laissé et est allé sur la plage afin de lier conversation avec une femme brune en monokini. L'arrivée brutale de l'énergumène ne lui a pas plu. Cela se voyait sur son visage, qu'elle n'était pas contente du tout d'avoir été tirée aussi brutalement de sa torpeur au soleil. Sur sa bouche tordue on devinait le flot de paroles irritées. Le chevalier revint vers moi, l'œil hargneux.

– Une gouine, me dit-il, c'est bien ma chance…

Nous allâmes voir ailleurs, plus loin, le long de la promenade. De ma vie je n'avais vu autant de jolies femmes rassemblées sur un aussi exigu territoire. Les seins à l'air qu'elles se faisaient dorer au soleil. À cet instant, j'ai réalisé combien il portait bien son nom, le chevalier séducteur. Chevalier de la Touche. Son vrai nom pourtant : La Touche ! J'ai une touche… ! Oui, il brûlait de toucher, de palper, d'étreindre tous ces corps presque nus. Il a ôté sa chemise, sans doute pour faire plus mâle et exhiber les poils de son torse qu'il venait de refaire boucler avec son peigne d'une façon risible. Une véritable chevelure de suborneur à même ses pectoraux et parfumée à la fleur de jacinthe.

– Tiens, regarde celle-là, dit-il en désignant une grande femme brune avec des cheveux coupés court. Je vais me l'envoyer vite fait. Admire la tactique, elle vaut de l'or…

Il sauta sur le sable et alla s'asseoir à moins d'un mètre de la belle créature. Celle-ci lisait, insouciante et couchée sur le ventre en offrant au ciel immaculé les rondeurs de sa croupe imbibée d'huile solaire. Son corps dégoulinait ainsi qu'une grasse volaille sur le gril. À cette distance, je ne parvenais pas à entendre le discours de la Touche. Tout semblait se dérouler parfaitement. La femme riait en se trémoussant tandis qu'il lui parlait, assis sur le sable, les genoux entre les bras, en bandant les muscles des épaules. Lui aussi, il riait et à gorge déployée, comme un homme rare qui vient de retrouver une ancienne connaissance. Je me demandais si le mot « putain » irradiait encore de ses lèvres ou si, à l'exemple de madame des Gachoux, il usait de l'imparfait du subjonctif. Il s'allongea comme mis en confiance, jambes écartées et les mains sous la nuque. Les rires continuaient à fuser. Soudain, j'eus l'impression que quelque chose avait changé dans l'attitude, jusqu'alors décontractée, de la belle brune. Elle ne riait plus. À peine un sourire, presque renfrogné, de ceux qu'on accorde aux bœufs depuis la vitre de son compartiment lorsque le train encanaille une campagne. Elle tournait la tête et regardait vers sa gauche d'où semblait provenir une menace. Je l'aperçus aussitôt… Une menace montée sur deux jambes musclées qui s'avançait sans tarder. Lui, la Touche, toujours vautré sur le sable, ne se doutait de rien. Au contraire, je le vis dans un geste de profonde amitié poser une main sur le mollet de la femme. Sa face resplendissait de candeur et d'audace. Il me fit même un clin d'œil. Il était vraiment magistral, le monstre ! Le teint hâlé, toutes dents dehors, les cheveux noirs coupés très court dont une frange subtile lui arrondissait le front… L'homme approchait. Le mari ou l'amant, l'air fielleux. Il s'agissait d'un grand jeune homme sans moustache ni lunettes, mais détenteur d'un petit ventre rebondi et agressé par la puissance du soleil. Sa peau écarlate pelait de partout. Sans doute à voix basse, la femme lui fit-elle comprendre qu'il avait intérêt à se retirer car je vis le chevalier se lever prestement. Les deux hommes se toisèrent. Ils ne s'appréciaient pas du tout, ces deux-là… Comme deux bulldogs, le poil hérissé et la canine de travers… Il ne manquait que la bave au museau pour les faire jeter l'un sur l'autre et s'étriper à même le sable. Le chevalier s'éloigna mais avec quelle élégance ! La classe… La lenteur souple du félin qui abandonne une carcasse aux vautours… Même son sourire ne l'avait pas quitté.

– Ce fut dangereux, dis-je lorsqu'il revint près de moi, le bonhomme a l'air furieux.

– Tu as vu l'animal, un Peau-Rouge... Je vais te dire, ce type est un porteur de castapiane.

– Vous devriez vous assurer si les femmes que vous traquez sont libres ou non.

– Quoi encore, Balta? Mariée ou pas, c'est le dernier de mes soucis. Je fonce tous freins cassés. Ah! Elle en voulait, celle-là! Putain! Tu parles de la suie dans le conduit. Une abstinence de six mois... La luxure contrariée qui entraîne la démence. Tu me croiras ou pas... elle me suppliait crûment de lui mettre la main au panier, oui, mon vieux, là, en plein soleil, avec la foule autour de nous, la main au sucrier qu'elle exigeait sans doute pour me faire don de la castapiane de l'époux.

– Un jour ou l'autre vous en trouverez bien une de libre, dis-je d'un ton aimable.

– Dans l'heure que je vais m'en offrir une... Le cheptel semble prometteur cette saison. Au choix, la carne!

– Remettons ceci à un autre jour, suppliai-je.

– Difficile, Balta, difficile... On me veut, vois-tu, on me désire et lorsqu'on me désire il est pénible pour moi de me soustraire, de fuir en quelque sorte. Dans cette société il y a trop de femmes mal comblées, trop de femmes seules, trop de maris recroquevillés dans l'impuissance...

En disant ces mots, il se secoua l'entrejambe d'un geste que je trouvais suprêmement vulgaire. Ce n'est pas dans l'auguste salon des Gachoux qu'il se serait permis une telle inconvenance. J'eus l'impression, puis la certitude, qu'il marchait en canard, les cuisses légèrement écartées comme si quelque chose le gênait du côté du bas-ventre. Sa testostérone était-elle en perpétuelle ébullition?

– Bon sang, maugréa-t-il en grimaçant, cette traînée m'a troublé.

– Ah bon ! dis-je, affreusement gêné à l'idée que les promeneurs puissent s'apercevoir de sa démarche raidie par le stupre.

– La trique, mon vieux, rien que ça.

Durant dix minutes, il déambula sur le front de mer, pas beau du tout. Il faisait pitié en somme. À un moment donné, il ressembla à un crabe... Je traînais la patte dix mètres derrière lui. Pour changer de ces allers et retours le long de la plage, il m'entraîna dans les environs du casino Bellevue. Il connaissait le terrain, rue par rue, maison après maison. Rien ne lui échappait dans ces rues charmantes où se traînaient, sous un soleil de plus en plus brûlant, les cohortes de vacanciers.

Il la remarqua tout de suite, elle, la petite presque rousse, assise entre cinquante touristes affalés sur les sièges en rotin de la terrasse d'une taverne. Une jolie fille, vraiment. Sa langue était celle d'un serpent sans venin lorsqu'elle jaillissait de sa bouche pour lécher les deux boules chocolatées d'une crème glacée. Une poupée aux yeux verts effrontés, écarquillés d'impudeur ou de curiosité, autour desquels tourbillonnaient les taches de rousseur. Elle était nue ou presque... Un foulard vert autour du torse et une sorte de pagne que le vent léger faisait remonter comme pour caresser le nombril. Nous allâmes nous asseoir à la table voisine. Le chevalier passait inaperçu depuis qu'il avait remis sa chemise. C'est moi, comme toujours, qui attirais les regards.

– Bordel ! murmura la Touche en faisant les yeux blancs. La petite, à côté, elle me mate sans arrêt.

Je toussais afin d'assourdir ses propos, fort mal à l'aise de me trouver soudain au milieu de cette arène où l'infâme allait procéder à l'apprivoisement d'une tête de bétail. J'allais enfin entendre la faconde du séducteur. Quelle journée… ! Je regrettais terriblement d'être venu à Biarritz en compagnie de ce zèbre. Pourquoi toujours se fourvoyer dans des positions ingrates ? J'allais la prendre en grippe, la perle de l'Atlantique, d'autant plus que j'en voyais d'autres, des dragueurs en camisole de force, le sourire du larbin au coin de l'incisive, prêts à tout pour chatouiller l'épiderme et se soulager la testostérone. Moi qui rêvais depuis si longtemps à l'éclosion d'un grand et pur amour sous un abat-jour de délicatesses, j'étais servi. En plus, je redoutais un scandale. Une crise d'hystérie, une bousculade… Une scène monstrueuse dont je finirais par être la victime. Excité comme il l'était, la Touche possédait tout à fait le faciès du violeur. Un regard torve strié de reflets blêmes où délirait l'obsession de la copulation. Tout en léchant sa glace, la rouquine nous offrit quelques œillades, sans sourire, avec cet air de vamp qui fait exploser les tréteaux de la capitale. Justement, la Touche, d'un ton distingué, parlait de Paris.

– On ne fait pas d'aussi bonne crème glacée à Paris, dit-il en s'adressant à la fille tout en souriant d'un sourire de vieux père confit de tendresse.

– Je ne suis pas de Paris, répliqua-t-elle en propulsant une langue rapide comme l'éclair sur la boule luisante de chocolat.

– De Bordeaux… ? Je parie que vous avez le chic d'habiter Bordeaux. Une impression en vous voyant, l'allure, le style, une certaine classe qui ne trompe pas… Elle est bonne, cette glace ?

– Super !

– Nous en prendrons une également. Je vous présente Baltazar, mon homme-sandwich. Je suis actionnaire des casinos, côté Atlantique. Je m'appelle Charles-Victor.

– C'est quoi homme-sandwich ?

– Publicité tous azimuts… La pub, quoi ! Vous vous appelez comment ?

– Larissa.

– J'adore ! Il ressemble à vos yeux, ce prénom. Terribles, vos yeux verts ! Mon associé Baltazar, il venait précisément de me dire que vous avez des yeux ravageurs, beaux, hyper séducteurs. Moi, j'ajoute, hyper beaux ! Vous devez faire des malheurs avec des yeux comme les vôtres ?

– Ouais... parfois... !

Elle fit entendre un léger râle de gorge, sa langue enduite de chocolat dressée vers son nez comme pour happer une goutte de soleil.

– On danse tous les soirs au casino ? demanda-t-elle.

– Oui, une ambiance hyper sympa... Rock, Fund, Kabrak, Acid, Jazz... Ça cravache à mort, ça débloque ! C'est vachement torrentiel comme ambiance... J'aime ça. Et toi ? Ça te va, le disco américo-américano ?

– J'adore ! J'irai demain si ma mère elle veut bien.

– T'as quel âge, Larissa ?

– Dix-sept. Ma mère est sympa mais chiante à ses heures. Tu sais, les parents, faut les pousser du coude, sinon ils te bouffent.

– Exact, admit le chevalier. Mon vieux à moi, il m'emmerde, tu peux pas savoir... Il n'apprécie pas tellement que je sorte, question de me distraire, tu vois, me changer les idées, l'amitié, les copains et tout, l'amour, oui, pourquoi pas ? On n'est pas de marbre... Ça te fait marrer, hein ? C'est vrai, je suis sentimental. Un peu timide aussi. Trop sérieux... Tu as tout de suite pigé, Larissa. J'ai remarqué que tu as quelque chose d'assez fin, là, dans les méninges. Futée, hein, Larissa... ? C'est pas à toi qu'il faut débiter des conneries. T'es bien dans ta peau. Hein, Balta, qu'elle est super sympa, Larissa ? Je te paye ta glace, Larissa. Tu en veux une autre ?

– Merci.

– Deux ?

– Non...

– Trois ?

– Oui, trois, grommela la fille, les lèvres retroussées comme si elle s'apprêtait à mordre. Mais pas ici, ailleurs… du côté de la plage des Basques. D'acc ?

Comme un idiot, j'ai opiné moi aussi, pour faire plaisir à la Touche peut-être. J'avais des bouffées de chaleur puis des frissons d'angoisse, rien qu'à l'idée qu'il puisse violenter cette innocente. Son bagout de jeune demeuré ou plus exactement son aptitude à se poser sur-le-champ au diapason de la fille m'avait interloqué. Je me suis demandé s'il lui était possible de se mettre ainsi au niveau moral ou intellectuel de chaque femme abordée, de la gamine attardée comme Larissa à la femme d'âge mûr dont les bijoux à même la peau, mieux que les rides, traduisent l'âge. Ils ont discouru quelques instants encore sur le *mouth organ* en vrille, le *seismic-rock*, le *trumpet hodge-podge*… Les vedettes défilaient. Des Américains blancs et noirs… Un annuaire de noms à l'emporte-saxo dont aucun ne m'était connu. Il connaissait tout, le chevalier… Il s'emballait… Il avait vécu en Floride, au Nebraska, dans le Wisconsin, fréquenté les pires musiciens de la *backlash*, un bouquet de chanvre sous les gencives. Même les mimiques, les gestes et les intonations de la voix il possédait pour imiter l'adolescent bien branché.

Nous nous sommes embarqués tous les trois dans la Peugeot. Une véritable fournaise sévissait sous l'habitacle. Je n'avais pas encore placé un seul mot, sinon quelques geignements de crétin attaché à la longe dans une écurie. Il existe le mutisme du jeune homme comme il existe la logorrhée de l'adulte. Elle me faisait pitié, la jolie Larissa. J'aurais voulu élever la voix pour la mettre en garde. En vain, chaque début de phrase s'écrasait dans ma gorge. À peine installé dans la voiture, la Touche s'était permis de lui baisoter le cou et les omoplates, comme à la récré sous les marronniers, pour la chatouiller et la distraire un peu de l'effet de serre qui sévissait sous l'habitacle. Cela volait très haut le flot des louanges... Il n'arrêtait pas, l'ignoble, à tel point que les tics revenaient à la surface de sa face congestionnée.

– T'es vachement bat, Larissa. Une fille chouette et tout... On voit que tu es de Bordeaux. De la classe !

– Je ne suis pas de Bordeaux, coupa-t-elle en frissonnant sous les baisers redoublés du chevalier.

– Tu sens les foins coupés... On ira manger les glaces sous les pins, tu veux ?

– Tu m'amèneras au casino ? À la disco ?

– Tous les jours si tu veux.

– T'es super ! Et vous, l'homme-sandwich, vous viendrez aussi ?

– C'est-à-dire... En général, les discos...

– Il danse comme une bête, Balta ! Même la java qu'il sait danser. Un gars increvable...

– Ce sera marrant, même si j'aime pas trop les danses des vieux, le tango, la java, la valse, tout ça...

– Tu auras tes entrées, Larissa, gratis, même les boissons. Les casinos, ils sont à toi maintenant qu'on est copains. C'est vachement sympa, cette amitié entre nous, hein, Baltazar ? Dis-lui, Balta, que j'ai toujours rêvé d'une fille comme elle, belle comme un cœur et avec des idées du tonnerre. L'intelligence, quoi ! Tu m'épates, Larissa, tu sens bon, tu as une peau comme je n'ai jamais vu, une peau de pêche... Tes lèvres sont celles d'une star, roses comme le ciel.

Il l'embrassa à pleine bouche, à demi couché sur elle avec la poignée du frein à main visée au ventre. Elle se défendit à peine, très peu gênée au fond de ma présence, car j'étais au spectacle, assis sur la banquette arrière, le visage ruisselant de sueur ! Je détournai mon regard vers la mer. Des mouettes tournaient au-dessus des premières vagues. Le chevalier avait garé la voiture en face d'un glacier. Nous avons été prendre nos glaces avant de filer vers les pins.

Vingt minutes plus tard, le suborneur s'enfonçait dans les fourrés avec la fille sur les talons. Pour voir les écureuils, disait-il. Et il riait bêtement, le bas du visage mutilé par un tic de démanché. Ses doigts s'agitaient comme s'il pianotait sur un clavier invisible. Je trouvai qu'il avait le profil parfait du violeur dont l'orgasme trouve sa plénitude dans l'étranglement lent de sa victime.

– Larissa, ne partez pas… ! ai-je crié d'une voix stridente.

Elle a joint son rire à celui du chevalier. Je suis resté seul dans la voiture, portières ouvertes pour me rafraîchir et respirer l'odeur des pins et de la mer qu'on apercevait au loin. Les grillons faisaient un tapage infernal. La mer devenait rouge, prête à engloutir le disque du soleil. Je n'ai cessé de penser à Larissa, nymphe inconsciente et fort greluche, aussi fragile que jobarde. Je me suis demandé où était son père pour l'expédier à la maison à coups de bottes afin qu'elle aille écouter un autre chant, celui de Roméo et non celui d'un Casanova en jugulaire. Ça remuait fort sous les arbustes. Déchaîné qu'il devait être, le chevalier, après ses deux échecs de la journée. Afin de me changer les idées, j'ai allumé la radio. Partout régnait une volée de réclames, suivie de musique en éructation et d'onomatopées pulvérisées. Un chahut atroce à crever les tympans… Ailleurs, un homme parlait sans arrêt. On ne savait au juste de quoi. C'était un philosophe peut-être qui racontait sa vie en fermentation. À défaut d'entendre Mozart, je préférais le chant des grillons et celui des mouettes. Un grand quart d'heure que je suis resté à attendre tout en essayant de penser à mon cher maître Pettorossi. Tome II de ses *Variations de la Géhenne…* détectant la sottise chez une femme, le séducteur joue à ravir de cette sottise qu'il fait sienne, pour parvenir à ses fins… Il devinait tout, Pettorossi, même s'il prétendait que rien n'est plus sot qu'une évidence.

Puis vint le silence. Il y eut quelque chose de glacial dans l'air parfumé de la pinède. Je garderai longtemps cette image grotesque du chevalier à demi nu en train de s'extirper rageusement d'un fouillis de ronces. Il apparut en slip, le pantalon et la chemise sur l'épaule, l'air agacé et la gueule de guingois en homme d'action qui rage à la diable d'avoir été distrait de ses activités.

– Alors quoi ! Tu viens ? cria-t-il furieusement en se tournant vers les bosquets. Quelle empotée !... D'une lenteur !

Elle apparut enfin, la petite Larissa, ses baskets à la main, la mine effarée... De plus en plus macho, la Touche voulut la planter là, au bord de la route, et qu'elle rentre seule à Biarritz malgré la nuit qui allait tomber. Une belle peau de vache, je trouvais, le chevalier séducteur et qui possédait la tendresse mauvaise. C'est à cet instant que de ma banquette arrière je suis intervenu en faveur de Larissa. On ne laisse pas une fille seule dans la nuit, au milieu des bois... J'avais posé ma voix, choisi mes mots et mon ton était d'une sécheresse à couper à la hache. Le chevalier m'a fixé bizarrement comme s'il ne m'avait jamais réellement regardé, moi, l'homme-sandwich, l'homme tronc, séducteur de deux filles des îles à Paris, ville éternelle.

Quand la fille est venue s'asseoir auprès de moi, il n'a fait aucune opposition. Elle pleurait, Larissa. Je lui ai dit pour la consoler :

– Laissez-moi vous dire que vous êtes la fille la plus stupide que j'ai jamais rencontrée. Faites donc comme moi, rêvez à un bel amour... une passion toute pleine de ferveur. Vous verrez, ça ne pourra tarder la rencontre idéale.

De son visage coula une sorte d'hébétude comme si elle ne comprenait pas et cherchait cependant à saisir le sens de mes paroles. Revenu en ville, la Touche l'éjecta de la voiture comme on éjecte un mégot de la fenêtre entrouverte.

– Vous êtes assez brute, lui dis-je, et même, si vous le permettez, une brute tout court. Pourquoi cette méchanceté gratuite et imbécile ? Vous êtes épouvantablement bas de plafond...

– Allons, Balta, allons... tu ne comprendras donc jamais que la femme adore ça, être traitée à la dur, sauvage, implacable... ! Certains prétendent qu'elles aiment être battues, pas trop, pas trop souvent... Mais quand même. La femme, c'est comme le mouchoir de papier, tu saisis ? On s'en sert une fois, pas deux. Putain ! Je vais m'en farcir une autre, et dans l'heure... Une femme de classe très recherchée.

Il en voulait, l'odieux maniaque ! Un détraqué jamais rassasié. Une faim de bête qui ne prend pas le temps de digérer pour entamer un autre festin. Un tempérament de feu qu'il avait, des suées gloutonnes de pornographe déguisé en chanoine, des débauches d'imagination perverses propres à gâter le cerveau... Je l'écoutais à peine lorsqu'il m'expliqua longuement son rêve, comme suprême félicité, d'un tendron faite à ravir mais rompue aux assouvissements érotiques, pas comme l'autre, la Larissa, qui s'était permise de faire des manières devant ses exigences de taureau en divagation. C'est vrai qu'il inspirait l'effroi, le chevalier de la Touche. On le voyait derrière une haie, le cutter à la main, prêt à violer puis à égorger à la manière scrupuleuse du bon boucher. Aux commissures de ses lèvres perlait une petite bave lorsqu'il se mit à arpenter les rues de Biarritz afin de forcer la femme de qualité, très recherchée, comme il disait, et qu'il jurait d'envoyer au balcon de la volupté. Cette journée devenait intolérable. Je bâillais à tout rompre, ne pensant plus qu'à rentrer au refuge, chez les Gachoux, afin de goûter un peu à la viole de gambe et au clavecin. Précisément, ces derniers jours, nous découvrions avec ravissement un autre de ces petits maîtres de belle envolée : monsieur Demachy.

Il faisait nuit à présent. J'étais toujours dans la Peugeot, sur le siège avant. Parfois je descendais du véhicule pour une courte promenade et je finissais par voir apparaître la silhouette du forcené, pressant de près une femme seule ou accompagnée d'une amie. Ses mains gesticulaient, on entendait ses rires, on devinait les perles fines jaillies de sa délicatesse. Vers minuit, alors que j'étais sur le point de m'assoupir dans la voiture, je le vis revenir en compagnie d'une petite femme au teint pâle, aux cheveux blonds décolorés et à la démarche féline.

– Baltazar, je te présente Guiguite, une Parisienne en villégiature. Guiguite, voici Baltazar, mon gérant de société.

Je fus flatté d'avoir progressé aussi rapidement dans la hiérarchie sociale. En un fulgurant éclair m'est revenue la pensée de Pettorossi, volume XVI de ses *Variations de la Géhenne*: « Hiérarchie, le mot hideux par excellence quand il s'agit d'êtres humains. »

Elle non plus, la Guiguite de Paris, ne semblait pas née au sein du jardin fleuri de l'Eden. Certes, elle était assez jolie et parfumée d'une essence assez rare qui me parut être « Chuchotements d'une aurore ». Mais ni ce parfum, ni l'exubérance de sa chevelure en cataracte n'arrivaient à expurger de sa personne cette vulgarité propre aux femmes de trente ans dont l'ambition consiste à ressembler à l'opulente Jerry Alexander dégoulinante de gloire et de liquide ineptie. Elle me regarda en souriant, provocante, prête à me mâchonner la lèvre... Ses petits seins bien exposés palpitaient ainsi que deux tourterelles dans les griffes d'un aigle. Ce qu'ils devaient être doux à caresser, ceux-là ! Moi aussi, j'aurais désiré avoir une demoiselle aux seins menus et mignons durant une longue après-midi où nous nous serions aimés en se disant des mots bleus. Je me croyais assez subtil dans le dialogue aimable qui finit par procurer une légère ivresse comparable à celle que distille le ronron conjugué d'une bouilloire sur le feu, un soir d'hiver, et d'un disque très précieux qui tourne à l'envers. Mais je gardais espoir... Les jours sacrés sont ceux du futur. Il me suffisait de rêver, de divaguer à des amours impossibles, de battre la breloque en souriant aux nébuleux combats des passions contrariées.

Guiguite piaffait d'impatience dans ses escarpins vernis. On le pressentait, elle adorait ou allait adorer bientôt le chevalier de la Touche, copropriétaire des principaux casinos de la côte Atlantique. L'argent subjugue en amour, disent les pessimistes, ce qui fait un peu douter de la véracité des passions. Pour séduire, l'argent est une arme bien aiguisée, annoncent les grands séducteurs, et le chevalier n'ignorait pas cette pitoyable condition pour parvenir à la victoire. Il en rajoutait sur sa fortune, poussant jusqu'à l'invraisemblable. Certes, la Guiguite aurait pu s'étonner de la vétusté de notre guimbarde et de la rouille qui crevassait ses flancs, mais la Touche avait dû lui dire que ce véhicule était un engin de remplacement, prêté par un garage... Lui, l'homme fin, ne roulait qu'en Citroën CX ou, mieux, en Ferrari, la grosse, celle en acier double corps avec injection filtrée au carbone et quadruple carburateur en platine, s'il vous plaît, monté sur barillet et coussin de Xaratium liquide. D'ailleurs, Guiguite croyait tout à l'avance, subjuguée, les yeux clos sur l'espérance du grand amour. En se tenant par la main, en amoureux, je les vis s'éloigner en direction d'un petit hôtel à allure de presbytère où l'on trouvait des chambres canailles avec des miroirs suspendus au plafond et des chromos déshabillés de l'entre-deux-guerres.

Je suis allé boire un café dans une brasserie puis j'ai sommeillé en gémissant. Un cauchemar me fit entrer dans un carrousel de femmes plus hideuses les unes que les autres. Vers deux heures du matin, ils me réveillèrent par leurs hurlements. Lui, la

Touche, présentait le faciès du poivrot envenimé par un alcool de purin. Une mousse de plus en plus épaisse ravageait ses lèvres. À vrai dire, il écumait de cette petite rage en garniture et que l'homme d'esprit désigne sous l'appellation de maussaderie post-coït. Derrière lui, telle une araignée prise dans sa toile, toute tordue, les cheveux en bataille, la Parisienne apostrophait violemment le bel Adonis. Son accent, arc-bouté sur les voyelles, scintillait de révolte.

– T'es vraiment une sacrée crapule, Jean-Bernard... En plus, monsieur me laisse payer la chambre, salaud ! Propriétaire de casinos, tu veux dix sous pour te payer un soda ? Laisse-moi rire, tiens... ! Même à Paris, des minables comme toi, ça n'existe pas... Mais attends-moi... Ne me laisse pas...

Le chevalier fit démarrer le moteur. La malheureuse, les bras en croix dans un geste d'épouvante, faillit se faire écraser. C'était à mourir de rire, cette scène. Je n'ai pas ri car la Touche riait pour deux en regrettant de ne pas l'avoir aplatie sur l'asphalte, cette paumée... À la fin de l'étreinte, expliqua-t-il, il lui avait dérobé sa broche de fer-blanc, un attrape cœur d'arrière-boutique. Il me la montra dans le creux de sa main comme s'il s'agissait d'un diamant, d'une relique dérobée dans le sanctuaire d'une cathédrale.

– Ce n'est pas gai, j'ai dit. Elle y tenait peut-être, à cette pauvre broche... Un souvenir de famille.

– Basta ! Mon pauvre Balta... Tu ne saisis décidément rien aux femmes. Je ne comprends pas comment tu as été bigame à Paris. Tu l'as usurpée, ta réputation. Tu m'agaces avec tes remontrances de proviseur ! Tiens, je vais te dire... Je reprends le grand jeu. Je te vouvoie, car c'est l'évêque de Bazouges qui vous apostrophe. À genoux, païen ! Ces femmes dont vous avez pitié, Marquis de Balta, d'une manière si pleine de ridicule effervescence ne sont pourtant que des endeuilleuses de vie, des aragnes affublées de boyaux ouverts, des emmerdeuses, des hystériques en crise de scrofule dont les ongles sont salis d'épiderme sanglant. Ces créatures dont vous m'avez vu user sont-elles vraiment des femmes ? Détrompez-vous, malheureux ! Ne soyez pas niais à ce point... Vos compassions sont autant d'incongruités. Demain vous réserverez vos faiblesses pour les femmes de devoir et d'abnégation dont le sein ne sert qu'à nourrir le bébé. Car, en vérité, je vous le dis, moi aussi, en dépit de ma robe et de ma croix, je rêve de femmes voilées en chambre close, confites en pudeur extrême et agenouillées auprès du chevet dans l'attente de l'époux.

– Des femmes voilées ?

– Oui, cria-t-il d'une voix indignée, le nez et la bouche en soubresauts. Oui, et pétries de toutes les qualités de la bonne ménagère et respectueuses surtout de l'homme qui voudra bien honorer leur couche. Comprenez-vous, Marquis ? Nul n'est plus respectable que moi, personne ne respecte davantage la femme de qualité que moi ! Alors cessez ces reproches, ces plaintes, ces gémissements qui me mettent hors de moi.

– Arriverez-vous un jour à aimer vraiment ? J'en doute...

– Moi ? Mais je ne rêve qu'à ça, mon pauvre Balta ! Au grand amour que je rêve. Ça t'épate, non ? Ce que je recherche, c'est l'amour suprême, une passion dévorante, éternelle... Le cœur en fusion...

– Soyez encore plus débridé, plus vache, si vous permettez, et vous le trouverez, le grand amour. Mais je vous en supplie, pas cette nuit, pas maintenant... Je suis rompu, crevé... Je veux me coucher. Voilà plus de dix heures que vous me traînez dans cette ville.

Le poing délicat posé sur la bouche, le chevalier a bâillé tout en se tordant le cou pour suivre du regard une femme ventrue et toute en robe qui s'avéra être une douairière en robe de chambre et en mal d'insomnie. Nous sommes arrivés à un carrefour où s'élevait un stop. D'ordinaire, la Touche les brûlait ces panneaux comme il lui arrivait quelquefois d'ignorer un feu rouge. Mais là, à cet endroit, il s'est arrêté tout en regardant dans le rétroviseur.

– Nous sommes suivis, Baltazar. Depuis l'hôtel, c'est la même voiture qui se traîne derrière nous.
– Qui s'intéresserait à nous ?
– Tu ne peux pas comprendre. C'est compliqué... Des histoires de famille, des haines qui se déclenchent. Les Gachoux sont des anges mais un peu, un petit peu timbrés... La vieillesse peut-être qui gâte le cerveau. Si eux connaissent des ennuis, nous en aurons notre part.
– Expliquez-moi.
– Plus tard. Il vaut mieux ne pas entrer dans les détails pour la tranquillité de l'esprit. Ah, putain de poisse... !

Nous sommes revenus au domaine sans plus nous parler, comme si un froid s'était élevé entre nous. Un moment, pourtant, il hésita avant d'aller remiser son véhicule dans la grange. Il parla de repartir pour Saint-Jean-de-Luz, seul, afin d'acculer une femme de notaire en villégiature qu'il connaissait et de la cabrioler en arlequin. Je l'ai planté là, au milieu de ses digressions.

Après avoir pris une douche, je voulus me faire sécher par le vent tiède de la nuit. J'allai au jardin. La lune était entière et belle dans un ciel qui ressemblait à la peau brune de mes filles des îles. Les palmiers frissonnaient et j'aperçus Gabine, perché au sommet du plus haut d'entre eux. Soudain, au bout d'une allée, je vis la Touche avec une sorte de grand chien blanc qu'il tenait en laisse. Je n'avais jamais vu cette bête à la démarche bizarre. Était-ce vraiment un chien ? Dissimulé par un bosquet de rhododendrons, je m'approchai prudemment de l'allée. Ô Mon Dieu Jésus ! Il ne s'agissait pas d'un chien mais d'une femme allant à quatre pattes… Je reconnus la soubrette, la suave Blondine, entièrement nue et maintenue au cou par une laisse. Elle allait dans l'herbe en reniflant le trèfle doux à mâcher et l'ignoble lui faisait faire sa promenade en l'incitant à aboyer. Je vis la servante s'accroupir et uriner ainsi qu'une chienne auprès de chaque arbre rencontré.

– Allons, Mira, grognait la Touche, un effort, un petit jet, ici, auprès du tilleul… Ah, la brave chienne, la bonne bête !

Puis, d'une manière presque comique tant le geste était grandiloquent, il lui cingla les fesses qui s'offraient à la lune. Déchaîné vraiment le bel homme à la recherche du grand amour, de la divine et pure passion. Avant de fuir, j'eus le temps d'entendre la soubrette s'écrier :

– Oui… Oui… Encore… !

Et puis elle aboya d'une manière bien délicate et bien modeste tout en levant, à la façon du mâle, une jolie cuisse vers l'écorce d'un pin.

Un soir, après dîner, tandis que nous délirions aimablement dans la salle à manger autour de la table surchargée de fruits, madame des Gachoux, en ôtant son lorgnon pour m'offrir la tendresse de son regard, me confia que le sommeil la fuyait. L'inquiétude la rongeait. Je savais que certaines lettres parvenaient au domaine. Sous les enveloppes s'érigeaient les exhortations au devoir et même les menaces. De quoi s'agissait-il au juste ? Je ne parvenais pas à deviner quel était l'auteur de ces missives dont l'autorité faisait frémir mes deux bienfaiteurs. Ce n'est qu'au petit matin que madame des Gachoux sombrait enfin dans un assoupissement criblé de cauchemars. Mes médicaments restent sans effet, me dit-elle, puissiez-vous accomplir quelques efforts en ma faveur et me trouver ainsi le moyen de retrouver le sommeil. Je me mis aussitôt à la tâche. Ce fut mon opus 32, un court ouvrage de pure philosophie au ton si enlevé et au rythme si savamment barbant qu'il fermait les paupières de tout insomniaque digne de ce nom. L'effet fut foudroyant ! Dès la deuxième page, le lecteur devait sombrer sur le doux ventre de Morphée. À vrai dire, je faillis m'endormir vingt fois lors de la création de ce subtil bijou d'intense philosophie qui portait en exergue : « À trop percevoir l'implication d'une vague entité postulée, on acquiert une explicite définissabilité. »

Il m'arrivait de ne plus me comprendre moi-même. Je forçais la dose pour atteindre ces sommets vertigineux où se dresse l'implacable vérité de la condition humaine: « [...] Puisque l'éblouissement d'un concept existentiel, par sa propre capacité différentielle, se substitue à l'étreinte de l'intellect, il faut sans doute offrir l'immanence d'une subjectivité transcendantale, laquelle, à rebours, nous incite à l'empirisme de la cohabitation d'où émergeront les rapports d'un être quasi eschatologique épris de l'irrationalité [...] »

Ce brillant ouvrage promis à un bel avenir aurait pu contenir trois ou quatre pages... Il en possédait soixante-douze afin d'offrir de la diversité au lecteur insomniaque. Madame des Gachoux se montra ravie, les joues roses d'émotion et de gratitude. Une page et demie d'attentive lecture l'assommait au propre comme au figuré. Grâce à ce petit livre, bientôt relié en pure toile de mygale du Brésil, monsieur des Gachoux put se permettre également une bienfaisante méridienne.

Dans la même foulée, je réalisai mon opus 33. La brosse Alfa qui se glisse sous la glotte afin de provoquer le rire chez le neurasthénique. Séduit par ce minuscule engin de réelle utilité, monsieur des Gachoux le fit répertorier sous le numéro 10.034 au Directoire Européen des hautes inventions industrielles et commerciales.

C'est à cette époque de belle fécondité que monsieur des Gachoux et moi nous nous rendîmes à Bordeaux, ville phare, afin d'y rencontrer monsieur Otto Wöhler, actionnaire principal de la réputée Social Bjorp and Co dont le siège se trouve en Suède. Monsieur des Gachoux avait un faible pour les pays scandinaves. À juste titre, il leur accordait cinq longueurs d'avance dans la course aux innovations et au progrès social. D'emblée, monsieur Wöhler nous parla d'une nouvelle machine à galvanomètre simulé par opposition au flux magnétique pour la fabrication de la confiture. L'engin était astucieux et tout à fait révolutionnaire. La confiture était le nouveau dada de monsieur Wöhler, savant émérite et homme de cœur. Nous comprenions parfaitement que la confiture sublimée par la mécanique le distrayait un peu des vastes entreprises dont il avait la charge. C'est avec plaisir que nous l'écoutâmes discourir des confitures en opposition aux compotes qu'il tenait bizarrement en profonde aversion. Il nous en fit goûter une dizaine d'espèces et notre surprise fut grande de constater qu'elles ne contenaient aucune adjonction de sucre. Quoique d'une saveur sans égale, elles ne recelaient ni acide citrique, ni pectine.

– Oui ! s'exclama monsieur Wöhler, c'est bien par cette absence de sucre que notre machine est révolutionnaire. Figurez-vous que j'en suis l'inventeur. Douze ans de recherches ni plus ni moins. Bref, messieurs, je lève mon verre en l'honneur de cette minute précise où vous allez m'expliquer en quoi consiste exactement la mécanique tentaculaire, la seule mécanique au monde dont je n'ai jamais entendu parler !

– Monsieur le Président, dit monsieur des Gachoux d'une voix émue, cette mécanique supplée aux bras défaillants et même remplace les bras inexistants. Elle est reliée directement aux muscles des épaules. Ce sont donc les muscles des épaules qui arriveront à faire mouvoir tous les rouages de cette mécanique dite tentaculaire dont mon cher ami et savant Baltazar Ninon est l'inventeur.

– Cela me plaît, déclara le président, cela me plaît beaucoup comme toujours lorsque la nature commande à l'artificiel. Monsieur Ninon, votre invention me passionne déjà. Expliquez-moi !

– Cette invention porte un nom, dis-je, c'est la gachoux !

Nous passâmes trois heures à examiner mes dessins et croquis et monsieur Wölher ne pataugea jamais dans le dédale de ces figures affreusement compliquées pour celui qui n'a pas en mémoire les notions parfaites de l'anatomie humaine. C'était un embrassement très raffiné de deltoïdes, de triceps, de brachial, posés en inversion pour le flux aigu des vaisseaux sans aucune modification ni la moindre dissidence par-delà la masse osseuse. Persuadé de la valeur de cette future prothèse, il télégraphia sur-le-champ au siège central pour annoncer mon arrivée imminente.

Trois jours plus tard, je fis le voyage à Stockholm où, par le procédé de la triple greffe intermédiaire aux vaisseaux sanguins, on m'appliqua aux épaules la mécanique tentaculaire, fabriquée en moins d'un mois par les ingénieurs et médecins prothésistes de la Social Bjorp. Afin d'éviter toute forme de rejet, l'attente fut longue avant qu'il me fût permis de faire actionner la gachoux, composée de carbone, d'acier et de fibre de verre.

Vint le jour fastueux où mon propre génie me couvrit de lauriers. Une angoisse folle m'étreignit ! Pour la première fois de ma vie, j'allais pouvoir serrer la main d'un homme : celle de mon bienfaiteur monsieur des Gachoux. J'ai trouvé tout de suite que ce n'était pas mal du tout de posséder des bras et des mains. Je me sentais un autre homme, comme raccommodé enfin des erreurs de la science pharmaceutique. Dès ce premier jour, j'eus la chance, dans un geste fabuleux d'élégance, d'éloigner de la main un moustique.

Avec l'arrivée de l'automne naquit dans le vaste domaine de Bazouges une nouvelle atmosphère que nous mîmes à profit pour accomplir d'infernales promenades. On se croisait, on se saluait, on formait conversation puis nous repartions chacun de notre côté pour nous retrouver plus loin, extrêmement surpris et enchantés du hasard des rencontres entre gens de qualité.

Vaguement persuadé que l'état ecclésiastique lui apportait afflictions et déboires, la Touche troquait de plus en plus souvent sa soutane d'évêque contre un habit princier bleu de Prusse admirable de dentelles en Rouy et différents trous de mites. Cet excellent habit qui lui allait à ravir portait le millésime 1742 et se trouvait signé d'un maître tailleur illustre sur la place de Lyon. Certes, en automne, parmi la collection d'habits des Gachoux, nous choisissions les parures aux tons les plus humbles afin de mieux nous marier aux divers coloris d'une nature qui offrait ses derniers feux avant de sombrer dans l'agonie. Les aoûtats et les acariens des prés abondaient dans les hautes herbes et je pris ainsi plaisir à me gratter. C'était délicieux. De même, une frénésie m'obligeait à tendre la main à chaque personne rencontrée. Les arbres étaient superbes, enflammés de jaune et de pourpre avec, entre les branches, l'haleine douce d'une brume venue de l'océan. Monsieur des Gachoux me donnait du prince à présent.

– Prince ! disait-il en brandissant ses bras afin de m'imiter dans mes nouveaux transports, Prince, vite, à l'emporte-pièce, un, deux, trois, subito… Un petit tableau champêtre signé 1768.

Je prenais mes couleurs les plus fines pour rendre hommage aux saisons, pour accompagner le grelot d'un cheval, le soir, dans l'ombre mouillée d'un chemin qui se perd… pour dire le vent de février éberlué au détour d'un bocage où il croise le parfum des mimosas, pour murmurer le silence d'une église de village lorsque ce silence devient éternité. Modeste palette sonore où se faufilent l'éclair radieux des yeux enfantins, le sourire d'un oui qui naît sur les lèvres, l'or vivant de la prunelle d'un chien débarrassé de sa chaîne et de sa cage. Je peignais un arbre ployé de tendresse au-dessus de la rivière odorante, le naufrage d'un mot ou le balbutiement d'un amour Je contais l'histoire d'un petit mouchoir blanc avec un nœud pour se souvenir de quelque promesse, perdu sous l'ombre d'un pommier, et que l'on ramasse pour en respirer le parfum où subsiste peut-être l'haleine d'un baiser…

Nous repartions dans le vaste jardin et madame des Gachoux chantait, je m'en souviens si bien, la troisième partie du merveilleux *Poème de l'amour et de la mer.* Ce que nous regrettions la mort précoce de ce cher Chausson ! Quel génie celui-là ! Le plus vibrant peut-être, avec celui de Rameau et de Berlioz, le plus prometteur certainement des musiciens français. Les feuilles rousses tourbillonnaient autour de la crinoline de madame des Gachoux. Plus loin, nous nous rencontrions pour la cinquième fois…

– Seigneur ! Quelle surprise !
– Ô divin bonheur, vous, ici…
– Ma joie est si grande de vous revoir !
– Comme le hasard prend plaisir à joindre nos pas aux vôtres.
– Voyez comme la lumière est belle, si belle, ce matin…
– Prince, un tout, tout, tout petit tableau, je vous prie.

J'adorais faire œuvre de conversation. Ainsi qu'un peintre d'une lointaine campagne oubliée, je possédais le silence entre les mots, la vie des pinceaux, des couleurs inouïes et cette tristesse de l'âme qui permet quelquefois de deviner ce que les autres ne peuvent voir. Heureuse et féconde période auprès de ces êtres chers et aimants, épris de poésie, de musique, de philosophie, loin du monde rugissant où pullulent les germes de la cupidité et de l'indifférence. Monsieur des Gachoux, dans ses rares moments de mélancolie, pensait sans doute à Bernanos lorsqu'il affirmait que le problème de la vie est le problème de la douleur. Parfois, on sauve quelques jours ou quelques années, disait-il, et on remercie on ne sait trop qui, du hasard ou d'une volonté consciente, ou du mélange des deux peut-être… Et s'il existait un dieu du mal, épris de volonté de puissance, de darwinisme, de fanatisme et de brutale dérision où le plus cruel émerge pour parvenir à la plénitude ? Pas le plus fort, reprenait monsieur des Gachoux, non, le plus cruel car toujours la cruauté vient à bout de la force comme le rat familier des égouts vainc le chat, comme la vipère tapie dans sa surdité parvient à vaincre le hérisson.

Ce matin-là nous déambulions de concert sur les berges de la rivière. L'air était sucré et nous passions la langue sur nos lèvres. Quel délice ! disait madame des Gachoux, gourmande… Le bonheur ne savait plus où se terrer tellement nous lui arrachions des lambeaux de joie. C'était merveilleux, notre amitié et nous aurions désiré la partager avec d'autres, avec cet inconnu là-bas ou avec celui qui passe au loin le long de la route… Mais non pas avec cet homme dont le poing armait l'heure du glas.

Il descendit d'une voiture rutilante de marque allemande. Il était grand et fort. Les chairs de sa face et de son cou étaient vultueuses. Son aspect respirait la distinction compassée dont se pare le génie du bœuf sur les frontons à la gloire de l'agriculture. Son poitrail puissant s'agrémentait d'une cravate noire à motifs invisibles.

– Alexandrin ! murmura madame des Gachoux.

– C'est lui, le fils, celui qui nous fit suivre à Biarritz, me souffla la Touche en bombant le torse comme pour rivaliser avec le poitrail de l'autre, le nouvel arrivant par qui la lumière du jour allait s'assombrir.

L'irruption de ce personnage de belle prestance et dont la rigueur intellectuelle s'affichait idéalement au cœur même du visage me glaça d'effroi : une impression fugitive, irrationnelle sans doute, ressentie au contact non pas tant de la physionomie mais du regard édifié en double jeu. Alexandrin, tel était le nom de l'illustre, le seul fils survivant des Gachoux. Il embrassa père et mère, nous salua d'un revers de tête pour nous offrir les traces évidentes de son mépris, puis fixa, sans dire mot dans un silence de marbre, la vieille demeure où sur les marches du perron gambadait Gabine affublé de son chapeau de paille.

– Une ménagerie à présent… ! Ayant déjà les deux clowns, vous manque-t-il quelques ovins, un zébu… la vache à trois pis ? ironisa-t-il en s'adressant à son père.

– Alexandrin, voyons…

– Père, je vous prie, laissez-moi tout d'abord m'adresser à ces deux pitres que vous avez l'honneur d'héberger.

Il fit trois pas vers nous, le chevalier et moi, solennel, les yeux en vrille, la main gauche un peu grasse enfouie élégamment dans la poche de son veston. Il parla. Sa voix était belle. Un timbre de cuivre porté vers les basses. On se permettait d'assassiner des gens sans défense, déclara-t-il d'emblée. Or, il se trouvait que ces gens sans défense étaient ses parents. Nous leur faisions subir des tortures morales afin de leur extorquer le peu d'argent qu'ils possédaient encore. Étions-nous vraiment des voyous, lui, la Touche, le dragueur de Biarritz, l'obsédé et corrupteur des épouses de notaire et de pharmacien en officine, formant la paire avec moi, l'infirme débarqué de Paris, l'homme aux deux femmes, l'inventeur timbré au cachet de l'impuissance et oblitéré au sceau du psychopathe ? J'en appris des fameuses sur mon compte comme sur celui du chevalier. Madame des Gachoux écoutait la harangue, pâle et muette, tandis que la Touche, la main sur la bouche, orchestrait en sourdine une violente symphonie de putain... oh, bordel de con... ! Putain d'enragé... Il délire, l'Alexandrin, ses pieds sont pas droits...

Mais l'illustre, l'avocat de Bordeaux, précipitait son discours. Ce n'était pas une plaidoirie mais un réquisitoire qu'il formulait à pleines mâchoires. Souvent, le tribun, emporté par le verbe et le trémolo de l'indignation, s'en va quérir les attributs de l'absurde. Il plastronnait, vraiment, cambré en cheval de bois, le cou gonflé par le déluge du pathos, allant sans rire jusqu'à invoquer la peine de mort pour les agresseurs de vieillards. Pas de circonstances atténuantes, cria-t-il, pour les vermines remontées avec valises des bas-fonds du stupre et de la délinquance !

– Voyons, Alexandrin, modère-toi. Ton discours n'a aucun sens, protesta monsieur des Gachoux.

– Vous ne pouvez comprendre, Père... L'âge vous modifie l'entendement.

– Imbécile ! Mon cerveau est plus sain que le tien. Dans ta tête croassent tous les vices que tu imagines appartenir à autrui. Sache que le chevalier de la Touche, s'il est homme à rechercher la compagnie des femmes est aussi et surtout un homme honnête et serviable. Pas le moins du monde vénal en tout cas. Mieux vaut l'appât du jupon que l'appât de l'argent, pas... surtout en ce siècle où l'on vous presse les entrailles à tous propos pour vous faire régurgiter le moindre centime. Quant à notre homme de conversation, l'illustre Ninon, plus connu sous le nom de Baltazar, il ne pourra jeter qu'un regard d'indicible mépris sur l'abjection de tes propos. Allons, reviens à toi, Alexandrin, et que sous ton sein s'apaise enfin ce courroux que rien ne justifie.

– Si vous me parlez en Racine !

– Toi qui vénères le beau langage...

– Enfantillage ! Cabotinage ! s'écria le fils d'un ton excédé. Père, ne changerez-vous donc jamais votre conduite ? Allez-vous enfin troquer vos frusques d'un âge révolu pour des habits plus décents ? Soyez clairvoyants, ces deux olibrius que vous vous plaisez à réchauffer sur votre vieux cœur s'apprêtent à vous abattre, vous et mère, afin de dilapider le peu de fortune qu'il vous reste. Il appert que vous vendîtes le vignoble de Merraut... À quel usage, je vous prie ? Est-ce vous l'instigateur de ce marchandage, chevalier de la Touche ?

– Pas du tout ! s'exclama madame des Gachoux.

– Cette vente fut réalisée pour construire la gachoux, déclara monsieur des Gachoux. Cette machine sublime, non contente de m'assurer postérité, apporte joie et réconfort à un être jusqu'alors bien démuni devant les cruautés de la société.

En dépit de sa perspicacité de fin bavard, l'illustre de Bordeaux ne put comprendre les propos de monsieur des Gachoux concernant la gachoux. Il crut que son père entrait en effritement intellectuel. Un délire monté en triplette sans guidon et qu'on calme par un ragoût d'opiat ou une injection de petites camisoles de force. La postérité lui montait à la tête, à ce vieillard en broderie dont la perruque à claire-voie s'en allait de travers. Alexandrin s'emporta à nouveau, reins cambrés, poing en contre-pointe posé sur le flanc droit, puis, devant les gémissements de sa mère, il se calma comme pour lover sa fureur sous la langue d'un reptile.

– Diable ! Comprenez, si je m'exprime ainsi c'est dans votre intérêt, en fils soucieux du bien-être de ses parents. L'inquiétude me ronge !... Votre grand âge, le choix un brin téméraire de vos fréquentations... Ne seriez-vous pas mieux ailleurs, à votre âge, que dans cette croulante bâtisse d'une autre époque et qui, de surcroît, vous coûte les yeux de la tête ?

Nous comprenions à présent le souci majeur de l'Alexandrin, ce qui le mettait en transe et le portait à l'inquiétude. Ça arrive souvent, ces sortes de passions hystériques chez ceux dont l'ambition est inextinguible pour la possession ou la sauvegarde des biens matériels. Ils voient l'argent avant tout, partout, et c'est ce qui est amusant, en somme, dans leur appréciation des valeurs de ce monde. Alexandrin s'enduisit les lèvres d'un sourire filial. Même au chevalier, il adressa un rire de noble envergure. Du coup, j'étais prêt à l'admirer pour sa faconde de rapace. Ah, oui, il savait s'exprimer celui-là avec des colères sanguines et des attitudes de dieu en courroux. Nous revînmes entre gens de bonne compagnie et sans doute fallait-il oublier les propos menaçants qui tout à l'heure faisaient vaciller les fondements de la raison. Madame des Gachoux s'appuya au bras de son fils pour regagner la maison où Blondine, qu'il m'arrivait parfois de confondre avec une chienne blanche et rose, nous servit du vin de noix et des amandes. Mis en verve, tant par l'alcool que par la réconciliation avec son fils, monsieur des Gachoux se plût à jouer quelques variations en l'honneur de la gachoux. Ces instants de plénitude familiale valaient bien ces moments d'extase que nous délivra cet excellent monsieur Demachy, le musicien bossu et bègue du XVIIe siècle, amant trompé de mademoiselle Henriette, ex-servante à la Cour Royale.

– La gachoux, la gachoux ! Qu'est-ce donc que la gachoux dont, grâce à la viole, vous célébrez la magnificence ? demanda le tribun en faisant les cent pas dans le salon.

Chacun se prêta au petit jeu désuet des devinettes jusqu'à l'instant où le chevalier me prit les deux bras et les souleva pour les offrir aux éclats du vaste lustre. Alexandrin ne comprit pas.

– Serrez-lui la main, Maître, conseilla la Touche.

Ce qu'il fit en m'écrasant de toute sa superbe. Un éclair de stupéfaction passa dans ses yeux qui étaient devenus ceux d'un honnête homme. On lui expliqua. Il parut ne pas apprécier la générosité paternelle et faillit trépigner d'indignation lorsque monsieur des Gachoux lui apprit le montant de la fortune nécessaire à fabriquer la machine et me la greffer aux muscles des épaules. C'est alors qu'Alexandrin se mit à tourner autour de moi, les mains derrière le dos, la nuque raidie par l'aiguillon de la révolte. Par bravade, je me mis à parler l'impossible langage du bonheur. Confiné dans ma peau, j'étais, ainsi que les gens heureux, le carcan serré à l'âme afin de ne plus penser. Afin de l'apaiser et de me gagner sa sympathie, mes mots contenaient toutes les bêtises du monde. Je parlais et j'agitais beaucoup mes mains de carbone et de fibre de verre, recouvertes de gants de velours rose chair, afin d'appuyer les instants fracassants de mon discours. À la Romaine pour retenir l'attention de l'auditeur, à la Napolitaine afin d'apporter une rigueur invincible aux mots, à la Sicilienne enfin, pour dissuader l'interlocuteur d'interrompre et de voler la parole… Je radotais en m'enfermant dans le chaos des cogitations. En ne retenant plus ses larmes, madame des Gachoux fredonnait un air oublié. Derrière moi, un verre de vin à la main et très impérial, le chevalier de la Touche opinait au moindre de mes mots tout en souriant à l'illustre Bordelais, de plus en plus scandalisé à l'audition de mes modestes joies offertes par le pouvoir des bras et des mains. Me voyait-il en argent, à présent ? Il évaluait, brûlant du désir de me tripoter les bras, d'examiner mes mains libérées des gants.

– Ainsi voilà donc la gachoux ! Elle me semble légère, docile et maniable, dit-il sans cesser de tourner autour de mon corps comme s'il s'agissait d'un arbre ruisselant de splendeurs. Puis-je me permettre ? Oui, le contact est assez frais, pas glacial... Plutôt frais. Les mains respectent les proportions de votre anatomie quoique... Dites-moi, vos bras et vos mains d'origine, aussi minuscules étaient-ils, pouvez-vous nous dire ce qu'ils sont devenus ?

Afin qu'il ne puisse comprendre, je le renseignai, termes techniques à l'envers. Une opération chirurgicale sanglante et monstrueuse... Il me regarda le front comme s'il voyait tout à coup ma case vide où naissent et flamboient les idées en déséquilibre sur les sommets de la déraison. Il souriait toujours. Son visage de pontife devenait gracieux à la longue... Nous nous égarions fameusement, les Gachoux, le chevalier et moi en supposant que l'illustre était revenu à de meilleurs sentiments. Pour changer un peu, il n'arrêta pas de nous interroger, le chevalier et moi, sur les péripéties de notre passé. Il s'intéressait à nous, très humain en somme... Et nous souhaitions lui narrer des anecdotes choisies, en toute liberté, en toute confiance, comme lorsqu'on se trouve à genoux dans un confessionnal sous l'autorité bienveillante d'un prêtre saigné à blanc et brûlé à vif par la béatitude et les mortifications. C'est qu'à l'exemple d'un lévite en spirituelles papillotes, il respirait la bienveillance, l'avocat de la ville phare. Une impression irrésistible sans doute activée par la péroraison du père qui ne cessait de nous affirmer que son fils était le paradigme, ni plus ni moins, de l'honorabilité. Oui, j'avais vingt-trois ans à l'époque, l'âge où les illusions commencent à vaciller un peu et où l'on n'a pas encore l'idée de tirer un trait couleur deuil sur la confiance à accorder à un être dont l'argent constitue une valeur essentielle.

Comme un crétin que je trouvais une rare jouissance à me laisser aller aux épanchements, à raconter ma vie et à lever le voile sur le subtil alambic de mon génie. Je me suis arrêté à temps grâce à la vigilance de la Touche, pris d'une logorrhée subite. Toute langue dehors pour raconter ses passions sublimées. À l'entendre, le plus grand bonheur d'un homme réside dans la pure acceptation du devoir. Le mot devoir remplaçait le mot putain. Les femmes, disait-il, il les aimait, certes, mais il les respectait avant tout. C'est leur amitié qu'il recherchait. En toute femme, je vois une mère ! Oui, Maître, disait-il d'un ton pénétré, c'est ainsi, j'idéalise beaucoup. Je puis vous affirmer que c'est par le respect qu'on témoigne à autrui qu'on dévoile le fond intime de sa nature… Une mère. Une maman, répétait-il en louchant un peu, deux ou trois tics au niveau des oreilles et du menton. Je ne lui connaissais pas ces envolées si chargées de tendresse et truffées de phrases touchantes parce qu'exprimées volontairement à mauvais escient. De la Bible que nous lui demandions quelquefois de lire lors de nos déambulations dans les sous-bois, il avait mémorisé quelques passages qu'il nous servit cavalièrement, les doigts érigés, tels des arcs de justice, vers les poutres du plafond, ainsi qu'un acteur de vaudeville soudain embarqué dans une tragédie de Corneille. Il était sublime, le chevalier, en s'activant ainsi au crachoir sous le nez de l'Alexandrin. Ses fanfaronnades ne sentaient pas le moisi. Il y avait de la fraîcheur dans ses envolées, d'autant plus qu'il s'était mis lui aussi à circuler d'un pas alerte à travers le salon. C'était un peu détraqué tout ça, ces gens qui déambulaient autour de moi, le chevalier, tout en déclamant la réponse aux questions des Corinthiens sur le mariage, Alexandrin en tournant comme au manège, madame des Gachoux en trottinant pour nous abreuver de vin de noix, monsieur le père en traînant sa viole de gambe derrière lui, aux quatre coins de la pièce afin d'élire l'endroit idéal où plaquer quelques accords de son cru ! La tête me tournait. Moi aussi, j'aurais voulu déambuler tout en débitant quelques tirades ou des vers de Rimbaud par exemple. À un certain moment, au plus fort de ce carrousel infernal, est apparue la soubrette Blondine. Elle semblait radieuse ainsi qu'un caniche blanc qui piaffe d'impatience à l'idée qu'il sera tenu en laisse durant les heures chaudes de la nuit... Elle aussi, elle se mit à arpenter le parquet du salon. On se demandait bien pourquoi d'ailleurs... Vue de près, c'était une belle fille aux yeux ronds, avec des formes en balançoire qui agaçaient les mains et le pourtour des lèvres.

– Si nous passions à table ? proposa madame des Gachoux.

Il y eut un silence presque consterné. Chacun s'arrêta dans la ronde démentielle.

– Mère, je suis désolé, dit Alexandrin, mais le devoir exige mon retour, ce soir même, à Bordeaux.

– Le destin d'Alexandrin sera national ou ne sera pas, prophétisa monsieur des Gachoux, du fond du salon, un peu ivre sans doute de vin et de musique. Il venait d'égrener une suite effrénée d'accords en cascade.

– Nous nous reverrons, promit le maître en usant d'un sourire aimable.

Ce furent les dernières paroles de l'illustre. Son attitude et sa voix nous promettaient tous les bonheurs du monde. En procession, on le raccompagna jusqu'à sa voiture, garée le long de l'allée. Vrai, Alexandrin était un être riche d'une intense probité et que seuls les scrupules d'une âme si intègre empêchaient de se livrer pleinement à l'exercice de la politique. Nous ne nous doutions pas alors que son destin national le mènerait au poste de Garde des Sceaux, un des plus répressifs de la Ve République. Cependant, nous la pressentions un peu, cette fulgurante carrière, entraînés par l'enthousiasme de monsieur des Gachoux qui voyait en son fils le digne émule de ces hommes combien prestigieux que la nation française exhibe aux regards incrédules de l'univers.

Natif du XVIIe siècle, monsieur Demachy commence souvent d'une manière très aigre ses compositions pour s'envoler ensuite dans d'angoissantes rêveries. Certes, François Couperin et Marin Marais connaissent à la fois plus d'apothéoses et de colères, mais à l'écouter dix fois et à le jouer cent fois, l'humble borgne, amant survolté de la jolie Henriette, possède des accents où l'âme s'enfonce dans un abîme d'intense mélancolie. C'est par monsieur Demachy et Caix d'Hervelois que monsieur des Gachoux m'enseigna l'art cruellement difficile de la petite viole dite *da braccio*. Peu doué, je parvins cependant à devenir un assez estimable violiste de seconde catégorie. Le tempérament de monsieur Demachy, à vrai dire assez calme, s'accordait au mien. Par-delà les siècles, nous apprîmes à nous estimer et je lui tirais quelquefois la révérence dans le vaste salon, à gauche de la cheminée, où resplendissait son portrait dû au spirituel Tournières. Un faux, disait la Touche.

Monsieur et madame des Gachoux et moi formâmes un aimable trio pour interpréter toutes sortes de petits trésors, tour à tour pétillants d'allégresse et d'intense neurasthénie. Le chevalier et Blondine nous comblaient de leur présence. Jamais je ne vis un homme et une femme bâiller de concert avec une telle application que durant cette veillée de Noël où nous jouâmes la première suite de Caix d'Hervelois. Comme sa belle chienne de nuit, la Touche préférait une musique plus enlevée, plus moderne que les accents souvent crépusculaires, mais si beaux, des violes et du clavecin.

Les jours de cet hiver passèrent dans l'enchantement. J'étais heureux ! fichtre ! Pourquoi pas, après tout ? Pas heureux à vie mais heureux dans l'instant présent. Je devenais un peu stupide aussi. Le bonheur et la sottise vont de pair et je ne pouvais me défendre entre ces deux bêtes attelées au même harnais. Dans mon esprit où fleurissait encore la jeunesse, tourbillonnaient les exaltations et les illusions. Être un compagnon de conversation exquise constituait une modeste consécration à laquelle il me semblait avoir droit. Je n'oubliais pas ce cher Ma Kadaka auquel j'étais redevable de ces jours paisibles. Chaque dimanche matin, après l'audition d'une cantate de J.-S. Bach dans la chapelle, je lui écrivais une longue lettre où je contais les événements du domaine de Bazouges. Dans une boîte achetée à la poste, madame des Gachoux disposait des fruits du jardin auxquels nous mêlions quelques fleurs séchées ou, selon la saison, quelques immortelles et une branche naissante de laurier-rose. J'imaginais le réconfort de notre excellent ami lorsqu'il recevait cette boîte et son bonheur de savoir que nous l'attendions ici, dans ce lieu d'amour et de félicité. Hélas, un jour, nos lettres et nos colis revinrent avec l'indication : n'habite plus à l'adresse indiquée. Nous n'osions imaginer le pire... Tant de souvenirs revivaient en moi et il m'arrivait de pleurer à l'évocation de ma Marina et de ma Didou, ma matelote aux rubans rouges et ma femme-caille à la petite bulle de salive qui frémissait sur le bord de la lèvre... J'aurais aimé les retrouver là-bas, à Saint-Domingue. Peut-être seraient-elles revenues avec moi, ici, s'asseoir à l'ombre des platanes. Qu'aurait pensé le chevalier de la Touche ? Quel mot barbare serait sorti de sa bouche pour exprimer sa stupeur et sa luxurieuse envie ? Ainsi qu'un tigre royal harnaché d'une turlurette de nymphéa, je me serais pavané sous ses yeux, au bras de mes deux resplendissantes métisses, mes deux oiseaux des îles, mes chéries gazouillantes que je revois, penchées au-dessus de ma tête pour y traquer le vilain pou que m'avait passé Gabine. Souvenir de leurs chastes baisers qui sentaient la vanille… Elles m'aimaient, celles-là, d'une tendresse si dense que je croyais rêver. Quel pied de nez au destin!… Séduire deux jolies filles des îles alors que je n'étais qu'un homme sans ombre, un poteau sans fil, un arbre sans branche… Bien sûr, il y a le génie, là, dans ma pauvre tête… C'est peut-être pour cela, après tout, qu'elles m'aimaient tellement, mes deux petites femmes, de me voir fumer de partout comme une chaudière avec des idées en feu d'artifice, des idées toutes neuves, des hypothèses en forme d'éclairs et des enthousiasmes de chiot qui me faisaient rire et pleurer en même temps.

J'oubliais que j'étais né avec l'adversité attachée à mon torse. Mais sans doute, si j'avais possédé deux bras, n'aurais-je eu ni l'idée ni par conséquent la volonté de créer l'opus 1. On ne s'habitue pas au malheur lorsqu'on est jeune, qu'on assiste au bonheur des autres et quand on sent vibrer tant de désirs en soi. Avec le temps, l'âme se brise. On s'habitue au malheur, paraît-il, comme on finit par s'accoutumer à la gale qui vous dévore la peau. Mais je ne suis pas sûr et Pettorossi n'est plus de ce monde pour me donner une légère lumière. C'est une bête tenace, le malheur. Elle innove sans cesse, recherchant les coins sensibles et encore vierges où elle pourra frapper. Au malheur s'accouple souvent la misère. Ils vont bien ensemble, ces deux-là… À vingt-quatre ans, je ne rêvais plus à la possibilité de connaître ceux qui m'avaient mis au monde, les grands inconnus de ma vie. De formidables salauds… et qui avaient bien réussi leur coup. Je me demandais parfois ce qui se passait dans leur tête à brûler des cierges à l'église de Cysoing afin que Dieu ne me laisse pas trop crever de misère. Peut-être père et mère sont-ils de grands bourgeois avec des enfants bien nés qui auraient gueulé très fort leur mécontentement de voir surgir un frère tronc auquel on donnera la becquée. Je les comprends quand même mes géniteurs. Ce n'est pas gai tout ça. L'harmonie d'une famille qui se brise… La réputation peut-être? Durant sa grossesse, madame mère avait peut-être absorbé ce médicament certifié conforme, pour calmer les nerfs, apaiser, assoupir… Une préparation plus industrielle que magistrale qu'on teste avec succès sur les pauvres bêtes puis qu'on offre à l'humain, les yeux fermés. En me voyant surgir de sa petite mer intérieure, elle avait dû hurler de terreur, ma maman… Ce n'est pas l'idéal, un nouveau-né avec des bras longs de cinq centimètres. J'essaie de revoir la tête des infirmières, de la sage-femme ou du médecin. Mais j'ai oublié… Je l'ai imaginée souvent, l'heure première de mon premier jour. À l'hôpital, mes parents durent se montrer patients pour ne pas me jeter aussitôt dans le vide-ordures. Père a dû répéter à ma mère: « Patience! Encore quelques jours et j'irai déposer la chose loin d'ici, chez les sœurs ou au pied d'une église. Courage… Tu oublieras vite ce qui n'est jamais arrivé. C'est un mauvais rêve, un accident… » De mes premières années, je ne me souviens de rien, sinon des coups qu'on me portait sans haine, juste pour m'éduquer. Je revois une main brandie. Jamais de visage.

Plus tard, à l'orphelinat, des heures durant, je regardais les couples venir faire un choix parmi les abandonnés. Il existait des jours dits d'adoption. Les gens passaient sans me voir. J'avais un tablier noir et des chaussettes grises, une culotte courte de velours et des bottines brunes. Comme les chiens abandonnés dans les fourrières et qui désirent être adoptés, je faisais le beau, assis sur une chaise dans le couloir, la figure enfoncée dans l'épaule, en disant des mots bêtes afin d'attirer l'attention. C'était un spectacle formidable, de voir ces couples d'inconnus, endimanchés et écarlates d'affectivité. J'espérais… J'attendais mon tour pour être choisi. Je n'ai jamais cessé d'espérer. N'importe quelle maman j'acceptais. Même une maman sans papa, même un papa sans maman. Même les plus moches et les plus puants du monde, je me serais précipité dans leurs jambes afin qu'ils m'amènent avec eux, n'importe où, dans une affreuse baraque mais où chaque aube nouvelle verrait naître une débauche de caresses et de mots tendres. Je me souviens de ce désir idiot d'un vrai petit baiser sur la joue. Un seul petit baiser pour me donner le courage d'aller affronter la vie... Mais un vrai, pas un qu'on donne, le regard absent en pensant à autre chose. Avec un instant de tendresse, je serais devenu un homme et fort comme mon héros préféré, celui que j'aimais, Fanfan la Tulipe... Le premier vrai baiser de ma vie, c'est Ma Kadaka, l'Africain d'Haïti qui me l'a donné en me pressant sur son cœur grand comme le monde. Pour moi, Ma Kadaka, c'est le vrai bon dié de l'univers puisque l'autre, le père éternel, n'a jamais donné le désir à un humain d'aller embrasser le petit garçon infirme qu'on voyait assis sur une chaise, près de la salle d'attente, avec de l'eau dans les yeux. Ce ne sont pas des larmes, je criais. C'est de l'eau! C'est vers l'âge de huit ans sans doute qu'un beau jour je me suis mis en tête que j'avais du génie, tout simplement. Une idée folle qui m'était venue comme ça, à l'improviste, alors que j'ignorais ce que signifiait exactement le mot génie. C'est cette idée qui m'a soutenu durant mon adolescence. Me persuader que j'avais du génie à cause des illuminations qui me faisaient voir la danse d'un frisson dans le silence et les convulsions d'un ouragan dans la forme immobile.

Qui croire sinon soi-même! Pettorossi et beaucoup de gens aux USA reconnaissaient mon génie. Hortense et beaucoup de gens dans le quartier Malakoff me tenaient pour un minable, un jeune homme en pompon qu'il faut dresser par la baffe quotidienne. Aux voisins, Hortense me désignait d'un mouvement de tête en posant un doigt sur sa tempe. Faut pas lui en vouloir à ce taré, disait-elle, ça l'amuse de se croire un grand inventeur... Vous savez que les débiles, il est bon de ne pas les contrarier. Pourtant, une ou deux fois la semaine, elle m'apostrophait durement... Dis donc, Ducon, écoute voir un peu... Traîne pas les pieds, taré ! Je te demande une fois de plus quand monsieur va se décider à travailler, à se trouver un emploi. Tu vois, poteau, les tire-au-cul, j'en ai que faire, feignant de feignasse ! Les malpropres, je les vire du lit conjugal. Génie de mon con, t'es qu'un raté, oui, sur lequel on crache quand on a trop bu et qu'on a l'haleine au vinaigre.

C'était bien triste, ces jugements d'une femme aussi belle, aussi forte, mais cela me laissait presque de glace à la longue. Comme disait Pettorossi : « Qu'importe ce que les autres pensent de vous avec leur cerveau qui va à quatre pattes pour flairer les sanies. Ce qui compte, c'est ce que l'on pense de soi. » Ce qui importe surtout, c'est de ne jamais avoir de remords. À cette époque de ma vie, je les connaissais peu, les humains. C'était ça, mon inconscience, ce qui me faisait douter parfois de la grandeur de mon génie. Plus loin, dans les flonflons de la vie à travers les chiendents et les écœurements des poches retournées, j'apprendrais à mieux les comprendre, les hommes et aussi la pauvreté, la vraie, celle qui vous fait mettre à genoux pour remercier le ciel ou le hasard lorsqu'on retrouve une pièce de cinq francs égarée dans la doublure d'une veste. Au fond, la plupart des humains vivent heureux dans un désespoir tranquille, immergé dans l'attente liquide de la vieillesse et de la mort. Ce n'est pas si mal. Ils ont raison d'être heureux à vie avec les instruments pour ne pas trop méditer, pour s'abêtir et s'abrutir à l'occasion, l'argent, le travail, la télévision… Mais je préfère le fraticelle, ses mains nues et vides et ses pieds sans souliers qui vont vers le soleil comme vers une source. Je n'ai plus aujourd'hui une vision trop dichotomique de l'espèce humaine. Comprendre ou essayer de comprendre et ne jamais conclure. Dans l'ombre existe une clarté et dans la clarté il y a l'ombre… Il y a celui, royal et placide, qui s'abêtit jusqu'à se proclamer parfaitement heureux, et l'autre, le balafré en cuculle, mon préféré, qui a labouré les sillons de la vie pour comprendre que le malheur existe derrière la porte, chez l'autre.

En ce temps-là, au domaine des Bazouches, propriété fleurie de monsieur Augustin des Gachoux et madame née Romarin, je me trouvais précisément dans un terrier tapissé de chèvrefeuille. Je créais à tout rompre, crâne ouvert, dans la solitude de ma chambre. J'imaginais les pires bêtises... J'imaginais des objets d'utilité pratique tout en rêvant à des inventions sublimes qui foudroieraient d'horreur l'hydre à six têtes, c'est-à-dire la souffrance et la mort. Peut-on résoudre le problème de la mort, à défaut de ne jamais anéantir la souffrance qu'elle soit physique ou morale ? Savoir si la mort est un bien ou un mal pour le pauvre bipède ? Je peux vous affirmer pourtant que j'ai massacré la hantise douloureuse de la mort. Ce sera mon opus 100. La mort vaincue, la mort désarmée... Car la mort, au fond, n'est qu'une suprême angoisse. Cette audace et cette outrecuidance qui enlaidissent le visage, miroir de l'âme, de prétendre à une victoire sur la mort ! Et pourtant, oui, toute transcendance étalée au Zénith du front, j'arriverai à faire davantage ! Je ferai en sorte que l'humain confronté à sa fin imminente se réjouisse de mourir et mette tout en œuvre pour disparaître dans les plus brefs délais.

Bien avant Hortense la superbe polyandre et mes années de mariage, déjà deux psychiatres en chambre close décidèrent dans un long rapport que j'étais un individu médiocre, follement présomptueux et dont les instincts contenaient une perversion nullement négligeable. C'était effrayant de compulser ces feuillets enrichis de mots savants, de phrases torturées en équerre optique, de certitudes surtout, présentées à l'arquebuse et étranglées dans dix quadrilatères d'acier barbelés. À lire tout ça, je n'étais plus rien. À peine né... Même plus un poteau... Un monstre avec une éponge en guise de cerveau. Aux spécialistes des sinuosités mentales, j'ai déclaré qu'ils avaient raison de me juger de la sorte. Bêtement, j'en rajoutai en bavotant un peu sur mes genoux, en faisant les yeux blancs par saccades dans l'espoir amical de les conforter dans leur opinion dite d'infaillibilité manifeste. Pour finir, un peu gênés de m'avoir exterminé alors que je me montrais si compréhensif, ils se sont remis à la plume pour ajouter un appendice où resplendissait la promesse que j'étais susceptible de m'amender. Pas si mauvais bougre j'étais au fond. Juste une tête à moitié pourrie surmontée d'un chapeau claque… Un urubu dégénéré qu'une paire de claques trois ou quatre fois la semaine parviendra à maintenir dans les limites de la vertu. Je leur ai caché, à ces zèbres en chambre, qu'il m'arrive de me décorer en petites pompes mais avec tout l'appareil que met un empereur à se sacrer lui-même. C'est ainsi qu'à l'âge de quinze ans je me suis octroyé les glaives du simple génie anonyme. Je m'en vantais à qui voulait m'entendre et l'on me regardait d'un air toxique. Je ressemblais à un ahuri avec mes glaives au revers du veston : une capsule de bouteille de bière, or et argent pour l'étoile, sur fond écarlate.

Ainsi que les maladies, les acariens et les puces, les ennuis préfèrent revenir en force aux changements de saison. C'est ce qu'on appelle l'obstination du destin. Les jours étaient trop paisibles, sans doute, et vivait en moi cette impression que le malheur avait perdu à jamais ma trace. Le chagrin allait revenir aux derniers jours de l'hiver.

Ce matin-là, il y avait au ciel une couleur presque mauve et très limpide où jouaient à cache-cache le printemps et un vieil hiver bien fatigué.

Les arbres bourgeonnaient et déliraient, ivres de sève montante. Des rivages de l'Afrique, les oiseaux revenaient avec des chants plus mélodieux encore, que Mozart, assis parmi nous, sur un banc du jardin, se serait empressé de retranscrire avec ivresse. Je me souviens de la robe bleue à liséré de soie rose que portait ce jour-là madame des Gachoux et qui faisait songer à une montgolfière. Cette robe était la réplique exacte de la Lavaterre du célèbre Ambrosio, couturier à Paris et guillotiné pour son intempérance royaliste. En se promenant dans la grande allée qui menait à la rivière, monsieur des Gachoux philosophait sur les différents stades de la vieillesse. Un âge où l'on se sent poussé vers un gouffre obscur… Un âge où l'on s'efforce de perdre son ticket de voyage afin de ne pas pouvoir prendre place dans l'ultime tombereau. Ceci était assez funèbre, surtout lorsqu'il citait Buffon, lequel était un cruel observateur de la décrépitude. Son épouse le fit taire en l'invitant à écouter la nouvelle partition des oiseaux. Ce fut divin, car à cet instant, du haut d'un tilleul, un merle se mit à chanter. Et le soleil apparut comme pour accompagner le chant éblouissant de pureté… Même le chevalier, tout en broderies blanches égratignées d'un ravissant fouillis de libellules ornées, cessa de converser avec mademoiselle Blondine. Les trilles s'élevaient dans ce clair matin, ardentes et narquoises, si belles que nos cœurs semblaient battre plus vite. Monsieur des Gachoux réclama sa viole afin d'accompagner en sourdine le délicat musicien. C'était urgent et Blondine s'empressa de la lui rapporter. Mon bienfaiteur joua délicieusement avec toute la modestie du monde. Plus tard, captivé d'une fantaisie soudaine, la Touche s'en fut chercher son violon et nous délivra un Caprice de Paganini. Certes, sa technique n'était exempte de quelques couacs… mais quelle fougue dans son interprétation, quelle fureur ! On restait bouche bée devant les doubles trilles en octave, les fuligineuses ellipses où il nous semblait voir renaître le généreux vampire du violon. Ce que nous étions bien tous les cinq, Ô bon Dieu Jésus ! Ainsi que Gabine à califourchon sur mes genoux et qui écoutait aussi en se curant l'oreille d'un orteil exercé.

Nous crûmes entendre le grondement de l'océan, au loin, par-delà les bois et les champs. Mais ce n'était ni la mer ni la chanson du vent… Au bout de l'allée, au détour d'un bosquet de noisetiers, nous vîmes s'avancer lentement une camionnette blanche suivie d'une automobile. Lequel d'entre nous eut le premier conscience de l'émergence du malheur ?

– Tiens, c'est la voiture d'Alexandrin ! dit madame des Gachoux en souriant.

– Bordel ! grogna la Touche en rentrant son ventre pour mieux bomber le torse.

C'est comme lorsqu'on reçoit un coup sur la tête ou qu'on fume un cigare en double bague de La Havane qui vous étourdit et vous fait marcher de travers ou quand on vous annonce sans ménagement une nouvelle effrayante concernant un être cher… J'eus l'impression que le monde allait à l'envers, le ciel, le paysage, les arbres, en voyant trois hommes, échappés de la camionnette qui se précipitaient sur monsieur et madame des Gachoux.

– Du calme, Messieurs, du calme, je vous prie ! s'exclama Alexandrin le fils.

Je le garde en mémoire tel qu'il était, l'illustre de Bordeaux, en complet bleu nuit, tissu fin de cachemire, pochette tigrée Nouvelle Angleterre, parfumé au sel odorant de Triaize, une main dodue, manucurée, presque féminine et tendre à croquer, enfouie négligemment, hors le pouce, dans la poche gauche du veston. Il avait les cheveux peignés en arrière, un large front et le masque sévère du grand homme intègre. Il existe des hommes en buste, d'autres de profil ou de trois-quarts. Alexandrin, le maître du barreau, était un homme en pied, la face ceinte de l'inflexible certitude. Tel un devin auréolé d'autorité, il s'érigeait de toute sa taille, comme bravant nos faiblesses et nos ignorances, prêt à briser le pronunciamiento de la racaille. Cher grand homme… Il s'avança vers ses vieux, ses parents, ainsi que le bon berger qui s'oppose momentanément à ce qu'on lui égorge une demi-douzaine de brebis pour le festin de midi.

– Père, Mère, excusez-les, je vous prie. Il appert que ces braves gens n'ont pas bien perçu mes instructions. Nous venons vous chercher… Oui, Père, c'est une surprise ! Un grand jour. *Soir paisible* se trouve enfin disposé à vous accueillir tous les deux et à vous offrir son excellent confort. Ce ne fut pas sans mal, croyez-moi. On se dispute les places, là-bas…

– L'ordure ! Oh, putain ! murmura le chevalier derrière moi.

Soir paisible, qu'est-ce que c'était ? C'est dans ces circonstances, au sein des odieux tumultes de la vie, que je me rends compte de ma niaiserie. Bêtement j'ai pensé à un parfum, puis à un lieu d'excellence, un palace rutilant de douceurs, un cocon satiné de tous les bonheurs de l'âme… Et non à l'hospice pour vieux à vocation psychiatrique. Alexandrin avait bien monté son coup. C'était une fameuse surprise. Il parlait juste, l'enfant chéri.

– Qu'est-ce que c'est ? bredouilla monsieur des Gachoux.

– Père, je vous prie, ne vous affolez pas…

– *Soir Paisible…* ? dit madame des Gachoux, très pâle et, dans ses grands yeux noirs, soudain, dix années de plus comme pour la rapprocher de la mort.

– Oui, Mère… En compagnie de ces messieurs et du docteur Garet, nous allons vous conduire au *Soir Paisible*, un établissement sérieux, croyez-moi, et extrêmement agréable où vous aurez le bonheur de passer tranquillement vos vieux jours. C'est une chance, je puis même dire un privilège qui vous est offert.

– Mais nous refusons, sacré nom d'un chien ! hurla monsieur des Gachoux en tenant sa viole de gambe, comme une arme, au-devant de son corps.

– Père, soyons sérieux !

– Jamais de la vie ! Qu'est-ce donc cette folie ? Ce n'est pas possible, pas… C'est toi, Alexandrin, mon fils, mon seul enfant en vie qui a manigancé cette entreprise, nous faire interner, ta mère et moi, à jamais, dans ce bagne, une maison de fous, de vieillards gâteux ?

– En raison de votre âge d'une part, et du respect filial…

– Je n'ai que quatre-vingt-deux ans, tonnerre de Dieu ! Ta mère n'en a que soixante-dix-sept et nous avons tous les deux l'esprit clair et bien lavé.

– Certes, gronda Alexandrin en rebombant le poitrail, certes. Cependant il appert que vous vous laissez aller à dilapider vos biens au seul profit du nommé Baltazar Ninon, votre homme de conversation, comme vous dites, à vous recommander par cette canaille émigrée, ce nègre réexpédié dans sa tribu d'origine, ce Ma Kadaka… Ma Kaduku… bref, je me vois contraint de par la loi, soutenu par l'administration et l'autorité médicale, de vous faire intégrer momentanément, je dis bien et j'insiste, momentanément, le *home* psycho-médical *Soir Paisible.*

– La crapule ! proféra la Touche.

– Vous dites ? s'enquit énergiquement l'illustre en faisant un pas en avant.

– Je dis que vous êtes gonflé du bidon à vouloir faire interner vos parents.

– Gardez vos distances, monsieur de ma Touche ! Vous n'avez que trop traîné dans les parages. Ceci constitue un avertissement. Il n'est guère dans mes habitudes de me répéter. Les fortes têtes, surtout celles qui prétendent sortir de l'écurie où elles trouvent naturellement leur place, courent le risque d'avoir affaire à moi. À bon entendeur, salut !

Il était capable de le faire enfermer, lui aussi, le chevalier, au fond d'une geôle ou d'un asile d'aliénés. Le maître bordelais était puissant et habile dans la combine, je devais l'apprendre plus tard, non pas pour graisser vulgairement une patte cupide mais plus exactement pour engluer certaines consciences de la magistrature. Il possédait cette rare faculté de repérer sans retard l'ivraie au sein d'un groupe d'hommes honorables. Même un procureur général, paraît-il, il l'avait discrètement ficelé, noué par les filins des manœuvres immobilières…

C'était au tour du docteur Garet d'intervenir. Un fameux calibre, celui-là… On ne lui voyait ni la bouche, ni les lèvres, à peine un débris de menton sous sa moustache aux longs poils. Un faux-derche à la chair en nausée qui portait le masque de l'obséquiosité pour mieux faire accepter n'importe quelle magouille dont le quatrième acte lui apportait un pieux dédommagement. Son paraphe de psychiatre il l'offrait à toutes les sauces marinées ou non, agrémenté du triple cachet de la faculté en forme de bacille. Il trempait dans toutes sortes de sociétés, assoiffé d'argent, avec des ongles agrandis à l'étau pour mieux manipuler les liasses.

– Monsieur et madame des Gachoux, dit-il, je vous prie de bien vouloir prendre place dans notre véhicule, à moins que vous préfériez faire le trajet en compagnie de votre fils. Votre employée pourra vous préparer vos effets, votre linge…

– Jamais nous ne quitterons le domaine ! cria monsieur des Gachoux en posant son bras sur l'épaule de sa femme.

– Puisque vous insistez… voici à la fois les documents administratifs, le certificat médical et l'arrêt de justice…

– De quel certificat médical parlez-vous ? s'enquit monsieur des Gachoux.

– Celui que je me vis contraint d'établir le mois passé au vu de votre état général manifestement détérioré. Vous m'épargnerez les termes techniques que vous ne pourriez comprendre.

– Mais nous ne nous sommes jamais rencontrés ! cria le vieil homme en brandissant sa viole.

– Nous sommes en cet instant confronté l'un à l'autre, je crois.

– Le monde à l'envers. Vous rencontrez votre patient après avoir établi le certificat. Votre certificat est un faux, pas… Vous êtes un faussaire, un escroc !

– Vous déraisonnez, cher monsieur.

– C'est exact, Père… Le docteur vous explique…

– Oui, après l'établissement d'un certificat médical. Un comble, vraiment, un exemple édifiant de conscience professionnelle.

– Voyons, cher monsieur, vous vous méprenez, reprit le docteur Garet d'une voix de plus en plus doucereuse. Il apparaît évident que ni vous ni madame n'êtes plus à même de gérer votre patrimoine, ni même de mener une existence raisonnable et sans danger. Vous avouerez que vos vêtements sont assez surprenants, ce singe à votre table, ces oiseaux dans vos rideaux. Mais ceci n'est pas trop grave... Ce qui est inquiétant, ce sont vos fréquentations, les gens que vous hébergez, ces individus venus d'on ne sait où, des parasites... Ceux-ci constituent pour vous une réelle menace dont votre fils s'émeut à juste titre.

– Ignoble rhéteur ! cria monsieur des Gachoux. Ma vie privée ne regarde personne : ni vous, ni personne, ni même mon fils. Je fréquente qui je veux et ces individus comme vous dites ne sont ni plus ni moins que mes amis, mes meilleurs amis, compagnons de lecture et de musique.

– Père, Mère, voyons, je vous prie, de la dignité... Rien ne nous est plus cher que votre sécurité et votre bien-être. Vous devez admettre, n'est-ce pas... L'amour, l'affection, le respect d'un fils... que sais-je ? La mortelle inquiétude que vous me causez en raison de vos fréquentations.

– Permettez-moi de prendre la parole, Monsieur, dis-je d'une voix blanche. Vos parents, nos amis, sont des personnes parfaitement raisonnables et nous ne sommes pas ceux que vous imaginez. Nous sommes des amis fidèles et vouons à vos parents un dévouement sans limite.

– Suffit ! s'exclama Alexandrin en m'envoyant au visage le venin de l'exécration.

Sa belle et grasse main aux ongles coupés au piccolo s'éleva comme une bénédiction, son menton se souleva... C'était un ordre, en somme. Les deux hommes en tablier blanc ainsi que le docteur Garet entrèrent en action. Ce fut foudroyant... Une bousculade dans un embrassement de bras et de jambes. Madame des Gachoux tomba dans l'herbe tandis que son compagnon, agrippé à la viole, fut traîné comme un pantin dans la camionnette où on lui passa la guimpe de sagesse. Je me souviens de la déchirure atroce de cette minute et du cri de la bête qu'on étouffe de madame des Gachoux à l'instant où elle fut portée dans le véhicule. On allait les enfermer à vie, sans examen, sans jugement, sans motif valable mais selon la volonté respectable d'un fils soucieux du bien-être de ses géniteurs. Ça arrive tous les jours, paraît-il, en France ou ailleurs, qu'on interne ceux qui ne sont plus beaucoup, poids faible, inexistence économique, guignols brisés, trop vieux, ceux qui déraisonnent en flagrant délit, ceux qui chantent dans la rue, ceux qui pleurent trop longtemps un enfant perdu, les étiolés égarés dans les gares et ceux qui dépensent trop, même un soir de carnaval...

Nous nous retrouvâmes tous les trois dans un silence de mort. Les deux véhicules disparurent derrière un rideau d'arbres où des corneilles craillaient dans un singulier vacarme. Avant de s'engouffrer dans sa limousine, le tribun nous fit savoir que nous avions à déguerpir dans les plus brefs délais. Oui, Monsieur, a dit Blondine, sottement. Elle allait tirer la révérence, sourire, dire merci peut-être...

En jetant un ultime regard sur ce que fut notre paradis, nous ignorions que deux ans plus tard les bulldozers allaient entrer en action pour tuer tout ce qui vit dans la beauté... Les arbres centenaires, les lilas et les merveilleux magnolias chargés de fleurs, nos palmiers dont les cieux recevaient la caresse, les parterres de plantes médicinales de madame des Gachoux, soignés avec tant de patience et d'amour, les petits ponts japonais dressés sur la rivière. Même la vieille bâtisse aux volets roses et recouverte de vigne vierge fut détruite. L'instinct de mort ! À l'emplacement du domaine, on érigea je ne sais quoi. Un golf peut-être dont la vocation est de péricliter dans les cinq ou dix ans afin de laisser place à un village de vacances au style Merluchon. C'est la combine savante des promoteurs... Entre l'incendie de la pinède dont sera vaguement soupçonné l'innocent du village et la faillite d'un terrain de golf, ils n'ont guère le choix. Pettorossi,

Variations de la Géhenne, Tome II, chapitre I : « Entre l'odeur de l'argent et celle de la pourriture se situe idéalement le cœur humain, ou plutôt ce qui en reste, un résidu qui ne bat qu'au rythme effréné de l'odieux verbe avoir. » Bien sûr, comme toujours, il y allait un peu fort, mon maître, dans la fureur qu'il portait à l'ineffable humain. Une sorte de névrose en abysse qu'il allait prêcher pour abîmer les oreilles et les consciences. Mais qui, face à l'ouragan de souffrances et d'injustices dont est accablé le monde, aurait eu l'audace et suffisamment de puissance dans l'expression pour lui dire qu'il exagérait ?

Le gardien du zoo n'avait pas d'uniforme. Seulement une casquette noire agrémentée d'un écusson en argent sur lequel grimaçait un guépard, gueule ouverte vers un nuage. Je lui ai demandé de retirer sa casquette de fantassin, d'ébouriffer ses cheveux, d'emprunter l'air joyeux du poète en vadrouille et surtout, d'essayer pour un court moment les gestes rares où l'on devine la tendresse. Nous avons disposé le petit enregistreur près de la cage. Il contenait une cassette enregistrée par mes soins.

– Salut, mon petit Gabine, elle disait la cassette. J'espère que tu vas bien ? Encore quelques jours et nous viendrons te chercher. Courage, mon chéri... Le chevalier te dit le bonjour. Les Gachoux aussi te remettent beaucoup de caresses. Eux aussi, ils se trouvent en cage mais pas pour longtemps car on va les tirer de là, peut-être qu'on fera exploser la baraque. Un vrai feu d'artifice... Tu seras sur mes épaules pour tout voir et applaudir comme tu sais si bien le faire. Mange bien, petit Gabine, ne te laisse pas dépérir surtout. Les bananes, je t'en apporterai, les meilleures, celles de l'Afrique. Voici un peu de musique du Mozambique, celle qui t'a bercé depuis ton enfance... Écoute ! C'est Nina et Didou qui chantent. Le bonheur n'est pas naba fou moutou. Il reviendra pour toi. Je reviendrai... Nous partirons ensemble.

Lorsque tout fut préparé dans la cage, j'ai été chercher Gabine dans la voiture. Le chevalier s'était éclipsé car il ne désirait pas assister à cette scène. Gabine était assis à la place du conducteur, les deux mains sur le volant. Il aurait pu être très heureux, là, au volant, en faisant ses bruits de gorge pour imiter le bruit du moteur et celui de l'avertisseur sonore. Mais il y avait toute la détresse du monde dans ses grands yeux ronds. Je l'ai pris dans mes bras, son visage pressé contre le mien ainsi qu'un petit enfant rempli de frayeur. Il savait qu'on allait l'abandonner. Nous n'avions plus de domicile. Nous ne savions plus où aller dès l'instant où nos économies se trouvèrent épuisées. J'ai essayé de le convaincre que nous reviendrons le chercher. Gabine ne comprenait pas très bien la langue française. Sa langue maternelle était le portugais avec l'accent chantant de Saint-Domingue. Quand il a vu la cage, il a pleuré dans mes bras. Mon petit Gabine, j'ai dit, je reviendrai te chercher. C'est promis, c'est juré... Tu vois, ce n'est pas parce que je suis un homme que je suis nécessairement un salaud. Tous les hommes ne sont pas des salauds... Je te jure que je viendrai te chercher bientôt, dès que nous aurons une maison, un lieu pour vivre, avec de la chaleur surtout pour tes poumons. Il m'a regardé de ses yeux immenses où brillaient les larmes. Il me connaissait. Il pouvait me croire.

Enfermé dans sa cage, il est resté debout, accroché aux barreaux, en me regardant fixement avec tout l'amour que la bête porte à son maître. Mais je n'étais pas son maître. J'étais son grand frère, son ami, son égal dans la vie. Je n'oublierai jamais son regard lorsqu'il a balancé sa petite main pour me dire au revoir... Je souhaite que Dieu ait ce même regard lorsqu'il nous regarde de là-haut. Rien de plus... que Dieu puisse posséder le regard de mon petit Gabine.

Je voudrais transcrire ici une longue pensée de Pettorossi mais je ne peux pas à cause de l'eau dans mon œil.

Bon Dieu, elle a les yeux en forme de hachoir ! me suis-je dit lorsque le chevalier me la présenta.

Plus tard, revenu dans l'infect galetas de la pension de famille de Bayonne, il m'expliqua :

– Tu vois, Balta, celle-là, je l'ai draguée au marché. J'ai dû me contenter du second choix, en plein milieu des légumes et des épluchures. On avait déjà passé les plats... Et, comme toujours, les meilleurs morceaux sont partis les premiers. Remarque, c'est une femme de classe, des manières et un beau parler. Elle est directrice dans l'enseignement. Une femme à poigne, tu sais... Ce n'est pas à elle que j'irai plaquer ma main au cul dans la minute qui suit les présentations. Non, il faut pouvoir se maintenir à la laisse, même en période de rut... De la classe, Baltazar, de la classe !

– D'accord, j'ai répondu, mais ce qui luit derrière ses lunettes ne m'inspire pas confiance. Des yeux en forme de hachoir...

– Tu exagères... Celle-là est comme les autres, elle ne demande qu'à être dressée, à la dure, tu saisis ? Comme je suis un peu dresseur, tu verras bien vite comment elle m'apportera le torchon pour racler la gadoue de mes escarpins.

– C'est une marâtre, peut-être... Avez-vous entendu la manière dont elle s'exprime, ce ton glacial, presque cinglant pour me dire que je n'avais pas à quitter mes patins pour marcher sur le parquet ?

– Putain ! Je vais lui faire son éducation. Tu vas rire, mon petit Balta… Ça va chauffer et c'est la grande fanfare que tu vas entendre. À mes pieds, moukère ! Et du respect pour Baltazar Ninon, l'inventeur, le poète, le puissant du cerveau !

Nous allions apprendre à mieux la connaître la nouvelle conquête du séducteur, madame veuve Ninas Ibério, une brune en demi-teinte de quarante-cinq ans, pas trop mal fichue, la bouche en veilleuse dont les deux extrémités se rabattaient dans le rigide. Elle avait réponse à tout dans un égotisme en dilatation perpétuelle. Très honnête sans doute mais également très rapide sur le mot qui blesse et encore plus vive du regard qui glace. Ce qui me réjouissait méchamment, c'était l'idée qu'elle ignorait sur quel zèbre infernal elle était tombée. Car son ambition suprême consistait à refaire sa vie avec un homme de qualité. L'époux idéal, honorable, propre, sérieux, méritant et possesseur d'une belle situation qu'elle exigeait pour sa main. Elle voulait un homme de devoir, un monsieur distingué de haut niveau et pas coureur pour un sou. Le chevalier de la Touche ne pouvait être que cet homme-là. De plus, il était bel homme, ce que n'exigeait pas du tout la veuve. Pour le grand jeu, le chevalier avait porté son choix sur la carte petit format dite la demi-huit, parmi sa panoplie, une carte de visite indiquant son nom, son titre et sa profession : chercheur émérite au CRAN aérospatiale. Sous sa pomme d'Adam, dodelinait un nœud papillon bleu nuit constellé de petits points blancs. Il prit le sourire discret, quasi perpétuel, de l'homme aimable qui en sait plus que le commun des mortels. La litote fleurissait son langage et la critique aussi, parfois subtile, d'autres fois rigoriste, de celle qui vous rehausse de cent coudées, même aux yeux du crétin.

C'est environ un mois après notre éjection du domaine de Bazouges que nous atterrîmes chez madame Ibério. Après avoir acheté du beau linge ainsi qu'une maroquinerie de grand luxe, valises et sacs signés Prestige Europe Chérie, il nous resta peu d'argent, trop peu pour végéter plus longtemps dans la pension de famille où sévissait un détestable sordide. L'appartement de la veuve, situé rue Sainte Ursule, était coquet, merveilleusement propre et aéré. L'Adour passait tout près. En face, c'était moins gai à cause de la ligne de chemin de fer qui nous abîmait le sommeil.

– Chère Ninas, je vous présente Baltazar, mon fils aîné, avait claironné la Touche en me poussant dans les bras fermés de la nouvelle conquête, lors de cette première entrevue où elle m'avait ordonné le port des patins.

Ne m'appelle jamais papa, avait recommandé le chevalier. Tu diras : père. Le vouvoiement est de rigueur. De la tenue, Balta, de la classe, et puis du respect lorsque tu t'adresseras au père ! La voix humble... Le ton soumis comme si tu redoutais le coup de cravache. Tu feras ton taré comme dans les grandes familles, n'est-ce pas... Ça fera tout à fait distingué de lui avouer qu'il existe de la dégénérescence dans la famille. On pardonne beaucoup aux dégénérés à condition qu'ils ne soient pas idiots, bien sûr. Tu te permettras de bavoter un peu, sans plus, sans exagération... Tu joindras les mains comme à la prière, jamais de jurons, pas d'œil coquin, humble, gentil, mais sévère sur les principes de la vertu. Tu saisis, Balta ? C'est la grande classe, ça... C'est monsieur ton père qui sera content ! Pendant ce temps, moi et elle, dans l'alcôve, ça va flamber, feu et flammes avec des mots crapuleux. La bretelle sur le cul... En avant toute... L'homme de haut niveau rendu à l'abreuvoir pour la gavotte sous les draps. Tu l'entendras crier, Madame... Elle va tricoter du mollet... Une musique à se pâmer. On va rire, tiens ! De la classe, Balta, du maintien, de la tenue... ! Relève-toi du col, fils ingrat, c'est ton père qui te cause... monsieur ton père... !

Il s'était envolé, le chevalier, dans l'apothéose des recommandations imbéciles puis dans une diatribe contre la directrice dont il souffrait difficilement la suffisance et ses rappels à l'ordre aux instants les plus prometteurs d'une éventuelle intimité.

Armé de nos bagages fausse peau de vrai simili signé Prestige Europe Chérie, nous fîmes une belle entrée dans l'appartement Sainte Ursule. Je ne sais plus au juste quelle formidable extravagance le chevalier avait puisé dans son esprit afin que la veuve accepte notre installation chez elle... À vrai dire, Ninas Ibério, veuve d'un colonel d'artillerie, ne parut jamais trouver tout à fait régulier notre séjour dans son coquet appartement. C'est le moins qu'on puisse dire, son sourire était de glace. De véritables ornières de colère lui meurtrissaient la commissure des lèvres. C'est surtout moi qu'elle fixait d'un regard taraudé par l'impatience et sur mes gants couleur abricot léger qu'elle lorgnait avec une commisération quasi ironique. Soudain, après quelques envolées de tendre amitié proférées par la Touche, nous entendîmes des rires et des chuchotements dans les chambres voisines. Les voix étaient juvéniles. Il s'agissait des deux filles de madame Ibério. L'aînée s'appelait Belle, tout simplement. Son délicat visage aux teintes de vieil ivoire semblait inachevé et cristallisait joliment toutes les plus fines aberrations de la nature. De sa mère elle avait hérité des yeux noirs sans le vilain hachoir de la pupille. Elle nous serra la main d'une petite main sèche qu'elle s'empressa d'essuyer aussitôt à même le tissu de son jeans. L'autre, Marie-Toulouse, la cadette, avec ses nattes et sa frange en bol ébréché sur le front qu'elle essayait de rafraîchir tous les quarts d'heure d'un vaste coup de langue, elle pouvait se targuer de posséder un arrière-train en forme de double piton... Un joli pétard, entendis-je murmurer la Touche en fermant la paupière comme un peintre pour mieux juger des proportions. Dès cet instant, l'irascible brûla de les séduire toutes les deux dans le même envol, la mère et la fille. L'autre, Belle, elle ne l'intéressait pas ! Pas mûre, jugea-t-il, trop maigre et vraiment trop jaune… Elle a la jaunisse…

Le dîner était prêt. En glissant sur les patins, nous prîmes place à la table d'acajou ripolinée, dans la pièce de devant, celle qui donnait sur la rue Sainte Ursule. Les deux sœurs souriaient en nous regardant à la dérobée. Quelques fous rires fusaient… Elles s'exprimaient tantôt en français, le plus souvent en basque, ne se doutant pas que la Touche comprenait cette langue qui était sa langue maternelle.

– Putain ! marmonna-t-il à mon oreille. Elles me trouvent beau gars et toi aussi, pardi… ! Mais elles se moquent de tes gants, elles disent que tu es un précieux.

Madame Ibério fit passer les plats. C'était de la salade, puis une pièce de viande marinée dans son jus, du sang noir où agonisaient des oignons ainsi qu'une blatte en déséq
s'empressa de pondre avant de crever. Je crus
ou une main épaisse de travailleur de force,
de veines et de nerfs. Une viande de conna
cher les boyaux ou à faire vomir à même la table. Je
à les comprendre un peu, les végétariens, soucieux de ne pas encombrer leurs viscères de ces pièces de cadavre. Ses fines lunettes cerclées d'or posées sur son nez, Madame veuve mangea de bon appétit, imitée par un chevalier en demi-teinte, apparemment assommé par la carcasse posée sur son assiette. Belle et Marie-Toulouse, quant à elles, ne semblaient pas du tout apprécier la carne fumante imbibée de sang et d'oignons. Elles préféraient la salade. Sous l'œil sévère de madame Ibério, elles n'arrêtaient pas de pouffer et de se pousser du genou comme pour mieux souligner l'implacable finesse des sous-entendus.

Sur le buffet, entre deux photographies de la veuve, trônait le portrait du défunt, le colonel tout en pompes et en breloques, en grande tenue d'apparat. Pas content le colonel... Il nous fixait méchamment dans son cadre de cuivre. Une mèche de cheveux rares sur le front, le nez raviné de vésicules et son jabot de chair bistre sous le menton. Il ressemblait un peu au bravache Bénito dans les Pouilles, un soir de gala et de ripailles. Il est vrai qu'il n'avait aucune raison de se réjouir de notre présence au sein de sa petite famille. S'il avait pu revenir ici bas, c'est à coups de baïonnette qu'il nous aurait éjectés de son quatre-pièces cuisine avec vue sur l'Adour. Par-delà la tombe, il avait tout deviné, lui, le militaire que jadis la gloire éclaboussa. Même mort, il pressentait qui nous étions exactement, le chevalier et moi, deux errants, sans domicile ni ressources, préoccupés d'abuser de son épouse candidate au mariage de premier choix. Cependant, l'intrusion muette du défunt n'empêchait pas la Touche de faire le beau, le gastronome, l'homme lettré criblé de certitudes... Il restait parfois la bouche entrouverte, les gencives abîmées par les tendons de la viande, dans son entêtement à faire jaillir la belle formule ou le trait d'esprit, ou bien encore, le mot biblique propre à épater la directrice, qui peut-être s'imaginait déjà l'épouse du chercheur émérite. C'est fou ce que les femmes en manque de respectabilité conjugale peuvent se laisser bercer par les rêves les plus extravagants.

– Aimez-vous cette marinade ? demanda madame Ibério.

– Absolument, je dois m'incliner, assura le chevalier d'un air ébloui. Cette viande est un pur délice et ces petits oignons de même.

– Votre fils ne semble guère apprécier.

– Cette marinade ne vous plaît pas ? interrogea sévèrement monsieur mon père.

– C'est que je la trouve un peu coriace... Mes dents sont en piteux état.

– Allons, allons, Baltazar, ne faites pas la fine bouche ! Cette marinade est un plat de choix, gronda le chevalier.

– Il existe d'excellents restaurants à Bayonne et à Biarritz, jeta la veuve. Vous n'avez que l'embarras du choix.

– Mon fils se méconduit… Que voulez-vous, chère Ninas, ma bonté se trouve impuissante à sévir.

– N'en rajoutez pas, voulez-vous ? Son timbre de voix glaçait à la fois le fondement et le globe de l'oreille. Indulgent, philosophe, à l'étroit dans son rôle de fulgurant chercheur, le chevalier se mit à rire. C'est qu'il me réprimandait sans arrêt, l'heureux promis. Il se piquait au jeu, allant jusqu'à me reprocher des fautes de langage ou des bêtises dans le jugement. Un puriste, il était devenu. Ses lèvres dégoulinaient d'une réelle infatuation.

– Oui, père… acquiesçais-je en m'efforçant de ne pas sourire lorsque je devinais que le mot privilégié, le mot putain, était sur le point de gicler de son gosier.

– Chère Ninas, savez-vous ce qui ferait mon bonheur ? interrogea la Touche, le petit doigt levé par-dessus sa tasse de café.

– Dites.

– Que demain, dimanche, vous me fassiez la grâce de me guider dans cette ville charmante de Bayonne.

– Vous ne la connaissez pas ?

– Si peu… Le Parisien ne voyage pas, c'est bien connu.

– Votre accent est pourtant bien de chez nous.

– Ceci s'explique aisément… Mon père est Basque d'origine, tout comme ma mère d'ailleurs. Mon père est un fonctionnaire de très haut niveau. Une sorte de grand seigneur, propriétaire du domaine des Bazouges et violiste de grande réputation. Moi-même, tel que vous me voyez, je suis un virtuose non seulement du violon mais aussi de la viole.

– C'est quoi la viole ? demanda Belle.

– Un instrument de musique très apprécié par les hommes de goût et de vieille race.

– C'est quoi de vieille race? reprit Marie-Toulouse dans un gloussement de volatile.

– Une vieille race? Voyons, une vieille race... c'est être né, voyons. Oui, nous sommes nés voilà tout...

– Et nous, nous sommes morts sans doute, dit la veuve en se levant brutalement pour ramasser les assiettes.

– Non pas... non pas, chère amie, glousse la Touche. Qui sait si par le bienfait des alliances une âme aimante ne pourrait aussitôt trouver une place privilégiée au sein des plus antiques familles.

- Vous radotez, Philibert, et vous faites vieux jeu, vraiment! dit la veuve en réajustant ses lunettes comme pour mieux examiner le visage du séducteur.

Nous passâmes aussitôt au salon pour nous affaler un peu sur le canapé. Belle et sa mère bâillaient à tout rompre. La viande ne passait pas... Les deux filles se sont assises près de moi comme pour entretenir le ronron moribond de la conversation. Madame Ibério, habituée aux phrases lapidaires, n'était pas bavarde. En manipulant les boutons du téléviseur, Marie-Toulouse nous offrit le spectacle de son postérieur modelé à la Rubens. Cette image généreuse d'une croupe tendue à l'excès et comprimée dans un short élastique inspira aussitôt la Touche. Quasiment vautré sur le fauteuil, le nœud papillon accroché de travers, il se permit quelques conseils. Propos charmants ou éculés, parfois osés qu'on se permet de servir, ceinture relâchée, dans le béat ahurissement de la digestion. Ma chère Ninas, chuchota-t-il en se pressant sur la veuve, la nature a ses droits. Un peu de liberté dans le propos, un aimable laisser-aller... on se permet de rêver... Ayons le mot juste sur la lèvre tremblante. J'adore votre audace, ma petite Ninas, vos jolis yeux noirs... Portez donc un jupon et une courte gaine à lacets roses afin d'amincir votre tour de taille et, par la même occasion, amplifier merveilleusement le contour adorable du bassin. Vous serez une madone, ma madone... D'une élégance! Votre ombre sollicite les caresses... Ma main se pose... Laissez-vous faire, Ninas aimée, ne vous faites pas violence. Si vous saviez comme j'aime les petites femmes idéales. Ninas, allons ailleurs poursuivre nos chuchotements... Votre chambre, l'ombre de l'alcôve, vous et moi, nous serons bien, pas trop sages... Oui, pas trop sages, ajouta-t-il en riant de ce rire d'apparat dont usaient jadis les notables à l'instant de la bombance. Une grimace d'exaspération parut sur les traits de la veuve. Mais peut-être, après tout, était-elle troublée par les subtils propos du séducteur. Peut-être espérait-elle des propos plus salaces, une pression de la main plus violente sur ses deux genoux soudés l'un contre l'autre. Certaines femmes de qualité portées aux exhortations de la vertu et de la pudeur se sentent souvent délicieusement terrassées par l'expression crue et le geste d'inconcevable luxure.

Ah oui, nous souhaitions entamer un long bail chez l'adorable Ninas! Nourriture et logement, voilà ce qui nous intéressait après tout. Nous n'étions pas des bœufs... Dormir à la belle étoile et faire la manche nous glaçaient d'horreur. Nous venions de dénicher un charmant cocon où palpitaient à ravir trois cœurs féminins.

Madame Ibério prépara les lits jumeaux dans une petite chambre nue qui empestait l'encaustique et la naphtaline. Insomniaque, l'oreille aux aguets et son désir de bête accroché à ses flancs, la Touche dormit peu ou même pas du tout. Je l'entendis marcher dans l'obscurité de la chambre. Il faisait les quatre pas de son lit à la fenêtre. Il les voulait toutes les deux, me confia-t-il d'un air sauvage, toutes les deux, mère et fille, dans le même lit ou mieux, dans une baignoire remplie de lait de chèvre afin de faire le bouc. Il délirait, les tics en débandade, les doigts d'une main accrochés à la gorge. Ce qu'il voulait, c'est les laver, les bichonner, les gratter à la brosse de basse-cour, avant de les prendre, disait-il, à la manière du crabe ou même, pourquoi pas ? à la façon moins noble du verrat par un soir de visqueuse canicule. Oui, j'ai dit, pourquoi pas... ? Après tout, c'était son dada, cette obsession de la chair, un violon d'Ingres, une idée fixe qui ajoutait de la vélocité aux minutes mornes des jours. Mieux vaut ressentir cette passion-là que d'autres, bien plus sales en définitive. Je finis par m'endormir, content de retrouver des draps frais qui sentaient la lavande et prêt, tout à coup, à la trouver aimable la dame Ibério.

Les jours passèrent encombrés de fadeurs. La petite Belle qui n'avait pas dix-huit ans s'occupait fort de ma personne. Au contraire de sa mère qui posait sur mes gants l'expression d'une indicible incrédulité – le chevalier lui avait assuré que je les portais en permanence, même à table, afin de dissimuler d'affreuses brûlures. Belle trouvait amusant de les effleurer du bout des doigts. Sur ses lèvres venaient se poser des mots presque tendres s'ils n'étaient empreints d'une vague dérision que je faisais mine de ne pas comprendre. Elle me plaisait peu à vrai dire. Elle avait la peau trop jaune... Sous ses cheveux noirs elle faisait citron. C'était joli... En somme, elle était charmante, la petite Belle, sauf quand elle essayait de me faire bouillir d'excitation pour mieux me renvoyer dans la chasteté. Dès que je lui enfouissais un baiser dans le cou, elle poussait un grand cri de souffrance, de ceux qui blessent les oreilles... Madame mère surgissait avec son hachoir, prête à mordre. Elle me faisait peur tandis que je me recroquevillais au fond d'un fauteuil, comme un enfant qui cherche à se faire oublier.

Lorsque les filles partaient à l'école accompagnées de madame mère, nous profitions, le chevalier et moi, du silence de l'appartement pour jouer quelques airs. Abandonnant Paganini, Eugène Ysaye et Sarasate, la Touche voulait bien me suivre dans l'univers de la musique baroque. Instants de réelle griserie de l'âme durant lesquels nous oubliions le caractère déplorable et triste aussi de notre condition. Nous redevenions des altesses ensorcelées d'harmonies et de mélodies. Merci, Chevalier, disais-je, vous avez du chien à bien vouloir racler toutes les beautés du monde en ma compagnie. L'ineffable répondait en prenant son violon : Mon âme est janséniste ! La vraie volupté est celle de l'esprit... Allons-y, Balta, pas de fausses notes, du nerf et beaucoup de jacquerie dans l'allegro ! Le soir, le chevalier passait ses heures à lutiner Marie-Toulouse. Le divertissement n'était pas sans danger car madame Ibério veillait à la vertu. Comme elle se couchait de bonne heure, le chevalier avait alors le champ libre. Il en profitait et Marie-Toulouse riait dans un déluge de postillons. Elle ne criait pas, elle, la cadette au subtil embonpoint tandis que la Touche, en short et les mollets humides, la forçait dans un coin pour lui chuchoter des histoires graveleuses toutes collantes de bêtises enfantines. C'est vrai, c'est assez comique tout ça... J'ai l'air de rire... de me moquer... Ce n'est qu'une impression. Bien sûr, avec le temps on voit les choses autrement. Les couleurs changent, certaines s'avivent, d'autres s'estompent. Et puis, il y a le terrible gouffre des oublis où s'entassent des pans entiers de notre pauvre vie. À cette époque, ce n'était pas la joie absolue entre un homme, mon faux père, dévoré par les démangeaisons du stupre, une veuve tatillonne confite dans un regard de crotale et ces deux hystériques qui me traquaient, l'une avec des mots tendres, l'autre, la dodue, avec un florilège d'expressions dépravées.

Généralement, après le petit-déjeuner, je quittais l'appartement pour me réfugier dans un coin sombre de la cathédrale Sainte-Marie ou à la bibliothèque municipale afin de travailler à mes recherches sur la thermodynamique et la cryogénie en opposition perpétuelle. À cette époque, il me semblait possible, sinon certain, de maintenir en vie un organe particulier et de le rendre indépendant d'un corps en déliquescence. Cependant, je réfléchissais surtout à la manière dont nous pourrions libérer les malheureux Gachoux, mes bienfaiteurs. Je remarquai avec effroi que cela n'apportait pas le bonheur de s'occuper de mon sort. Autant prétendre panser la blessure d'une méduse. Si je ne piquais pas ceux qui m'aimaient, le destin s'en chargeait avec l'homme comme instrument de prédilection. Le destin est un feu incandescent et l'homme le tisonnier. Le tisonnier ranime le feu qui décroît.

Je suis allé rendre visite aux Gachoux ensevelis sous les murs gris de *Soir Paisible*. C'est parce que le ciel du printemps était sublime de soleil et de lumière que j'ai choisi ce jour-là pour leur rendre ma première visite. Grâce aux dernières pièces de monnaie qui traînaient dans mes poches, je fis l'achat d'un bouquet de fleurs. De l'appartement à l'établissement, il y a quelques kilomètres. Sous le ciel bleu, j'ai évité de regarder mon ombre. Les gens me voyaient passer ; l'allure morne, un bouquet dans les bras. Sans doute pensaient-ils que je me rendais à un enterrement. C'est vrai, mon ombre traînait la patte et il y avait des éclats de déréliction sur mon visage. C'est que je revoyais, plus vivant que jamais, comme dans un immense opéra de verdure et de musique, notre paradis perdu où nous déambulions dans l'ivresse de l'amitié partagée.

Lorsque je suis arrivé, je les ai vus tout de suite, assis sur un banc, près d'un arbre, dans une cour dallée sinistre comme le cirque central de l'empire des morts. Ainsi que les trépassés du désert de l'Antofagasta, ils se tenaient assis, côte à côte, la tête inclinée vers le sol. Lorsqu'ils levèrent les yeux à mon approche, je vis que la mort s'y était installée. Mais peut-être y avait-il encore un peu de vie soutenue par les soubresauts d'une vague espérance.

– Chère madame des Gachoux, comme je suis heureux de vous revoir, ai-je dit en la pressant contre moi.

Lui aussi, monsieur des Gachoux, je l'ai pris dans mes bras qui étaient la gachoux.

– Baltazar, murmura-t-il, notre cher Baltazar… Ce que nous sommes contents ! Vous n'avez pas oublié vos vieux amis…

Sa voix ne contenait plus les notes joyeuses du passé. C'était effrayant, cette partition arrachée du gouffre de l'impuissance. Madame des Gachoux pleurait, assise près du petit sac noir que je lui connaissais et duquel ressortait notre livre annoté de Verlaine. Je fis des efforts de Titan pour ne pas montrer mes larmes. Alors je me suis mis à pleurer de l'intérieur comme seuls peuvent le faire ceux qui ont beaucoup pleuré dans la vie. Je viendrai vous chercher, je disais. Le chevalier m'aidera. De gré ou de force que nous vous extrairons de cette baraque. Nous connaîtrons encore de beaux jours dans les allées du domaine et c'est par centaines que nous créerons les petits tableaux à l'emporte-pièce. Un, deux, trois, Baltazar, vite une aquarelle ! En verrons-nous des couleurs ! Les tons mauves où vadrouillent les parfums du matin au jardin, le vert du silence… un doigt sur les lèvres, le bleu turquoise dans la chevelure des grands arbres et le rouge des roses anciennes appuyées au mur ocre pour recevoir l'étreinte du soleil. Nous irons revoir les poissons sous les ponts, ceux qui sont comme des abbés, gras et solennels et que nul jamais ne pêchera. Nous irons dans l'allée de tilleuls ou sous l'ombre odorante des chèvrefeuilles pour jouer monsieur Dautrecourt et monsieur Demachy. Baltazar, me direz-vous, jouez donc un peu moins faux ! Croche et double croche… Les sarabandes, les chacones, les menuets… Nos violes seront folles, vraiment, dans l'éclat des libertés retrouvées. Chers amis, vous m'avez donné des bras et des mains pour vivre et je ne veux plus m'en servir que pour vous tenir par la main et vous amener loin d'ici.

À cet instant, j'ai souhaité leur faire un délicat tableau, ainsi, sur le pouce, un impromptu, quelque chose de si plaisant qu'on pose les doigts devant les yeux pour caresser ce qui est plus frémissant que la vie. Mais je n'ai pas pu à cause de cette tristesse. Pour briser l'imagination, il n'y a rien de pire que le malheur. Il est heureux que l'intelligence humaine soit étroitement limitée par un halo de niaiseries et d'impuissances sinon l'homme irait chaque jour, un couteau entre les dents, fustiger tous les dieux de l'univers.

– Les jolies roses que vous nous apportez, murmura madame des Gachoux.

Petite mère chérie, si j'avais pu vous apporter toutes les joies du monde… En raison de ses gestes émerveillés de petite fille occupée à caresser les roses blanches, peut-être à cause de ses multiples rides qui formaient rivières sur son visage, je l'ai trouvée bien vieillie, ma bienfaitrice. Et puis, surtout, dans le regard existait cette fixité, par instant hagarde et qui annonce la fin.

– Je sais que vous ne nous oublierez jamais, dit Monsieur des Gachoux.

– Jamais ! dis-je en faisant mouvoir la gachoux.

Elle était effrayante ma gachoux car elle me procurait secrètement une force peu commune capable de faire rompre les boxeurs cubains et de terrasser les leveurs de poids bulgares. J'aurais pu faire un carnage de l'institution médico-psychologique déguisée en aimable hospice. Justement, les Gachoux m'ont invité à visiter leur chambre située au deuxième étage. C'était superbe là-haut… Un endroit aseptisé et lumineux comme le hall d'une banque. Des fleurs artificielles agrémentaient chaque couloir. Mais ça bavait ferme là-dedans… Quelques vieux assis sur des bancs, beaucoup de vieilles en robe de chambre accrochées des deux mains aux barres de bois des murs et qui se balançaient d'avant en arrière, le regard pétrifié, la bouche baveuse... Un torrent d'hébétudes et de stupéfactions mélangées, d'ennuis, de chagrins, d'espoirs aussi, cassés au compte-gouttes par l'incurie des psychiatres assez déments en somme et qui faisaient peur à ceux qui s'agrippaient à la vie, malgré tout, ou qui réclamaient le billet de la délivrance. Avec une extrême prudence, monsieur des Gachoux m'en a désigné deux de ces pompeux en psychiatrie, deux mandarines en pelure de fin savoir, des zèbres convulsionnaires maquillés de toutes les sottises inscrites au grand livre des tourbières. Ainsi que des bouledogues, ces deux-là se roulaient en boule en fronçant les sourcils d'un air pas commode ou en prenant des poses de satrapes mitraillés par dix caméras. Tout leur paraissait suspect. Sur le qui-vive perpétuel puisqu'ils possédaient jusqu'à l'os la science infuse du chevillard. Pour un rien, ils vous établissaient un certificat de débilité, ces brutes en tablier blanc. C'est vraiment d'un sale œil plein de suspicions qu'ils m'ont regardé tandis que je passais avec les Gachoux. Ma tête ne devait pas leur plaire. Mon joli petit bouc non plus d'ailleurs... Il fallait aussi se montrer vigilant pour ne pas se laisser enfermer dans l'hospice après l'heure réglementaire de la fin des visites. S'ils vous surprenaient après l'heure, égaré dans un couloir, ils vous maîtrisaient et, après un bref laïus de remontrances, vous faisaient parfois passer quelques tests à l'américaine en trompe l'œil ou l'autre, le Rorschach, d'une niaiserie de sous-chef d'abattoir. Après quoi, s'ils découvraient que vous étiez sans ressource, sans famille, sans appui quelconque, ils vous expédiaient ailleurs, dans un institut d'observation où l'on peut entreprendre l'apprentissage particulier de la démence.

– Souriez d'un air aimable, me souffla monsieur des Gachoux. Ils sont parfois féroces ces gens-là dans leur obsession du bon usage de la camisole de force.

– Bon Dieu ! Mais c'est l'enfer... La camisole !

– Pas celle en tissu, l'autre, celle en comprimés... Vous connaissez, pas... on vous gave en vous pinçant les narines comme les oies du Périgord.

– Quelle racaille ! Il faut fuir sans tarder...

– Vous nous tirerez de là, Baltazar, surtout ma pauvre femme, pas... Il lui arrive de perdre le fil, de s'oublier... une remontée à l'enfance, murmura monsieur des Gachoux en m'entraînant à l'écart. Vous comprenez sans doute cette tristesse qui est en elle et notre désespoir de savoir que c'est notre propre fils, le seul enfant qui nous reste, qui nous fit interner Vous ne pouvez pas vous imaginer, mon petit, combien c'est malheureux de voir son propre fils vous trahir et vous condamner au nom de l'intérêt.

– Peut-être reviendra-t-il à de meilleurs sentiments ?

– Peut-être, peut-être... Qui sait ? Mais je connais Alexandrin, pas... Persuadé de son bon droit, il est capable du pire. Son seul souci est de rester dans la légalité même pour fomenter l'action la plus noire. Alexandrin est un homme de justice tout à fait incapable moralement de bafouer une loi. Ainsi, pour démontrer le caractère légal de notre internement provisoire, a-t-il établi un rapport de justice. Cher Baltazar, vous êtes encore bien jeune, pas... bien confiant sans doute dans la moralité de ceux qui se font un devoir d'exiger chez autrui un grand sens moral.

– Que contient ce rapport d'internement ? Je vais m'imaginer que votre internement est un crime sanctifié par le seau de la légalité.

– Alexandrin, comme toujours, se situe au cœur même de la légalité. Pour commencer, il a décrit avec beaucoup de patience et preuves à l'appui, la nature de nos distractions au domaine. Aucune invective dans ses écrits... Un rapport d'expert, celui d'un fils excellent aussi. Pourtant, cela le dérange nos promenades et nos concerts en habits... Il y a folie de préférer aux vêtements mortuaires de notre siècle les habits d'un XVIIIe siècle éperdu de couleurs et de luminosités. Nos chers pastels, ceux de

Fantin La Tour, ceux de Boucher ! Se promener dans la nature pour se conter et se peindre les instants les plus fugitifs empreints de poésie ne peut être qu'un désœuvrement particulièrement anormal. Sommes-nous fous de jouer Caix d'Hervelois en pourpoint pomme et de porter la perruque poudrée ? Oui, Baltazar, oui… pas vraiment déments, certes, mais un peu frappés, un brin détraqués… Cependant, à ses yeux cléments, il s'agit là d'une folie acceptable qu'on se doit de pardonner, à défaut de comprendre. Vous voyez l'astuce, pas… Car il en vient à l'intolérable. L'intolérable, c'est lorsqu'un vieillard se met à vendre ses biens pour apporter le réconfort à autrui, aux étrangers. Des individus suspects, violents… Dès lors on tremble pour notre sécurité, dixit le rapport. Le comble bien sûr, ce fut la gachoux. Un vieillard ne peut se permettre une générosité qu'on confond à dessein avec la sénilité. Je suis sénile, ma femme aussi. Ainsi va le monde, Baltazar. L'être médiocre n'arrive pas, bien sûr, à s'imaginer ce qu'est la vieillesse et la vieillesse, je vais vous le dire, mon petit, eh bien ce n'est pas gai du tout. Ce qui est très amusant en somme, c'est que l'imbécile se croit en quelque sorte immortel en ce sens que ses faibles facultés intellectuelles ne lui permettent pas de concevoir sa propre fin.

– Oui… C'est bien vrai, monsieur des Gachoux. Vrai de vrai, l'homme est du plus haut comique dans ses rapports avec sa propre destinée !

– Tragi-comédie ! Certes, si mon fils n'avait possédé aucun bien et se trouvât pauvre, sans doute, oui, sans doute, aurais-je réfléchi davantage et peut-être trouvé une autre solution pour faire fabriquer cette coûteuse machine. Mais je ne vous apprendrai rien en vous affirmant qu'Alexandrin est beaucoup plus fortuné que moi. C'est un avocat talentueux, un avocat d'industrie, une bête procédurière qui délaisse ces minables affaires d'accident de voiture ou bien encore les divorces mais est capable de déclencher dix procès là où la paix est possible. Ses honoraires sont faramineux, paraît-il. Connaissez-vous le Cours Pasteur à Bordeaux ? Non ? La rue Saint-Rémi ? Le cours Clémenceau... Non plus ? Vous ne connaissez pas Bordeaux, Baltazar. Il est vrai que vous êtes un homme du Nord, pas... Eh bien, Alexandrin possède une quantité d'immeubles dans ces rues ainsi que son superbe domaine du côté de Cap Ferret. Il thésaurise, mon fils, afin de passer les siècles futurs dans l'opulence. C'est ce qu'on appelle la cécité de l'imagination. Oh, Dieu, écoutez, Baltazar, ce ramage des geais piaillant dans la cour ! Cela me rappelle notre jardin au domaine, le soleil dans les branches des platanes, le rossignol la nuit... Nos promenades, nos heures sublimes de musique... Comment s'imaginer pouvoir revoir ces lieux tant aimés ?

– Nous y retournerons... Là-bas, chaque arbre, chaque brin d'herbe espèrent notre retour. Nous y retrouverons nos oiseaux des îles dans les tulipiers. Quelle fête ce sera !

– Mais quel combat aussi pour sortir d'ici ! Il nous semble être à l'intérieur d'une prison.

– Mon maître Pettorossi prétendait que l'homme n'est pas le chef-d'œuvre de Dieu. Du diable, disais-je... Alors il ajoutait en riant à demi que la première création du diable fut ratée et ressembla à une sorte d'embryon, lequel se révéla être une vipère. À partir de la vipère, ou plutôt d'un couple de vipères, il créa l'humain.

– J'aurais aimé le connaître, votre maître Pettorossi. Nous nous serions bien entendu, pas... Pour ma part, je crois que c'est cette singulière soif d'argent, une authentique dipsomanie, qui rend l'être humain si peu généreux. Certes, l'homme tient de la vipère par sa cruauté sans cesse en éveil, mais c'est l'argent qui le maintient en vie. L'argent, l'argent... L'or. Si vous pouviez mesurer ce que cela représente dans l'âme d'un homme ! Il n'y a que ça qui compte peut-être pour l'aider à respirer, à marcher, à discourir, rire, pleurer, aimer, oui, même pour être aimé il est nécessaire de posséder... Avez-vous entendu que quelqu'un soit tombé amoureux d'un mendiant assis sur le trottoir, la casquette à la main, fût-il la plus belle âme du monde ? Il est triste de penser que pour l'éclosion d'une passion amoureuse le terreau doit être endiamanté.

– Endiamanté ? Un mot de votre esprit ? demandai-je.

– Je vous imite, Baltazar.

– Dans la jeunesse, pourtant...

– Oui, l'amour, le vrai, le désintéressé, est le privilège de la jeunesse, admit monsieur des Gachoux en se rapprochant de sa femme qui était restée près d'une fenêtre entrouverte, les yeux perdus dans l'errance des cirrus.

– Et le certificat du docteur Garet, l'avez-vous lu ? demandai-je

– Celui-là compte peu en définitive. Aidé d'un confrère, il s'est empressé d'établir un rapport qui a la consistance de l'inanité et qui se clôt sur cette sentence : je suis gâteux, sénile si vous préférez. Tout est négatif dans notre comportement. Je suis à jamais tombé en décrépitude, ma femme radote... Nous dilapidons tous nos biens et nous hébergeons des singes. Toute ma vie est décrite d'une manière négative, même mon amour de la viole de gambe. Comme si je n'avais pu choisir un instrument plus conforme aux goûts de ce siècle.

C'est à cet instant que j'ai enfin regardé la splendeur de leur geôle qui donnait sur l'arrière du bâtiment, une vaste cour d'herbe jaune où périclitaient quelques marronniers. Dans la chambre blanche, il y avait deux lits de bois, une armoire et une table en métal blanc, quatre chaises assorties ainsi qu'un canapé. Je me souviens d'un chromo oublié peut-être par un précédent locataire et accroché au mur, une vue de Lourdes, prise d'un ciel d'où s'échappaient les rayons frémissants de la mysticité.

Nous entendîmes la sonnerie annonçant la fin des visites. Il fallut les quitter sans tarder afin de ne pas se faire ceinturer par un infirmier préposé à la surveillance des individus suspects.

Une nouvelle tension se fit jour. Les visiteurs s'en allaient au milieu des embrassades dans les couloirs encombrés par les vieilles en pantoufles et en robe de chambre. D'autres surveillants apparaissaient sous les néons criards des plafonds, des infirmières hermaphrodites aux mains de lutteurs et plantées sur des jambes en forme de pylône. Ça sentait le bagne… Mais en plus propre, en plus civilisé. Un mouroir fonctionnel pour accélérer la fin en petite vitesse, proprement, dans l'esprit des bonnes familles. Dans la buanderie, près de l'infirmerie, les cercueils étaient en attente, paraît-il, rangés en tas de six et par taille, avec ou sans crucifix.

– Mon clavecin, murmura madame des Gachoux en m'agrippant par la manche, on nous interdit de le faire venir ici. Quelle torture de l'âme que de vivre sans musique !

– C'est un enfer, j'ai dit, un enfer monté sur fil d'acier à crampons. Tenez-vous prêts… Nous n'allons pas tarder à venir vous chercher. Remplissez vos valises et glissez-les sous les lits.

Me croyaient-ils vraiment lorsque je leur répétais que nous allions les faire évader de ce mouroir ? Arrive cet âge où sans se résigner on porte peu de crédit aux entreprises périlleuses. La vie se brise lentement et on finit par tout perdre, même l'esprit. Rien de tel que le malheur pour accélérer la vieillesse. J'ai embrassé la joue parcheminée de madame des Gachoux, pressé de fuir avant la fermeture des portes, mais elle m'a retenu par la main pour me dire son espoir, sans faire usage du subjonctif. Pour la première fois, tant l'émotion était grande sans doute, elle m'a tutoyé… Mon petit Baltazar, tu diras aux jours à venir que je crois encore aux fleurs et aux arbres sous la lumière de notre jardin.

C'est à cette époque où je m'enfermais de longues heures dans ce coin sombre de la cathédrale de Bayonne que date la composition de mon trio à cordes *La stridulation des cigales*, dédiée à monsieur et madame des Gachoux et dont la caractéristique la moins étonnante est de commencer par un adagio et de finir par un andante cantabile. Les deux autres mouvements laissent libre cours à une impétuosité sans nulle retenue. En composant ce trio, je pensais à la naissance qui crée les espoirs à foison et à la mort qui apporte l'apaisement et entre ces deux illusions la vie qui divague. Perturbé par mes visites à l'hospice, mon esprit se laissait aller aux plus extravagantes cogitations philosophiques, à tel point qu'il me semblait voir l'œil d'un dieu ou de Dieu lui-même dans les ombres fuyantes d'un rideau soulevé par le vent ou dans le regard inerte d'une statue illuminée par les cierges. L'infâme mysticisme me gangrenait l'entendement. Dès lors, je me promis, en vue d'une consolation ou d'un subtil apaisement, d'écrire l'ouvrage ultime de toutes les philosophies où apparaîtrait la certitude que la seule certitude que nous pouvons avoir est celle de notre formidable ignorance.

Peut-être sont-ce ces heures d'afflictions, ces longues périodes de morosité ou de rancœurs, ces avenirs où ne subsiste que la menace qui font que l'homme trouve dans le combat, plus qu'une sorte d'oubli, une véritable fête de l'hystérie. Ce trio en *ré* majeur contenait quelques beaux accents et une foule d'anachronismes. J'aurais pu l'appeler : *La stridulation des hystéries* si l'admirable andante à la douceur infinie n'eût pas existé. En réalité, il s'agissait d'un trio pour violon, viole *de gambe* et viole *da braccio* qui, pour la paix de l'âme, ainsi que certains quatuors de Schubert, ne peuvent être écoutés aux moments d'intense détresse.

Le soir, au retour de la cathédrale ou de la bibliothèque, tandis que la veuve Ibério, en proie à une nervosité de jour en jour plus inquiétante, s'affairait à la cuisine, j'entretenais le chevalier de la nécessité urgente de libérer les Gachoux. L'entreprise n'était pas facile et, pour la réaliser avec succès, il aurait fallu user de violence et peut-être assommer les deux abrutis qui montraient leurs dents de dogue derrière la porte d'entrée de l'établissement. Le chevalier préconisait le gourdin enveloppé d'un linge humide, puis effrayé des conséquences, insistait pour savoir s'il existait d'autres issues de sortie. Effectivement, en plus de la porte d'entrée, il en existait une autre réservée aux livraisons et située à l'arrière des cuisines.

Les jours passaient et j'attendais que la Touche, en état de vive réflexion, proclame enfin son accord à m'accompagner à l'hospice. Putain ! hurla-t-il un matin, peu avant l'aube, encore allongé sur son lit. C'est aujourd'hui ou jamais... *Avanti* Baltazar ! Et il entra aussitôt dans une véhémente coprolalie propre à l'envoyer relever les pires défis. C'est ça, l'aventure, pensai-je, aller narguer les lois et les hommes et, dans le même instant, pressentir les plus sublimes catastrophes.

Nous avions l'air de deux fonctionnaires de la moyenne administration, le chevalier et moi, enveloppés dans nos costumes un rien funèbres et possesseurs de cravates avachies achetées d'occasion grâce à l'argent de madame Ibério. C'est vrai, on la volait honteusement, la directrice, mais de petites sommes, de modestes pièces que nous épargnions dans des boîtes d'allumettes. Cependant, nos jours étaient comptés dans le bel appartement aseptisé. Sans doute n'allait-elle pas mettre des mois à découvrir que le chevalier, un soir de profond cafard, avait utilisé un de ses chèques en imitant sa signature. La Touche enrageait en pensant à Marie-Toulouse qu'il faudrait abandonner sans avoir réalisé son éducation charnelle. Ce soir ou demain, ce sera l'estocade, me promit-il en clignant vilainement de l'œil gauche. Je me préparais au pire tant la vigilance de la directrice s'était accrue ces derniers jours.

Comme des quidams, nous sommes passés à l'heure des visites devant les deux zèbres qui gardaient la porte et le hall d'entrée. Sans doute nous prirent-ils pour deux ecclésiastiques en visite pastorale ou deux placiers en alimentation de force. Nous avions l'air sinistres, le visage sévère, mauvais… celui du procédurier entêté dans une cabale et obsédé du besoin de sévir. La rage nous tenait. Surtout le chevalier qui ne cessait de cogiter sur l'admirable pétard de Marie-Toulouse. Même son obsession ne le quittait pas dans les moments les plus hasardeux… Moi, je pensais que la cravate, surtout la noire, la funèbre, avait du bon pour mettre en confiance et abuser les plus soupçonneux. Nous nous sommes rendus directement aux cuisines. Une sorte de vaste buanderie égayée par des murs verdâtres et des remugles de gargouille. Une vapeur étouffante, à couper au couteau, s'élevait des marmites et rendait l'atmosphère presque irrespirable. Une ratatouille, pensai-je, avec tous les déchets de la semaine et malaxée jusqu'à en faire une purée qu'un trait de Javel allait rendre propice à la consommation. Le remugle était captivant. On se demandait si par hasard un rat ou deux n'étaient pas tombés dans le chaudron. Assis sur un haut tabouret en inox, l'air impérial et le menton propulsé au-devant des narines, le chef coq nous regarda pénétrer dans le temple de la tambouille. Il possédait un visage bon et grave, cet homme au repos en contemplation ravie devant le mijotement des multiples ingrédients. Près de lui, ou plutôt sous lui, à ras du sol, s'activait une créature en turban jaune et blouse grise, suante de la tête aux pieds. À travers les vapeurs d'une soupe aux pois, elle nous regarda sans nous voir. Une stupeur bovine figea ses traits ainsi que ceux du chef lorsqu'en me tenant bien raide avec dans la nuque des soubresauts de goujon, je lui demandai s'il était bien le maître de cuisine.

– Si vous voulez, répondit le chef en se tassant sur son tabouret.

– Monsieur, nous sommes redresseurs assermentés des droits acquis de la République. Service des impôts, première section, bloc K. Nous vous prions, ainsi que Madame ici présente, de vous tenir à notre disposition. Nous reviendrons dans dix minutes en compagnie de l'inspecteur subdivisionnaire de la ville de Bordeaux flanqué de sa secrétaire. Nous vous ordonnons, en vertu de l'article 108 de la loi sur la répression des fraudes, de ne quitter cette cuisine sous aucun prétexte et de ne point ébruiter notre visite. Sommes-nous assez clairs ?

– Ben, oui… grommela le chef qui visiblement n'avait retenu de ce discours qu'un seul élément : nous étions du service des impôts.

– Très bien, mon brave, nous en tiendrons compte, déclara la Touche. Celui qui collabore à notre enquête sera récompensé…

– Voulez-vous rencontrer le directeur ou l'économe ?

– Motus ! grogna la Touche. Pas un mot à ces messieurs, sinon gare !

Le chef écarquilla les yeux… Ça allait barder, devait-il penser dans l'angoisse. Une enquête serrée au sujet de ses petits détournements de marchandises, de ses modestes combines avec les fournisseurs, de ces poulets faisandés et de ces pièces de viande en voie de décomposition qu'il acceptait sans sourciller moyennant un ou deux jolis billets enfouis dans la poche de son tablier.

Le chevalier et moi nous précipitâmes à l'étage. Les Gachoux étaient dans leur chambre en train de rêvasser devant la fenêtre entrouverte. Sous un lit, ainsi que convenu, les deux valises étaient prêtes pour la grande évasion.

– Pas d'embrassades, dis-je, vite, nous fuyons... ! Les valises... Monsieur des Gachoux, vous êtes pour l'heure inspecteur subdivisionnaire des impôts. Prenez l'air hargneux avec des fureurs de comptable, la bouche ouverte comme si vous étiez prêt à mordre...

Nous sommes revenus à quatre, dare-dare, dans la cuisine. Le chef coq n'avait pas bougé de son trône, le nez figé sur son brouet en ébullition. Ahuri qu'il était par la rapidité des événements et assommé par l'imminence du plus triste désastre. Une carrière brisée net... Le scandale des pots de vin, des commissions occultes... Toute sa digne vie tripatouillée jusqu'à l'os. Son assistante ne s'en faisait pas... Elle taillait les choux d'un air veule, le bec ouvert ainsi qu'une pintade assoiffée.

– Chef, tout est en ordre... Voici Monsieur le subdivisionnaire. Nous revenons dans l'instant. Cette porte donne accès à la rue, n'est-ce pas ?
– Elle est fermée.
– Ouvrez-la, gronda le chevalier
– C'est que le règlement interdit...
– Ouvrez la porte et promptement. L'inspecteur subdivisionnaire de la République ici présent exige un complément d'informations et déclare porter crédit à divers documents d'intendance qui se trouvent dans sa voiture garée dans la rue. Vite, ouvrez !
– Monsieur le directeur s'oppose...
– Au nom de la loi, ouvrez ! cria le chevalier en pointant un index menaçant vers le plafond.

Avait-il ingurgité quelques verres de gros mauve, le chef coq ? En tout cas, il flageola sur ses jambes en allant déverrouiller la porte à double battant. Madame des Gachoux s'affolait... Que se passe-t-il ? répétait-elle d'une voix inquiète. Le chevalier hurla encore quelques propos en refermant la porte. Des menaces de contraintes, de prise de corps, de scellés en pointe d'éclipse, d'exécution capitulaire, de procès-verbaux en mouvance ou en alignement de redressement... Propos hachés pleins de bravades et de fulminations... Moi, dans la rue, je riais comme une jeune crapule au lever du jour, le nez dans les hortensias. Monsieur des Gachoux riait aussi, de joie... Et nous sommes partis sans trop nous presser, éblouis de tant de facilités. Le chevalier ouvrait la marche, une valise à la main. Nous prîmes des petites rues, peu fréquentées car le chevalier connaissait Bayonne dans ses moindres détails. Où allons-nous ? demandait sans cesse madame des Gachoux. On lui expliqua que nous nous rendions chez une dame de qualité, une parente, amie de cœur du chevalier bien disposée à nous abriter le temps de trouver un agréable logement. Mis en verve, la Touche en rajoutait, affirmant que la veuve était une sainte femme avec laquelle il allait refaire sa vie, une femme de cœur, généreuse comme tout mais avec laquelle il était préférable de ne pas trop se livrer aux épanchements, précisément à cause de sa pudeur de sainte femme. La rigueur apostolique, la belle honnêteté, expliquait la Touche. Il déraillait, grisé par le succès... Il y a de ces heures heureuses, des instants en gerbes d'églantine où l'on se retrouve les yeux en plein dans le ciel, frissonnant de douce idiotie, pour rire et chanter et oublier à jamais que le monde n'est pas un sanctuaire de tendresse.

Nous décidâmes que monsieur des Gachoux et sa femme étaient père et mère du chevalier. Du coup, je me voyais attribué d'un grand-père et d'une grand-mère. L'ignoble Alexandrin devenait mon oncle. La famille s'agrandissait. Une formidable smala, jugea la Touche en ricanant. Dans la rue, les passants nous regardaient, bien sûr. Nous devions avoir l'air de taulards en rupture de banc tous les quatre, le chevalier et moi en complet noir, le pompeux des victoires insolentes irradiant du faciès, les Gachoux à nos basques, en robe de chambre et pantoufles aux pieds... On devait fuir quelque geôle monstrueuse. Ça se devine du premier coup d'œil, ces fuites éperdues et cette recherche d'un havre pour s'abriter des coups. Vraiment, ce jour-là, la chance était idéale ! La directrice n'était pas à l'appartement et nous pûmes installer tranquillement nos vieux parents dans notre chambre. J'ai proposé de loger dans le couloir tandis que la Touche, qui ne s'était livré jusqu'alors qu'à d'honnêtes attouchements sur le corps de madame Ibério, estima l'heure venue de partager sa couche dans le vaste lit de bois laqué au-dessus duquel méditait le portrait d'un vague aïeul endimanché, un curé peut-être ou un gardeur de brebis. En prononçant l'évidence d'une couche partagée, le timbre de sa voix n'avait pas la moindre fébrilité joyeuse. Visiblement, ça ne l'excitait pas trop, ce projet d'aller se blottir nuitamment dans les bras de la veuve. Il craignait pour sa peau, me fit-il comprendre à demi-mot, et surtout pour l'intégrité de ses attributs virils. Une idée comme ça qui lui trottait par la tête que madame Ibério pourrait l'émasculer dans un soubresaut d'indignation ou de pudeur outragée. Un réveil terrible... Tout ce sang sur les draps blancs et la veuve au-dessus de lui, un scapulaire à la main pour essuyer le rasoir. C'est vrai que certaines femmes de qualité sont à califourchon sur les principes de la pudibonderie et que le chevalier, tiraillé par les exigences hybrides d'une chair en combustion perpétuelle, pouvait pâtir d'une trop grande débauche de caresses dont certaines, à la limite du supportable, rendent folles les créatures les plus compassées.

Nous l'attendîmes deux heures, la digne veuve, assis dans les fauteuils grenat du salon, monsieur et madame des Gachoux s'étaient mis dans les grâces de l'élégance vestimentaire tandis que je leur recommandais de ne pas oublier l'innocente farce, le chevalier se trouvait être leur fils et moi le petit-fils. Ils ne comprenaient pas du tout cet imbroglio familial mais ils finirent par se rendre à l'évidence qu'il nous fallait un toit et un peu de confort pour passer ces quelques jours dans l'attente d'un logement. Nous étions impatients de voir revenir madame Ibério et inquiets aussi... Curieux surtout d'assister à la scène des présentations familiales qui consacrent en quelque sorte les fiançailles. Nous n'ignorions pas que la directrice se plaisait assez dans les coutumes surannées et qu'elle prêtait de l'estime aux principes délicats des vieilles familles bourgeoises.

– La voilà ! s'exclama la Touche en se levant d'un bond.

On entendit une clé fourrager dans la serrure. Ce n'était que les deux sœurs. C'est à peine si elles s'étonnèrent de la présence des Gachoux, trop pressées d'allumer le téléviseur où on passait précisément le vingt-cinquième épisode de *Blizzard sur Chicago*. Dix minutes plus tard survenait enfin la mère encombrée d'un cabas contenant des légumes, à temps, elle aussi, pour assister à l'émission *Cinq millions pour vous seul*, un jeu passionnant qui vous mettait le meilleur du cerveau dans l'extase de la réplétion.

– Chère Ninas, enfin vous voilà ! s'écria la Touche. J'ai la joie de vous présenter mes parents de passage à Bayonne pour quelques petits jours... Père, Mère, voici Ninas. Comment diraije ?... Eh bien oui, soyons francs et sympathiques... Voici ma fiancée !

Nous nous embrassâmes, monsieur et madame des Gachoux, le chevalier, la veuve, Belle, Marie-Toulouse, Balthazar...Un fameux septuor terrassé d'émotion ! Donc le grand jour était arrivé, les promesses et les fiançailles, la perspective d'un vrai bonheur conjugal. Oui, ma chérie... disait la Touche, radieux. Nous finîmes tous par y croire à cette promesse d'un hymen, car le chevalier, apparemment au bord d'un authentique sanglot, employait le terme hymen. Oui, nous souscrivions tous à l'hymen sauf la veuve, peut-être, dont les pommettes prenaient tour à tour une teinte blafarde et cramoisie. Elle n'était pas radieuse. Derrière les verres de ses lunettes, il me parut voir vibrer la lame courbe du hachoir. Tout ce beau monde dans son salon astiqué au nectar d'abeille, sans patins, affalé comme au café dans les fauteuils... Mais je me trompe peut-être... Après tout, elle pouvait tout aussi bien être flattée d'entrer dans le monde distingué de la noble famille des la Touche, d'épouser le fin chercheur, l'homme délicat qui ne pouvait se résoudre au vulgaire tutoiement et dont l'esprit, au fond, ne s'encombrait d'aucune vilenie charnelle. Certes, il y avait eu quelques mots, quelques gestes mais il s'agissait de mots et de gestes d'après dîner, pour rire, le ventre relâché... Cependant, et cette fois d'une manière bien visible, derrière ses lunettes, sans nulle équivoque, le hachoir de ses yeux s'est soudain mis en branle lorsque le chevalier d'un ton mondain lui annonça que père et mère comptaient rester quelques petits jours, ici même, à Bayonne, dans le bel appartement.

– Père et Mère sont gens à ne point supporter les promiscuités hôtelières, déclara-t-il d'un ton gracieux.
– Oui, et alors ? répliqua la veuve.
– Ninas, toutes les chambres étant occupées, puis-je dès lors espérer partager votre couche ? demanda la Touche en tendre confidence et en aparté.

Interloquée, madame Ibério eut comme un rictus d'exaspération entre la tempe droite et la mâchoire mais branla cependant du chef en guise d'acquiescement. J'aurais donné une petite partie de mon âme pour assister à la première nuit des deux élus de l'amour. Assis côte à côte sur le canapé, Grand-père et Mère-grand surnageaient dans un océan d'incompréhension. Que se passe-t-il ? demandait monsieur des Gachoux. Mais on ne l'écoutait pas. Des tirs de mortier provenaient du téléviseur, interrompus quelquefois par la rafale des dialogues ineptes. À Chicago, c'était la fin, le carnage... Un vacarme imbécile. Tout le monde se taisait pour regarder sans voir, entendre sans comprendre ce qui dégoulinait sur l'écran bariolé de couleurs.

Le lendemain, au petit-déjeuner que nous prîmes ensemble, le chevalier et moi, après le départ de la mère et des deux filles, je me vis gratifié de quelques confidences.

– Je n'ai pas la cote, me dit-il en bâillant, l'air épuisé, malheureux...
– Une grande nuit d'amour pourtant...
– Parlons-en ! Quelle garce ! Ce que j'ai mal dormi...
– C'est dormir ou aimer, Chevalier. Il faut choisir.
– J'ai pu à peine la toucher... Quelle nuit, Balta, l'horreur ! Au nom de l'hygiène, les microbes, les virus, les sanies qu'on transporte sur l'épiderme et qu'on se passe l'un l'autre. Tu aurais dû sentir ses mains passées à la Javel diluée et ses lèvres frottées à la tranche de corticoïde. Un régal, mon vieux ! Sans compter le gargarisme qu'elle m'infligea, au vinaigre de rose et de suc d'orties. C'était gai, les préliminaires ! Vous êtes-vous lavé à fond ? qu'elle m'a demandé en frétillant de la narine. Salope ! Après on est passé au lit, sous la courtepointe. Tout ça dans le noir, un noir de caveau, parce que, se voir pendant l'acte, c'est vicieux, dit-elle. En plus, double capote, celles de gros grains pour assommer les bœufs. Un caoutchouc dont on fait les bottes... Fameux, hein, la nuit d'ivresse ! Après, elle s'est nettoyée à l'abrasif et au siphon, plus d'une heure qu'elle est restée à sa toilette dans la salle de bain. En sortant, elle puait le formol à réveiller un mort.

Quelle nuit, Balta ! Nom de Dieu ! Tu aurais dû la voir couchée sous les draps avec son bandeau blanc sur la tête et la mentonnière de dentelles accrochée autour du cou. Elle me fit peur… Rigide, dure, froide… mais l'œil dardé dans l'obscurité pour prévenir toute nouvelle approche de ma part. Dormons, qu'elle m'a dit, estimez-vous heureux d'avoir rendu… Ah ! C'est amusant, tout ça… Tu as de la chance, toi, de connaître des nuits paisibles. Avoue que c'est moi qui prends tous les coups. Je me dévoue pour vous trois. Quel cirque ! On va se tirer bientôt. De toute façon, lorsqu'elle recevra l'avis de la banque au sujet du chèque, c'est alors qu'il faudra déguerpir… à fond les semelles ! Mais il y a Marie-Toulouse. Putain… ! Je la veux, celle-là, accrochée à mes flancs et sans brosse à dents. J'adore faire le crabe à marée basse, ce sera ma petite consolation après cette nuit d'ivresse avec la veuve empuantie au formol. Une daronne, cette femme-là ! Faut s'en méfier car elle se doute de quelque chose. Ainsi elle se demande pourquoi nous n'allons pas à l'hôtel. Les hôtels ne manquent pas à Biarritz… Elle ne supporte pas qu'on encombre son appartement. Vous êtes chercheur émérite, me dit-elle en vissant ses petites lunettes sur son nez, et j'imagine que vous possédez les moyens de loger votre famille dans des conditions bien plus confortables que celles dont je puis vous faire disposer. Putain ! Quand elle a dit ça, j'ai voulu subitement la prendre à la violette, le grand jeu quoi ! Jambes en canard sous la nuque, épaule droite en travers de l'omoplate, les deux bras incurvés sous le pétard et le torse en baladeur, un peu de profil, tu vois ? Rien à faire ! C'est tout juste si elle ne m'a pas viré du lit. Cessez ces odieuses manières, qu'elle disait en brandissant son pot de Javel. Vous avez dégorgé, non ? Alors, cessez de me chipoter… Elle mâchait ses mots à cause de la mentonnière. D'un comique à pleurer, mon vieux… Tandis que Marie-Toulouse, hein, du frais, du jeune, de la chair à chewing-gum. Elle en veut, elle ne cesse pas de me mater et de se pencher vers l'orient du tapis pour faire briller son trombone…

– Madame Ibério remarque tout, même un demi-poil sur le parquet. Soyez prudent, Chevalier. C'est une femme de tête qui n'a pas besoin de mon œil vissé à l'arrière du crâne pour deviner ce qui se passe dans son dos.

– Ne crains rien... J'en ai vu de plus raides encore... La discrétion, c'est mon point d'honneur. Ça va jouir dans la galère. À cheval et en pur-sang que je vais l'écarteler, la Marie-Toulouse, aussi sec. Un délire dans la baignoire, du lait de chèvre et de la pommade à l'écossaise, genre marmelade d'orange, tu vois, pour la faire glisser sur mon torse, comme une anguille.

Le chevalier alla s'asseoir dans un fauteuil afin de mieux poursuivre son discours d'homme chauffé à blanc. J'ai fini par ne plus l'écouter et à rêver à l'amour passion tout en buvant mon café. Des rêves qui venaient m'assaillir à la vue d'un visage imaginé. Des filles pas trop belles mais belles pour moi à en pleurer d'admiration... Des phrases naissaient dans ma tête, hérissée de folie car, au fond, je n'avais jamais connu l'amour, le vrai. Hortense, c'était la teigne enceinte de taenias, d'insultes et de coups dans le ventre. La matelote et ma femme-caille étaient davantage des amies très douces que de véritables amoureuses. Le temps me dessillait le regard et je devenais moins candide. Certes, le chevalier en dépit de ses outrances, faisait mon éducation. Mais j'étais rétif. Il m'enseignait des situations invraisemblables et des mots barbares odieusement séduisants que je n'eusse jamais osé tenir même pour me déniaiser.

Les jours n'oubliaient pas de passer un à un, comme des gouttes d'eau dans une casserole sans fond. Nous tenions le coup avec distinction. Dans une stupeur hébétée et incrédule, monsieur des Gachoux et sa femme découvraient les fastes de la télévision, un engin carré comme une ouverture journalière sur les horreurs du siècle. C'est exact, l'homme n'est pas à son avantage lorsqu'il gesticule dans cette boîte, tel un pantin. Et Mozart et van Beethoven ? demandait monsieur des Gachoux. Ça ne paye plus ! répliquait vulgairement la Touche. Que dites-vous ? reprenait monsieur des Gachoux, voyons, toutes les splendeurs de nos musiques, les cantates de Bach, les petits concerts de Schütz, Couperin, Schubert... De vieux débris ! Ils n'intéressent plus personne, ceux-là, sinon nous et quelques fins esprits, proclamait la Touche d'un ton sans réplique. Pour faire diversion, je citais Pettorossi : « Imprégné de sottises, l'homme recherche son double au fond du petit écran. » Méchant Pettorossi ! Quelle lucidité, le monstre !

Notre septuor dura onze jours... Vint cette exquise après-midi d'été dont je garderai longtemps le bruyant souvenir. Tout reposait calme et tiède dans l'appartement de la rue Sainte Ursule. Les Gachoux relisaient Rousseau avec un rare délice. Au fond d'un fauteuil, je sommeillais afin de me reposer l'esprit de quelques nouvelles créations. Madame Ibério, en congé ce jour-là, était absente. Le chevalier se trouvait je ne sais où, de même que les deux sœurs. Nous entendîmes les cris des mouettes par-dessus les toits de la ville. Il y avait dans l'air un vent léger venu d'Afrique et un parfum entêtant de citron vert. Soudain, nous entendîmes un hurlement strident et le bruit d'un miroir ou d'une vitre brisée. Je me précipitai dans le couloir, puis vers la salle de bain d'où provenait le tapage. Madame Ibério était là, en proie à une crise de nerfs. Nous ne l'avions pas entendu rentrer. Ce fut un drame, un mini-drame en forme de ballet aquatique avec quelque chose de grotesque qui mure les lèvres pour empêcher l'éclosion du rire. J'eus le temps d'apercevoir la Touche vautré dans la baignoire débordante d'écume savonneuse. Marie-Toulouse était assise sur son ventre, nue et ronde avec une chair à mordre, les cheveux en cascade ruisselants de shampooing. Tout pétillait joyeusement, l'eau, la mousse, les corps vibrant devant les yeux galvanisés de la veuve atteinte d'une frénésie peu commune.

– Monstre abject, hurla-t-elle, une enfant impubère… ! Comment osez-vous ?
– Impubère ? s'étonna l'infâme, toujours allongé dans l'eau moussante.
– Sortez ! Sortez !
– Impubère ? Vous exagérez… Vous auriez pu frapper, il me semble, avant d'entrer.
– Sadique ! Violeur… Foutez le camp ! Hors de l'appartement, vous et votre tribu… Escroc ! Vous êtes chez moi ici. Vous l'oubliez. Dehors, monstre, dehors ! J'appelle la police, vous entendez ? Dehors…
– Voyons, voyons, il n'y a pas le feu, grognait la Touche.

À la convulsion si déplaisante de la rage succédèrent les pleurs. L'honnête veuve Ibério se mit à crier plus fort encore, en basque cette fois, tandis que le chevalier essayait d'éviter les coups de torchon qu'elle lui envoyait à la face. Marie-Toulouse hurlait elle aussi mais sans pleurer. L'eau verte giclait à travers la pièce tout humide de vapeur. Une affreuse bourrasque… Les Gachoux devaient trembler dans leur fauteuil, au salon. Comme scène ultime, je vis la Touche debout et nu, éructant une série de jurons, Marie-Toulouse barbotant dans l'eau comme une personne qui se noie… et la veuve, inondée de la tête aux pieds, deux torchons dans les mains… Délaissant le chevalier, elle s'empara de sa fille et se mit à la fesser avec violence. C'est vrai, même nue, Marie-Toulouse possédait un arrière-train diluvien, de ceux qu'on exhibe pour un royaume lors des processions du dimanche soir en l'honneur de Satan. Je vis qu'elle possédait des seins menus, jolis comme des cerisettes sur la branche… Et me revint en mémoire ce dialogue entre la Touche et sa préférée.

– Marie-Toulouse, il faudrait que vous fassiez mûrir vos tétins… Ils sont maigrichons, il me semble…

– Où ?
– Au soleil, pardi ! Sur la terrasse.
– Ce n'est pas à seize ans qu'on a de gros seins.
– Vos seins sont délicieux. Faisons-les mûrir au soleil comme des abricots, vous et moi, d'acc ?

Je ne sais ce qui me procura l'audace de mettre deux pieds dans la salle de bain. Peut-être pour admirer de plus près les petits seins mignons. J'étais intéressé je voulais toucher, caresser, me faire un joli souvenir pour plus tard…

– Dehors, toi, le précieux ! cria madame Ibério en m'envoyant son torchon à la tête que je réussis à éviter.

J'étais devenu habile dans l'esquive, comme un boxeur disait autrefois Hortense.

C'était bien la fin de notre séjour… Une catastrophe que j'aurais dû prévoir sans doute. Tout ça était bien triste en somme. On barbotait dans une ambiance de crime et de viol même si, en admirant Marie-Toulouse, on lui accordait cinq ou six années de plus, même si elle ne cessait jamais de tout mettre en œuvre, sourires d'égérie et poses suggestives, pour bouter le feu aux ardeurs du chevalier. Au salon, les Gachoux étaient sur pied à nous attendre, la valise à la main, comme s'ils savaient que nous n'étions plus les invités de Madame veuve, laquelle, de cette manière autoritaire qui lui allait si bien, venait de rompre les fiançailles.

Depuis plus de deux heures, nous attendions l'oiseau rare, à demi camouflés par les bosquets d'arbustes, près des toilettes d'une aire de repos de l'autoroute qui mène à San Sebastian. Avec l'été apparaissaient les longues cohortes de touristes en route pour l'Espagne. La nuit tombait. Nous n'étions pas armés mais nous étions des tigres à l'affût du gibier. Afin de calmer notre conscience et d'entretenir notre fureur, j'ai dû citer trois ou quatre fois la sentence démoniaque et évidente de bon sens de mon maître Pettorossi. Tome I, chapitre III : « Pour l'homme qui a faim ce n'est pas un droit mais un devoir de voler celui qui possède. Le droit de vivre vaut plus que le droit de posséder. » À force d'être privé des choses essentielles à la vie, jour après jour, s'élève la férocité de la brute. Arrive même le point limite où l'homme se sent pousser à la violence, sinon au meurtre, pour atténuer ses souffrances. Nous connaissions à présent les éblouissements de la faim et de la fatigue, les vertiges de la haine, les hallucinations méphitiques où l'on prête aux nantis tous les crimes de l'égoïsme et de l'indifférence. Afin de calmer la faim, nous buvions l'eau d'un robinet. Un verre tous les quarts d'heure, ça nous calmait un peu, pas assez pour faire disparaître l'envie de sauter à la gorge du premier venu dont les quelques signes de réelle aisance paraissaient évidents. Nous jugions l'homme selon le véhicule, prêts à bondir et à assommer. Mais chaque fois un détail nous retenait dans notre élan. Voiture de prestige mais trop ancienne ou bien un enfant ou un chien qu'on apercevait assoupi à l'arrière du véhicule. Des prétextes de lâches... Nous n'avions pas assez de sang entre les dents. Nous manquait l'abrutissement de l'assassin, cette cécité de pieuvre coincée entre deux pierres. Ce n'est pas si facile de parvenir à l'hébétude de la brute et encore moins de posséder la force de frapper sur un crâne sans défense au risque de tuer. Cependant nous nous le disions sans cesse, Pettorossi avait raison lorsqu'il affirmait que c'est un devoir pour l'homme d'user de violence quand son intégrité physique est menacée par les privations.

Au début de notre errance, après l'éjection du domicile Ibério et la rupture des fiançailles au rythme du torchon, nous tendions la main, le chevalier et moi, après avoir essuyé cent refus dans notre recherche d'un travail. Les passants deviennent aveugles lorsqu'on se sent l'audace de leur tendre une main, un béret, un chapeau ou une soucoupe... Leur regard se perd dans les brumes. Crier sa faim et son désespoir précipite la fuite. Une débandade du troupeau... Pour changer nos idées et rire un peu, il nous arrivait de crier « au feu ! ». Quel tohu-bohu ! Le quartier entrait en ébullition et les gens à leur fenêtre se mettaient tout à coup à suer l'angoisse. Ne découvrant ni flammes ni fumée, certains s'époussetaient les cheveux ou les vêtements du geste saccadé d'une vieille greluche. Des farces à essayer lorsqu'on s'étonne de la torpeur humaine et qu'on désire activer la couardise qui sommeille dans l'homme.

Nous allions voir ailleurs, plus loin, au fond des routes, dans les campagnes assoupies, chez les curés à la sortie des messes, au nom du Christ et de tous les Saints, en braillant des sermons de catacombes pour recevoir un morceau de pain, quelques fruits, deux ou trois litres de lait. Beaucoup donnaient au nom de l'évangile en nous incitant à retrouver le droit chemin, celui de l'abstinence et du travail. On regardait partout pour trouver ce chemin, le droit, celui qu'ils désignaient très vaguement vers les cieux, comme s'ils ne savaient pas très bien où il se situait exactement, le droit chemin des plus belles vertus. Ni le chevalier ni moi ne buvions une goutte d'alcool. Ça nous portait sur les nerfs… Et nos jambes s'affaissaient comme celles des chevaux roués à mort. Nous voulions du travail, n'importe lequel, même le plus inepte, le plus ignoble, celui qui vous ratatine la cervelle ou vous déchire les entrailles, celui que nul ne veut en raison de la dignité humaine, des droits de l'homme, de la modeste estime qu'on se porte malgré tout dans le dénuement et qui vous empêche d'aller vous ouvrir une artère au-dessus d'un compost.

Peu avant minuit, est apparue une limousine décapotable de grand luxe. Sous les lampadaires, l'engin rutilait, flambant neuf. Tout de suite nous voulûmes voir la tête du conducteur et vérifier si elle était pourvue d'yeux en fente de verrat. La chance nous échappait… L'homme était d'un seul tenant, distingué, le nez altier, le front dégarni et haut placé comme celui du penseur enivré de bravoure. L'idée de le massacrer n'était pas évidente. Il était seul dans le véhicule, décidé à se dégourdir les jambes ou à se soulager derrière les briques roses des toilettes. Avant d'ouvrir la portière, il nous jeta un regard. Il parut hésiter… L'instinct du gibier qui remonte de la nuit des temps lorsqu'apparaît un prédateur. Le chevalier lui adressa un sourire amical auquel il ne répondit pas. À son auriculaire, je vis une bague très belle, une chevalière en or massif gravée aux initiales, de celles qu'on aime faire tournoyer sous l'éclat des lustres ou au soleil comme pour signifier qu'on existe en dépit des apparences. Il s'est dirigé vers les toilettes. Nous l'avons attendu, le dos appuyé contre la carrosserie du véhicule. À son retour, c'est le chevalier qui lui adressa la parole.

– Peut-on vous demander un léger service, Monsieur ? Notre imprudence n'est pas pardonnable… Nous nous trouvons en panne de voiture, sans le sou, sans chéquier. Sous promesse de remboursement dans les quarante-huit heures, pouvez-vous nous accorder une petite aide, disons… cent francs afin de nous permettre…

– Il n'en est pas question, interrompit l'homme d'une voix hérissée d'énergie.

– Cette somme vous sera restituée.

– Désolé… Adressez-vous à la gendarmerie, téléphonez chez vous, à un ami…

– Monsieur, nous n'avons ni ami, ni téléphone, ni domicile, ni même de lit pour dormir. Rien, nous n'avons rien… Rien de rien, le vide, ai-je expliqué en lui souriant, confiant.

L'impatience se lisait sur son visage. Il voulait partir… Nous laisser seuls sur ce parking souillé de papiers gras et de canettes de bière… Nous lui barrâmes le passage. Visiblement, il allait éclater de fureur, n'appréciant pas du tout nos manières de voyou, cette façon douce et presque amicale que nous avions à l'aider à entrouvrir son portefeuille.

– Laissez-moi passer, je vous prie !

– Nous ne sommes pas des clochards… De grâce, ne vous méprenez pas, reprit la Touche d'un ton poignant. La faim, vous comprenez ? Payez-nous deux sandwichs, deux boissons à la cafétéria, là-bas.

– Mais de quel droit ? cria l'homme d'une voix excédée en essayant d'ouvrir la portière du cabriolet. De quel droit m'importunez-vous ? Vous faites erreur, je ne suis pas une machine à sous ni un assistant social…

– Cent francs, insista la Touche.

– Rien du tout… Vous m'emmerdez ! Je n'en ai rien à foutre de vos problèmes. Ce n'est pas mon affaire. Mes problèmes, je les résous à la force du poignet, par le travail, sans solliciter la charité du premier venu. Maintenant, laissez-moi passer…

– Deux petits pains à la cafétéria, un peu de confiture…

– Non, je vous dis, non… non… Désolé, mon vieux, vous êtes en âge à pouvoir vous débrouiller. Comme dit l'autre, j'ai déjà donné. Non mais, c'est invraisemblable… On croit rêver ! Prenez-vous en charge, proposez-vous pour un emploi.

– Nous allons devoir lacérer quelque chose, menaça La Touche en posant ses deux mains, comme pour une caresse, sur la capote du véhicule.

– Laissez-moi ou je fais appel immédiatement à la police.

Dos à la portière, le chevalier s'est arc-bouté, une jambe en arrière, comme s'il allait propulser un train ou repousser une meute de fox-terriers. Je n'ai pu que l'admirer, le favori de ces dames, le Priape des passions brèves, l'admirable prélat du domaine de Bazouges ! C'est qu'il portait haut l'attitude tragique et le masque de l'athlète blessé dans son orgueil. En cet instant précis, sous la lumière jaune des lampadaires, sa statue apparaissait telle qu'elle aurait pu être pour l'édification des siècles futurs. Moi aussi, pour faire bonne mesure, j'ai emprunté le masque offensé de celui à qui l'on retire un os de la gueule. Je me suis redressé pour demander au Crésus de bien vouloir palper mes bras. Une caresse, ai-je dit, en guise de compensation pour les petits pains à la confiture que vous nous refusez… Vous, si riche, boyard cousu d'or, les reins au creux d'une voiture inestimable et pourtant si peu doué pour la générosité… Il a refusé tout en m'infligeant une grimace de répulsion. De force, je lui ai pris la main pour la poser sur mon bras. Sentez, j'ai dit, tâtez, n'ayez crainte, touchez mes bras… Avec ça, je brise un homme comme on brise une allumette.

– Il est né tueur, grogna La Touche, prenez garde…

Enfin, la peur, la belle et véritable peur est apparue dans son regard avant que naisse la terreur. Sans doute s'est-il vu mourir, ployé comme un oiseau dans mes bras de silicone et d'acier. Sa vie durant, il se demandera quelle sorte d'individu j'étais, frêle, maigrichon, voûté, pour jouir de ces muscles d'acier dont le contact, en dépit du tissu de ma chemise, était glacial. Il a pris son portefeuille et m'a offert un billet de cinquante francs.

– Cent ! réclama le Chevalier.

Nous eûmes la tentation de lui faire avaler sa coupure, de lui arracher son veston, de le mettre nu, crucifié à un lampadaire et de lui enfoncer dans la gueule l'étoile à trois branches du palace sur pneus. Oui, mais il y avait cette faiblesse en nous, ce peu d'attrait pour la violence, cette faim crapuleuse surtout, le grondement des entrailles, cette envie épouvantable de pain et de lait, les deux aliments auxquels aspire le plus l'homme dont les battements du cœur commencent à dérailler sous la pression de la faim. Et il y avait aussi les Gachoux qui nous attendaient à la gare de Bayonne, nos pauvres à nous, que nous nous étions jurés de nourrir. L'homme avait perdu à jamais son mépris et sa condescendance. II restait digne pourtant mais ses yeux fouillaient les alentours comme pour chercher un secours.

– Vous nous accorderez trois billets de cent francs, ai-je dit, ou plutôt quatre car nous avons une famille, vous comprenez…

– Vous abusez… C'est du vol et non plus une aumône… Vous commettez une agression.

– Voulez-vous qu'on brûle votre voiture, par inadvertance, vous dedans, lié à la ficelle comme un poulet dans un four ?

– Cot-cot… grogna la Touche. Mon petit Robert, fais-nous un exercice de force, une démonstration, casse-lui donc l'avant-bras pour arborer ta puissance.

- C'est ignoble… Votre comportement est odieux… Non, ne me touchez pas… Arrêtez !

Sa main tremblait à peine lorsqu'il nous tendit un billet de cinq cents francs. Forcément, nous n'avions pas de monnaie à lui rendre. Il a compris qu'on ne se déplace pas sans petites coupures là où règne la crapule. Avant de regagner la Peugeot, nous l'avons poussé dans le cabriolet, puis ligoté les deux jambes à l'armature du siège. Dans la nuit, en fuyant, nous entendîmes un coup d'avertisseur, des mots encombrés de fureur. Mais nous étions loin déjà... Dans un vrombissement de fumée noire, la croulante Peugeot nous entraîna sur l'autoroute vers Bayonne.

Une heure plus tard, nous retrouvions les Gachoux en compagnie desquels nous allâmes nous régaler dans un modeste restaurant près de la rue d'Espagne.

– Ce repas est le meilleur repas du monde, dit madame des Gachoux. Quelle faim nous avions, à jeun depuis ce matin... Et nous avions peur à vous attendre si longtemps à la gare.

– Merci à vous, chers amis, ajouta monsieur des Gachoux en levant son verre. Certes, cette existence de chien battu n'est pas toujours bien agréable. Un euphémisme, pas... C'est vrai que nous devenons vieux et bien fragiles, mais vous nous offrez la liberté, chère liberté, sans laquelle toutes les joies font naufrage.

– D'autres jours viendront, ai-je dit, des jours de fleurs et de soleil où l'amitié tissera ses rayons jusque dans la barbe du malheur.

– Un jour d'épaule nue... chantonna madame des Gachoux. Un jour d'épaule nue... C'est Aragon et c'est beau à en mourir. C'est beau comme... ces instants où, à force de trop aimer, on ne peut plus que pleurer

Je l'ai regardée avec tant de tendresse, ma pauvre, ma merveilleuse madame des Gachoux, si menue, si frêle dans cette simple robe noire des jours de labeur et de confitures au domaine des Bazouges. Il n'y avait que la bonté dans ses yeux, cette gentillesse prodiguée à n'importe quel être au monde. Je voulus oublier sa vieillesse. Je préférais imaginer son passé, la voir en petite fille éperdue de candeur, en forçant un peu, si peu, ma vision de poète. Je me mis à rêver, le coude sur la table… J'eus le désir de devenir riche, soudain, comme le Crésus en voiture étoilée. En compagnie de mes bienfaiteurs, nous aurions traversé la frontière toute proche pour voir les amandiers en fleurs après avoir bouté le feu aux arènes pour la paix des taureaux. Puis, revenus au domaine, nous aurions créé quelques nouveaux tableaux, imaginé des airs de musique et récité dans le recueillement du salon quelques poèmes de nos chers amis disparus, avant de repartir, tous les cinq, Gabine sur mes épaules, pour découvrir les campagnes françaises parmi les plus humbles, celles qu'on ne visite pas, parce qu'il n'y a rien d'autre à voir que la simple beauté des champs et un coquelicot accroché au flanc d'un sentier qui se perd sous les arbres. Je repartais dans les frénésies de l'âme, fustigé par les propos de mes amis qui excellaient dans l'art d'apporter une nouvelle lumière, un scintillement de couleurs ou encore ce détail abandonné par la mémoire mais qui devient essentiel. Cependant, il nous manquait l'atmosphère du domaine, les grands arbres dans le rose des aurores, la mi-ombre des sous-bois où nous retrouvions la danse des fleurs aux hautes herbes mêlées, ce banc de bois où une main amie dans un lointain passé avait gravé *Carpe Diem* entouré d'un soleil qui ressemblait à une roue de bicyclette.

Après le repas, nous les avons conduits dans un hôtel minable ouvert jour et nuit où jadis on se plaisait à couper les jarrets des voyageurs insolvables. Dans une pinède non loin du lac de Mouriscot, le chevalier et moi nous nous sommes étendus sous nos sacs de couchage.

Depuis une semaine, nous vivions dans l'errance, subsistant de rapines, de misérables aumônes et assurant malgré tout le gîte dans des hôtels à monsieur et madame des Gachoux. À la longue ils commencèrent à comprendre dans quel enfer nous nous étions fourvoyés tous les quatre. Sans la moindre dérision le chevalier se permettait de les appeler papa et maman et non plus père et mère comme chez la veuve Ibério. Chaque soir, nous nous mettions en quête du pain quotidien. Nous avions nos horaires et nos habitudes ainsi que cette conscience professionnelle qui fait honneur au travailleur. Les grands magasins pouvaient s'enorgueillir de nous voir arriver chaque jour, fidèles au larcin et non à l'achat. Nous y allions allègrement dans le pillage d'autant plus que tout est placé en évidence pour inciter au vol. Infatigables, nous allions la nuit sur les aires d'autoroutes pour détrousser. Barboter... expliquait chastement la Touche.

Un jour, madame des Gachoux eut une forte fièvre. Son cœur malade sembla hésiter à poursuivre les ornières de la vie. Rien n'allait plus dans ce corps diaphane dont la tête s'inclinait vers la terre telle une plante assoiffée. Il nous fallut davantage d'argent pour la soigner et trouver un appartement qui nous permettrait de ne plus devoir la trimballer d'hôtel sordide en pension pour gésine clandestine. Heureusement, la Touche venait de trouver un emploi, garçon de restaurant, mais non déclaré. Travailleur noir et sans musique, payé dans l'ombre des chambres froides en billets froissés qui puaient la vinasse. Par pure conscience professionnelle et afin d'acquérir la tête de l'emploi il se laissa pousser les favoris. Aussi assommant soit-il ce métier lui plut. Voltiger avec un plateau lui allait assez bien. Certes, ce furent les femmes surtout qu'il appréciait de servir en les frôlant au passage dans son souci constant de les tâter un peu, ainsi que l'excellent boucher qui manipule rêveusement ses carcasses de viande. Là aussi, au restaurant, il volait à tout rompre... Une manie qui lui tordait les doigts... Tout y passait, même des chaises et des casseroles qu'il nous rapportait afin d'égayer l'appartement en sous-sol que nous venions de louer. Souvent, dans la nuit, après sa journée de travail, il revenait affublé d'un ventre de barnabite qu'il vidait sur la table, torchons, couverts, sucre, café, poulets... Ça nous égayait de voir dégringoler toutes ces richesses. On perdait la morale, vraiment... Si monsieur et madame des Gachoux avaient soupçonné ce trafic, nul doute qu'ils nous auraient insufflé une certaine honte ou le singulier malaise annonciateur de remords.

Des tigres, nous sommes devenus, me disait le chevalier. A-t-on idée d'aller retirer une carcasse de la gueule d'un fauve affamé ? Pas d'atermoiement, Balta... L'effronterie au travers des gencives pour happer l'opulence. Tiens, nous allons thésauriser pour un prochain voyage... ! L'Italie ! Tu connais... Non ? Pauvre vieux ! Que de splendeurs là-bas !... La Toscane, l'Ombrie... Et puis les femmes, superbes... La fierté et la grâce du geste et du regard surtout. Tu verras, on me connaît là-bas. *Il bello fanfarone.* Ma dernière conquête à Padoue, *una donna con gli occhi azzurri...* Flammes et passions ! ajouta-t-il en aiguisant son regard sur la pointe d'un miroir à main qu'il venait de dérober dans la parfumerie.

Oui, j'aurais voulu aller en Italie rien que pour la langue si belle, si musicale qu'on y envoie les autistes germaniques afin d'en faire les plus grands bavards de la terre. Entraînée par l'espérance de ce beau voyage, madame des Gachoux, qui se remettait des incertitudes du cœur, trouva charmant de nous chanter, d'une voix encore faible, des airs de Rossini et de Donizetti. Elle chantait en italien, bien sûr, et c'était beau comme le chant du rossignol dans la nuit embaumée du domaine. Il nous paraissait évident que la mort ne pouvait que fuir à l'écoute d'une telle liesse. On peut mourir idéalement sous les flots mélodiques de Verdi, jamais sous ceux de Rossini.

Tous les quatre, nous sommes allés chercher Gabine dans sa prison. Ce fut un jour de gloire ! Une joie effrayante en nos cœurs d'assister à l'émotion et au bonheur de notre merveilleux ami. Il nous caressa le visage de sa main, comme ça, si doucement... qu'on faisait des efforts de brute, tous les quatre, pour ne pas pleurer en le tenant serré comme un petit enfant.

La vie reprenait, calme, paisible... Nous étions cinq à présent pour nous aimer. Une famille pas comme les autres. Sous l'œil bienveillant des Gachoux, je m'étais remis à l'ouvrage. Mon œuvre, disait monsieur des Gachoux d'un ton respectueux. C'est ainsi que je créais une moumoute de poitrine en poils de belette pour monsieur glabre, un faux-cul pour dame d'un certain âge suspendu par bouée de liquide dont l'axe posé à mi-fesses promettait une troublante oscillation, une fausse bedaine tout en grâce ajustée en trompe-l'œil pour candidat notable, ainsi qu'à l'instigation du chevalier, une ingénieuse machine électrique dont le marteau-pilon et la roue à aubes propulsent le bassin vers l'avant pour les séducteurs fatigués. Peu porté sur les délices de la chair puisque je conservais la rare ambition de connaître un amour sublime, la Touche prétendit m'éclairer sur les différents rythmes de la mécanique sexuelle. Le bougre possédait son sujet ! Des heures durant, sans trop de vulgarité, il pouvait discourir sur les nuances infinies du mouvement sacré. Mais tout cela m'était assez amer, je revoyais Hortense Zulte et ses épouvantables exigences... Ainsi qu'un comptable de haute volée, la Touche appréciait de classer les femmes selon leur valeur intrinsèque, en l'occurrence leurs facultés à se livrer plus ou moins bien aux divines voluptés. Selon lui, il existait les femmes en épiderme et les femmes en desquamation... Les femmes volcan en féroce ébullition et à l'opposé les créatures en dépouille de légume, c'est-à-dire de glace. Triste, très triste vraiment, ces femmes figées dans leur horreur de l'épiderme et des caresses, m'expliquait-il posément en louchant vers la porte du salon, la face constellée de tics, inquiet que ses propos de séducteur en chaire de faculté puissent parvenir aux oreilles des Gachoux. À évaluer la femme comme on jauge la jument, on s'apparente un peu au maquignon, je pensais, tout en pensant davantage encore à mon futur amour... Une petite jeune fille de mon âge éblouissante de candeur et dont le sourire ne disparaîtrait jamais ainsi que le soleil sur la plus haute marche de Jupiter. J'avais de ces visions ! En catimini, elles venaient toutes, en rangs serrés, m'apporter les plus jolies démangeaisons.

– Mon pauvre Balta, soupirait la Touche, tu n'es pas assez mauvais bougre, au fond... Pour les mater, les femmes...

Lui aussi, pourtant, il persévérait à espérer la rencontre d'un terrifique amour. La femme recherchée et voilée, à genoux au chevet de l'époux, les reins tendus dans l'offrande du corps, cloîtrée à jamais dans le respect inouï du maître. Eh bien, oui, cette femme d'exception, le chevalier pensa l'avoir débusquée en lui servant un navarin aux écumes de Gascogne ! Au restaurant, me confia-t-il, une femme, tiens, je vais t'éblouir, Balta, très recherchée, d'une pureté ! Un visage adorable de jeune vierge, une sainte en auréole dont le regard implore le fils sur la croix.

– Une vestale ? ai-je demandé.

– Oui, mais une vestale tout en buste... Si tu avais vu la manière dont elle a dégusté son navarin tout en se désaltérant au Chablis Grand Cru, château impérial des Éphélides 1966. Les larmes me venaient aux yeux... Quelle classe, quelle classe ! Les gestes lents et posés, l'adorable hésitation de la jeune biche, à l'orée d'un trottoir. Écoute, vraiment, elle n'a pas cessé de me mater J'en avais la trique pour finir... Pas gai avec mes deux plateaux sur les bras, mais en se mordant le bout de la langue, ça passe. J'ai été la servir plusieurs fois. Aux petits soins pour Madame. Mais il y avait Monsieur... Un type, imagine, genre tire-toi de là que je m'y mette... Odieux, ce type ! Un bonhomme plein aux as, la gueule empoivrée du vieux beau, son mari hélas, que j'ai expédié aux toilettes sous prétexte qu'on le demandait au téléphone. L'ignare avait réservé une table à son nom… Durant sa courte absence, je lui ai dit ta phrase de cinglé à la merveilleuse. Demain soir, vingt-deux heures, j'aurai l'honneur de mourir si vous ne venez à ma rencontre, terrasse du Jasmin, près du port. Elle a ri. Un rire de pur cristal. J'ai insisté en usant de tes tirades de détraqué, tout l'arsenal… D'accord, demain, vingt-deux heures, m'a-t-elle promis en m'offrant les feux de ses grands yeux noirs où gîtait une passion que je devine naissante. Oui, encore une de tes phrases calibrées à l'emporte-tonneau… Ah ! Balta, tu verras, je vais faire les présentations. Une Bordelaise des beaux quartiers… Putain ! Une bête de concours… Quelle bête, la taille fine, la peau mate uniquement réservée à l'homme de goût. C'est le baccarat pour la Touche, chevalier des Pyrénées, homme de délicatesse dans l'art de la manipulation des dessous de dentelles et du baisemain en fleur de laurier.

Sa tirade se termina par un rire à l'étouffée. Il eut le hoquet durant une demi-heure.

– Que se passe-t-il de si amusant ? demanda monsieur des Gachoux du salon où il s'enivrait l'oreille rien qu'à lire les partitions de son recueil des *lieders* de Schubert.

– Nous parlions des affres et du bonheur de l'amour, cria le chevalier.

– L'amour ! Aimer aide à mieux vivre, ne plus aimer aide à mieux mourir, soupira madame des Gachoux.

– Comme ceci est bien exprimé, ai-je remarqué, plein d'admiration pour l'esprit de notre mère.

Ces jours contenaient toutes les tendresses du monde. Ils auraient pu perdurer un siècle même au sein de ce sordide appartement en sous-sol avec vue sur une cour lépreuse où s'agitaient les légions de cafards privés de soleil. Cependant, on entendait la mer au loin…

Que ce fut par lassitude de cette existence assez misérable, souhait de voir d'autres cieux ou plus vraisemblablement par passion pour la femme au navarin, la Touche nous quitta par un beau matin d'automne. Je pris sa succession au restaurant et me fis pousser aussitôt une rouflaquette en forme de virgule sur la tempe. Ça m'allait comme un gant. J'entrais dans la carrière de serveur propulsé par le faciès du comptoir.

Ce fut bien affligeant, le départ du chevalier. Afin de justifier sa fuite en avant, il m'entretint encore longuement de la vestale tout en buste, une bête délicate affublée du halo de la vierge aux sept douleurs. C'était donc l'amour ! L'amour passion qui fait grincer des dents et rend hilare au lever des larmes. Nous nous retrouvions seuls, comme abandonnés. J'eus froid tout à coup et je ressentis une peine réelle à l'idée de ne plus le revoir, ce zèbre infernal auquel je m'étais attaché en dépit de nos différences. Il était devenu mon ami après tout, un compagnon loyal toujours prêt à nous aider et à payer de sa personne. Au fond, son obsession des femmes en valait bien d'autres. J'ai déjà dit et redit... Je radote... Le radotage, la langue en trottinette... Mais mieux vaut courir la femme que traquer l'argent. C'est moins aigre, je trouve, moins veule surtout du côté des doigts et du côté de l'âme qui touche le rose tendre des chairs et non le gris fétide du billet de banque, moteur de presque tous les crimes. Que de souvenirs il a dû laisser, le chevalier, autant chez les boniches en sabots de carton que chez les dindes bon chien bon chic dont Freud forme la tête de lit. Cher chevalier ! Qui était-il exactement ? Un monstre chu de l'enfer ou du paradis ? J'ai longtemps ignoré la nature de son passé car c'est lorsqu'on l'interrogeait qu'il se montrait évasif ou au contraire nerveux et que naissait alors une accentuation de son syndrome de Tourette. En le bousculant un peu afin de savoir, survenait une avalanche de tics et de propos en vérités obscures de psyché, mis bout à bout pour former une sorte de vie édifiante. Il sortait du lot, le séducteur. Il n'était pas comme beaucoup d'autres, faux derche, incolore de l'âme et interchangeable. Parfois on en rencontre de ces olibrius échappés du troupeau… C'est bien rare… Quatre ou cinq dans la vie. Une vraie chance. Ceux-là, il ne faut pas les rater surtout !

– Notre chevalier est un monstre, remarqua monsieur des Gachoux en essuyant une larme, mais nous l'aimions bien, pas… À lui seul, déguisé ou pas, il formait un tableau extraordinaire. Savez-vous, Baltazar, qu'il fut séminariste autrefois, puis diacre ? Vous imaginez bien qu'il causa scandale sur scandale. La passion des femmes, quelle idée, pas… Que peut-il leur trouver de si passionnant après tout à ces créatures happées au hasard des rues et des plages ? À peine en a-t-il serré une de très près qu'il la délaisse pour courir après une autre. C'est un carrousel qui fait tourner la tête… Généralement, ces hommes-là finissent assassinés par un mari jaloux ou terminent leurs jours dans une solitude glacée. Il arrive aussi que, dans leurs dernières années de vie, certains s'encombrent d'une plaisante matrone qui les satisfasse sans qu'on puisse deviner comment. Rien n'est plus secret et tumultueux que ces amours ancillaires…

– Un apatride du cœur mais un triomphant de la vie, ajouta madame des Gachoux. Mais que vous le peignissiez de couleurs vives ou sombres, il m'apparut toujours comme un homme dont l'âme est étrangère à l'âme de la femme. Qui sait, existe peut-être la femme dont ses rêves sont encombrés, la magicienne qui lui fera rompre cette activité incessante.

– Croyez-vous qu'il nous reviendra un jour ? ai-je demandé.

– Au domaine vingt fois il nous quitta, vingt fois nous eûmes le bonheur de le revoir réapparaître, répondit madame des Gachoux.

Le chevalier nous écrivit quelques lettres expédiées de Bordeaux, ville phare, empreintes d'une fébrile passion en faveur de la femme au navarin dont il se plaisait à guider les premiers émois amoureux après avoir fait répudier l'époux en titre. Était-il devenu à ce point candide de croire en ses propres affirmations ? pensai-je en proie à un morne abattement.

Au restaurant, mes nuits s'étiraient dans le vacarme et les plus nourrissants remugles. Ce métier d'équilibriste en doubles plateaux ne me procurait aucun enthousiasme. Mon aversion à servir autrui n'égalait que celle d'être servi. De ma vie, je n'avais soupçonné un tel degré d'exigence et une aussi surprenante voracité chez les clients en bavette pour lesquels l'art culinaire constitue l'art suprême. Un soir, en revenant du travail, je trouvai un mot de la main de monsieur des Gachoux sur la table du salon. Ce dernier m'informait brièvement que son épouse avait eu un malaise tandis qu'elle se promenait près du port. Elle se trouvait à l'hôpital et monsieur de Gachoux me demandait de venir le rejoindre auprès du lit de notre malheureuse mère.

Elle reposait sur des draps blancs, morte. Ce sont les mots que je ne trouve pas pour exprimer mon chagrin.

Monsieur des Gachoux était assis près du lit. Il tenait la main de sa femme dans la sienne ou peut-être était-ce elle qui tenait la main de son compagnon pour le supplier de ne pas la laisser seule dans le gouffre des morts, pour partir ensemble, là où les humains ne cesseront jamais de se demander si resplendit la conscience suprême ou le risible néant.

Ce fut dans la solitude, après la fuite du chevalier, la mort de notre mère et le nouvel enfermement de monsieur des Gachoux que je ressentis la réminiscence de certaines heures du passé n'ayant peut-être jamais existé. Ce qu'on imagine dans la révolte où les douleurs incessantes s'intègrent parfois à la vie réelle. Quoi qu'il fasse pour rendre l'existence sordide, le destin finit par se lasser et s'érige alors la volonté démoniaque qui nous pousse à l'assaut de n'importe qui, de n'importe quoi... La vie est un toboggan.

Après l'enquête de police suite au déchaînement procédurier de l'illustre Alexandrin, je perdis ma place de serveur au restaurant. Deux mois plus tard, je dus me résoudre à quitter l'appartement puis à placer le fidèle Gabine, non plus dans la cage du petit jardin zoologique mais chez un ami des bêtes, un farouche au béret en parapluie, ancien droguiste. Je lui ai dit qu'il était plein de bontés de prendre Gabine en pension, gratuitement, le temps de mes errances. Danse-t-il la mazurka ? me demanda-t-il. Non, ai-je répondu, seulement un peu le rigodon... Tant mieux, dit-il, il va égayer les arbres. La liberté... De là-haut il pourra surveiller toute la faune, les éclopés, les malades, les réchappés des bagnes où l'on torture au nom de la science. Je sais, ai-je répondu en pensant à mon premier jour et à ce remède utilisé avec succès sur les chiennes puis distribué aux humains avec les affreuses conséquences.

Gabine est redescendu du ciel afin de s'abriter dans mes bras et entendre les derniers mots où la voix se brise. D'un air mordant, le droguiste m'a regardé, la cigarette de maïs en feu suspendue au coin des lèvres.

– Mon vieux, vous n'êtes pas heureux, vous, m'a-t-il dit.
– À cause de Gabine, le chagrin de devoir le quitter
– Vous savez, vous pourriez vivre ici, parmi nous. La maison fait un peu moche comme ça, mais elle est grande… L'amour des bêtes, ça se partage. On est fait pour ne pas s'entre-tuer vous et moi.
– Non, je dois aller, ai-je dit bêtement en regardant ailleurs vers les nuages, les arbres, les toits rouges des maisons.
– C'est de bon cœur…
– Je sais.
– Vous allez où ?
– Chercher du travail.
– Du travail ? Je peux vous donner une adresse. Un cousin de ma femme. Un Parisien dont vous me direz des nouvelles. Pas mauvais bougre, vous savez. Il pourra vous offrir un boulot dans l'une ou l'autre de ses sociétés, semences et engrais. L'important, c'est de le laisser parler sans montrer d'impatience. Prendre son mal en patience, quoi, et ne pas lui envoyer une main à la figure pour le faire taire…

Au verso d'un prospectus électoral, il griffonna un nom et une adresse à Paris tandis qu'au balcon couvert de géraniums apparut une femme, une grosse, avec un bonnet d'astrakan sur ses cheveux gris ébouriffés. Elle se déplaçait là-haut dans un fauteuil roulant armé de trois ou quatre trompettes à pistons.

– Ma femme ! déclara le droguiste, le doigt levé en guise de respect. De toute la ménagerie, l'animal le plus infernal. Quand elle se fâche et qu'elle actionne ses trompettes, je m'encours au fond du jardin…

– Pourquoi se fâche-t-elle ?

– Contre les souffrances… Une manie comme une autre.

Nous nous sommes quittés sur une poignée de mains.

– N'oubliez pas, n'est-ce pas, laissez-le parler, Avaugourd… Si par hasard il vous refuse un boulot, insistez en lui envoyant à la tête des certificats, des diplômes, attestations, langues étrangères. Il apprécie énormément les documents ainsi que les tampons de l'administration… Et puis, surtout, surtout, soyez Français, bon teint, trente générations au moins !

C'était quelqu'un, le droguiste à la retraite, un brave au pays de l'indifférence et qui témoignera à Gabine la délicate amitié d'un homme de cœur. Malgré ma peine de quitter Gabine, je fus satisfait toute la journée de l'avoir rencontré, lui qui vivait si modestement afin d'entretenir la cohorte souffrante des bêtes abandonnées, torturées, les animaux nos frères, dans son jardin poubelle.

Je m'en fus dans les rues de Bayonne, d'Anglet, de Biarritz pour soustraire ce qui se trouvait à ma portée. Les touristes revenaient et la tentation était grande de briser la vitre des voitures choisies afin de récolter quelques pièces de monnaie, une radio, un appareil photographique que je vendais à un nommé Alfa, ancien cafetier à la dérive, qui achetait n'importe quoi, les yeux fermés, sans jamais poser de question. À chacune de mes visites, il faisait mine de ne pas me reconnaître. Le soir vers six heures, comme un brave, en poussant un chariot, j'allais me restaurer dans les rayons d'un vaste supermarché. Je faisais mon menu en avalant un peu de travers dans la crainte d'être surpris. Les fruits, je les mangeais au rayon droguerie, le fromage et le lait dans l'allée réservée aux langes pour bébés, dans ces coins calmes où on vole peu et qui sont par conséquent moins surveillés. La nuit, pour dormir, je retrouvais la voiture de la Touche garée à jamais, dix pannes au moteur, dans une impasse sous une treille en avalanche. Le chevalier m'avait fait cadeau de son débris à quatre roues en tablant sur la générosité de la belle au navarin, propriétaire d'une rutilante limousine. Un jour, peut-être parce que le temps était humide et gris, j'eus l'impression d'être surveillé par les flics du terroir. Impression vague qui me rendit à la prudence... J'avais oublié que je me trouvais en pays basque et que j'aurais pu être confondu avec un séparatiste... Je changeai de quartier et j'abandonnai les allées de Fort-Lamy. J'allai vers les petites villas de faux marbre et de stuc aux noms évocateurs :

« Bello Céans, Laisse-Kau-sé, Ronron et Riquita, Tan Ka Fair. A Rat Ki Rit, Tou Ski Mfo. » Celle que je préférais, aux volets roses, s'appelait « Pa Lai mon Pa Lais ». Dans son jardin aux herbes folles, j'allais faire la sieste, rêvant à une petite bicoque à moi intitulée « Tan Fai Pas ». À la longue, dans la laideur de ces pavillons, je découvris une sorte de grâce imbécile non dénuée de charmes. En dépit de mes difficultés matérielles, je faisais tout pour me dissoudre dans le plus veule anonymat. Je me rasais et je portais les cheveux courts ainsi qu'un jeune homme distingué. Même la vermine refusait ma peau sans doute en raison des parfums capiteux dont je m'inondais chaque soir, à l'issue de mes repas ambulants au supermarché. Dans ma précipitation, il m'arrivait de confondre les flacons atomiseurs... Je me trouvais enveloppé de « Baiser d'Orient » ou de « Madame Murmure ». En passant près des caisses, à la sortie, les préposées me dévisageaient en pouffant. Elles me prenaient pour un autre...

C'est à cette époque de chapardages et de grande indécision que je me mis à écrire les fameux recueils qui firent tant pour ma gloire anonyme. C'est mon cher monsieur des Gachoux que j'allais voir chaque mercredi et chaque dimanche à la résidence *Heures Lumineuses* qui me conseilla la création de ces petits ouvrages. Dans un style élégant, tour à tour compassé et dépouillé, j'enflammais mon esprit aux grands et modestes problèmes de notre société. Mon premier ouvrage s'intitula : « Comment trouver sa joie de vivre dans la misère d'autrui. »

Subtil écrit où la philosophie de salon doré prenait un raide coup à même le fondement. Je n'avais pas la main morte... Crapuleusement savant sans être barbant, cet ouvrage paru confidentiellement avant postérité aux éditions du Gai Savoir aurait été apprécié par mon maître Pettorossi. Pour reposer les fièvres de mon esprit, j'écrivis coup sur coup trois autres volumes, plus modestes, certes, mais néanmoins de surprenante finesse.

Comment pleurer à propos et rire sans raison
Comment se surpasser dans l'art de la médiocrité
La manière idéale de s'asseoir tout en restant debout

La chance me poursuivant de ses petites gâteries, je dus batailler ferme pour être misérablement rémunéré par la maison éditrice, celle-ci se déclarant en faillite pour mieux se frayer un chemin dans l'édition consacrée à la propagation du savoir prénuptial. Peu importe, car par leur qualité tout à fait surprenante, ces premiers ouvrages m'entraînèrent à en écrire près de cinquante et constituèrent en quelque sorte les prémices de ma monumentale *Encyclopédie exemplaire des lois qui régissent l'univers et de l'homme considéré comme un déchet organique*. Quadruple volume de plus de trois mille pages où chaque mot, chaque phrase, ciselés à la frénétique constituent autant d'accroches pied aux rabâchages des philosophes et autres penseurs en demi-lune de notre pauvre siècle. Ah ! Oui, la stérilité ne m'encombrait pas ! De mes oreilles sourdait la bave des tourments, de mon œil valide de jolies convulsions, de ma bouche les paradoxes du crapaud lorsque de la nuit gronde la clameur des orages... Je m'enorgueillissais de ma volonté d'irréflexion dans l'éclosion d'une pensée soutenue par les quatre roues de l'envoûtement, de l'arrogance, de la rage et de la damnation. Oui, je n'étais pas beau à voir... Un brasier, j'étais devenu, couvert de suie et suant jaune au fil des heures !

En définitive, l'homme devenait mon gibier, la nature ma consolation et Dieu, aperçu entre quelques simulacres d'univers, une pensée consciente dont la dimension éternelle ne cesse de trébucher dans les feux éblouissants de l'antinomie. C'est assis dans la carcasse de la Peugeot affligée de rouille et de la salive bleue des embruns que j'essayais de résumer l'enflure philosophique dans un court volume intitulé, *Comment purger l'ignorance d'un océan de certitudes.*

À la veille de mon grand départ pour Paris, ville lumière, j'exultai à l'idée de ne plus savoir si j'étais ou non le parangon du néant accouplé à l'insurrection tonitruante. Je barbotais dans l'inintelligible, l'esprit débraillé... Mes ouvrages reliés en carton du Zimbabwe s'en prenaient aux autorités des dictionnaires, aux cours de théodicée et de morale, aux éclats des utopies et même aux lois de la République. Dès lors, abandonnant mes brigandages et mes errances j'ai quitté le pays basque. Quelle amertume cependant de laisser Bayonne, monsieur des Gachoux, Gabine, tous mes bons et moins bons souvenirs... ! Je me jurai de revenir bien vite.

Lorsque, du train, j'ai vu apparaître la capitale, je me suis dit : quelle boucherie ! Dix millions d'habitants qui me tombaient sur le dos. Mais je me trouvais fasciné par le caractère céleste de cette ville, par les foules mises en branle, jour et nuit, recuites d'hystéries et de fureurs ainsi qu'une anarchie de viscères dans l'ébullition d'un chaudron. Certes, ça me faisait un peu peur, une ville pareille avec toutes ses lumières et son charivari, où les êtres, à force de se considérer comme des rats, ne se regardent plus. Du temps d'Hortense à Paris Banlieue, j'avais sur les yeux le bandeau naïf de la jeunesse... Mais à présent, tout m'apparaissait clairement, comme sous la flamme crue du néon d'un abattoir.

J'ai débarqué avec le ciel affalé sur le râble. À chaque pas que je faisais sur les trottoirs encombrés, j'avais l'impression d'exprimer aux yeux de tous une visible stupeur d'être en vie dans cette fourmilière. Néanmoins, je gardais conscience de m'être fourvoyé parmi l'élite du genre humain. C'est ici qu'il pétillait, l'esprit. Car l'esprit affiché et la démence cachée vont de paire. On me marchait sur les pieds et je tremblais avec des borborygmes de demeuré. En fermant mon œil, je créais alors un chemin de campagne se perdant sous les bois sépulcraux où j'aurais pu non seulement périr de solitude mais aussi improviser quelques airs funèbres sur ma viole de bras. J'allais, rêvant de fumier, de boue et de forêts crépusculaires, de campagnes blafardes, de silences en neurasthénies où on s'arrête soudain pour écouter les grognements de son cœur… Parfois j'aurais rencontré un homme, un puant en paletot couleur rouille, le scorbut aux gencives. Quelle surprise ! Tiens ! Vous sortez du caveau ? Nous aurions baragouiné sous la pluie froide et le brouillard, les pieds dans la fange, jusqu'à nous confondre avec les bœufs et pousser des cris en aspérités de psychopathe qu'on émascule.

J'ai progressé dans Paris, porté par les flots hargneux des passants. J'étais empoté, pas doué du tout pour me retrouver dans l'immense labyrinthe souterrain du métro. Dix fois je me suis égaré avant de parvenir rue Bosquet et de trouver le numéro de l'immeuble. Un huissier en courte faux de poitrine me fit patienter près d'une heure dans un salon climatisé avant d'être reçu par le président de la Socovatac, monsieur Avaugourd du Trech. Cet homme de grande distinction était un monument, un bâtisseur d'empire emmailloté depuis sa naissance par la membrane du savoir. Sous les aisselles des mâchoires, il possédait quasiment toutes les sciences en morceaux choisis. Pourquoi faut-il, oui, pourquoi faut-il qu'il y ait sur Terre, des humains possesseurs d'une si vaste intelligence ? L'ivresse de tout savoir ! Cependant, ce qu'il ne pouvait tolérer, le brave, c'est qu'on ait l'audace de lui ôter la parole des dents. Lui seul pouvait tenir le crachoir. Une certaine satisfaction lui naquit dans le regard à l'idée de subjuguer un quémandeur de mon espèce expédié en droite ligne par un vague et lointain parent de la morne province. Je l'écoutais, modeste, assis en râteau sans fourche sur un fauteuil de cuir fauve. Il n'arrêtait pas… Un fleuve en crue, un torrent, une formidable trombe de mots calibrés que je recevais en pluie d'orties dans les oreilles et le plexus et qui allait, à la longue, m'étendre raide dans le fossé de l'abrutissement. C'est vrai qu'il parlait bien, le président... Bel homme de soixante ans, le front haut, le regard droit, l'énergie visible à même l'épiderme. Sa voix n'était pas monocorde. Son geste était inflexible, celui de la main et de l'index pour fustiger le verbe essentiel. En plus, il sentait le benjoin. J'aimais ce parfum et je ne sais pas ce qui m'a pris tout à coup de le lui dire, que j'appréciais énormément l'odeur du benjoin qui émanait de sa personne. Il sursauta.

– Le foin... Quel foin ? De qui parlez-vous ? Un rhume des foins se soigne... Prenez du Pradacostre en comprimés matin et soir... C'est également mon domaine, la pharmacologie, science estimable que je suis arrivé, seul, vous entendez, seul, à démystifier au prix de quels sacrifices, d'ailleurs ! Comme je vous le disais tout à l'heure, je n'ai cessé d'étudier, de penser surtout, de cogiter, de venir en aide à ceux qui ne sont sans doute pas doués pour l'exercice du pouvoir, à me montrer en exemple, à expliciter, à démontrer comment façonner un empire alimentaire. Avant la guerre déjà, couvert de diplômes, promis à un bel avenir, je fus convié au Directoire de l'Office présidentiel...

Il repartait, l'écume au museau, sans pitié. J'étais assommé. Je fermais mon œil sain et ouvrais l'autre, le mort. Cela donnait le change... Au réveil, il était toujours là, le président du Trech, perché au-dessus de ses dossiers en étage en train de vomir ses paroles en forme de postillons. Des envies de tuer qu'on ressentait jusqu'au fond de l'âme afin d'interrompre le flux, d'arrêter l'odieuse machine de la langue et des dents. Entraîné par la logorrhée du satrape, il me parla de politique, de république à l'agonie, mal gouvernée, d'hommes véreux et incapables, du communisme qu'on voyait croître encore sous des tombereaux d'immondices, de syndicalisme à la botte de groupuscules anarchistes, de socialisme purulent accouplé à l'exécrable droite modérée. Tous des traîtres ! grogna-t-il et il enchaîna aussitôt sur une apologie extravagante de la peine de mort.

– D'accord… pas d'accord ? me lança-t-il soudain d'une voix aiguë.

– Si… Si, ai-je répondu du ton de l'ahuri.

– Si, si ? Si si quoi ? Vous n'êtes pas étranger au moins ?

– Non, pur Français. Je suis de Tourcoing. Ma famille est de pure…

Il me cassa la phrase d'un coup sec. C'est alors, vraiment, qu'il se déchaîna le président administrateur, à l'idée effroyable qu'il aurait pu recevoir dans son bureau, par pure inadvertance, un étranger venu des confins de la Pologne par exemple, ou de la Sibérie ou pis, de la sauvage Afrique… Lui, au moins, son racisme, il vous l'envoyait à la face… En avant toute ! Une rage patriote de vrai Gaulois. Une fureur indignée qui faisait peine à voir comme le cri hystérique du virtuose du tambour à qui on crève méchamment la membrane de l'instrument. Il arpentait le vaste bureau à présent, les mains jointes et crispées derrière le dos, très droit, très pâle, les lunettes en voltige sur le bout du nez, tandis que du poing, parfois, il menaçait un interlocuteur invisible, quelque crapule en fez écarlate qu'il se proposait d'égorger sur-le-champ pour la sauvegarde de la nation. Quel air martial, il avait ! Une poigne de fer à redresser les canons ! Ça m'effrayait ces gesticulations forcenées… Après tout, dans une crise de fulmination, il aurait pu se méprendre, me confondre avec un autre, un Italien par exemple à cause du si si… Et me faire la peau. Mon inquiétude devait apparaître, sans doute à cause de mon œil, le bon, qui saillait de plus en plus hors de l'orbite et qui faisait contraste avec l'autre, le noyé, inerte dans le morne liquide. Cette vision parut le calmer. D'un ton plus amène, il reprit sa péroraison. Une belle satisfaction ornait les coins de sa lèvre. Dans la pénombre, à l'autre bout de la pièce, on croyait voir une moustache, quelques poils noirs et gris, pris d'agitation sous l'haleine véhémente.

Afin d'égayer l'atmosphère, monsieur du Trech passa tout à coup à un autre chapitre, celui de sa personne. Sujet inépuisable servi comme instrument de torture. Certes, le flot était encore chatoyant, mais plus posé dans ses articulations, plus majestueux… L'expression devenait plus aimable, presque sur le ton de la confidence, pour m'exposer ses mérites et ses compétences d'honnête citoyen parvenu, grâce à une énergie peu commune, à édifier un empire financier dans l'agroalimentaire. Oui, disait-il, je fais partie de ces dirigeants hélas si peu nombreux que le pays – pauvre pays – quémande en vain afin de rétablir son prestige et sa gloire d'antan. Du Trech est partout, aux quatre coins du monde. La bannière… Fierté de la mission accomplie… Honneur aux gagnants ! Nous irons de l'avant, dicter nos conditions, assouvir nos appétits ! Du Trech… ! Du Trech ! Un nom représentatif… L'oriflamme… !

Quelques lambeaux de phrases me venaient aux oreilles tandis que je m'évertuais à me rendre docile dans l'attente d'une promesse. Mon petit emploi… Un travail pour m'éloigner à jamais de la misère. Avoir quelques sous dans sa poche, du linge propre, quelques économies écrites dans un livre à la banque… Au-dessus de son bureau, je vis ses deux aïeux, une femme exsangue aux yeux de tubéreuse et un pauvre hère en habits noirs, épinglés au mur dans des cadres dorés qui appréciaient le dithyrambe. À cet instant, Monsieur le président se hissait au pinacle… Il s'aimait assez fort, tout simplement… Il s'admirait. C'est réjouissant de ne pas se refuser, de temps à autre, une débauche de caresses verbales dans l'intimité de son bureau directorial, quand un dadais de mon espèce, génie méconnu, se permet d'entrouvrir la bouche en guise d'intense admiration. Je me souvenais de la consigne du droguiste laissez-le parler, surtout, puis attaquez, très véloce, pour lui rappeler l'objet de votre visite. L'ami des bêtes m'avait expliqué tout en offrant un sucre d'orge à Gabine, le cousin, il ne faut surtout pas le contredire. Vous savez, il souffre de cette maladie commune à la plupart des hommes, l'auto-admiration ou, si vous préférez, l'hypertrophie du moi. Il trempe son savoir et ses ambitions dans toutes les soupes, sans dégoût. À tous les râteliers qu'il se présente, mine de rien, humble tout à coup, pour arracher un morceau de gâteau, mais honnêtement, à la manière du bon bedeau sous l'œil du curé…

Oui, il persévérait, monsieur du Trech, et je n'arrivais même plus à glisser un sourire sur mes lèvres. Abruti, les oreilles en échos multiples, incapable de deviner de qui il parlait lorsqu'il se définissait à la troisième personne pour reprendre aussitôt à la première. Écrasé dans le fauteuil de cuir fauve, sous son ombre gesticulante, je ressentais les premières suées de l'indignation. Une colère me montait à la face comme la vapeur qui jaillit de la gorge d'une femme mûre. Alors, oui, enfin, je l'ai bien observé, le grand homme, afin de happer au vol le moment capital de la déglutition. Ça n'a pas tardé… Au moment où il allait entamer son huitième chapitre des stances à l'ego, je l'ai vu déglutir. J'ai foncé.

– J'espère que vous me procurerez un emploi, ai-je dit d'une traite.

Il sursauta, étonné, éberlué, comme s'il venait d'entendre un bruit ignoble… un rot remonté du plus profond des entrailles.

– Quoi ? Quoi ? a-t-il bredouillé.
– Mon emploi !
– Hein ? Qu'est-ce que vous racontez… ?
– Mon emploi… Le mari de votre cousine…

– Ma cousine, pauvre femme, et ce raté, ce débile, au milieu de sa ménagerie…

– Mon emploi…

– Êtes-vous capable ?

– Très ! j'ai dit.

– Êtes-vous doué pour le commerce, la flamme sacrée ? J'exige des antécédents flatteurs, attestations en tous genres. Pouvez-vous nous présenter un curriculum vitae de haute tenue ?

– Bien sûr. Mon expérience du commerce est remarquable et je puis…

– Coupons là ! Documents à l'appui, vous irez vous présenter au siège des Fermes Réunies. La Chine vous attend peut-être, jeune homme, un pays d'avenir ouvert au génie de l'Occident. Le Chinois se présente comme un individu foncièrement travailleur et consciencieux, que ni les contraintes, ni les justes brimades, ni les heures supplémentaires, ni même le sacrifice librement consenti d'un salaire amputé n'arrivent à rebuter. Moi-même, dans ma jeunesse après des études hautement poussées, j'ai dû me forger une âme de fer pour gravir les échelons et parvenir au sommet le plus convoité. À l'heure actuelle, chacun se plaît loyalement à me montrer en exemple… Dans le monde entier, par-delà les océans, la qualité du Trech, le sérieux du Trech… le nom du Trech…

Il repartait une fois de plus à tombeau ouvert. Moi, je… Moi, je… À feu, à flammes… un dard planté dans la glotte, régurgitant des propos déjà dits. On a beau dire, c'est beau, l'élite humaine, le surhomme des tiroirs-caisses. Je ne l'écoutais plus du tout. J'en étais à la Chine, pardi ! La Chine ! Le bout du monde, l'empire du soleil brûlant, à ne pas confondre avec l'autre, le modeste, celui du soleil levant. À l'horloge du bureau, dite en cœur d'ange, je vis qu'il était 16 h 20 et que cette heure était historique.

Au siège des Fermes Réunies, je fus présenté à monsieur Dupannay, le directeur des ventes. Un homme au teint gris perle et d'apparence tout à fait ordinaire, c'est-à-dire, en le fréquentant assidûment, un individu brillant et pénétré de saines ambitions. C'est d'un œil assez distrait qu'il examina mon curriculum vitae rédigé en courte pointe sur le socle d'une brasserie déserte. Tout était faux, bien sûr. Une source pétillante de superlatifs en quintessence pour m'honorer, vu mon âge, d'une courte mais fulgurante expérience commerciale. C'était au sujet des études surtout que j'avais enfoncé le triple clou des diplômes, ressortant ceux, déjà patinés, que j'avais fait confectionner à l'époque de ma vie matrimoniale. Je dus même assagir mon poignet de silicone pour ne pas m'inscrire sur-le-champ à l'Académie Pontificale des Sciences de l'excellent Pie XI.

Monsieur Dupannay commença son bref laïus en m'apprenant que le métier de vendeur est le plus beau métier du monde et termina en m'affirmant que le premier devoir du bon vendeur est de se vendre lui-même. C'était là des propos abscons de parfumoirs mais j'opinais, la mine en croix et l'œil sulpicien, disposé à tout entendre pour mériter la place de vendeur, secteur Chine.

– Toute la République chinoise vous appartient, me confia le directeur.

– Merci, j'ai dit.
– Nous comptons sur vous, monsieur Ninon. Vous êtes du Nord, je crois ?
– Natif de Tourcoing, hautes études commerciales, diplômé du SPRJT de l'Université de Lille…
– C'est ce que je lis sur votre curriculum.
– Licencié en droit social de l'Extrême-Orient
– Bravo !

J'en rajoutais à l'arrache pied, bien décidé à lui en mettre plein le museau… Des monstruosités de fabulateur me jaillissaient de la gueule, à peine mâchées, pour l'éblouir, lui, le brave homme visiblement disposé à tout croire. Soudain, son regard se posa avec insistance sur mes gants couleur chair.

– Brûlure au troisième degré, ai-je affirmé, suite à une expérience scientifique pour parfaire ma thèse sur la chimie à travers les âges en concordance inappliquée avec l'alchimie.

Il toussa poliment en me fixant d'un air bizarre. Peut-être allais-je trop fort dans mes exagérations de débile photographié, un jour de disette d'eau minérale, dans un entonnoir d'ammoniaque. Il est vrai que je me trouvais suprêmement excité par l'odieuse logorrhée du président, les nerfs mis à nu et le crâne encombré du désir de vengeance.

– Monsieur Ninon, puis-je vous demander si vous connaissez la Chine ?
– Certainement… J'y ai séjourné trois ans.
– Dans quelle région ?
– Ten-ti-o.
– Tiens, jamais entendu parler de ce coin ! Se situe-t-il au sud, au centre, au nord ?
– Au nord, du côté du Kazakhstan…

– Tiens ! Vous auriez pu signaler ce long séjour dans votre curriculum vitae… Parlez-vous le chinois ?

– Pas trop… le cantonais plutôt, ainsi que le chinois antique de l'époque Ping-Tuang. Il a tiqué, le directeur des ventes. Il eut un frisson curieux dans le bas du visage, près du menton, exactement semblable au petit spasme du gallinacé qui, tandis qu'il s'attend à recueillir un lait de brebis, est douché par un jet de purin… Ping-Tuang… Le cantonais… ! Ce qui me perdra peut-être, c'est de voir partout des crétins. Or, l'imbécile, en l'occurrence, c'était moi ! J'allais m'en rendre compte en débarquant sur le sol céleste de l'empire asiatique.

Après avoir signé un contrat tout à fait remarquable, j'ai quitté monsieur Dupannay dans un enthousiasme mêlé de gratitude. Ma carrière de vendeur débutait au zénith ! Mes appointements étaient à la hauteur de mes nombreuses responsabilités. En réalité, j'étais projeté sur le seuil de la gloire car je n'étais pas promu vendeur, ni même chef de vente, mais nommé tout simplement directeur général pour le secteur Chine ! En vertu de quoi, nanti de la stupidité fébrile de la jeunesse, je me suis commandé le jour même un lot considérable de cartes de visite format quarto impérial, grand bristol auréolé et guipé en argent avec le bord inférieur droit coupé à l'allemande. Il ne manquait que la couronne stylisée en guise d'apothéose. C'en était terminé des jours d'infortune, de la vie à la cloche et du ventre balayé par les affres du vide. Je devenais un homme respectable et j'allais jusqu'à l'hésitation quant à couper ou non mon moignon de bouc. Mais non… je le laissai vivre au menton… Pourtant, j'aurais bien voulu entrer dans la norme établie, à l'exemple de monsieur Dupannay, sans me douter le moins du monde que l'homme admiré aujourd'hui, le spécimen idéal, ferait date dans les annales de la grasse bêtise.

La mission qui me fut confiée était celle du Titan. Le directeur administratif des Fermes Réunies, un monsieur bien conforme également, m'expliqua en quoi consistait mon travail. Mission dure mais exaltante, me confia-t-il en me regardant bizarrement. Il s'agissait de prospecter tout le territoire chinois et plus particulièrement, au début, afin de me faire la main, un territoire dont le chef-lieu s'appelle Tch'ong-K'ing, ville colossale et haute en couleurs, me promit-il, où s'érigeait une des trois fermes chinoises pour la fabrication et l'empaquetage du guano destiné à l'exportation.

– Notre guano impérial ! s'exclama le directeur en pointant son index vers une imposante photographie accrochée au mur. Ce document représentait l'empaquetage du guano impérial, qualité extra, en sacs de dix, vingt-cinq et cinquante kilos. Arc-bouté sous chaque sac, un chat noir clignait de l'œil comme pour appâter le candidat acheteur. Au-dessus de la photographie, en lettres géantes, se dressait la phrase édifiante : « La qualité du Guano Impérial constitue notre raison d'être. » J'adhérais sans réserve comme sous l'emprise d'une ivresse à ce mot d'ordre eschatologique. En certaines heures, l'homme sombre dans l'abrutissement le plus aimable et se sent prêt à tout pour ne plus se faire rattraper par la misère. Certes, qu'on puisse trouver du guano dans l'empire céleste, ça m'a étonné un peu. Mais peut-on savoir. Un pays si vaste et si varié, aux multiples climats... Oui, tout allait pour le mieux dans le plus excellent des mondes. On me fit une avance sur mes appointements grâce à laquelle je pus m'offrir un costume beige en fin tissu des Bermudes, des mocassins blancs de type barbichon, un casque de type colonial rehaussé d'une visière purement teutonne, une jolie canne en bois rose des îles ainsi qu'une valise dite attaché-case pour y disposer mes cartes de visite et des liasses de prospectus rédigés en langue chinoise. J'étais armé pour la conquête de l'Asie, prêt à en découdre avec la concurrence, gonflé à point pour conclure les plus beaux contrats entre la France et le vaste Empire populaire qui s'ouvrait lentement à la société de marché.

Je fis mes adieux à Paris, ville lumière, après avoir tenté en vain de solliciter une entrevue avec un responsable de la prison de la Santé. Celui-ci aurait pu m'apprendre où était passé mon excellent Ma Kadaka. À l'heure des visites, on m'éjecta six fois de suite du hall d'entrée. Pourtant je m'étais fait passer tour à tour comme l'ami, le chargé d'affaires, le cousin, le frère, le fils du grand marabout. Lorsque je me présentai comme le père, un homme galonné, porteur d'un képi enfoncé jusqu'à la nuque, menaça de faire appel à la police. Il semblait m'en vouloir, celui-là... On devinait un désir de me mordre jusqu'au sang avant de me faire goûter de la matraque dont le manche dépassait ostensiblement de sa mallette de cuir. Je m'en fus, bien triste... Avec une envie de mordre, moi aussi, ces êtres sanglés d'indifférence, fermés à jamais à toutes les peines des hommes.

J'allais la connaître, la Chine, sa frénésie du mouvement perpétuel, ses foules au pas de chaconne, son vacarme matinal, ses théiers hauts de trente mètres, ses lanternes vertes et orange, son amour de la breloque, ses odeurs à vous décapiter les narines et ses petites femmes rebelles aux yeux dociles en extase devant le jour qui renaît.

Song-Siang, mon jeune sous-directeur et interprète, âgé de vingt ans, m'attendait à l'aéroport. Lui aussi, à la manière de monsieur Dupannay et du directeur administratif, il me dévisagea d'un air interloqué comme si je m'apprêtais à escalader le Namcha-Barwa, sans piolet ni corde, les mains au creux des poches. Il me salua en s'inclinant plusieurs fois avec une exquise civilité.

– Au nom de la société et en mon nom propre, je puis vous souhaiter bienvenue sur le sol de la République Populaire de Chine, me dit-il d'une voix pointue comblée de délicatesse.

– Monsieur Song-Siang, je suis très heureux de vous connaître et merci d'être venu me chercher à l'aéroport.

– Beaucoup de prospérité pour vous et pour ceux que vous aimez.

– À vous aussi, tous mes vœux de bonheur… Comme c'est immense, cette ville, et que d'usines ! C'est très bizarre… C'est seulement en arrivant au-dessus de la ville que le soleil a disparu.

– À Tch'ong-K'ing très, très, peu soleil. Monsieur Ninon, je puis dire pas soleil du tout ?

– Vous plaisantez ?

– Hélas, je ne plaisante pas. L'activité du peuple chinois est exemplaire et cheminées et fours envoient bourrasques des fumées sur la terre et ciel.

– C'est effrayant... L'air est opaque comme saturé de pétrole et de suie.

– Oui, monsieur Ninon, gaz carbonique et soufre font beaucoup de ravages dans population laborieuse. Mon grand-papa malade crache morceaux de poumon chaque matin.

– Eh bien, c'est gai, la Chine !

– Monsieur Ninon...

– Oui.

– Petit proverbe pour consolation... Soleil dans le cœur appelle l'oiseau chanteur sur la branche.

– C'est très joli et très vrai. Cependant j'aime aussi le soleil par-dessus nos têtes, dans les branches des arbres, sur l'eau de la rivière.

– Autre proverbe... Si tu vas à la fontaine laisse l'eau couler sur ta main et tes désirs s'en iront pour revenir avec promesses de la mer.

– Oui, Song-Siang, vos proverbes sont bien beaux... Mais c'est vraiment malheureux, cette pollution, d'autant plus que je ne vois que des squelettes d'arbres dans la ville.

– Arbres rongés par acide sulfurique, m'apprit mon sous-directeur tandis que nous changions de bus pour en prendre un autre rutilant de couleurs atroces.

Ce fut mon premier choc douloureux dans la Chine laborieuse et je me suis dit que, s'il y a une ville au monde qui ne doit pas craindre les hordes tapageuses des touristes, c'est bien Tch'ong-K'ing. Song-Siang me regardait en souriant. Je sus qu'il m'offrait d'emblée son amitié, une véritable amitié et non celle qu'un homme du soleil brûlant aurait pu accorder aux dieux amidonnés de la lointaine Europe. L'autobus s'arrêta devant les grilles rouillées du siège des Fermes Réunies. Fameux, ce siège central ! J'imaginais un building fortifié à l'inox, tout en verre bleuté, haut de trente étages et couronné d'enseignes lumineuses… Une forteresse qui nous aplatit comme un rat sur le trottoir. Ce n'était pas ça du tout… Planté au milieu d'une sinistre campagne de banlieue hérissée de pylônes électriques, le siège était constitué d'un énorme hangar recouvert de tôles rouillées ainsi que d'une tour carrée en briques brunes dont la base s'enfonçait dans les eaux fétides d'une sorte de cloaque à ciel ouvert. À trois cents mètres, coulait une rivière dont les eaux exhalaient des effluves de gangrène, et partout ce brouillard de sanies, cette lumière presque noire… Le ciel n'était que souillures… Tout à fait atroce, un remugle d'excréments puissant et délétère me fit vaciller de stupeur. De toutes parts, sur une cour pavée s'élevaient des monticules d'excréments complètement enrobés de mouches Tseu-Liao de couleur violette, de celles qui volent peu, à ras de terre, mais s'incrustent dans les différents orifices de l'homme et de la bête. C'est là qu'elles nichent, parfaitement comblées, paraît-il, à l'intérieur d'une narine ou d'une oreille, sans se faire voir, ni même sentir, discrètement occupées à pomper le sang frais. L'endroit était odieux, si déprimant, si empesté que l'on cillait des yeux, à répétition, comme pour effacer la trace d'un cauchemar.

– Ce n'est pas possible… Song-Siang. Il ne s'agit pas du siège des Fermes Réunies ?

– Oui, monsieur, ici s'élève le centre de notre maison. Je dis proverbe : Caresser cochon est facile, le convertir est difficile.

– Tiens ! ai-je dit sans comprendre. Cet endroit est affreux et cette odeur… cette effroyable odeur ! Vous paraissez la supporter sans dommage… Comment faites-vous ?

– C'est l'habitude, monsieur.

– Ne m'appelez pas toujours monsieur, dites Baltazar. C'est plus sympa.

– Bien, Baltazar. Je dis encore proverbe, Odeur de fleurs monte au ciel, odeur de mort fait pousser choux.

– Nous y voilà, j'ai dit en essayant de comprendre le triple nœud de l'astuce.

– Il y a beaucoup travail ici. Si vous voulez bien je vous présente bureaux et monsieur Marlyse, chef de bureau et ateliers.

– Bien sûr, allons-y rapidement... C'est à fuir... Cette odeur est terrible ! J'ai les bronches encrassées... Mais que faites-vous de ces tas d'excréments, Bon Dieu ? Ce n'est pas du guano, ça... Le guano ne pue pas ainsi.

– Dans l'heure, Baltazar, vous comprendre que c'est guano comme le meilleur guano, type impérial, sacs de dix, vingt-cinq et cinquante kilos avec très bonne garantie.

– Je ne vous comprends pas, Song-Siang. Expliquez-moi... S'agit-il de déjections d'oiseaux marins ?

– C'est pur guano d'excréments humains, répondit le jeune homme en joignant les mains.

L'aimable jeune homme, tout en humant l'air fétide avec une visible satisfaction, crut sans doute que le moment était propice pour tenir un petit cours en culbute de langue en l'honneur des matières fécales et des émonctoires les plus variés. Le regard traversé par la fièvre de l'enthousiasme, il parut chercher dans le mien les premiers balbutiements de l'émotion.

– En République populaire de Chine, nous avons grande tradition et goût séculaire pour récolte choisie de l'excrément, ajouta-t-il en me désignant deux camions brinquebalants qui précisément revenaient aux Fermes Réunies surchargés de la précieuse matière. Je n'ai pas insisté. C'était chinois, tout ça... Je me reposais sur lui, Song-Siang, le sous-directeur et interprète, d'autant qu'il me lança aussitôt un nouveau proverbe ! C'était peut-être la coutume ici de vous envoyer à la tête proverbe sur proverbe comme pour vous inciter à ne jamais s'étonner. La sagesse orientale aiguillonnée par les tourbillons des cogitations…

– Qui garde botte fait voyage, qui retire botte fait odyssée dans la tête, me dit-il en souriant, ravi de la subtilité du proverbe.

– Ah, oui ! ai-je dit. J'aime bien vos proverbes, Song-Siang… Allons donc chez ce monsieur Marlyse.

Au fond, je n'avais encore rien vu de fameux. C'est à l'arrière du vaste hangar dégoulinant de rouille et coiffé de deux pylônes abjects que se situait la réserve dite millésimée. Je vis des montagnes monstrueuses d'excréments, vieille de douze ou même de vingt-quatre mois et tannées par les pluies. Ça s'étendait sur deux hectares. Un océan merdique aux vagues démesurées dans lequel pondaient sans relâche les discrètes Tseu-Liao. Au-dessus de ces excroissances purulentes, s'érigeaient deux ou trois grues tout aussi rouillées que le hangar. Elles tournaient en grinçant et en tremblant de toute leur armature dans l'effort gigantesque d'arracher un pan d'ordure pour le projeter dans le gouffre obscur d'une machine broyeuse sous pression dite machine Scheisse-Schaurig. Au ciel, sous les nuages noirs, comme je n'en avais jamais vu en Europe, volaient des dizaines de charognards amateurs de Tseu-Liao dont la huppe festonnée et le crâne chauve leur donnaient des physionomies quasiment humaines.

– Quel stock ! m'écriai-je.

– Très beau stock ! renchérit Song-Siang. Nous avons toujours très bonne qualité pour exportation.

– Un faux guano, quoi !

– Guano faux ou pas faux, c'est excellent guano avec beaucoup azote et phosphore pour exportation.

– Vous ne recevez jamais de réclamations venues de là-bas, en Occident ?

– Jamais ! Guano Impérial est beaucoup apprécié en sacs de dix, vingt-cinq et cinquante kilos.

– Et garanti !

– Je dis proverbe : Sous la pluie ouvre la bouche et les yeux, sous soleil ferme les yeux et la bouche.

Peut-être en avait-il dix volumes de ces maximes en réserve sous sa petite tête soignée recouverte de cheveux noir corbeau. Au fond, il avait raison de me les expédier à tout bout de champ afin de contrer mes inquiétudes. J'ai ôté mon casque colonial et me le suis appliqué sur le bas du visage tant la puanteur, au fur et à mesure que nous entrions plus avant dans le hangar, devenait intolérable. L'effet de serre sans doute. Je mis un temps avant de comprendre que de l'excès des puanteurs des déjections naissait une autre odeur, plus terrifiante encore, celle de la mort. Au sommet de la tour de briques se trouvait le bureau du chef d'atelier et de chantier, monsieur Marlyse. Celui-ci nous reçut cordialement sans pince-nez sur les narines mais avec une boule Quies enfoncée dans l'oreille droite.

– Enchanté de faire la connaissance de notre nouveau président directeur général, me dit-il très chaleureux et en posant une main douce sur ses cheveux calamistrés. Quel voyage pour venir jusqu'ici, n'est-ce pas ? Vraiment un bled, Tch'ong-K'ing, malgré ses onze millions d'habitants. Avez-vous fait le tour de l'usine, les entrepôts, les réserves... ? Stock splendide, hein ! Une qualité tout à fait exceptionnelle... Avez-vous goûté au moins ?

– Goûté à quoi ? demandai-je.

– Voyons, Song-Siang, vous n'avez pas fait goûter à notre nouveau directeur ?

– Monsieur Ninon souffre beaucoup de l'odeur forte.

– Vraiment ? Vous trouvez que...

– Oui, cette odeur est odieuse.

– Vous vous habituerez, monsieur Ninon, ce n'est qu'une question de jours. Vous finirez par apprécier notre pur guano. Le nez ! Le nez ! Tout est là, le nez... On est doué ou pas. Dans une semaine, vous prendrez la pâte à pleines mains pour la humer en connaisseur, surtout la millésimée. Splendide bouquet, vous savez, et qui varie de jour en jour selon les caprices de la température. Par forte chaleur, vous n'allez plus renifler mais humer ! Ah ! C'est alors que ça fermente en libérant un jus nouveau, onctueux, et même fort élégant… À ne pas boire pourtant, monsieur Ninon, non, à ne pas boire… Je vous mets en garde ! On hume, c'est tout. Je sais, c'est tentant, un petit coup de langue, un léger mâchonnement… mais mieux vaut boire de l'eau… ! Song Siang, comment dites-vous, le proverbe ?

– Eau plate fait son nid, eau vive court misères.

– Exactement ! reprit le chef de bureau, de chantier et d'atelier en partant d'un rire asiatique. Monsieur Ninon, dites-moi, de quelle région êtes-vous originaire ?

– Le Nord, Tourcoing.

– Le Nord ! Ah, le Nord ! Une petite Chine, le département du Nord ! Moi, je suis de Guéret, la Creuse… C'est tout dire. J'espère y revenir un jour à Guéret, rue Jean Jaurès, ma maison grise aux deux balcons… Voilà vingt ans que je suis en Chine. Vous verrez, vous vous plairez ici. Remarquez, la Chine n'est pas tout à fait la France ; quelques détails qui changent, des impressions… Ça bouge, si vous voyez ce que je veux dire… Le climat est bon, pas excellent, mais bon, malgré les fumées, les gaz, les brouillards. On suffoque un peu mais mieux vaut ça que l'ypérite… En tout cas, nous espérons tous que vous allez nous réaliser des affaires en or. Toute la Chine vous attend !

– Merci, j'ai dit.

On frappa à la porte entrouverte. Monsieur Marlyse alla ouvrir. Entra une petite dame entre deux âges, les cheveux passés au brou de noix, souriante…

– Madame Langlois est notre secrétaire et voici notre directeur général, déclara Song-Siang.

– Que se passe-t-il ? demanda monsieur Marlyse.

– Voici le document demandeur du tampon pour l'achat de la récolte d'un immeuble avec égouts privés et séparés, eaux usées et W·C. Nous ne chômons pas, monsieur Marlyse, dit la secrétaire d'une voix jolie, délicieusement nasillarde. Mes respects et bienvenue, monsieur le directeur général.

Je crus saisir une imperceptible dérision dans le sourire qu'elle m'adressa à l'instant même où, dans la toux de monsieur Marlyse, éclata comme une sorte de ricanement imbécile.

– Un petit proverbe ? proposa Song-Siang.

– Plus tard, Song... grogna le chef d'atelier. Vous nous cassez les arêtes à la longue... Monsieur Ninon, c'est Song-Siang qui vous accompagnera dans les premiers temps, lors de vos visites à nos généreux producteurs. J'espère que vous nous amènerez de nombreux et nouveaux fournisseurs. Je crois que vous avez du métier, ça se voit... Un vieux renard du commerce ! Vous êtes diplômé, licencié et bardé de toutes espèces de distinctions, m'ont-ils écrit de Paris du siège central.

– Certes, j'ai l'expérience du vieux briscard, dis-je, mais je ne sais pas bien...

– Song vous expliquera de quoi il s'agit. C'est un brave, pas bête du tout, Song, et qui possède l'art de flairer la marchandise. Le porte-à-porte ne vous fait pas peur au moins ?

– Le porte-à-porte ? Il me semble que vous perdez de vue que je suis directeur pour la Chine entière. Un directeur général faire du porte-à-porte ! Vous plaisantez ?

– Notre brave Song vous montrera les astuces, dit sans rire monsieur Marlyse.

C'est à cet instant, enfin, mon Dieu Jésus, que j'ai commencé à réaliser dans quelle écurie je venais de poser mes mocassins blancs ! Du coup, j'ai arraché le casque colonial avec visière teutonne que je m'étais remis sur la tête. C'est vrai, il m'arrive d'être dur à l'entendement. Une niaiserie que seul l'âge, sans doute, arrivera à abattre. En compagnie de Song-Siang et de monsieur Marlyse, j'ai retraversé le hangar encrassé d'exhalaisons putrides. Dehors, quelques ouvriers en bleu de chauffe s'affairaient autour de la monstrueuse Scheisse-Schaurig de forme octogonale montée sur roues de caoutchouc et cintrée d'une dizaine de siphons à transfusion automatique dont les axes en voies libres, sans cardans, mais perforés pour le passage de la turbine offrent la chambre de combustion à travers un treillis mobile, dit à claviers, jusqu'au cylindre de tête, lui-même converti, par l'extraordinaire rotation du creuset de fusion en doubles barres hydrauliques, lesquelles – et c'est ici que se situe l'intérêt du processus de la dissolution des gaz – lesquelles s'orientent de façon inversée par pompage dans les caves de pression ou, plus simplement, par élévation et crispation des ailettes débarrassées de leurs entraves. Cette formidable machine laissait passer des tombereaux de vapeur brûlante. Manipulés verbalement par une sorte de sumo à faciès de gorille, les ouvriers en bleu de chauffe, de leur teint naturellement abricot étaient passés à la coloration vert de gris grâce à la complicité des miasmes du lieu et des streptocoques dévitalisés de l'odieuse pâtée mise en mouvement par les palmes de la machine. Cet engin servait à transformer les montagnes d'excréments en guano. L'imitation était parfaite.

– Machine allemande, pas française, m'expliqua Song-Siang tandis que monsieur Marlyse s'entretenait en chinois avec le gorille.

– Mais la marchandise est chinoise, dis-je.

– Proverbe très petit, un peu technique. Ventre bouché, guano premier choix.

– Bien sûr, ai-je répondu sans trop chercher à comprendre du premier coup.

J'ai fini par poser un mouchoir sur mon nez et ma bouche en ayant la sensation qu'un magma de bactéries s'écoulait dans mes bronches. De plus, un inquiétant brouillard commençait à s'étendre sur-le-champ d'immondices. C'était un cauchemar... Une hallucination propre à me pourrir les poumons et à m'infliger la colique de miséréré. L'abrutissement dû à l'odeur, au bruit de la machine et des grues, aux cris des charognards au-dessus de nos têtes, aux onomatopées du sumo en culottes courtes et des gémissements des ouvriers englués jusqu'à mi-jambe dans la mixture fumante. Mais l'étincelle allait jaillir un jour ou l'autre pour mieux comprendre les rouages de cette infâme cuisine. Pour me distraire les idées, je composai sur-le-champ un petit proverbe à l'intention de Song-Siang.

– Écoutez, Song-Siang, ce modeste proverbe : Bouche pleine est muette, bouche vide connaît la musique.

– Très joli, approuva Song-Siang en inclinant le buste. C'est très exact ce que dit proverbe. Je crois Mao-Tsé-Toung aurait aimé. Venez, Baltazar, le chef de chantier nous fait signe.

– Monsieur Ninon, cria monsieur Marlyse, j'oubliais... Je me suis permis de vous louer une chambre, cuisine et lavabo dans le quartier Chu, via l'office des abris temporaires. L'endroit est un peu populaire mais que voulez-vous, c'est partout comme ça, ici... Song vous conduira au quartier Chu.

– Quand vais-je entrer en fonction ?

– En tant que directeur général, c'est à vous de décider.

J'ai promis de débuter dès le lendemain. Autant plonger tout de suite dans les subtils arcanes du Guano Impérial, même si d'aigres pressentiments m'oppressaient. Ah, oui, la Chine, la vaste et glorieuse République, j'allais y mordre à pleines dents, sans attendre, sans mettre en doute le moindre instant mes capacités de directeur général.

Song-Siang me guida dans le quartier où se situait la chambre. Ce n'était pas mal, ce dédale de rues étroites et odorantes où sévissait un tapage inouï. Les passants me regardaient avec autant d'intérêt que d'aménité. Surtout les enfants, par grappes mouvantes, qui souriaient en croisant leurs avant-bras l'un sur l'autre comme des lutteurs dans l'attente du combat. Il y avait des gens aux fenêtres pour assister à la fourmilière de la circulation. Une trépidation infernale sous un ciel de charbon. Leur manie aux cyclistes, c'était de carillonner à tout rompre. Les sonnettes, les cloches, les grelots, les carillons, les clarines à toute volée… Il manquait le clairon, quelque chose de brutal, qui fera sursauter le sourd assis sur le trottoir. On se demandait à peine la raison d'un tel chahut. Song-Siang me désigna deux hommes faméliques en chemise et pantalons bleus qui portaient sur l'épaule une perche de bambou dont les deux extrémités supportaient des seaux. Des concurrents menus fretins, me dit Song-Siang. En effet, les seaux dégageaient le remugle infâme que je commençais à bien connaître… Sous peu, j'allais devenir un maître dans la science du méphitisme.

– Ici, les gens ont argent, m'expliqua Song-Siang, ils mangent chaque jour ration de viande, donc beaucoup odeur et excellent guano.

– Le millésimé ? dis-je en tâchant de percer à jour ce proverbe qui n'en était pas un.

– Monsieur Baltazar, vous dites millésimé… mais vous ne comprenez rien, je crois.

– Pas grand-chose, c'est vrai… Vos observations et vos proverbes sont trop fins pour l'auguste occidental. Nous ne sommes plus très doués, vous savez, là-bas en Europe. Une sorte de décadence… Peut-être à cause de la télévision qui casse l'esprit, jour après jour, à force de la regarder sans arrêt, le bec ouvert pour avaler n'importe quelle bouillie, déjà mâchée et imbibée de la salive qui rend amorphe.

– Ici aussi il y a télévision.

– Vous la regardez souvent ?

– Énormément… Les malades regardent du matin au soir, les fous aussi regardent beaucoup. Moi, je ne regarde presque jamais car j'ai femme et petit garçon à la maison.

Nous étions arrivés près d'un modeste temple bouddhiste joliment décoré. Le rythme du Mou-Yu était entraînant... Song-Siang ouvrit son portefeuille de carton renforcé pour me présenter la photo de sa femme et de son fils.

– Ravissant votre fils, lui ai-je dit.

– Et madame ma femme ?

– Superbe ! Je souhaite connaître une femme aussi jolie et aussi douce.

– Pour vous, Baltazar, mille années de bonheur !

– Mille !

– Cent pour votre vie d'aujourd'hui et mille pour vos autres vies.

– J'abandonne la condition humaine... Je veux la vie de colombe ou de cormoran.

– Vaste est la providence du Bouddha !

– C'est vrai qu'il est super sympa, Bouddha, de s'occuper de tous ceux qui ne se roulent pas dans l'or des palais.

– Pour Bouddha or est fange.

– Il a raison. Aujourd'hui, il aurait peut-être dit, or est guano... ?

– Guano source de fertilité, guano est sacré, reprit sévèrement Song-Siang.

– C'est vrai.

– Vous avez madame à la maison ? s'enquit Song-Siang en reprenant la marche.

– Je suis célibataire.

– Bouddha vous fera connaître jolie Chinoise avec dentelles du ciel sur rivière du cœur.

– Vous me faites trembler, Song-Siang... Je les trouve ravissantes, ces jeunes filles qu'on voit ici dans la rue. Celle-là par exemple... On dirait qu'elle implore un petit baiser sur ses yeux en amande. Aiment-elles les étrangers ?

– Pas les Yankees... Les autres, oui, pourquoi pas ? Surtout ceux aux yeux de chat blanc.

– Yeux de chat blanc ?

– Les yeux bleus… Ici yeux bleus sont comme poils rouges sur le front du tigre impérial. On n'en voit jamais, ni yeux bleus, ni tigre impérial, ni poils rouges.

– Eh bien moi, j'adore les yeux noirs en amande et le petit nez mutin comme le soleil entre deux montagnes hérissées d'aurore.

– Vous poète, Baltazar ! Petit proverbe de poète Le cœur saigne quand la voix de l'aimée n'accompagne plus la chanson du vent dans les branches.

– Joli comme tout ! Qui en est l'auteur ?

– Song-Siang.

– Félicitations, Song-Siang ! C'est vous le poète !

– La maison où vous allez vivre, la voilà, la haute. Vous voyez, c'est demeure vieille avec beaucoup, beaucoup d'occupants. Vous serez à l'étage quatre, sous les toits pour écouter musique de la pluie sur les tuiles.

Nous gravîmes des escaliers de bois vermoulus sur lesquels jouaient une nuée de petites filles en nattes et en rubans et dont les bras berçaient des poupées roses. En me voyant surgir de la pénombre, elles poussèrent des cris. Ce n'était pas habituel, l'irruption d'un homme aux cheveux roux, les yeux enfoncés et ronds comme des billes, le nez grand et la cravate verte à demi arrachée du col. Sans doute n'avaient-elles jamais vu d'aussi près un Européen… Le quartier Chu, dans cette ville tentaculaire de la Chine profonde, ne constitue pas l'excursion choisie pour les touristes en meute. Plus tard, je devais apprendre que de mémoire d'homme, on n'avait jamais vu un Européen dans ce nœud inextricable des ruelles de Chu. Un Hollandais, pourtant, ou un Belge, s'était égaré un jour, là-bas, venu d'on ne sait où, à la recherche d'on ne savait trop quoi, une femme, un ami, un animal. Les rues s'étaient remplies d'une foule stupéfaite pour assister aux vociférations de cet olibrius coiffé d'une casquette de couleur cycliste.

La chambre sous les toits me plut infiniment. Par la fenêtre étranglée de géraniums semi-plastifiés, on pouvait admirer une sorte de canal immonde où barbotaient des barques écroulées dans la vase. Les toits gris et ocre s'étendaient à l'infini dans l'éternel brouillard des vapeurs et des fumées. À travers les cloisons, on entendait un récital de toux de grabataires en mal de poitrine. Les bronches expulsaient la fine fleur de la plus ignoble des pollutions. À tour de bras, on vidait les crachoirs...

Il y avait une lanterne ouvragée près de ma couche, posée à même le sol.

– Pour pas oublier qu'on n'est jamais seul, même dans gouffre noir de la nuit, dit Song-Siang.

Avant de me quitter pour rejoindre sa femme et son fils, il prétendit m'offrir encore quelques proverbes que j'écoutais avec plaisir. Puis il s'est tu, un doigt dressé devant son visage. Nous entendîmes le chant d'une petite fille quelque part dans la maison. La voix était fluette, tranquille, toute comblée de candeur...

– Que dit cette chanson si douce? ai-je demandé à Song-Siang.
– Elle chante proverbe antique que je trouve très beau. Écoutez, Baltazar... La voix dit maintenant: aime mieux celui qui passe sur le chemin que celui qui te nargue dans ton miroir...

Prostrée sur un seau retourné, la vieille me dévisagea avec stupeur avant d'entamer une longue litanie. Sa voix ressemblait à une crécelle brandie à tous vents. À même le sol, un marmot, le crâne rasé et à demi nu, traînait en vagissant et en s'efforçant d'attraper les lacets de nos souliers. Sa petite tête luisante adoptait dans le balancement le même rythme que celui de l'interminable litanie. Il faisait sombre, presque noir dans cette pièce aux murs blancs et au sol recouvert de nattes. Près de la cheminée, un vieillard gisait sur un K'ang. Il dormait en agitant les mains et les pieds comme sous l'emprise d'un cauchemar. Celui-là, dans son sommeil, paraissait plus Chinois que tous les Chinois que j'avais rencontrés jusqu'alors. La vieille se mit à élever la voix jusqu'à atteindre les aspérités de la poule d'eau.

– Que raconte-t-elle ? ai-je demandé à Song-Siang.

– Elle raconte sa vie remplie de malheurs en cortège et beaucoup de deuils. Elle veut mourir pour commencer autre vie... Elle a quatre-vingt-douze ans et hier elle déclare avoir perdu une dent. Elle tenait beaucoup à la dent car elle n'en a plus beaucoup. Elle parle maintenant de la fille de jade et de garçon d'or, les bons serviteurs de l'Immortel.

- Et en ce qui concerne notre guano ?

- Elle ne veut pas vendre ses reliques car elle donne tout à petit-fils qui possède jardin de légumes.

– Bon Dieu, ce n'est pas facile, ce boulot ! Ils tiennent à leurs déjections comme à la prunelle de leurs yeux.

– Excellent proverbe, Baltazar... Un gramme de blé dans la main pèse plus lourd qu'un kilo d'or caché dans le fleuve.

– D'accord...

– Allons voir plus loin. Ici, c'est inutile car la madame ne veut rien vendre.

Nous avons frappé à la porte voisine. Une autre vieille aux mêmes cheveux couleur vieil ivoire ramenés en chignon vint nous ouvrir avec quelques courbettes. Nous aussi, nous nous inclinâmes longuement. Un dialogue fébrile s'installa entre mon interprète et la dame. Ce qu'ils pouvaient parler, je trouvais, sans avoir l'air de trop s'entendre, sans faire le moindre geste. Des ping-piang, ping-tuong, cri-hong... à n'en plus finir. Une langue chargée de la plus belle énergie à laquelle j'allais m'attaquer sans retard grâce à un manuel en simple incartade de couleur rouge que m'avait offert Song-Siang. Nous sommes repartis sans plus de succès après un débat long d'une demi-heure. Celle-ci, la vieille en chignon, vendait ses résidus à un potentat de quartier qui payait bien, paraît-il. Pour finir, en ce premier jour de labeur, à l'heure où des centaines de cyclistes encombrent les rues, Song-Siang, dans un ultime sursaut de persuasion, réussit à obtenir un contrat intéressant avec une famille de huit personnes dont plus de la moitié, les jours impairs et les jours de fête, dégustaient de la viande.

– Magnifique ! me confia Song-Siang en ébauchant un modeste sourire. Cette famille honorable va produire excellent guano en toute première qualité.

– Comment le savez-vous ?

– Cette famille honorable est famille de grands amateurs de viande. Ces viandes macèrent longtemps dans intestins, donc grande puanteur très riche comme puanteur de cadavre. Vous comprenez, Baltazar ? Avec famille carnivore, nous fabriquons guano garanti coup de fouet pour cultures difficiles. Véritable délice !

Vrai, il était expert, le jeune sous-directeur des Fermes Réunies, dans la qualité, les origines, la création, la constitution, l'aspect, la saveur, les effroyables alchimies des sacro-saintes reliques de l'organisme ! Il en parlait honnêtement à la manière d'un érudit mais sans s'encombrer lourdement de termes techniques ou encore de proverbes trop subtils auxquels, en tant que néophyte de la pensée asiatique, je n'aurais pu comprendre grand-chose. Lorsque, au prix d'un interminable palabre, nous réalisions une nouvelle affaire - ce qui était assez rare, hélas – Song-Siang reflétait l'attitude heureuse d'un mandarin en modeste extase. Sa joie était évidente non tant pour lui que pour moi, l'estimable directeur des Fermes Réunies. Surpris dans leur cuisine-séjour ou sur le pas de la porte, les gens portaient un évident intérêt à ma personne. Le céleste jeune homme, disaient-ils en inclinant la tête et parfois le buste. À leurs yeux amicaux et de plus en plus bridés à mesure que la journée s'avançait – une impression bête que j'avais – j'apparaissais comme un envoyé privilégié et digne de confiance, ayant fui à jamais ces pays de décadence où la classe des travailleurs geint sous le joug de la bête à six têtes, l'hydre capitaliste. Je pris rapidement l'habitude d'opiner toujours, même sans comprendre, ayant remarqué qu'eux aussi, sans entendre un seul mot de français, ne cessaient jamais d'approuver lorsqu'il m'arrivait de placer un mot ou encore une vague onomatopée. Revenu dans la rue, à chaque contrat obtenu de haute lutte, Song-Siang me conviait à dix secondes de silence.

– Voulez-vous bien, Baltazar ? Tournons-nous vers le sud, la lumière, la vie…

Quel que soit l'endroit où nous nous trouvions, il repérait instantanément la direction du sud et, comme lui, je me tournais vers la lumière. C'était un hommage à la vie que je trouvais émouvant. Malgré leur vacarme et cette saleté qui enjolivait les rues, ils me plaisaient de plus en plus, les Chinois, surtout lorsque je me rappelais la hargne de mes compatriotes. Jamais on ne nous claqua la porte au nez, à nous les raseurs en jaquette... Ils nous recevaient comme des amis venus prendre l'air sur le seuil de la porte. Tout simplement. En famille... On nous offrait le thé noir. D'abord assommés d'ébahissement en nous découvrant, les enfants ne tardaient pas à s'exercer au jeu captivant qui consiste à retirer les lacets des souliers. Song-Siang tenait très bien la tribune avec autant d'aisance que de distinction.

– Faire travail de jour est facile, défaire travail de nuit est difficile, m'affirma-t-il alors que nous buvions une tasse de thé brûlant autour d'une table basse dans la pièce d'un jeune couple.

Au terme de cette première journée de prospection dans ce faubourg de Tch'ong-King, et alors que dans les rues l'agitation devenait de plus en plus fébrile, Song-Siang voulut bien admettre que ce travail était un peu éprouvant pour les nerfs car il fallait sans cesse rabâcher le même refrain tout à la gloire des Fermes Réunies et des enchanteurs rebuts.

– Oui, Baltazar, salive s'épuise dans nos bouches mais grâce à nous les jardins produiront merveilleux légumes. Autre proverbe des vieilles campagnes... Quand l'aigle plane au-dessus d'un arbre mort, le merle cueille la cerise.

– Cher Song-Siang, ceci est un peu obscur pour mon subtil entendement occidental... Mais arrivera le jour où j'arriverai à me glisser sous la cagoule de votre antique sagesse.

Au terme d'un mois de tournées harassantes dans les divers quartiers de cette ville immense et, même au-delà, dans les villages avoisinants où nous n'eûmes aucun succès à cause des jardins avides des plus infâmes ordures, Song-Siang dut se résoudre à me laisser partir seul dans la prospection de l'excrétion. J'étais parvenu à baragouiner quelques phrases ayant trait à la marchandise ainsi qu'une ample collection de formules de politesse, une cataracte de circonlocutions gravées au burin et proférées en humble béatitude. Comme mon accent se révélait grotesque, paraît-il, et presque inintelligible, je finis, au fil des semaines, à faire usage de nombreuses onomatopées. Le plus surprenant, c'est qu'on les comprenait, ces glapissements d'omniscient à la dérive… On me répondait dans le même registre. Un formidable caquet de clappements de langue et de vagissements venus des profondeurs de la glotte. Une fois par jour, je réussissais à obtenir la signature d'un contrat. C'était modeste pour un directeur général harnaché d'un attaché-case et monsieur Marlyse s'impatientait de mon maigre rendement. Il ne me donnait plus du monsieur le directeur… Essayez donc de grouper les contrats, me souffla-t-il d'un ton rogue, car le camion est obligé de sillonner la ville et de parcourir des distances épouvantables pour récolter la marchandise.

Je devenais pessimiste car je présageais que ma carrière aux Fermes Réunies n'allait pas à la rencontre des apothéoses. Je réussis cependant un fameux coup de maître en arrachant la production d'un hôpital. Tout y passa. Les sanies les plus sordides, les linges des pestiférés, les membres amputés, les couches d'enfants et de grabataires ainsi qu'un intéressant contingent de fœtus. Du coup, monsieur Marlyse se fit aimable et me distribua à nouveau du monsieur le directeur général… Je repartais, fulgurant, dans la carrière. Il est vrai que c'était un camion plein à ras bord qui rentrait tous les deux jours au siège. De quoi faire un succulent guano, le meilleur, le millésimé en carafe, le fameux, celui à l'étiquette rouge et porteur des glaives de l'exposition internationale de Berlin 1932. Un soir, en s'essuyant les mains à sa culotte courte, le sumo au faciès de gorille s'enhardit jusqu'à vouloir me le faire goûter à la petite fourchette de zinc. Je refusai, à demi assommé par le remugle infernal, vraiment inimaginable, que dégageait ce trésor réduit en granulés de couleur ocre avant qu'un bain de ciguë en défloraison lui enlève toute odeur.

En fin de journée, je rentrais exténué dans ma chambre pour manger un bol de riz et quelques fruits, après quoi je m'installais face à la fenêtre ouverte, devant la rivière immonde, pour jouer quelques pièces de musique sur ma viole de bras. Les jours de repos, Song-Siang venait me rendre visite, seul ou en compagnie de sa femme et de son fils. Il prenait goût vraiment aux œuvres délicates de messieurs Couperin, Purcell, Marin Marais, Forqueray, Demachy… Et cela nous égayait l'esprit après ces jours harassants. Cependant, même en ces heures de repos, Song-Siang n'en finissait pas de m'apprendre les secrets délicats du fumier. Cher Song-Siang ! Laudateur des horreurs intestines, grand rabbin des entrailles, fougueux prosélyte du guano asiatique… Sa passion était feinte, peut-être… Qui sait ce qui se trame dans la partie oblitérée inférieure du cervelet où chaque être au monde dissimule sa petite démence indispensable pour sa survie ? Sa connaissance et sa passion des plus vieux proverbes ainsi que ceux de son cru me laissaient évidemment supposer qu'il ne souffrait pas d'une âme mercantile même lorsque, dans des excès de frénésie, il ordonnait la récolte des matières aussi surprenantes que les flaques de vomissures dans les cabarets clandestins, fort nombreux en Chine, le sang souillé des abattoirs et les crachats à bacilles contenus dans les aumônières des sanatoriums. Grâce à ces matières savoureuses, les jardiniers gastronomes parvenaient à faire croître des asperges de haute qualité dont la longueur atteignait souvent les cinquante centimètres.

– Femme grosse pense asperge, femme maigre pense à citrouille, déclara Song-Siang devant mon étonnement. Toujours la Chine beaucoup souffert de la faim... Maintenant avec communisme du grand Timonier, l'homme chinois ne connaît plus lamentation du ventre. Petit proverbe... Ventre plein joue cristal de flûte, ventre vide entend tambour de la mort.

Pourtant, il s'en rencontrait encore des miséreux et ça me faisait froid dans le dos, alors, à l'idée que je me trouvais dans la peau précieuse d'un directeur général. La honte crapuleuse d'être riche... ou d'être considéré comme tel. Aux abords de la ville, dans les banlieues calcinées d'horreur, pourries de suie et de plâtras, sous les ouragans immobiles des fumées crépusculaires ou encore le long des rives du Yang-Tseu, passaient des renifleurs d'immondices, un sac de jute sur l'épaule droite, un sac de plastique sur le dos. Song-Siang m'initia aux arcanes des immenses champs d'ordures en me présentant à Tchang-Li-Tseng, passé grand maître dans le reniflage et qui travaillait certains jours pour le compte des Fermes Réunies. Ce trieur patenté des décharges d'immondices suscita en moi une réelle admiration. Quel odorat ! Quel talent ! Son aspect était celui d'un vieux chat efflanqué dévoré par la gale. Son visage était enduit de graisse de porc, de celle dont s'enduisaient tous les ramasseurs-renifleurs de détritus afin de se protéger des jets d'urine, souvent très nocifs, des gros rats surmulots cachés dans les replis des montagnes de détritus. Un jour, un rat s'était acharné, toutes griffes dehors, sur son crâne et depuis lors il portait une sorte de turban de cuir. Ce qui frappait tout d'abord chez cet homme, c'était ses yeux inquiets, comme abêtis par la crainte perpétuelle de ne plus pouvoir nourrir ses huit enfants nés dans un coin discret de la campagne où, précisément, son épouse, d'une maigreur effrayante, cultivait des citrouilles.

Pour nous changer les idées, Song-Siang me proposa de prospecter le champ d'ordures en compagnie du grand maître Tchang-Li-Tseng. Ces champs immenses, non dénués d'une certaine poésie, se situaient à l'Est de la ville. Ces endroits étaient fameux; notre récolte souvent intéressante, moralement enrichissante, même si nous avions le vague sentiment de déchoir au contact spongieux de la fange en décomposition. Et pourtant... Pourtant, comme l'esprit s'élève au contact de cette mort en fusion, de ces pourritures d'où naissent les innombrables vies, après avoir longuement butiné et brassé les terres décomposées, accroupis d'une manière simiesque, les doigts dégoulinants, nous traînions dans notre sillage une odeur de charogne sans doute appétissante car les chiens et les chats ainsi que les plus démunis des passants nous suivaient à la trace. Surtout ceux, parmi ces pauvres hères, qui avaient à charge de nombreux enfants clandestins qu'il fallait cacher sous les soupentes, dans de faux bahuts ou le plus souvent, à la campagne dans des cages à volaille.

Certes, c'est surprenant, la Chine, et vraiment saisissant cette ville, Tch'ong-K'ing, la ville la plus polluée au monde. Même mes yeux devenaient bridés à force d'étonnements. Comme disait l'ineffable monsieur Marlyse, la Chine, ce n'est pas tout à fait la France, certains détails, vous voyez... En Europe, on nous aurait interné de traîner après nous des puanteurs aussi virulentes que rien, ni le savon, ni l'alcool, ne parvenaient à dissoudre. C'est à cause de ces relents qu'on nous appréciait tellement, je crois, ces remugles entre vie et mort, capiteux bouquet où s'érigeaient toutes les basses horreurs de la condition humaine. En nous déplaçant dans les rues, au milieu de la foule, on ne cessait de nous humer avec reconnaissance. Nous représentions le substrat le plus prometteur des moissons nouvelles. C'est un art, peut-être, un vrai, que d'imaginer dans l'effluve de la charogne les pousses tendres des premières laitues.

Nous récoltions tout dans les champs d'immondices, sauf le fer, le verre et les matières plastiques impropres à la fabrication du Guano Impérial, garanti pur oiseaux des îles. Tchang-Li-Tseng, s'il ne disait pas grand-chose d'intéressant, possédait cependant, outre son sens olfactif, une jolie série d'interjections pour témoigner sa joie de trouver ou son désappointement de ne pas découvrir ce qu'il espérait. Suivi de quatre ramasseurs munis de seaux et de pelles, il marchait à croupetons afin de mieux flairer les puanteurs. Song-Siang et moi en col immaculé, dit col Mao, et chaussés de bottes noires, nous nous tenions légèrement en retrait pour organiser la partition des différents déchets dans les bennes du tracteur. Tchang-Li-Tseng criait d'enthousiasme.

– Que hurle-t-il ? demandai-je à mon interprète.
– Lui trouvé un gros sac plein de fœtus.

Rien ne le dégoûtait, lui, l'habile renifleur, sauf la faim, disait-il en posant son poing sur son maigre ventre. Chose étrange, au fil des jours et des semaines, j'ai pris goût aux capiteux parfums faisandés. J'obtenais le nez… Mon odorat se prêtait aux rêves du pourceau. J'allais dans les souks, la tête en avant, bouche avide, imaginant des puanteurs indescriptibles, des enfers de concupiscences où l'on se délecte de ses propres répugnances. Ainsi que Tchang-Li-Tseng, il m'arriva de me jeter à quatre pattes pour flairer les mélasses d'où émergeait l'invincible armada des plus sordides exhalaisons. Seul Song-Siang restait digne. Mais quand même, lors des journées de forte chaleur, cela le travaillait quelquefois d'aller libérer ses doigts dans la boue. D'un simple regard, il dénichait quelque gangrène mastiquée par les vers. Nous le félicitions.

– Œil de biche la nuit est aussi œil de serpent noir, répliquait-il d'un air modeste. Tchang, notre ami, est beaucoup plus fort que moi. Je repère bonne odeur pestilentielle, lui, Tchang, découvre cent variations de l'odeur. Sincère ovation pour notre maître-renifleur… !

Peut-être voulait-il flatter le maître et le persuader de ne pas faiblir dans son œuvre de déblaiement. Ce dernier grognait de plaisir. Un bruit de bête satisfaite jaillissait de sa gorge encombrée de glaires. Je me demandais pourquoi il ne crachait pas pour expulser ce qui encombrait sa gorge… Mais Tchang préférait garder en bouche ce modeste trésor venu des bronches. Ainsi qu'un morceau de tabac, il mastiquait l'humus, puis, au bout d'une heure, vidait le contenu de sa bouche dans son sachet de plastique, réceptacle des déchets liquides à usage personnel, pour son petit jardin clos et fleuri situé à la limite des faubourgs. Ainsi comprenions-nous pourquoi il parlait peu, Tchang-Li-Tseng, l'homme aux précieuses mucosités.

C'est sur ce champ d'immondices du Tia, qui peut-être ressemblait au cœur de l'enfer, que je réalisais combien était étonnant, pour un directeur général promis à une éclatante carrière, ce travail de cloporte. Certes, je m'étais débarrassé de la cravate ainsi que de mon casque colonial dans cette ville où l'on voyait si rarement le soleil, mais je gardais néanmoins ce maintien un brin compassé du magnat assis sur la draisienne du château. Tantôt je m'efforçais aux charmes de la pédanterie, tantôt au style patelineur. Directeur général, ce terme m'enivrait malgré moi et je me croyais obligé de recourir au pathos de l'imbécile, allant jusqu'à claironner que ma mission en Chine ressortait de l'apostolat. Cependant, je pressentais qu'on allait m'éjecter assez rapidement des Fermes Réunies. Un ordre de Paris que monsieur Marlyse attendait fébrilement. Il ne m'aimait plus beaucoup, l'homme calamistré… Je le soupçonnais d'envoyer rapport sur rapport en ma défaveur afin d'obtenir pour lui seul, enfin, après vingt ans de service, le poste envié de directeur général. Certes, il le méritait, ce poste, même si, selon les discrètes confidences de Song-Siang, il se remplissait discrètement la bavette en détournant vers Formose une petite partie du pur guano. Un moment, je fus tenté de m'immiscer, ainsi qu'une pieuvre sous la dépouille d'un cachalot, dans la comptabilité des Fermes Réunies. Les livres que me présenta le chef de bureau et d'atelier me parurent irréprochables. Tout était faux, mais admirablement dressé vers un ciel d'indulgence, clair, évident, digne du plus total respect… Je félicitai monsieur Marlyse sans avoir la cruauté de le sommer de m'apporter l'autre livre, le vrai, caché sous l'édredon, tout souillé de combines et de compromissions. Au fond, en tenant compte de son salaire de misère, il avait raison de distraire un peu d'argent de la multinationale du Trech.

Lorsqu'il recevait, une fois l'an, un administrateur de Paris, monsieur Marlyse provoquait l'enfer dans son hangar. Journée inoubliable que celle-là ! Suivant ses directives, les ouvriers et même le sumo devaient agacer dès l'aube les mouches Tseu-Liao à l'aide de bâtons de bambou. Un tourbillon qui se changeait en tornade ! Deux ou trois millions de mouches se déchaînaient tous azimuts, furieuses de devoir délaisser la saveur aigre des montagnes d'excréments. Quelle bourrasque ! Des nuages mauves et verts qui sentaient la colère… Il fallait se pincer les narines et ne pas ouvrir la bouche surtout. Fermer les yeux et porter des billes d'ouate dans les oreilles… Un terrible vrombissement d'ailes à figer dans la terreur le sourd le plus sourd... Face à l'administrateur, monsieur Marlyse parlait d'épidémie, de choléra, de fièvre orange tout en agrémentant son discours alarmiste de considérations sur l'union du Yang et du Yin ou sur le Grand Véhicule. Des propos de dément suant la couardise... Devant cette tornade de mouches pondeuses et cette odeur qui lui déracinait l'os du nez, l'administrateur de la ville lumière ne pensait plus qu'à refermer le livre. C'était Paris qu'il regrettait. La France sans les mouches, sans le choléra, sans cet abruti qui lui martelait les tympans avec le marteau de l'épouvante.

– Que le silence règne dans vos entrailles, disait monsieur Marlyse d'un ton accablé. Si vous saviez ce que c'est, ce tourbillon de mouches dans l'estomac et l'intestin...

– Parce que vous...

– Oui, monsieur, oui, on pond là-dedans, soupirait-il en se frappant le ventre d'une manière bien misérable. C'est ça, la Chine, vous voyez... Après vingt ans de bons et dévoués services, l'idéal de l'entreprise, les responsabilités, la fabrication de notre nectar... Les œufs mauves me sortent de partout. Remarquez, ce n'est pas vraiment douloureux. Quelques fièvres parfois quand elles vont se loger dans l'uretère par exemple. On pisse mauve, quelques hémorragies au saut du lit, l'impuissance sexuelle... En revanche, ce qui est triste, c'est que celui qui est contaminé ne peut plus guère espérer vivre très longtemps. Forcément, l'organisme s'encrasse, la vue baisse, le foie, oui, le foie surtout qui s'en va en lambeaux... Et puis le cœur... Oh, là là... Le cœur, hein, vous saisissez ? Pas très gai tout ça... Soyons philosophes, n'est-ce pas, j'espère connaître encore quelques années de vie, deux, trois ans, cinq ans peut-être si le cerveau n'est pas perforé. D'ici là, qui sait, Paris, la haute direction, fera un geste en ma faveur. On peut rêver... Je ne sais pas... directeur général, par exemple. Qu'en pensez-vous ?

– Je m'en occupe ! promettait invariablement chaque délégué en visite.

Monsieur Marlyse remarquait que lorsqu'il parlait, ceux de Paris maintenaient une main discrète devant la bouche comme pour écraser un bâillement. Oui, il n'avait pas tort, le chef de bureau, de débiter ces bobards en pointe de support, de prétendre que la mouche Tseu-Liao s'accroupit pour pondre, qu'elle pond douze fois par jour, n'importe où, dans un léger râle de jouissance. On avait beau aimer les bêtes, une colère froide vous naissait lorsqu'on sentait une de ces mouches s'incruster sous la paupière pour y expulser quelques œufs. Oui, c'était ces mouches, ces odeurs odieuses, cette passion crapuleuse d'aller gratter la boue des charniers en compagnie de Tchang-Li-Tseng et de Song-Siang qui me permettaient d'envisager mon éjection de la compagnie sans trop de regrets.

La lettre arriva un dimanche soir. Je me trouvais dans ma chambre en train de barboter dans une baignoire mobile montée sur deux patins à roulettes, lorsqu'on frappa à la porte. C'était monsieur Marlyse en très grande forme, ses cheveux calamistrés portés au bleu pétrole par la combinaison des fers et d'une teinture au jus de cassis. De son oreille gauche, il avait ôté la boule de coton pour la placer dans l'oreille droite.

– Une lettre de Paris, m'annonça-t-il… ! Mon pauvre vieux, vous êtes déchu, je crois… Le poste de directeur général vous est retiré.

– Sombre dimanche, ai-je dit.

– C'est tout l'effet que ça vous fait ?

– J'en ai vu d'autres, monsieur Marlyse… Ainsi va la vie… Vous me remplacez à ce poste, j'espère ?

– Pensez-vous ! Ces salauds vont m'expédier un Parisien, un faiseur avec plein d'ennuis dans ses valises. Tiens ! Pourquoi gardez-vous cette chemise dans votre baignoire, et vos gants ? Je me permets de vous demander ça, vous saisissez ? Vous n'êtes plus directeur… Nous voici copains, quoi… On brise les distances.

– Les mouches, elles ne cessent de me pondre sous les ongles et au creux des aisselles. Je prends mes distances vis-à-vis de ces bêtes. Je vous les laisse, monsieur Marlyse… De toute façon, Tch'ong-K'ing ne m'a jamais beaucoup plu. Je veux revoir le soleil et les arbres, un peu de verdure. Je vais décamper sans tarder à la manière du touriste.

Qu'a-t-il imaginé sous les vagues ondoyantes de sa superbe chevelure, sous son crâne brisé au carré de spécialiste du faux guano garanti en sacs de dix, vingt-cinq et cinquante kilos ? Mon insouciance le désarçonnait.

– Il y a un chèque aussi, reprit-il en me tendant l'enveloppe. Votre salaire et le montant de votre billet de retour au pays. Sacrebleu, vous en avez de la chance de revoir Paname ! C'est là qu'il fait bon vivre et surtout pas ici, dans ce bled, avec un mal du pays qui vous crève le cœur.

– Vous êtes à demi Chinois à présent.

– C'est Guéret, la perle de la Creuse que je voudrais revoir, grogna-t-il d'un ton lugubre. Ma femme est Chinoise, vous savez, de Ki-Lin, un autre bled là-bas dans le nord. Elle n'est pas disposée à venir vivre en France, le bout du monde et puis, vous n'imaginez pas les formalités pour faire sortir un Chinois de ce pays.

Nous nous sommes tus pour méditer et contempler les toits de la ville et les petites lanternes sous lesquelles erraient des chats faméliques. De la rue nous parvenaient des beuglements et les sonneries des vélos. Dans le ciel plombé chargé de suie, les fumées s'enlaçaient. L'air était tiède avec des senteurs de benzine et de charbon.

– Qui vont-ils m'envoyer ? pensa tout haut monsieur Marlyse. C'est chaque fois l'angoisse de voir débarquer un crétin gonflé à bloc et qui voudra aussitôt déballer mes papiers et réorganiser les entrepôts. Au moins, avec vous, j'étais tranquille… On peut le dire, vous êtes un homme correct, monsieur Baltazar, pas contrariant pour un sou et bien aimable.

– Merci, monsieur Marlyse. Je suis content de vous laisser de bons souvenirs. C'est ça l'important au fond, ne pas inscrire son nom dans les annales de la chicane et des ennuis.

– Quand comptez-vous retourner à Paris ?

– Je vais peut-être faire ma vie ici… Si je trouve du travail, quelque chose d'intéressant et puisque je me débrouille un peu en chinois. Monsieur Marlyse, laissez-moi vous dire que mon véritable métier, c'est inventeur. Oui, j'invente et n'importe quoi… Avant-hier encore, j'ai dessiné les plans d'une oreille synthétique en chou-fleur pour mélomane exigeant. Je m'attelle aujourd'hui au cône en carton d'orgeat pour permettre aux femmes sportives d'uriner debout. Vous imaginez la révolution ? Et puisque de toute façon les femmes portent de plus en plus le pantalon. J'envisage de présenter quelques-unes de mes inventions à l'industrie chinoise, en particulier mon berceau en paille de riz avec oscillateur gradué pour l'imitation du mouvement du liquide amniotique dans le ventre de la mère. Un berceau superbe, vous savez, pour rassurer les bébés débarqués de force au milieu des humains. Sur la mer paisible, heureux voyage…

– Je me doutais que vous n'étiez pas tout à fait un homme d'affaires, remarqua monsieur Marlyse en posant un index attentif sur une ondulation de sa coupe surélevée en melon des Charentes.

– Merci.

– Quel âge avez-vous, monsieur Baltazar ?

– Vingt-huit ans.

– Le bel âge. Après, avec la trentaine, c'est le début de la lente décadence. J'ai cinquante-cinq ans dont vingt de Chine, ce qui signifie que j'en ai réellement soixante-dix. L'usure précoce, la trop grande conscience professionnelle… Faut être marteau pour vivre ici. Mon vieux, je vous l'avoue, c'est devenir directeur général qui me consolerait. Vingt ans de vie gâchée, le corps abîmé dans cet océan de chiasse. Sincèrement, vous ne croyez pas que je le mériterais, ce poste ?

– C'est évident. Si vous voulez, je puis vous faire une lettre pour la direction.

– Inutile…

– Pourtant, monsieur Marlyse… une lettre en forme d'encyclique et travaillée à la petite griffe de la courtisanerie. Pas de style ampoulé mais la grandiloquence du verbe assénée dans les foudres de l'indignation… Messieurs, il appert que le succulent Guano Impérial proviendrait en droite ligne du seau en garde-robe… Ou bien, Messieurs, il me revient qu'en raison de l'ignoble pollution de Tch'ong-K'ing, aucun oiseau marin n'y a posé la patte…

– Inutile, vous dis-je… C'est déjà fait. Les menaces, le chantage… Tout ça, aucun résultat.

– En lettre anonyme ?

– Bien sûr… Changez la direction en Chine, disaient mes lettres, sinon gare, on dévoile tout !

– Peu importe, monsieur Marlyse, expédiez-leur une longue lettre en épître avec vos états de service et votre déplorable état de santé. Insistez sur votre discrétion durant ces vingt années… Ils comprendront ! Il faut leur faire payer leur ingratitude à ceux de Paris, à ces ignobles…

Il est parti comme il est venu, sa coiffe calamistrée en équilibre sur un crâne crevassé de rancœurs et d'ambitions. A-t-il suivi mon conseil ? Est-il devenu enfin directeur général pour la République Populaire de Chine ? A-t-il retrouvé Guéret et ses fastes ? La Creuse, miroir de la France ! Autant de questions sans réponses. J'aurais pourtant aimé connaître l'avenir de monsieur

Marlyse. Il y a tant de choses qu'on ne saura jamais. À force de laisser le monde derrière soi... Qu'est devenu ce vieux chat cramponné aux gouttières, un bol de bois suspendu à ses dents et auquel je donnais du lait à l'heure où le jour se lève ? Que sont-ils devenus, tous ceux-là : le sous-chef de l'Économie Populaire qui me montrait ses varices, madame Wia, voisine de palier, Lolo, la fille aux jacinthes, le petit Tang, qui prétendait que la France était si petite qu'elle risquait bientôt de ne plus exister, et sa mère, la jolie Wu, un pavot derrière l'oreille, un autre sur le sein droit, friande de chinoiseries ? Et ce grand dadais, la pointe de sa mèche de cheveux en travers des narines, toujours accompagné de sa sœur, et qui, tous deux, me réclamaient des sucres d'orge lorsque je m'agitais à la fenêtre, là-haut, sous les toits, pour diriger un quatuor imaginaire ? En parcourant tous ces visages rencontrés durant ma vie de jolies misères, des regrets me viennent de ne pas les avoir mieux connus.

Sans emploi, les jours passèrent, somptueux d'heures radieuses ! Ma tête se remettait à la tâche. J'imaginais des inventions en rupture de freins. J'improvisais sur mon clavier du cervelet, j'échafaudais des théories en flambeaux de gri-gri ou en martingale clouée aux épieux. Les fièvres nocturnes me jetaient au bûcher ainsi qu'un paillasse accroché à ses audaces. Mon Dieu Jésus ! Ce que j'allais fort pour combattre l'impossible ! Ces utopies en robe de prurit menées tambour battant en dépit de la moindre prudence et en me souvenant du propos de Maître Pettorossi au sujet de la prudence et de la tergiversation, les deux mamelles de l'impuissance... Hélas, dans mes recherches contre les affres de la mort, je piétinais. D'intenses hallucinations me tenaient en éveil au cœur de la nuit afin de débusquer les secrets de la mort, la suprême terreur des humains puisque c'est de se rappeler chaque jour que nous nous rapprochons de l'odieuse camarde que du même coup nous nous infligeons la plus terrifiante des angoisses.

Chaque semaine, je remettais à plus tard l'heure de mon départ pour les vastes campagnes chinoises. Je me sentais bien dans cette petite chambre sous les toits. Les lanternes lumineuses remplaçaient le soleil et j'appréciais le gazouillis de mes nombreux voisins, tous aimables et qui m'accordaient sans rire des titres ronflants et des louanges qu'on n'adresse qu'au seul Dieu de l'univers. Je leur ai avoué que je n'étais plus le directeur général des Fermes Réunies. Peu leur importait, à leurs yeux je demeurais l'auguste jeune homme de l'Occident décadent, témoin révolté d'un monde de pourriture et d'exploitation humaine. Je ne faisais le moindre effort pour les détromper... À quoi bon m'insurger contre cette évidence que la nourriture constitue pour l'homme le premier besoin. Leur formidable victoire, à eux, les Chinois, c'était le riz qu'ils pouvaient chaque jour consommer, les soins médicaux et l'enseignement gratuit, un toit pour tous, la déroute des invraisemblables privilèges. Presque chaque soir, Song-Siang venait me rendre visite. C'est le long du fleuve Yang-Tseu, le fleuve bleu fécondé par le Ya-Long-Kiang, où nous nous promenions afin d'entendre le chant des oiseaux et admirer les petits bateaux souvent surmontés de voiles multicolores que je lui annonçai mon départ.

– Je suis bien triste de vous quitter Song-Siang. C'est vrai, je hais votre guano mais j'apprécie beaucoup votre amitié.

– Pour vous, Baltazar, petit proverbe... L'amitié d'un homme se pose sur la plus haute montagne où l'on aperçoit le visage du Bouddha. Jamais je ne vous oublierai, Baltazar...

– Partir... Partir... Pourquoi partir? C'est la vie qui me pousse. Pourtant, chacun d'entre nous, un jour, on mettra la clé sous le paillasson et on partira à jamais en laissant les rideaux ouverts à cause de la chaleur du soleil...

– C'est beau ce que vous dites, mon excellent Baltazar. Je vais noter votre poésie dans mon cœur et l'inscrire dans petit livre secret caché dans l'armoire. Chaque matin je dirai au Bouddha de ne pas oublier Baltazar et de lui réserver la première fleur de l'aube.

– Merci, Song-Siang, merci d'être l'ami du Bouddha ! Croyez-moi, si je vous dis que je crois en l'avenir. L'avenir qui s'embrase dans les désolations du passé jusqu'au rayonnement de l'espoir.

– Vous reviendrez me voir, Baltazar ?

– Je reviendrai, ai-je dit en pensant qu'il faut toujours promettre de revenir. Prétendre qu'un départ est sans retour, c'est un peu comme annoncer sa propre mort.

Parfois, en certaines heures bizarres de la vie, la chance a l'audace d'imiter l'affliction qui vous tombe sur le paletot. La roue tourne... Même si le soleil se lève toujours à l'Est. L'homme est une marionnette dans la patte du destin. On est sur un manège et on tourne. Sans trop savoir pourquoi mais sans oublier de prendre l'attitude du plastronneur auréolé de plénitudes. J'allais vers les montagnes, vers Tch'eng-Tou, livré aux espoirs, aux illusions, aux excroissances et en déséquilibre sur les sommets des fossés... Le long des routes, on m'invitait souvent à partager un repas. Lorsque la nuit survenait, je m'écroulais n'importe où, sous un arbre, le long d'une haie. Le matin, je me levais à l'heure sublime où émerge le soleil au-dessus des premiers contreforts du Kiong-Lai-Chan. Plus loin, s'étendait un territoire immense de montagnes jusqu'au Turkestan. Sur mon sac de voyage accroché à mon dos, j'avais dessiné au bâton rouge ce proverbe de Song-Siang, le dernier qu'il m'eut confié et que je trouvais merveilleux: N'oublie pas d'embrasser le pauvre avant que Bouddha l'embrasse! Ceux qui savaient lire et que je rencontrais le long des routes appréciaient cette recommandation qu'on aurait pu graver aux frontons de tous les temples. Celui qui a enduré la faim ne peut voir passer un homme sur la route sans lui demander s'il veut partager son repas, m'avait dit Song-Siang. De loin, au bout des champs de plus en plus escarpés, on me faisait de grands signes, les bras déployés comme les ailes des moulins. Lorsque je m'approchais, mon visage rougi au soleil, mes cheveux roux et mon joli bouc créaient un profond ébahissement. Parfois il m'arrivait de trouver un travail dans une commune de travailleurs, ce qui me permettait de poursuivre ma route et de me procurer la nourriture et les sandales de bois.

L'aube venait de se lever. Je me trouvais au flanc d'une colline sur un sentier recouvert de pierres presque blanches. Les arbres devenaient de plus en plus rares. À ce moment, en l'absence du soleil et après une nuit sans lune, je me sentis égaré. Parvenu au sommet de la colline, j'aperçus un hameau constitué de quatre maisons autour duquel vaquaient quelques vaches ainsi que deux ou trois bœufs à cornes élancées et reliées par une corde rouge sur laquelle, en parfait équilibre, glougloutait un jeune dindon des Philippines. Le silence était éternel comme si ce lieu, au fil des siècles, avait été protégé par la pastorale bienveillance du Bouddha. Près d'une mare d'eau entourée de bambous, les oies et les canards immobiles semblaient attendre la venue du soleil.

J'avais pris l'habitude de quémander un bol de thé le matin, au premier venu, celui qui passait ou celui qui s'affairait autour de sa demeure. Sans hésiter, j'ai choisi la maison blanche au toit très bas et bossué et dont les petites fenêtres en cadran d'horloge se trouvaient noyées sous une avalanche de fleurs roses. Sur une corde tendue entre deux arbres, se balançaient des mouchoirs ronds de toutes les couleurs. Ainsi que le veut la coutume, j'ai frappé dans mes mains en souhaitant à l'habitant des lieux toutes les promesses d'une journée de félicité. Personne n'est apparu, ni à la porte cintrée, ni aux fenêtres. J'ai poussé la porte…

– Toc toc… Je suis un voyageur ami très humble du Bouddha… Mon esprit n'aura de repos que si l'habitant de cet endroit serein trouve en ce jour nouveau toutes les joies de l'homme sage. Mille années de félicité pour vos vies futures !

C'est alors que je la vis émerger des draps, petite poupée rose thé aux yeux écarquillés par l'étonnement de me découvrir sur le pas de la porte.

– Bonjour à toi, petite princesse, ai-je dit en m'inclinant.

– Bonjour à toi, m'a-t-elle dit simplement en ramenant ses cheveux sur sa nuque pour les rassembler au creux d'un ruban vert.

Elle souriait, assise sur son lit encombré de peignes en colombier et d'éventails. De la fenêtre entrouverte, une fleur rose pénétrait dans la pièce. Elle se leva pour aller la cueillir et me l'offrir. Je ne distinguais pas ses yeux tellement ils étaient plissés par la joie de me donner cette fleur qui ressemblait à une pivoine. Je la portai à mon visage. Elle n'avait pas de parfum mais contenait dans sa corolle une larme de rosée.

– Es-tu venu avec le soleil ? me demanda-t-elle.

– Il n'y en a pas ce matin car le soleil est dans cette pièce.

– Où ?

– Dans tes yeux, petite princesse.

– Toi, tu as les yeux ronds comme un morceau de ciel bleu à travers la fenêtre ronde du temple. C'est la première fois que je vois un humain dont les yeux sont de cette couleur… D'où viens-tu ?

– De France, un petit pays situé de l'autre côté de l'océan. Je m'appelle Baltazar.

– Moi, c'est Huang.

Ce fut ainsi, aussi simplement que nous nous connûmes. Certes, elle parla beaucoup, mais je ne comprenais pas le quart de ce qu'elle disait. Son accent n'était pas celui de Tch'ong-K'ing mais sa voix s'étirait dans une douceur extrême. Elle m'invita à prendre place à la table basse puis me parla encore et encore avec ces gestes de petite fille émerveillée d'être au monde. En fermant les yeux, je croyais l'entendre chanter. Nous avons bu du thé et mangé une sorte de pain dur dans lequel il y avait des herbes qui goûtaient le gingembre. De la seule rue du hameau, nous parvenait la musique d'un ocarina et d'une pierre sonore. Le soleil est enfin apparu entre une multitude de petits nuages. C'est alors, tandis que je la regardais me mimer certaines scènes, que je sus que je pourrais l'aimer, la petite Huang, très passionnément, en sachant pourquoi peut-être, mais en ne me le disant pas parce que c'est mieux ainsi…

Plus tard, lors de ces heures écumantes de ravissement où le cœur déborde, elle me confia qu'elle aussi m'avait aimé dès les premières paroles échangées. La petite Huang avait dix-sept ans et était la fleur préférée de toutes les aubes heureuses. Ce qui me fascinait en elle et me faisait voir l'équilibre en déséquilibre et les couleurs dans le radieux tohu-bohu des cataractes des plus hautes montagnes, c'était surtout le sourire lumineux de ses yeux, l'émerveillement de sa voix et cette façon douce qu'elle avait de poser sa main sur chaque chose comme pour leur apporter l'apaisement.

– Je suis entré chez toi comme un voleur, ai-je dit.

– Il n'y avait que moi à voler.

– C'est à cause des fleurs aux fenêtres que j'ai choisi ta maison…

– En me réveillant et en te voyant dans la chambre, j'ai pensé que tu étais le protégé du Bouddha et que tu cherchais la nourriture du matin.

Tandis qu'elle me parlait de son existence dans ce coin oublié de la vaste Chine et que je faisais des efforts intenses pour deviner le sens de ses phrases, est apparue la mère de Huang. Une sorte d'effroi se peignit sur son visage lorsqu'elle me vit assis à la table. Elle était plus menue que Huang, voûtée et très maigre, vêtue de gris, hormis un fichu bleu qu'elle portait au cou et qui recouvrait ses épaules. L'effroyable misère des années d'autrefois, celles d'avant la révolution de 1949 où chaque village, chaque semaine, comptait ses victimes de la famine et de la maladie, apparaissait encore sur chaque pan de sa silhouette. De ceux qui ont souffert jusqu'à ne plus pouvoir pleurer, jusqu'à maudire tous les dieux de l'univers, elle possédait le regard en désagrégation, comme transpercé par la honte d'être parvenue à survivre au milieu des charniers.

J'étais le bienvenu, celui qui apporte la paix et la joie, disait Huang à sa mère et elle lui lut le proverbe si beau de Song-Siang. Ses traits s'épanouirent.

– Maman demande si tu as trouvé le thé bon et si tu en veux encore, me dit Huang.

Je compris enfin, au fil des jours et des mois, que ma pauvreté aux yeux de ces paysans eux-mêmes si proches de l'indigence et oubliés au cœur de l'immense République, constituait une richesse de l'âme puisque le bhikshus lui-même, le mendiant porteur du bol à aumônes, fit l'admiration et l'envie de Gautama.

Le lendemain, j'ai aidé Huang à rentrer et à nourrir le bétail dans l'étroite étable dégoulinante de chaux vive. Ce furent des instants inondés de bonheur... Le jour, je travaillais dans les deux champs qui entouraient la maison ; la nuit, je dormais dans une niche sculptée suspendue aux poutres de la grange. De là-haut, en soulevant les pierres plates, je voyais les montagnes au loin et cette campagne ondoyante qui me rappelait les vallons du pays basque. Chaque matin, Huang venait me réveiller avec un trilili d'exclamation joyeuse. Je lui ai parlé de mon œil perdu ainsi que de mes bras et de mes mains en carbone et fibre de verre. Je n'étais pas tout à fait comme les autres... Les hasards de la vie... Et c'est alors, en lui dévoilant mes infirmités, que j'ai ressenti combien j'étais mal foutu pour conquérir le cœur d'une petite princesse aussi merveilleuse. Huang m'a dit en posant sa main sur ma main morte: c'est lorsque tu me racontes tes misères que je t'aime encore davantage jusqu'à oser prier le Bouddha dans la vingt-cinquième heure, l'heure sacrée qui n'appartient plus aux vivants, afin qu'il t'aide à trouver la plénitude de la vie.

Tendre petite Huang, combien je t'ai aimée, et combien je t'aime encore aujourd'hui! Mais ton amour pour moi était plus fort encore... J'étais le dieu du monde à tes yeux, celui qu'on regarde, éberlué, comme on regarde la source d'eau pure jaillir d'un désert aride. Toi aussi, tu es la source... Source de tous mes bonheurs! Huang, espoir unique et suprême, en cet instant où la corde est offerte pour se pendre. Nous nous aimions dans les hautes herbes sous le regard des lémuriens ou au sommet des collines, là où le vent souffle fort, embaumé des parfums de gentiane venus des montagnes. Nous prenions le thé sous un arbre d'ocra en forme de parapluie dont les feuilles pourpres se ferment à l'approche du soleil de midi et s'ouvrent à nouveau au premier balbutiement du crépuscule. Huang voulait apprendre les mots parmi les plus beaux de la langue française. Liberté, égalité, fraternité... J'ajoutais amour, tendresse, équité, azur, cerise, amitié, nuages, framboise, firmament, rose trémière, rivière... Elle répétait... Musique des mots... Alors, me souvenant de la viole endormie dans son sac de toile, je la tirais au grand jour pour jouer quelques airs parmi les plus beaux de l'admirable Couperin. De la France je ne parlais guère ni même de l'Amérique, comme si, à évoquer mes années d'autrefois, le malheur retrouverait ma trace. J'étais à l'abri dans cette immense campagne et le moindre bruit qui n'était issu de la nature ou des animaux m'infligeait une bizarre angoisse. Je craignais la meute infernale, celle des hommes, bien sûr, et je fermais mon œil, comme un enfant, afin que s'éloignent les cauchemars. Huang me désignait le ciel et l'horizon comme pour me dire que nous étions seuls au monde et que nous n'avions rien à craindre. Sans doute pensait-elle à un amour éternel en me parlant de reviviscence et de métempsychose, du char céleste de l'infini emporté dans une pluie de fleurs et du plus humble animal choyé par la lumière du Bouddha. Un jour nous serons oiseaux, affirmait Huang. Veux-tu ? Descendre des montagnes enneigées dans l'incommensurable et divine solitude pour venir boire aux sources de Hameau paisible ! Huang riait. Nous nous poursuivions dans les prés et dévalions la colline en nous étreignant, en nous cachant, en arrondissant les joues pour souffler sur les petites barbes jaunes des wawus dont les fleurs blanches se retrouvaient nues.

C'était donc ça, le bonheur qui nous fait frémir dans l'ivresse avant même d'en jouir. La rencontre d'un visage, d'un seul visage entre mille… Huang ne cessait d'être ce soleil irradiant la tendresse. Notre chance est apparue entre les fleurs roses des fenêtres, me disait-elle lorsque j'usais de mots vagues et timides pour lui faire part de mon ébahissement d'aimer et d'être aimé comme jamais dans mes rêves les plus téméraires je n'aurais osé l'imaginer.

– Le bonheur vient avec le vent d'Ouest qui se marie au soleil pour annoncer le printemps, disait-elle.
– Et le malheur ?
– C'est l'aigle comme l'éclair aveugle qui fond sur la proie.

J'étais le céleste fiancé venu du bout du monde et abasourdi d'éternelles inquiétudes. Alors elle posait un doigt sur mes lèvres car le fiancé ne devait plus parler du malheur mais aimer simplement le Bouddha comme le Bouddha aime toutes les créatures de l'univers. Un jour, Huang a suspendu des plaquettes de verre au toit de la maison afin que la musique soit toujours entre nous.

Les mois ont passé et j'oubliais que j'existais. Cependant, une idée nouvelle me tarabustait: faire venir Gabine à Berceau paisible. Mon petit ami me manquait et souvent l'inquiétude me gagnait à l'idée qu'il puisse penser que je l'avais abandonné à jamais, là-bas, dans le jardin de Bayonne. Un soir, alors qu'une nouvelle nuit parfumée descendait des montagnes, devant la maison si basse qu'elle paraissait accroupie parmi les fleurs, nous nous sommes assis sur le banc. Sous les cerisiers, la mère de Huang triait le thé. Parfois, lorsque son regard croisait le nôtre, un sourire naissait sur son visage.

– Huang, ai-je dit, voilà six mois que je suis auprès de toi et de ta mère. L'automne est là et les travaux se font rares dans les champs. Laisse-moi partir deux mois vers les villes afin de gagner de l'argent et permettre à Gabine de venir nous rejoindre.

J'ignore ce qu'elle répondit car mon regard ne vit que la détresse de ses yeux.

Je suis parti avant l'aube, les mains dans les poches, mon sac au dos, avec l'assurance de gagner de l'argent en trois hochements de paupières et de revenir auprès de ma chère Huang dans l'heure blanche du huitième jour. J'ignorais que j'allais aussi à la rencontre de la gloire.

La chance ne prend pas toujours le même tramway. La chance est la sœur du hasard. On imagine le courage, l'ambition, la volonté comme si nous n'étions surtout pas poussés, ventre en avant, par les stupides subtilités du pur hasard. L'homme comme une poussière dans les manigances aveugles des ouragans… Je me trouvais alors dans la peau écarlate d'un homme heureux. Le bonheur porte un fameux uniforme ! Cependant, je faisais quelques efforts pour ne pas trop m'abêtir et me complaire dans la béate félicité.

Après six jours de marche et quelques heures dans un autobus, je suis arrivé à Tch'eng-Tou. J'ai été flâner dans les banlieues les plus ouvrières de cette grande ville, surpris une fois encore des odeurs épicées qui s'échappaient de partout, des cris d'enfants et des sonneries de bicyclettes, du tournoiement infernal des foules, de ces rassemblements d'hommes sur les places où des orateurs parlaient fébrilement dans des micros officiels. Je n'entendais rien à ces discours de propagande. Il s'agissait d'un chinois trop compliqué pour mon faible savoir. Alors que la nuit tombait dans une lumière terne et affreusement sinistre, un ouvrier militant m'offrit un bol de riz ainsi que des litchis parfumés. Il y avait du monde chez lui, rien que des hommes qui parlaient placidement du troisième plan et du mémorable labyrinthe des paradoxes auquel je prêtais une vive attention en raison de la réalité des leurres dans la lutte des classes. Je remarquais que, lorsque l'objet d'une conversation m'intéressait, j'arrivais à entendre beaucoup mieux la langue chinoise.

J'allais entamer ma douzième tasse de thé brûlant, assis sur la paille d'une charrette dans la cour intérieure de la maison, lorsqu'un travailleur affublé d'un mouchoir bleu autour du cou me demanda si j'étais venu à Tch'eng-Tou pour assister au championnat régional du mémorable Suko-Ti-Woa. Certes, ai-je répondu sans même me demander en quoi consistait le Suko-Ti-Woa. J'étais abruti par la fatigue de ce voyage pédestre. Mon œil voyait double… Peut-être aussi en raison de l'atmosphère crépusculaire qui m'entourait, de ces immeubles noirs et décrépis éclairés vaguement par d'inquiétants néons jaunes, de cette petite pluie fine comme une suie venue du ciel bas. Autant aller là qu'ailleurs… Me divertir un peu avant d'aller quémander un travail clandestin et me faire casser les reins au niveau du sol, la gueule dans les orties. Dans la maison et dans la cour, on s'affairait à se refaire une certaine distinction. Certains se recoiffaient, d'autres lustraient leur blouse ou, un peu de salive entre leurs doigts, s'occupaient à pincer le pli du pantalon. Nous sommes partis, entraînés par un fracas de voix enthousiastes vers la place Chu-La où croupissait une sorte de hangar ou d'ancien lavoir, lieu de la compétition. Des drapeaux rouges s'élevaient au-dessus de l'estrade surélevée. Entourés par une foule survoltée, quelques combattants de Suko-Ti-Woa se concentraient, la face aigrie, quasiment atrabilaire, à demi cachée par les mains. Un groupe taciturne assis sur des bancs au-dessus desquels papillonnaient des lampions électriques jaunes et roses… La compétition de Suko-Ti-Woa durait parfois une semaine entière, jour et nuit, sans un instant de relâche car à se tenir par le bouc en ayant dans l'âme toutes les tristesses du monde, cela peut durer des heures avant l'éclosion du sourire qui vous rend victorieux ou vous inflige la défaite. C'était donc ça, le Suko-Ti-Woa, le sport le plus formidable au monde ! Un exercice à vous tuer par l'abus du plus profond pessimisme.

Le champion régional se nommait Meng, un hypocondriaque congénital au crâne plat et aux maxillaires en forme de pinces à barillet. Il se croyait en agonie perpétuelle, paraît-il, d'où sa force et son soutien dans l'inexpressivité du faciès. Une folie qu'il entretenait à heures régulières en contemplant des photos ignobles de cadavres disséqués par des mandarins en haut-de-forme. Je l'aperçus dans son coin d'ombre, recroquevillé comme une bête, à même une natte, d'une maigreur effrayante. Il buvait du café à l'aide d'une louche. Par saccades, sa face simiesque se soulevait comme pour happer une mouche. Ce pur champion de très belle lignée mangeait des oignons crus afin d'activer les douleurs de plusieurs ulcères à l'estomac. Un moyen comme un autre d'amplifier la détresse du misérable bipède. À la table rectangulaire, dite autel du combat, sous un projecteur de 300 watts, deux adversaires se faisaient face en se tenant mutuellement les poils du menton. Tour à tour ou dans le même élan, sur tous les diapasons possibles, ils ânonnaient le refrain consacré :

Je te tue, tu me tues par le bouc
Celui qui rira, par ma face périra…

En Occident, la chanson est plus niaise, plus jolie et moins agressive.

Je te tiens, tu me tiens par la barbichette
Le premier de nous deux qui rira aura une tapette !

Vrai, c'était édifiant, cette lutte à qui assassinera sa joie et son sourire pour le faire naître sur la face de l'autre ! Je te tue, tu me tues... Voix en sourdine, voix déchaînée... Hurlements... Murmures de la rivière, tempêtes, orages... Voix d'amoureuse en extase, voix de castrat... Coq tapageur au lever du soleil... Je te tue, tu me tues par le bouc ! Léger souffle allant crescendo... voix de bébé sur une litière d'orties... borborygmes et éructations ! Puis, soudain, d'une manière brutale, nouvelles clameurs de névrotique, cris de débile décoré et ligoté dont on titille le cerveau avec la pointe d'un Opinel. Le déchaînement verbal du sauvage emplumé suivi aussitôt de sanglots, oui, de véritables sanglots d'aliéné en cataracte dont la foule des spectateurs appréciait la chique pure comme la facture de l'incantation... Je te tue, tu me tues par le bouc ! Pour un rire, un sourire, l'ombre d'un sourire, l'ombre de l'ombre sur la pointe extrême de la commissure des lèvres !

Vers minuit, alors que j'étais toujours vissé à mon banc, entouré par la foule de deux cents, voire trois cents fanatiques, entra en lice, pour la troisième fois depuis le début du tournoi, le magnifique Meng dont la poche ventrale de sa camisole laissait passer les clichés mortuaires. En moins de deux minutes, l'honorable hypocondriaque se défit de son adversaire, un jeune homme au regard chafouin classé mouche violette, deuxième rang. Sur sa lancée, Meng assomma deux autres gloires locales dont le réputé Fa, fossoyeur de père en fils et homme extrêmement malheureux en raison des bacilles de Koch qu'il entretenait méticuleusement dans les oubliettes des poumons. Comment définir la puissance de Meng dont le palmarès officiel comportait six cent quarante-sept combats victorieux pour trois défaites, deux face à Tchao-Ts'ien-Wen, champion du monde depuis sept ans et une autre face au Japonais exécré Terukichi, dit le Mahahatsu infernal dont le visage enfariné au talc de pélargonium blanc était celui d'un clown et le profil celui d'un brahmane sous-alimenté. Sa réussite, Meng l'attribuait à sa manière d'agresser l'adversaire, abrupte, violente, hystérique, et ceci dès la première seconde du combat. Sa voix était aiguë, presque féminine, comme celle de la femme devant laquelle, au raz des yeux, on exhibe le cadavre d'un gros rat dit d'Ukraine dont la dentition saille au-delà de la gueule. Meng n'était vraiment pas d'un naturel séduisant… Lors des combats, son nez se retroussait et son front garni de bubons se rapetissait jusqu'à faire apparaître ses yeux au milieu de sa chevelure. L'effet était fulgurant et l'ébauche d'un malheureux sourire venait souiller un coin de la lèvre du challenger. C'est à cet instant que les deux juges se levaient en un bond de carpe pour clore le combat, lever le bras du vainqueur et saluer la chambrée en délire.

Quoique parfois un peu longs, je les ai trouvés passionnants, ces duels homériques où les guerriers enfouissent une main crispée dans le bouc de leur adversaire. Parfois les combats duraient quatre ou même cinq heures, sans nul repos, en laissant les combattants aphones et épuisés. Quels athlètes, vraiment ! Mon voisin de gauche dormait, celui de droite, les yeux écarquillés, n'en finissait pas d'applaudir en clapotant de la langue. Un beau mucus couleur ambre lui dégoulinait sur le menton. Je l'ai interrompu dans ses clapotements pour lui déclarer qu'il me serait agréable, vu mon bouc de belle ampleur, de participer à ce tournoi.

– Cet art du bouc est très pénible, me répondit-il en fixant mon bouc d'un œil critique. La tête s'en va, elle devient folle comme l'herbe sous l'orage… Mais ça rapporte beaucoup d'argent si on est bien classé. Beaucoup de Yuan sous la table et dans les sandales. Vous n'êtes pas Chinois ?

– Je suis Français.

– Tonkin ?

– Français, le Nord, Tourcoing…

– Cambodge ?
– La France ! criai-je.

Il y eut comme un brouhaha de voix autour de nous. Ma présence dans cette lointaine province de Chine, dans ce quartier populaire, semblait bizarre, presque incongrue peut-être... La France... ? Quel patelin était-ce ? Quelqu'un prétendait que ce patelin devait se situer au nord de la Mandchourie, un autre parlait du Laos... Une fois de plus, je compris que la France, joyau universel, personne ne savait trop bien où la situer sur la mappemonde. C'était vague, ce pays, un petit coin de mosaïque, pas trop évolué sans doute et probablement misérable à rester courbé sous la botte ferrée de l'impérialisme. Eux, les amateurs de Suko-Ti-Woa, ils connaissaient le Japon, l'URSS, l'Inde, le Viêt-nam, la Corée... Et les USA, repaire de l'hyène nauséabonde... La discussion s'arrêta net lorsqu'un compétiteur pris d'un rire inextinguible s'effondra de son siège. Le combat n'avait pas duré trois minutes. D'autres guerriers, le bouc dressé à la brillantine de ligneul, s'apprêtaient à prendre place à la table de combat. Ça n'en finissait pas ! Une énergie de porte-balle... Jour et nuit, sans une seconde pour bâiller. À chaque fin de combat, des musiciens en blouse bariolée jouaient un air solennel à l'aide de flûtes, de tubes, de cloches, de tambours. Cela détendait l'atmosphère après les duels longs de plusieurs heures... Et la foire reprenait de plus belle. Aux silences de cathédrale encombrés de mimiques muettes succédaient les cris de la démence, les couinements de volailles offertes à la belette enragée... Un sabbat à décoller les oreilles ! On se sentait des cloques sur les tympans... De ma vie, je n'avais assisté à un tel spectacle aussi haut en couleurs, aussi palpitant, aussi sonore, pareil à ceux qui enchantent le cœur des forêts tropicales. L'illumination me brutalisait. C'était ça, ma carrière, la vraie, après celle d'inventeur, celle dont je rêvais déjà, devenir champion de Suko-Ti-Woa, affronter Meng, peut-être l'ignoble Térukichi... Et qui sait, le champion du monde en titre, le monstre aux 1720 combats, originaire de Fou-Tcheou, le sanglant Tchao-Ts'ien-Wen.

Le lendemain, à l'aube, vautré sur un banc, je n'en pouvais plus de fatigue. Les spectateurs partaient, d'autres revenaient par vagues successives, harnachés de Thermos et de provisions. On prévoyait la finale du tournoi pour le lendemain, vers deux ou trois heures du matin. J'ai été assister au repos de Meng dans son coin d'ombre, vautré sur une couverture, le visage enduit de tosang bleue. Il récupérait, le monstre, bouche ouverte, les dents passées à l'huile de vidange, sans toutefois perdre de sa noblesse. Il tenait à sa réputation, celui-là ! Même dans son sommeil il conservait quelques coquetteries... Admirable sportif défoncé à la neurasthénie et qui enrageait de devoir patienter six mois avant de rencontrer à nouveau la bête venue des enfers, le terrifiant Tchao-Ts'ien-Wen. Mais ce dernier vieillissait mal, paraît-il. On l'avait surpris à rire, un verre de vinaigre à la main et six aiguilles rouillées dans les fesses, en face du téléviseur où l'on passait précisément une rétrospective des différents génocides dans le monde. Chacun a ses faiblesses, mais quand même... Un tel champion s'oublier jusqu'au rire du vaincu !

Vers dix heures du matin, j'ai quitté le hangar, harassé et surtout trop ému par ce que j'avais découvert pour me mettre aussitôt à la recherche d'un travail. Au sublime il ne fallait pas mêler le sordide. Ne pas confondre le Suko-Ti-Woa, art raffiné de l'hystérie et de la neurasthénie, aux travaux abrutissants d'un casseur de pierres. Je m'en fus dormir derrière le mur d'un terrain ombragé où des mères allaient promener leurs enfants. Avec le peu d'argent qui me restait, je me promis d'acheter un miroir afin de procéder aussitôt à l'examen minutieux de mon visage et de me composer un échantillonnage de grimaces parmi les plus remarquables. Tout, je devais parvenir à imiter si je voulais faire carrière dans le duel du bouc : le renard pris au piège, le singe stupéfait devant un singe d'une autre espèce que la sienne, le cri du coq en proie à la démangeaison du bec, celui de la poule, de l'oie empêtrée dans un cloaque, le braillement du paon pris de vertige au sommet d'un toit, le croassement de la grenouille le jour du Vendredi Saint, le grognement du verrat, le groin dans la boue tiède, l'aboiement du chien qui retrouve son maître, le miaulement du chat, la lamentation du crocodile, même le feulement du tigre devaient jaillir de mes cordes vocales. J'allais devenir un artiste du gosier… Le premier Européen à affronter les seigneurs de l'Extrême-Orient. Une ambition sublime, je trouvais, exaltante, en rapport intime avec les facettes multiples de mon génie incognito !

Vers trois heures de l'après-midi, après un sommeil d'abruti dans l'herbe grasse du terrain vague, je me suis acheté quelques gâteaux secs, un miroir de dame ainsi qu'une boîte de concentré de sulfate afin d'engraisser la toison de mon bouc au menton. Je le souhaitais plus fourni encore et raide à la façon élégante d'un vieux renard du ring de la barbichette. Le lendemain, à force d'errer de-ci de-là dans les faubourgs les plus grouillants de Tch'eng-Tou, j'ai fini par accrocher un travail de quelques semaines dans une coopérative à demi clandestine située à la campagne. Il s'agissait, non pas de cueillir, mais de ramasser les fruits malades et à demi pourris tombés des arbres afin d'en faire de la compote. Une pure compote et parfaitement garantie, comme le Guano Impérial… J'ai fait croire qu'en France, le pays élu, les travailleurs n'ôtaient jamais leurs gants lors des travaux manuels. À cause du tétanos, j'ai expliqué, et des vipères qui jaillissent de partout. Ces histoires que je racontais lors du ramassage des pommes faisaient passer le temps et entretenaient les discussions interminables. Sans doute se souviendra-t-on longtemps de moi, là-bas, dans les campagnes bleues autour de Tch'eng-Tou et des montagnes, le Français, celui de Tourcoing, qui ne se gênait pas, tiens, de cracher sur son pays du bout du monde en train d'agonir sous l'asservissement capitaliste. Je devenais communiste à ma façon, pour leur faire plaisir et ne pas me mettre en marge, un couteau impérialiste entre les dents. Sinon, qui sait, on m'aurait fait la peau, peut-être, derrière une haie... Ou bien on m'aurait pris pour un demeuré à expédier dans un camp dit de rééducation avec un bavoir de nourrisson accroché au cou. Mais j'étais sincère aussi... Je pensais à ce que m'avait confié Song-Siang, à la condition du peuple chinois avant le glorieux 1er octobre 1949. Auparavant, sévissaient la crève, la malnutrition, les injustices, l'analphabétisme à quatre-vingts pour cent... Un mauvais rhume et on crevait, m'expliquait-il en entrant dans des détails terribles. Aucune sécurité sociale, pas de soins ou si peu et la cravache ou la balle sous l'oreille pour celui qui voulait sortir du rang. Je n'avais pas vu un seul mendiant en Chine. Et en France ? interrogeait Song-Siang. Ça pullule ! avais-je affirmé d'un air compassé. La nuit dans les villes, à Paris ou ailleurs, ils grouillent comme une vermine sur la charogne d'un rat nourri à la graisse de canard. Song-Siang appréciait ce genre de réponse. Il était assez fier de son pays, revenu de si loin, des affres de la misère où l'espérance moyenne de vie en 1930 n'excédait pas trente-cinq ans. Lors de mes heures d'exaltation patriotique, j'avais beau lui décrire les charmes de la France, sa culture, les droits de l'homme, les heures prestigieuses de son histoire, il répliquait par un proverbe de la meilleure veine, parfois assez barbare : « Quand la faim rôde dans l'ombre, couteau doit luire au soleil ! », ou bien, quasiment incompréhensible pour l'entendement de l'occidental : « Dans la nuit sans lune l'audace rouge sourit au nez blanc du tigre. »

Après mes six semaines de travail, les reins broyés, mais riche de dix pots de compote et de quelques Yuans, je suis retourné chez Huang au hameau de Berceau paisible. Ces retrouvailles furent des instants de grand bonheur. Même la maman de Huang, si discrète d'habitude à mon égard, m'accorda un flot de compliments. Ma tendre amie s'extasia sur l'ampleur nouvelle de mon bouc. De long en large, monté sur l'escabeau du plus fol enthousiasme, je leur ai révélé mon ambition de devenir champion de Suko-Ti-Woa. Sous l'ombre douce des cerisiers, elles ont ri en inclinant la tête d'une manière respectueuse.

Quelques semaines plus tard, je les quittai à nouveau. Mon joli bouc couleur poil de carotte mesurait à présent onze centimètres. Sous ma veste de gros drap bleu je portais une ravissante blouse blanche, cintrée à la taille et brodée au col et aux manches. C'était l'œuvre de Huang, un cadeau pour mes trente ans. Il me semblait qu'en portant cette blouse j'allais accomplir des miracles dans la compétition. Un responsable de quartier de la ville de Tch'eng-Tou m'avait communiqué les dates des différents tournois de la région auxquels pouvaient participer les combattants non classés. Après trois jours de marche, je parvenais à Kouang-Yuan où se tenait un modeste tournoi dont le premier prix consistait en deux poulardes de la mer Jaune. Dès le premier tour, en moins de deux minutes, je fus éjecté de ma chaise par le juge arbitre. Elle commençait mal, ma carrière de champion ! J'entends encore les rires et les ricanements des spectateurs... Faute de m'être enquis des règlements, j'ignorais qu'il est interdit aux combattants de poser son regard ailleurs que sur le visage de l'adversaire.

Le soir même, mon sac sur l'épaule, je repris la route vers P'ing-Wou. Dans ce gros bourg adossé aux montagnes je remarquai, non sans surprise, que ma réputation de jeune compétiteur éjecté dès le premier tour m'avait précédé. Là, dans l'enceinte d'un misérable préau battu par les vents, en proie à une hargne extrême, je fis mieux et me retrouvai en quart de finale, vaincu davantage par la fatigue que par le talent de mon adversaire. Après un duel long de quatre heures et dix minutes, je dus déclarer forfait, victime d'une violente migraine. Mais je me trouvai classé mouche jaune et en possession d'une licence. Comme prix, on m'offrit un jeune coq que j'allais aussitôt libérer à la lisière d'un bois.

Lors de mes troisième et quatrième tournois, je fus à nouveau fâcheusement éliminé. Bizarrement, je le fus par des adversaires réputés assez médiocres et qui trouvèrent dans ce combat contre l'étranger une pugnacité peu commune. C'est alors que, sur les conseils éclairés d'un maître d'école, je me mis en devoir de brider mes yeux à l'aide d'un fil de nylon extrêmement fin dissimulé sous mes cheveux. J'adoptai une nouvelle coupe de cheveux, dite en pétard sur le dessus du crâne et en voile de vierge sur le front et les tempes.

– Pour vous vaincre, ces adversaires pourtant peu doués se nourrissent de votre différence, m'expliqua ce jeune instituteur. Devant vos yeux ronds et enfoncés dans les orbites, ils s'imaginent se trouver en présence d'un odieux Yankee fraîchement débarqué sur le sol de la vaste République socialiste.

– Sont-ils donc racistes ? ai-je demandé.

– Je ne crois pas... Avez-vous remarqué comment, à l'issue du combat, le vaincu ou le vainqueur vous salue avec beaucoup d'amitié ? Le fait que vous ayez les yeux ronds les motive et décuple leur obstination à vaincre. En bridant vos yeux, vous ne serez plus le Yankee menaçant mais peut-être un albinos venu de l'extrême nord ou un Mongol...

Ceci me rassurait... Je n'aurais pas apprécié de me mesurer trois ou quatre heures d'affilée, yeux dans les yeux, bouc contre bouc, avec un fanatique de la race. À vrai dire, à cette époque, je ne percevais pas très bien la nature intime de l'homme épris de sa race au point de rejeter celui qui vient d'ailleurs. J'ignorais par exemple que le racisme ne peut prospérer qu'en fonction du racisme de l'autre. Un jeu de billes, un fil à ricochet... Tu me hais, je te hais... Un drôle de carrousel pour s'extirper les viscères du ventre !

Nanti de deux yeux bridés, un vivant, un mort, taillés à la lame du rasoir, je fis sensation dans la petite ville de Lio-Yang, où je parvins en finale face au champion provincial, un médecin au teint vert olive. Cet hypocondriaque en alarme perpétuelle d'un éventuel microbe maintenait une large distance entre mon visage et le sien. Je compris que, pour le vaincre par abandon, je n'avais qu'à me rapprocher de son visage. Ce que je fis avec un bel aplomb. L'abruti lâcha aussitôt les poils de mon bouc et se leva avec un frémissement de dégoût avant d'aller cracher à l'extérieur du chapiteau comme pour expulser une marée de miasmes. Je fus aussitôt déclaré vainqueur du tournoi. Une heure de gloire à ne jamais oublier ! Deux cents personnes m'acclamèrent, debout... On servit du thé très fin et parfumé, puis, au son de la flûte et du tambour, le maître arbitre, vieillard riche d'une barbichette mince comme deux fils noués et longue de cinquante centimètres, me remit la médaille du petit Dragon bleu ainsi que quatre coqs pédérestan du Tibet célèbres pour leur chant. Je gardai ma médaille pour l'offrir à Huang et allai le soir même libérer les coqs dans un chemin de campagne. Ceux-ci, en hommage à mon sens de la liberté, poussèrent un chant d'une extravagante puissance.

Assis en face de moi, le médicastre au teint vert n'avait pas l'air radieux. En dépit de son sourire en hypoténuse, il me fixait assez méchamment. La bouche à demi dissimulée derrière son poignet, il murmura : Homme debout possède ombre couchée ! Des paroles inquiétantes qui m'incitèrent à ne pas trop m'attarder dans cette ville charmante où j'avais conquis la célébrité !

Je fis un bond dans le classement et reçus confirmation, dans la ville suivante, de mon nouveau rang : mouche violette, 2e rang. Un titre enviable, celui-là. Au-dessus, figuraient la mouche violette, 1er rang, la mouche bleue et enfin la mouche rouge. Il me fallut un mois et deux tournois où je fus déclaré vainqueur pour parvenir au titre de mouche violette, 1er rang. Je devenais un seigneur. Vedette bridée aux cheveux abricot, natif des confins du monde, sorte d'extraterrestre en gants couleur chair, communiste insatiable et grand adulateur de l'immense République ! À l'instar des illustres du ciel étoilé, il me fallut prendre des mines et des attitudes sévères de satrape accablé par les mystères de l'au-delà. Je fis deux petites tresses à ma barbiche et les parfumai à l'huile d'eucalyptus. Aux enfants des villes et à ceux des campagnes accrochés à mes basques, je distribuais des bâtons de menthe ainsi que des autographes ficelés d'un paraphe en gueule de léopard. C'était la gloire ! L'ivresse arrogante qui, tout en rendant idiot, vous fait oublier cette défroque de pauvre mortel dont on est enjuponné depuis le berceau. Je me trouvais en état de ravissement d'être aspergé de louanges et de baigner mon esprit dans le bain tiède de l'auto admiration. Les femmes m'adulaient, les hommes m'admiraient… Je ressentais aussi cette impression bizarre de déambuler devant un miroir, pas celui de feu Pettorossi, non, l'autre, le faux par excellence, celui qui nous renvoie une image à nous faire bomber le torse.

À grands frais, je fis venir Gabine en terre de Chine. Berceau paisible l'accueillit en apothéose ! Les quinze personnes des maisons voisines s'étaient rassemblées devant la ferme de Huang pour lui offrir un hommage en fanfare. Que de fleurs ! Que de flonflons pour mon petit compagnon des jours de sombre galère ! Fier de mes succès, mon cher Gabine se permit de m'imiter. Le monstre ! C'est qu'il me parodiait avec aisance, les mains derrière le dos, le front soucieux du monarque présenté de biais aux rayons du soleil. Il me suivait partout, jamais las de mes pérégrinations à travers les champs lorsque je revenais au hameau après mes triomphales tournées. À un journaliste d'une petite feuille locale venu me voir à Berceau paisible afin de rédiger un article à mon sujet, je déclarai que j'allais épouser la petite Huang. Cette révélation fit grand bruit dans toute la région. À vrai dire, cette révélation qui me venait du cœur était enrobée d'un fatras ahurissant. Sans m'en rendre compte, je devenais mythomane. Des histoires que j'inventais, des fables en double hexamètre… Le matin, à qui voulait m'entendre et faire l'effort de déchiffrer mon singulier chinois, je tenais des laïus de pontife, le doigt posé en abeille sur la tempe. Et quand venait le soir, j'improvisais des causeries en petite culotte du Sénégal au coin de l'âtre. Je prenais goût aux galimatias de l'homme instruit qui se permet des prédications à tout bout de champ afin de faire valoir son savoir comme le chien qui pisse pour délimiter son territoire. Je n'étais pas Français ni tout à fait Chinois. Un hybride tombé du ciel… Je parlais de Mongolie ou plus loin encore, du lac Baïkal. Je me perdais dans des contrées monstrueuses entaillées de précipices, aux montagnes gigantesques décapitées par les cyclones et où le soleil luit rouge au lieu de luire jaune.

Quelques mois plus tard, lors du célèbre tournoi de Lan-Tchéou que je remportai haut la main en pulvérisant le champion du plateau de Ts'inghai, un bossu qui suait le mépris envers toutes créatures humaines et animales, je me retrouvai sacré mouche bleue. C'est alors, afin de m'inciter à paraître dans divers tournois, qu'on commença à me verser discrètement des sommes d'argent de plus en plus considérables. Je lançais des défis tous azimuts. Même Terukichi, l'horrible frappe japonaise, reçut un petit bristol violet à mon nom où je le sommais respectueusement de me rencontrer endéans les six mois. Avec le temps, la gloire, les parfums dont je m'inondais, les crèmes de petit riz si pulpeux sous la langue, les litres de thé trop sucrés, je devenais effrayant. Ma taille si fine jusqu'alors s'en allait en balluchon de saindoux. Je grossissais. Je prenais des couleurs de vieilles briques passées au four tout en rêvant de rencontrer le dieu Tchao-Ts'ien-Wen, champion du monde. Ce dernier vivait en seigneur dans une gare désaffectée des environs de Pékin. L'ignoble se flagellait au beau milieu des repas, disait-on, puis en guise de réconfort, absorbait un cruchon de vinaigre millésimé. Avant chaque combat, il se faisait apporter un joli choix de coupures de presse relatant toutes les atrocités de la planète, toutes les atteintes à la nature. Il en souffrait atrocement car Tchao-Ts'ien-Wen était un homme bon et généreux. Autant Térukichi, comme tout Japonais en Chine, inspirait peu de sympathie, autant le grand Tchao était idolâtré. Je devais par la suite les rencontrer l'un et l'autre... À Huang, je déclarai, tandis que nous paressions au soleil, allongés dans une barque plate sur la rivière :

– Mon adorable, tu vois combien j'engraisse, comme je deviens rouge à force de boire le thé de Lei-Tchéou. Ma tête enfle de suffisance au même rythme que la gloire dont je suis consacré. Je radote... Des visions de plastronneur me montent au collet... Je n'y peux rien, c'est ainsi... La faiblesse de l'homme. La nuit, en rêvant, je me figure l'égal des dieux ! Même au Bouddha tant vénéré, il m'arrive de lui poser une main familière sur le ventre. Des horreurs ! Où cela s'arrêtera-t-il ? J'ai peur, oui, mon petit nénuphar, la crainte me gagne à l'idée de ressembler à cette nuée d'imbéciles qui oublient qu'ils ne sont que pantins montés sur échelle. La mort de l'esprit me guette... Je n'invente plus... Ma pauvre tête fait marche arrière ! Cela suffit ! Lorsque je serai champion du monde, je m'arrêterai et nous vivrons ici à Berceau paisible pour ne plus nous quitter.

Huang battit des mains et chanta une comptine si pure et si légère que l'eau de la rivière frissonna. Plus tard, lorsque le soleil se coucha derrière les montagnes, elle me demanda d'où je tenais ma force indomptable.

– À force d'avoir trop ri peut-être pour étouffer les chagrins, ai-je répondu.

– Mais où trouves-tu cette tristesse inouïe à ne jamais rire ni sourire devant les clowns les plus barbares de la République ?

– Un bon lutteur de Suko-Ti-Woa doit toujours immerger son esprit dans le passé, surtout si celui-ci fut encombré de tristesse. À la première seconde de ma vie, on voulut me balancer dans le vide-ordures… Ça marque, je crois, ces choses-là, même si je n'en garde plus le souvenir exact. Il suffit de me souvenir du petit garçon auquel, en guise de câlins, on expédiait des coups au foie, là où le poing serré ne laisse pas de trace, il suffit…

Huang a posé ses lèvres sur les miennes afin de me faire taire et de me dire combien ce temps-là n'existait plus. Elle m'accablait de baisers et je tendais les lèvres et les joues, le front et les oreilles, jamais rassasié. Peut-être, lors d'un long tournoi, ne pourrais-je m'empêcher de sourire à la pensée de ma petite fleur de Berceau paisible, celle que je tenais férocement sur mon cœur.

La lune rose se leva tout au bout de la rivière. Nous sommes rentrés dans l'obscurité en nous tenant la main. C'est cette nuit-là, allongé dans la niche, que je ressentis une effroyable douleur à l'épaule gauche, à l'endroit précis où était greffé le bras gauche de la gachoux.

Térukichi portait des lunettes rondes et cerclées d'or véritable ainsi qu'une cravate noire sur son cou de pintade. Récompensé par la clameur titanesque des deux mille spectateurs réunis sous l'arsenal des pompiers de l'Étoile Rouge, je mis six heures et quarante-deux minutes pour le vaincre. L'enfariné et moi avions uriné tout notre saoul dans nos langes de grabataires. Des narines du Japonais sourdait de la morve dite quintessence du cervelet, appelée autrefois compendium de l'âme animale. Vrai, nous étions dans un triste état l'un comme l'autre ! Je ne sentais plus ma nuque ni mon épaule droite, celle au bout de laquelle la main de la gachoux maintenait la barbichette blanche de Térukichi. Les soigneurs en tenue d'opéra et coiffés d'une sorte de galurin doré s'empressèrent de nous masser avec les onguents et nous offrir des arbouses du Kiangnan. Sous l'estrade, les tubes, ocarinas et tambours jouaient une marche lancinante pour fêter la victoire du Mongol albinos. Car tel était mon nom à présent sur les tréteaux de la renommée. Le Mongol albinos ! Une appellation qui avait du chien, quelque chose de mordant qui me faisait bondir sur la table, le bouc de travers.

Très digne dans la défaite, l'infernal Nippon consentit à me féliciter tout en me souhaitant ironiquement une chance mémorable lors de ma future confrontation avec le champion du monde. En réponse, je lui offris courbettes sur courbettes sans bien réaliser ce qui m'arrivait tant la fatigue m'abrutissait. Il ne m'était jamais arrivé de combattre durant une aussi longue durée. L'immobilité complète de près de sept heures... Une épreuve comme une descente aux enfers lardée de souffrances. Grâce à ma jeunesse, j'avais vaincu le Japonais plus par usure que par talent, mais ce qui avait provoqué son sourire n'était autre que la manœuvre de mon œil mort dont j'avais fermé la paupière pour le faire réapparaître aussitôt en un monstrueux retournement, figé dans son linceul de chair sanglante. Était-ce vraiment un sourire ou plutôt un rictus de surprise, peut-être d'horreur ou de compassion, qui naquit sur la face du Nippon ? Nous le vîmes s'éloigner vers les vestiaires, lui, le grand stratège victime de ma laideur, titubant, le bouc en lambeaux, encadré par les responsables du tournoi et les arbitres en blouse noire dont les larges manches resplendissaient dans la menace enflammée des dragons. Le premier prix consistait en un cheval de race Olia, petit et râblé, dont l'encolure est fouettée par une crinière aussi sombre que ses yeux. Par le chemin de fer puis par une vaste benne à ordures, je le fis transporter à Berceau paisible.

Lorsque la nuit tomba, je fus entraîné dans un de ces nombreux et sinistres tripots clandestins où des organisateurs de tout poil m'offrirent en sous-main de jolies sommes d'argent pour s'assurer de ma présence à divers tournois. Ces remises d'argent étaient illégales, bien sûr. Des visions de couperet et d'échafaud voltigeaient entre les chiffres des transactions. Des suées d'inquiétude me montaient à la face... Je pensais avec terreur que, si nous étions pris en flagrant délit, je serais sur-le-champ expulsé de la République chinoise, un écriteau accroché au dos et mon bouc décapité, vendu aux enchères. Néanmoins, j'acceptai quelques contrats avant ma rencontre avec Tchao-Ts'ien-Wen, et par la suite, ma retraite définitive. Seule Huang régnait dans mon cœur. En outre, depuis plus d'un an, je négligeais la réalisation de nombreux opus qui se lamentaient dans ma tête. Des remords m'assaillaient. On me promit une prochaine rencontre avec le champion lors de l'imposant tournoi de Fo-Chan, près de Canton, à la condition, bien sûr, que je parvienne en finale. J'étais désormais classé mouche rouge ! Le sommet… Un dieu, Dieu le magnifique, le Bouddha en réincarnation ! Durant ces mois d'apothéose avant le jour du grand combat, en dépit de mes résolutions d'humilité, j'eus la gorge enchevêtrée de sentences de sermonneur, de jugements prudhommesques à l'emporte-langue, d'attitudes bibliques où Lao-Tseu lui-même n'aurait pu que redéfinir le taoïsme.

Le jour solennel était arrivé. Le jour tant attendu du divin combat entre Tchao-Ts'ien-Wen et le Mongol albinos. Ainsi que la bêtise, je crois que la souffrance physique ne connaît pas de limite. J'étais rompu, plus mort que vif, au terme de ces huit jours de duels acharnés. Comme pour demander grâce, mon œil jaillissait de l'orbite. Je ressentais de douloureuses impatiences dans les jambes. Plus rien ne fonctionnait normalement dans ma carcasse. Même le cœur qui battait la mitraille pour, tout à coup, marquer un temps d'arrêt comme une promesse de mort subite. Quelques drogues de délicat opium dans une pipe me permirent de résister et de reprendre force entre deux combats. J'usais d'un vestiaire pour moi seul, une sorte de galetas humide et sans fenêtre dans lequel j'avais installé une paillasse à cloportes ainsi que mes provisions. C'était un sépulcre, cet endroit, un de ces lieux privilégiés propice à la neurasthénie où l'on arrive à se persuader que la condition humaine ne trouvera son idéal que dans le repos éternel, loin des congénères et des manigances imbéciles du destin. À l'issue de mes six victoires consécutives, j'étais parvenu à un abattement idéal : état transcendant pour affronter l'homme le plus malheureux de l'univers.

Dans sa loge tendue de draps en pompes funèbres, Tchao-Ts'ien-Wen se préparait au combat et, expliquait-il à sa cour d'admirateurs, à m'infliger une déroute cuisante. Le Mongol allait apprendre ce que signifie un visage minéral. De mon côté, je fis courir le bruit que je me trouvais dans l'esprit du vautour chauve des montagnes, c'est-à-dire, promu à l'invincibilité.

J'eus le bonheur de revoir mon cher Song-Siang. Il venait assister à la finale et me confia d'emblée sa stupéfaction lorsqu'il réalisa que le Mongol albinos n'était autre que Baltazar Ninon.

– C'est comme tonnerre au creux de l'oreille, me dit-il. Quelle surprise, Baltazar ! Mongol albinos est connu partout dans le pays. Les lauriers dressés dans le vent apportent la couronne…

– Une dérive, Song, ou pire, un naufrage… tout ça, les honneurs, la gloire… ! Certaines nuits, je me crus le Bouddha ressuscité ! Ce que je veux, c'est prendre ma retraite et retrouver mes travaux d'inventeur.

– La gloire pétrifie l'esprit comme serpent pétrifie le lapin.

– Oui, Song, la gloire engraisse mais elle nous livre à la stérilité de la vie intérieure et au vacarme de la pensée frelatée. Il n'y a que l'art et la science au fond de son jardin qui vaillent réellement quelque chose dans ce monde où tout court à l'éphémère. Lisez un journal vieux de dix ans, vous verrez que ce qui fut à la une a cessé d'être, est oublié, obsolète, ridicule même.

– Ronron fait l'ignare. Qui, que, quoi, fait celui qui veut ouvrir les nuages pour voir le soleil.

– Mon cher Song, vous en avez donc des tonnes de ces proverbes ? Votre style est lapidaire. Avec vous au moins, on ne perd pas son temps… Vous devriez les publier sous jaquette rouge.

– Bon plat de riz se mange en famille et entre amis.

– Pourtant, celui qui passe sur la route…

– On l'invite.

– Avant que le Bouddha l'embrasse ! Regardez, Song, j'ai dessiné votre pensée sur mon vieux sac de marin. À présent, je dois me concentrer pour l'abominable duel. Si vous saviez quelle fatigue j'ai là, sous le front. Le combat est pour cette nuit. Il me fait peur, ce Tchao…

– Baltazar, je dis proverbe. Qui trouve perd, qui cherche gagne !

– Réfléchissons... Oui... c'est assez vrai... Mais c'est aller loin dans la réflexion. Song, si vous voulez, en voici un autre, issu de ma pauvre tête toute pleine de terreurs : faire litière de tout son savoir pour deviner l'inexprimable.

On s'en est échangé d'autres, des proverbes et des maximes inouïs qui nous germaient dans le cerveau avec la fulgurance de l'éclair. Nous rivalisions, émus et admiratifs. Song-Siang s'est ensuite rendu sur les travées du stade pour assister au spectacle. Vers deux heures de la nuit, eut lieu la finale. Je me baignai le visage à l'eau froide, me lavai les dents au pétrole afin d'incommoder l'adversaire par mon haleine, tirai quelques bouffées consolatrices de la pipe et, revêtu de la tunique rouge à damiers où frétillaient deux monstres marins sur la bave incandescente d'un volcan, je me rendis dans le stade où plus une place n'était disponible. Un vacarme épouvantable sévissait. Je pris place à la table de combat tandis qu'au loin la musique annonçait l'arrivée imminente du champion du monde. J'imaginais un monstre haut de deux mètres, bâti à la graisse de bœuf et porteur de seins de matrone en train d'agonir sur un ventre tendu comme un ballon en baudruche, ou, au contraire, un ascète étriqué au sinciput de cadavre, poitrinaire et mystique et dont la triste barbiche s'en irait en rognures. Je me trompais ! Précédé des arbitres, des musiciens et d'un jeune homme porteur de la rutilante ceinture damasquinée d'or, celle du champion du monde, je vis s'avancer un petit homme affable, très digne, un vieillard aux cheveux blancs soutenu discrètement aux aisselles par un colosse en maillot de corps. C'était lui, le dieu des arènes et des amphithéâtres Tchao-Ts'ien-Wen ! Il souriait, sûr de son invincibilité légendaire. Il souriait comme aucun autre champion ne se le serait permis à l'heure fatidique d'un combat où la neurasthénie et le désespoir sont de rigueur. Cette désinvolture était à peine concevable et me submergea d'effroi.

À un mètre de distance, nous nous inclinâmes profondément afin de nous rendre un mutuel et silencieux hommage. Après quoi, se tournant vers la foule, il joignit ses deux mains au-dessus de sa tête en guise de salut. Une clameur terrifiante s'éleva des gradins ! Le combat débuta aussitôt sous les regards vigilants des quatre arbitres placés deux par deux derrière chaque combattant. Je te tue, tu me tues par le bouc… Couplet incantatoire que je brisai aussitôt pour imiter le cri du coq excédé par le retard d'une aurore paresseuse. Tchao-Ts'ien-Wen répliqua par le bruit infernal d'une avalanche de casseroles tombant sur un toit de tôles. Ce fut ensuite les glapissements d'un dément, le cri du gorille, le sanglot d'un agonisant à qui l'on refuse un ultime verre d'eau, le glouglou du dindon, la tirelire d'une alouette, le vagissement de douleur d'un nouveau-né perdu entre les deux mamelles stériles d'une hystérique… Un dialogue de sourds que nous établissions au creux de cette foule déchaînée, ployée de rires, d'encouragements, et de menaces ! Même les arbitres pressaient parfois un linge sur leurs lèvres afin de réprimer l'ébauche d'un sourire. Tchao-T s'ien-Wen, entre deux sonates d'hystérie, restait de marbre. Un bloc de glace… une pièce de métal… Soudain, sa face entière était broyée par les tics de l'aliéné. Tout palpitait, la mâchoire en coupe-cigares, l'arête du nez, l'accordéon des narines, le front en bobèche, même ses dents mamelonnées à la meule lorsqu'il troussait ses lèvres pour imiter le couinement d'une truie ou le trémolo d'une pintade. Je répliquais méchamment par le borborygme d'un tambour crevé, le tohu-bohu d'une femme prise en écharpe sous l'abdomen d'un obèse en état éthylique. J'empruntais la voix du castrat qui dérape, l'exclamation horrifiée du goret sur le seuil d'une salle de bain.

Le règlement stipule que les combattants sont tenus de proférer toutes les cinq minutes la chanson auguste… Je te tue, tu me tues par le bouc. Celui qui rira, par ma face périra ! Nous avions, pour chanter ce refrain, des voix qui déraillent, des voix sèches ou grasses, des voix de grands prêtres pansus ou de petites précieuses chatouillées par un épi de blé entre les vallons du corsage, des hurlements d'ivrogne devant la bouteille vide, des feulements de sadique déboutonné, des exclamations gutturales entendues au fond noir des tunnels, des hoquets de bovidé devant une prairie désolée par le feu, des voix hérissées de plaintes ou terrassées de jouissances, des voix ténues de demeuré, de celles qu'on entend au fond des cimetières les nuits d'hiver lorsqu'une pierre tombale se soulève, des grondements, des chuintements, des crissements odieux de baïonnette à travers les côtes du rebelle, le chant suave de l'eczéma sur le visage d'une vierge à la veille du mariage, des fracas, enfin, sublimes de violence et glapissant en étage, au gré d'un diapason halluciné, toutes les beautés d'un quatuor à cordes… et puis, soudain yeux dans les yeux, fureur contre fureur, le silence terrible de celui qui ferme à jamais les yeux sur toutes les beautés du monde.

Certes, nous ne pouvions postillonner, mais nos langues, démesurément agrandies et effilées par l'exercice du fil à soie, remontaient au-delà des narines pour lécher les larmes qui jaillissaient. Un combattant au cœur de l'hystérie parvient à pleurer sur commande, car ceci fait partie de sa gloire, de s'incruster dans le magma ignoble de toutes les souffrances humaines et animales en oubliant qu'il existe, de-ci de-là, quelques jours de bonheur qu'on peut glaner à la faveur de l'étourdissement ou de l'ivresse.

Mon Dieu Jésus, pourquoi ne m'avoir pas aidé à conquérir la victoire ? Les deux horloges encadrées par les candélabres des divins oracles indiquaient le temps que nous avions passé à combattre. Nous en étions au début de la quatrième heure. Au terme de la cinquième heure, au même instant où je dus me résoudre à uriner dans mon lange de rigole, je vis que Tchao-Ts'ien-Wen ne parvenait plus à relever la paupière de son œil droit rougi par la fatigue. Ses cris devenaient moins virulents et son visage prenait le teint du cadavre. Il quittait ce monde, cette foire d'empoigne, la foule vociférant... Il me quittait! Ce changement de tactique tenait du génie. C'était cela, sa force à Tchao, champion universel, virtuose des ténèbres et des puissances polaires, abandonner son adversaire pour se retirer dans les confins du néant! Il se ratatinait dans une nébuleuse. J'eus la certitude qu'il ne me voyait plus et que mes vociférations se perdaient dans le vide. Sans doute s'était-il résigné au combat interminable, à celui qui fera date dans l'histoire du Suko-Ti-Woa. Je me trouvais seul à la table de combat. Devant moi, se trouvait la vacuité. Dès cet instant, je voulus l'imiter, entrer dans l'éternité, m'abandonner aux gouffres de l'indifférence, de la surdité, de la cécité. Ne plus être qu'un rail abandonné sous la pluie dans une campagne suicidaire. À la fin de la septième heure, celle dite des somptueuses défaillances des nerfs du faciès, je fis placer une attelle de bois recouverte de tissu le long de ma nuque.

Nous n'étions plus que deux blocs de souffrance, deux hommes hébétés, prêts à se jeter dans les bras l'un de l'autre pour sangloter au souvenir des sublimes paresses sous le ciel limpide du printemps. Toutes les douleurs physiques se conjuguaient, dont la plus cruelle était celle de la soif. Durant les combats, nous ne pouvions ni boire, ni manger, ni bénéficier d'un instant de repos. Autour de nous, dans les tribunes, ce n'était plus qu'un va-et-vient d'individus vociférant, l'insulte et la bave au museau et qui partaient titubant de fatigue pour laisser la place à d'autres forcenés armés de bidons et de bouteilles, de paquets gras d'où s'échappaient des odeurs de friture. Nous ne percevions plus ni les bruits ni les rires, rien qu'une rumeur assez semblable à celle d'un train en marche. Au fond de ma conscience de vieille bête abrutie, j'eus la sensation que la victoire était à ma portée. Tchao-Ts'ien-Wen, réputé expéditif dans ses duels, ne devait pas avoir l'habitude de soutenir une lutte aussi longue. J'eus l'impression qu'il allait connaître un problème cardiaque si le combat se poursuivait au-delà de la dixième heure, l'heure noire des angoisses souterraines, celles que le prince Ts'in mit à profit pour ériger la première pierre de la Grande Muraille. Les lèvres de Tchao s'entrouvraient comme pour happer un supplément d'oxygène. Son œil entrouvert n'était plus qu'une tache sanglante. Il devait prier ou réciter un poème long comme le fleuve Yang-tseu-kiang, dans un dialecte de la Chine antique. Je sus qu'il ne me serait sans doute pas possible de le vaincre par le rire ou le sourire car la glace ne fond pas sous vingt degrés. Avant de noircir sous les assauts du soleil, la pierre met un demi-siècle. Je pouvais espérer le vaincre par la fatigue ou l'inanition, par un éblouissement d'hystérie ou une convulsion ou encore grâce au cœur qui s'emballe et se disloque sous les barreaux des côtes comme la praline sous la dent. J'avais l'avantage de la jeunesse. Tchao-Ts'ien-Wen fêtait ses quatre-vingt-deux ans sous les lilas. Oui, j'aurais pu gagner et conquérir la couronne mondiale. Quel beau bristol en perspective ! Le Mongol albinos au pinacle de la gloire. Peut-être serais-je redevenu Français du coup ! France, Nord, Tourcoing... Pour qu'on m'élève une statue dans le parc public, près de la rue de Latte où jadis les maîtres frappeurs de l'Orphelinat nous conduisaient en rangs serrés afin d'admirer l'étang et les canards. Quoique, cela m'aurait déplu d'être façonné en marbre immobile. Je l'aurais voulue montée sur roulettes, ma statue, afin qu'elle aille parcourir les chemins de toutes les campagnes, de village en village, de l'Indre à la Lozère, sans oublier l'Ardenne et l'Argonne. Merveilleux rêve d'adulte ligoté aux démangeaisons de l'enfance...

À la dixième ou à la onzième heure, je ne sais plus au juste, je ressentis à nouveau une ignoble douleur dans l'épaule gauche, là où les muscles commandent l'armature de la gachoux. Ma bouche s'entrouvrit: sourire de dépouille calcinée par les flammes du bûcher. Rictus de souffrance qui m'infligea la défaite! Les juges levèrent les deux bras de Tchao-Ts'ien-Wen afin de consacrer sa 1733e victoire. Le stade explosa de joie et de gratitude. Le Chinois avait terrassé le Mongol!

Huang m'attendait près de la barrière en bois du jardin. Derrière elle, la petite prairie verte où paissaient les vaches et les deux bœufs scintillait dans la rosée du matin. Elle me serra dans ses bras comme pour me dire qu'il fallait oublier cette défaite. La vie continuait et ce qu'elle était belle, la campagne de Berceau paisible ! Au loin apparaissaient les montagnes où je pouvais à loisir aller m'abreuver aux sources fécondes de la solitude. Mais je l'oubliais déjà, cette déroute gravée au marteau-piqueur sur la blancheur aveuglante des polyptyques. Ce qu'on prend pour la gloire n'est souvent qu'un éphémère grotesque. Aux bravos venus casser les oreilles, je préférais le vent sucré qu'on sentait sur ses lèvres et qui apportait l'apaisement aux feuilles des cerisiers. Au bout du chemin de terre, je vis accourir Gabine. Il me sauta au cou en m'offrant mille onomatopées frémissantes de tendresse. À l'idée de me garder près de lui, il paraissait très satisfait de ma mémorable défaite. Peut-être me le disait-il dans son dialecte créole, subtil mélange de sabir portugais, de vieux français, d'espagnol en lapalissades et d'onomatopées euphoriques.

J'ai lavé mon œil valide à la fontaine afin de mieux contempler tout ce qui nous entourait et nous apportait l'assurance des heures sereines. Certains moments sont ciselés à jamais dans les circonvolutions de la mémoire. Celui-là l'était… Ce que je voyais après ces mois de délires furieux n'était que quiétude et beauté, joie et affection. J'ai même posé mon visage dans l'herbe pour mieux m'imprégner de cette terre que je chérissais entre toutes. Ma Chine ! Notre Chine... Comme un petit coin de France, toute pareille, avec ses collines douces, ses chaumières basses et l'indolence gracieuse des arbres pour se mirer dans l'eau lente des rivières. C'est là et non ailleurs qu'il fallait vivre et mourir tout en aimant la petite Huang aux yeux en amande. C'est à cet instant, où les promesses du bonheur et le désespoir se disputaient atrocement, que je crus entendre la voix d'un enfant qui serait nôtre.

– Écoute, Huang, cette voix d'enfant dans le lointain. Écoute comme elle est radieuse et confiante.

Elle me prit la main, ma douce Huang, comme si c'était moi l'enfant enfin revenu à Berceau paisible. Et c'est alors que je lui ai dit que j'allais la quitter à nouveau... Mes oreilles se fermèrent pour ne pas entendre l'abomination des mots. Cette consolation de mourir après avoir mis le feu au monde ! La gachoux m'abandonnait. Un phénomène d'usure ou de rejet... J'expliquai tout cela à Huang. Mes muscles trop sollicités ne parvenaient plus à maîtriser la machine tentaculaire et je pressentais que j'allais redevenir un homme sans bras, un homme tronc.

– Tu comprends, Huang, ne plus jamais pouvoir te presser dans mes bras contre moi, ne plus jamais cueillir cette fleur pour te l'offrir... Comment donner la vie à un être si on ne peut l'aider à se relever lorsqu'il trébuche sur le chemin ?

Reptile aveugle et sourd, le malheur qui s'acharne sur certains êtres, sachant se faire oublier parfois, mais revenant tôt ou tard à la charge... Pourquoi s'attacher à ceux qu'on rencontre sur ses chemins de misère ? Pourquoi aimer ? C'est la haine qu'il faut faire flamber ainsi qu'un brasier sans fin ! Étouffer la sensibilité sous les charognes du mépris et de la cruauté... Détraquer les élans du cœur afin de rester insensible et devenir invulnérable. Je me souvenais de mes incantations d'autrefois, celles de mes seize ans, celles de mes dernières années à l'Orphelinat. Qu'entre en moi, débile, le soleil de la haine afin que je puisse laver ma face de tous les crachats du mépris et du rejet ! Que jaillissent les fontaines de sang et que j'aille par les nuits glaciales d'hiver rendre exsangues tous ceux qui levèrent la main sur moi ! Que la vengeance soit toujours au-dessus de la tristesse ! Que le pardon n'entre jamais dans mon cœur ! Que je ne sois plus qu'un nœud de couteaux pour abattre, par-delà les impuissances et les morales imbéciles, toutes les statues des justices aveugles aux injustices ! Mais voilà qu'une idée venue d'on ne sait où désarma mon pied habile à tuer, un rasoir entre les orteils, et que je compris que la vie amplifie sa puissance et son savoir par toutes les souffrances endurées. Et voilà que j'aimais déjà un enfant qui n'était même pas conçu ! Que j'aimais le ciel, la promenade des nuages, les oiseaux lorsqu'ils chantent pour accompagner l'aube nouvelle, cet arbre malade au fond de la prairie et que je jure de ne jamais abattre, le visage d'un inconnu, le regard d'un chien, le regard de Gabine… Comment concevoir de la haine alors qu'il m'arrivait de pleurer à l'écoute du silence ? Et pourtant, voici que j'infligeais une peine infinie à ma petite Huang que je revois dans cette allée de bambous, près de la barrière, et qui me regarde, les yeux agrandis par la souffrance tandis que je lui explique que je dois partir, mais que je reviendrai avec une nouvelle machine tentaculaire plus perfectionnée, soudée à jamais aux muscles des épaules.

– Je voudrais mourir, m'a-t-elle dit.

Je lui fis promettre de ne pas croire à la mort et de m'attendre en décomptant les jours sur un calendrier en soufflets d'accordéon où la symphonie de l'espoir irait en grandissant jusqu'à contenir les plus belles harmonies du monde.

– Un homme aimé ne peut pas être malheureux, m'a-t-elle dit. Oui, à chaque heure nouvelle je penserai à toi, comme si tu venais de naître dans mon cœur. La nuit, je rêverai que le Bouddha te tient par la main pour t'aider à franchir l'océan et te ramener vers moi.

J'ai quitté Berceau paisible sur la pointe des pieds, une nuit d'automne, le foulard vert de Huang entre les dents afin de m'empêcher de crier toute ma détresse. Mon bras gauche battait l'air ainsi qu'une branche morte dans la dérision des tourments.

Il arrive que le temps passe avec un tic-tac d'horloge qui est autant de coups d'épingle dans la poitrine. C'est lorsque je pensais à mon petit coin perdu de la Chine, et à ce que j'avais laissé à Berceau paisible que je me mettais à haïr la France. Pourtant, elle était bien là, la France... Monsieur des Gachoux n'était plus, assassiné un peu dans une cellule capitonnée d'une institution psychiatrique de Toulouse. Une digne mort comme on dit, silencieuse et propre malgré le bâillon sur la bouche, le bandeau sur les yeux, un plomb dans chaque oreille, tout ça confiné dans un neuroleptique à fragmentation pour sénescence accélérée. Garanti pur phénothiazine comme le pur guano de la Chine céleste ! Expulsé de la République, Ma Kadaka était mort lui aussi peut-être... Il me laissait ses maigres économies sur un compte à mon nom.

J'ai pensé à Rimbaud parce que mes poches étaient crevées et que j'allais sous le ciel... J'ai erré dans de jolis coins, au hasard, selon l'humeur des trains qui arrivaient en gare. C'était la France très belle, des lieux rares qui me faisaient délirer... Paray le Monial, Tarare, Lapalisse, d'autres bourgs en trombine où la pesanteur de la suspicion écartèle toute gaieté... C'est vrai qu'on me regardait de travers en raison de mon bouc au menton, de mon œil mort, de mes cheveux en pétard sur le sommet du crâne et en griffe de loup sur les tempes et surtout à cause de mes paupières bridées de Mongol des steppes où gigotaient des ruissellements d'impatience. On ne m'accueillait pas à bras ouverts. J'avais beau raser les murs et emprunter les mines discrètes du marguillier, il fallait déguerpir... Retrouver une gare et prendre un train, sans billet. Je n'étais pas doué pour la resquille et chaque fois je me faisais alpaguer par le contrôleur en képi avachi. Ma consolation, c'était de leur présenter ma carte d'identité vieille de dix ans, une archive, avec l'adresse de mon domicile chez Hortense ! Elle devait se régaler, celle-là, des amendes en double feuillet qui lui parvenaient et qu'elle devait utiliser pour écraser les punaises qui forniquaient sous les poubelles. De bourg en bourg, je sollicitais une aide auprès des administrations publiques, des curés, des œuvres de bienfaisance. Certes, je rencontrais parfois un type bien avec du soleil dans les yeux... Mais les autres, pétrifiés d'indifférence, et ces autres, plus crapuleux encore, qui faisaient mine d'empoigner le téléphone pour avertir les flics ! On pourrait discourir joliment de cette sensation effrayante ressentie à l'approche d'un homme, le quémandé, tout en chair repue et en sang riche, par le quémandeur à demi cassé sous les strates du malheur, de l'angoisse et de l'humiliation. Pourtant, il y en a qui disent sans rire que le bipède est bon. Il faut les croire, ceux-là, en ouvrant la bouche pour inhaler tous les espoirs du monde.

Plusieurs fois, j'ai évité de justesse l'internement. Un infirme sans ressources, sans domicile, n'a pas sa place, ni sur les routes ni dans les salles d'attente des gares. Je m'insurgeais, le bouc en bataille et mon œil mort noyé dans son vilain liquide, pas content du tout. Votre présence ici n'est pas souhaitée, m'expliquait-on d'un ton rogue où l'on voyait s'agiter un mépris autrement plus baveux et plus sordide que ma pauvre haine entretenue sous les feux croisés des chagrins. J'ai abandonné la manche pour le vol et l'agression. J'agressais les êtres qui m'apparaissaient en état de splendeur dans les beaux quartiers des villes. Poliment, sans un cri, avec une certaine douceur, je sortais un canif de ma manche et ma main droite, la bonne, s'appliquait à presser la lame sur le ventre de celui qui rechignait à m'offrir cent francs, billet colorié si évocateur de pain frais, de fruits, de lait sucré bu au goulot, les yeux fermés dans l'incommensurable béatitude du nourrisson. Souvent, je devais relâcher l'étreinte... Ceux-là préféraient mourir, même saignés au gras du ventre, plutôt que de vomir l'argent. Je comprenais à demi que l'argent constituait leur raison d'être, leur idéal ! Ceux-là méritaient la mort peut-être... Je n'ai jamais eu la volonté de l'infliger, non pas par lâcheté mais par pitié, car je hais ce qui meurt et plus encore ceux qui infligent la mort.

Une nuit d'hiver, je me suis embarqué étourdiment dans un train à destination de Paris. Paris ! Un coup de déveine qui se révéla un coup de chance... Comme un lapin tiré aux plombs par un abruti, j'ai filé à Levallois-Perret, rue Marius Aufan, afin de procéder à une ultime tentative de recouvrement auprès des Nouvelles éditions Pro-Nuptia. C'était une belle tanière là-bas, une bauge à combines... Une fois de plus, l'immuable entreprise se trouvait en liquidation judiciaire. Faillite sur faillite au gré des saisons... C'était l'habitude, aux premiers beaux jours du printemps, d'aller déposer les clefs sous le paillasson et de filer à l'anglaise. Lorsque je suis arrivé, on faisait des frais, on remplaçait les meubles et la plaque de cuivre sur la porte cochère : Éditions Européennes des Lumières. Cela faisait sérieux ! Un fameux chien ! J'ai monté quatre à quatre la volée d'escaliers pour me retrouver aussitôt dans le bureau de la sous-directrice, une jolie femme sans fards, jeune encore et très érudite puisqu'elle me fit l'honneur d'apprécier mon ouvrage *La manière idéale de s'asseoir tout en restant debout.*

– Je veux mes sous ! ai-je dit à la manière de l'épicier, le poing sur la balance.

– Monsieur, permettez ! m'a-t-elle dit. Vous auriez pu avoir la politesse de frapper avant d'entrer ! Que voulez-vous ?

– Mon modeste pécule en hommage à quelques ouvrages que je fis publier ici. Je lui expliquai... Elle me tendit une facture des antiques éditions du Gai-Savoir. C'était le monde à l'envers.

– Vous êtes notre débiteur, monsieur Ninon. J'espère que votre visite est le gage de votre désir de nous régler cette somme sur-le-champ.

C'était donc ça aussi, Paris, ville lumière ! Des manigances de courte cuisse et de coupe orteil, des complots d'huissier, des cabales pour vous vider les tripes à même le trottoir... On le voyait sans doute que j'étais un provincial débarqué de la charrette à légumes. Ce fut terrible, cette fureur qui me monta dans l'entonnoir de la gorge. J'allais mettre le feu à l'immeuble... Mon bras mort s'en allait dans tous les sens au même rythme que mon bouc en double pointe tressée. Des meuglements que je poussais, de ceux qu'on entend lorsqu'on s'affale dans une mare de purin sous l'œil surpris des bovidés ! Elle parut surprise, la sous-directrice, un peu effrayée sans doute... En fin de compte, en grande dame de la pensée européenne, elle consentit à un accord. Elle me tendit un chèque de dix mille francs en échange duquel je m'engageais à lui remettre trois nouveaux ouvrages de haute valeur. C'était un miracle ! Un moment d'émotion qui me réconcilia avec la ville lumière.

– Monsieur Ninon, qu'allez-vous nous pondre ? m'a-t-elle demandé en souriant finement.

Il y eut un long silence que je mis à profit pour une réflexion intense. J'étais un peu troublé... Ce terme « pondre » ne me plaisait pas du tout. Pour finir, je lui ai promis la réalisation d'une *Histoire de la haine dans les mariages d'amour.*

Elle parut enchantée du caractère novateur d'un tel ouvrage. Nous nous quittâmes aimablement. C'était un jour de chance, celui-là ! Au fond, Paris, cité des fins esprits, n'était pas si ignoble. Il y a du soleil à Paris, des arbres, un peu de verdure, de beaux monuments, des hommes aimables avec des andouillers sur la nuque, des femmes en bottes, d'autres en galoches, souvent jolies, pleines de jactance et auxquelles on ose demander l'heure dans la rue, rien que pour entendre l'accent pointu qui cravache les voyelles.

Avant de louer une chambre dans la ville lumière, je suis remonté en pèlerinage vers le Nord. Une région que j'aime malgré tout à cause de certains paysages et de quelques bons souvenirs gravés en moi depuis l'enfance. C'est, soit lorsque je me trouve au degré ultime de l'indigence, soit quand j'ai de l'argent en suffisance que j'y retourne le plus volontiers. C'est là, à Cysoing, dans l'église, qu'une femme allume des cierges pour moi devant la statue de la Vierge. Une inconnue, une petite dame assez âgée, vêtue de gris, ma mère peut-être, prise de remords. Le curé de cette paroisse m'avait révélé cela autrefois en me fourrant dans la poche une poignée de monnaie et dans l'autre un flacon de vitamines pour combattre ma faiblesse.

– Vous vous appelez Ninon ! Tiens ! Baltazar Ninon… Baltazar… Et vous êtes né à Tourcoing ou plutôt vous fûtes trouvé abandonné à Tourcoing ? Il y a bien longtemps, quinze ans, vingt ans peut-être, une femme est venue me voir, quelques jours avant Noël, elle me parla d'une manière décousue d'un abandon d'enfant, sans mentionner Tourcoing… Le sac de toile ou de laine qui entourait ce nouveau-né contenait une enveloppe avec de l'argent et un carton sur lequel figurait Baltazar Ninon. Pourquoi Ninon ? Il n'existe aucun Ninon dans la région. Une anagramme ? Non, je ne vois pas… En me quittant, elle me donna de l'argent pour quelques messes en faveur d'un petit

Baltazar, peut-être vous... Parfois, mais très rarement, elle revient pour allumer des cierges au pied de la statue de Marie. Je trouve alors de l'argent dans ma boîte aux lettres et un bout de papier. Pour Baltazar, priez pour lui...

– Avez-vous conservé ces bouts de papier ?

– Non...

– Je vous en prie, la prochaine fois, à la prochaine visite de cette femme, gardez ce papier, gardez-le précieusement et remettez-le-moi.

Cette histoire m'a terrassé. Je n'en dormais plus, même sous les ponts où l'on dort si bien à cause de la chanson de l'eau. J'ai erré dans les environs, partout, dans les villages avoisinants avec l'idée fixe que j'allais tôt ou tard reconnaître cette femme, ma mère, à cause des cheveux roux ou en raison d'un trait ou d'une expression du visage qui nous serait commun. Puis, ne trouvant rien, je me suis habitué à cette pensée que quelqu'un priait pour moi. Je trouvais un formidable réconfort en pensant qu'une femme m'aimait assez pour aller allumer des cierges et intercéder en ma faveur auprès de Marie, une maman ! Malgré tous ses malheurs, il en a eu de la chance, Jésus, d'avoir une mère et un père... En définitive, je crois que ces prières et ces cierges m'ont bien aidé dans la vie. Une idée comme ça... J'aurais pu mourir à cause des chagrins, me saigner au canif lorsque j'étais petit, à cause des coups dans le foie... Ou me faire enfermer à jamais dans une institution quelconque... Mais non, je suis libre, flamboyant de génie incognito, vice-champion du monde de Suko-Ti-Woa et, surtout, tellement amoureux de ma petite Huang.

De retour à Paris, j'ai loué un sous-sol rue des Couronnes, un deux-pièces avec une fenêtre qui donnait sur les souliers et les mollets des passants. Ce sous-sol était si hideux et si déprimant que je me levais avant l'aube pour le fuir et déambuler dans Paris à la recherche de la fortune. Ma tête se remettait à flamber et à cogiter depuis que je n'avais plus à m'en faire pour traquer ma maigre subsistance quotidienne. J'allais souvent me réfugier dans un bistrot désert, près de la rue du Dragon, où je sortais mes papiers couverts de chiffres et de formules infinitésimales. Venait alors un aimable apaisement et je sentais les miscellanées des pensées moroses s'évanouir de mon esprit. J'approfondissais alors mes travaux sur l'anatomie humaine. Mon but consistait à créer des muscles artificiels suffisamment fiables pour durer cinquante ans et redonner ainsi une nouvelle vie à la gachoux. Peut-être, à la longue, deviendrais-je un être de métal, de silicone, d'éponge creuse, d'étamoisse artificielle. Pour continuer à galoper sur les chemins de la misère, disait mon double…

Ce soir-là, j'étais dans mon sous-sol lépreux, assis à la table, sous l'ampoule jaune où éructait une mouche amie, survivante de l'hiver. Le vent s'engouffrait sous le soupirail. De la rue, je ne voyais rien, sinon les chaussures des gens qui circulaient. J'avais froid dans l'humidité de ce trou noir. J'essayais d'occulter la réalité pour paître dans un avenir merveilleux. À l'aube, un nouveau jour naîtra et peut-être recevrai-je une lettre de Huang pour m'annoncer que les tamariniers ploient sous les gousses, gage de félicité ! Assis en bossu à ma table de cuisine, je rectifiais quelques propos de mon *Histoire de la haine dans les mariages d'amour* en partant de l'idée, qu'ainsi qu'un bois mort sert de tuteur à l'arbre vivant, la haine latente sert d'aiguillon aux exacerbations de l'amour. Mes divagations couraient d'apothéoses en triomphes et trouvaient leur apogée dans une métaphysique où le Créateur lui-même concourait bizarrement à l'activité simultanée et contradictoire de la haine et de l'amour. Sans protocole ni ménagement, la plume rincée à l'acide de noix vomique, je fomentais des axes en rapière et des harangues de sermonnaires installés dans ces chaires où toute âme se trouve endeuillée par la dérision des mots. Entre la haine et l'amour s'élevait l'ataraxie… Mais l'ataraxie est-elle la suprême flétrissure de l'âme ou le suprême nirvana ? Monsieur ne voit plus vraiment madame et celle-ci non plus ne distingue plus très bien son époux... C'est l'indifférence, à ne pas préférer à la haine dans les liaisons de passion. Dès lors, je repartais dans l'inconstance, ne sachant plus où guider ma plume, me laissant aller par elle, courant de l'intempérance du fébrile au dérèglement des pléthores, m'insurgeant contre les évidences des bons livres de morale pour courtiser la réalité plus réelle que la vie, c'est-à-dire les cauchemars durant lesquels, supplicié par les horreurs du feu, on se demande si l'on rêve... Et qu'une voix auguste, celle de Dieu peut-être, répond qu'il ne s'agit pas d'un rêve mais de la vie réelle. Tout n'est qu'illusion peut-être, même sur le brasier de l'amour ou celui de la haine. Le passé n'est plus, le futur n'existe pas encore, l'instant présent n'est qu'agonie... Cet ouvrage se terminait d'une manière bien fâcheuse, mais madame Sylvanelle, la sous-directrice, voulut se montrer clémente en me décernant quelques compliments.

– Monsieur Ninon, vous pondîtes le meilleur de vous-même. Félicitations ! Qu'allez-vous nous élucubrer dans votre prochain essai ?

– Mon prochain ouvrage s'intitulera : *Comment abréger sa vie pour mieux profiter de la mort.*

Ce titre trouva grâce à ses yeux. Madame Sylvanelle était une personne charmante.

Oui, j'étais là, à l'écrire et à broyer des tristesses dans ce sous-sol infecté d'humidité lorsqu'on frappa à la porte. Je suis allé ouvrir en retirant le manche à outil qui maintenait la porte fermée. C'était le voisin, un Parisien en pyjama blanc et qui fumait des roulées parfumées à la réglisse.

– Sur le coup de midi, un quidam à l'accent de Toulouse s'est présenté sur le seuil. Il vous cherchait, dites donc… Il fallait qu'il vous trouve et en vitesse ! Baltazar Ninon, qu'il répétait en claquant des doigts comme s'il appelait un chien…
– Vous a-t-il donné son nom ? demandai-je.
– Une carte, tenez…

Une carte bis, type empire sur berger franc sel légèrement rose où je lus : Alex Beaupréau, gynécologue, ancien interne des hôpitaux d'état de Bucarest. Maître de conférences. Bon Dieu ! j'ai dit en réprimant un rire. Le chevalier ! Il ne pouvait s'agir que de lui, le séducteur en chaînes cassées reconverti en carabin du beau sexe !

– Oui, ai-je dit au voisin, le docteur Beaupréau… Il s'agit d'un ami, un homme de belle prestance et assez cavalier.
– Habillé comme un rentier qu'il était votre ami. C'est assez rare dans ce quartier de rencontrer un bonhomme de cette classe. Un vrai nanti, celui-là !
– Était-il seul ?
– Il y avait une femme dans la voiture, une brune avec des cheveux sur les épaules. Elle n'est pas sortie de la voiture. Un beau genre, elle aussi.
– C'est l'épouse du docteur.

Au dos de la carte s'étalait l'écriture alambiquée du chevalier. Il me disait de venir le voir toutes affaires cessantes, dans son cabinet, rue de Ponthieu, à deux doigts des Champs-Élysées. Formidables amitiés ! ajoutait-il en terminant par un paraphe à l'ancienne, dit à l'arche et à la ronde. Comment avait-il trouvé mon adresse, l'invincible ? Ainsi, il était devenu médecin pour dames comme d'autres deviennent coiffeur pour chiens… Ce qu'il devait se régaler dans l'univers rose des nobles intimités ! Je l'imaginais déjà, le monstre, en tablier blanc, le stéthoscope en bandoulière, l'air grave ployé au-dessus des bijoux… Comment arrivait-il à rester de marbre devant ces fruits sans défense qu'en d'autres temps il se serait empressé de consommer à la manière peu délicate du barbare rubicond ?

Je suis parti aussitôt vers la rue de Ponthieu, impatient de revoir ce compagnon des jours de gloire et d'infortune.

C'était un hôtel de maître en vieille pierre de France. Près de la porte, une plaque de cuivre ouvragée portait l'inscription : Adeline Jaoux Gynécologue. Je commençais à deviner… La porte s'ouvrit. C'était le chevalier, les bras au ciel, grands ouverts !

– Balta, mon pauvre Balta ! Que je t'embrasse, nom de Dieu ! J'ai vu ta soupente… Es-tu devenu bête de vivre dans ce taudis ? Entre, mon vieux… Entre, tu es chez toi. C'est un palais ici…

Nous nous sommes embrassés presque en pleurant. C'est ça, l'amitié, la vraie… Retrouver un ami d'autrefois en se disant qu'on retrouve tous les hommes du monde. Sa stupéfaction était grande de me retrouver en Chinois, le teint jaune de vieille brique, les yeux en lacets de tatane surtout, ainsi que le bouc en deux tresses de mandarine.

– Te voilà docteur, Balta ! me cria-t-il en me poussant dans le salon des glaces meublé à l'acajou, à l'argent et au vieil or.
– Docteur ?
– En médecine… Une fameuse carrière en perspective !

Lui aussi, le chevalier, il avait changé durant ces cinq années. Ses tempes grisonnaient en dépit des teintures et il portait au bout du nez des lunettes de lecture. Un air de condottiere perclus de brillant savoir assombrissait ses traits. Toujours aussi beau mais sans cette ombre de très fine vulgarité qu'il offrait autrefois dès qu'il désirait faire œuvre de conquête ou, surtout, lorsque passait à proximité une femme qu'il se proposait de séduire en six tours de langue. C'est là qu'il vivait à présent, dans cet hôtel de maître enrichi de meubles de nacre ou d'Orient, sablés au vieux mercure. Que de trésors ! Des torchères en argent, des girandoles à dix-huit branches ornées de pendeloques et de larmes de Navarre, des bronzes, des statues, des masques, des icônes, des enjolivures en baiser du pape, d'autres agrémentées de fine faïence babylonienne, des miroirs en étain, partout, jusqu'aux plafonds enjolivés de cristaux en perles de Nahatane. Près de la monumentale cheminée se trouvait une petite merveille de Rodin : enfant ployant le genou pour relever son bas. Et dans un coin, sous la fenêtre en petits carrés, une ravissante épinette du XVIIe siècle pour les doigts musiciens d'un ange… L'air sentait le tabac anglais, le musc et la vieille figue décomposée dans un bain de sajoin.

– C'est vraiment chez vous, ici ? ai-je demandé, ébloui par tant de splendeurs.

– Presque… Cette maison est celle d'Adeline, ma maîtresse en titre. Elle est absente aujourd'hui. Tu verras, une femme de qualité, de l'envergure, sympa, toute en taille de libellule, gynécologue de tout premier ordre, fameuse, tu sais. Le bouquet ! Je te laisse deviner la bagatelle et tout… Le vice à l'état pur et porté à l'ébullition. Le hic, c'est qu'elle apprécie aussi les femmes, tu comprends ? Et cela me révolte, ces transports contre nature… Tu ne peux pas savoir, Balta, comme ma vision de la vie s'est modifiée ces dernières années. Une certaine rigueur, tu vois, qui me cloue dans l'intransigeance. La morale de ma petite enfance chez les Jésuites qui me remonte au cerveau. Remarque, je ne suis pas sénile… C'est plus grave, je t'expliquerai. Tire ta veste, mandarin, mets-toi à l'aise. Te voici Chinois à présent ! Ton bouc me fait peur ! Le dîner t'attend à côté, dans la salle à manger.

Mon vieux Balta, il faudra changer de vie. Une carrière époustouflante que je t'ai préparée !

– Comment avez-vous trouvé mon adresse ?

– Par le curé de Cysoing, tiens ! J'ai téléphoné à tous les curés là-bas, ceux de Tourcoing et des villages dans les environs. Le curé m'a raconté la Chine, le guano, le sport... Je ne comprenais plus rien... Pour la deuxième fois, je lui ai téléphoné et voilà qu'il m'apprend que tu étais passé le voir il y a un mois. Il m'a donné ton adresse à Paris en me disant que tu faisais la manche chez les curés des environs. La misère, quoi ! Sacré Balta, tu te souviens de notre enfer à Biarritz, notre traque aux richards en limousine ?

– Ces années d'autrefois qui sont souvent les plus belles lorsqu'on a éjecté du souvenir toutes les misères.

– C'est vrai, Balta, tu parles toujours comme un livre... La classe ! La vraie classe de celui qui a vécu. Pauvre monsieur des Gachoux... Et sa femme, notre mère, qui t'aimait tellement... Un jour, nous y retournerons à Biarritz et à Saint Jean de Luz aussi, rue Mazarin, près de la plage, un doux refuge où m'attend une défroquée en maillot, superbe rousse habile au cheval-d'arçon.

Nous sommes passés à table. La cuisinière, une dame d'âge vénérable, nous offrit une profusion de délicates préparations, des mets auxquels je n'avais jamais goûté de ma vie, comme ces asperges criblées de calculs et aromatisées à la fleur de gingembre, plantées serrées dans un terreau de pousses de soja et de champignons noirs du Mexique. La Touche mangeait du bout des lèvres d'un air compassé tout en m'entretenant de sa mission dans le monde : protéger les femmes de toutes les aggressions de la vie. Mais ceci était exprimé sur le ton de la nonchalance. Nulle trace de passion dans ses propos. Je ne reconnaissais plus le Chevalier... Même s'il discourait des femmes avec abondance on ne retrouvait plus cet enthousiasme de jadis.

– Chevalier, éclairez-moi sur cette histoire de médecine… Votre nouvelle profession…

– Quand cesseras-tu de me vouvoyer ? C'est invraisemblable, cette manie ! Tu me vieillis sans vergogne…

– Cela viendra avec le temps, ai-je dit en me servant une rasade de jus d'orange aromatisée au Beaujolais.

Il ne m'a pas expliqué tout de suite les caractéristiques de ma nouvelle carrière. À vrai dire, cela ne m'enchantait pas du tout d'embrasser une carrière de gynécologue. Pourtant, en considérant mon état d'indigence, je ne pouvais me montrer intraitable. Le chevalier alla s'étendre sur une méridienne tendue de velours grenat afin de me conter les péripéties de ses dernières années. J'écoutais, l'oreille attentive, tout en continuant à m'empiffrer comme un verrat. La peur de manquer demain, sans doute… L'horrible hantise de celui qui doit se satisfaire des aliments les plus misérables et qui, lorsqu'il se trouve en présence d'une nourriture plus subtile, se met à engloutir jusqu'à la limite extrême de l'apoplexie. Je ressentais des coups sourds au niveau de l'estomac et des tremblements de carnivore dans les mâchoires.

– Quel appétit ! remarqua la Touche en allumant un Vieil Anvers, pur havane de prestige au bouquet exquis à nul autre pareil. Tu vois, Balta, pour reprendre par le début, avec cette traînée, ramassée au restaurant de Biarritz, je m'étais fourvoyé dans une bien triste aventure…

– La femme au navarin… Le grand amour ?

– Ce n'était qu'une pétasse, une roulure… Oui, ce fut bien moche, tout ça… Une créature à enfouir sous la terre de son jardin une nuit sans lune. Il est vrai que je m'étais trop aventuré sur la splendeur de ma fortune ainsi que sur ma situation privilégiée de fils à papa répudié temporairement par le père. Or, elle en voulait une part de ma fortune, la salope, un gros morceau qu'elle comptait m'arracher des dents. Mais je ne possédais rien comme tu sais, pas un sou, rien... Une misère noire à me faire sauter les yeux des orbites. Pour donner le change, j'avais mon prince-de-galles sur les épaules, une chevalière à l'auriculaire, le toc flamboyant, les armoiries... Et puis, aussi, un extrait de compte bancaire de plus d'un million que j'avais raflé dans une corbeille à papier à la banque Lazzuro. Un miracle, cet extrait... Avec celui-là au bout des doigts, je pouvais plastronner. Comme cette roulure avait largement de quoi vivre, je lui volais un peu de monnaie, quelques billets, tiens, qu'elle laissait traîner sur les armoires. Ainsi je pouvais l'inviter au restaurant. Ceux de première, les quatre étoiles en tapis rouge... On n'a pas fini de s'installer à la table que le foie ressent déjà une sorte de malaise. Donc, je réussissais à m'accorder la respectabilité de l'homme aisé. Mon extrait de compte traînait sur les tapis... J'attendais la livraison imminente de ma super Jaguar décapotable avec laquelle je promettais d'aller la balader à l'autre bout de l'Italie. Catanzaro, Naples, la baie, mon palais rococo, les domaines un peu délaissés de mon papa, la vieille campagne de mes aïeux. J'étais Italien, Balta, oui, et de vieille souche! De toute façon, cette tapineuse ne parvenait pas à différencier le parler basque de l'italien. Tu parles d'une vestale! En attendant la Jaguar, je vivais chez elle. Je me refaisais la santé après le bagne de Biarritz. Comme toi, tiens, j'engouffrais à descendre de ma chaise avec des suées et des explosions dans le ventre... J'espérais attraper un petit ventre, juste ce qu'il faut pour s'imposer dans la bonne société. Avec ce ventre-là, à mon âge, je donne l'impression d'être un échappé de l'asile ou du couvent. Mais voilà qu'elle commençait à s'énerver, la vestale, non seulement de la disparition de ses billets de banque mais aussi en raison de mon oisiveté, comme elle disait. Ça chauffait... Elle me découpait des offres d'emploi dans les journaux. Je sentais qu'elle allait me flanquer hors sa couche et sa cuisine, comme la veuve Ibério. Tu ne me croiras pas, Balta, mais, en fin de compte, il y a quelque chose de vraiment mauvais chez les femmes... Oui... La rancune, avec de gros bouillons, des ébullitions qui leur partent de dessous la jupe... Elles ressassent, tu vois ce que je veux dire ? Chaque jour je répétais le même couplet. C'est pour demain, la Jaguar, et *avanti Italia* ! Je n'y allais pas de main morte pour conserver le gîte et le couvert. Voilà qu'un matin, pour juguler l'orage, je lui annonce la divine surprise... Ma chatte adorée, je lui ai dit, écoute bien, la Jaguar sera immatriculée à ton nom, un petit cadeau que je te fais, une babiole de quatre cent mille francs nouveaux. Non, ne proteste pas, c'est ainsi, je veux ton bonheur ! Sois heureuse, ma chérie... Cette promesse la fit taire une semaine ! Le jour où elle a repris ses menaces et ses engueulades, j'ai risqué le vilain morceau, tu sais, ma manie d'autrefois... Je lui ai distrait un chèque, signature falsifiée et un montant modeste pour mes dédommagements. Une petite consolation... C'est humain après tout... Je quittais Bordeaux pour Paris. La grande chasse commençait ! La traque... Proie très facile, la Parisienne, lorsqu'on prend la peine de repasser son prince-de-galles et d'entasser les modestes sous-entendus au sujet de l'état grandiose de sa fortune. Moi aussi, j'exigeais de pêcher le gros morceau. La fortune appelle la fortune. Je voulais la femme riche, même celle dépourvue de seins et de pétard. Bref, le chèque encaissé, j'ai filé le jour même. Sans peur, sans reproche... De toute façon, je m'appelais Limonetti Albert, du nom inscrit sur l'extrait de banque. Le brave Limonetti, il a dû connaître la surprise de sa vie avec l'irruption volcanique, chez lui, de la vestale ! Au fond, pas si belle que ça, je trouve, des jambes en arceaux, des cuisses en espadon et ce teint un peu brouillé de femme rancunière dont le gris tire au vert bouteille. Je m'étais tiré avec tous les honneurs de l'homme bien né comme disait notre cher des Gachoux. La chasse débutait ! C'était l'hallali ! Paris à mes pieds... Cette ville allait encaisser de plein fouet le chevalier de la Touche ! Tu me connais, Balta, la chasse à courre, ça m'excite... Paix aux animaux… Je vise le gros gibier, le beau ! La femme de prestige et recherchée, la divine dispensatrice de sublimes pâmoisons qu'on se propose de traire chaque semaine aux guichets des banques…

Oui, je l'écoutais toujours, le monstre, tout en m'efforçant d'engouffrer les derniers morceaux d'un gâteau aux raisins. J'en étais aux douceurs, aux fruits délicats parfumés à l'armagnac. Tandis que le chevalier m'entretenait de ses odieuses manigances, je baignais dans la délicatesse des friandises. Je ne sais si c'était à cause des propos du chevalier ou par l'émotion bête que me procuraient ces plats célestes, mais je me sentis l'âme embrouillée. Une mélancolie me montait aux lèvres. Je bafouillais…

– Vous êtes effrayant, chevalier, vraiment… Mais on ne peut s'empêcher de vous entendre lorsque vous contez vos frasques avec ces pauvres femmes. Vous êtes trop cruel, je trouve… Enfin, allez-y, assommez-moi tout à fait. Vos conquêtes à Paris, les Parisiennes…

– Cruel ! Tu y vas fort, mon pauvre Baltazar. Au lieu de cette orangeade qui te brouille le cerveau, tu ferais mieux de te mettre au vin.

– C'est vrai, je déraille. J'ai le ventre tendu comme s'il s'apprêtait à exploser.

– Prends donc un sorbet. Oui, les Parisiennes, j'en ai rencontré à ne plus savoir où les mettre. Un catalogue en triple exemplaire ! Toutes appâtées par ma fortune de jour en jour plus extraordinaire. Chaque soir, j'en ramenais au bercail pour les confesser avec l'extrême délicatesse du maître d'école. Ensuite, vers minuit, je les expédiais par la fenêtre… En considération de mon état de finance et des souvenirs de Biarritz, je désirais dénicher une riche, une grosse, une baveuse avec des bagues à tous les doigts et des bijoux entre les seins ! Une dame qui soit à la fois riche et généreuse pour l'enfant adopté.

– Pensez-vous que cela existe ?

– La preuve ! J'ai trouvé… Le coup de tonnerre entre elle et moi, Adeline, la gynécologue, superbe créature au balcon des Champs-Élysées. Une femme au pétard modeste mais quelle classe ! Femme exquise à voile et en mantille mais sans vapeurs, torturée par des désirs de chair, mon pauvre vieux, dont tu ne peux t'imaginer la fulgurance ! En compagnie d'une femme de tête, il est permis de s'exprimer, c'est ce que je fis un soir, devant une tasse de thé à la bergamote, lorsque je l'ai sentie follement amoureuse du Basque… Je me suis confessé tout en taisant l'essentiel, mes conquêtes, les filles qui me travaillent le corps, ma vie de flambeur. Tel fut Job, tel je suis, ai-je dit en lui offrant les paumes vides de mes mains. J'ai tout donné. Rien dans les poches, rien à la banque. Une générosité qui me pousse à dissiper l'héritage au profit de ceux qui trébuchent dans le caniveau. La Bible, je connais… Tu te souviens de nos promenades dans le parc ? Les temps héroïques où j'allais en évêque pour vous ramener à la foi… en clamant les psaumes, le livre de Samuel, Jérémie, Job, le Deutéronome… Je lui ai prêché la Bible à madame, une heure et plus… Des versets qui me revenaient comme ça sur la langue. Souvenirs d'autrefois… Je t'expliquerai un jour… Des phrases augustes toutes pleines de paradis et d'enfer. Un charabia inondé de poussières dans lequel se parfument les bigotes. Tiens, j'improvisais, comme toi, au domaine… Des citations montées au levain de l'imagination. Je crois qu'elle m'a trouvé très fort. L'homme idéal debout, toujours debout, dans les chaudrons de la foi… Mais qui est capable d'aimer à la folie la femme de qualité ? Ce n'est pas elle, par exemple, qui m'aurait jeté de son hôtel de maître. Le lendemain, c'est un chèque que j'ai trouvé au petit-déjeuner sous la soucoupe. Épatant, non ? Une vie de rêve que nous connaissons tous les deux. C'est l'amour, Balta, l'invincible amour. Je la couve, cette femme de choix. Tu pourras apprécier et même la juger si tu veux, sans complaisance, le nez dans ses appâts. C'est elle, un jour de grâce, qui m'a promu médecin, gynécologue sans bagages mais avec distinction. J'ai sué lors de l'étude des quelque vingt ou trente maladies auxquelles la femme est confrontée dans ses attributs intimes. À présent, je pratique haut la main. Passionnant, tu verras, la science médicale… Tu apprendras rapidement car tu possèdes la classe et puis tu as vécu à présent, hein, la Chine, les Chinoises…

J'ai fait un effort violent pour m'extraire de la chaise et lui raconter mes exploits de l'autre bout du monde où m'attendait la petite Huang. Une histoire d'amour que la Touche écouta avec grand intérêt. Lui aussi, il rêvait depuis toujours d'être aimé d'une tendre Chinoise aux pieds de porcelaine.

– Dans cette région de Chine, les oiseaux possèdent un répertoire inconnu en France. Cela gazouille comme pour accompagner le murmure de Huang. Elle est petite, très mince, Huang, un visage gracieux, des yeux en amande et un ruban vert, comme celui autour de mon cou, dans les cheveux. La musique du oui lui semble plus belle que celle du non. Voyez, chevalier, en me parlant, elle se tient ainsi et elle me garde la main comme ceci pour me dire que je ne serai plus jamais seul… Une fois la gachoux en état, je retournerai là-bas… Elle m'attend… Vous aussi, chevalier, vous rencontrerez une femme qui vous fera oublier toutes les autres.

– Cela fera trente ans que je cherche. Remarque, il y a Adeline. Quoique… Me fixer à jamais ? Ce qui est intéressant, c'est de chercher sans relâche celle qui n'existe pas. Pourtant, Adeline vaut le détour… Quelle femme de rêve ! Tu la verras demain au réveil.

– D'accord… À propos, c'est vous ou elle qui m'enseignera les rudiments du métier ?

– Moi, Baltazar. Adeline ne pratique plus guère depuis que j'ai repris le flambeau. Putain ! Elle fiche le camp jour après jour… Elle est Rose-Croix, tu saisis, une phobie qui lui taraude la tête et l'oblige à cavaler en province pour participer à des conciles et cultiver son savoir ésotérique. Ça l'arrange que je pratique à sa place. À elle l'envolée des lumières et de la philosophie, à moi la charcuterie des bas-ventres !

– C'est donc si sanglant ?

– Pas du tout ! C'est passionnant… L'analyse, la réflexion, le diagnostic, les soins, la guérison… Surtout, la satisfaction du devoir accompli et la reconnaissance de celles dont tu parviens à terrasser les miasmes.

– Vous voulez pourtant que je prenne la relève…

– Tu me connais, Balta ! Mon esprit flambe lorsque je me vois contraint de rester huit heures par jour dans un cabinet. Un sacerdoce exaltant, oui, mais il faut que je bouge, que j'aille voir ailleurs ! Comprends-tu ?

– Oui… À quand la première leçon ?

– Dès demain, si tu veux. Dans deux mois, tu en sauras autant que moi, si pas davantage. Ce n'est pas le diable d'apprendre les caractéristiques et les symptômes de vingt infections vaginales parmi les plus courantes. Je te montrerai comment procéder pour l'examen d'une femme enceinte. À la moindre complication, tu expédies la patiente à l'hôpital de son choix, dare-dare… Sans chercher à en savoir plus. La prudence avant tout car l'exercice du métier n'est pas très… régulier, tu saisis ? Des jaloux pourraient un jour nous reprocher ces expéditions dans l'intimité sacrée de ces dames. En définitive, il ne nous manque que l'encadré officiel, le diplôme… Nous travaillons sans filet, c'est plus risqué.

Je crois m'être assoupi dans le fauteuil dès l'instant où la Touche s'est laissé aller à la fastidieuse énumération de ses conquêtes parisiennes. Quelle nomenclature pour faire valoir son honorabilité ! Une rafale en panache de femmes jonquilles, troublantes de désirs et de suffocations ! Des fortes de poitrail et des maigres de cul, des courtes et des longues, de celles en chair tannée, de celles en chair couperosée, de celles en forme de sacoche avec la bosse du taureau ou montées en cône et supportées par le corset, des créatures sublimes en heptagone, d'autres, munies d'un bassin en os de mascotte sur le puissant trapèze des cuisses. Des noires, des grises, des roses, des rousses… Arrachées de leurs songeries pour se retrouver en présence du bel incorruptible ! Et puis, celle-là, la perle, blonde aux yeux verts, lumineuse, toute en élancements vers le ciel et fondement de martingale, le ventre en sous-barbe, doux au toucher et le nombril écarquillé d'une jolie impudeur pareille à l'œil du cyclope. Un torride souvenir, celle-là, qu'elle avait laissé au Pyrénéen séducteur, un cadeau en flammes de rasoir dans l'uretère qui le laissa huit jours sur le flanc avant d'être soigné aux antibiotiques ! Et pourtant… pourtant… ajouta la Touche, quelle délicatesse, cette créature dont les cheveux et la toison ruisselaient des parfums d'opobalsamum !

Indifférent aux ronflements que j'émettais de temps à autre, la face enfouie dans le foulard vert de Huang, le chevalier continuait sur sa lancée. Cela dura à n'en jamais finir, jusqu'à la fin de la nuit. Abruti par la nourriture et les deux litres d'orangeade baignée de beaujolais, je dormais en rêvant à des tables vides balayées par le vent pur des montagnes du Bayan-Khara.

Le lendemain, la Touche me fit visiter la maison. Même les murs du grenier étaient recouverts de percale. Tout gisait, silencieux et solennel et l'on se sentait vaguement rapetissé par la pompe de l'atmosphère. Adeline devait être une femme bien née… Il est vrai qu'elle était Rose-Croix pour mieux s'associer aux manigances des dieux.

Puis, ô merveille de l'âme après une aussi longue abstinence, radieux baiser de la musique pour éloigner toutes les médiocrités du monde, nous jouâmes de concert *Les folies d'Espagne* du second livre de Marin Marais.

J'ai déjà dit, la chance ne prend pas toujours le même tramway… Quel bonheur ce fut, après ces mois de privations, d'être gavé ainsi qu'un délicat porcelet au sein de cet univers peuplé d'êtres aussi charmants que le chevalier de la Touche et la ravissante Adeline ! Les heures s'en allaient et revenaient en chantant. Tourbillon de farandoles où l'on effeuillait les délicieux plaisirs de l'âme !

Chaque matin, tandis que je m'apprêtais à suivre le cours magistral du chevalier, Adeline venait pencher une tête amie au-dessus de mes écrits et des planches anatomiques hautes en couleurs. Enfoncé dans ce cosmos de muqueuses, je me faisais l'effet d'être un aspirant boucher… Elle, Adeline, en léger déshabillé, encore toute tiède de la moiteur de sa couche, venait s'enquérir des desiderata de mon jeune cœur enthousiaste. Sa distinction naturelle appréciait les formules un brin surannées qui font sourire de plaisir. Celles-ci remplaçaient le bonjour matinal. La Touche la couvait du regard. Je remarquais qu'il usait d'une langue châtiée, parfois délicate : comme celle de madame des Gachoux, afin de charmer l'oreille de la Rose-Croix. Il lui donnait du chère amie, tendre enfant, bel ange, pratiquait souvent le vouvoiement et même le baisemain à la hampe en cascade, ce qui est du plus grand comique si l'on ne se trouve pas en parfaite position d'équilibre.

– Notre jeune ami se porte-t-il à ravir aujourd'hui ? s'enquit-elle d'une voix riante où se mouvait un infini de sous-entendus.

– Très bien, merci... dis-je poliment.

– Idéalement, chère ! reprit la Touche. Baltazar est extrêmement habile à s'élever par-dessus toutes les subtilités intellectuelles. Ne perdez pas de vue que notre ami est savant, inventeur, poète... Et qu'il se rit des embûches des manuels.

– N'êtes-vous point également un habile contempteur des philosophies ? interrogea Adeline.

– Certes, je m'emploie quelquefois à ce jeu...

– Notre ami est l'auteur d'un grand nombre d'ouvrages de si beau mérite ! assura la Touche. Chacune de ses phrases fait bouillir la vacuité du pédant et donne naissance à quelques contentieux. Tendre amie, j'ose vous conseiller la lecture de *Comment purger l'ignorance d'un océan de certitudes.* Ouvrage sublime s'il en est !

– Féroce enfant ! me souffla la tendre amie en se penchant vers mon cou. Seriez-vous donc si cruel, vous dont l'âme, d'une manière si visible, se réfléchit au cœur des plus nobles mansuétudes ?

– Il se peut...

– Baltazar, vous êtes adorable... ! Mais dites-moi, Alex, où en êtes-vous dans l'engrènement de nos études ?

– Nous voici au seuil de la douzième infection, les métrites. Conjointement à ceci, nous survolons l'anaphrodisie...

– Votre spécialité, n'est-ce pas ? dit-elle en le menaçant du doigt.

– Si peu...

– Voyez surtout les hémorragies utérines, symbole évident de nombreuses infections. Baltazar, je me repose sur vos talents pour seconder brillamment le chevalier. Vous me plaisez, mon ami ! On devine en vous le désir tout naturel d'apprendre et de percer les mystères de la condition féminine.

– Baltazar respecte la femme par-dessus tout, déclara la Touche.

– Ceci me paraît indispensable lorsqu'on ressent la vocation de gynécologue. La femme est mère du monde et dispensatrice de la vie, tel un soleil maître de la lumière au sein des ténèbres.

Elle eut un petit rire de gorge. Celui de la colombe, aussi charmant, aussi fruité... J'opinai sans mot dire afin de ne pas entamer un débat qui nous mènerait aux confins de l'ésotérisme. Je me contentais de l'exotérisme ainsi qu'il convient à un béotien dont le génie se trouve occulté par les exigences scolaires du moment. Adeline avait les lèvres humides et un peu entrouvertes... Oui, je me souviens de sa lumineuse beauté ! Brune, les cheveux mi-longs en rouleaux, les yeux, tel un jardin au lever du jour, parsemés de légers chéris bleu pâle empreints de voluptés. Avait-elle quarante ans? Elle paraissait en avoir vingt, tant sa grâce à s'habiller lui redonnait l'adolescence d'autrefois. Cependant, mais si rarement qu'on s'imaginait subir quelques éblouissements imbéciles, naissait aux commissures des lèvres une exaspération écartelée de mépris et du désir de nuire. Illusion, bien sûr, une femme aussi belle, aussi radieuse, et qui me portait dans son cœur...

Certains jours, afin de m'initier à l'art de l'examen, dissimulé derrière une tenture en voile de Chypre, j'assistais à une consultation du chevalier. Le monstre se montrait austère et comme désabusé à l'apparition des appâts en souffrance. Ce n'était guère réjouissant, ces sinistres séances de déshabillage dans les relents d'éther et de désinfectants à la chlorhexidine. Allongées sur la table d'examen – que la Touche appelait l'établi des tortures – et sous la lumière crue du néon, ces femmes me faisaient songer à ces pièces de viande écartelées qu'on aperçoit dans les chambres froides des boucheries. Non, ce n'était pas l'alcôve soyeuse où le corps se déploie sous l'ivresse des caresses... Une fois l'examen terminé, le chevalier attendait que la cliente se rhabille pour emprunter l'attitude du patriarche bienveillant. Rien de bien méchant, assurait-il, l'œil paterne, pour entrer aussitôt dans la nébuleuse des termes techniques auxquels ni la patiente ni moi ne comprenions un traître mot. Il inventait peut-être… Cela rassurait, des propos comme ça… Elle avait l'impression d'être comprise et repartait presque guérie. Un jour, en déambulant dans son cabinet de consultation, mine de rien, la Touche passa près du voile de Chypre et me souffla : As-tu vu le morceau ? Quelle puissante, celle-là, et quelle paire de cuisses ! Je glissai mon œil. En effet, la paire de cuisses resplendissait de mille feux sous la lumière atroce de la lampe. Il devait s'agir d'une jeune championne de lutte arabo-persique tant son embonpoint était gracieux ! Son ventre opulent, charnu et rose comme la peau d'un fruit trop mûr, semblait exiger les titillations savantes de l'auguste. Je m'imaginais avec effroi à la place du chevalier. Une terreur m'envahissait. Je me promis, lorsque j'aurais à officier, de me poser un masque sur le bas du visage. J'ai l'âme assez sensible et je ne désirais pas que la patiente découvrît sur mes traits les manifestations d'une quelconque épouvante. Je jugeais que le métier de gynécologue devrait être réservé aux femmes. Fallait-il être détraqué, vraiment, pour un homme de choisir cette spécialisation !

Lorsque mon éducation fut jugée suffisamment accomplie pour pratiquer à mon tour, seul, sans l'aide de la Touche, la belle Adeline nous convia dans un restaurant de renom. Rose ainsi que le rose des chairs fragiles, elle s'était vêtue des mouvances de l'adorable printemps. Belle et radieuse dans un envol de mots charmants mais nimbés d'un fin persiflage, j'eus l'impression qu'elle avait décelé la véritable personnalité du chevalier. Les métaphores sous dominos ainsi que les sous-entendus ronronnaient à la petite massette… C'était amusant ! Vêtu comme un croque-mort d'un complet noir et d'une chemise du même ton, la Touche s'intéressa longuement à la carte des vins avant de nous livrer une série de réflexions sur la conscience professionnelle des hommes à responsabilités.

– Oui, très cher, vous êtes incontestablement un de ces hommes, acquiesça Adeline en me regardant presque tendrement comme pour puiser dans mon visage un encouragement quelconque.

– Tout à fait ! reprit la Touche. Baltazar n'a jamais cessé de me séduire. Employé par mon père comme premier bibliothécaire du château, il sut se montrer toujours à la hauteur de sa tâche.

– Et notre ami sera également, n'en doutons pas, un brillant praticien, dit Adeline en posant sa main sur le gant de ma main.

– J'essaierai, dis-je d'un ton sincère.

– Savez-vous, cher Baltazar, reprit Adeline, qu'Alex m'a entretenue de vos découvertes scientifiques, de votre philosophie, de vos discours dits à l'emporte-pièce, de vos aventures aussi... La Chine ! Vous fûtes champion du monde de... Rappelez-moi ce terme oriental...

– Le Suko-Ti-Woa, mais je ne fus que vice-champion du monde. Il s'agit plus simplement du jeu dit du bouc.

– Je connais ! C'est proprement effrayant, le sport le plus épouvantable qui soit, puisqu'il en appelle à la tristesse et même aux visions les plus atroces. L'apocalypse !

– Il le faut afin de ne jamais sourire, dis-je. Le sourire est le murmure de la joie.

– Est-ce de Pettorossi ? s'enquit la Touche.

– De moi.

– Bravissimo ! s'exclama Adeline en riant.

L'adorable m'offrait sa gorge à présent tout en battant des mains ainsi qu'une petite fille espiègle. Superbe femme ! Elle faisait partie de celles que même les dieux dans l'empyrée s'enorgueillissent de posséder sur leurs genoux de marbre. C'est cependant avec une réelle stupeur que je sentis sous la table ses jambes s'incruster entre les miennes. Moment d'émotion rare ! Que me voulait-elle ? Elle était sympa, Adeline... Elle m'avait réellement à la bonne, comme on dit dans certains milieux. Peut-être m'admirait-elle après tout… D'habitude, les femmes en odalisque ne s'intéressent pas à ma personne en raison de mes infirmités et parce que je ne suis pas le sigisbée idéal prêt à me tordre à leurs pieds tout en leur offrant les manifestations de la plus vive admiration. Tout grand séducteur, comme l'était la Touche, se doit d'être un brillant flatteur. Justement le chevalier se permettait un couplet dithyrambique sur les facultés intellectuelles et professionnelles de sa maîtresse. Plus que le talent, ne pourrait-on parler de génie ? se demandait-il, la voix grave. Il sélectionnait les mots distingués à présent et cet ensemble de mots formait une envolée dont les accords nous ravissaient.

– En toute connaissance de cause, conclut-il en plissant sévèrement les paupières comme pour conférer à ses propos un surcroît de grandeur, oui, en toute impartialité, au terme de ces deux années de pratique médicale, rien ni personne ne m'empêchera de clamer qu'aucun gynécologue sur la place de Paris et même de France ne possède un diagnostic aussi acéré que celui de notre chère Adeline. N'ayons pas peur des mots, le génie s'est cristallisé sur une femme d'exception qui mérite d'être la première dame de France !

Adeline se forçait à ne pas éclater de rire. Elle souriait humblement, les yeux mouillés tant par la saveur des propos que par leur outrance. Une main passée discrètement sous la table, elle se permettait de caresser mes genoux ! Un comble, vraiment ! Pourtant, j'affectionnais l'audace de ces chatouillis sous l'œil de l'amant en titre qui pérorait de plus belle tout en se doutant peut-être qu'il se tramait des effusions sous la nappe empesée de la table.

– Accordes-tu ton jugement au mien ? me demanda le chevalier. Après tout, il y a deux mois que tu vis auprès de nous à présent…
– D'accord, ai-je dit.

Certes, j'aurais tant désiré énoncer des termes choisis et des expressions formidables pour combler la doctoresse la plus capable de France. Mais ces mains qui remontaient vers mes cuisses figeaient mon esprit dans une stupeur bêtasse.

– Tu as l'air rêveur, Baltazar, remarqua le chevalier.

– L'ambiance et puis cette chaleur... J'ai si peu l'habitude de ces grandes maisons.

– Tu verras, l'habitude du grand monde te viendra rapidement. Tu apprécieras l'élégance de l'esprit parisien, la pétillance du savoir, ce goût exquis du citadin... C'est indispensable de trouver son accord avec le beau monde lorsqu'on se pique d'exercer la science de la gynécologie.

– Mais notre ami a de l'esprit à revendre ! s'exclama Adeline. Dites-nous, que ressentez-vous dans la pratique de la médecine ? Question essentielle que par une inconséquence rare j'ai omis de vous poser...

– Comme toutes les sciences humaines, la médecine m'a toujours intéressé, dis-je d'un air convaincu.

Mais elle riait, elle, la pulpeuse en arrondissant les lèvres comme pour m'envoyer un baiser par-dessus les bouteilles et les plats. À cet instant, en se penchant à demi comme pour prendre sa serviette glissée à terre, elle posa sa main sur mes attributs. Ce fut bref mais extrêmement amical. Peut-être aurais-je dû sourire ou proférer quelque phrase sibylline mais je restai de glace, figé par la découverte étonnante de l'audace des mœurs du grand monde dans lequel je m'apprêtais à entrer. Le chevalier souriait, aux anges, tel un homme averti... Il dégustait un demi-melon au madère fertilisé à l'ancienne aux raisins de Corinthe. Un nectar ! disait-il d'un air entendu sans qu'on sache s'il parlait du melon ou de l'audacieuse caresse sous la table. Son auriculaire s'étranglait d'une chevalière en or, grosse comme une noix. Il transpirait légèrement sur les tempes et les arêtes de son nez retrouvaient quelques tics, signe évident d'une rage contenue. Peut-être brûlait-il du désir d'infliger une gifle en mouvement d'arabesque sur les joues de la promise ? Mais celle-ci n'était pas le genre de créature qu'on peut assommer pour trouver le soulagement…

Au dessert, Adeline se leva pour se rendre aux toilettes. Nous la vîmes s'éloigner, légère et presque dansante, les cheveux en cascade sur la nuque et les épaules. Quelle femme élégante ! pensai-je avec émotion. Elle avait du chien, je trouvais. Un chic ! Ce petit tailleur rose si sobre, sans la moindre affectation et qui lui accordait le charme élégiaque de la danseuse de tango… Et puis, ce maintien du dos qui va l'amble et cette agilité du pas si caractéristique où l'on devine une énergie sans pantalonnade. Le chevalier termina son melon et alluma un cigarillo en jarret d'onagre. Il rejeta sauvagement la fumée par les naseaux.

– La salope… ! Je ne sais ce qui me retient de la corriger, dit-il en me fixant sans cette aménité qui lui était familière.

– Je la trouve délicieuse, moi…

– Bien sûr, elle te tripotait sous la table ! Avoue ! Cela t'a rendu blanc comme la nappe. J'ai cru que tu allais défaillir.

– Une chiquenaude sur les genoux, sans conséquence… C'est amical, je trouve.

– Tu me prends pour un taré, Balta ? C'est te faire briller, qu'elle voulait, cette traînée ! Un de ces jours je vais la mettre à mal. Une de ces volées dont elle ne se remettra qu'à l'hospice, dans la buanderie des agonisants.

– Elle a du chien, pourtant.

– Du chien ? Une chienne de ma chienne ! La voilà qu'elle revient, cette puante.

Elle nous souriait dans la grâce de l'innocence, Adeline, ravie de nous retrouver. J'eus cette impression niaise qu'elle avait deviné la nature de notre conversation durant son absence. Le chevalier minaudait car l'amour lui était revenu sur-le-champ ! Adeline voulut savoir qui était ce Pettorossi dont il avait été question tout à l'heure. J'expliquai de long en large car la parole me venait aux lèvres comme toujours lorsqu'il était question de faire le dithyrambe de feu mon cher maître. Je répétai ce que Pettorossi m'avait dit un jour : « Baltazar, vous avez connu la suprême injure de souffrir dès le premier cri de la vie, or le dialogue avec Dieu ou le monologue avec le néant ne sont possibles que dans le brasier de l'enfer humain. Personne ne pourra vous tenir rigueur de haïr le hasard ni même de mépriser le pauvre bipède. Mais il faudra qu'un jour vous puissiez essayer l'indulgence... »

J'ai essayé de leur faire comprendre pourquoi Pettorossi, le philosophe tueur de philosophies s'était pris d'affection pour l'adolescent misérable que j'étais. Adeline était intriguée par la personnalité de Pettorossi. Elle quémandait ces détails apparemment insignifiants qui nous renseignent sur les grandeurs et les petitesses d'un homme, car il suffit d'une futilité parfois pour faire basculer le socle d'une statue. Ainsi, me demanda-t-elle si Pettorossi, à l'égal des saints, témoignait en toutes circonstances d'une grande tolérance. Ceci me paru un piège car la tolérance est rarement la qualité première des saints.

– Il est difficile d'imaginer un être aussi pétri d'intolérance, lui répondis-je. Certes, Pettorossi combattait toutes les certitudes, hormis la certitude de la douleur. Il admirait à en pleurer un paysage, le regard de l'enfant, celui qui tend la main au travers des poings brandis. Chez lui, l'admiration devenait délire. Pourtant, jamais la fureur ne lui laissa le moindre repos. C'est la haine qui l'animait plus que l'amour sans doute.

– La haine ! s'étonna Adeline.

– Comment ne pas haïr l'homme qui est le maître d'œuvre dans l'art d'infliger la souffrance ? L'animal tue pour survivre, l'homme tue par intérêt et très souvent par plaisir. Mon maître essaya de faire naître la révolte dans le cœur de l'homme et il en appelait à la violence pour tuer la violence comme on en appelle au venin du serpent pour guérir la morsure du serpent.

– Je peux comprendre pourquoi il en voulait aux humains... Mais cette haine constante devait lui interdire toute forme de bonheur et même d'apaisement. Vous nous parlez de ses émotions et de ses admirations, celles-ci devaient être assombries sans cesse par le flux de sa fureur.

– Pettorossi suppliait le ciel ou le néant de ne jamais le laisser s'endormir dans la joie tant que sur terre souffrira un homme ou une bête.

– Et vous, Baltazar, suivez-vous cette folle exigence de votre défunt maître ? demanda Adeline.

– La force me manque. Pettorossi était un être démoniaque, moi pas... Ce que je veux, c'est goûter au bonheur. J'aurais voulu naître un peu plus con, pour vivre un peu plus heureux. Elle est de moi, cette pensée-là ! Je la traîne depuis l'âge de raison... Oui, j'aurais voulu naître un peu plus niais pour vivre un peu plus heureux.

Le chevalier ricanait en contemplant le bout incandescent de l'énorme Havane qu'il venait d'enflammer. C'était de l'hébreu de funambule pour lui, mes exposés de fendu... Il ne pensait qu'à la jouissance effrénée et immédiate. Sans être le moins du monde un benêt, il était heureux, lui, du moins le pensais-je. Son art consistait à juguler sa pensée et à se retrouver seul au monde en compagnie de ses désirs de femmes, ainsi que Don Giovanni.

– Qu'en pensez-vous, mon chéri ? lui demanda Adeline en souriant.

– Ce que j'en pense ?

– Oui, il vous arrive de cogiter quelquefois !

– Je pense que l'instant présent vaut tous les instants du monde. Hier et demain sont des détritus auxquels j'ai appris à n'accorder aucun intérêt. Hier, les regrets... demain, les menaces... Vous m'excuserez, douce amie... Mes pensées sont assez violentes à l'issue d'un repas.

– Vous êtes charmant ! s'exclama Adeline. Tendez-moi votre main que je la baise, mon bien-aimé...

– Le chevalier s'est exprimé avec puissance, dis-je. Sous sa houlette les inquiétudes disparaissent.

– À la santé et au succès du nouveau praticien ! s'exclama la Touche en levant son verre.

Il vint s'asseoir auprès de l'exquise. Ils s'aimaient, voilà tout ! Que de passion dans leurs regards ! C'était vraiment émouvant un amour de cette ampleur... Tout me paraissait irréel ce soir-là, sans doute à cause du vin qui m'assommait, des rires incessants d'Adeline, de la somptuosité des parfums du Havane. Autour de nous, aux tables voisines, les gens mangeaient, buvaient, commentaient... C'était la communion des bouches en grasse béatitude et en perpétuelle extase. C'est dans la mastication que se situe le mouvement le plus élégant du visage, avais-je écrit dans mon ouvrage *Comment ingurgiter maigre pour devenir obèse.*

Adeline méditait tout en maintenant la main du chevalier sous sa jupe. Un frisson, parfois, la secouait. C'était amusant tellement de candeur dans l'abandon, surtout pour une Rose-Croix détentrice des infernaux secrets du savoir. Tandis qu'ils se murmuraient les bécasseries d'un indéfectible amour, mon esprit repartait vers le passé.

C'était en Amérique. Sous un parasol, nous étions assis, Pettorossi et moi. À l'horizon, le soleil se couchait et nous entendions les aboiements déchirants d'un chien quelque part dans la morne campagne du Kansas. À trop contempler les plaines immenses, sans arbre, sans taillis, sans haie, on ressentait une nostalgie des bocages de la vieille Europe. Pour rompre le silence, j'ai dit quelques mots encombrés de virgules et de points d'exclamation comme pour masquer leur bêtise. En toute innocence, je suggérais à Pettorossi de faire publier ses études philosophiques *Variations de la Géhenne* dispersées en plus de vingt volumes sous forme de cahier d'écolier.

– Vous me voyez courir les boulevards à la recherche d'un éditeur, être pris au piège de quelque vanité et me voir interné comme apologiste de la haine ? Après ma mort, que d'autres s'en chargent... Pourquoi pas ? C'est le mal qui me fascine ainsi que l'homme, à la fois victime et instrument de torture. J'ai suffisamment de commisération pour ne pas flanquer mon boiteux savoir et la somme de mes expériences au visage glacé de l'entendement humain ! Pour rassasier le bipède, notre miroir suffit !

Enhardi tout autant par les prémices de mon bouc au menton que par le sourire amical de mon maître, j'osai un conseil.

– Et s'il nous arrivait quelquefois de fermer les yeux sur les tourments de l'homme pour ne plus voir que les enchantements du soleil qui se lève ?

– La cécité... La surdité ? Vivre sous l'édredon... ! Baltazar, est-ce donc vous qui me proposez de rejoindre l'immense troupeau bêlant qui se rend à la foire pour s'étourdir et à la guerre pour se faire massacrer ? Il faut fuir le troupeau avec la même hâte que le troupeau nous rejette de son sein. Car nous ne sommes ni meilleurs ni plus savants que la plupart des humains. Nous sommes différents parce que nous nous sommes faits libres et que notre liberté nous permet de voir autrement et de bousculer toutes les idées issues du bourbier des infamies.

Pettorossi s'est levé comme pour braver les horizons sinistres et sa silhouette me parut être celle d'un arbre immense, seul survivant de la folie destructrice de l'homme. Combien était grande mon ineptie en ce temps-là ! Nous fîmes quelques pas vers le sentier au bout duquel se situaient quelques maisons ainsi qu'un cimetière de voitures en forme de croix et entouré d'un triple rang de fil de fer barbelé. Tracée au cordeau, une route s'en allait vers l'ouest. Sur son tracé, s'érigeaient les poteaux téléphoniques ainsi que les radieux pylônes d'acier qui écartèlent le regard. C'était une campagne mise à nu, saignée à mort par les exigences de la rentabilité. Mon maître s'est arrêté et a regardé dans la direction d'où provenaient les aboiements du chien.

– Pourquoi aboie-t-il ainsi ? Venez, Baltazar, il y a de la souffrance là-bas… Vous proposez que nous fermions les yeux pour vivre dans l'enchantement que nous offre ce monde, mais alors qui s'occupera d'aller vers celui qui souffre puisque même Dieu est le plus souvent absent ?

Lorsqu'il entrait dans les tumultes de la colère, combien était-il effrayant Pettorossi ! Sa barbe blanche se mettait à enfler et du vieillard qu'il était sourdait la fureur du guerrier. Un fou ! disait-on avec effroi. Un homme à enfermer avec une grenade dégoupillée à la poitrine ou à exécuter à l'arme blanche, un soir de brouillard, au bord de la fosse…

À notre approche, les deux adolescents s'enfuirent en abandonnant la barre de fer avec laquelle ils fauchaient le poitrail et les pattes avant de la bête enchaînée. Le chien se traînait sur le flanc, les côtes brisées et une patte broyée. À son cou, une chaîne le retenait prisonnier à sa niche. C'est cette chaîne qui l'avait empêché de fuir son calvaire ou de se défendre… La bête nous regardait les yeux grands ouverts où palpitait l'immense souffrance de l'être vivant. Je me souviendrai à jamais du regard effrayant de Pettorossi et de ses deux mains, comme une infinie tendresse, posées sur la tête du chien afin de l'aider à mourir. Dans la mort, la bête massacrée avait trouvé un frère. Le lendemain, dans cette hâte fébrile de maniaque qui le poussait à réaliser l'impossible dans les plus brefs délais, Pettorossi mit au point le mystérieux acide de tendracium dont on enduit divers aciers dont celui destiné à la fabrication des chaînes à l'usage des humains et des animaux. Par un effet chimique de la salive ou des larmes de l'être enchaîné, l'acier se fendille puis casse. La *libertà*! La *libertà*! Et les yeux ouverts! hurlait Pettorossi dans une crise de vésanie alors qu'il mettait le point final à sa formidable invention! Ô mon vénéré maître, pourquoi seul, parmi tant d'humains fatalistes, aveugles ou indifférents, ressentiez-vous cette fureur démoniaque à l'encontre de la moindre souffrance ou de la moindre injustice?

Je m'abandonnais dans ces souvenirs d'Amérique. Ma tête s'en allait à l'envers… C'est parce qu'Adeline et la Touche se tutoyaient que je repris pied dans l'instant présent. Une sensation sordide m'étreignit lorsque je soulevai ma paupière. Le chevalier avait le bras dissimulé sous la nappe et sans doute sous la jupe d'Adeline… On aurait cru un bossu à le voir ainsi, une épaule plus basse que l'autre et le visage cramoisi sous l'effort à hauteur des bouteilles. Un vilain rictus d'épuisement enlaidissait ses traits de conquérant tandis qu'il lui susurrait des propos embrumés par l'alcool. Adeline ne l'écoutait plus. Elle rêvassait, le menton appuyé gracieusement sur sa paume, songeant peut-être aux Atlantide ou à la terrasse de Baalbeck. Peut-être ces deux êtres d'exception se servaient-ils sans vergogne l'un de l'autre. J'étais le seul à sublimiser leur passion. Certains amours ne connaissent pas de nom et il est vain de vouloir leur en trouver.

Nous sommes rentrés à pied vers deux heures du matin. Je les suivais à trois pas ainsi qu'un caniche aimable à qui l'on a retiré la laisse et auquel on fait confiance. Lorsqu'ils s'arrêtaient sur le trottoir pour s'embrasser dans une sauvage étreinte, je m'arrêtais également en les regardant bêtement à la manière du chaperon en culottes. Que de violences dans les baisers ! C'est beau de voir les amoureux, la nuit, à Paris, le long des boulevards sinistres qui vont on ne sait où. Que faisait Huang en ce moment ? Petite fiancée au fond de la Chine lointaine dont chaque heure est transfigurée par la certitude que je l'aimais chaque jour davantage. En trottinant sur le boulevard, je réalisais soudain que j'allais dès le surlendemain gagner beaucoup d'argent grâce à mes consultations médicales. Dans six mois, je pourrais m'offrir une nouvelle gachoux, làbas en Suède, puis revenir à Paris pour filer enfin vers la vaste République du soleil conquérant. De joie, je me mis à siffler. Moi aussi, j'étais amoureux. Adeline se retourna.

– Vous sifflez, Baltazar ! Quel est cet air ? Je le connais, je crois...

– *Non più andrai, farfallone amoroso...*

– Et pourquoi donc, *non più andrai* ?

– C'est la chanson de Chérubino ! C'est l'amour qui me fait siffler... Baltazar, *alla Vittoria* !

Elle s'est arrêtée, Adeline, la tête en déséquilibre mais bien campée sur ses jambes écartées ainsi qu'une fière pisseuse de caniveau de l'autre siècle. Elle riait dans les étincelles de l'hystérie, la bouche à demi écrasée sous le museau du chevalier. La pénombre et les clartés de la lune en divagation sous quelques nuages leur donnaient des silhouettes de polichinelles. Ivre un peu, j'ai chanté à tue-tête... *Non più andrai, farfallone amoroso...*

– Bravo, Baltazar ! *io non sapea che cantaste si bene* ! cria le chevalier.

Je me suis arrêté pour les voir s'éloigner et chanter mon hymne à la victoire de Baltazar.

Cela m'a fait des souvenirs pour une extrême vieillesse, toutes ces patientes venues me consulter. Je me voulais aimable et rassurant ainsi que Dieu doit l'être là-haut à nous attendre dans une déferlante de formidables félicités. Si l'on me suspectait d'optimisme niais, j'employais aussitôt les fanfaronnades du carabin, les mines averties ou le geste auréolé de l'ecclésiastique. Toutes, je crois, sont reparties rassurées et satisfaites, non seulement de mes soins, mais aussi de mes discours. Je voyais dix ou douze patientes par jour et chacune d'entre elles me racontait l'histoire de ses ennuis. Rien n'était moins réjouissant que ces évocations de miasmes et de microbes venus d'on ne sait où, parfois recueillis au hasard des rencontres, que ces exposés d'empoisonnement en tête d'épingle, ces bouquets d'urétrites non gonococciques, ces blennorragies, ces champignons à l'emporte-mort, ces tréponèmes de la syphilis... Un bel assortiment dans lequel il m'arrivait de patauger malgré ce jeu de cartes multicolores où s'épanouissaient près de quarante infections que m'avait confectionnées Adeline. Je terminais mes consultations soit par un examen sérologique, soit par un prélèvement tout en préconisant un usage intensif de Tétracycline ou de pénicilline streptomycine. J'y allais à la louche ! Mais il n'y avait pas que les infections vénériennes. Je rencontrais des cas d'endométriose, de cancer de l'utérus, de kystes de l'ovaire, des fibromes aussi volumineux qu'une pastèque. C'était une recommandation superflue et qui frisait le ridicule lorsque, chaque semaine avant son envol vers les séminaires du savoir, Adeline faisait valoir son interdiction absolue à ne jamais opérer. Je ne prenais aucun risque... J'expédiais à l'hôpital toutes celles qui exhalaient un danger quelconque. Les documents officiels étaient rédigés au nom de la doctoresse, bien sûr.

Ces journées de pratique médicale débutaient en fanfare. Dès le saut du lit je me trouvais confronté à la panoplie des désagréments intimes de la condition féminine. Il est vrai que le sexe de la femme est le réceptacle idéal du microbe en califourchon sur l'horreur. Un doux cocon pourtant mais qui m'infligeait des cauchemars. Je le comprenais parfaitement à présent le chevalier, interne des hôpitaux de Bucarest, adulateur du sexe et qui pourtant se désistait de ses fonctions.

Cet après-midi-là, au terme du troisième mois de pratique, je reçus, coup sur coup, une septuagénaire en robe de bal, une matrone en corps de gélatine, une fillette atteinte de démangeaisons ainsi que deux prostituées, dont l'une, en état d'hébétude, prétendait être atteinte d'une syphilis en engrenage par atomisation et éparpillements. Cette maladie ne figurait sur aucune des cartes que m'avait remise Adeline. L'atmosphère était morose... La gamine mangée par les vers ou par une dermatose ne cessa de pousser des clameurs qui me rappelaient les miennes, poussées autrefois dans les institutions. Elle était âgée de dix ans. Sa mère, une petite femme grise et triste mais forte en voix, la secouait avec hargne afin qu'elle consente à se déshabiller. Je m'étais réfugié derrière la table, assis sur ma chaise, un doigt à la tempe, l'œil clos et la tête inclinée vers le parquet afin d'échapper à la vision de l'horrible combat. Comment ne pas la comprendre, cette petite ? J'étais de trop dans cette pièce. Cette foutue manie de s'empêtrer dans des fonctions réservées à d'autres... C'est une femme médecin que la mère aurait dû approcher. J'osai prendre la voix d'un auguste pour lui conseiller d'aller consulter une doctoresse. Cette proposition entraîna un surcroît de colère chez la mère et elle gifla la fillette. Je me suis levé de mon siège, plus solennel encore, pour entamer un laïus en diatribe sur le noble et sacré instinct de la pudeur dans le chef d'une gamine de dix ans. Femmes entre femmes ! disais-je en faisant mouvoir le liquide de mon œil mort. Ébranlée, la mère consentit à cesser la lutte tout en jetant des regards appuyés sur mes mains gantées ainsi que sur mon bras, le ballant, qui se réveillait parfois d'une manière comique en se trémoussant ainsi qu'un turbot un soir d'orage.

L'autre, la septuagénaire décorée au cou d'un scapulaire pour profondes indulgences avouait péniblement soixante-dix-huit ans. Sans doute en avait-elle davantage de ces années qui vous tuent ! Elle n'était plus qu'un débris en épiderme de crocodile avec des côtes saillantes qu'on aurait pu saisir à pleines mains et deux jambes, dont l'une, plus maigre que l'autre, faisait ressortir un épouvantable lacis de varices. Elle haletait sur la table, épuisée par le mal qui la rongeait en plein milieu du ventre.

– Excusez-moi, Docteur… J'ai le souffle court, me disait-elle en grimaçant. C'est l'âge, vous comprenez qui me fait moins bien supporter la douleur.

Oui, je comprenais… C'est plutôt affligeant, la vieillesse, celle qui nous pend au nez dans un prochain quart d'heure, sauf à mourir plus tôt dans la belle force de l'âge. Je l'envoyai chez un gastro-entérologue, me doutant que la mort était en elle comme une délivrance. Heureusement qu'elle existe, la mort qui nous débarrasse en un tour de main des odieuses souffrances du corps et de l'esprit. Souvent, il m'arrivait d'imaginer une existence sans terme. Un exercice difficile dont la vision nous pétrifie l'entendement. La souffrance éternelle et qui s'amplifie de jour en jour… Les chairs qui s'en vont en lambeaux, les reins qui se cassent, dos voûté jusqu'à lécher ses souliers… ! C'est alors qu'on l'idéaliserait, la mort, et qu'on la vénérerait jusqu'à lui élever des statues. Ces réflexions mortuaires me firent penser à mes recherches interrompues sur la médication propre à nous faire appeler la mort dans un éclat d'enthousiasme. Je résolus d'employer mes moments de loisirs à cette recherche fondamentale car j'étais un savant avant tout, un chercheur tous azimuts et non un médicastre soudé à vie dans le microcosme clos des muqueuses. À vrai dire, confronté à ces horreurs répétitives, loin de m'habituer, mon esprit s'égarait jusqu'à confondre l'art subtil du désosseur à celui plus noble du médecin.

En fin de journée, vers dix-neuf heures, après avoir enduré les confidences de la matrone et les manifestations hystériques des deux prostituées, dont l'une essaya de me griffer les mains, je me retrouvais presque en état de prostration. L'une des filles de joie, celle qui était atteinte de syphilis et qui recevait encore du côté de Pigalle s'était laissée aller à une bouffée de confidences.

– Les hommes… les crapules, à la crève, oui, à la crève que je les envoie jour après jour ! Salauds ! C'est ma jouissance, ça ! Si je dois crever, eux aussi ils crèveront, car j'ai l'hépatite, la mauvaise, celle qui tue… Mais je les attendrai deux pieds sous terre. Hein, je ne vous ai pas dit que j'ai l'hépatite en plus ! Non, taisez-vous… Avez-vous seulement pensé au petit monsieur qui m'a contaminée ? Œil pour œil, mon œil ! Sexe pour sexe, oui ! Je vais me gêner, vous croyez ? Vous les fréquentez, vous, les putes, avec vos gants que vous ne retirez même pas pour vous moucher et écrire votre ordonnance ? Votre femme, vous la caressez avec vos gants ?

– Je ne suis pas marié, fiancé seulement.

– Eh bien tant mieux… N'ôtez pas vos gants surtout, vous pourriez vous salir ou attraper quelque chose.

– Ce n'est pas ce que vous croyez. Si je pouvais, je ne mettrais jamais de gants…

– Allez voir les putes, elles vous les feront ôter, vos gants ! s'écria-t-elle avec un sanglot dans la voix.

– Cela ne me dit pas grand-chose, les prostituées, ai-je dit. Ce n'est pas une question de se salir ou pas… C'est plutôt du côté du tempérament. Je l'ai plutôt faible, le tempérament. À cause d'une femme que j'ai connue autrefois et qui faisait la maquerelle, justement, dans votre quartier, du côté de Pigalle. Moi, ce qui m'intéresse, ce sont les yeux en fleurs de jasmin, une jolie conversation, des manières douces. J'ai une très jolie fiancée, une Chinoise comme moi… Il ne faut pas m'en vouloir, c'est ainsi… Je n'ai pas la libido sanguine. Je suis Chinois après tout…

Je me suis retenu pour ne pas lui raconter ma vie, depuis la naissance en ballot de linges sales jusqu'à l'instant présent. J'ai seulement parlé de la Chine, de la Mongolie, du Mongol roux, de l'albinos, de mes formidables combats, de ma mémorable défaite… Elle m'a écouté en comprenant peu à peu, à travers les mots, qu'en dépit de mon cache-poussière blanc, mes gants d'évêque et ce masque dégrafé en bataille sur le ventre, j'en avais dû connaître des misères. Elle s'est recoiffée. Ses gestes étaient aussi lents que ceux de la septuagénaire. Puis, soudain, elle s'est mise à pleurer en regardant par la fenêtre où passaient des pigeons dans le ciel sombre. Je me suis tu afin de mieux la faire entrer dans ma mémoire. Ceux qui souffrent, il ne faut pas les oublier. Car si on ne se souvient pas de la souffrance, de quoi pourrions-nous nous souvenir ? Aujourd'hui, je garde en mémoire ses yeux noirs, ses cheveux noirs parsemés de fils blancs, ses lèvres surtout qui laissaient deviner qu'en d'autres temps le sourire devait souvent y naître. Malgré la délicatesse de ses traits, ceux-ci portaient les stigmates d'affreuses ténèbres, comme si la mort s'accrochait à ses chagrins. Mais elle n'avait pas soixante-dix-huit ans… Une fois de plus, la mort confondait les âges.

– Je ne peux pas vous payer, m'a-t-elle dit. Je n'ai pas d'argent...

– C'est le dernier de mes soucis que vous me payiez ou pas... ai-je dit aussitôt, puis, après un instant de silence. Pourtant, vous devez en gagner de l'argent.

– Comment ?

– Avec vos pratiques, les clients...

– Non, j'ai arrêté dès que j'ai su... Cette maladie, l'hépatite surtout...

Fut-elle étonnée lorsque je me suis approché d'elle pour l'embrasser sur les joues ? Je lui ai donné de l'argent car j'en avais trop à le gagner si facilement, les pieds au chaud, derrière mon bureau, en prenant des poses de mandarin hypertrophié de suffisance.

– Chaque jour nouveau est une victoire sur la maladie, ai-je dit. À force de vous battre, vous arriverez à vaincre. Je sens que la victoire est à votre portée, oui, je le sens... L'expérience, vous voyez...

J'ai écarté les rideaux pour la voir s'éloigner dans la rue mouillée. Fragile silhouette crevassée d'angoisse dans cette immense capitale d'indifférence. Lorsqu'elle disparut de mon regard, j'ai continué à fixer la rue. Les gens passaient sur le trottoir, hébétés ou obstinés, la tête rentrée dans les épaules sous la pluie fine. Cela aussi, c'était une scène de la ville lumière, les ombres ramassées allant dans la nuit vers d'autres rues qui ressemblaient à des caves.

Lorsque je suis descendu au petit salon qui jouxtait le salon des glaces, la Touche feuilletait une revue devant le téléviseur allumé. C'était un feuilleton américain où l'on voyait des maniaques se tirer dessus à chaque coin de rue. Les images défilaient, sans son.

– Tu peux éteindre, me dit le chevalier en bâillant. Mets donc un peu de musique…

Chaque soir, je plaçais un disque sur l'appareil. Les sonates de Jean-Marie Leclair ou la viole de Marin Marais m'aidaient à oublier le tourbillon des vaginites et des cystites.

– Alors, Balta, une belle journée ?
– Superbe ! j'ai répondu.
– Tant mieux ! Rien n'est plus exaltant que la gynécologie.
– Assez pénible aussi… Ces drames à répétition… !
– Putain ! Il faut leur clouer le bec lorsqu'elles veulent raconter leurs misères, s'exclama la Touche en s'allongeant sur le canapé, les mains derrière la nuque. Tu n'es pas leur confesseur ! C'est pourtant un métier d'avenir. Une occupation intéressante… Toutes ces créatures qui viennent de tous les milieux pour s'exhiber.
– Prenez donc la relève, chevalier, car j'en ai par-dessus la tête, de ces femmes en chair avec leurs souffrances et leurs angoisses qu'elles me refilent. Quelle journée ! Vous pourriez reprendre le harnais, me laisser souffler quelques jours.

En prenant le masque torturé du tragédien, la Touche s'est expliqué. Pour d'autres raisons que les miennes, il n'en pouvait plus, lui aussi. C'est l'impuissance qu'il redoutait à force de tripatouiller ces muqueuses de femmes malades. Ces matrones en déliquescence, ces petites vieilles en varices et en arthrites qu'il fallait hisser sur la table, ces créatures aspergées de parfum qui ne se lavent qu'au premier jour de printemps dans un carillon de casseroles et de bassines. À l'entendre, la proximité journalière de ces chairs meurtries lui enlevait la flamme sacrée. Sa puissance fichait le camp. Ah, il n'était plus l'athlète de jadis, l'acrobate du lubrique ! La plus belle femme fourrée sous les draps devenait tout à coup une poissarde. Même la plus recherchée, la plus rare, roberts en feux de Bengale et ventre en velouté de nectarine, possédait l'arrière-goût de la femelle en gésine. Un virus lui abîmait l'imagination ! Lui, si sémillant et gaillard, si plein de caresses graveleuses, tout à coup, en plein effort de titan, glorieux et fier de sa puissance, il se retrouvait anéanti par le souvenir de sa dernière patiente écartelée sur l'étal, parfois éructante de plaintes sous le titillage du spéculum...

– Non ! La boucherie en elle-même me laisse de glace, assurait-il en arpentant la pièce. Autant triturer les chairs que de serrer un boulon sur le flanc d'une machine... Tu es trop sensible, Balta ! Ces misères me laissent froid. Chacun en a son lot, un partage équitable distribué à l'une ou l'autre heure de la vie. J'examine la patiente comme le marchand ausculte la vache qu'il se propose d'acheter au fermier, en lui soulevant la queue et en lui tâtant le ventre. Mais ce qui m'accable, c'est ça, l'imagination qui se brouille. Un dégoût soudain qui me vient sous la langue. Putain, en plein labeur, voilà que ça commence à défaillir ! La bête baisse la tête... Un coup de couteau qui vous arrache les cornes où est posée la couronne du taureau. Avoue que c'est triste ! Sans même parler du déshonneur qui me flanque au bas de la couche... C'est ainsi que j'ai pensé à toi, l'homme pur, hein... le poète des aquarelles verbales, l'inventeur, le philosophe tueur de phalanges, l'ordinateur des martingales... Je me disais, Balta il va travailler dans les sexes comme dans ses parterres de fleurs chez les Gachoux. Peut-être même qu'il inventera une spécialité pour le confort intime de ces dames. Mais voilà, tu es trop sensible, pauvre vieux ! Toujours à écouter les malheurs des autres comme si tu n'en avais pas eu ta part dans la vie.

– Je préfère écouter que parler.

– Tu es un maniaque, Balta ! As-tu compté combien cela te rapporte de fouiller dans les chairs ? Une fortune que tu amasses... Pense donc à ton engin, la gachoux ! Dans quelques mois, tu pourras t'en payer une nouvelle puis retourner en Chine pour rafler la ceinture mondiale et honorer ta Chinoise. Pour moi, c'est bien différent... Je suis friand des femmes, toujours à l'abreuvoir, jamais rassasié... Rien qu'à en voir passer une dans la rue, je claque du bec. Une boulimie... C'est ma vie, que veux-tu... La barbaque, le rut, l'éternité dans le sublime cloaque, les patins et les étreintes, tous draps envoyés en boule dans l'escalier ! Hormis les sauteries en chambre et un peu de musique, je n'ai rien pour me régaler. Toi, tu as tes livres et tes études, tes inventions et puis tu n'es pas spécialement porté sur la chose, même qu'un jour où j'avais la tête en marmelade, je me suis demandé si tu n'étais pas de l'autre bord, vois-tu, membre de la jaquette...

– Jamais de la vie ! ai-je dit en brandissant mon bras valide. Mon souci fut d'aimer non pas les femmes mais une femme. Une me suffit puisque celle que j'aime vaut largement les autres. Sans me vanter si vous pouviez connaître ma chère Huang ! Un vrai petit lotus, belle à ravir, d'une douceur... et cette intelligence qui ne cessera jamais de m'éblouir.

– Calme-toi, Balta ! Je sais que tu ne fais pas partie de la confrérie des hommes en capuche. Une plaisanterie... Il faut essayer de me comprendre.

– J'essaye, chevalier. En tout cas, je crois deviner combien est pénible l'obsession. Ceci dit, peut-être que vos désirs en fusion iront en s'atténuant avec l'âge.

– Jamais ! Au contraire, tout va en s'exacerbant au fil des ans. Ce n'est plus la ripaille que je veux, mais l'orgie du bout de la trompe.

– Vous finirez bien par la découvrir, celle qui vous fera oublier toutes les autres.

– Le grand amour !
– Pourquoi pas ?
– Je n'y crois plus guère… Oui, c'est bien triste, l'âge est venu où l'on se dit que ce sera pour une autre fois, dans une autre vie. Le vice me suffit… C'est lui qui me maintient en équilibre et me préserve de la déprime. La chasse à courre mais sans carnage à l'arrivée. Pitié, Baltazar, tu n'es pas mauvais bougre, pourtant ! Tu as vécu, toi, tu n'es pas comme les autres. Fais un geste ! Persévère quelques mois dans la pratique médicale en pensant à la gachoux. Si tu te voyais avec ton bras à demi ballant et qui prend la tangente…

Longtemps encore, il m'entraîna dans les feux hallucinants de ses contradictions. Une femme d'ineffable douceur, une pure, une pucelle, la Pietà au cœur en offrande, une vestale, une Marie au pied de la croix, la sainte des saintes, la Madone de l'Olympe, digne mère source de la vie qui soudain versait, ainsi qu'un chariot dans l'ornière, au creux des passions les plus démentes, les plus crapuleuses… Oui, disait-il d'une voix solennelle, elle en voulait, la céleste, la petite sœur des affligés, la pure en extase de tout à l'heure, jamais repue ainsi que la lycose dans un nid de fourmis. Avec ses lunettes de lecture posées de guingois au bout du nez, ses tics qui lui zébraient la face ainsi que le prurit avide des lèvres, il avait vraiment l'allure de l'atrabilaire, le chevalier ! Lors des moments d'émotion, ça lui revenait jusqu'à l'outrance, ses démangeaisons de Tourette.

– Deux mois, pas un jour de plus, ai-je promis en pensant à la gachoux dont j'avais le plan détaillé dans la poche.

Ce soir-là, Adeline était absente. On la voyait de moins en moins à la maison et la Touche la soupçonnait d'avoir un amant quelque part en province. Peu importe, elle me gave comme une oie, disait-il en riant comme un brave. Lui, par exemple, il ne se gênait pas pour ramener des créatures dans l'hôtel de maître. Un original défilé de femmes élancées, toujours élégantes, pas toujours très jeunes, toutes à la traque effrénée de l'homme généreux. Grâce à des anecdotes acrobatiques sur son état de fortune, le chevalier leur en mettait plein la vue. Même les propos déments leur paraissaient crédibles, à ces femmes, tant elles étaient possédées par la rage de dénicher l'homme idéalement fortuné. Parfois, il me demandait de jouer au secrétaire et de les entretenir en aparté sur la nature pharaonique des diverses sociétés qu'il contrôlait outre-Rhin. J'en rajoutais dans la crainte de ne pas faire suffisamment frémir la corde des convoitises.

En définitive, c'est lui, le divin Basque, qui les arnaquait, ces dames gourmandes, avant de les jeter à la rue dans un ignoble postillonnement de grossièretés. Elle ne lui était pas passée, sa mauvaise humeur post-coït… Féroce qu'il devenait au fur et à mesure qu'il progressait dans la sélection de la femme de classe ! Dissimulé derrière le piano du salon des glaces, j'assistais quelquefois aux ultimes moments d'une idylle, partagé entre la pitié et une hilarité de débile. Vrai, ce que c'est vilain et comique aussi, les manigances de ces créatures qui usent du sentiment et de l'amour pour s'emparer d'un magot ! À tout prendre, l'attitude du chevalier m'apparaissait moins détestable que celle de ces drôlesses assoiffées.

Son visage au teint mat était dévoré par un lupus. Elle n'était ni belle ni laide, simplement triste. Ravagés par un excès de mascara, ses yeux recelaient une sorte de déséquilibre qu'il ne fallait pas confondre avec la démence. Un moment, je l'ai sentie inquiète de me découvrir derrière le bureau les yeux bridés, le bouc, mon bras mort, les mains gantées... Lors de sa visite précédente, elle avait eu affaire à madame la doctoresse, m'expliqua-t-elle du ton acide et pointu de la Parisienne déçue.

– Je la remplace, ai-je dit de cette voix docte qui inspire confiance.

– C'est pas la joie !

– Vous savez, moi ou un autre... Ce qui importe, c'est la conscience professionnelle.

– Je veux dire, ce n'est pas amusant de se retrouver ici.

– Si vous voulez, je puis vous donner l'adresse d'une femme collègue, une doctoresse.

– C'est pas la peine. Allons-y...

Au lieu de me regarder, elle fixait le cadre doré posé sur une étagère où figurait le serment d'Hippocrate, un déluré celui-là et qui ne plaisantait pas avec la science. De la lecture de ses aphorismes j'avais retenu quelques perles : « Pour réprimer le flux menstruel, appliquez une large ventouse sur les mamelles » et ceci, plus subtil encore : « L'hémorragie utérine qui va jusqu'à la convulsion et la défaillance est très grave. » Pour me rassurer sur l'état de mon savoir, j'avais fait de ces aphorismes mon livre de chevet. Tout à coup une envie me prit de lui citer quelques axiomes mais elle parlait à n'en plus finir de ses ennuis et de sa famille, une bande d'affreux dont le nombre sextuplait tous les cinq ans ! Elle avalait ses mots en repoussant de la langue un débris de chewing-gum qui apparaissait de temps à autre entre les dents. J'écoutais sans rien comprendre tout en pressentant l'imminence d'une calamité. Son lupus érythémateux ressemblait à une fraise écrasée mais je ne le regardais pas, m'efforçant de fixer ses yeux agrandis par le mascara et qui surnageaient dans une bizarre hébétude. Je feignis la compassion à défaut de deviner la trame interminable de son bavardage où intervenait tout à coup le frère du beau-frère de sa sœur, laquelle venait de se remarier avec un cousin d'un autre beau-frère... Ce dernier portait une casquette, à la différence de l'autre beau-frère qui portait un chapeau. Rien n'est irréversible, disais-je d'une voix conciliante, pour dire quelque chose, pour prouver que j'écoutais et que ma patience ne connaissait pas de limites. À cet imbroglio familial se superposait en filigrane une histoire de microbes, d'inceste ou de viol... Une tourmente où valsaient les noms et les prénoms. Parfois, elle se tâtait le ventre en disant : Mon Dieu... c'est pas la joie tout ça ! Puis elle reprenait le long lamento en louchant sur le serment d'Hippocrate. Un récit sans fin monté comme une généalogie en cacophonie. L'infini se trouve parfois sur les lèvres des bavards. Bref, disais-je, tout ceci est bien malheureux... Mais revenaient aussitôt les tribus des multiples sœurs et frères, oncles et tantes, beaux-frères et belles-sœurs. Quelques bulles de salive explosaient au coin de son lupus. Pour finir, je l'ai interrompue en me levant.

– Voyons… Cela doit se guérir… De quoi s'agit-il exactement ?
– Je veux que ça soit fait maintenant, répondit-elle.
– Je trouve toujours le remède qui soulage.

Sans que je lui en fasse la demande, elle alla se déshabiller derrière le paravent puis s'installa sur la table d'examen. Elle avait du métier… C'est alors que je vis qu'elle était enceinte. Peut-être des œuvres d'un violeur, un passant rencontré sous un pont, ou d'un frère de la belle-sœur, ou un autre, un oncle apparu un soir entre deux portes, la chique mauvaise et l'haleine empestée… Une aventure bien malheureuse en tout cas car elle a murmuré en se tenant le ventre à deux mains : Ben, non… on peut dire que c'est pas la joie !

– Oui, ai-je dit, c'est une situation assez déplaisante.
– J'ai toujours préféré aller chez le médecin plutôt qu'à l'hôpital pour me faire avorter. Ça va faire la cinquième fois…
– Vous voulez que je procède à un avortement ? ai-je demandé en bredouillant.
– Ben oui, je suis là pour ça…

Ses yeux ne me parurent plus aussi tristes. Il y eut comme une colère naissante dans ses pupilles sombres, mêlée à un peu d'exaspération de me découvrir si balourd. J'ai sorti un fatras. Ce n'était pas ma spécialité, l'avortement. Et puis il y avait la morale, une éthique de vie, les principes religieux… Tout en discourant, je me demandais quel était le sexe de l'enfant qu'elle portait. Je vis son visage de plus en plus blême et pensai aussitôt à l'aphorisme d'Hippocrate, le n° 42 de la section V : « Lorsqu'une femme est grosse d'un garçon, son visage est bien coloré, il l'est mal si c'est d'une fille… »

– Ce sera une fille… Pensez à la fille que vous portez en vous, ai-je dit pour conclure.

– Je ne pense à rien ! Avortez-moi !
– C'est assez difficile. Comprenez que ce n'est pas ma spécialité.
– Madame, elle, elle m'avorte.
– Madame est absente.
– Ouvrez-moi, bon sang ! Faites-le-moi partir ! cria-t-elle en enfonçant un poing crispé au milieu de son ventre.
– Je vais vous donner une adresse, celle d'un confrère, une femme…

Tout s'est déroulé si vite… Elle s'est reversée sur le côté pour prendre son sac posé sur une chaise, l'ouvrir et en retirer une baleine de parapluie qu'elle s'enfonça dans le vagin. Le sang a jailli aussitôt.

– Vous êtes folle ! ai-je crié en retirant la baleine de son ventre.

Je lui ai placé un gros morceau de coton avant de me précipiter dans le couloir pour appeler la Touche. Il surgit, torse nu, les cheveux en bataille. Une voix de femme s'éleva de la chambre qu'il venait de quitter.

– Venez m'aider, ai-je dit. Une patiente vient de s'enfoncer une baleine de parapluie dans le ventre.

En jurant, il se précipita dans le cabinet de consultation, ne sachant que faire, sinon retirer l'engin qu'elle s'était à nouveau enfoncé jusqu'à la garde. Une boucherie ! Le sang dégoulinait jusqu'au sol.

– Putain de bordel de putain ! cria-t-il en défaisant des bandes de coton.

C'était le massacre ! Un auto étripage sous la fulgurance des néons. Le sang fuyait toujours entre les cuisses de la névrosée en dépit du coton que la Touche ne cessait de lui enfoncer dans le vagin. Je pris sa tension. Celle-ci était basse, très basse. C'était l'hémorragie, la grande, celle en torrent ! La Touche téléphona au docteur L., un ami discret d'Adeline, afin qu'il vienne en urgence.

Saignée à blanc, exsangue, elle mourut avec un cri qui ne voulait pas sortir comme un juron ou une malédiction à mon égard.

Au fond oublié des lointaines campagnes, le long d'un chemin ombragé, on aperçoit parfois, sanglotante de merveilleuse solitude, une petite maison accroupie dans le baiser du soleil. Il n'y a que les oiseaux et le murmure du vent pour répondre à la chanson du silence. Au loin, par-delà les champs, les bois et les montagnes, on devine les hommes avant de les bannir à jamais de son esprit. C'est sans doute cela, le paradis imaginé dans ma geôle… Vivre seul avec la seule présence d'un dieu qui ne serait pas forcément Dieu mais peut-être le dieu de la poésie et de la musique confondues. Vivre avec la certitude que les jours du futur ne débarqueront plus jamais avec leur lot de désespoirs. Être rayé du monde des humains mais recevoir la visite de ceux qui vécurent autrefois et dont la seule évocation du nom fait surgir les flots de l'admiration. Par-delà la tombe cet amour mêlé de gratitude et d'émerveillement ! Puis, peut-être, ainsi qu'un noyé immortel, emporté par les rivières, aller goûter aux autres solitudes…

Eux, les magistrats en robe ne m'ont jamais cru lorsque je m'évertuais à leur répéter que c'était la patiente qui s'était enfoncée l'instrument dans le ventre. Ils ne pouvaient comprendre ce qui dépasse l'entendement. Certes, il y eut sans doute quelques réticences chez les jurés. Je n'avais pas le profil de l'assassin. On me présenta comme légèrement débile avant de me considérer comme violent, puis violent à demi, puis plus violent du tout, avec un faible pour la douceur et beaucoup d'amitié pour certains êtres. On ne comprenait plus très bien les raisons de ce crime sadique dans le chef d'un homme que rien ni personne au monde ne pouvait accuser de sadisme ou même de simple cruauté. Heureusement, pour la bonne suite des débats, trois psychiatres vinrent expliquer l'inexplicable. Ils se contredisaient souvent, piqués au nerf du galimatias mais transcendés par la formidable ineptie du savoir en infusion. Au fond, ce n'était pas vraiment de leur faute s'ils vivaient étranglés par un infini de certitudes. Avouer son ignorance, ne fût-ce qu'une fois dans sa vie, vous fait déraper plus bas que dans l'arrière sous-sol de la déconsidération. Cette pensée de mon maître Pettorossi, volume VII, chapitre II : « Même à une question dont vous ne comprenez le moindre mot, la réponse doit jaillir, vive, incomparable, irréfutable... À défaut, une onomatopée de fin connaisseur peut faire l'affaire. »

Dans ma cellule de Fleury-Mérogis où j'eus le rare privilège de vivre seul, je regardais des heures durant le dos voûté d'un parasol orange sur lequel j'avais peint des arbres et des soleils échevelés croissants dans les vagues de la mer. J'imaginais alors d'autres vies que les miennes. Je perdais la parole à défaut de perdre la raison. Pourtant, seul le fou, en certaines heures de douceur, pressent ce qui se cache derrière la raison. Mes voisins restaient prostrés des heures durant devant le téléviseur, cet instrument incomparable pour oublier qu'on existe. Le temps passait. Je vieillissais tout en gardant la sensation de reculer vers l'enfance ou ce qui lui ressemblait. Lorsque la nuit tombait ou tôt le matin en guise de suprême consolation, je jouais de la viole de bras. En souvenir des jours lumineux d'autrefois et de mes chers monsieur et madame des Gachoux, j'interprétais *La Milaneze* du premier livre de Caix d'Hervelois, courte et splendide pièce grâce à laquelle mon esprit s'envolait armé jusqu'aux dents, hors de cette prison, vers des lieux imaginaires. Puis, j'improvisais des mélodies qui n'étaient plus de ce siècle, tour à tour chargées de joie, de chagrins, de tourments ou de fureur, ensuite, lentes à mourir, une plainte, un pleur, un chuchotement, le murmure d'une voix aimée… Quelle consolation que de se réfugier dans les mélancolies comme on va dans certains jardins abandonnés où, dans les traces d'un été moribond, on trouve la promesse du prochain printemps.

J'ai en horreur l'idée de raconter la monotonie des jours passés en prison. Certains jours sont plus proches de la mort que les nuits les plus noires. Je ne recevais plus de lettres de Huang mais son souvenir, loin de s'estomper, se ravivait chaque jour davantage. Que se passait-il à Berceau paisible ? J'imaginais le pire… Je lui écrivais une lettre deux ou trois fois par semaine avec la promesse de revenir sans tarder…

J'ai peu inventé durant ces trois années de prison, peut-être parce que l'imagination entravée par l'absence de liberté ne trouve plus l'élan nécessaire et que j'invente davantage au hasard des routes, dans des lieux aimés ou auprès de ceux qui m'animent par leur amitié. Je trouvais mon salut dans la musique et la lecture. Afin de pouvoir continuer à jouer de la viole, j'avais conçu un ingénieux système de fils de nylon posés en quinconce et reliant ma main à demi morte à la bouche. À la longue, une grande dextérité m'était venue, comme jadis lorsque j'écrivais avec la bouche et les dents.

Souvent, je voyais brûler la ville immense, Paris, ville lumière ! J'étais l'incendiaire ! Je me régalais du brasier et de la chaleur venue des enfers. Sur les ruines, on ne reconstruisait plus rien et les plantes et les arbres se mettaient à pousser n'importe où ainsi que dans une jungle où l'homme n'a jamais posé un pied. Avec quelle force croît la haine pour les lieux où l'on endure la souffrance ! Au fil du temps, d'autres visions tout aussi exaltantes sont venues m'apporter le réconfort. Au terme de trois années et de deux mois de détention, on me libéra. Dans un couloir où résonnent les cris comme dans une cathédrale, le directeur rencontré par hasard voulut m'adresser une brève harangue où il fut question de rédemption, de respectabilité et de la place que j'avais à reprendre dans la société.

– Je suis innocent, ai-je dit. Celui qui condamne un innocent est un être maudit.

– Cette maison est remplie d'innocents ! À l'instant où vous retrouvez la liberté, il ne vous appartient plus ni de haïr ni de maudire. Une nouvelle vie s'offre à vous, sachez la mériter ! Faites front !

– Au feu ! Au feu !

Il sursauta en regardant vivement vers sa gauche, vers sa droite…

– Qu'est-ce que vous dites ?

– J'ai dit, au feu ! J'ai cru voir des flammes tandis que vous me parliez.

Il me fixa avec pitié comme pour procéder à une évaluation de mon état de démence, puis tourna les talons à la manière sèche du troupier, en grommelant quelques phrases où le mot « irrécupérable » se détacha avec vigueur.

J'avais le vieux sac de marin en bandoulière. À ma main valide, la valise Prestige qui contenait ma viole et mes partitions. Au-dehors, sur le trottoir ensoleillé, c'était presque Paris. En sortant du métro, avenue Kléber, c'était vraiment Paris, ville lumière, inchangée, inamovible, superbe, avec ses menaces qui vous sautent à la gorge et cette formidable petite mort de l'âme dans les yeux des passants.

C'est chez Adeline que je me suis rendu aussitôt. Au procès, où elle s'était entendue condamnée à une peine de prison avec sursis, la Rose-Croix m'avait enfoncé un peu, légèrement, pas méchamment peut-être… Elle affirma qu'elle m'avait permis d'exercer la médecine en raison non seulement de mes talents mais aussi et surtout pour remédier à mes difficultés matérielles. Peut-on refuser une aide à l'infirme qui demande assistance ? En laissant supposer que l'appât du gain me possédait, toutes les vannes s'ouvraient au procureur pour oser affirmer que c'était précisément cette soif d'argent qui me poussa au crime. Souvent il suffit d'un mot pour vous mettre la bouche sous l'eau.

Adeline était radiée à vie à présent. Lorsqu'elle m'ouvrit la porte et qu'elle me vit sur le trottoir, elle se mit à rire à la manière d'autrefois en rejetant la tête comme pour boire les nuages. Peut-être avait-elle changé un peu, mais si peu. Toujours aussi belle, aussi désirable… C'est alors que je me surpris à lui en vouloir de n'être jamais venue me visiter lorsque je m'étiolais dans la geôle. Tandis qu'elle continuait à rire en m'offrant son buste dressé, j'ai admiré les bracelets qu'elle portait aux poignets et le collier de pierres ardelines dont l'éclat pétillait sur sa gorge nue. Vraiment, cette gaieté, ce bonheur de vivre !

– Baltazar, quelle surprise ! Vous, vous ! Mais vous n'en finissiez pas de nous abandonner, cruel ! Dans quel coin fait à ravir vous trouviez-vous pour ne point penser à ceux qui désespéraient de votre inconstance ?

– En prison, ai-je dit d'un ton sec, comme la porte qui claque derrière soi.

– En prison ? Pauvre ami ! Êtes-vous réellement resté si longtemps là-bas ? Ceci est d'un navrant ! Un mot de vous, un seul, et je serais accourue dans l'heure vous assister au sein de cette rigueur.

– Me voici libre à présent et content de vous revoir. Le chevalier est venu me voir de nombreuses fois. Lors de sa dernière visite, il me déclara son intention de retourner au pays basque.

– L'ingrat ! Tenez, je vous conterai ses mésaventures par le menu… C'est d'un triste !

Un triste qui la fit rire à nouveau. J'ai attendu qu'elle retrouve son calme pour lui demander la permission d'entrer car nous étions sur le pas de la porte.

– Mais oui, voyons, pauvre et cher ami !

Un court instant, elle me pressa contre elle… Son parfum était le même que naguère, une senteur captive qui se débat entre le baume des nénuphars Caroliniana du Pakistan et les infinies variations des effluences des roses anciennes. D'une voix transparente où le rire frémissait encore, elle me demanda si je désirais boire quelque chose. Évidemment ! ai-je répondu en empoignant ma valise.

Dans le salon des glaces, assis sur le canapé, un homme d'une cinquantaine d'années d'une rare élégance bâillait aux corneilles. Lui aussi se trouvait parfumé aux essences subtiles. Sa calvitie lui accordait un charme poignant. Lorsqu'il me vit entrer, sa lèvre supérieure se retroussa ainsi que sa moustache dressée à la mode d'autrefois. Devant son étonnement à me voir surgir harnaché de bagages, Adeline reprit son rire en cascades.

– Mon cher… c'est… c'est le Chinois !

Le bel homme eut la délicatesse de joindre un rire discret au rire flamboyant de la doctoresse. Je m'approchai pour lui serrer la main. Vu de près, il n'était pas si beau que ça, le bel homme… On retrouvait aux stries des paupières, comme aux commissures des lèvres, ces éclaboussures des heures massives où le corps s'entête à éloigner le sommeil pour poursuivre l'orgie. Sa physionomie était celle du viveur. En tout cas, lui et elle, réunis sur le canapé, formaient un couple charmant. Sans doute était-ce moi et ma présence inattendue qui déclenchions cette surexcitation car la belle Adeline ne cessait de glousser en pétrissant le bras de l'aimé. Je me souvenais des propos du chevalier, à l'issue du procès, lorsqu'il vint me voir en prison, les bras chargés de livres et de douceurs : Je l'abandonne, cette traînée, car elle t'a trahi, toi, mon copain le meilleur au monde. Écoute… Adeline, c'est une créature poncée au savon vert de tilleul… Oui, belle à en crever, érudite, brillante mais pute aussi, ainsi qu'une jument dressée sur ses pattes arrière et qui hennit, immonde et superbe, la crinière ébouriffée, les lèvres gonflées d'impudeur et le nez qui bouge pour flairer ce que tu apportes, ce qui te manque, ce que tu es.

Le portrait était juste, un peu cruel, mais insuffisant sans doute. Pour l'instant, elle me regardait toute vibrante du désir de bien m'aimer.

– Racontez-nous, Baltazar ! Nous brûlons de connaître vos jours d'infortunes. Pauvre ami, si vous saviez comme nos pensées, chaque jour, chaque heure, se tournaient vers vous.

J'ai raconté d'une voix molle, un ramassis de rancœurs et de chagrins. Les jours et les nuits où je me trouvais obnubilé par la lenteur du temps qui passe et la satisfaction enfantine de rayer d'un trait le mois écoulé sur le calendrier accroché au mur mais dissimulé sous un linge. Cependant, une sourde accusation jaillissait sans arrêt de mes propos. L'homme de cœur s'enquit de la personnalité de la femme au lupus et m'interrogea sur le caractère obtus de l'accusation durant le procès. Adeline me coupa la parole et s'envola sur les cimes de la psychologie du prolétariat afin de nous expliquer le comportement de cette malheureuse. Sous les quelques phrases de compassion paternaliste s'élevait un singulier mépris à l'encontre des masses défavorisées dont elle comparait la conduite à celle des volatiles confinés dans les batteries d'élevage. Le bel homme qui se prénommait Nadège écoutait, tout en me fixant avec bienveillance. À un certain moment, je crus saisir l'émanation d'une réelle sympathie à mon égard. Je m'enquis du chevalier de la Touche dont j'étais sans nouvelles depuis près de deux mois.

– Le pauvre homme ! Oui, le pauvre homme, soupira Adeline en pressant si amoureusement le bras de Nadège que je me demandais si cette exclamation de compassion visait le chevalier ou son nouvel amant.

– Que lui est-il arrivé ? interrogeai-je.

Un nouveau rire de gorge éclata dans lequel vibrait toute la volupté de l'amoureuse. C'était quasiment l'hystérie en dilacération perpétuelle.

– Franchement, Baltazar, ce qui est arrivé à votre ami m'est tout à fait indifférent. Ce malheureux m'est sorti de l'esprit depuis si longtemps… Il est vrai qu'un monde nous sépare ! Est-il un bélître ou un bellâtre ? Les deux probablement. En vain aurais-je des dieux sollicité l'aide pour lui faire franchir ce gouffre de différences, jamais il n'aurait pu, le pauvre, se hisser à la hauteur de ma conception du monde et de l'acquis d'un esprit en continuelle recherche intellectuelle. Ce que je puis vous dire, c'est qu'il se trouva interné à Pau, puis libéré. Une histoire de mœurs, de petite jeune fille sollicitée à la porte d'un lycée, puis, très probablement abusée odieusement, quoi qu'en dise l'intéressée qui se prétendit consentante et même très éprise. On peut imaginer le pire, n'est-ce pas, joli galant?

Nadège opina avec langueur, le bras secoué par la main d'Adeline. Apparemment, son esprit était ailleurs… Peut-être même ne savait-il de qui on parlait. Je me sentis peu à peu glisser dans le fauteuil, comme accablé par ce que je venais d'apprendre au sujet du chevalier. Mon regard erra dans la pièce à la recherche des souvenirs… Tout était luxe et quiétude dans ce salon que je retrouvais tel quel. Seul l'homme de cœur avait changé. Sur le canapé ne figurait plus la Touche mais un Nadège parfumé aux essences rares, presque féminines. Cet homme paraissait aimable et sensible. Certes, on n'aurait pu l'imaginer dans le jardin, tel le chevalier autrefois, occupé à promener Blondine à la laisse, nue et aboyante, telle une chienne qu'on flagelle gentiment. Nadège, pétri d'élégance et de réserve, devait aimer comme ces amants exquis de l'autre siècle. Ôtait-il seulement sa fine chemise et ses bas à pinces inversées lorsqu'il se faufilait dans la couche de sa maîtresse? Peut-être dans un souffle gracieux disait-il: Belle âme, irions-nous consommer? Ou encore, plus raffiné: Me permettrez-vous de vous honorer cette nuit? L'étreinte se perpétrait-elle dans la pénombre et dans un silence pétrifiant? Mais sait-on jamais? Je me suis si souvent trompé sur le comportement des gens. Nadège n'était peut-être qu'une brute enveloppée de suaves distinctions.

– Qu'allez-vous faire à présent, cher Baltazar? demanda Adeline en m'offrant un verre de sherry.

– Je ne sais au juste… Aller dans le Nord, mon pays, ou retourner à Biarritz. Il me faudra de l'argent. Seriez-vous assez gentille pour penser à moi et m'offrir, disons, dix mille francs.

– Comme vous y allez ! s'exclama-t-elle joyeusement en se levant pour fourrager dans mes cheveux.

– J'en ai besoin.

– Je n'en doute pas, mon ami.

– Il faut que je m'établisse quelque part, que je travaille à mes inventions car cela fourmille dans ma tête.

– Vous êtes inventeur ? s'exclama Nadège.

– Parfaitement et depuis toujours.

– Oui, il invente sans relâche, expliqua Adeline. Encore faudrait-il qu'il puisse un jour prochain trouver dans ses inventions une source de revenus. N'est-ce pas, Baltazar ?

– Dix mille francs me suffisent, ai-je rétorqué en m'adressant à Nadège, lequel s'empressa d'acquiescer.

Il comprenait tout, l'admirable ! Il ne cessait de trouver plaisir à m'approuver. C'est vrai qu'il possédait une physionomie avenante, les yeux paisibles ainsi que la voix dont l'intonation apaise celui qui se trouve dans l'affliction. Lorsqu'il tourna son visage vers la lumière de la fenêtre qu'Adeline venait d'ouvrir, j'eus l'impression bizarre que sa moustache en crocs redressés était une moustache postiche. Tout à coup, je me suis demandé si je n'étais pas l'objet d'une formidable mystification… Si Nadège n'était autre que le chevalier déguisé avec une peau refaite et vieillie artificiellement, un crâne rasé à l'émeri du Sultanat d'Oman… Mais le chevalier n'aurait pu rester aussi longtemps en présence de la radieuse Adeline sans lui presser les hanches ou le buste. C'était elle, au fond, qui le touchait sans cesse, Nadège. Elle lui baisait les tempes, le nez, le front, le cou surtout, ainsi que le crâne basané dont la nudité paraissait l'exciter sauvagement. Comme celui du Mongol ou du guerrier immobile de la steppe du Tounigra, ce crâne chauve séduisait tant sa grâce était évidente.

– La vie de Bohème recèle sans doute bien des charmes, dit Adeline en se levant une nouvelle fois pour passer ses doigts dans mes cheveux et me triturer le lobe de l'oreille comme si elle s'apprêtait à me réprimander. J'admire votre constance à défier les agressions de la vie et des hommes. Cependant, le temps passe, le corps se fatigue, les illusions se dissipent et votre esprit, aussi brillant soit-il, se heurtera bientôt à certaines inquiétudes que vous semblez ne pas connaître, ou si peu… Arrivera ce jour où vous réaliserez que vous avez gâché votre existence à trop courir les chimères comme d'autres courent les femmes. Soyons sérieux, mon ami ! Vous l'ai-je assez répété jadis ! Vous souvenez-vous ?

– Je me souviens. Mais aujourd'hui, c'est dix mille francs qu'il me faut.

– Taratata ! Soyez raisonnable, voyons ! Savez-vous ce que je vous propose ?

– Neuf mille…

– Taisez-vous ! Ne faites point votre idiot ! Je vous propose non pas cette somme que vous avez l'air de vouloir vilainement m'extorquer, mais mieux, beaucoup mieux… Ne prenez pas en mal ma proposition, voulez-vous ? Je vous la soumets de bon cœur car je considère qu'aucun emploi n'est à mépriser. Que diriez-vous d'un travail chez nous, ici même, bien rémunéré et pas contraignant pour un sou. Domestique, Baltazar ! Oui, à vos heures qui seront nôtres… La vaisselle, l'encaustique sur les meubles, le parquet à cirer, l'entretien du jardin tout en conservant la faculté de poursuivre vos travaux d'inventeur. Car nous y tenons beaucoup, nous, n'est-ce pas, Nadège, aux travaux de ce cher Baltazar.

– Certes ! souffla Nadège d'une voix frémissante.

– Dites-nous à quelle entreprise vous allez bientôt vous atteler ? s'enquit Adeline.

– Il s'agit d'une potion ou plutôt un remède capable de s'opposer aux affres de la mort.

– C'est gai !

– Ce sera gai pour celui qui est contraint à quitter ce monde.
– Étonnant, vraiment ! dit Nadège en se dégageant de la main qui lui caressait l'abdomen.
– Je garde l'espoir de créer ce remède avant la fin de cette année, dis-je. Il s'agit d'une entreprise gigantesque. Aussi, si vous croyez que je vais suer sang et larmes pour assurer l'entretien de votre maison, vous vous trompez ! Ce poste de domestique peut m'intéresser à condition de ne pas y souffrir plus de deux heures par jour.
– Souffrir ! Comme vous y allez ! s'exclama Adeline en prenant place sur les genoux de son amant. Ce que vous êtes rigolo, Baltazar ! Je jurerais que vous vous croyez du génie…
– Bien sûr, dis-je en regardant la bonne tête de Nadège, emprisonnée étroitement entre les deux bras de sa maîtresse.

Il me souriait à la mode Empire, d'une bonté paterne tellement évidente que je ressentis en sa faveur un surcroît de sympathie. Son attitude semblait m'encourager à faire plier Adeline sous le poids de mes exigences. En ces instants où je dus me heurter aux exhortations morales d'Adeline, plus que jamais m'apparut évidente la fulgurance de mon génie. Le génie, mon seul bien qu'il ne fallait pas essayer de m'enlever. Et même si la sottise souvent effleurait ma pensée ou abîmait mon comportement, jamais il ne m'était arrivé de mettre en doute cette aptitude qui était mienne d'aller au-delà de l'impossible et de sauter à pieds joints par-dessus les obstacles de l'absurde. Si mes faiblesses relevaient de l'intendance, mon génie faisait corps avec mon être ! Mais elle, la superbe, en vertu de son savoir ésotérique, elle paraissait le mettre en doute, mon génie. Cette suspicion m'était intolérable.

De petite rage, j'étendis les jambes sous la table basse et mis vulgairement mon bras valide sous la nuque. Un air me vint sur les lèvres et je chantonnai en sourdine… Il me semblait que cette admirable demeure où j'avais vécu plus de six mois était un peu la mienne. Il aurait fallu la gueule ouverte des canons pour me la faire quitter. Dommage que ce cher chevalier n'y fût pas présent. Avec lui, cela n'aurait pas traîné : il m'aurait offert un lit dans la plus belle chambre et proposé non pas un verre de sherry mais un repas en estocade arrosé au champagne et couronné d'un sublime dessert à la griotte. Finalement, sous les exclamations élégantes de Nadège, Adeline se rendit à mes exigences. J'allais travailler deux heures par jour, sans plus, ainsi que Céphise, père de Narcisse, qui distrayait une heure, sans plus, à l'épouillement de la chevelure de Tifunte, sa maîtresse.

Après le dîner que nous prîmes à même les tapis d'Iran, assis sur une multitude de coussins coloriés, nous dûmes, Nadège et moi, subir les envolées d'Adeline sur les mystères conflictuels de la destinée humaine. Ce que c'était barbant ! Étant privés du savoir ésotérique, nous n'avions guère le droit à la parole. Charmante Adeline dont les facultés de l'esprit égalaient la beauté ! Cependant, ce soir-là, l'adorable nous infligea une logorrhée élevée au niveau de l'amphigouri. Nous sombrâmes bientôt dans un vague abrutissement.

– Et comment ! se contentait de proférer Nadège afin de témoigner de son éveil.

– Exact ! disais-je de quart d'heure en quart d'heure.

– N'est-ce pas ! s'exclamait Adeline, un rire de petite cerise rouge entre ses lèvres roses.

À la voir ainsi, allongée à demi nue sur les coussins, belle et riante, une envie irrésistible vous prenait à la gorge d'aller lui chatouiller sa petite cerise qui brillait entre les lèvres roses !

Lorsqu'ils furent se coucher, j'ai erré un peu dans la maison à la recherche de quelques pièces de monnaie. Ne trouvant rien, je me mis à fouiller les vêtements d'Adeline puis ceux de Nadège abandonnés dans l'une des trois salles de bain de la maison. Je retournai les poches, l'esprit serein, en paix avec ma conscience puisqu'il m'apparaissait que mon état d'indigent m'autorisait à récolter les miettes de tous les festins. Rien n'est plus idéalement souple que la morale dès lors que le remords n'intervient pas! En fouillant une poche intérieure du veston de Nadège, je trouvai une douzaine de photographies. Toutes représentaient une femme en pied dans toute la gloire de l'apparat. Créatures à la beauté fascinante, sveltes, très élancées, aux somptueuses chevelures blondes, noires, rousses, auburn. En dépit d'une légère différence, ces femmes possédaient entre elles une singulière ressemblance. Chacune d'elles possédait ce sourire éclatant et ce regard où s'embrase, davantage que la simple joie de l'instant, l'exaltation frénétique d'un singulier bonheur. Que Nadège fût un séducteur m'étonna beaucoup car il n'avait de cet état ni la faconde, ni la servilité, ni l'incommensurable patience, ni surtout, apparemment, le sens exacerbé de la flatterie. Le cher homme, si bien disposé en ma faveur, me remplissait d'interrogations à son égard.

Je raflai une partie de la monnaie qui se trouvait au fond des poches avant d'aller m'étendre, non plus dans la chambre de magnificence où je logeais jadis, mais sous les combles, là où, au début du siècle, dormaient les bonnes.

Cette vie de domestique de haut rang me changeait de l'existence carcérale. Le matin, je travaillais de dix heures à midi sous le regard méfiant d'une créature filiforme dont le titre le plus revendiqué était celui de cuisinière. Elle ne m'aimait guère et je la surprenais parfois à m'espionner derrière une porte légèrement entrouverte. Le soir, elle devait faire son rapport à Madame. Mais Madame devait lui dire que cela lui était assez égal, mon enthousiasme mitigé. Il s'agit d'un infirme, un malheureux qu'on se doit de recueillir, lui avais-je entendu dire. Ne vous inquiétez pas... De toute façon, il ne tardera pas à reprendre la route, lorsqu'il aura réalisé un petit pécule. Cet homme est un errant, vous savez, un instable...

C'était une bonne œuvre qu'elle réalisait, Adeline. Je songeais avec attendrissement à cette époque révolue où elle se plaisait à remonter une main amicale le long de mes cuisses... L'après-midi, je rangeais mon tablier et je prenais un bus pour me rendre dans une association de futurs grabataires. Pax, tel était le nom de cette assemblée dont le siège se situait à Pantin dans l'arrière-salle d'une brasserie désaffectée. L'endroit était assez déprimant en dépit du silence qui y régnait et des nombreux pigeons dont c'était devenu le refuge. Jadis, dans cette arrière-salle sous verrière et de grandes proportions, on venait de loin pour danser le paso-doble, le tango, la valse, la java... Au-dessus du bar abandonné, sur un mur couleur sang, un portrait sur carton représentait un danseur de tango argentin enlacé à une ombre ployée dont le torrent de cheveux noirs caressait le sol.

Elle se nommait Augusta, la présidente de l'association Pax. Une vieille parcheminée et bien aimable dont la particularité consistait à souffrir de la souffrance d'autrui tout en la trouvant parfaitement normale. Dans les mœurs du temps, disait-elle d'un ton triste en me désignant d'un mouvement de tête la rue où vrombissaient les engins à moteur. C'est là, dans cet ancien palais du tango, aujourd'hui antichambre des mouroirs où bataillaient chaque lundi et chaque jeudi une poignée de vieillards, que je mis au point le remède anti-affres de la mort. L'ambiance morbide m'incitait à poursuivre mes recherches avec acharnement. Sous l'effort, mon crâne se retroussait. J'entrais en divagation, le corps en échafaudage jusqu'aux limites extrêmes de l'absurde… Cependant, j'appréciais l'esprit de révolte qui régnait sous cette verrière malgré la placidité de madame Augusta. Les vieux se réunissaient autour d'une longue table de bois blanc afin de ressasser leurs ennuis de carcasse. On y parlait peu de la mort, au fond, mais abondamment de remèdes et de pommades, de potions en carafe, de décoctions, de lavements, de fumigations, purgations, cataplasmes et régimes en eau aigrelette mortifiée au citron… Parfois surgissaient des détails inoubliables au sujet des varices et des abcès en trompe cloaque. Les maladies se trouvaient commentées et disséquées à la lame du burin et retravaillées en tranche artères, calibrées au pot, confites d'insanités, décriées par les uns, respectées par les autres. Chacun faisait son choix dans les atrocités subies tôt ou tard par la chair. S'élevait de partout un beau vacarme entrecoupé souvent d'un juron à l'ancienne, de ceux que certains d'entre eux subirent autrefois entre deux coups de clairon à la sortie des tranchées. Les dames, plus nombreuses que les hommes, tricotaient sans oublier de donner de la voix. Assis à l'écart, à l'intérieur du vieux bar qui puait encore la vinasse, en ai-je entendu de ces noms effrayants… La goutte, l'arthrite, l'artériosclérose, l'infarctus, la thrombose, la péricardite, le Parkinson, et l'Alzheimer et d'autres encore, des maladies en ragoût de rachis noirs qu'ils se disputaient entre eux, comme les os que se disputent les chiens affamés.

Au-dessus de la table, une ampoule jaune se balançait au bout d'un fil, sinistre, pour éclairer cette gesticulation de sénescence dans la fleur de l'espoir. C'était leur vie, ça, les maladies et les remèdes dans un épouvantable combat. Une fougueuse passion qui leur donnait soif, soudain… Ils sortaient les bouteilles de gros-qui-abîme, de bibine en raisins de fossés et de remblais, qu'ils buvaient par à-coups entre un rot et une obstruction sonore du gosier. En fin de journée, à l'approche odieuse du crépuscule, il arrivait que les conversations déraillent tout à coup vers les années du passé, les temps de guerre, leur belle jeunesse où ils allaient voir la campagne en bicyclette avec les cheveux en brillantine sous la casquette renversée à la daube… Alors, je posais mes papiers et la plume pour écouter, ravi, ces histoires d'une époque où existaient encore des bancs devant les maisons et où on osait perdre et gagner un temps fou à se remémorer d'interminables généalogies.

Aux coins les plus sombres de la vaste piste de danse sommeillaient des chats très âgés, eux aussi. La plupart étaient abandonnés et venaient là, à heure fixe, comme les humains, pour trouver un réconfort et une ultime raison de vivre. Sur le salpêtre des murs étaient accrochés des écriteaux qui ne mettaient pas en joie : « Face à la maladie, la lutte est une question d'honneur », « Mourir, oui, mais dans la dignité ! », « Vieillir n'est pas mourir », « Soyons vieux, ne soyons pas des débris ! » Et cette fleur délicieusement délétère de l'esprit écrite à l'arabesque et à la plume major sur l'envers d'un calendrier : « Je pense à moi comme à un mort. » Cette pensée était le fruit unique du cerveau de monsieur Laussance, le secrétaire de l'association. Il en parlait beaucoup de cette perle, apparemment très ému de la retrouver intacte chaque lundi et chaque jeudi au dos du calendrier, en dépit des menaces qui pesaient sur elle.

Chacun venait faire état de ses récriminations et de ses jérémiades avant l'heure où ils auraient à s'allonger sur les grabats de l'hospice. Malgré la naphtaline, cela sentait la mort à plein nez. À certains moments, devant tant de misères, il me semblait entrer en déréliction. De mon esprit je parvenais cependant à extirper toute velléité de pitié. Mon remède allait procurer non pas la fureur de vivre, mais la fureur de mourir dans les plus brefs délais. Certains vieillards ricanaient de mes espoirs, d'autres en soulignaient l'inanité en proclamant que la mort ne parviendra jamais à se hisser jusqu'à la nature heureuse de la naissance. Je m'emportais, la bouche en tapage. Dans l'emballement, des mots chinois venaient heurter le sens de mon discours... Tétanisé par l'enthousiasme, je leur criais que la mort n'est autre chose qu'une seconde naissance.

– C'est moi, Baltazar, qui vous la balance au nez cette évidence que la mort deviendra quelque chose de choisi, de fin, de distingué ! Attendez-vous à la joie, mes amis, et aux flonflons sur le lit des sublimes et ultimes convulsions !

– Taisez-vous donc, imbécile ! glapissait une édentée.

– Qu'on l'interne, ce Chinois, hurlait un petit gros écarlate en brandissant sa bouteille de petit blanc.

– Nom... Nom de Dieu ! clamait un autre en cherchant ses mots éparpillés sous la table.

– Mes amis, je vous en prie, l'heure est radieuse. Écoutez-moi ! Bientôt vous irez prier Dieu pour qu'il accélère votre fin. Oh joie ! Promesse du voyage sans retour dans l'infini des paradoxes...

– Qu'on le fasse taire, bordel de bordel !

– Assommez-le, ce bavard !

Oui, mon fanatisme progressait de jour en jour. Certains parlaient de me flanquer dehors. D'autres menaçaient d'appeler les pompiers pour m'incarcérer. On prétendait avec raison que je n'avais pas l'âge requis pour participer aux lugubres agapes. Sans la bienveillance de la généreuse Augusta, j'aurais été éjecté de l'association Pax, moi et mon attirail de chimie biologique.

Mes travaux progressaient. Je touchais au but. Il fallait parvenir non seulement à provoquer l'insouciance face à la mort - ce que délivre l'héroïne - mais surtout une joie intense à l'idée de quitter ce monde, ce que même la cantharidine n'apporte pas, ou si peu. Par le processus de l'immersion par la crémaillère et un démultiplicateur dans un alcool riche en sucre, je fabriquais un dérivé de l'opium. Ainsi qu'un maniaque, je rusais de toutes les manières pour surprendre la matière lorsqu'elle se confond avec une autre ou lorsqu'elle se métamorphose ou lorsqu'elle trouve son apogée sous l'effet d'une agression. Afin de m'encourager, madame Augusta m'appelait du doux nom de Dioscoride.

De longue date, depuis l'époque Pettorossi, je fus intéressé par les champignons que la science en pompes et fatras appelle parasites d'une manière impropre. Considérant que nulle substance dans la nature n'est inutile, je fis des fusions en utilisant des zygomycètes. Je mis ces champignons en margouillis de fumure forcée avant d'en recueillir la vapeur et de la placer en dose extraite au cœur de la combustion interne de la chaudière. Je progressais en expérimentant sur moi les effets de ces extraits puis, au bout de deux mois de recherches, par distillation, je parvins à extraire les substances infinitésimales d'un zygomycète atrophié artificiellement par le calamistrum d'une araignée de thaïssus. Je progressais dans le déraisonnable, l'inconscience, l'hallucination… loin des sentiers battus de la morne science conventionnelle. Tout me paraissait possible dans l'univers de l'infiniment petit. Je triomphais, indifférent à l'irascibilité des vieux dont certains venaient rôder autour de mes alambics. L'acide salicylique à triples rayons se trouvait enfin à ma disposition. Mis en présence du mercure et porté à ébullition puis mélangé aux particules néoaquatiques des métalloïdes trivalents, cet acide apportait ce que je recherchais : le désir irrésistible de mourir, l'extase de quitter cette vie ! Comme chatouillé par les délices de Vénus, l'homme s'éteignait en sanglotant de bonheur. En goûtant cette médication, je dus lutter contre la pulsion de mort. Le suicide me tarabustait, tant la vie m'apparaissait dérisoire et la mort admirable. Un jeudi en fin de journée, ayant bu le contenu d'un dé à coudre de ma potion, dans un sursaut de conscience, je dus supplier qu'on voulût bien m'attacher aux tuyauteries du sous-sol afin que je n'attente pas à mes jours. Ils sont tous venus me voir, les braves, à la cave, dans un océan de bouteilles vides, partagés entre le souci de me préserver de la mort et le désir frénétique de me massacrer à coups de tessons de bouteilles.

– Quel forcené ! entendais-je tandis que je m'évertuais à sanctifier la mort.

– Un fameux maniaque !

– Une fois guéri, il faudra l'envoyer paître, celui-là. Il nous rendra tous fous… A-t-on idée d'une telle rage à vouloir se trancher la gorge !

– Salopard ! Faites-lui manger ses furoncles et son bouc !

– S'ils sont tous comme ça, les Chinois… eh bien, c'est du beau !

– Laissez-le mariner dans ses chaînes.

– Quelle chabraque ! Faudra veiller à lui couper les jarrets…

C'était assez triste d'entendre tout ça, ce déluge d'invectives alors que précisément je m'agitais, ligoté dans mes fers et les ficelles, en réclamant un rasoir ou un tranche-poulet pour la bonne découpe de la carotide. Certes, je n'eus pas le courage de répéter cette expérience car je voulais vivre encore un peu. Une dizaine de printemps, peut-être davantage. D'autres inventions allaient germer dans mon cerveau. Je souhaitais assister à mon vieillissement. Une curiosité d'esthète... Quelle tête j'allais attraper au fil des ans et des chagrins. Ce qui casserait en premier dans l'organisme... Comment ma carcasse allait lutter pour résister au feu d'artifice des multiples souffrances qu'apporte la décrépitude.

Le lendemain de cette bruyante expérience, je fis ingurgiter quelques centilitres de ma mixture à une vénérable de quatre-vingt-dix-sept ans dont le col du fémur venait d'éclater et dont le cœur usé s'en allait en dislocation. Ce fut pour cette vieille une grande joie de mourir. Sur son lit recouvert d'un édredon, je la vis rire de contentement, non pas comme une hystérique, mais telle une personne de bon jugement qui s'apprête à entamer un joli voyage. Oh ! Bonheur suprême ! Grâce vous soit rendue, monsieur Baltazar ! répétait-elle comme en extase, ses mains jointes sous le menton tel un enfant qui murmure sa prière. Mourir, ô joie ! Ouvrir la porte de la mort et découvrir ce qui se cache derrière. Rien n'est plus exaltant que l'idée d'une renaissance dans l'au-delà ! Mes propos de mystique convertissaient l'athée, car seul l'imbécile peut vouer un culte au hasard, le dieu du néant. Rien ne peut naître de rien... Je clamais une évidence, tel un tribun monté sur une botte de poireaux. Je taisais mes incertitudes car après tout, il n'y a peut-être rien après l'arrêt du cœur. Un grand vide sur un horizon incolore... Une déception de plus, la dernière, pour clore en beauté la série.

Était-ce là mon chef-d'œuvre, l'œuvre suprême que les hommes finiraient par reconnaître d'utilité publique ? Je ne me faisais guère d'illusion. Seule ma moumoute pour poitrine imberbe récoltait un certain succès. Jadis, monsieur des Gachoux en avait vendu les droits à une société anglaise de cosmétique dont la filiale établie à Lyon s'occupait principalement du négoce des farces et attrapes. J'appris que les hommes au torse glabre se rendaient dans cette filiale en catimini pour acquérir la virile moumoute. Quelle ignoble farce ! pensai-je non sans tristesse. Délaisser le sublime de mes inventions pour courir les petites œuvres médiocres. Mon remède anti-affres de la mort reçut comme appellation le nom de Diaspharsis, en mémoire du poète latin assassiné par Brutus-Albinus, confident et meurtrier de César. Il se vendit quelques années sous le manteau, paraît-il, grâce aux bons soins de madame Augusta.

J'eus la satisfaction assez macabre de voir s'éteindre quelques amis de l'association devenus candidats à la mort. Certes, on ne se bousculait pas au portillon, mais quand même, lors de ces journées sinistres d'automne, j'assistai à quelques remarquables agonies. Tout se déroulait dans une joie familiale. En petit comité, nous fêtions les ultimes moments de la vie, en musique et arrosés d'un vin pétillant, dit d'honneur, qu'on dégustait en s'envoyant les claques d'allégresse sur le dos. Madame Augusta apportait des disques africains dont la virulence fendillait le plâtre jaune du plafond. C'était très gai, ces séances tribales, au siège de la Pax. Au centre de l'ancienne salle de danse se trouvait disposé le lit du mourant éclairé par des spots mobiles de multiples couleurs. Autour de l'agonisant, les vieillards chantaient sur le rythme kenyan, d'autres dansaient appuyés sur leur canne, excités par les vapeurs du vin pétillant. Nous connûmes des instants vraiment irréels tandis que l'aspirant au grand départ gloussait sous les draps en réclamant parfois plus de frénésie dans les chants. Vrai ! La mort se trouvait enfin terrassée... La troublante expédition dans l'univers de l'esprit ne recelait plus ni angoisses ni désespoirs.

– Mourir ! Mourir ! Je sens que des esprits sont ivres… répétait madame Augusta éprise de Mallarmé.

Soudain éclatait l'orgasme plus chatoyant que tous les orgasmes de l'amour ! L'agonisant entrait en mort et se répandait au sein de l'insondable, là où l'esprit enfin libéré du carcan de la stupidité humaine retrouve sa véritable identité. Combien en avons-nous vu sourire de ces mourants allant à la rencontre de la suprême extase ! On se recueillait dans le silence, près du lit du défunt. Survenait alors, prévenu par Dieu sait quel oracle, emmailloté d'une soutane séculaire à raies violettes sur le col et les manches, un jeune curé étonnant de mysticisme et réclamé en tous lieux pour l'exercice des funérailles. Il apprit à me connaître et à deviner la raison de ma présence assidue dans l'ancien temple du tango. À ses yeux, j'étais le diable… À mon œil, il était un saint homme… Il était le chéri de ces dames à cause de son teint très pâle, de sa toux de phtisique et de cette manière qu'il avait, toute particulière et infiniment douce, de se pencher vers elles ainsi qu'un arbre chétif dans la tourmente, sans piper mot, mais le regard extasié par le souci de s'approprier toutes les misères du monde.

La tête vide et les jambes en capilotade, je regagnais la rue de Ponthieu où m'accueillait le couple bienveillant. Nadège me serrait la main dans une étreinte de réelle complicité. C'est qu'il m'appréciait de plus en plus, l'aimable ! La moindre parole issue de mes lèvres le ravissait.

– Savez-vous que vous le subjuguez ? me confia Adeline.

– Qui ne se trouve dans l'extase à l'approche du soleil ? disais-je sans rire et dans le dessein de lui retourner l'esprit, n'ignorant pas qu'elle abominait mes sautes de suffisance.

À chacun des longs week-ends qu'il passait chez sa belle, Nadège m'offrait le spectacle d'une affection sans cesse accrue. Curieux de sa réaction, j'essayais alors des réflexions grotesques. Il persistait ! Il admirait tout, en vrac, même les vagues onomatopées dont je régale mes interlocuteurs pour exprimer ma fatigue, mon ennui ou mes étonnements. Peut-être était-il légèrement idiot, en fin de compte… Cela se rencontre quelquefois, ces individus, le sourire de ravissement aux lèvres, les yeux ébahis, et qui se trémoussent au moindre mot, fût-il le plus anodin. À regret, le bel homme nous quittait le lundi matin pour réapparaître dans la matinée du vendredi. Il voyageait beaucoup, paraît-il, en France et en Europe, accompagné de trois valises grand format montées sur roulettes et badigeonnées à l'essence de réséda.

Un soir qu'il s'était enfermé à double tour dans sa chambre en compagnie d'une Adeline en déshabillé bleu ciel, j'eus la délicatesse de mettre un peu d'ordre dans ses valises déposées dans l'une des salles de bain, la plus belle, celle en carrelage vert d'eau et agrémentée de fontaines jaillissantes en gueule de guépard. J'y découvris un trousseau tout aussi ravissant qu'étonnant... Quelques toilettes de dame en mousseline d'entêtement, des robes en traîne buisson belles à ravir et qui mettent en alacrité, des dentelles en petit point, d'autres en croix de Bruges, deux corsets dont le lacet évoque la queue du satyre, des bustiers ornés de guipures, un soutien-gorge pour les jours ordinaires, un autre tout à fait adorable dans un ébouriffement de génoise rieuse, des slips de turgescence dont la grâce se rit des deux ouvertures. Dans l'autre valise, j'eus la surprise de découvrir un intéressant choix de perruques pour dames. Certaines en tresses, d'autres en pyramides, d'autres encore, stylisées au fer à vapeur et agrémentées de délicats bijoux miniatures dont le moins singulier n'était autre que la réplique du célèbre Orlov. Tous ces joyaux lançaient des feux comme les cristaux de neige sur la rose d'hiver. Perruques blondes et brunes, argentées ou noires, en teinte andalouse ou en reflets de cuivre du plus subtil flamboiement, imprégnées de fragrances inouïes. Le cher homme avait du goût et possédait une culture rare de l'attirail féminin.

En vain, j'essayai d'ouvrir la troisième valise, la plus lourde. Une double serrure à ancrage et à forceps de laiton résista à mes efforts. C'est étonnant la rage qui vous possède à découvrir ce qui nous est caché. Je suais sang et eau à retourner et à malaxer cette valise. Pour finir, à l'aide d'une vrille dénichée dans un placard, je réussis à forer deux trous assez discrets. Je collai mon œil à l'un des orifices tandis qu'à l'aide d'une lampe de poche j'éclairais l'autre ouverture. J'y vis une panoplie de flacons de poudre à visage, de crayons de rimmel, de rouges à lèvres, d'élixir de pupilles, de moelle de raffermissement des chairs, de lipides orientaux, de glu à épiderme, de teinture en petit-lait de cigogne, ainsi qu'un fouillis multicolore de boucles d'oreilles. Rien ne lui manquait, à ce cher Nadège, pour embellir la femme la plus laide. Je me perdais en conjonctures tout en souhaitant revoir les photographies de ces superbes créatures trouvées dans la poche de l'aimable. J'eus l'impression que toutes ces femmes n'en faisaient qu'une et que celle-ci n'était autre que Nadège. Empoigné par une ultime fureur, je vidai les poches des vêtements et découvris une carte de visite :

NADÈGE MORTAGAT
Inspecteur subdivisionnaire de la moralité publique

Un homme de morale, le distingué Nadège, affublé d'un équipement de travesti ou d'uranie en crise de langouste et de hauts talons ? Quelle surprise ! Cela m'a mis la tête de travers, cette image d'un moraliste d'état, tout en buste et en onguents, enveloppé de délicats chiffons... Exténué par cette frénésie de recherches et de supputations, j'allai me coucher en élaborant toutes sortes d'hypothèses sur la personnalité de l'inspecteur subdivisionnaire. J'étais à ce point étourdi que j'oubliai, ainsi que je le faisais chaque soir, de faire ma moisson de petite monnaie dans les poches et le sac d'Adeline. Comme le ver dans le fruit, le vol m'était resté dans la peau. Une habitude qui confinait à l'apostolat... Ma modeste quête du superflu des nantis sur laquelle même Thémis pose un regard bienveillant ! Au fond, je ne volais pas tant pour moi qu'au profit de la gachoux. Car elle me payait vraiment bassement, Adeline, alors qu'elle se perdait dans ses chiffres lorsqu'il lui arrivait de vouloir évaluer sa fortune, un crayon à la main. Le vrai malheur, c'est ce verbe partager qui ne se conjugue qu'un canon sur la tempe... Nadège, lui aussi, en possédait trop de cette menue monnaie qui déformait les poches de son élégant complet. En le soulageant de ce grossier métal, je participais au maintien de son élégance vestimentaire. Jamais il ne m'était arrivé de me demander si l'un ou l'autre remarquait ces disparitions quotidiennes.

Nanti de mes gages et du produit de mes larcins, je pus me permettre un voyage à Copenhague. Il était temps, car même mon bras valide se mettait à dérailler. Certains soirs, sur les Champs-Élysées où il m'arrivait d'aller pour me repaître du vacarme, les passants croyaient voir un automate dont le mécanisme s'est déréglé. Ils se souvenaient de moi, là-bas, les chirurgiens et les infirmières. Des gens modestes avec la distinction du savoir et de la dextérité et dont l'esprit ne se trouvait pas faisandé par l'obsession de l'argent. Ils s'étonnaient un peu de ma condition d'infirme et de borgne, la tête à demi brisée sous les flots de l'indigence. J'en profitais pour les peindre comme des monstres, mes compatriotes de la subtile République. Une hargne méchante qui surgissait sans vergogne du plexus... C'est enfermé et même ligoté dans une prison sans barreaux qu'on me ferait pourrir si j'avais le front d'exiger une aide. Je préférais crever à feu doux dans le soleil de la rue plutôt que dans un dortoir de vingt lits, entouré de fauves et sous la coupe de psychiatres en petite tenue de démence congénitale. La compassion fut si forte qu'on finit par me soigner gratuitement.

Je revins au pays, non pas en possession d'une nouvelle machine tentaculaire, mais la prothèse à nouveau bien arrimée aux épaules. Il s'agissait d'une ultime opération, m'avait-on dit. Ensuite, si un rejet ou une défaillance devait se produire, les muscles ne seraient plus assez puissants pour faire mouvoir la gachoux. Adeline m'accueillit en riant.

– Tiens, l'oiseau rare est de retour ! s'exclama-t-elle en m'abandonnant aussitôt pour vaquer à ses occupations.

Nadège, quant à lui, m'accueillit comme si je revenais d'un périple au fond de l'enfer ! Mon absence semblait avoir ravivé d'une manière extrême l'amitié qu'il me portait. Moi aussi, je le retrouvais avec grand plaisir ! Entre une triple série d'embrassades et une étreinte de virile amitié, j'eus l'audace de lui demander d'intervenir auprès d'Adeline afin qu'elle consente à m'accorder une belle somme d'argent. Pour justifier ma demande, j'arguai de mon dénuement après mon voyage en Suède. Vingt mille francs ! osai-je murmurer d'un ton ferme comme s'il s'agissait de récupérer une dette dont elle me serait redevable. Il parut interloqué, le brave. Il est vrai que j'y allais au son du tambour ! L'âge mûr me donnait des ailes. Je vieillissais après tout et il fallait m'accepter tel que j'étais, armé d'une précoce sénescence qui m'entraînait à oser ce que l'on ne doit même pas espérer.

– Cher Baltazar, me dit-il, vous me voyez ému à l'idée que je puisse intervenir pour votre bien-être et votre relance dans la vie.

– Qu'elle me prête vingt mille francs, répétai-je.

– Certainement… Mais l'entreprise ne sera pas facile, d'autant plus que notre amie ressent quelques aigreurs en ce moment.

– Peut-être trouvera-t-elle une satisfaction à apporter sa contribution à mon grand départ ?

– Partir ? Comptez-vous nous abandonner ?

– Il le faut… Toujours cette idée du Nord qui me tarabuste ! Vous n'ignorez plus les cierges à l'église, ma mère, le mystère de mes origines…

– Vous allez nous manquer, Baltazar ! Vous êtes bien ici, pourtant… Deux heures de travail, puis tant de liberté pour travailler à votre œuvre.

– Cette fonction de domestique n'est pas sans m'agacer... Ailleurs, je trouverai peut-être le moyen de gagner de l'argent afin de retourner en Chine et de retrouver ma fiancée. Voici bientôt un an que je me trouve sans nouvelles de sa part. Un tourment qui me ronge. Qu'est-elle devenue ? Allons, monsieur Nadège, un bon mouvement ! Vingt mille francs pour une personne aussi fortunée qu'Adeline, ce n'est pas le diable... Si elle ne me les accorde pas, vous vous priverez tous les deux d'un radieux souvenir pour vos vieux jours. C'est alors, qu'emprisonnés dans l'affreux crépuscule de la vieillesse, une gêne qui ressemble à de la honte viendra vous torturer l'esprit. Vous vous direz : pourquoi, oui, pourquoi n'avoir pas offert au malheureux Baltazar la somme qu'il nous demandait avec tant de généreuse simplicité ? Oui, monsieur Nadège, croyez-moi, c'est ainsi que cela se passera. Le remords qui laisse la plus ignoble empreinte dans l'âme d'un homme bien né. C'est une vilaine bête, le remords, une bête qui vous ronge et vous change le sommeil en insomnie.

– Ce que vous dites est vrai, bien sûr... Je vous promets de faire tout mon possible auprès d'Adeline.

Il souriait. Sur son visage apparaissait la manifestation de la plus féroce admiration pour mes propos. Vraiment, il m'appréciait, celui-là !

Pour m'en convaincre, le soir même, j'allai poser mon oreille contre la porte de la chambre d'Adeline.

– Vous me pardonnerez l'expression, n'est-ce pas, mais je n'en trouve pas d'autre... Ce type est un merdeux ! proféra simplement Adeline après avoir écouté la plaidoirie de son amant.

Je me la représentais légèrement fardée aux extraits de myrtille, allongée sur la malheureuse peau de tigre de son vaste lit, tandis que l'amant en titre, tiré à quatre épingles, déambulait dans la chambre en énumérant mes mérites.

– Vous vous emportez fâcheusement, chère amie, disait-il d'une voix hérissée par l'émotion. Baltazar est un être rare, un malheureux sans doute, un homme de grand talent certainement. Il en est toujours ainsi de ceux qui ont affronté l'existence et son cortège de malheurs. Le simple fait de l'avoir connu et fréquenté représente une chance inouïe. Certes, vingt mille francs constituent une somme non négligeable, mais ne croyez-vous pas qu'elle sera, hélas, hélas pour moi, le moteur décisif à son départ ? Vous ne cessez de vous plaindre de sa présence...

– Oui, qu'il s'en aille et le plus rapidement possible. Cet imbécile est une source d'ennuis continuels. Autrefois, je l'ai connu réservé, respectueux, presque timide... À présent, nous avons affaire à un authentique mendiant et à un voleur en plus. Il ne cesse de me voler et cette manie me met hors de moi. Vous n'ignorez pas combien la malhonnêteté me fait horreur, à moi qui pourrais servir d'exemple quant à l'intégrité morale.

– Il est pauvre, voilà tout, et ceci explique cela. Les soins qu'il apporte à entretenir la machine qu'il porte aux bras lui mangent toutes ses misérables économies. Ces petits larcins sont sans conséquence, n'est-ce pas ? Mieux vaut en rire et fermer les yeux.

– Comme vous y allez, vraiment ! s'exclama Adeline.

– Vous êtes fortunée et ce ne sont pas ces quelques pièces de monnaie...

– Ah, vous m'agacez, à la fin ! Il me vole des billets à présent et je tremble pour mes chéquiers que je m'ingénie à cacher dans les endroits les plus idiots. Quelle plaie !

– Vous exagérez !

– Qu'il parte ! Qu'il parte ! cria-t-elle d'une voix aiguë.

– Voyons, Adeline, voyons, vous qui pouvez vous montrer si clémente ! La tolérance constitue l'une de vos plus belles vertus… À preuve nos délicieux ébats, n'est-ce pas, ces drames coquins que nous jouons ensemble dans la plus douce intimité et où vous témoignez toujours d'une splendide mansuétude pour mes travers.

– Ceci n'a rien à voir… Vous avez l'art de confondre, vraiment ! Je vous le redis, je ne puis plus souffrir cet individu, ici, chez moi… Mais, Nadège, mon cher, vous qui êtes de par vos fonctions garant de la moralité publique, un pur, un dur, l'incorruptible par excellence, avez-vous donc de la boue sur les yeux à ne pas vous apercevoir combien ce personnage est odieux ? Il s'agit ni plus ni moins d'une authentique crapule !

– Voyons ! Comment osez-vous ? Mon amitié pour cet homme !

– Je ne suis pas la seule à m'être aperçue de la triste réalité.

– Qui donc encore ?

– Tout le monde, nos voisins, nos amis, la cuisinière, la bonne… L'odieux bonhomme, et quelle suffisance ! Avez-vous remarqué cet air qu'il se donne de voguer dans les sphères inaccessibles au commun des mortels ? Lorsque je parle, monsieur prend des mines… Il se prétend inventeur… inventeur de quoi, par exemple ? À mourir de rire ! De moumoute ! Le postiche pour poitrine, voilà la seule invention, si on peut accoler ce terme à cette risible trouvaille, voilà la seule invention que cet idiot ait réussi à commercialiser.

– De par mes fonctions au sein des pires alcôves, je puis vous assurer qu'une poitrine glabre forme un certain handicap pour celui qui prétend séduire charnellement. Imaginez un lion sans crinière ou un coq sans crête…

– Et que croyez-vous que cela lui rapporte ces enfantillages de minus ?

– L'argent ! L'argent ! s'exclama Nadège. Pardonnez-moi, vous n'avez que ce mot à la bouche ces derniers temps. Le mérite d'un homme ne se mesure pas à l'aune de l'argent qu'il gagne. Au contraire, pensez par exemple à ces artistes, à ces peintres dédaignés, à ces inventeurs renvoyés à leurs galetas, ignorés ou méprisés de leur vivant et honorés parfois longtemps après leur mort.

– Vous déraisonnez, mon ami ! Un homme réussi est celui qui peut s'honorer d'une belle fortune. Vous faites l'éloge du raté ! Pouah ! Je hais tout ça, l'indigence, la pauvreté, le misérabilisme… Autant de situations qui exhalent la puanteur du médiocre.

– Baltazar en est à son opus 100, ce qui n'est pas mal, vous en conviendrez.

– Opus ? Encore une claudication de langage de l'indésirable. Opus ne relève que de l'œuvre musicale.

– Et pourquoi donc ? Il est amusant de forcer le langage… L'autre jour, tandis que vous étiez en séminaire d'études, cet ami me révéla combien son produit anti-affres de la mort parvenait à soulager les moribonds.

– Quelle horreur ! Voyons, Nadège ! Savez-vous ou ne savez-vous pas que l'incitation à l'euthanasie peut vous envoyer en correctionnelle ou même en cour d'assises ?

C'est alors que posant mon œil épouvanté sur le trou de la serrure, je vis apparaître le visage exalté de la belle Adeline. Elle était divine, cette lionne à demi nue, allongée sur le lit et vibrante des éclats de la fureur. Femme impitoyable, femme indomptable ! Créature de rêve dont je voyais les petits seins nus se dresser comme s'ils étaient soumis, eux aussi, aux trémoussements de l'indignation. Elle me haïssait ! Le génie, elle me le refusait au tranchant de l'épée ! Je n'étais qu'une crapule, un minable mégalomane dont la carcasse contient des vices à ne plus savoir qu'en faire. J'étais déçu… Fallait pas toucher à mon génie, le seul bien qui me reste, caché ou quelquefois resplendissant entre les frissons du cœur et le souffle de l'enthousiasme. Cela m'assommait d'être jugé aussi cruellement, d'être piétiné ainsi qu'un étron sur le trottoir de la plus belle avenue. Je la vis se tordre sur la peau du tigre, puis se relever d'un bond, pour faire face à son amant.

– Je vous supplie, mon ami, ne vous évertuez plus à nier l'évidence. Ce crétin aux allures de grand penseur a brisé ma carrière de médecin. Vous l'oubliez, me semble-t-il... Vous n'en parlez jamais, or, c'est en raison de son incurie que je fus rayée de l'ordre avec pour conséquence l'interdiction d'exercer à jamais. Huit années d'études, dix ans de pratique consciencieuse ! Tout ceci réduit à néant parce que ce minus se permit de planter une baleine de parapluie longue de soixante centimètres et par trois fois dans le vagin d'une patiente. Rendez-vous compte ! Poignardée à mort et vidée de son sang ! Oui, ne branlez pas la tête, je vous prie ! Il s'agit ni plus ni moins d'un assassinat. Ce type est un criminel auquel vous vouez une amitié et une admiration confondante de bêtise. Vous m'obligez une fois de plus à hurler toute une série d'évidences ! Vous me faites mal ! Cessez cette veule obstination !

– Voyons, calmez-vous, Adeline ! Je comprends votre chagrin à ne plus pouvoir exercer... Cependant, c'est la patiente, cette malheureuse victime d'un inceste qui s'est enfoncé ce métal dans le ventre. J'y crois, moi, à cette version des faits. Il s'agit d'une évidence, bien sûr, Baltazar n'est pas coupable. Cette femme ne jouissait pas de toutes ses facultés. Les témoins, même ceux issus de sa famille, sont venus l'affirmer.

– Vous êtes stupéfiant de crédulité, mon pauvre ami ! Oui, vraiment ! Cette version abracadabrante d'une femme qui se suicide sur la table d'examen parce que l'imbécile refuse de l'avorter. C'est la sienne, celle qu'il présenta au tribunal et à laquelle personne n'a apporté le moindre crédit. Vous faites partie de la basoche à le défendre d'une aussi niaise manière. Niais, voilà ce que vous êtes ! Oui, niais ! Cette brute a brisé ma carrière, me vole chaque jour et s'incruste dans mes meubles comme un parasite. C'est trop ! Je n'en puis plus ! J'éclate !

Derrière la porte, l'œil vissé au trou de la serrure, je frémissais. Je ne reconnaissais plus la brillante Adeline dont la gorge venait de laisser échapper un sanglot. Qu'était-elle devenue, celle qui me caressait les cuisses sous la table ou posait ses lèvres entrouvertes sur mon cou ? Elle hurlait des mots sales comme sortis en gros bouillons de la bouche d'un évier. Même mon aspect physique, elle le jetait aux orties. Ma gueule était celle d'un trou de compost et ma démarche celle d'un abruti...

– Les enfants en ont peur, criait-elle en poursuivant Nadège à travers la chambre. Ce qu'il est laid ! Avez-vous déjà vu des yeux comme les siens ? Des yeux bleus bridés ! Avez-vous jamais vu une telle horreur ? Cet imbécile me fait peur ! Et cet affreux bouc au menton qu'il relie en deux petites tresses !

– Je vous l'accorde, ma chérie, ces poils sont disgracieux... Mais cela n'a guère d'importance. Il possède dans le visage la limpidité de l'enfance et c'est cela qui m'a touché lorsque je le vis la première fois.

– Vous ne finirez donc jamais de prendre sa défense ! cria Adeline. Vous m'énervez à la longue ! Chaque jour qui passe m'est un supplice. J'exige son départ !

– L'occasion est propice. Accordez-lui ces vingt mille francs et n'en parlons plus. Il nous quittera aussitôt ! Vous savez combien la route et l'errance le démangent.

– Jamais !

– Comme vous l'entendez, répliqua Nadège que je vis s'asseoir dans une bergère, l'air très las.

Peu après il se leva, retira sa moustache en un geste sec, hésita un instant, puis alla devant le miroir de la garde-robe où il s'accorda une mine confite. De la valise que je connaissais bien, il retira une perruque blonde à la Pompadour-avant-le-bain, c'est-à-dire haute d'envergure, en deux pointes enjolivées avec écartements pour les oreilles et le cou. Il se la posa sur la tête. Quelle allure ! Le paradigme de la courtisane en splendeur nocturne...

Oui, c'était bien lui, lui seul, toutes ces créatures en photographies. En se regardant tristement dans le miroir, il s'adressa un baiser, les deux doigts joints sur ses lèvres qu'il venait de colorier au bâton mauve, presque noir.

– Cessez vos grimaces, mon ami. L'heure n'est pas à la plaisanterie, grommela Adeline. Vous finirez par devenir aussi sot que l'autre, l'ignoble, le parasite !

Tout à coup, je me souvins de mon ex-épouse, Hortense, laquelle usait du même langage, mais bien plus ordurier, pour me réduire à néant. Il ne me semblait pas être prétentieux cependant, ni inquiétant... Je n'étais pas l'immonde crapule, au fond, comparé aux hommes que la vie me faisait côtoyer.

Le lendemain, à l'heure du petit-déjeuner, Adeline en robe de chambre et coiffée d'un béret jaune me glissa sous la main un chèque de dix mille francs.

– Partez ! me souffla-t-elle. Je préfère ne plus vous voir ici, vous me faites trop de mal.
– Ce n'est pas moi pour la baleine du parapluie...
– Suffit, je vous en prie !
– C'est elle, je vous le jure, la patiente un peu hystérique...
– C'est vous, je sais que c'est vous... ! Votre histoire ne tient pas debout. Par orgueil ou stupidité, vous n'avez pas voulu tenir compte de mes ordres concernant l'interdiction de poser un acte chirurgical... Enfin, c'est une façon de parler, car enfoncer une baleine, vraiment, on ne fait guère mieux en chirurgie.
– Je vous assure...
– Taisez-vous ! Vous mentez aussi mal que l'éternel récidiviste. J'exige que vous quittiez cette maison aujourd'hui même. Cette somme que je vous accorde servira à vous trouver un logement. Je vous en supplie, partez !

– Bien, j'ai dit.

Descendu lui aussi dans la salle à manger, non pas en robe de chambre mais en robe de nuit vert bouteille, Nadège me faisait des gestes et des mimiques derrière le dos d'Adeline. Ainsi qu'un forcené, il plissait le front, les joues, les paupières... Cela me consolait un peu, l'amitié de cet homme singulier, inspecteur subdivisionnaire, enrubanné de fantaisies et de postiches, toujours prêt à assurer ma défense et à me porter au pinacle. Je suis allé boucler mon sac de marin ainsi que la valise sur la viole de bras. Nous partions, la viole et moi, chassés mais heureux quand même à cause du printemps et du ramage des oiseaux dans les marronniers.

Lorsque j'ouvris la porte qui donnait sur la rue, je tombai nez à nez sur Nadège. Il m'attendait, une enveloppe entre les mains.

– Tenez, Baltazar, ceci constitue un petit souvenir bien modeste de celui qui vous voue tant d'amitié. J'espère que nous nous reverrons un jour. Qui sait ? La France n'est pas si grande pour celui qui veut retrouver un compagnon d'infortune.

Je voulus ouvrir l'enveloppe. Il m'arrêta d'un geste.

– Plus tard, lorsque nous nous serons quittés... Où comptez-vous aller ?
– Dans le Nord, chez le curé qui me dira si on allume encore des cierges pour moi.
– Partir comme ça sur les routes, n'importe où, avec vos bras, vos souffrances, vos rêves comme vous dites, à l'emporte-pièce... Un terrible bonhomme que vous êtes, Baltazar, un héros, un vrai...
– Mais non, je ne suis qu'une feuille dans le vent... La vie qui me pousse. Pourtant, je voudrais m'arrêter un jour, retourner en

Chine, revoir ma fiancée. J'ai toujours rêvé d'une petite bicoque à la campagne… Vous voyez, une de celles si basses qu'on ne les voit plus, ensevelies sous les arbres et les haies…

– Ce serait bien… Oui, ce serait épatant, une petite maison pour vous et votre fiancée en Chine.

Je le vis fermer les yeux, puis les ouvrir et me regarder comme on regarde celui qui s'éloigne à jamais. Il me serra dans ses bras, très fort, très rapidement.

– Merci pour tout, ai-je dit. Vous êtes chic, monsieur Nadège.

Dans le métro qui me menait à la gare du Nord, j'ai ouvert l'enveloppe. Elle contenait vingt billets de cinq cents francs soigneusement pliés. Il y avait aussi ce petit mot : Pour vos inventions, cher Baltazar, mon ami.

Si j'avais été seul, peut-être aurais-je pleuré comme un enfant.

Longtemps, sous le beau soleil de juin, j'ai erré dans les vastes plaines du Nord. J'allais vers les villages que je connaissais, vers d'autres où je n'avais jamais mis les pieds, sans parvenir à me décider à aller rendre visite au vieux curé. Lorsque venait le soir, je me flanquais dans les fossés. Au réveil, enveloppé de la brume légère de l'aurore, j'étonnais les oiseaux en jouant un peu de viole de bras. Quelques airs vieux comme le monde, une ronde, une gavotte, un quadrille, qui me remettaient à califourchon sur les sentiers et les chemins de campagne. Nous repartions, la viole et moi, vers d'autres horizons où s'élançaient les clochers des églises. J'évitais les grandes routes, les bourgs importants, la face tout à coup hostile d'un paysage orné de pylônes électriques aperçus au détour d'un bois. Remonté de l'enfance, un vieil instinct me disait d'abandonner une route pour en prendre une autre. C'est bizarre ce qui se passe dans la tête d'un homme lorsqu'il se met à errer sans but, à tourner à travers champs et bois sans même se demander où ses pas le portent. Réfugiées à l'abri des bouquets d'arbres, les petites fermes me fascinaient. Je m'imaginais y vivre en compagnie de Huang, comme dans la main de Dieu et y mourir un jour d'été entouré d'une kyrielle d'enfants, de violistes de passage et de chats ou de chiens en suprême errance... Parfois, la fatigue m'accablait. Marcher les jours de pluie ou de grand vent me devenait pénible. Je vieillissais peut-être... Mes jambes devenaient lourdes. Exténué, après six ou sept heures de marche, je choisissais un champ de blé ou de seigle pour m'étendre et je regardais, ébloui, ces vastes plaines brûlantes de soleil d'où s'élevait l'alouette dont le rire de divin cristal me faisait sourire de joie profonde.

Un soir d'août, je suis parvenu comme par hasard au bourg de Cysoing. L'église était ouverte. Quelques vieilles se recueillaient sur les chaises et sur les bancs où traînaient des brochures oubliées. Simplement, le curé m'a dit : Vous êtes revenu au pays ! Oui, ai-je répondu. Pour longtemps ? Je passe, je repars... Voulez-vous un peu d'argent ? Merci, j'en ai en suffisance, un don qu'on m'a fait. Vous désirez savoir si l'on brûle encore des cierges à votre intention ? m'a-t-il demandé en souriant. Oui, bien sûr...

Je fus m'asseoir près de la statue de la Vierge. L'air était doux et une odeur d'encens semblait s'échapper des confessionnaux. Il y avait comme des murmures de jeunes filles dans les coins d'ombre. Lorsque le curé est repassé devant moi, je lui ai demandé si je pouvais lui faire plaisir en jouant un peu de viole de bras.

– Bien sûr, mais pas aujourd'hui, me répondit-il. Dimanche oui, dimanche ce sera une messe à votre intention, pour votre salut. Il y a deux mois environ, j'ai trouvé dans ma boîte aux lettres une enveloppe contenant de l'argent. Sur l'enveloppe que j'ai conservée précieusement pour vous la remettre, figurait cette note : Deux messes du dimanche pour Baltazar Ninon. Une première messe fut célébrée le mois passé, l'autre, j'espérais votre retour pour que vous puissiez y participer.

– J'y jouerai de la viole, dis-je.

– Je préfère l'orgue... Cependant, comme il s'agit de votre messe, vous interpréterez ce que vous voulez.

Et c'est vrai qu'il savait en jouer de l'orgue, le vieux curé ! Il fallait entendre, là-haut, le fracas des anches, la douceur des cornets, les emballements pour célébrer les prépotences divines... ! Mais lorsqu'il me voyait apparaître, en quête d'argent ou de famille, un trouble venait le saisir, son articulation s'empâtait et le rythme prenait une tournure grandiloquente. Peut-être pensait-il que j'étais un fin connaisseur ? Alors, je me dissimulais dans l'ombre, derrière un pilier, pour écouter les fluorescences vraiment mystiques de cet orgue de campagne où je découvrais parfois quelques toiles d'araignée, et sur lequel, paraît-il, avait joué César Franck, un jour qu'il s'en retournait vers sa ville natale et qu'il s'était arrêté dans ce bourg afin de se faire soigner d'une blessure au pied. Que l'auteur du quintette pour piano en *fa* mineur se soit un jour installé à cet orgue me paraissait prodigieux. César Franck ! Elle devenait cathédrale, pour moi, cette modeste église.

La messe célébrée pour le salut de Baltazar Ninon fut une très belle messe ! Tel un monarque, Baltazar se trouva installé à trois pas de l'autel sur une jolie estrade ouvragée. C'était un dimanche plein de tranquille solennité, tel que la campagne en connut autrefois jusqu'au début des années quarante. Jour sacré où tout s'arrêtait sauf la passion de croire et l'indolence des heures lumineuses... Ainsi que le prêtre et les fidèles, j'ai prié pour la sauvegarde de Baltazar ainsi que pour ma chère Huang. Puis j'ai joué de mon instrument en imaginant la joie de Jésus, de Marie, de Joseph, à entendre ce beau récital. Pour finir, j'ai interprété « Les pleurs » de monsieur d'Autrecourt. Le curé avait l'air satisfait, un peu étonné peut-être d'écouter cette singulière musique où l'âme se sépare du corps. À la fin de l'office, tandis que je faisais frémir les ultimes accords et que les paroissiens quittaient l'église, un rayon de soleil enflamma les vitraux. Toutes les couleurs du prisme ravivèrent le vernis craquelé de ma chère viole. Les vitraux me renvoyaient le baiser du soleil et cette marque d'affection me mit de fort bonne humeur.

Le vieux curé m'invita à partager son repas de midi dans la serre ouverte à tous vents au fond du minuscule jardin. De partout, nous étions entourés de fleurs délirantes, retournées à l'état demi-sauvage. Au moment où nous prîmes le café, je lui posai à nouveau la question qui me tient tant à cœur.

– Il s'agit de ma maman, vous croyez ?
– Pourquoi dites-vous maman ? Dans l'état d'incertitude qui est le vôtre, pourquoi ne dites-vous pas simplement mère ?
– Il existe des mots que l'on aime prononcer, peut-être parce que je ne pus jamais les dire. Chaque homme a de ces mots... Comment est-elle ?
– Je vous l'ai dit et redit, soupira le prêtre. Je l'ai aperçue à peine... Elle se tenait dans la pénombre. Une petite dame toute simple.
– Était-elle rousse ?
– Rousse ?
– Oui, cette dame avait-elle des cheveux roux, un peu comme moi ?
– Impossible à affirmer... à cause de la pénombre. Les trois ou quatre fois où je l'ai vue, elle s'est enfuie presque précipitamment. J'ai entendu un bruit de voiture dehors. Il s'agit peut-être de votre mère, peut-être pas... Tenez, voici l'enveloppe gardée à votre intention.

L'écriture était ferme, hardie, les mots bien détachés. Seule la majuscule semblait effacée. Sans doute garderai-je cette enveloppe jusqu'au dernier de mes jours...

– Monsieur le curé, si vous aviez à parier le clocher de votre église...
– Sans hésitation, Baltazar, je parierais qu'il s'agit de votre mère en raison de cette singulière persévérance à venir me voir

depuis tant d'années. Souvent, je m'interroge… Pourquoi vient-elle ici, dans cette église et non ailleurs, alors que vous fûtes trouvé à Tourcoing ? Bizarre, vraiment… Il y a là un mystère qui m'échappe…

– Dites-moi quelque chose sur son visage. Un détail, une expression, n'importe quoi, un fait bien réel.

– Un détail ? Je n'en trouve pas, non… Mais ceci plutôt, je vis sur son visage cette expression fixe, un peu hagarde, très dure aussi, que l'on retrouve chez ceux qui sont en deuil.

Plus tard, après avoir fait mes adieux au vieil homme, j'ai été poser ma main sur le loquet qui permet d'ouvrir la porte de l'église et je suis resté là, sur le seuil, un bon moment à regarder autour de moi afin de m'imprégner de ce qu'elle avait pu voir à l'instant où son esprit devait être pénétré du petit Baltazar. *Mama, mama, lama sabachtani…* Sur sa croix, le Christ me regardait, étonné comme si revenait la neuvième heure. J'ai pensé à Huang, ma petite fiancée d'autrefois et j'ai prié Marie dont le nom est l'anagramme du verbe aimer. Dans cette prière, dite debout comme un homme trop las pour s'agenouiller, je lui ai demandé si elle pouvait faire le nécessaire afin que la roue de la vie et du hasard tourne pour une fois dans l'autre sens.

Au consulat de la République populaire de la Chine, on me refusa le visa sans me donner d'autre raison que celle qu'ils fournissent d'habitude et à laquelle on ne porte aucun crédit. Nous allons examiner votre demande... Revenez dans quelques mois...

Je suis retourné dans le Nord, du côté de Landrecies où j'ai loué une petite maison située le long d'une route qui menait aux vastes solitudes. De vieux rosiers aux fleurs blanches odorantes s'accrochaient aux murs et allaient caresser les tuiles du toit où s'étendaient de-ci de-là des joubarbes.

Il y avait sur la table du jardin chacune des pièces de l'horloge si laborieusement conçue, au prix de quels efforts et de combien de découragements vite surmontés. Mais quelle joie d'agencer d'une manière définitive le merveilleux mécanisme ! À rebours de Belzébuth, l'inventeur du monde infernal en proie aux transports démoniaques lorsqu'il se prit à rêver d'un univers où le mal s'imposerait à jamais au bien, je crus être parvenu à l'invention propre à contribuer à la réalité tangible du bonheur. Cette invention, mon opus 118, n'était autre que : L'horloge lente aux instants de bonheur. Humble horloge de bois blanc sur laquelle j'avais peint six petits bouquets de fleurs des champs. Tout mon génie anonyme reposait dans ces deux aiguilles de couleur bleue dont le rythme ralentissait lorsqu'elles étaient témoins de ces moments privilégiés où l'âme humaine ne peut que s'écrier : Que le temps s'arrête ! Que le temps s'arrête !

Oui, alors, les secondes s'égrenaient dans une lenteur infinie pour permettre de goûter aux sublimes instants des heures les plus radieuses !

Lorsqu'elle fut assemblée, je l'ai déposée dans un carton afin de l'expédier à monsieur Nadège dont j'avais conservé un émouvant souvenir. Puis, en laissant les rideaux ouverts à cause de la chaleur douce du soleil de l'automne, j'ai mis la clé sous le paillasson et je suis parti. J'ai repris la route qui me mènerait je ne savais où… À l'embranchement des deux chemins ombragés par la voûte d'un chêne séculaire, je me suis arrêté pour jeter un dernier regard qui n'était que caresses et regrets sur cette humble maison aux volets verts où j'avais vécu dans la quiétude durant près d'une année.

De tous les chapiteaux des foires d'Europe, L'écrin Rouge du Sultanat est sans doute le plus original, sinon celui dont l'envergure et l'architecture sont les plus attrayantes. Avec son dôme d'argent duquel s'échappent des dizaines de banderoles multicolores, sa flèche monumentale tendue à l'extrême par un guerrier de bronze et ses multiples fresques représentant la plus formidable apocalypse, il est connu de Moscou à Lisbonne, de la Laponie au Péloponnèse.

Un moment, pénétré des plus vifs élans juvéniles, je fus assez sot pour être assez fier d'appartenir à la faramineuse famille du Sultanat placée sous l'autorité de Heer Joachim Winklhofer. Ainsi, après l'avoir été en Chine, je devenais une vedette en Europe. Un homme respectable et qu'on admire puisque je faisais partie de l'élite, ou ce qu'on appelait au Sultanat: l'élite avancée du spectacle. Si la plupart des vedettes de la chanson et même de l'écran jouissent d'une célébrité dans le pays où ils exercent leur talent, nous, les monstres du Sultanat, étions connus dans l'Europe entière. Les frontières s'écroulaient pour laisser le passage à l'Écrin Rouge et Heer Winklhofer projetait d'étendre les tournées par-delà les océans dans les trois Amériques. Nous étions uniques dans l'univers des monstres et des horreurs. Vraiment uniques au monde! Une authentique cour des miracles soutenue par un orchestre de quinze musiciens en redingote et chapeau claque, spécialiste incontesté de la musique en écumoire et surtout des fanfares et autres marches militaires allemandes et autrichiennes.

Vraiment, j'avais eu un coup de chance ce jour-là, à Strasbourg, en pénétrant dans les toilettes pour dames de la brasserie Ruhm afin de procéder à un lavage en règle de mon corps empuanti par une semaine de marche forcée à travers la Lorraine et l'Alsace. C'était le temps des vendanges auxquelles j'avais participé en tant que porteur et j'exhalais une odeur de raisins macérés comme celui du moût dans une cave close. J'étais là, face au lavabo et au miroir, sans chemise, la gachoux métallique mise à nu et bien arrimée aux épaules, occupé à racler les poussières et les sueurs. L'eau était chaude au robinet. Le savon dégoulinait d'un pot renversé. Venue de la brasserie, située à l'étage au-dessus des toilettes, j'entendais la rumeur de la musique et des voix. Soudain, la porte s'ouvrit et je vis entrer non pas une femme mais un homme de très petite taille dont le crâne, en rondelle de chambre à air, supportait un béret basque.

– L'endroit est réservé aux dames, ai-je dit. Pour les messieurs, c'est à côté.

– Vous êtes un homme si je ne me trompe, rétorqua le nabot.

– J'ai des privilèges dans la maison.

– Des privilèges ?

– Je suis de la famille, dis-je en désignant l'étage.

– Tant mieux ! Permettez que je fasse comme vous, j'ai toujours préféré les compartiments non-fumeurs et les toilettes pour dames.

Son air bravache frisait l'insolence. Sa taille était si minuscule qu'il dut se hisser sur les pointes de ses bottillons renforcés de talonnettes pour parfaire l'équilibre de son béret devant le miroir.

Tandis que je me savonnais les cheveux, il vint se rincer les mains au lavabo voisin, C'est ainsi que nous liâmes connaissance, Caballo et moi. Quasiment lilliputien et natif de Grenade, son visage était très pâle et se trouvait poudré à la poudre de riz. Un lacis de veinules violettes ornait les ailes de son nez ainsi que ses pommettes.

– Je me présente Caballo Juan, vedette avancée de l'Écrin Rouge du Sultanat. Vous connaissez le Sultanat, sans doute ?

– J'en ai entendu parler, répondis-je en m'essuyant.

– Sans être indiscret… Vous avez une belle machine suspendue aux épaules.

– Il s'agit de la gachoux, un engin qui reçoit les impulsions des muscles pour actionner les bras et les mains.

– Remarquable ! Êtes-vous Chinois ?

– Mongol.

– C'est assez rare un Mongol aux yeux clairs…

– Plutôt unique, dis-je. En Mongolie comme en Chine, je suis réputé et reconnu comme vice-champion du monde du Suko-Ti-Woa.

– Vous êtes un athlète ?

– Forcément… Comment peut-on être vice champion du monde d'une des plus redoutables disciplines sportives sans être un athlète ?

– Ça par exemple ! Vous êtes unique dans votre branche !

Il n'en revenait pas, monsieur Caballo, vedette avancée du Sultanat. Cela se voyait du premier coup d'œil qu'il m'appréciait en puissance et en connaisseur, à tel point qu'il ne put résister au désir de poser un doigt ou deux sur le métal de la gachoux.

– Remarquable, vraiment remarquable votre machine !

Il m'a proposé d'aller vider un verre à la brasserie. Tandis que je terminais ma toilette, il me fit une courte et surprenante démonstration de son agilité physique. En tant que vedette avancée, il parvenait à imposer toutes les cabrioles à son petit corps admirablement proportionné.

– À cinquante-six ans, Caballo a encore du jus, dit-il en ôtant son veston et son béret.

Aussitôt, en une détente étonnante, il s'éleva en l'air pour retomber jambes écartées à la manière des danseuses, se releva pour un double axel et une barre en quintuple pivot et termina par un gracieux fuseau en équerre. Il me donnait des angoisses à torturer son squelette de cette manière insensée. Je crus que sa tête allait se détacher du cou lorsqu'il se propulsa tel un plongeur vers le carrelage. Quelle démonstration ! Tout y passa dans les cascades du palmipède: barre et contre barre, éclairs de Tcharkov, pirouettes à contresens, piqué en canard manchot, voltiges par paliers à la seule force du poignet, entrechats et dérapages, fougasses de la chèvre, bombardes des bras et des jambes par battements en flamberge.

– Regardez, pour ceci, il faut du jus ! cria-t-il en se mettant en position d'attaque.

Et il me fit l'honneur d'une démonstration inouïe de la somptueuse balançoire en tiare, plus connue sous le nom de carapace de la jungle, tête à l'envers et pieds derrière la nuque que seuls certains chimpanzés arrivent à convertir sans se briser les vertèbres.

– Vous allez vous tuer ! m'écriai-je.
– Caballo est de pur caoutchouc, affirma-t-il et, comme pour s'en assurer, il alla se jeter un regard sans complaisance dans le miroir.

Là-haut, dans la brasserie enfumée où dégoulinaient les chopes d'un litre de bière sous le triple menton des buveurs, Caballo voulut s'enquérir de mon existence d'athlète de haut vol. Je racontai comme se raconte l'évangile à un bouddhiste.

– Oui, la vie est dure, répétait-il à chaque verset.

– Je suis fatigué surtout… Courir le monde, la frénésie, l'agitation. Ce qui me plairait, c'est une modeste maison enfouie sous les ajoncs. Vous vous rendez compte, les ajoncs ! Cette effrayante barrière végétale pour se protéger de la manigance des humains.

– Qu'est-ce que vous racontez ? Une maison à la campagne ? Mais c'est absurde ! Un homme comme vous, un athlète, un Mongol ! La campagne ? Voyons ! Autant s'enterrer vivant au milieu des choux. Caballo vous le dit, c'est dans la ville que se trouve la vie. Sans retenue, je déteste la campagne et les labours et les brouillards sur les champs de navets et aussi le cri de la chouette qui nous fait dresser de terreur dans les draps humides…

– En effet, ce n'est pas gai, ai-je dit.

– Caballo, jamais vous ne le rencontrerez ailleurs que dans les villes. Il faut vivre ! Tenez, je vais vous présenter à notre maître d'œuvre, le réputé Heer Joachim Winklhofer.

– Winklhofer, un Allemand ?

– Autrichien et directeur de l'Écrin Rouge du Sultanat. J'ai l'idée que vous allez lui plaire. Peut-être pourra-t-il vous engager dans la troupe. Ça vous plairait sûrement de devenir une vedette avancée du Sultanat… À la rencontre de la gloire et des honneurs, de ville en ville, accompagné de nos fanfares.

– Vous pensez qu'il pourrait m'engager ?

– Caballo le pense, très sincèrement.

Je lui ai expliqué que cela me plairait furieusement d'être engagé au sein de la troupe et de déambuler de long en large à travers toute l'Europe mais que, hélas, je ne possédais aucun talent de contorsionniste.

– Cela n'a aucune importance, répliqua Caballo en agitant sa petite main soignée au-dessus de nos chopes. Vous avez des atouts dans la vie puisque vous êtes Mongol et que vous avez cette machine de métal. En plus, vous avez l'œil du cyclope et les cheveux rouges et ces deux cordes au menton... Heer Winklhofer va trouver ça à son goût. À propos, si vous permettez, Caballo se demande comment pour un Mongol vous parlez aussi bien le français ?

– Longue histoire, très longue histoire... ai-je répété, ne sachant que dire.

– En deux mots.

– En deux mots ?

– Oui, sans détails...

– Soyez discret... Je fus élevé à la belle école, là-bas, en Mongolie, vous saisissez ? La grande vie, un père potentat... discrétion... discrétion...

– Soyez sans crainte, Caballo préfère se faire sauter les dents plutôt que de montrer sa langue.

– S'agit-il d'un proverbe espagnol ?

– C'est un mot de Caballo.

Nous prîmes un taxi pour nous rendre près du canal de la Marne où s'élevait l'immense chapiteau du Sultanat, véritable temple pour enflammer les cieux ! Autour du palais stationnaient une vingtaine de caravanes, toutes de couleur mauve, hormis celle de Heer Winklhofer qui était argentée et dont le toit était hérissé d'antennes. Caballo me présenta aussitôt au directeur. Celui-ci, âgé de soixante ans environ, se tenait très droit, l'air martial et le regard porté à la double pointe acérée. Cependant, dès qu'il entrait en conversation, une réelle jovialité venait le transformer en être affable. Tout comme moi, il posssédait un petit bouc au menton. Nous étions faits pour nous entendre. La gachoux lui tira une cascade d'exclamations.

– *Ya! Gut...* très beau betite machine et fous avez œil de cyclobe ! Fous peut-être albinos ?
– Non, j'ai dit, je suis nature.
– Fous peut-être vieille cannibale ?
– Non, je n'aime pas le guano...
– *Schönen Dank* ! Je fous engage. *Eintracht* !

Je fus aussitôt inscrit au livre d'or de l'Écrin Rouge du Sultanat et invité à partager la caravane n° 6 avec un Italien appelé Cornutto et affligé de deux petites cornes sur le dessus du front. On le nommait l'homme chèvre parce qu'il trouvait la plaisanterie cocasse de bêler aux heures des repas.

Une nouvelle carrière s'offrait à moi. C'était une jolie chance, un morceau de ciel rose qui me tombait sur le cœur à l'instant précis où j'allais à nouveau me retrouver dans le dénuement ! Je prenais une place de choix dans la faramineuse collection de l'impérial Joachim Winklhofer. J'appris à le connaître. Il n'était ni bon ni méchant. Parfois, il montrait les dents, surtout lorsqu'il se coiffait d'un chapeau vert tyrolien orné de médailles ou lorsque le temps tournait à l'orage et qu'il croyait entendre le bruit des canons dans la foudre. Son associé Labbri me confia que Winklhofer avait fait partie de la SS autrefois et qu'il s'était comporté en héros, la grenade à facettes au bout des doigts et toujours volontaire pour en découdre avec les bolcheviques. C'était de cette époque, haute en couleurs sanglantes et en chairs allumées, que lui était venu son appétit pour la tératologie. On pouvait affirmer qu'il était passé maître dans la connaissance physiologique et celle plus ingrate de la physiognomonie des déments et des débiles, des hommes en pot et des femmes en plantes. Parfois, les soirs où il avait bu quelques verres de riesling, il faisait admirer sa collection particulière de fœtus. Une aimable collection représentative de toutes les monstruosités humaines, bercée chaque matin par les accents frénétiques de la Walkyrie. Sa pièce principale, dont il vantait la rareté tout à fait unique, était constituée de jumeaux monozygotes dont les faces allongées et plates étaient celles d'une grosse vipère. Un spectacle à vous retourner les sangs et qu'on s'efforçait de vider de sa mémoire avant de regagner son lit. Mais les cauchemars revenaient et on se passait une main tremblante sur la face...

L'autre dada de l'ancien combattant, c'était les races. Il lui arrivait de nous accorder un cours consommé avec croquis et photos à l'appui, tableaux en couleurs, évaluation par l'échelle de Barch, classification morphologique allant du sous-homme, le Batouchiousan bâtardisé sans pagne, au surhomme, le Bavarois élancé en culotte courte de cuir. Rien ne lui échappait dans l'examen des paupières, du menton, du front, des pommettes, des mensurations du thorax et du bassin. Son ton était implacable ! Froid à faire frissonner... À la moindre interrogation, il repartait aussitôt dans des considérations sur la forme du crâne et ses dimensions, la hauteur du nez, l'écartement des yeux, le teint de la peau, surtout, sans même parler de sa marotte, le système pileux décrit sommairement sur huit tableaux. À d'autres interrogations dans lesquelles il croyait déceler l'ombre d'un doute, il empoignait, on ne savait trop pourquoi, sa courte canne flexible appelée stick qu'il faisait mine de vouloir briser. C'est qu'il y croyait, lui, à la hiérarchie humaine à travers les races ! De tout le Sultanat, il était le seul, bien sûr, à ne pas avoir cru une seconde à ma nationalité de Mongol.

Après quelques instants de réflexion, Heer Winklhofer m'intronisa officiellement : homme tronc aux bras d'acier, albinos en stade pré-animal, Mongol aux yeux d'azur, ex-cannibale en voie de rééducation par limage intensif des dents et champion universel du Suko-Ti-Woa. Un beau pedigree pour rassasier les foules. Par pure fatuité, je m'encourus en ville pour passer commande d'un lot de cartes de visite. Quelque chose d'assez modeste : bristol en lame de zinc sur vergé beau filet de carat beige.

Il régnait dans l'Écrin Rouge du Sultanat une réelle solidarité. Je fus bien accueilli par l'ensemble du personnel et même fêté à coup de chopes de bière en forme de tonneau. Quelle pléiade j'avais devant moi ! Cela grognait et cela bavait furieusement ! Les dents grinçaient parmi les bruits les plus étonnants, dont ces éructations de la gorge qui se voulaient amicales. Pour calmer mon effarement, Heer Winklhofer m'apprit que les fleurs les plus belles, les fleurs doubles que seuls les dieux peuvent cueillir, s'appellent tout simplement des monstres.

– *Ya*, cher Baltazar, *wie beliebt*? Fous combrendre ? *Gross* monstre c'est *gross* sbectacle ! *Ya*... *Gross* succès car pas *ersatz* ici. Fous bientôt... comme se dire ? Nabel... Nombril du Sultanat impérator...

– *Natürlich*, ai-je dit.

Oui, cela ferraillait du côté de la langue française, mais ce fut pire lorsqu'il entra en exaltation pour me décrire les gènes, les polydactyles, les carences à l'instant de l'embryogenèse. Un hébreu du bas Congo ! Mais, j'opinai à la chinoise, enthousiaste, car cela me paraissait fameux, ce savoir mariné à la prussienne auquel il me semblait devoir vouer un grand respect.

Outre monsieur Caballo et Cornutto, mon compagnon de caravane, la troupe se composait d'une inévitable femme à barbe, d'une autre, moustachue, jeune encore, faite en pièce montée et nantie d'un ventre criblé de dix-huit furoncles purulents en fermentation continue, quelque chose d'assez rare, paraît-il, dans l'univers des monstruosités ! Dans les caravanes numéros un, deux, trois, quatre et cinq, vivaient un géant arménien haut de 2,42 mètres, une quadruple brochette de nains, un maniaque au nez préhensile, un Togolais bleu à la petite bouche en forme de bénitier, une modeste matrone en sueur verte native de Bornéo et surnommée chewing-gum, un Malgache au cou de girafe, un singe mongoloïde reconnu humain à part entière par l'état civil de la commune de ltahandu de l'état de Minas-Gérais. Dans les autres caravanes, prospéraient un bègue à face de dindon et spécialiste de l'auto-fellation, une triple paire de baveux en petites chaussettes de communiant amateurs de flagellation, un curé défroqué dont la blennorragie jaillissante lui sourdait bizarrement des mains et des pieds, un juif arabe de race noire avec faciès d'Asiatique et cheveux blonds dont le râtelier en tôle de récupération émettait une série de grincements parmi les plus odieux, un couple de siamois réunis au flanc et sujets au blettissement de la face, un énergumène à la langue bifide et qui s'amusait à happer les mouches, une Zambienne écartelée à la hache et recousue de la tête aux genoux par six boyaux de chat et enfin, Piétro, quinze ans, un Napolitain, l'une des perles incontestées du Sultanat, la vedette calibrée à l'horreur, un visage effacé aussi plat et nu que la surface du dos. Un œil se perdait dans sa chevelure, l'autre dans sa tempe droite, son nez à l'unique narine s'égarait sur la nuque et sa bouche s'ouvrait deux centimètres au-dessus de la pomme d'Adam. L'intéressant Piétro semblait le plus heureux des enfants lorsqu'on le voyait errer parmi les caravanes, soit debout, soit à quatre pattes à la recherche de fleurs et de pierres. Joli betit trésor ! disait Heer Winklhofer dont l'émotion n'était pas qu'apparente. Piétro ne cessait de baragouiner et de battre des mains et l'on se sentait comme sous le regard d'une divinité lorsque son œil, fixé dans son crâne, vous fixait avec énormément de tendresse. En attendant sa majorité, on ne le montrait pas trop, sauf à quelques amateurs éclairés et disposés à payer un substantiel supplément sur le prix du billet d'entrée.

Certes, il en existait d'autres de ces joyaux, mais maintenus en cage et dissimulés sous des sacs de jute, tel le nommé Nascimento, un Brésilien, mulâtre des favelas, bigleux et syphilitique, dont la peau avait le double privilège d'être en continuel état de pourriture tout en dégageant des effluves de térébenthine. On l'enfermait à cause de sa violence et de sa propension à déchiqueter le lobe des oreilles de ceux qui l'approchaient. Existaient aussi d'autres spécimens dont on ne savait au juste s'ils appartenaient au monde humain ou animal, tel celui ou celle qu'on appelait la larve, petit bijou de grande valeur, paraît-il, que je découvris incidemment à l'intérieur d'une caravane insonorisée, croupissant dans une boue presque liquide et dont personne ne pouvait affirmer s'il s'agissait d'un homme ou d'une femme. Cet être asexué jouissait de la singulière faculté de déféquer par la bouche et de se nourrir par le fondement.

– Comme ceux qui sont trop riches, disait Caballo d'un air docte.
– Pauvre humanité, disais-je.
– Caballo peut vous dévoiler sa pensée en fonction de son expérience… Ces monstres bien nourris et bien traités ignorent la souffrance.
– Comme ceux qui sont trop riches, répliquai-je.

De Strasbourg, ville prestige, nous allâmes à Karlsruhe, Wiesbaden, Koblenz, Bonn, Cologne. Partout, nous connûmes un immense succès de foule. Montée sur un camion capitonné qui ressemblait à un char romain, la fanfare nous précédait dans les villes où nous allions ériger le chapiteau. Ma vie durant, je me souviendrai de ces heures absolument triomphales où, en guise de préambule ou d'ouverture, nous avancions au pas, tous monstres confondus, trois par trois, vers l'entrée du temple des horreurs ! La clique en grand uniforme nous précédait et interprétait les marches : la marche de Pappenheim, celle de Koniggrätz, ou cette autre plus guerrière encore, la marche de Hohenfriedberger ! À l'écoute de ce fracas qui lui rappelait les heures les plus foudroyantes du IIIe Reich, la foule se trouvait en extase. Cuivres et trompettes dans un délire de puissance agressive qui faisait frissonner les cieux ! Et puis, seul, digne, en grande tenue noire et pantalons bouffants sur bottes de cuir, s'avançait Heer Winklhofer. Effroyable vision de ce guerrier d'autrefois allant au pas, porté par la non moins effroyable marche de Saint-Pétersbourg de Kandler. Son visage ruisselait du tragique des dieux ! Son pas était celui de l'oie ! Soutenu par des marches en fanfare de cette ampleur musicale, il pouvait renverser toutes les puissances militaires du monde, affirmait Labbri. Une drogue, pensais-je… Toute la puissance divine de la musique pour pousser l'homme au carnage !

Souvent, notre itinéraire était tracé en fonction des foires ou des grandes manifestations sportives. Ce n'était pas mal du tout, en dépit de l'environnement cauchemardesque, cette existence de vedette ambulante où il m'arrivait de plus en plus souvent d'accorder des autographes et même des interviews. C'est à tout rompre que je distribuais mes cartes de visite. Cornutto était un bon compagnon dont le mutisme me ravissait après les discours hachés franco-allemands de Heer Winklhofer, toujours à la traque d'un interlocuteur distingué. Les cornes de Cornutto me fascinaient. Elles étaient effilées, de teinte ivoire et ne dépassaient pas les six centimètres. Dans l'un de ses rares moments de confidence, Cornutto voulut bien m'apprendre qu'elles lui étaient poussées vers l'âge de dix-huit mois et qu'il fut dès lors considéré comme monstre et rejeté par ses géniteurs, deux alcooliques en robe de bure, dont la masure dans la campagne calabraise contenait cinq chèvres et deux boucs. Il ne s'expliquait ni cette excroissance ni son nom prédestiné. Lui non plus n'était pas malheureux... Ces cornes constituaient son gagne-pain et il les entretenait à la cire d'abeille, matin et soir. Aux quatre coins de la caravane étaient suspendus quatre miroirs en octogone aux deux angles supérieurs relevés pour une meilleure vision des cornes. J'avais remarqué que Cornutto n'appréciait pas lorsqu'il m'arrivait de jeter un regard dans l'un de ses miroirs. Arme redoutable, disait-il en désignant ses cornes. Effilées à la fine lime du dentiste, c'était en effet de véritables poignards. Le soir, il les entourait de linges et de cordes afin de ne pas trouer le matelas durant son sommeil.

Vers dix-huit heures, lorsque le chapiteau était dressé, notre estimé directeur flanqué de son associé, le Suisse Labbri, tous deux en haut-de-forme et en jaquette de Vienne à la virgule, prenait place sur les tréteaux constellés de lumières mobiles. Un spectacle d'anthologie ! Cela valait vraiment le déplacement de les voir tous les deux s'arracher la parole pour invectiver la foule. Chaque fin de phrase était ponctuée d'un roulement de tambours et de cymbales.

– Mesdames, messieurs, entrez dans l'univers de l'Écrin Rouge du Sultanat ! Entendez-vous la rumeur des enfers ? Oui, ici vous trouverez toutes les perversités d'une nature en folie sous le pied-bot d'un dieu mégalomane. C'est ici et nulle part ailleurs que le regard de l'honnête homme subit l'enchantement de l'imprévu et de l'horreur, clamait le Suisse dans son porte-voix.

– Bour amateurs très fines, *ya*... Seulement bour amateur, reprenait Heer Winklhofer. *Gross* attractions ! Fous voir ici betite femme avec barbe, homme en tranche, singe à six battes... Pour fous beaucoup blaisirs terribles ! *Gross* frissons garantis !

Il tranchait dans le vif en énumérant les trésors du Sultanat. Je n'en croyais pas mes oreilles. Il en rajoutait, notre martial directeur. Des attractions inédites qu'il sortait de sa manche ! D'où venaient-ils, ceux-là, ces monstres inconnus ? Dans quelle caravane cadenassée les tenait-il enchaînés pour les sortir sous les éclairs somptueux des tréteaux ?

– Chers amis, venez dompter vos angoisses ! Venez vous régaler au banquet des aberrations de la nature ! hurlait le Suisse.

Lui aussi, il énumérait tous les trésors de la horde confinée dans les cages. Un crachoir à dix orifices pour clamer la misérable litanie. Soudain, je sursautai. Il parlait de moi, Labbri.

– L'unique, l'inestimable Mongol cannibale dont l'œil bridé est de couleur bleue. Vous tâterez de vos mains l'abjection personnifiée du mangeur de cadavre... Vous jugerez sur pièce de l'avilissement de l'idiot par excellence. Oui, accourez tous, pour frémir au spectacle du Mongol albinos des steppes infinies, l'homme tronc aux bras d'argent et de platine, le carnassier patenté enfermé dans sa cage ! Un spectacle unique au monde, interdit aux froussards, interdit aux enfants non accompagnés de leurs parents...

Jamais je n'étais tombé aussi bas dans les gouffres de l'ignominie ! C'était monstrueux, cette impulsion qui me forçait à me tâter la tête, le buste et le ventre pour m'assurer que j'étais encore un homme comme un autre. Au milieu des vociférations de la foule, Heer Winkelhofer, son chapeau claque rabattu sur la nuque, débloquait de la turlubatte. Il parlait d'homme sans tête, à présent, de jésuite en triple abdomen, d'homme chacal qui se dévorait les cuisses ; de femme à la grappe, roulée au béton et dévoreuse de pied-de-biche, de simplet en triple tête, de madone orientale dont les poils poussaient sur les yeux, de dégénéré, pur Français de souche, dont le corps ne contenait aucun os, roulé en boule de viande crue à même le sol et qu'on pouvait toucher du pied, de l'homme rat en double museau, d'une jolie femme en chair de gorgonzola dont les six seins, posés l'un sur l'autre, offraient une fontaine de lait sucré. Un étonnant délire ramassé à la pioche ! Des fantasmes aiguisés au tranchant du sordide. Quelle âme possédait-il donc, l'ex rutilant SS, le SS Sturmbannführer, décoré aux glaives d'argent du IIIe Reich et porteur de la Croix de guerre de l'élite combattante sur le front soviétique, pour imaginer autant de basses désolations ? Heureusement qu'il y avait Labbri à ses côtés pour remettre un peu d'ordre, pour embellir la situation, injecter un peu d'humain, un reste de poésie...

– Oui, merveilleux amis, c'est bien ici, très fins amateurs tous réunis dans une égale et noble ferveur, que se situe le sérail des horreurs sublimes. Venez admirer, palper de vos doigts, respirer les sulfureuses émanations d'une nature en folie.

– *Schnell* ! hurlait Heer Winklhofer en se dandinant sur l'estrade. *Schnell* ! Fous vite brendre tickets car pas blace pour tout le monde... *Gross* attractions bour fous avec *Knuppel* ! *Ya*, avec trique sur bêtes dangereuses.

– Pour ces messieurs, dames, amateurs de monstres érotiques, nous leur réservons un boudoir où ils auront le privilège de contempler une jolie palette de priapiques, de femmes asexuées, de petites jeunes filles obèses marchant à quatre pattes, d'un Turc en barrique sur allumettes avec attribut gonflé aux hormones, ainsi, bien entendu, que notre célébrissime mademoiselle Aquiline âgée aujourd'hui de soixante-dix-sept ans et enceinte pour la trente-cinquième fois. Pour les sceptiques, une visite guidée dans son intimité est prévue. Les amateurs réclameront le billet spécial, le billet rose à l'entrée du chapiteau !

La foule se pressait aux quatre guichets. Mais cela ne tempérait pas l'ardeur des deux comparses. Ils reprenaient en chœur des phrases toutes faites, des plaisanteries d'olibrius ou des exclamations de taureau qu'on égorge. Ils dérapaient dans l'absurde et se trempaient dans l'odieux. Ce n'était plus que viandes et tripes, viscères et abats. La criée dans le caniveau de l'abattoir ! Mais la foule adorait ces propos dégoulinants de sang et de sanies. Ça l'excitait. On sentait sourdre de la marée humaine des pulsions de meurtre et de carnage.

L'intérieur du chapiteau ressemblait à une piste de cirque, mais en plus luxueux. L'écarlate et l'or dominaient sous des projecteurs de diverses couleurs, lesquels, par une habile répartition des faisceaux, laissaient quelques loges et quelques cages dans une semi-pénombre. Le sol était recouvert de tapis. Les quatre rangées concentriques de cages et de loges où s'exhibaient les vedettes avancées étaient recouvertes par un flot vaporeux de rideaux grenat. C'était une basilique ! Une immense marmite dans laquelle éclatait la musique des fanfares et des marches militaires. Trente cages et dix loges accueillaient la formidable collection de Heer Winklhofer. Je me situais en bonne place, au numéro 16, non loin du centre et face à l'orchestre. Le public se déversait vers nos cages surmontées d'un écriteau relatant nos origines et nos odieuses particularités. On le sentait fiévreux, ce public, avide de voir et de toucher, d'en avoir pour son argent, comme on dit… Les enfants étaient les plus pressés. Ils couraient en vociférant pour se faire une peur supplémentaire, ou, en grimaçant, ils tenaient en main un beignet ou un nougat, parfois des cacahuètes pour les jeter aux fauves dressés à la trique.

J'ai vu les premiers visiteurs s'approcher de ma cage, deux ou trois couples accompagnés d'enfants, l'allure décidée, le sourire aux lèvres. L'un des hommes, habillé d'un survêtement de sportif, un puissant de poitrine et de panse, était un beauf tout craché. Nous étions à Mulhouse. C'était ma dixième mise en scène mais je me sentais toujours aussi mal à l'aise, un peu tremblant, le torse nu avec un couteau de désosseur accroché à la ceinture. Monsieur Labbri m'avait recommandé l'allure féroce et l'abject rictus au coin des lèvres enduites d'un soupçon de mercurochrome écarlate. N'oubliez pas, m'avait-il dit, vous êtes un cannibale des steppes de Mongolie, un tueur obsédé par le désir de déchiqueter votre proie. Il trichait un peu, le Suisse, dans son souci de satisfaire l'instinct des foules.

La veille de ma première représentation, il m'avait accroché un râtelier de vieille jument au-dessus des dents. Cette prothèse aux dents longues et jaunes était susceptible d'accroître la répulsion que je devais infliger à la clientèle. Grâce à cette garniture, ma réputation allait dépasser les limites du Tage et de l'Oural. C'est cela, la vie dorée d'une vedette, captiver les regards, être estimé, susciter un mélange de crainte et d'admiration, accorder des autographes, aussi, en pinces de crabe avec le tréma qui illustre les yeux du prédateur !

Le beauf roulait ses muscles sous son tricot. Il s'approcha de ma cage.

– Tu causes français ?

Ainsi qu'une bête dérangée dans son terrier, j'ai grogné en soulevant mes babines. Il n'avait pas peur, lui, par exemple ! Sa grosse main enjolivée d'une chevalière, à travers les barreaux, se hasarda à me tâter les côtes ainsi que le métal de la gachoux. Les femmes criaient, effrayées et ravies de l'audace de l'homme en viande. Il ricanait. Son poitrail s'écrasait sur les barreaux comme s'il voulait me saisir à bras-le-corps, non seulement pour exhiber sa puissance à ces dames, mais afin de juger si la disgrâce de ma carcasse correspondait bien au prix exigé à l'entrée.

– Gare ! Tu as vu ses dents ? cria une femme.

Rien que pour elles seules, mes dents valaient le déplacement, tellement je m'efforçais à les faire jaillir de ma gueule d'abruti. J'aurais voulu rire un peu, tiens... Une consolation... Lui mordre la patte ou lui déchiqueter sa chevalière ou lui expédier un glaviot de première pâtée entre les deux yeux ! Mais j'ai pensé à ma carrière... Pierre qui roule n'amasse pas mousse, comme disait Labbri. J'approchais de la quarantaine. Un vieux, presque... Il fallait me tenir sérieux à présent, même en cage, avec ces crocs de canasson dans la bouche et une dague accrochée au nombril. Le manège persista jusqu'à minuit. Dans une odeur de ménagerie chevaline, une foule sans cesse renouvelée et de plus en plus excitée se pressait devant les cages que le directeur et son Suisse qualifiaient de loges d'apparat. Toutes les cinq minutes, l'orchestre se mettait en branle pour entamer une fanfare avec roulements de timbale. J'ai mis une semaine avant de m'apercevoir que l'orchestre ne jouait rien du tout ! Il s'agissait de play-back... Derrière les rideaux, un homme de peine plaçait un disque sur l'électrophone et la fanfare éclatait. Sur les quinze membres de l'orchestre, un seul savait jouer d'un instrument : l'accordéoniste. De véritables musiciens auraient coûté trop cher au Sultanat et Heer Winklhofer avait engagé quinze zouaves remontés en droite ligne des bas-fonds de Bucarest et de Tirana, lesquels entretenaient le charroi, faisaient la cuisine et montaient et démontaient le chapiteau.

Au fond, en ne voulant pas se montrer trop niais, il existait énormément d'esbroufe au Sultanat. Chaque semaine, je découvrais une horreur qui s'avérait fabriquée de toutes pièces par Heer Winklhofer. Ainsi, le couple de siamois reliés l'un à l'autre par trois gouttes épaisses de colle, dite super-glu, à la cyanoacrylate, la fameuse, celle qui adhère à la peau en une seconde. Vers minuit, le spectacle terminé, nous entendions des hurlements de douleur lorsqu'on s'efforçait de les séparer l'un de l'autre. De même, les seins gigantesques, lourds de près de dix kilos, de la femme au turban, étaient gonflés au silicone. L'homme rat accroché à un pieu dans une vase fictive, tête à l'envers, portait un masque de gélatine sur la face…

Cependant, le clou du spectacle, la curiosité suprême accordée au troupeau distingué, à coup de clairon puis, tout aussitôt, par l'ouverture de Tanhäuser, était fabuleuse et ne comportait aucun trucage. Il s'agissait de la femme transparente, une Française native de Marseille. Une pièce unique au monde ! Un bijou emballé dans une débarbouillette de dentelles ! L'écrin d'or de l'Écrin Rouge du Sultanat ! Une créature hallucinante qu'on contemplait les yeux écarquillés par des assauts de stupeur. Elle s'appelait Manou, la femme translucide. Son statut de reine du Sultanat lui donnait droit à une loge tendue de drap d'or de Constantinople où on la découvrait, alanguie, presque couchée, telle la Danaé du Titien, sur un divan recouvert de percale rose. Elle fumait des cigarettes à bouts dorés dont elle inhalait férocement la fumée. Seule une petite culotte recouvrait sa surprenante anatomie. Car Manou était belle à ravir, des formes parfaites, une chevelure abondante, de grands yeux sombres et une bouche sensible, comme chatouillée par les baisers du soleil printanier. Sa particularité consistait à avoir la peau transparente, une sorte de belle membrane depuis les clavicules jusqu'au pubis. Spectacle terrifiant de la cuisine interne du corps humain ! Les trois appareils, le circulatoire, qu'on ne pouvait voir, certes, mais le respiratoire et le digestif qui, eux, offraient le mouvement incessant des masses spongieuses et des liquides. Un tremblement, tel celui d'un volcan en ébullition… Afin de mieux admirer l'abominable bouillon de viscères, on lui avait scié quelques côtes, à la belle Manou. C'est ainsi qu'en position debout elle se tenait légèrement courbée, comme ramassée sur elle-même, mais toujours séduisante et prête surtout à dispenser l'incommensurable mépris qu'elle portait à ces curieux en babouines d'obsédés acharnés à lui flétrir sa pudeur.

C'est agenouillé, face à la loge de la malheureuse qu'il fallait se tenir pour suivre les visqueux mécanismes des organes. Même la paroi de l'estomac était transparente, de même qu'une partie de l'intestin. Spectacle si fascinant que les amateurs du sordide restaient figés sur place, les genoux au sol, impuissants à aller voir de plus près encore le sanglant mouvement des viscères. Certains détournaient la tête ou manquaient s'évanouir d'horreur ou de surprise ; d'autres vomissaient dans un seau que leur présentait promptement un préposé barbu, vêtu comme un général d'opérette. On comprenait alors l'utilité de l'encens dont était imprégnée la loge et pourquoi Manou enflammait cigarette sur cigarette, dont la fumée aspirée apparaissait vaguement dans les lobes des poumons. Cela me renversait d'hébétude, de voir fonctionner ces deux engrenages dans un aussi fabuleux synchronisme. Certes, comme chacun, j'avais essayé d'imaginer ce qui se trame sous les barreaux des côtes et l'épiderme du ventre, mais jamais je n'aurais pu concevoir un tel amalgame de rouages si délicieusement mobiles. Quelle impression devait-elle ressentir, Manou, d'être ainsi placée à la première loge pour présenter les frétillements incessants de son propre magma intime ? Je la plaignais d'être ainsi ouverte à son propre regard et d'assister à la chimie funèbre de sa digestion… Dans un charabia resplendissant sur les gènes de l'hérédité, Heer Winklhofer m'avait expliqué les égarements de la nature lors de la conception de Manou.

Lorsque peu après minuit, l'Écrin Rouge du Sultanat fermait ses portes, Manou s'habillait avec empressement, tant la rage la saisissait de cacher sa membrane. Très vite, nous sympathisâmes, elle et moi. Elle était âgée de trente-deux ans, et dans son regard de jeune femme un frémissement qui en disait long sur son étonnement d'être toujours en vie. Comment aurais-je pu me douter que cette vedette allait m'entraîner dans une remarquable série d'ennuis ? Il est heureux qu'on ne puisse deviner la nature de l'avenir et qu'au-delà de la minute présente, c'est le gouffre noir de l'incertitude. Peu d'hommes, avertis de leur avenir, résisteraient à cette révélation. Ce serait la neurasthénie ou le ressassement hystérique des jours haïssables du futur.

En qualité de vedette incontestée de l'Écrin Rouge du Sultanat, Manou jouissait d'une caravane pour elle seule. Heer Winklhofer se montrait généreux envers les pièces rares de sa ménagerie ambulante. Le seul autre monstre pourvu d'un semblable privilège était le distingué Miesalski, un Polonais en double cul dressé sur trois jambes, une rareté. Notre directeur affirmait qu'il faut voir naître cent vingt millions d'individus pour en voir un seul nanti d'une aussi rare particularité. C'est à l'infini qu'il discourait sur les unions consanguines matinées d'alcoolisme et de drogues dures. Il prétendait que seulement deux pour cent de ces monstres survivaient à la naissance. Le plus souvent, ces nouveaux-nés ne connaissaient pas la jouissance de pousser le premier cri de la vie. C'était le massacre et le drap relevé sur le visage de la génitrice avant qu'elle puisse contempler le fruit hétéroclite de ses entrailles. Parfois, en catimini, on les fourrait dans un bocal de formol afin de compléter les collections particulières d'amateurs triés sur le haut du volet.

Nous prenions le thé dans la caravane, Manou et moi, face au téléviseur où déambulaient des bonshommes et des feuilletons qui me faisaient bâiller. Afin d'oublier un peu l'horreur de sa peau transparente, Manou regardait les images dès son lever, comme pour s'abrutir des agitations du monde. Les catastrophes, les guerres, les meurtres, les accidents, les incendies, c'est ce qui la mettait en alacrité, la pauvre Manou, une joie factice qui ressemblait à une vague vengeance à l'encontre de ces brutes qui payaient pour savourer le malheur d'autrui. C'est vrai que ce n'était pas beau à voir, ces livraisons journalières de sang et de larmes, de haine et de fureur… J'essayais de la distraire en lui présentant d'autres images. Des pommiers en fleurs dans un verger, l'ombre des sous-bois, les chalands le long du fleuve lorsque la chaleur est accablante et que le ciel dessine de très petits nuages en forme de fleurs… Mais elle ne m'écoutait pas, ou si peu… Mes tableaux la faisaient frissonner et elle se mettait à bâiller vilainement sans poser la main devant sa bouche. Vous m'emmerdez… disait-elle joliment en regardant ailleurs. Elle voulait que les hommes en bavent, journellement, et les femmes aussi, tellement elle enrageait de s'étaler en peau de bête, le ventre ouvert, presque nue, pour s'offrir à la concupiscence de ces brutes qui ne se gênaient pas pour vomir à ses pieds. Lorsqu'elle parlait, la haine au cœur, ses mains se perdaient sous son pull comme pour apaiser les spasmes de sa membrane. Tel un zouave à la porte du mastroquet, je parlais de gagne-pain, de nécessité, de la beauté des foules venues s'instruire… Elle me coupait sèchement pour me clamer son horreur des foules et son désir de les décimer à la mitraille. Cela viendra, disais-je, chaque homme est sous le couperet de la faux. Que tôt ou tard, la maladie, la vieillesse et la mort s'amèneront bras dessus, bras dessous, innocemment, en riant un peu, mais pas trop, pas du tout gênées à l'idée de nous basculer dans la fosse. Alors, mitraille ou pas… Il suffisait d'attendre un peu et d'oublier en espérant des heures plus lumineuses.

Un jour de relâche que nous étions tous assemblés sur un immense parking, le long du Rhin, Manou et moi fîmes une promenade dans les vignobles de cette contrée escarpée et souvent très belle. Au loin, par-delà les vallées, on distinguait des bois que couronnait une brume presque aussi grise que le gris du ciel. J'ai demandé à Manou depuis combien de temps elle s'exhibait en tant que première vedette avancée du Sultanat. Elle ne m'a pas répondu, comme si elle pensait à autre chose. Nous nous sommes tus en escaladant les sentiers qui traversaient les rangées de vigne. Des corneilles tournoyaient au-dessus de nous, intriguées par notre présence en ces lieux solitaires.

– Goûtez ces raisins, m'a-t-elle dit en m'offrant une grappe dorée.

J'ai choisi un raisin, délicatement. Manou a ri en secouant les boucles de son abondante chevelure, où parfois ma main aurait désiré traquer les petits poux dont nous étions tous plus ou moins incommodés au Sultanat.

– Vous savez, Baltazar, je vais vous étonner en disant ce qui me passe par la tête. N'allez pas m'en vouloir surtout… Eh bien, je trouve que, malgré votre âge, vous êtes resté très enfant et que sans doute vous ne voyez pas le monde avec les mêmes yeux que ceux de l'homme raisonnable. Au moins, vous, vous n'êtes pas une brute ! Ça m'étonne quand même que vous restiez à l'Écrin Rouge sans songer à vous enfuir pour tenter votre chance ailleurs. Moi, je rêve de tout lâcher et de vivre à Marseille ou à Paris, une grande ville de chez nous, et créer un commerce.

– La ville lumière, ai-je dit.

– Que dites-vous ?

– Je dis, Paris, ville lumière. *Gross* Pariss ! Comme dit le vénéré directeur.

– Ne vous moquez pas… Paris est une ville admirable, plus belle que Berlin, par exemple. Autre chose, en tout cas, que ces campagnes que nous ne cessons de traverser. Moi, je trouve ça d'un sinistre à faire peur, ces bois et ces champs… Brr… ! Même ces vignes qui n'en finissent pas me flanquent le cafard. Je préférerais mourir, je crois, que de devoir vivre dans ces solitudes.

– Quand la musique s'est tue, ce que j'aime, c'est le silence, l'immense silence comme une pierre tombale par-dessus la tête.

– Vous êtes macabre, Baltazar ! Mais voyez-vous ça, comme je suis bête de rester dans ce cirque avec le Joachim comme tuteur ! Pourtant, j'ose vous faire la leçon… Je vous dis : partez ! Et moi, je reste… Depuis combien de temps je suis à l'Écrin Rouge, vous me demandiez ? Sept ans ! Quel bail ! Avant, je travaillais au Circus Frankenstein, une énorme machine qui est tombée en faillite.

– Y avait-il un cannibale, là-bas ? ai-je demandé.

– Oui, un ignoble bonhomme qui avait des cheveux dans la gorge et dont on pouvait traire les énormes dents moyennant un petit supplément. Il en sortait du sang et du pus. Une horreur, je vous dis, mais la foule adorait. Au Circus, c'était dur, l'étrivière, les punitions, les retenues de salaire, la nourriture retirée du groin du cochon… Mes premiers souvenirs de petite fille c'est là-bas que je les retrouve, au Circus Frankenstein. C'est à partir de dix ans, d'une manière discrète, qu'on a commencé à me présenter à la clientèle. Messieurs les directeurs prenaient la peine de se montrer très prudents en raison de la loi sur la protection de la jeunesse. Essayez donc d'imaginer ma vie de petite fille ! Presque nue sur un fauteuil à bascule, la poitrine et le ventre offerts pour satisfaire ces messieurs dames. Tout ce chagrin qui me montait à la gorge et me faisait pleurer. Pour me consoler, on me donnait un billet de dix marks ou des tablettes de chocolat, puis on m'assurait que mes parents n'allaient plus tarder à venir me chercher. Je les croyais… Je comptais les jours… Je plaçais ma poupée et mon ours dans la valise afin que nous soyons tous prêts pour le grand jour. Chaque fois, c'était remis à plus tard. Je désespérais, puis j'espérais à nouveau. Chaque dimanche, je me faisais belle, parce que, voyez-vous, Baltazar, dans ma tête de gosse, j'avais cette idée venue d'on ne sait où, que mes parents, ceux que je n'avais jamais vus, viendraient un dimanche à l'heure où les gens vont à la messe, en famille. J'ai espéré toute mon enfance, jusqu'à l'adolescence. Maintenant, je déteste les dimanches et la messe du dimanche ! Et les gens, les gens, comme je les hais ! Surtout les familles, ceux qui s'amènent en groupe, en comité, avec les gosses à la patte, les amateurs comme on dit ici, qui veulent toucher du doigt et qui se penchent vers mon ventre pour mieux voir. Ceux-là, je les tue ! Je les hais ! Oui, Baltazar, la haine ! Je hais comme je respire !

– Je vous comprends, Manou… Vous haïssez avec des envies de pleurer.

– Non, avec une envie de tuer avant de m'ouvrir le ventre et d'en finir. Qu'on me jette dans la fosse, sans croix, sans rien, sans un numéro…

– D'autres jours viendront, d'autres aurores, les lumineuses…

– Gare aux jours du futur, j'ai tant de crachats en réserve, dit-elle en regardant par-dessus mon épaule. Et pourtant, c'est drôle, ça, vraiment ! Un dimanche soir, dans la caravane, je ne sais plus pourquoi, j'ai soulevé le rideau de la fenêtre. J'ai vu un monsieur, avec des yeux de Chinois ou de Japonais et un bouc au menton, qui tenait un sac sur son épaule et une valise à la main ! C'était vous, Baltazar !

– Oui, c'était moi. Le début d'une belle carrière, en somme…

– C'était vous et cet air que vous avez de grand seigneur et de gosse éberlué. J'allais refermer le rideau en me disant, encore un animal pour le cirque de Joachim, lorsque je vous ai vu vous asseoir sur la marche d'une caravane. Vous avez tiré quelques accords de votre bizarre violon. Cela m'a plu… Une musique triste, si triste, comme je n'ai jamais entendu. Je me suis dit, voilà un drôle de coco qui joue pour les enterrements. Que vient-il faire ici ? Tout à coup, cet imbécile de Labbri a surgi en criant, furieux que vous l'ayez tiré de sa sieste ! Que lui avez-vous dit pour qu'il se calme, ce crétin ?

– Au feu, au feu ! Ça calme toujours, vous voyez, lorsqu'on crie au feu ! Il a regardé partout puis il s'est frotté les manches et le pantalon comme s'il cherchait à souffler la petite flamme qui pourrait le brûler vif. Moi aussi, je me souviens de vous, la première fois que je vous ai vue, belle comme tout, la cascade de vos cheveux, vos lèvres où un faible rayon de soleil dessinait des papillons.

Elle m'a embrassé, Manou, sur la joue puis dans le cou. J'ai pensé à Arthur en offrant mon cou. J'ai murmuré… Cherche, cherche la petite bête…

– Et nous prendrons du temps à trouver cette bête qui voyage beaucoup…

– C'est gentil de me dire tu, m'a-t-elle dit en souriant. Peut-être un jour tu me donneras des baisers comme une petite bête qui voyage beaucoup…

– Et si nous partions ensemble ? ai-je demandé.

Elle a acquiescé de la tête. Tandis que nous redescendions le sentier, elle s'est tue car les paroles ne parvenaient plus à sortir de sa gorge. Quel coup de tonnerre dans le cœur de haïr sans arrêt au milieu de ses souffrances et d'aimer tout à coup, un petit peu, celui qui vous porte de l'affection ! Je me suis tourné vers les vignes presque rousses pour chercher une grappe dorée arrosée du soleil d'automne.

La caravane Sérail de l'Écrin Bleu du Sultanat, précédée de la Mercedes de Heer Winklhofer, fit une entrée triomphale à Berlin Ouest ! De tous les peuples de l'Europe, l'Allemand se montre le plus friand des vastes spectacles sons et lumières, en flonflons, fanfares, tambours et trompettes. On nous espérait avec impatience dans la ville colossale. Cependant, une fois de plus, en raison de considérations humanitaires, l'entrée de l'Écrin à Berlin Est ne fut pas admise par les autorités de la République démocratique. Ils n'appréciaient pas du tout nos spectacles là-bas… Une idée bizarre qui les faisait condamner l'exhibition mercantile des corps en souffrance. C'est à Berlin Ouest que nous allions étaler nos talents. Dès l'ouverture du chapiteau, une foule tonitruante se pressa au guichet. Pour l'ambiance, l'orchestre muet mima avec aplomb les marches altières venues en droite ligne des années prussiennes de Bismarck, de Guillaume 1er et de Von Roon. Des musiques babyloniennes où le guerrier qui sommeille dans l'homme se hausse au rythme des gloires d'antan ! Fifres et tambours à réveiller les morts ! Vorwärts ! Bombes et shrapnells pour enflammer les airs où s'élève la volonté de puissance ! Parfois, un chœur d'hommes s'insinuait entre les divers mouvements de la musique… Personne, parmi la foule, ne s'étonnait le moins du monde de l'irruption de ces voix guerrières, alors qu'il n'y avait aucun chœur visible sous l'enceinte du chapiteau. Toute l'attention du public était viscéralement retenue par la vision de la divine collection.

À ma gauche, accroché aux barreaux de sa cage, se tenait le Togolais bleu. Lorsqu'elle était ouverte, sa bouche en bénitier de basilique pouvait contenir quatre gros pamplemousses. Ses yeux écarquillés allaient en tous sens. Il avait l'air d'un fou ! À ma droite, les bras en croix, le curé défroqué vêtu d'un pagne violet se figeait toutes les deux minutes dans l'attitude d'un crucifié tout en pérorant dans sa langue, l'espagnol, ou bien poussait quelques cris pour mimer la mise à mort. Des scènes imbéciles qui me barbouillaient l'esprit… Les gens venaient pointer un nez averti au-dessus de sa blennorragie purulente, puis se pinçaient le nez en riant aux éclats. Ils repartaient, en bandes, allant voir ailleurs, de plus en plus exigeants quant aux horreurs qu'on leur prodiguait au son du tambour. Mais parfois, suite à un long galop de cymbales, s'élevaient, majestueuses ou torturées, quelques harmonies de Wagner, le compositeur préféré de Heer Winklhofer. Celui-ci, lorsqu'il était de bonne composition, adorait mêler son aigre voix à celle de Gurnemanz, de Parsifal. Mais encore une fois, personne ne s'étonnait.

Au fil des jours et des semaines, une certaine rancœur s'insinua en moi, due sans doute à l'atmosphère du colossal Berlin, aux hurlements de la foule et à ces marches prussiennes réactivées par haut-parleurs en symétrie de reconversion diagonale. Cet ouragan de décibels me déracinait les mâchoires… C'est dans ce déchaînement martial que j'eus la sensation de n'être plus un homme, ni même un monstre humain, mais une chose qu'on examine, qu'on tâte, qu'on siffle… Une carcasse relevée à la verticale et qu'on peut manipuler sans courir le risque de se faire ronger l'avant-bras. Cependant, à force de faire le sanguinaire en éructant des cris à la mongole, je devenais moi aussi, aux yeux de la populace, une réelle vedette. Je me laissais toucher et examiner de très près, non seulement parce que Heer Winklhofer y tenait beaucoup, mais en raison des pièces de monnaie que l'on me jetait à la figure. Parfois, des pères, avec progéniture en grappe sur les bras et les épaules, se plaisaient à enfoncer un doigt dans mon œil mort. On riait beaucoup, on plaisantait en famille... Les haleines m'apportaient des relents de bière et de schnaps. Sans doute tenait-on de fines plaisanteries à mon égard auxquelles je ne comprenais pas grand-chose à cause de la langue. Je ne m'en inquiétais pas, sachant que la plaisanterie germanique n'est guère plus grasse que celle du latin.

C'est à la fin de notre séjour à Berlin, où nous restâmes plus d'un mois, qu'un matin sinistre et brumeux je reçus la visite de Heer Winklhofer. En compagnie de Cornutto, je prenais le petit-déjeuner dans la caravane. Notre distingué directeur était toujours très matinal. Sur sa chemise blanche et relevée aux amidons, s'étalait son habituel nœud papillon : petite bête végétale sur le bouc en éventail déployé.

– Bonjour, chers amis ! Fous allez comme il faut ? Ce matin n'est pas beau.

Cornutto grogna quelque chose d'assez vague, son bol ébréché entre les dents. Ses deux cornes se trouvaient encore emballées par les tissus et les cordes. Il avait fière allure avec cette couronne de chiffons posée sur sa tête d'abruti !

– Bonjour, Heer Winklhofer, j'ai dit. Voulez-vous une tasse de café ?
– *Ya ! Danke schön.*
– Quel brouillard ce matin... Croyez-vous que cela finira un jour, cette mélasse ?
– Berlin, *gross* resbiration car *gross* envergure. Cher ami Baltazar, moi venu voir fous avec betite brobosition pour fous. Fort intéressant, n'est-ce bas ! Fous beut-être aimer betite brobosition ?

– *Natürlich...*

– Je veux fous gagner beaucoup de l'argent, encore blus, beaucoup blus. Je dis pour fous colossale fortune !

– Ça m'intéresse.

– Moi aussi, affirma le Cornutto, les dents plongées dans le liquide de son bol.

– Fous, Cornutto, blus tard, je occupe de fous. Brave Cornutto, moi bas oublier fous. Promis ! Baltazar, mon ami, j'ai dans assortiment *gross* femme de cent vingt-cinq kilogrammes. Suberbe *gross* madame très élégante. *Schön* madame... J'ai bensé, elle, la madame, accoucher dans chabiteau, chaque jour de un *gross Kindchen...* Comme se dire ? *Kindchen* ?

– Bébé.

– *Ya*, bébé ! Et bébé est fous, Baltazar. Fous d'accord faire bébé ?

– Je vous suis, mais de là à m'imaginer dans la peau d'un *Kindchen...*

– Bas broblème, n'est-ce bas... Je explique très clair. *Aufmerksamkeit*, Baltazar ! *Ya*, attention, fous bas vous fâcher. Très simple, fous pas de bras. Betits bras de bébé... Alors bourquoi bas vous faire couber jambes ? Fous alors tout betit, betit bébé !

– Oui, j'ai dit en m'efforçant de bien m'imprégner de l'idée.

– Fous d'accord ? *Ya* ? Betite intervention de chirurgical... J'ai à Hanovre grand ami de médecine, formidable professeur très habile. Le soir au chabiteau, gross attraction et tambours un peu Wagner et Walkirie et fous, hop, hop, clach... Fous sortir ventre de la mama. Fous imagine succès colossal pour Sultanat et argent ramassé à la belle.

– Ça, c'est fameux.

– *Ya ! Wunderlich* ! s'exclama Heer Joachim en se levant d'enthousiasme. Je donne à fous belle brime en Deutch Mark.

– Mais expliquez-moi... Comment sortir du ventre de cette femme ? Il faudra m'y faire entrer avant.

– Bas broblème, mon ami cher ! Betit cache-cache, betit truc car fous caché sous les fesses de la madame. Cent vingt-cinq kilogrammes… Fous bartir comme bétard, clach !

– Ah bon, j'ai dit, une fusée !

Accompagné de Cornutto enfin débarrassé de ses lianes autour des cornes, nous sommes allés voir aussitôt le rare spécimen de cent vingt-cinq kilogrammes. Lorsque nous pénétrâmes dans sa caravane encombrée de riches poupées roses en celluloïd, la mama était précisément en état de réflexion intense, le derrière posé sur une sorte de chaudron en zinc, lequel devait faire office de pot de chambre. C'est vrai qu'elle était colossale, la matrone ! Une belle pièce de chairs blanches dont la taille s'élevait à plus d'un mètre quatre-vingts, presque égale à celle de Heer Winklhofer. Ce dernier m'expliqua qu'elle ne parlait ni l'allemand ni le français mais un dialecte bulgare des montagnes de Perelik. On s'expliqua par gestes et exclamations, elle, toujours assise sur son vaste pot, souriante et placide, sa large robe en forme de chasuble étalée sur le tapis. À ses oreilles en pattes de buffle frissonnaient des anneaux dorés. Ni sur son visage dilaté par la graisse, ni dans son expression, ni même sur son corps de madone orientale accroupie de toute éternité dans la béatitude de la digestion, ne se découvrait un quelconque aspect porcin. Toute en avalanche de grasse marmelade, elle était belle, tout simplement, avec le rare mérite de vous faire frissonner un peu à l'idée d'être enseveli sous les masses gélatineuses du postérieur. J'eus l'impression qu'elle ne comprenait un traître mot de la proposition du directeur… Pourtant, elle ne cessait d'opiner en se léchant la lèvre supérieure où, peut-être, subsistaient quelques reliefs du ragoût de mouton qu'on voyait se figer dans une casserole sur la gazinière. Une légère sueur, dite en suc de radis, lui dégoulinait du crâne.

– Chère betite madame, fous êtes ma *muttergottesbild*, n'est-ce bas ? Je présente l'excellent Baltazar, terrible Mongol ! Fous pas faire frou-frou aujourd'hui, *ach Was* !

Je discutais, moi aussi. Des mots turcs, des exclamations à la grecque, quelques gestes pour appuyer le salmigondis du directeur. Je ferraillais, emporté par le désir de convaincre, en oubliant qu'on se proposait benoîtement de me scier les cuisses.

– *Ach! schön* madame… Betite madame, fous combrendre, je crois… ne cessait de crier Heer Winklhofer.

Pour finir, après s'être soulevée d'une pièce, dans un sursaut de dignité, la mama consentit à procéder à un essai, elle accroupie sur un coussin, moi dessous ses fesses et sous ses jupes… Heer Winklhofer s'empressa de mesurer la largeur et la longueur de sa croupe ployée sur le coussin et ma personne recroquevillée.

– *Erhaben*! s'exclama-t-il. Je trouvé un mètre trente-cinq centimètres de large. *Scharsch*! Sublime Panzer! Betite madame, je trouve fous sublime.

– Oui, c'est une belle cuirasse, ai-je ajouté, le torse et les jambes écrasées par la masse des chairs. Mais où voulez-vous que je cache ma tête? Il m'a expliqué, le directeur, les astuces du magicien, les finesses de l'attrape-nigaud, les manigances du prestidigitateur face au faciès crédule du spectateur.

– La lévitation, Heer Baltazar! Fous combrendre, n'est-ce bas? Gross machination avec betits câbles mobiles. Je explique pour fous fameuses secrets de lumières morcelées…

Tout en m'efforçant de saisir les suprêmes subtilités de la magie en trompe-l'œil, l'esprit tendu comme un arc, je suis parvenu à m'extraire de sous l'arrière-train de la matrone. J'avais les côtes broyées, le souffle court… Une situation comme celle-là n'a pas l'air bien réelle. Certes, on peine à croire… on doute un peu de la véracité des faits… Et pourtant, aucune histoire au monde n'est plus expurgée de toutes invraisemblances ! Car c'est ça, la vie, la pauvre vie de ceux que le hasard prétend enfermer sous les tombereaux du grotesque, du sordide, de l'affligeant misérabilisme. Mon Dieu Jésus, où s'arrêtera donc ma pathétique existence ? Je veux une petite chaise de paille au fond du jardin, un éventail colorié pour me cacher des complots des humains, une paire de pantoufles toute pleine de chaleur, et le silence, divin silence, auquel mon âme, lasse à en mourir des agitations du monde, s'accrochera comme s'accroche au bras du père l'enfant criblé de cauchemars. Je pourrais décrire, en cet instant où je me remémore la scène, les contorsions frénétiques de Heer Winklhofer sur la carpette, ses jurons en tempête wagnérienne, mes hurlements de souffrance sous le derrière de la mama et celle-ci, surtout, ployée dans un rire tout en grelots de vieille vache harcelée par les taons, ses grimaces en œil blanc, sa bouche engoncée dans une pastèque de bajoues éclatées, et ses mamelles prises de soubresauts, se perdant entre ses cuisses, et que je sentais vilainement heurter mon ventre… Au fond, lorsqu'on médite à la manière de l'ombrageux penseur, on la découvre partout, la démence. Chaque être en porte une parcelle au fond de son intimité. Même ceux qui paraissent les plus rassis, les plus doctes, ceux en curriculum vitae sulpiciens, si on soupçonnait l'aliénation mentale qui est en eux, tapie dans les circonvolutions de la cervelle et qui n'apparaît qu'aux instants de faiblesse ou d'angoisse, ou chaque soir peut-être, en petite intimité, seul sous les draps ou sous l'auréole du néon triste de la salle de bains.

Tout à coup, Heer Winklhofer est revenu de plain-pied dans le programme du lendemain. Tout d'abord, je n'ai pas bien réalisé qu'il me fixait une heure, l'animal, pour me conduire chez le chirurgien, l'ami intime, gros amateur de monstre, afin de m'arracher les jambes du bassin.

– Betite obération banale… *Ach,* fous enchanté du docteur Blutig !

– Je vais réfléchir, ai-je dit, en me massant les côtes et le ventre.

– *Was* ?

– Oui, il est nécessaire que je consulte mon agenda. Examiner quelles sont les heures durant lesquelles je puis me libérer…

– Bourquoi fous voir agenda ? Fous voir seulement *gross* intérêt bour fous… Beaucoup Deutsch Mark… *Ya,* fous ramasser colossale fortune, fous acheter yacht, beut-être betite château à Paris !

– D'accord, mais vous conviendrez que ce n'est pas une décision qu'on prend tous les jours, et qu'un délai s'impose.

– Bourquoi fous réfléchir, *Mein Gott* ! Cornutto fous fabriquer quoi ? Fous dire à Heer Baltazar de brendre bonne décision bour bel avenir…

Cornutto s'ébroua dans le fauteuil où il avait pris place dès son arrivée dans la caravane. Il s'était endormi, la bouche ouverte vers le plafond, ses deux cornes effilées trouant le tissu du fauteuil.

– Quoi ? Quoi ? marmonna-t-il de sa voix de débile.

Durant une heure, Heer Winklhofer et moi discutâmes sur le tempo du sourd. Nous finîmes par nous quitter, un peu déçus l'un de l'autre… La mama s'était arrêtée de rire pour se gratter les aisselles, tandis qu'un bizarre effarement enlaidissait son visage. Peut-être comprenait-elle enfin à quelle utilité elle était destinée dans l'univers de l'Écrin Rouge.

Peu avant le début du spectacle, je suis allé rendre visite à Manou dans sa caravane, afin de lui confier que très franchement, je ne tenais pas beaucoup à ce qu'on me scie les cuisses.

– Ce n'est jamais réjouissant, ce type d'opération, j'ai dit, en m'asseyant sur la courtepointe du lit. De plus, le médecin se nomme Blutig ! Un nom pareil me donne la tremblante du chamois.

– Ne te laisse pas couper surtout ! s'exclama Manou. Te rends-tu compte, vivre sans jambes ! Et tes bras, ta machine aux épaules ?

– Il faudrait m'en défaire afin de devenir un authentique bébé. Heer Winklhofer veut me voir naître chaque jour au son du trombone.

– Quel foutoir ce Sultanat !

– Pourtant, c'est vrai, ce qu'il dit, le directeur, ce serait un spectacle inoubliable, du jamais vu… Une matrone de cent vingt-cinq kilos expulser un bébé de sa robe ! Clach ! Une fusée, un pétard… et là-dessus du Wagner à vous faire éclater les gencives.

– Partons, Baltazar ! Il est fou, ce Joachim. Sais-tu ce qu'il osa me proposer ? Ni plus ni moins de me pratiquer une ouverture dans la membrane du ventre. Et pourquoi donc ? Imagine ? Pour qu'une clientèle triée au carreau puisse venir tâter mes intestins. Tu te rends compte ? Car je le connais, moi, le docteur Blutig, un bonhomme ventru dont le scalpel est le poignard pour t'expédier à la morgue. D'ailleurs, tout comme Heer Joachim, il est un ancien de la SS. Mais lui, il travaillait en Pologne, dans les camps, puis à Berlin en tant que *Obergruppenführer* et attaché auprès de Conti. Un pur produit du grand Reich. Un jour, Labbri, cet imbécile, m'a montré une photo de ce Blutig, en grand uniforme noir, chemise blanche et la casquette avec la tête de mort. Un air effrayant qu'il avait sur cette photo.

– C'est l'uniforme qui veut ça, ai-je dit. Il faut les comprendre… Après tout, l'uniforme et les marches militaires, ça vous retourne le meilleur des hommes comme une crêpe sur la poêle. L'homme est un tueur, c'est dans sa nature. Mon bon maître Pettorossi affirmait qu'il suffit d'accorder à un individu une once d'autorité, pour qu'apparaisse aussitôt son véritable visage. C'est bien vrai, je trouve. Paraît-il que Heer Winklhofer, lui aussi, à l'époque, il était de bon goût de ne pas plaisanter avec lui. Son index frémissait sur la gâchette, surtout là-bas, en Union Soviétique. La neige le rendait fou, paraît-il... Enfin, c'est ce qu'on raconte... Aujourd'hui, il n'est pas trop mauvais. Il est rassasié.

– Rassasié ou pas, je vais me presser de quitter la cage, reprit Manou. Partons, Baltazar ! J'ai des connaissances à Paris. Je peux écrire pour annoncer notre arrivée.

– Que ferons-nous à Paris ? ai-je demandé en me remémorant mes jours d'errance, les années de prison, la poisse gluante liée à cette ville dont l'ombre éclabousse les lumières.

Manou me parla longuement d'un certain Albert Governor, dit Bébert pour les amis, un monsieur dans la plus noble acceptation du terme. Un vrai monsieur ! dit-elle en relevant le sourcil.

– Lorsque le chapiteau est installé à Paris, ce qui est bien rare, hélas, monsieur Albert vient me rendre visite deux ou trois fois par semaine, non pas pour reluquer mes organes, mais pour converser gentiment. Ah oui, tu apprécieras, Baltazar, car il connaît la vie, lui au moins. Il a vécu, tu sais. Et puis, il a de la conversation, des manières, une grande propreté sur le corps... C'est un homme d'expérience et riche aussi. Dans le temps, il était restaurateur... Un gastronome et un grand connaisseur de vins... À présent, il est reconverti dans l'immobilier des appartements et des studios et quelques hôtels aussi, du côté de Rochechouart. Il pourra nous embaucher facilement.

J'ai opiné sans mot dire, accablé par la vision de cette ville immense où il me faudrait vivre à nouveau. Mais plutôt que de me faire scier les jambes et de me retrouver asphyxié sous le séant de la matrone, il valait mieux que je parte... Et puis, toutes ces villes où nous allions nous offrir en spectacle, Berlin, Hambourg, Vienne, Strasbourg, Milan, ne valaient-elles pas Paris dans l'éclat de la frénésie et du tumulte ?

Nous sommes restés encore quelques jours à Berlin avec des idées de liberté et de voyage dans la tête. À la veille de notre départ pour Paris, Manou et moi nous sommes allés faire nos adieux à l'estimé directeur flanqué du sentencieux Labbri.

– Pierre qui roule ramasse la boue ! déclara aimablement ce dernier.

– C'est beaucoup regrettable fous bartir, gémit Heer Winklhofer, en s'adressant davantage à Manou qu'à moi. Je fort déçu fous abandonner très belle betite fortune au Sultanat. Fous bartir où ?

– À Paris, répondit Manou.

– Pariss... ! Pariss... ! Bourquoi Pariss ? Pas bon Pariss bour négoce. Moi fous dire maintenant : *Frankreich Kaputt, ya, Frankreich* vieux pays, femmes frou-frou et hommes toujours bibine dans le bec.

– Au point de vue commercial, comparé à Berlin ou à Munich ou à Hambourg, c'est exact, Paris est parfaitement médiocre, ajouta monsieur Labbri en soulevant le nez comme pour s'imprégner de l'atmosphère berlinoise.

– Ya ! Médiocre, beaucoup médiocre ! *Mein Gott,* où moi trouver une dame de membrane ?

C'est vrai, où allait-il retrouver une femme en pelure de rose ? Monsieur Labbri essaya de le rassurer en déclarant qu'on lui annonçait une gamine de quatorze ans, dotée d'une peau transparente. Une Marocaine, semblait-il, prête à tout subir pour se dégager de la misère.

– L'Afrique paraît devenir un excellent terroir de pièces rarissimes, assura monsieur Labbri. Cette Marocaine pourra faire nos délices.

– *Ach*! Bauvre betite, grogna le directeur. Beut-être elle accepter formidable betit trou dans le ventre ?

– Certes ! s'exclama monsieur Labbri.

Nous n'existions plus tout à fait à leurs yeux. Nous les laissâmes, occupés à supputer leur chance sur la possibilité de créer la magique ouverture où l'on glisse la main pour tâter la masse grouillante des serpents noirs et roses.

Manou revivait dans les éblouissements parisiens. Tout lui rappelait son enfance qu'elle passa à Paris, et elle ne cessait chaque matin de fredonner ces romances toutes à la gloire de la ville lumière. Ces airs d'accordéon, où frétillaient des bonheurs à ne plus savoir qu'en faire, me flanquaient le cafard. Devant mon abattement et pour me consoler, Manou me faisait des faveurs et des bontés, m'accordait quelques baisers au coin des lèvres et sur mes tempes que l'âge faisait grisonner. J'étais le seul être qu'elle eût au monde, le seul en lequel elle pût placer sa confiance. Je la croyais à demi... Moi, qui tant avais cru, je finissais par ne plus rien croire. Chaque matin, je me disais qu'il faudrait aller voir ailleurs et je rêvais à nouveau de campagne embourbée et pelotonnée dans les plus affreux brouillards...

Nous vivions à Pigalle, au troisième étage de la Résidence Dupont, propriété de monsieur Governor, dans cet ancien hôtel appelé des Arcades, où jadis vécut et mourut Abel de Saxe, prédicateur adulé des dévotes en rupture de ban. Au rez-de-chaussée, au-dessus du linteau des latrines, trônait, sur un socle vert, le buste du spirituel ecclésiastique. Souvent, en allant flâner dans l'immeuble, je m'arrêtais afin d'admirer les traits de ce duc vertueux dont le prêche à Notre-Dame n'était pas aussi convaincant que celui confié à mezza voce aux courtisanes sur le retour d'âge dans les pénombres vaporeuses des chambres d'amour. En vérité, depuis près d'un demi-siècle, l'hôtel Dupont était devenu un modeste et très discret hôtel de passe. Les dames de vertu instable vivaient ailleurs et la gérante, madame Labouan, leur téléphonait lorsque s'annonçait un client tenaillé par le stupre. En jeans et en baskets, le cabas à la main, ou en jupe plissée, ces femmes n'étaient pas des professionnelles de l'amour en garni. Il s'agissait de créatures de modestie rare, des bourgeoises méritantes, des mères de famille en chaste ébullition, des veuves très dignes, parfois un peu passées, mais harcelées par des vivifiants transports… Je les admirais de se montrer aussi discrètes dans l'art de se lover au sein des fanges les plus paillardes. C'est une question d'éducation, expliquait madame Labouan, une septuagénaire aux cheveux mauves qui ne plaisantait ni sur l'honneur ni sur les mœurs. Très sévère au fond, et qui maintenait l'hôtel Dupont dans un état de propreté remarquable. Il faut pouvoir se tenir en tous lieux et en toutes circonstances avec un maximum de dignité, disait-elle lorsqu'une des créatures appelée au téléphone se présentait soit avec un certain retard soit dans une tenue qui lui apparaissait peu conforme à l'idéal de la maison.

Mon œil se fermait lorsqu'il m'arrivait d'imaginer ces dames bourgeoises en petite culotte de nuit et en galants ébats derrière la porte de l'une des huit chambres que comportait le troisième étage de la Résidence. Car tout se passait à cet étage, celui où nous vivions, Manou et moi, dans deux belles pièces avec vue directe sur un mur éventré, noir de suie et de noble pourriture. La tapisserie d'un motif très distingué s'en allait en lambeaux pour nous faire découvrir les surprenantes moisissures du mur où séjournaient, malgré les soins de madame Labouan, quelques colonies de punaises.

Aux deux étages inférieurs, il n'était pas question de confidentielle luxure. Chacune des chambres était louée par la Fédération Provençale des voyages et loisirs du troisième âge. C'était plutôt le quatrième âge qui défilait jour et nuit en dessous de notre parquet en gondole. Ainsi, la Résidence Dupont offrait l'avantage de sauvegarder les apparences et d'apparaître davantage comme une aimable maison de retraite, que comme un simple clandé...

Paris n'avait guère changé. Toujours aussi tentaculaire et formidable de vie bouillonnante ! Une belle ville et qui assommait moins que Berlin sans doute... Quel privilège accordé à ceux qui vivent au creux de la ville lumière ! disais-je pour dire un propos aussi courtois que rassurant lorsqu'on critiquait ma propension morbide à rêver de terre grasse et de fumier en forte combustion au plus lointain des campagnes crépusculaires... Pour passer mes journées utilement, je rêvassais longuement face à la fenêtre ouverte. Je méditais. Puis, atteint d'une soudaine frénésie, je m'agitais afin de mettre en branle les rouages de mon imagination. C'est dans cette chambre, d'où me parvenaient chaque après-midi les plus beaux râles de l'amour, que je créais mes opus 132 à 154, dont l'intéressant opus 139, le poêle à glace susceptible de refroidir de dix à quinze degrés l'atmosphère d'une pièce, et ceci en moins de dix minutes. Puisse un jour les tropiques en faire un utile usage ! Après ma mort sans doute... J'ai cette impression qu'une volée de chacals attend mon dernier souffle pour faire valoir en apothéose la plupart de mes inventions.

Tandis que je travaillais, Manou quittait l'hôtel pour se rendre à la permanence d'une société de jeux de tarots dont elle se disait la secrétaire. Certes, il m'arrivait de la croire, mais toujours d'une manière modérée. En réalité, et sans que je le susse, j'étais devenu un proxénète de la plus basse essence ! Ainsi va la vie lorsqu'on s'enveloppe d'un trop-plein de confiance... Manou se prostituait élégamment, non pas bien sûr, sur les trottoirs, mais au cœur d'une alcôve discrète, toute en adorables tissus roses et bleus piqués aux amandes de boisage et ornée encore de soieries sur lumignons de faibles lueurs dont les pleurs s'échouaient, un à un, dans le sillage des guipures. Sa clientèle, tout à fait fidèle, se composait d'amateurs baroques. Des pervers en mal d'émotions sataniques et pour lesquels le ventre transparent de Manou constituait les prémices de délicieux fantasmes. Certains de ces bougres, que j'eus l'occasion de rencontrer, possédaient des physionomies de sadique, d'autres, au contraire, affublés de pantalon et veston en chausse-trappe ou vêtus de petits draps à senteurs de défroques, se prétendaient tout à fait respectables et se faisaient passer pour des scientifiques xénophiles, des mystiques en cœur d'agneau pascal, ou se disaient bouchers, experts en prurit sanguin ou médecins calibrés en sous-préfecture en mal de béatitude. Un beau monde d'épinoches dont les épines comme les travers et les exigences ne se prêtaient pas au rire ! Il est vrai qu'à Paris les détraqués de la pulsion sous-ventrière pullulent joliment.

C'est plus tard que j'eus connaissance de ces détails, car Manou ne me racontait alors que ses mensonges de secrétaire modèle. Mais je devinais déjà... De monsieur Governor qui logeait dans une suite au premier étage, j'avais reçu quelques confidences. L'ancien empereur des cuisines, un vieux beau parfumé et aux cheveux teints, habillé d'un blazer bordeaux et nanti d'une très fine moustache, teinte elle aussi et dite en bec de canari, avait tenu jadis, entre deux restaurants, quelques taules d'abattage. Ce Parisien pure sauce qui n'avait de sa vie placé un pied en dehors de l'Île de France, et donc ne connaissait pas la mer, m'avait, un matin, souhaité le bonjour en m'apostrophant.

– Dites donc, mon gars, si je puis me permettre... Vous sentez la marée !

Oui, il m'était poussé des nageoires sous l'abdomen ! Je m'en doutais, mais quand même, l'émotion fut pénible... Manou m'aimait sans doute, en dépit ou peut-être en raison de ce qu'elle imaginait mon indifférence sexuelle. À vrai dire, caresser cette poitrine et ce ventre ouverts aux regards et dans lesquels s'agitaient les viscères, m'aurait donné des haut-le-cœur. J'étais devenu son maquereau, son petit homme porté en épingle, son étalon en perpétuelle castration, son Jack-Knife de dessous le lit, sans qu'elle ne m'ait jamais demandé mon avis pour les feux de la cuisse ! Je portais tiare... J'allais, un livre à la main, et cent autres dans la tête, affronter les métaphysiques de l'amour et de la haine en usant de la dialectique du doute ainsi qu'un ivrogne scintillant de la plus lumineuse ivresse. Je pensais, sans me croire, que l'homme restera à jamais une contradiction insoluble et qu'au-delà des sens existe un contresens qui nous empêche de nier l'existence. Un fameux manège que la petite vie d'un homme... L'indolence qui nous pousse vers l'abandon et nous fait rencontrer la mort au détour d'une illusion. Oui, je portais tiare et je fermais les yeux au seul profit du gagne-pain ! Allons voir ailleurs, disais-je, comme l'enfant qui efface les formes sur le tableau noir pour ne conserver que les couleurs.

Chaque soir, sur ma table de nuit, déposés dans un réticule, je découvrais avec une surprise feinte les quelques gros billets de banque, dont chacun se trouvait parfumé à l'essence de santal. Délicate attention de cette pauvre Manou qui se donnait tant de mal dans l'exercice d'une profession qui lui faisait horreur. Une profession n'est jamais un apostolat ! Jadis, elle affichait son ventre au cœur de sa loge d'apparat, à présent elle se laissait faire violence par des furieux en chemise de notable. Je devenais un autre Joachim Winklhofer... Excédé de cet argent, de ces bijoux de perdreau en pouponnière et de ces vêtements de flandrin, je connus, un soir, un grand abattement de premier communiant couvert de cadeaux. Manou se fâcha en prenant des airs. Elle se pressa contre moi afin de me montrer la salive bleue dont ses lèvres caressaient le flux. Des petites rages en forme de bulles arrondissaient ses joues que d'un doigt amusé je faisais crépiter sans bien savoir pourquoi, peut-être pour me donner l'illusion que j'étais un émule du Duc de Saxe, le digne Abel, pourfendeur ou adulateur, selon les heures, des plaisirs charnels.

– Ce que tu es démodé ! s'exclama Manou.

– Cet argent et ces cadeaux m'écœurent...

– Arrête de faire le ridicule. Sois réaliste !

– Monsieur Governor prétend que je sens la marée...

– Tu sens la naphtaline, mon chéri, sois donc un peu moderne ! De tout Paris tu serais donc le seul homme à mépriser l'argent? Aujourd'hui, même les dévots renient Dieu pour dix mille francs.

– Je donne tout l'or du monde pour revoir la Chine et celle qui m'attend là-bas, dis-je en revoyant, comme en un éclair, le petit chemin qui menait à Berceau paisible.

– Baltazar, écoute... ! Sois comme les autres pour une fois... Aujourd'hui, l'argent, il n'y a que ça de vrai et de respectable. Alors, le gagner comme ceci ou comme cela, c'est du pareil au même.

– Une jolie profession que d'être proxénète.

– Tu retardes, mon chou, aujourd'hui on dit impresario.

– Eh bien, cela me révulse d'être impresario de ces dames...

– Je n'en peux rien, moi, si je t'aime et si ceux-là, ces maniaques, trouvent plaisir à se frayer un passage entre les quelques côtes qui me restent, derrière lesquelles palpite la masse écarlate de ce que tu sais et les deux globes des poumons. Ils s'imaginent à la boucherie, dans la chambre froide... Peut-être qu'ils mangeront des tripes ce soir en se souvenant des miennes. Ce sont des tarés, des détraqués, comme ces crapules qui s'en prennent aux enfants, puis les étranglent pour les faire taire ! Je les hais, ces puants ! Toi, je t'aime, peut-être parce que tu dois aimer comme autrefois, comme dans un rêve, avec les fleurs et la musique et tes poèmes que tu ne montres qu'au premier jour du printemps... Je t'aime, moi, oui... ! Et pourtant, il n'y a que toi à ne pas vouloir me prendre, mon chéri, parce que je te dégoûte, sans doute. Oui, oui... je le sais ! Une femme devine bien vite ces choses-là... Tu n'oses même pas poser tes lèvres sur les miennes.

– Tu dis des choses affreuses...

– Peut-être, mais je t'en prie, laisse-moi te cajoler et te gâter ! Tu deviendras riche au fil du temps et tu pourras aller traire les vaches dans les prairies. Quel chic tu auras !

– Traire les vaches ?

– C'est ce que tu veux, non ? On parlait des maniaques, tu en as des manies, toi aussi ! Quitter le merveilleux Paris, ses lumières et ses couleurs, les grands boulevards, l'Étoile, les Champs-Élysées... pour aller croupir dans un coin boueux de la campagne ! Quelle horreur, mon pauvre chéri ! Tu ne te suicideras pas tout de suite, hein ? Promets-le-moi au moins... Tu n'iras pas te cacher derrière un tas de fagots pour te pendre avec la corde des cabinets ?

Elle se mit à rire comme rient les jeunes filles lorsqu'une obscénité leur échappe. Moi aussi, j'ai ri... Elle avait de l'esprit, la gentille Manou. Je l'ai aussitôt imaginée, cette scène, ma première nuit à la campagne, dans un trou oublié, un joli cul-de-sac, quelque part en Charente ou en Vendée, dans le vent et la pluie, derrière une haie d'ajoncs et de ronces... et moi avec un mouchoir bête autour du cou et la corde du cabinet à la main. Un chien aboierait tristement dans les lointains... et je me sentirais devenir stupide par cet excès de formidable désolation. Soudain, j'ai cessé de rire.

– Eh bien oui, Manou, c'est ça qui me plairait, tiens ! Pour finir ma vie, me trouver dans la campagne immense, derrière une haie et lever une patte, puis l'autre, ainsi qu'un vieux chien galeux pour me hisser sur le tas de fagots avant de me la mettre au cou, cette corde de cabinet.

– Non, surtout pas, mon chéri, tu ne le feras pas, jamais ! s'est-elle exclamée en m'enlaçant. Tu resteras auprès de moi, à Paris, et tu seras heureux, tu te raseras les barbiches et tu porteras une jolie moustache toute pleine de senteurs, comme celle de monsieur Governor.

– Jamais ! C'est nous qui partirons ! On prendra le train… Si tu savais ce que c'est bon, une fois arrivé en gare, dans quelque vieux bourg des Charentes, de se débarrasser de ses chaussures et de patauger dans la boue des chemins creux, d'imiter le cri du hibou, celui de la chouette, se faire peur et rire en même temps.

– Tout ça ne vaut pas Paname ! chanta la merveilleuse Manou en tirant tour à tour sur les deux pointes de mon bouc. Elle fit quelques pas de danse, gracieuse, ainsi qu'une *tanguera* dans l'ivresse des *milongas*.

Et pourtant, j'ai capitulé face aux débordements affectueux de Manou. Dès lors, je me mis à exhaler une franche odeur de marée et de crustacés. J'étais un sauret ! Le proxénétisme n'est pas une profession… S'agissait-il d'un apostolat ? Me venaient ainsi des réflexions de crétin… Me revinrent en mémoire les jugements de mon maître Pettorossi concernant mon tempérament de macho. Le monstre, avait-il vu juste, comme toujours ?

Pauvre Manou, en avant toutes que je la laissais partir, sans dire un mot, vers son boudoir en forme d'alcôve. Je me disculpais à la manière pateline du faux-cul en jurant de placer l'argent récolté sur un compte en banque, dont Manou pourrait disposer et dont l'essentiel irait aux œuvres de bienfaisance. Les jours de remords, lorsque je tenais des discours de cageot secoué par des fougasses, afin de me faire taire, elle m'accordait des câlineries en posant sa tête au creux de mon épaule, comme lasse soudain de trop aimer un homme tremblant d'obscure répulsion. Elle faisait des gestes de fin de banquet… Des gracieusetés, disait-elle en ricanant. Es-tu chatouilleux ? Et elle fourrait sa main dans ma braguette. Je poussais quelques cris, assez semblables à ceux, parmi les plus beaux, que clament ces vierges de soixante-quinze ans lorsqu'un voile se déchire sur la nudité provocante d'un éphèbe.

C'est vrai que je ne jouissais plus d'un tempérament volcanique ! Ma nature n'était pas celle du taureau dénudé et arcbouté au dos de vingt génisses… Je bavais peu, en somme et le stupre ne me dégoulinait pas jusqu'aux chaussettes comme le chevalier de la Touche par exemple, ou monsieur Governor, le vieux beau qui s'en allait tringler, comme il disait benoîtement, chaque après-midi à quinze heures sonnantes, la montre en oignon dans la main, l'une ou l'autre bonne au service de la Résidence. En dépit de sa généreuse hospitalité, il me dégoûtait un peu, celui-là, lorsque je le croisais dans un obscur couloir à la recherche d'un sein ou d'une cuisse à mâchouiller. Le long des murs, il trottinait. Son parfum le suivait, tenace, troublant… Entre ses quatre jaquettes en dents de diamant passaient des grognements de fauve, et on ne savait s'il injuriait une femme en particulier, ou toutes les femmes réunies dans le même abreuvoir, en vue d'une éventration de chairs jaillissantes ! On racontait qu'il possédait un bel appétit de femme sentant l'eau de Javel et qu'il faisait preuve d'une vilaine imagination pour assouvir ses fantasmes. Couchait-il avec Manou ? Celle-ci me jurait que non. Bêtement, je lui disais qu'on ne pouvait jurer de rien.

Lorsqu'à midi, ce jour-là, Manou fit entrer La Tétra dans ma chambre, je crus tomber à la renverse, tant ma surprise fut grande ! Il s'agissait d'une femme assez jolie quoique calibrée à l'ancienne, plus ou moins métissée à la vanille et âgée de trente-sept ans. D'emblée, on lui accordait vingt années de plus, non seulement en raison de son maintien de dame patronnesse, mais surtout à cause des bouffissures qui lui rongeaient les lèvres et le menton. Cette dame déclara aussitôt qu'elle se prostituait avec un certain brio. Je m'inclinai, comme un homme charmé... Je ne pus qu'admirer sa chevelure en crinière de lion jaune maladif ornée de mèches rousses où flambait, de-ci de-là, l'étincelle d'un vermillon criard. Ses lèvres pulpeuses mais ravagées portaient la touche du violet et ses yeux, agrandis par un Rimmel tout en beurre émeraude, vous regardaient avec l'ébahissement d'un gallinacé. Une profusion de couleurs dégoulinait de cette créature dont les énormes pis étaient ceux d'une vachère. Même sa voix dégoulinait... Des rires, un tintamarre de gorge dont la vulgarité rapetissait la nuque au niveau des chevilles. Presque bossue, avec des gestes saccadés, elle se pliait en deux tandis que son sac en croco accroché à son bras battait l'air.

– Je viens pour mes deux sœurs, les petites de Marseille, m'annonça-t-elle en s'esclaffant.

Tout d'abord, en la voyant rire ainsi, sans raison, je crus qu'elle s'en prenait à mon bouc ou qu'elle narguait mon allure modeste si peu en rapport avec le maintien racé du maquereau parisien. Ceci me mit de mauvaise humeur d'autant plus que j'étais occupé à méditer profondément sur la poursuite de mon ouvrage intitulé : *Comment s'extirper avec élégance d'une camisole de force.*

– Oui, intervint Manou, La Tétra a deux petites sœurs à Marseille où elles font de l'abattage en série dans des garnis pollués. C'est une vraie misère et elles veulent décamper, tu comprends, et se refaire une santé, ici, à Paris. On n'est pas des bêtes quand même ! Faut pas pousser… Je lui ai parlé de toi, à La Tétra, pour lui dire quel chic type tu es, désintéressé, aimable et tout… Que jamais tu n'ôtes ta ceinture pour me flanquer la raclée, même lorsque la petite paye du soir n'est pas abondante. Tu entends, Tétra, mon petit homme, je le jure, il n'a jamais posé la patte sur moi, ni pour me battre ni même pour la chose. On peut dire que c'est un fameux, mon Baltazar, un seigneur des campagnes comme on n'en fait plus, même que parfois je me demande si sa vocation d'impresario, elle n'est pas illusoire…

– Très bien, madame, ai-je dit en m'inclinant, un peu raide. Que puis-je faire pour vos deux petites sœurs de Marseille ?

– Les prendre en charge si vous n'y voyez pas d'inconvénient, répondit La Tétra en dégoulinant du buste. Vous êtes bien logés ici… Vous savez combien c'est difficile de trouver un logement convenable et pas trop cher à Paris.

– Chacun aspire à vivre au paradis, ai-je répondu.

– Paris, c'est encore plus beau que le paradis ! s'exclama Manou.

– Voyez-vous, monsieur Ninon, avec l'âge mes sœurs n'en peuvent plus de prendre au corps vingt ou trente bonshommes sur la journée. Faut être sérieux, n'est-ce pas ? Ce qu'il leur faut, c'est un peu de repos, une clientèle assagie, quatre ou cinq passes la journée, pas plus. La santé passe avant tout… Surtout qu'on en voit des sales, là-bas, au port ! Des crasses ici et là, aux pieds et ailleurs et qu'il faut racler à la brosse dure. On s'en met plein les doigts. Vraiment ce n'est pas marrant du tout de travailler dans ces conditions.

– Quelle horreur ! s'exclama Manou, vite interrompue par le rire en geyser de La Tétra.

J'allais m'insurger en expliquant que Manou me suffisait amplement lorsque nous entendîmes des hurlements en provenance de l'étage inférieur.

– Qu'est-ce que c'est ? interrogea La Tétra.

– Rien de grave, répondit Manou. C'est monsieur Governor qui administre un lavement à l'eau de Javel à l'une des servantes.

– Dans le fondement ? demandai-je.

– Tu es bête, mon chéri ! Où veux-tu qu'on administre un lavement sinon dans le fion ?

– Dans le fion ! hurla La Tétra en entrant aussitôt dans une nouvelle convulsion de rires.

– Monsieur Governor est un monsieur distingué et qui ne cache pas ses caprices, dit Manou. Je crois qu'il ne faut pas lui en vouloir, à cause de son grand âge. Il est délicat, monsieur Governor…

J'ai été m'asseoir sur le lit comme pour mieux m'imprégner des vociférations de la bonne couplées aux meuglements de La Tétra. Bizarrement, c'est lors de ces instants où je me sens décimé par les extravagances humaines que l'envie me prend de jouer quelques airs de viole. Caix d'Hervelois m'apparut ! Et aussi Forqueray l'aîné, accompagné de François Couperin, admirables compagnons de mes vies rêvées d'autrefois… Partir, fuir dans l'éther infini des sublimes musiques et de la rêverie et oublier un peu l'existence de mes contemporains. De la Javel dans les rares intimités d'une pauvre bonne… ! Comme instrument de torture, il n'y a pas mieux que l'être humain ! L'animal le plus tordu de la création n'agit pas avec autant de démence que le distingué bipède promis à l'immortalité de l'âme et à la résurrection de la chair. Durant un bon quart d'heure, nous écoutâmes les hurlements de la malheureuse. Parfois, s'élevait la voix chevrotante de monsieur Governor.

– Allons, allons… tenez-vous bien cambrée ! Il me reste un petit fond dans le clystère. Le désirez-vous dans vos appâts ou le voulez-vous boire à la cuillère ?

– Quand même, un homme aussi raffiné, des caprices pareils… murmura Manou.

– À Marseille aussi, j'en ai connu des vicelards, expliqua La Tétra. Des pervers et des maniaques qui tirent le ciseau pour vous couper les tétons, d'autres qui enflamment un pétard pour vous l'enfoncer dans le vagin. Des drôles, vraiment, et puis qui viennent pleurer dans vos bras en réclamant la fessée sur leurs fesses nues. Et puis qui exigent qu'on les berce comme des poupons et qu'on leur donne la tétée…

– Quand même, monsieur Governor, connu de tout Paris, si élégant… reprit Manou d'un ton geignard.

– Pauvre fille, ai-je dit. Pourquoi ne fuit-elle pas ?

– Il la tient par le chantage, mon chéri. C'est la porte autrement et d'autant plus facilement que les trois bonnes ne sont pas déclarées. On travaille sans musique, ici !

– Et madame Labouan ?

– Madame Labouan est dure de la feuille… Dans un instant, elle viendra aérer la chambre. Ça sentira la Javel et c'est tout.

À chacune de mes phrases, La Tétra entrait dans les rires. Mon œil s'égarait dans les nuages qu'on voyait apparaître par-dessus la lèpre du mur. Les deux femmes persévéraient dans le bavardage. Il me sembla avoir une partie de l'âme dans l'au-delà… C'est ça vieillir, peut-être… S'éclipser doucement tandis qu'on est entouré de paroles, de rires, de cris... J'enjambais le temps pour oublier ma fatigue. Pour finir, en considération du pactole pour mes bonnes œuvres, j'ai accepté de prendre en charge les deux petites Marseillaises. Une idée inepte me les faisait imaginer toutes jeunettes, ces deux sœurs, des gamines en tresses avec des chaussettes blanches sur les mollets roses. Mon Dieu Jésus ! ce que je suis parti dans les rêves de l'enfance ! Douces jeunes filles aux longs cils en voile de pureté allant le long des ruisseaux pour chanter ces romances d'autrefois où le cœur exprime la tendresse d'un chagrin. Elles ont aux cheveux un ruban vert, comme ma petite Huang, et un infini de soleil et de lumière dans les yeux. Aimez-moi comme je vous aime... Mais leurs voix s'entendent au loin, dans les blés d'or et leurs rires rappellent la gaieté des branches dans le vent un jour de Pâques.

Pauvre Baltazar ! Un soir, elles sont apparues à la Résidence Dupont, celles dont j'avais fait un rêve de candeur et de pureté, oubliant, l'espace d'un long moment, qu'elles étaient des filles de joie. Elles ne passèrent pas inaperçues et La Tétra devenait presque un ange de séduction lorsqu'on la comparait à ces deux efflanquées presque jumelles, âgées de près de quarante ans et auxquelles on accordait également quinze ou même vingt ans de plus. C'était le troisième âge que j'allais tirer à la patte... Un trio barbouillé de Rimmel, de mascara et de stupre.

– Les deux nouvelles décavées, dites donc... deux terribles pipeuses ! me confia à mi-voix l'élégant Governor, toujours aux aguets dans les coins noirs des couloirs.

– Elles fument la pipe ? ai-je demandé, étonné...

– Et elles avalent la fumée, me répondit le lubrique en ouvrant son bec où brillaient ses jaquettes mi-or, mi-diamant.

Les deux pipeuses, idoles des Sénégalais et des Bataves, me présentèrent leurs hommages. Sur leur dos en porte-manteau, elles portaient toutes deux une veste de jeune renard empoisonné au cyanure. En dépit des parfums déversés à la pompe sur ces dépouilles de bête morte, on sentait des relents de rascasse et de goujon venir flatter les narines. C'était un mélange étonnant qui, confronté au soleil, donnait des bouffées et un besoin de rendre gorge. Afin de me séduire, elles ne cessèrent de se vanter l'une l'autre…

– Allons, monsieur Ninon, vous serez satisfait de notre entregent ! Vous allez nous dire qu'on n'a plus vingt balais… Mais on a la chair en état et puis on sait se tenir et nous faire valoir aux yeux du client. Ida vous fera des chatteries qui vous mettront la peau en délicatesse… Elle en connaît un brin sur ce qui plaît à l'homme mûr.

– Vous goûterez aussi à Noémi, recommanda Ida dans un ignoble sourire de charognard. Ce sera du gâteau ! Débarbouillez-vous l'imagination, monsieur Ninon ! Tiens, je m'en vais vous faire une confidence et pas n'importe laquelle… Noémi a la fesse couleur abricot. Ridée un peu, vu notre âge, mais on y mord encore et ça jute de partout ! Une éclaboussure… Très sucré avec ça. Faudra mettre la serviette autour du cou lorsque vous irez à l'assaut, monsieur Ninon, sinon gare, vous vous inonderez la cravate !

– Merci, ai-je dit en reculant d'un pas.

– Il n'y a pas de quoi, reprit Ida. Vous allez faire votre beurre, monsieur Ninon, et du bon et du gras, croyez-nous ! On revient de l'abattage, nous autres, la figure dans le sac pour ne plus voir les têtes qui défilent. On peut dire qu'on a vécu et qu'on a souffert notre part. Tenez, ceci entre nous, n'est-ce pas, eh bien on s'est fait recoudre tout l'appareil intime en gros fil des Caraïbes. C'est étroit et ça tient, tout comme avant, il y a vingt ans… Je vais vous dire comment ils procèdent à l'hôpital.

– Pas aujourd'hui, ai-je dit d'un ton assez froid.

– On a souffert, vous savez, pour rester belles et désirables.

– Je n'en doute pas.
– Un fameux sang qu'on a versé sur le billard ! Des hémorragies, hein, Noémi, quelle compote ! Raconte à monsieur…
– On s'est retrouvées avec du sang jusque dans les cheveux, opina Noémi.

Sur ce, elles se sont mises toutes les deux à me faire des mines et des sourires, la langue blanche et un peu souffrante hors de la bouche. Elles me craignaient peut-être ? S'imaginant que leur corps en débris de chapelle n'arriverait peut-être pas à séduire le Parisien, elles me voyaient déjà brandir la cravache ou la ceinture et frapper aux reins dans une fureur de brute tétanisée. À ce moment, tandis qu'elles se poudraient le visage, en un éclair, j'ai revu Huang, ma petite fiancée si pleine de pudeur et d'impudeur. Je la vis dans les champs et les bois qui descendent des montagnes, près de la barrière, sous les cerisiers en fleurs, dans la nuit parfumée où nous échangions des caresses en tulipe et des baisers comme une éclosion de petits lotus… Soudain, la porte de la chambre s'ouvrit avec fracas. C'était La Tétra, la grande sœur, secouée par un rire bruyant de vieille bête et qui venait fracasser ma vision des heures heureuses du passé. L'ignoble trio de femmes peintes et puantes ! Le chevalier les aurait défenestrées toutes les trois, avec leurs valises et leurs sacs en croco… Moi pas… Je n'aurais pas eu le courage de les empoigner et de toucher leur peau grasse et criblée de parfums en gangrènes opiacées.

En somme, pour un humaniste de mon acabit, ce n'était pas mal du tout ce début de carrière dans le proxénétisme. Quatre femmes sous ma protection et qui me vouaient un véritable culte ! Manou était fière de me voir aux commandes. Dans son désir légitime de me voir rivaliser avec les souteneurs les plus en vue, elle me fit cadeau d'une dizaine de complets très clairs, croisés au nombril et coupés à l'échine droite, ainsi que des chaussures crème et blanches à pointe effilée. Je pouvais parader sur les boulevards ! Très en verve, Manou m'en promit d'autres, de ces femmes rares, un peu passées, certes, mais riches d'un beau dévouement à satisfaire l'ambition de l'impresario. Elle m'entretint d'une dame de province dont le pedigree s'avérait intéressant. Âgée de soixante ans, mais encore dans le brillant des chairs, paraît-il... En raison d'une croupe monstrueuse qui eût fait les beaux soirs du Sultanat, ses admirateurs l'appelaient la pouliche. À côtoyer ces dames, monsieur Governor ne se tenait plus d'agitation dans les couloirs et les coins d'ombre où il ne cessait de déambuler en traînant ses obsessions. Il me collait au train... Nous nous heurtions à chaque coin de porte. Son œil de vieux beau se fixait au trou des serrures et je le surprenais parfois, assis sur un court tabouret, occupé à examiner les anatomies des couples en vive dépravation. Un soir, dans l'escalier qui menait aux mansardes, il m'agrippa par la manche.

– Dites donc, un fameux petit troupeau que vous avez là maintenant ! Vous ont-elles épluché comme il sied ? demanda-t-il en passant la langue sur sa moustache en bec de canari.

– Oui, j'ai dit sans comprendre.

– Voulez-vous que je vous prête le super 15 à embout caoutchouté ? Il est à crampons, vous savez...

– J'ai ce qu'il faut, monsieur Governor. Merci beaucoup...

– Pardi, vous êtes bien outillé !

– Je suis du métier.

– Câblez-moi ça en 220 volts, si possible avec un transformateur dont les câbles sont en couronne. C'est alors que vous allez les voir se trémousser, les chéries ! Du beau spectacle, par exemple ! Mais n'allez pas les tuer, hein ! Méfiez-vous, ces décharges à la pipette peuvent assommer une génisse.

Il s'éloigna dans la pénombre, un chiffon à la main pour traquer les punaises. Je n'ignorais pas que cela le démangeait d'essayer le super 15 à crampons sur la pouliche nouvellement arrivée avec sacs et bagages. Je n'ai pas trop cherché à comprendre en quoi consistait cet appareil capable de faire flamber en extase une créature et, dans le même mouvement, de foudroyer une génisse. Je vivais en abruti, enveloppé dans mon complet blanc crème de macho... Parfois, je sortais de mon hébétude pour me remettre à mes travaux. C'est de cette époque que datent ma balançoire immobile pour maisons sans jardin, le couvre-lit en petite laine de rat blanc absorbeur d'obsessions nocturnes, mes bonbons à l'ail pour chanteurs wagnériens, mon double mètre aux dimensions variables, le nihilisme de la pierre qui fait fleurir la fleur, ma pistache aux fruits confits pour désaltérer les fièvres de la haine, des chansons sans paroles pour déposer sur des partitions sans musique, la moustache Napoléon III en poils véritables de dromadaire et tressée en tire-bouchon pour le curage discret des oreilles, mes souliers sans semelles pour les ladres ainsi que mes caramels au sel pour diabétiques... Je réalisais aussi la chaise dite de réflexion dont le siège percé repose sur un socle éphémère dont la base s'assouplit au rythme des cogitations et s'effile méchamment aux premières velléités du sommeil ou de la distraction. C'est également à cette époque que j'entrepris la création d'un modeste traité de psychologie omnisciente traitant de l'homme et de la femme emboutis dans le même moule de la perversion. Cet ouvrage fut couronné d'un prix confidentiel octroyé par la Confédération pour la sauvegarde de l'intégrité morale, la célèbre CSIM. Qu'avaient-ils lu de réellement moral dans ces pages qui portaient en exergue : « J'aime sucer des glaces à la vanille en voyant mourir les gens » et que j'avais écrites allongé sur le lit en perdant mes phrases sous les draps ? Cela m'arrive fréquemment de m'emberlificoter dans les textes savants au point de ne plus m'y retrouver. Au plus c'est abscons, au plus ils apprécient, les cérébraux nantis de palmes... Ces moralistes découvrirent une universelle éthique dans un texte qui ne possédait aucun sens. Afin de me distraire l'esprit, j'écrivis, coup sur coup, deux manuels de haute droiture littéraire : *Arbres d'Afrique et d'Océanie dont on fait les meilleurs métaux* et *Du bon usage de la clé dans une porte sans serrure.*

Notre vie se poursuivait très paisible dans la capitale des lumières. Les rares jours de relâche, nous nous promenions en groupe, mes cinq protégées et moi, dans ce gigantesque Paris qui vous fait délicieusement suer d'angoisse. Nous allions gaiement sur les boulevards, aux Champs-Élysées, sur l'esplanade des Invalides, aux Tuileries ou encore au parc Monceau pour manger un casse-croûte sous les arbres. C'était une belle cohorte que je trimballais le long des vitrines. Un troupeau avachi qui s'étiolait au fil des heures. La Pouliche, surtout, renâclait à poursuivre le chemin en dépit du mors de cheval que monsieur Governor lui avait placé gracieusement dans la bouche. On la tirait par la bride mais elle n'en pouvait plus à cause de ses varices en accordéon qui remontaient de ses chevilles enflées jusqu'aux cuisses... Nous devions la pousser au cul, chacun, à tour de rôle et les passants réveillés de l'avachissement des vastes cités nous regardaient de travers. Entraînée par ses sœurs, La Tétra riait des soubresauts de cette pauvre vieille ornée d'un si bel arrière-train, puis, la flagornerie étalée sur les couleurs de sa face, prétendait que des messieurs sur le trottoir lui faisaient des grimaces de désir et d'admiration. Manou était la plus belle bien sûr, superbe, altière, impériale, ses longs cheveux caressés par le vent... Les mains derrière le dos, je suivais ces dames en faisant souvent mine de ne pas les connaître. Cependant, ma seule présence les aidait à résister aux agressions de la vie. Je ne m'interrogeais même pas sur les raisons d'une paix aussi idéale accordée par les souteneurs de la capitale. On me respectait. J'étais le Chinois, celui qui envoyait au turbin cinq dames de belle valeur… Un bruit courait : j'usais de la trique avec violence ! Je laissais dire en grinçant des mâchoires, à la manière de l'homme autoritaire dont les responsabilités s'accroissent au rythme de la subtile sénescence. Souvent, il m'arrivait de penser au chevalier de la Touche. En aurait-il bavé de réelle émotion à me voir diriger un pareil cheptel, les mains derrière le dos, ainsi qu'un brave dont l'insolence crève le macadam !

Le métier rapportait gros. Même si la Pouliche et surtout les trois sœurs renâclaient chaque soir à déposer le beau pactole sur ma table de chevet, le compte en banque ne cessait de croître. En faux derche, mais pas tout à fait, je versais chaque quinzaine quelques milliers de francs à mes œuvres de bienfaisance. On me remerciait par pages entières accompagnées d'attestations pour les réductions d'impôt dont je ne savais que faire. Je n'étais domicilié nulle part. Sans existence recensée dans les livres des mairies, des préfectures, des ministères ! Homme libre sans collier ni pedigree ! Afin de me situer un peu auprès de ceux qui m'admiraient ou me voulaient du bien, je possédais une réserve de cartes de visite dite Octave de Rosace gris phénix et jachères ambres, dont l'adresse était celle d'un domaine imaginaire flanqué de roseraies et de palmeraies et situé au cœur de la Lozère. Aux ignares friands des grandeurs, je ne pouvais résister au plaisir d'ajouter verbalement : avec vue superbe sur les Balkans…

J'allais m'assoupir, non pas dans la douceur de Dieu, mais dans celle de la canaillerie lorsqu'un jour, peu après le déjeuner que nous prenions en commun, ces dames et moi, à la Résidence Dupont, je reçus la visite de deux Corses aussi finement élégants que discrets. Le plus grand des deux, un homme dont les mandibules et le menton aplati ressemblaient à une muselière de doberman, ne cessa de me fixer sans placer un mot.

Peut-être était-il muet. De sa gorge montaient des vrombissements de mouche engluée dans la poix. Un tueur, pensai-je… Un homme à abattre aussitôt afin qu'il ne vous saigne comme un cochon. L'autre, le mirliflore, se présenta sous l'appellation de monsieur Spirito et n'avait d'inquiétant que le regard en vrille où s'allumaient, au moindre bruit un peu vif venu de la rue, comme des impulsions de carnage. Sa mallette de cuir noir contenait une arme, j'en étais certain ou presque…

Au début, ainsi qu'un préambule à la chinoise, nous nous entretînmes de choses et autres, banales en apparence. Tandis que monsieur Spirito parlait posément en époussetant une poussière imaginaire sur les revers de son veston duc de Windsor, son compagnon ne cessait de me fixer. J'eus l'impression que cet homme, par la qualité de ses grognements, était un de ces êtres pénétrants qui dédaignent l'usage de la parole. Lorsque nos regards se croisaient, il souriait de ce sourire qu'on destine aux enfants accroupis à nos pieds, dans le sable ou dans l'herbe… Un sourire bienveillant d'autant plus troublant qu'il descendait en droite ligne d'une face de carnassier comme aplatie par des coups de masse. Je fus brutalement rappelé à la réalité par la main de monsieur Spirito qui s'abattit sur mon genou.

– Qu'en pensez-vous, monsieur Ninon ? s'exclama-t-il en souriant.

– De quoi ? bredouillai-je.

– Du contrat, pardi…

– Beaucoup de bien.

– Banco ! Aujourd'hui, l'homme d'action ne peut rester isolé. Il doit s'entourer de ce qu'il y a de plus performant. Vous exigez du sérieux, monsieur Ninon ? En voici ! En voilà ! Nous voici pour vous servir, veiller à vos intérêts et intervenir fissa, au moindre ennui.

– Quelle sorte d'ennui ?

– Crr… Crr… fit l'homme en muselière.

– Exemple ! s'exclama monsieur Spirito. Exemple, une de vos femmes prend la tangente. Elle vous file entre les doigts, sans motif… Une autre veut aller voir ailleurs… Résultat, la recette prend l'eau ! Exemple ! On vous cherche un pou au cheveu, un voyou vous bouscule, vous tire son couteau… Exemple ! Un taré vient vous chercher des noises pour un morceau de trottoir ou bien c'est un condé en peine d'avancement qui vient fourrer sa patte là où un autre la retire. Paris n'est pas Marseille ! À Paris, c'est pas Paris sur Seine, c'est Paris sur Peine… Exemple ! La commission sanitaire vous tombe sur le râble… Une mineure s'introduit dans votre belle équipe… Un particulier chicane et vous envoie le commissariat en entier à minuit, cars en gyrophares, pour boucler votre petite tribu. Pas gai ! Eh bien nous, on est là, fidèles au poste afin d'intervenir en douceur et au plus haut niveau ! La mairie, on connaît, monsieur Ninon, itou la préfecture… S'il le faut on monte au ministère et on cravache ! L'étrier, on connaît. Soyons sérieux ! Faut pas rigoler, monsieur Ninon, faut pas rigoler… La maison est ancienne, elle a du poids, du répondant… n'est-ce pas, Niro, explique au monsieur…

– Crr… Crr… fit Niro, la lèvre soulevée par un sourire en rictus.

J'ai voulu intervenir et me montrer optimiste en affirmant que la situation n'était pas aussi préoccupante.

– Exemple ! coupa monsieur Spirito en approchant sa chaise de la mienne.

Les exemples affluaient en épigrammes et les grognements du chien de garde me venaient aux oreilles en quatrains limés à la varlope. J'écoutais en essayant de rejeter en bloc tous ces périls encourus sur les trottoirs de Paris. On me cherchait à

Pigalle… J'allais devenir la tête de mire, l'homme à écraser au coin d'une rue. Paraît-il que des jaloux en voulaient à mon personnel. Cinq femmes en belle chair et d'une rare beauté qu'on voyait tapiner au cœur de la ville lumière ! Enfin, des propos bien malheureux qui me secouaient… Pourtant, c'était l'hospice que je traînais à l'abattage. Le troisième âge qui enlaidissait les boulevards et faisait ricaner les passants.

– Comprenez-moi, je vous prie, ai-je dit dans un sursaut de bête traquée. Ces dames que vous prétendez si désirables, à part mon chef de rang, Manou, elles approchent de la soixantaine. Madame veuve Audraine, la Pouliche, est âgée de soixante-deux ans et souffre à la fois de varices, d'un souffle au cœur et d'un arrière-train de jument… C'est donc ça que vous appelez une meute de premier choix, mon assortiment de belles plantes ?

– Il existe des amateurs, reprit sentencieusement Spirito. J'en connais quelques-uns sur la place de Paris qui apprécient le gros gibier et même le gibier faisandé. Exemple ! Cette belle pouliche en fait baver plus d'un parmi vos confrères… On voudrait vous la retirer des pattes pour la faire bourlinguer sur les hauteurs de Montmartre que cela ne m'étonnerait pas. Exemple ! Et ceci entre nous, monsieur Ninon, j'y tiens, strictement entre nous, il paraît que vous possédez une curiosité dans votre sérail ?

– Une curiosité ?

– Cette jolie poupée à qui l'on voit les boyaux en mouvement. Un bijou, qu'on répète partout ! Faut pas chercher bien loin pour ramasser des vicelards qui donneraient des fortunes pour s'envoyer une femme au ventre en vitrine. Il pourrait lui tomber un malheur, qui sait… ? Exemple ! L'embardée d'une voiture sur le trottoir à deux heures du matin. Un vrai malheur, hein, Niro ?

– Oui… parvint à articuler la bête en tendant le cou vers le plafond.

– Or, dans la vie, il faut se garder de la poisse, monsieur Ninon. Nous sommes là pour ça, de jour comme de nuit. Une question à mille balles : connaissez-vous sur la place de Paris un seul loubard qui ne soit pas assuré contre les risques de la crapule ?

– Aucun, ai-je dit.

– Banco ! On est fait pour se comprendre, vous et moi... Aucun problème entre nous. De toute façon, faut pas faire le mariole, monsieur Ninon. Faut se plier aux lois du marché !

La menace se précisait. La connivence entre ces deux bougres m'apparaissait idéale. L'un devait tenir la jacasserie, l'autre le nerf de bœuf si l'on se montrait indocile. Pourtant, je leur ai encore parlé longuement du ramassis de vieux débris que je tirais chaque nuit sur les trottoirs.

– Il y a des amateurs, monsieur Ninon ! Les carcasses faisandées qu'on touille dans les pots de chambre trouvent toujours le gourmet qui en réclame davantage. C'est ça, Paris !

– Je vous en prie, soyons sérieux ! Ces dames que je soutiens sont atteintes de blennorragie. Il s'agit ici, dans mon chef, d'une sorte d'apostolat, un secours que je leur apporte bien volontiers. Elles sont fortement contaminées, vous savez... L'autre jour, un monsieur distingué me disait : des bréhaignes à ne pas présenter au verrat, il les refuserait ! Tenez, si vous le souhaitez, je vais vous confier les différents maux dont souffrent ces malheureuses...

Je partais pour un long prêche, mais ma voix perdait le fil du ton marmoréen qui en impose, peut-être à cause des grognements de plus en plus fréquents de l'homme à la gueule écrasée... Il ne souriait plus. Comme pour mieux me sauter à la gorge, il rapprocha sa chaise de la mienne. Ses pattes gonflées de veines et de muscles étaient celles du tueur d'abattoir engraissé aux tripes et qu'on voit parfois se balancer aux pics en forme de gréement des chambres froides les jours de canicule... Monsieur Spirito avait repris ses intimidations, perdant quelquefois son accent corse au profit de l'estimable accent parisien dit trompe-larynge tellement il semble jaillir des caves de l'arrière-gorge. En fin de phrase, soudain, il me proposa un montant, la prime d'assurance, déclara-t-il sans rire, payable tous les six mois. Sans hésiter une seconde, j'ai dit : tope là ! Puis j'ai retiré mes deux gants abricot très lentement, ainsi qu'une femme élégante qui se met à rêver. Longtemps, je me souviendrai de leurs visages hébétés, lorsqu'ils découvrirent mes deux mains aux dix crochets d'acier.

– Avec ça, d'un seul coup de patte, j'arrache les deux yeux et le nez de l'homme le plus fort du monde, ai-je dit en relevant ma tête pour y faire apparaître, grâce à un jeu de sourcils, ma face de sinanthrope. Pour le paiement de la prime, ne vous dérangez pas. Si vous le permettez, c'est moi qui viendrai vous trouver... Donnez-moi votre adresse...

– Crr... Crr... grogna faiblement Niro.

– Réfléchissez, monsieur Ninon, dit monsieur Spirito en se levant d'une manière compassée.

– Le grand malheur de ma vie, c'est de tuer puis de réfléchir. Oui, avec ceci... Regardez, tout le corps est ainsi, j'ai dit en remontant les manches de ma chemise et en déposant mes deux mains métalliques sur la table de Formica.

Le bruit sec les fit sursauter. Pour clôturer l'entretien, j'ai pompé l'une de mes dents malades afin de faire jaillir un peu de sang entre mes lèvres. J'ouvris très grand la paupière de mon œil crevé. Apparaissait ainsi le faciès des jours tristes, celui qui faisait pleuvoir les glaviots dans l'Écrin Bleu, celui du furieux de basse-fosse dont la seule obsession est de saisir à la gorge le premier humain rencontré... Ils quittèrent la Résidence Dupont, très dignes, presque solennels, mais à reculons pour ne pas me perdre du regard. Sur le seuil, à plus de dix mètres de distance, monsieur Spirito osa jouer quelques modestes gammes de menaces verbales. Ma conduite le désespérait... Des voyous commandités par d'importantes crapules allaient me faire la peau, la tanner au petit feu de sarments et la vendre comme cache poubelle…

– J'irai vous trouver, ai-je répété, haletant. Je veux votre adresse ! Votre adresse !

Je les poursuivis sur le trottoir. Votre adresse ! Votre adresse ! Les passants n'appréciaient pas ce spectacle… Voir deux messieurs élégants harcelés par un abruti dépoitraillé dont le bouc au menton s'en allait en ficelle de pendu. Un échappé ! cria quelqu'un. J'en avais l'allure… Revenu à la Résidence, j'ai remis mes mâchoires en place tout en essuyant le sang sur mes lèvres.

Par la suite, j'appris que mon comportement à l'égard de messieurs Spirito et Niro n'avait pas été jugé honnête par certains penseurs du milieu. Je m'étais méconduit. Les ennuis commencèrent sans tarder… Les deux petites Marseillaises me quittèrent quinze jours plus tard avec un bel aplomb en prétendant, dans une malhabile contradiction, que je les maltraitais et que je ne possédais pas l'envergure nécessaire à la digne fonction de souteneur. Les malheureuses qui tant avaient cherché à me séduire en vantant les charmes de leurs carcasses en déliquescence ! Elles s'en allèrent, leurs valises à la main, sous une petite pluie fine qui n'annonçait pas le printemps. Au fond, ce qu'elles racontaient ne manquait pas d'une certaine vérité. En ne m'intéressant pas à leurs charmes, je les maltraitais moralement. S'il est une attitude que la femme ne peut admettre, c'est bien celle du dédain ou même la simple indifférence quant à leurs attraits offerts. Je devenais inapte aux jeux de l'amour à tant penser à ma petite Huang… Je ne désirais que penser à elle ou alors entretenir mes rêves, quitter ce monde et les humains, vivre au cœur de la musique et de ces poèmes si beaux qu'on s'imagine avec raison parvenir enfin dans l'univers de l'inexprimable. Et puis, bien sûr, inventer ce qui sert à l'homme ou ce qui ne sert à rien et inventer encore, des choses assez belles en somme et que les hommes verront éclore à nouveau dans un prochain siècle. Avec le temps et les rides qui nous maquillent pour le déclin, je m'accorde un peu moins de génie. C'est ce qu'on appelle la clémence de l'âme. Un regard plus acerbe qu'on ose lancer sur les envolées de son esprit…

À Paris, en témoignant d'un peu plus de bon sens et surtout en acquérant le respect des convenances envers les maîtres corses du macadam, j'aurais alors souscrit au marché de monsieur Spirito. De beaux jours seraient venus pour jouer de la viole et pour inventer quelques machines dont le sublime séduirait les deux siècles à venir, les derniers, avant l'embrasement de l'atome annoncé par feu Pettorossi. Le matin, au réveil, sur la table de faux acajou, dans le réticule, j'aurais découvert l'argent de ces dames. Une fortune amassée en m'épongeant le crâne, englué dans des délires où seraient nées les plus subtiles inventions… Mais voilà, l'une après l'autre, elles m'ont toutes quitté, mes femmes, La Tétra, puis madame Audraine, dite la Pouliche, habillée de noir de la tête aux pieds comme si elle se rendait à un enterrement.

– Vous aussi, madame Audraine, vous me quittez ?

– Ne le prenez pas en mauvaise part, monsieur Ninon, mais à soixante-trois ans bientôt, je crois devoir me retirer des affaires. La retraite a sonné et je pense bien l'avoir méritée.

– La retraite déjà ! me suis-je exclamé en homme galant. Belle comme vous êtes et tous ces hommes à vos pieds !

– Je ne dis pas non… je ne dis pas que je n'accorderai plus jamais le plaisir d'une petite passe. Vous savez comme je suis coquine et comme j'apprécie la compagnie des hommes, mais pas à Paris… Je retourne en province, là d'où je viens.

– De quel coin venez-vous ?

– De Montmédy, l'un des plus jolis coins de France, que vous ne connaissez pas, bien entendu…

– Détrompez-vous, madame Audraine ! La Lorraine… La merveilleuse Lorraine… ! Je connais la France comme ma poche. J'ai voyagé même sur les plus petites routes… Montmédy, bien sûr que je connais et Avioth, Orval… Il y avait des curés là-bas, des chanoines, des doyens, des trappistes… Je bourlinguais, terrible !

– Vous aviez des relations d'affaires, quoi !

– Oui, ai-je dit, j'ai toujours apprécié les cures, les couvents, les abbayes…

– Vous savez, là-bas, au pays, il y aura bien l'un ou l'autre paysan ou artisan à trouver son plaisir auprès de moi. J'espère un brave homme, vous voyez, un honnête… Allons, je vous embrasse, monsieur Ninon, si vous permettez ? Portez-vous bien. Vous viendrez me voir, n'est-ce pas ? Vous demanderez la veuve Audraine… Tout le monde me connaît. Laissez-moi vous dire que comme impresario on ne fait pas mieux que vous aujourd'hui. Vous avez du cœur, vous, au moins, et les manières d'un homme du monde.

On s'est embrassé sur les joues, cinq ou six fois, et je l'ai beaucoup aimée tout à coup à cause de sa gentillesse et de sa simplicité, que je n'avais pas trop remarquées jusqu'alors à cause de mon œil borgne peut-être, et l'indifférence de la capitale qui m'avait contaminé.

Un matin, le réticule se trouva dépouillé de toutes offrandes. Je me suis retrouvé seul, sans cheptel et le compte en banque dévalisé. Manou m'a quitté en pleurant. À ses pieds, j'ai vu ses valises, et avant même qu'elle ne dise un mot, j'ai compris que le destin se chargeait de me jeter vers d'autres lieux, d'autres routes, d'autres ornières sans doute, boueuses à souhait, sous un ciel qui pleure sans savoir pourquoi.

– Je m'en vais, mon petit Baltazar, m'a-t-elle dit en m'embrassant. C'est bien moche, mais il le faut… C'est merveilleux de vivre à Paris, mais trop dangereux aussi pour une femme seule et handicapée, avec ces types et leurs menaces, je vais ailleurs… À Marseille, peut-être… Tu ne m'en veux pas trop ?

– Non, ai-je dit, tu as raison. Fais ta vie. Sois heureuse surtout !

– C'est vraiment triste tout ça, les hommes, la violence, la peur qui vous gagne…

– Il n'y a que moi pour être heureux.

Elle a souri à travers ses larmes. Peut-être m'aurait-elle aimé d'amour si j'avais pu l'aimer vraiment et oublier son ventre ouvert. Elle est partie sous la pluie, comme les autres. Un taxi l'attendait dans la rue. Derrière moi, dans l'entrée noire et lugubre, se tenait monsieur Governor avec son chiffon tue-punaises en bandoulière.

– Reviens me voir ! cria-t-il à Manou.

– Tu viendras à Marseille, répondit-elle à l'instant où le taxi démarra.

– Quelle misère ces femmes d'aujourd'hui, grommela monsieur Governor en faisant miroiter ses triples jaquettes aussi éblouissantes les unes que les autres.

– Les femmes s'émancipent, j'ai dit.

– Émancipée ? De mon temps, à Ménilmontant, un mot comme ça capté dans la feuille et c'était la volée qu'elles subissaient, les bagasses. Vous auriez entendu. Ça beuglait dans les garnis ! J'avais la dérouillée facile et j'en ai usé des ceintures et même des ceinturons à leur tanner le cuir !

– Autre temps, autres mœurs…

– Et de quel droit ? Dites donc, mon gars, pour prospérer il faut tenir la baraque debout ! Si vous vous étiez montré un peu plus vache, vous n'en seriez pas là, déplumé et cocu. De mon temps, à poil que je gueulais et au galop ! Elles n'avaient pas le temps de s'ôter la première pelure que je me mettais à cogner comme un sourd. Ah ! nom de Dieu, fallait voir comme le respect qu'on me doit revenait fissa ! À mes pompes qu'elles se traînaient pour me supplier de ne pas frapper au visage...

– Vous êtes sévère, monsieur Governor ! Vous ne m'aviez jamais dit que vous étiez dans la corporation des saurets... Il faut avouer que ce métier n'est pas ce qu'il y a de mieux à qui rêve de délicatesse.

– Vous tournez calvaire, mon gars ! On voit que vous descendez de votre cambrousse... me dit-il d'un ton rogue en étreignant son tue-punaises. Sans nous, les hommes de cœur, c'est l'anarchie sur les trottoirs, le viol, le meurtre... Pour ce métier, il faut de la vocation car c'est un beau métier, oui, monsieur, oui, monsieur, un beau métier ! Rien n'est plus exaltant que de mettre de l'ordre là où gagne l'inconduite de ces dames. Au jour d'aujourd'hui, il n'y a plus de morale ni de respect. C'est l'anarchie ! C'est la jungle à Paris ! Tenez-le en mémoire, mon gars, un homme, ça se respecte et une femme, ça se casse lorsqu'elle use du ton qui ne convient pas. Le respect, voilà ce qui manque sur les trottoirs et ailleurs !

J'ai opiné faiblement de la tête. Une envie de crier au feu ! La nuit tombait. Les trottoirs luisaient sous la pluie. Monsieur Governor est retourné dans sa suite, en grommelant et en flageolant. Son tue-punaises s'écrasait sur les murs de la cage d'escalier. Une tristesse m'accabla avec une envie de me laisser tomber, bras en croix, dans l'entrée funèbre de la Résidence, afin de ne plus penser à rien et oublier que je me retrouvais seul, une fois de plus, une fois encore.

Durant cette nouvelle période de tristesse et d'errance sur les chemins de la vieille France, je me mis à boire les vins des régions traversées. Le Bourgueil et le Vouvray furent mes premiers breuvages. Boire me permettait d'abandonner Baltazar tout en me confortant à nouveau dans l'évidence de mon génie. Tandis que le soleil était encore haut dans le ciel, j'arrêtais ma course et trouvais un havre pour la nuit dans une grange ou un abri pour bétail. Je mangeais peu, mais dès les premiers signes du crépuscule, je me mettais à boire comme un siffleur de tonneau. Le peu d'argent qui me restait se trouva rapidement dissipé. Je me remis à tendre la main ou le béret, à visiter les curés, à frapper aux portes des maisons avenantes et fleuries, et c'est en Charente dans une campagne oubliée par le siècle, ses pompes et ses œuvres, que je vins heurter, d'une main imbibée d'alcool, le vaste portail du monastère du Monde-Dieu.

Je me revois, pareil à ces moulins désossés et abandonnés depuis deux siècles et qu'on voit frémir sous le vent. Je me trouvais gai comme un pinson à la première lumière de l'aube… L'ivresse me faisait zozoter. Dans mon inconscience, peut-être m'imaginais-je trouver en ce lieu pastoral une assemblée de trappistes ou de bénédictins, qui verraient en moi une nouvelle incarnation du Christ, enivré à l'alcool, le divin alcool tueur de chagrins et dispensateur des plus formidables apothéoses ! Dieu, fîtes-vous de moi un dieu ? Et j'étendais les bras en hurlant à la mort ainsi qu'un loup dans la tourmente de la rage. À mes appels apparut une jeune novice qui m'apprit que je pénétrais dans la communauté des Petites Sœurs de l'éternel renoncement, branche dissidente des austères clarisses. Je fus bien accueilli dans ce lieu de prières et de renoncements qui n'avait dans l'architecture aucun trait sévère. À la Mère supérieure, j'expliquai en bredouillant les raisons de ma visite ainsi que les événements les plus chastes de ma chienne de vie. J'osai à nouveau étendre les bras et pencher la tête comme Jésus sur la croix. Le vin m'apportait les plus beaux apogées et me faisait proférer quelques phrases sublimes de piété qui finirent par me faire apparaître comme un dévot supplicié et égaré dans les fureurs du monde. Ce siècle est à proscrire, disais-je d'un ton désolé. Ma Mère, il m'est arrivé, en dépit de mes faiblesses, de vouloir prendre en charge, à moi seul, toutes les infortunes des humains ! Ne m'en voulez pas pour ce grand et méprisable pêché d'orgueil. Cependant, je vous l'affirme en inconscience et non en vérité, Jésus, sur les sommets de ses souffrances, aurait reconnu en moi un frère privilégié. Je vous le dis, à vous qui vivez dans la solitude la plus exemplaire, ce siècle devient de jour en jour plus ignoble, et l'homme ne subsiste que dans ses rêves de cupidité.

– Est-ce donc ce qui vous porte à boire ? demanda la religieuse en désignant du menton la poche de mon veston de laquelle dépassait le goulot d'une bouteille de faux Cognac.

– L'homme n'a-t-il pas créé l'alcool pour dissiper l'acuité de ses souffrances ?

– Asseyez-vous, vous tenez à peine debout. Comment pourriez-vous reprendre la route dans cet état ?

– Partir ? Ma Mère, ne me rejetez pas ! Le Christ est mon frère et la nuit tombera bientôt. Faites que ce lieu ne soit pas mon Golgotha ! La nuit sera froide et noire pour celui qui est seul au monde. Laissez-moi vivre quelques jours, ici, auprès de vous, l'âme si sereine de ne pas devoir mendier, que je vous inventerai quelque chose de bien beau. Oui, une invention à l'usage des couvents, car je suis inventeur, ma Mère ! *L'horloge lente aux instants de bonheur*, c'est de moi, Baltazar Ninon… *Le parfum de tilleul, de jasmin et de petite rosée des bois dont les subtiles fragrances font éclore le oui sur les lèvres aimées*, c'est de moi… Et *La larme artificielle pour noyer les chagrins*, mon opus 111 dont je suis si fier…

– C'est étonnant, monsieur Baltazar, je ne puis croire que vous soyez tellement malheureux après avoir créé tant de choses belles. Comment se peut-il que le monde vous ignore, vous, l'inventeur de ces merveilleuses inventions ? Bien sûr, vous resterez parmi nous, le temps qu'il faudra pour vous remettre en forme et vous efforcer à ne plus boire surtout.

Elle était grande et maigre, la mère supérieure. En dépit de son âge canonique, elle se tenait droite dans cette fière élégance qui me la fit imaginer telle qu'elle était jeune fille. Dans ses yeux passaient les éclairs lumineux de la bonté. Sur son bureau, un bouquet de lilas blanc reposait sous la croix du Christ. Elle en prit une branche et me la fixa à la boutonnière en m'affirmant que cette fleur représentait toute l'amitié qu'elle avait pour moi.

Le lendemain matin, je me suis retrouvé dans une cellule blanche, meublée d'un lit de bois, d'une table et d'une chaise. La fenêtre entrouverte m'offrait les fleurs et les arbres fruitiers qui se perdaient jusqu'au vieux mur caressé par le flot odorant des chèvrefeuilles et où bourdonnaient les abeilles dans l'air bleu du matin. J'aurais pu prier au spectacle de cette quiétude, moi qui ne croyais plus à rien, pas même au hasard, l'autre dieu en carton mâché devant lequel s'agenouillent les agnostiques et les mystiques de la négation. Alors j'ai invoqué le ciel immaculé, le soleil, les arbres et les fleurs, dans la reconnaissance de voir une aube nouvelle me débarrasser des tourments de la nuit.

Dans une pièce qui jouxtait le réfectoire, le petit-déjeuner m'attendait. À demi dissimulé par une colonne de soutènement, je vis passer une sœur qui me fit un signe de la main comme pour me dire qu'elle me laissait seul en compagnie du silence. On aurait pu se croire seul au monde en ce lieu de recueillement, confronté à sa seule conscience pour mieux entrer en dialogue avec l'essence même de la vie. La plupart des religieuses étaient d'anciennes clarisses et avaient conservé la rigueur du mutisme.

Après le repas et afin de découvrir le lieu idéal pour entrer en réflexion, je fis quelques pas dans les longs corridors du monastère. Mon esprit entrait en ébullition sous ces murs ocre où parfois apparaissaient des fresques édifiantes peintes par un certain Le Tessier, ou, plus farouches encore, des toiles dues à l'abbé Romaracles qui célébraient le martyrologe des saints purpurins accrochés vivants aux crocs de bêtes mythologiques. Cette exhalaison de souffrances subies dans l'euphorie m'entraîna dans l'exaltation. Mon optimisme revenait à la charge et des inventions en météorite surgissaient, venues des temps bibliques.

Durant les premières heures de recueillement, j'inventai les silences suspendus aux bords des lèvres pour mieux goûter à la musique de l'âme. La corde à danser le tango. Six nouvelles lettres de l'alphabet pour décrire en chantant l'oreille et la boucle d'oreille en méandre de rivière... La liane mirabilis aux fausses tulipes dont les feuilles s'accrochent au béton pour le dissoudre sans retard... Le décubitus idéal pour l'homme fatigué dont l'anéantissement est le souhait le plus vif. Le grelot du cheval un soir de solitude et une solitude en robe de mariée les soirs de vacarmes... Une machine à soufflets d'accordéon qui se laisse désirer et la voix chère qui s'est tue à jamais et renaît dans la chanson de la pluie sur une feuille envolée... Plus tard, l'âme apaisée, dans ma cellule blanche, je me mis à rédiger un traité de philosophie bancal mais magistral. « Pourquoi ne pas oublier de remonter sa montre à l'heure de la mort. »

Mon esprit redevenait si sémillant que déjà je me demandais quel subterfuge employer pour m'incruster le plus longtemps possible dans ce havre d'intense réflexion. Il est vrai que la vieillesse s'avançait à grands pas... Il m'arrivait de me traîner parfois, le long des routes, dans les montées, sous le soleil de juillet. Jadis, j'allais avec l'impétuosité de l'aigle fondant sur sa proie. À présent, je ressentais quelques craintes à l'idée de rencontrer les intempéries et le trafic infernal sur les routes. Pourtant, ce qu'elle me paraît longue, cette existence parsemée d'embûches et d'incertitudes, à l'heure où les gens soupirent, effrayés de la brièveté de leur vie. Ce que le temps passe ! disent-ils. Ce que le temps lambine ! Ce que le temps est long à mourir ! disais-je. Ma vie ne tiendra jamais en un seul chapitre. Oui, j'aimais ce lieu de lumière éclatante, isolé dans la campagne charentaise et à l'abri de toutes les manigances des humains. Oubliez-moi ! supplie l'homme qui a trop vécu. Et j'allais, auguste et silencieux, méditer sur la vie et la mort avec l'idée généreuse que sous le masque humain ne palpite pas la face du chacal.

Nous nous rencontrions quelquefois, les sœurs et moi, dans ce labyrinthe de couloirs où jadis, au XVIIIe siècle, avaient vécu plus de cent vingt religieuses. Aucune porte ne possédait de serrure mais je ne me permis jamais de pénétrer dans l'une ou l'autre des nombreuses cellules. Dans le cloître envahi de cannas et de roses trémières, au-delà des arcs-en-ciel de volubilis soutenus par de gigantesques hippocampes de bois, nichaient des tourterelles dont les conciliabules entraînaient à la rêverie. Assis sur un banc de pierre incrusté dans une niche de verdure, je fus tiré de mon enchantement par la voix de la Mère supérieure. Elle prit place à mes côtés, ses deux mains enfouies dans les manches de sa bure blanche. D'une voix monocorde dont les intonations n'appartenaient plus à ce siècle, elle m'entretint longuement de ce monde et de la société et de l'espoir qu'il faut toujours conserver comme le bien le plus précieux.

– Monsieur Baltazar, vous resterez parmi nous le temps qu'il conviendra. Puissiez-vous méditer sur l'amour que Dieu nous porte. Puissiez-vous revenir à résipiscence, c'est mon souhait le plus vif ainsi que celui de toute la communauté.

C'est en cet instant que je lui ai dévoilé mon grand projet de partir en Chine pour retrouver Huang. Pour ce faire, il m'était nécessaire de gagner de l'argent afin de pouvoir acquérir le billet du voyage. Peut-être la communauté souhaiterait-elle me garder quelque temps comme jardinier ou homme à tout faire…

– Ici, nous ne pouvons héberger que ceux qui passent sur la route accompagnés de leur détresse morale ou physique, m'expliqua la religieuse. Notre porte s'ouvre toujours sous la main de celui qui se trouve dans l'affliction. Avec l'aide de Notre Seigneur et de sa mère Marie, nous essayons de le soulager et de le rendre à une vie meilleure. Cependant, notre ordre du Perpétuel renoncement ne nous autorise pas à accorder indéfiniment l'hospitalité. Le jour viendra où il vous faudra nous quitter, monsieur Baltazar, pour poursuivre votre route vers un destin meilleur. Nous ne vous oublierons jamais dans nos prières.

– Gardez-moi, ma Mère, faites une exception ! Après tout, un homme sans bras et borgne n'est pas tout à fait un homme.

– Vous êtes un homme comme les autres, avec vos qualités et vos défauts. Précisément, en raison des infortunes de votre vie, peut-être êtes-vous davantage que les autres. Vous n'oublierez jamais que l'existence de Notre Seigneur Jésus ne fut que souffrances et que c'est pour cela qu'elle nous apparaît la plus belle qui soit au monde. Depuis sa naissance jusqu'à sa mort sur la croix, Jésus n'aura connu que la douleur car, avant même de souffrir le supplice extrême, il ne pouvait ignorer ce qui l'attendait. Or, vous savez que de se trouver dans l'attente de la douleur est souvent aussi insupportable que la douleur elle-même.

– Je partirai, s'il le faut. Depuis toujours on m'a chassé, ai-je dit en désignant les oiseaux qui s'envolaient par-dessus le cloître.

La Mère posa sa main sur mon bras, et tandis qu'elle me souriait, les innombrables rides de son visage se sont multipliées, comme des sources.

– Nous ne vous chasserons jamais, monsieur Baltazar. À l'issue de la période que vous passerez parmi nous, je vous confierai l'adresse d'un prêtre. Vous irez à sa rencontre, il saura vous écouter et vous comprendre. Il s'agit d'un vieil homme d'une infinie bonté qui pourra vous aider comme il a aidé et secouru des centaines d'hommes et de femmes. Et puis, viendra sans doute ce jour de délicieux bonheur où vos pas vous mèneront en Chine pour retrouver votre fiancée.

J'ai acquiescé, sans dire mot, l'esprit au large, flamboyant de téméraire optimisme, car ces derniers mots de la Mère m'apparaissaient comme une promesse divine.

Ainsi qu'un lézard sous les pierres, je me dissimulais afin qu'on oublie ma présence au monastère. Les semaines et les mois s'écoulaient dans un ravissement suprême. Aux premiers jours de l'hiver, je me suis montré : on ne pouvait plus me chasser ! Le ciel était bas et gonflé de pluie. Parfois, il gelait la nuit. La Mère supérieure me promit d'attendre les premiers jours du printemps avant de me faire repartir sur les routes. En ouvrant le portail, je la voyais, cette petite route sinueuse, flâner entre les bosquets d'arbres vers le sud-ouest. Plus loin, par-delà quelques vignobles, elle rejoignait au bout de six kilomètres une chaussée en bubons, crevassée sous les roues du charroi. L'horreur des vacarmes que j'imaginais et qui me faisait gémir à voix haute ! Je retournais vite m'enfouir à l'abri des murs blancs, dans ma cellule ou au fond du vaste jardin, pour composer une symphonie frémissante de silences.

Un dimanche après-midi de janvier, beau comme un jour de vipère au soleil, peu après la fin des vêpres, le maître de chapelle, curé d'un bourg voisin, s'enquit de ma personne et témoigna auprès de la Mère supérieure de son vif désir de s'entretenir avec moi. Il s'agissait d'un ecclésiastique de qualité ampoulée, hors soutane, mais vêtu d'un noir funèbre qui rehaussait sa maigreur. Pétri de réelles compétences dont celle du prêche en dithyrambe et de la confession assortie de singulières férules, il se jugeait maintenu au fond des campagnes charentaises par le seul pouvoir d'une mesquine conjuration. Couplée à son génie, sa médiocrité n'en était que plus belle. Avant de me décocher ses remontrances, dans la sacristie où nous nous étions réfugiés, le prêtre me conta les péripéties de sa vie, une histoire édifiante et surtout barbante à laquelle je voulus bien compatir. Il est vrai que j'en avais mon compte de ces épopées mystiques en verre de grenadine et de ces vertus outragées par les manigances de l'ambition quand ce n'était par Satan lui-même, la nuit, au creux humide de la couche. J'accordais un médiocre crédit au surnaturel, conscient que Dieu, ses saints et ses martyrs ne se permettent pas de poser des embûches ou d'intervenir dans la libre destinée de l'homme.

Ce curé se nommait Jeantellière. En parlant, il tenait auprès de ses lèvres un mouchoir pressé dans son poing. À l'issue de chaque propos un tant soit peu édifiant, il s'épongeait le front ou la bouche, ses yeux se fermaient et deux plis amers meurtrissaient ses joues.

– Assez parlé de ma personne, dit-il en s'ébrouant et en se levant du banc où il s'était tenu dans une rigidité exemplaire. Est-il exact, monsieur, que tout en faisant preuve d'une noble conduite en ces lieux de recueillement, vous vous permettez parfois quelques jugements non point scandaleux mais hors de propos ?

– Cela m'arrive, répondis-je. Certaines idées me passent par l'esprit entre deux inventions.

– Puis-je savoir lesquelles ?

– Lesquelles ? Il y en a tant… Quelques phrases en limailles, d'autres en ornières… Des pensées de philosophe à la brocante…

– Restons sérieux, voulez-vous ? Quelles sont donc ces phrases en ornières et en limailles ?

– Les propos en limailles sont propos évanescents. Les propos en ornières, plus conséquents, entretiennent d'intéressantes confusions dans l'esprit de l'interlocuteur.

– Avez-vous déclaré à Sœur Émilie : le diable n'est pas mauvais bougre, car, s'il l'était, tout ce qui est innocent et sans défense serait anéanti par ses soins ?

– Ah ! mais ceci n'est ni limaille ni ornière ! m'exclamai-je. Cette pensée assez subtile est issue de mon génie.

– De votre génie ! s'exclama le curé Jeantellière en posant le mouchoir imbibé de sueur sur sa bouche comme pour dissimuler un ricanement.

– Entendons-nous bien, il s'agit d'un génie incognito, non reconnu, ni par l'homme ni par quelque académie.

– Mais reconnu par vous, si je ne m'abuse ! Prenez garde, monsieur, la complaisance envers soi entraîne toujours les plus regrettables désillusions.

– Apprenez, monsieur le curé, que mon génie fait table rase de tout atermoiement ! Sa réalité apparaît dans la fulgurance de l'évidence et ne supporte le moindre doute. Au sein des plus formidables apothéoses, les siècles à venir bâtiront ma gloire et montreront aux hommes combien il leur en coûte d'ignorer le génie sous prétexte que celui qui le porte n'est qu'un miséreux. Jésus et moi sommes frères en pauvreté et tourments mais unis dans une identique béatitude.

– Vous déraisonnez, mon pauvre ami, dit le prêtre en me jaugeant d'un regard bref mais pénétrant. Un autre que moi, moins prompt à s'émouvoir, sourirait peut-être de votre blasphème, quant au lien de parenté dans la souffrance qui vous lie au Christ, et s'offusquerait certainement de votre prétention à cette union en béatitude.

L'abbé se mit à discourir en tirant des Épîtres de Paul aux Corinthiens des sentences sévères où il me comparait à ceux qui sont enflés d'orgueil, les impudiques et les disputeurs. Il est vrai, durant ces mois passés au monastère, j'avais beaucoup discouru sur les religions. Sœur Marie du Cœur offert et Sœur Marthe de la Transfiguration, ravissantes de jeunesse et de naïveté, quoique d'une singulière laideur, adoraient m'entendre discourir sur les incertitudes de l'au-delà comme si j'avais partagé quelques mois de réflexion en compagnie du Nazaréen et de ses apôtres.

– Monsieur, reprit le curé Jeantellière en s'asseyant sur un fauteuil de bois sculpté où il se tint très droit et très digne, avez-vous déclaré à Sœur Marthe que Jésus concevait le projet de renverser l'ordre établi, de chasser les Romains et de créer en Israël une sorte de république communautaire assez semblable au communisme exécré ?

– Sœur Marthe vous fit des confidences... C'est vrai, je lui ai dit que Jésus était un communiste avant la lettre, en raison de ses idées de partage, de solidarité et d'équité qu'il plaçait sans cesse en avant. La fureur de Jésus contre les riches, ceux qui possèdent, les gras en camisole de triple laine avec gousset en forme de serrure. Rappelez-vous, monsieur le curé, il se fâcha une seule fois dans sa vie, ce fut contre les marchands du temple. Effrayant symbole !

– Vous interprétez d'une grotesque manière ! s'écria le prêtre. Si vous possédez quelque génie, ce n'est certes pas dans l'interprétation des Évangiles qu'on le découvrira. Notre Seigneur Jésus respectait infiniment le fruit du travail pour ne pas le vouer aux gémonies. Grâce au ciel, la jouissance d'une belle fortune, sans excès d'égoïsme ou d'avarice, est un fait établi et respecté dont aucun esprit sensé ne peut mettre en doute la légitimité.

– Il sera plus difficile au riche qu'au chameau... Ceci constitue une condamnation sans appel ! Les riches iront entretenir la vacuité du néant... Jésus employait la bombarde et détestait les papillotes du faux-derche comme les tringles de l'entortillé et le laurier du sybarite.

– Pauvre ami, vraiment, on peut s'interroger avec raison sur les motifs qui vous conduisent à quémander un asile dans le couvent ! Votre ingratitude vis-à-vis des religieuses dépasse mon entendement. Faudra-t-il sévir ? Mais ceci est plus grave... Avez-vous déclaré, ici même, sur le pas de la chapelle, que Dieu est nous mais que nous ne sommes pas Lui ?

– Cette affirmation est de moi, ai-je répondu d'une voix satisfaite... Il m'arrive de méditer hors conscience dans l'espoir de m'extraire des niaiseries journalières.

– Ceci est inquiétant ! gronda le prêtre. Votre but serait de troubler la quiétude de cette maison que je n'en serais pas étonné.

– Ce qui importe, c'est que Dieu, c'est nous.

– Cessez ce galimatias !

– Mais nous ne sommes pas Dieu...

– Je vous prie, cessez ces propos satanesques ! Êtes-vous à ce point inconscient d'oser proférer ces délires dans une communauté religieuse ? C'est vraiment l'ingratitude qui vous anime lorsqu'on songe aux bontés dont vous gratifient les filles du Perpétuel renoncement ! D'où venez-vous ? Qui êtes-vous ? Dans quelle fange vous êtes-vous roulé ? Il est grand temps que vous repreniez vos pérégrinations et que vous laissiez les sœurs retrouver leur quiétude, sinon je me verrai dans l'obligation de sévir.

– Nous sévirons de concert, ai-je dit pour dire quelque chose de sensé et de réconfortant.

La plus vive contrariété se peignit sur le visage émacié du saint homme. Nous nous regardâmes ainsi que deux chiens de faïence séparés par un os. Puis soudain, en jetant au sol son mouchoir trempé, le curé Jeantellière entama une envolée dont les accents en petite pointure de brioche dataient du XIXe siècle. Son lyrisme rappelait celui de Lacordaire mais sans le génie de La Mennais. Tout en parlant, il ne cessait de marcher et de gesticuler. Cependant, faute de soutane, son autorité morale ainsi que la magnificence de son prêche perdaient de leur ampleur. À un certain moment, je l'ai interrompu pour lui demander d'enfiler sa robe d'apparat, la toute noire, ainsi que le col blanc d'autrefois brodé à la main et régenté en ambivalence de séminaire par les Sœurs servantes du Saint-Esprit. Sans s'étonner de ma demande, il s'éclipsa aussitôt derrière le paravent situé au fond de la sacristie. Lorsqu'il revint, un nouveau mouchoir pressé contre la joue, le curé Jeantellière m'apparut vraiment tel un prince de l'Église. Son discours avait pris du tonus. Ses exemples de probité morale devenaient incandescents. Sa soutane et son col immaculé accordaient un lustre nouveau à son maintien décharné de prélat. En guise de reconnaissance, je m'efforçais de temps à autre à lui apporter un encouragement. Il est vrai que je ne devais pas oublier que ce prêtre de haut mérite m'autorisait quelquefois à jouer de la viole de bras lors de certains offices religieux.

Par l'étroite fenêtre en œil-de-bœuf de la sacristie, je vis que le jour se mourait. Nous entendîmes meugler les deux vaches dans le verger. Tout à coup, je me sentis très bien dans cette pièce, bercé par le torrent mystique du curé et subjugué par son ombre qui, tour à tour, au hasard de ses pas, grandissait ou rapetissait sur les murs blancs. Il me semblait bizarrement que le meuglement triste des vaches s'harmonisait avec la voix du prêtre.

Tout reposait dans la douceur du crépuscule et le curé osa me gratifier de deux ou trois hochements de tête bienveillants. Un cierge scintillait sur l'armoire de merisier. Profitant de la pénombre, je me suis recroquevillé sur un banc, un coussin sous la nuque, en ouvrant à demi ma paupière comme pour témoigner de mon éveil et peut-être de ma reconnaissance à entendre l'édifiant prône du nouveau Lacordaire. Ainsi qu'une clameur venue de l'au-delà, ses paroles vrombissaient dans l'exquise sacristie. Parfois, il m'apostrophait dans un rire sardonique afin de mieux me faire entrer dans le crâne quelques citations de l'Ancien Testament. Cela dura presque une heure lorsque, soudain, je perçus le tic-tac de l'horloge. Le curé s'était tu, épuisé. Sa main maigre aux ongles jaunes continuait à pétrir son mouchoir.

– Votre prêche est admirable, ai-je murmuré en me soulevant sur un coude. À l'avenir, je ne me permettrai plus d'introduire trop de dialectique dans les conversations avec Sœur Marthe. Et cependant, croyez-moi lorsque j'affirme que Dieu est nous mais que nous ne sommes pas Dieu.

– Encore! s'exclama le prêtre tout en jetant un regard presque admiratif sur son ombre gigantesque déployée sur le mur.

– Je me tais, monsieur le curé, c'est promis. Permettez-moi, pour votre plaisir comme pour le mien, de vous interpréter tour à tour La Rêveuse et Le Badinage de Marin Marais.

– Faites, me dit-il en prenant place dans le fauteuil.

Ces deux tendres pièces de la Suite d'un goût étranger furent jouées afin de sceller notre réconciliation. Le curé Jeantellière avait l'immense mérite et le non moins grand bonheur d'apprécier cette sublime musique où l'âme éprise de solitude est partagée entre la joie ineffable et les pleurs.

– Cette musique est d'une beauté sans mesure, me dit-il simplement à l'issue de la seconde pièce. Elle vaut bien davantage que vos rabâchages et grâce à elle je puis admettre que votre âme égarée aspire à certains recueillements.

– Il aurait apprécié ces deux pièces, Jésus, à Gethsémani, comme une ultime consolation avant de voir s'approcher le Sanhédrin et les sacrificateurs, le venin et la hargne au bout de l'ergot.

– Notre Seigneur est d'une si grande sensibilité que rien ne lui est indifférent.

Je lui ai parlé de la symphonie que je composais en trois mouvements de ferveur avec toutes les mélodies du silence.

– Une symphonie du silence? interrogea-t-il.

– Au-delà de l'inexprimable... Les notes viendront, puis disparaîtront, nous laissant dans l'instant qui n'est plus. L'éblouissement du silence, cette griserie ou plutôt ce trouble incommensurable lorsque la valse se fait si lente... Car la joie étreint jusqu'à se dire que l'existence n'est plus, mais que vibre encore la déploration du souvenir... Oui, la musique se déploie dans le silence et devient silence plein d'intensité.

Jusqu'alors figé dans l'austérité du mysticisme et la magnificence de la musique, son visage se tourna vers moi, vers mon œil, vers mon âme peut-être, comme si, soudain, il découvrait un aspect inattendu de mes errements à travers la raison. Il se saisit de sa houppelande et répondit à mon salut par un mouvement du cou et du menton en marotte.

– La sollicitude du Père vous accompagne, me dit-il.

Jusqu'à ce jour, je me suis interrogé si, à cet instant ultime de notre confrontation, il n'avait pas commencé à saisir ce que je voulais dire en affirmant que Dieu est nous mais que nous ne sommes pas Dieu.

Sans doute est-ce à l'aube, lorsque se lève le soleil et en nulle autre heure du jour, qu'il faut abandonner un lieu aimé qu'on se doute de ne plus jamais revoir. Le printemps était revenu et j'avais laissé ma place à d'autres errants venus d'on ne sait où et trimballant dans leur sillage toutes les misères du monde. Pour me dire adieu, elles s'étaient toutes rassemblées, les sœurs, sous le porche où fleurissent ces petites roses blanches et parfumées. Ma valise vide était restée, sous le lit de la cellule. J'avais sur l'épaule mon vieux sac d'infortune et à la main, la viole enveloppée d'une housse confectionnée par les sœurs.

– Que Dieu soit avec vous, monsieur Baltazar, soyez heureux ! Revenez nous voir ! crièrent les sœurs tandis que je m'éloignais sur le chemin empierré.

Ce n'était pas trop triste de partir. J'en ai l'habitude, après tout… Pourtant, arrivaient les jours maudits où l'homme, quel qu'il soit, sent une nouvelle fatigue, inconnue jusqu'alors, lui inonder les os et la chair d'un froid pénétrant. Le froid de la déchéance, peut-être… J'ai emprunté les bois et les champs, longtemps la berge d'une rivière, pour aller vers le sud-ouest et éviter les routes et les villes où passent les hordes rugissantes des véhicules.

Le vieux couple m'examina avec cette inclinaison lente de la tête qu'ont les paysans pour juger de la vigueur d'un veau. Leurs yeux s'attardèrent de ma taille au visage, puis revinrent se poser avec insistance sur mes gants couleur abricot. La vieille a croisé ses mains sur son ventre pour me dire d'une voix monocorde que j'arrivais bien tard, trop tard pour le voir vivant, lui, le curé, décédé depuis près de trois semaines.

– Un matin qu'il était encore en sommeil, il n'a pu se relever. Il lui manquait le tirant du sang, vu qu'à son âge le cœur rechignait à pomper l'eau des poumons. J'ai toujours dit que ça le tuait ces lascars qu'on ne savait d'où ils venaient au juste. Des drôles en guenilles envoyés par les curés depuis les villes et qui venaient pour manger et pour dormir dans des draps et puis qui s'en allaient par les routes. Vous aussi, c'est pour cela qu'on vous envoie ici ?

– Je suis prêtre, prêtre musicien, ai-je dit.

– Ah ben... vous n'en avez pas l'air...

– Je viens de loin, de Chine... Je suis missionnaire et il se pourrait que je succède au curé.

D'étonnement, le vieux se sentit gêné aux entournures et alla s'asseoir sur un banc, sous le figuier.

– Vous voulez la clé ? demanda la vieille.

– Quelle clé ?

– La clé du presbytère, pardi, au cas où vous voudriez vous rendre compte de l'état des lieux.

Ils me firent visiter la demeure abandonnée. Un moment, je fus tenté de m'y installer et de me glisser dans la peau d'un curé de campagne. Des sermons me couraient déjà sur les lèvres. Je me vis, sous les feux du soleil, dans cette campagne du côté de Rouillac, marchant en tête des processions, la croix du Christ entre les mains ! Les chemins seraient semés de pétales de fleurs… Il y aurait des chants exquis et, au ciel, le ravissement des nuages dans l'attente d'un miracle. Pour Baltazar, une fin de vie heureuse… en compagnie de Huang évadée de l'Empire du Soleil conquérant. Mais j'ai refusé ce havre que m'offrait la douce campagne charentaise. Ma route devait me conduire en Chine et nulle part ailleurs puisque c'est là que je désirais vivre mes dernières années en compagnie de ma petite Huang. Je suis reparti péniblement, en traînant un peu la patte vers Jarnac. Des varices apparaissaient sur mes jambes. Au fil des jours et des semaines, je me sentis faiblir avec des éblouissements dans l'œil qui me firent voir de la neige dans les lointains et du feu dans les flaques noires des sentiers. Le long d'une route, dans la banlieue de Bordeaux où je m'étais aventuré d'une manière grotesque à la recherche d'un couvent où l'on distribuait généreusement l'aumône, j'ai vu un endroit où j'aurais pu mourir sans trop de regrets : un champ d'immondices, les rails du chemin de fer le long d'un cimetière, des maisons et des hangars mangés par la lèpre et nichés à l'ombre d'un abattoir d'où montait le cri de ceux qui crèvent. Pourtant, un soleil de plomb inondait ce décor. Paraît-il qu'à la longue, on prend goût à la laideur, la vraie, la formidable ! On s'y enlise, les yeux grands ouverts, vaguement rassuré à l'idée que là, au moins, personne ne viendra vous chercher pour vous jeter plus loin…

C'est là, en passant devant cet ensemble de hideurs, que j'ai aperçu une coquette maison de retraite, grise et blanche, aux cinquante fenêtres écarquillées de stupeur. À défaut de couvent et le ventre creux, je suis entré comme s'il s'agissait d'une demeure ouverte généreusement à ceux qui ne savent plus où joindre les deux pieds pour survivre encore un peu. Je me sentais au bout du rouleau. Roué de fatigue, usé, crevé de misère... Mes dernières dents s'en allaient comme éjectées par la rage d'un scorbut. Et mon bras à demi-mort qui tanguait, bête à en mourir, comme le bras du polichinelle dans le vent et qui, tout à coup, sans que je ne lui demande rien, se soulevait pour indiquer un coin de l'horizon. Je n'ai pas le cœur à tout raconter, à entrer dans les détails en protubérance de porion à l'agonie...

En poussant les doubles portes, j'ai vu les tables de Formica autour desquelles étaient assemblés les pensionnaires pour le repas du soir. J'ai pris place à une table et j'ai empoigné une casserole de pâtes. J'ai lapé sans même mâcher ainsi qu'un chien affamé. Le type vêtu d'un cache-poussière blanc est apparu presque aussitôt.

– Qu'est-ce que vous foutez là ? me cria-t-il. Foutez le camp ! Sortez ! Dehors...

En essayant d'avaler une dernière bouchée j'ai trébuché. Il m'a empoigné et traîné sur le sol, comme un objet, une dépouille de bête, puis jeté sur l'asphalte d'une cour à l'arrière du bâtiment, où deux vieilles en chaises roulantes souriaient en regardant passer les mouches. En essayant de prendre appui sur mon bras, le bon, je les ai vues, immobiles dans la béatitude d'Alzheimer. Le type était là, les poings serrés au-dessus de moi.

– Laissez-moi, j'ai dit, je m'en vais...

Il m'aida à me relever, oui, en m'arrachant les cheveux de la tête. Ses ongles s'enfoncèrent dans la peau de mon crâne, jusqu'au sang… Mon poing valide l'a frappé sur la bouche avec une force inouïe. Il s'est écroulé en poussant un râle, foudroyé par le métal et le carbone de la gachoux. Peut-être possédait-il des dents saines… Pas comme les miennes… Je les ai vues apparaître une à une entre ses lèvres, maculées de sang et brisées à ras des gencives. C'était la première fois de ma vie que je frappais un homme et j'ai compris aussitôt que mon intention n'était pas de lui infliger une souffrance mais de le tuer. Avant d'accéder à l'ultime déchéance, celle de la mort, j'aurais acquis celle de l'assassin. Un feu d'artifice dans l'éventail des débâcles ! Un statut brutal et bien viril qui place son homme dans la trajectoire des dieux redoutés et lui assure le respect, quoi qu'en disent les homélies clamées au cœur des buanderies et des prétoires ou des hémicycles de la vertu.

Avant de refermer la porte grillagée qui donnait accès à la banlieue, je l'ai regardé une dernière fois, l'homme effondré sur l'asphalte. Mon œil, où s'élevaient déjà la pitié et le remords, s'est brouillé et je dus le revoir ainsi qu'il était un instant auparavant, penché au-dessus de mon corps à moitié disloqué, avec sa face gonflée de mépris et de dégoût. À lui seul, il représentait ce qu'incarne l'homme aux yeux de la bête martyrisée.

En dépit du panneau « Voie sans issue », j'ai pris le chemin, car il est toujours intéressant d'aller voir ce qui se passe au bout d'un cul-de-sac au plus profond des campagnes. Arrivé près d'un pont qui enjambait une rivière, j'ai vu la bâtisse et l'homme assis sur un banc sous la treille où mûrissaient les raisins noirs. Je l'ai salué à la mode d'autrefois dite à la romaine. Il m'a répondu en brandissant un verre et une bouteille de Pernod.

– Le soleil déménage ! Mettez-vous à l'ombre pour boire le coup.

Je me suis assis auprès de lui sur le banc et nous parlâmes du temps qui tournait à l'orage, des routes et des chemins qui ne finissent pas de tourner à l'approche des montagnes, de la terre et des vaches, de la volaille et d'un coq aux six couleurs, très bravache, qui coqueriquait en montant à l'assaut d'un fumier. Tout de suite, je l'ai pris en sympathie, ce vieil homme en chapeau de paille. Sans doute parce qu'il y avait trois ou quatre marguerites accrochées à son chapeau.

– C'est un violon ? m'a-t-il demandé en désignant la housse.
– Une viole, la petite, celle à bras…
– Il y en avait autrefois, dans ma jeunesse. Ceux qui en jouaient allaient dans les bals, sous les granges.

Nous bûmes le Pernod servi à la délicatesse, c'est-à-dire au sucre et à la cuillère. Devant nous s'étendaient des vignes non labourées, des carrés de pâtures ensevelies sous les haies échevelées, desquelles émergeaient les sureaux et les néfliers couverts de fruits. Il était vraiment aimable, Arsène, dit Le Gaillac, un homme au cœur d'adolescent, mais dont le corps, usé jusqu'à la corde par le vin et le travail, s'en allait à la trappe. Tandis que j'admirais sa moustache blanche plantée de guingois au-dessus de sa lèvre, ainsi qu'une touffe d'herbe sèche au-dessus d'un ravin, il voulut bien considérer mon bouc avec une certaine affection.

– Tu as l'air d'un homme qui vient de loin, me dit-il en levant son verre pour me désigner la campagne.

– J'ai des varices.

– Elles tuent, surtout quand elles présentent des pointes.

– Ce sont les stigmates du marcheur.

– Elle finit toujours par tuer la route si on ne s'arrête pas à temps. Moi aussi, j'ai voyagé autrefois, mais au pas du cheval, avec un sac sur le dos pour remettre les tuiles sur les planches, m'expliqua-t-il en essayant de se dresser sur ses jambes afin de me montrer ses varices à lui, saillantes comme des couleuvres dressées autour d'un seau à lait.

– Ce qui est intéressant, c'est lorsque la route mène à un havre, à un lieu tout pareil à celui-ci, ai-je dit.

– Oui, mais quand il faut décamper, c'est la misère. C'est bien rare lorsqu'on peut décrocher les bretelles et poser les bottes au four. Tu viens donc de si loin ?

– De loin, ai-je répondu après avoir bu mon quatrième verre. Une course sans fin, où l'on est aiguillonné par l'espoir de trouver mieux ailleurs et où, sitôt arrivé, on est talonné par les ennuis, si pas par le malheur. Il y a des destins heureux, d'autres pas… Sans doute est-ce ma gueule qui ne plaît pas aux humains. Une idée, comme ça… L'autre jour, où j'ai failli devenir curé, j'ai pensé à la montagne. Peut-être un coin haut perché et oublié, pour qu'on ne vienne plus me relancer à coup de fourche…

– Mon gars, les ordures et les hommes, c'est comme le myrmidon des souches qu'on trouve partout. On s'en dit débarrassé et on est assis dessus. Jadis, j'ai connu un homme qui n'en pouvait plus de toutes les crèves de la vie. Un jour, il a eu l'idée de se dire mort… On lui demandait: est-ce vous, François du Jura? Il est enterré depuis longtemps, répondait-il. Et vous, qui êtes-vous alors? Moi? Je suis Azor, malade du typhus… Tenez-vous à distance! On le fuyait. Un jour, à ne plus rencontrer âme qui vive, il s'est mis à rire comme si la joie venait enfin l'épauler après une vie de misère.

On a parlé si longuement que j'ai fini par lui raconter mon histoire où j'avais cassé dix dents à l'homme de l'hospice.

– Un coup de folie qui m'a pris au travers de la tête… La certitude de n'être plus un humain, vous voyez… Même pas une bête, mais un sac, un paquet de viande et d'os qu'on jette dehors parce que ça pue! Qu'auriez-vous fait à ma place? Peut-être aurais-je dû me relever en m'excusant d'avoir ingurgité ces pâtes, ainsi qu'un voleur…

– Je vas te le dire, moi, Le Gaillac, quatre-vingt-six ans au lever des figues, dont quatre-vingt-deux dressé à la crève et à la tutute. Je vais te le dire aussi franc sans me lever du col ou me descendre au jarret… Écoute bien, mon gars, car tu es jeune encore et tu as de l'instruction, ça s'entend… Écoute un peu, tu as raté le coche, peut-être, pour les funérailles. Cet homme-là, il aurait dû être allongé pour toujours, achevé comme on achève une vipère qui t'attend sous l'oreiller à l'heure du dormir.

– Vous croyez?

– Quand on voit un homme affamé se verser une casserole dans le gosier, on le respecte, on attend, on oublie qu'il n'est pas invité et on lui verse un verre d'eau comme pour lui dire qu'il est le bienvenu.

– Vos paroles m'enlèvent un poids…

– Quel poids ? Il n'y a guère de repentance envers ceux qui veulent vous faire cracher le sang des humiliations et des souffrances. Et puis, je vas te dire comme on disait autrefois : mieux vaut achever le barban au zénith du soleil si on veut encore se voir la face dans le miroir.

Il parlait sec, Le Gaillac. On avait l'impression qu'autour de nous la campagne approuvait ce qu'il disait. Dans les brumes de l'alcool, je me suis demandé à partir de quel moment la bête piétinée peut happer la main qui la frappe. Au fond, je n'étais pas du tout le frère cadet de Jésus. En moi, comme en chaque homme, l'assassin sommeillait… On s'est écroulé tous les deux dans la grange ouverte à tous vents, sur des ballots de lavande, la gueule ouverte vers les cieux roses qui devenaient noirs à l'est. J'eus un sommeil agité. Quelle frénésie dans le cerveau de l'homme qui ne cesse de cogiter dans une conscience endormie ! Sur un lac gelé, je me vis vacher et chef de gare, puis simple promeneur en habits du dimanche, un alpenstock à la main. Plus tard, peu avant l'aube, je me trouvais dans une montgolfière tirée par des oiseaux aux ailes fluorescentes.

Le soleil était déjà haut lorsque Le Gaillac vint me réveiller. Il fumait une courte pipe ébréchée et débordante d'un tabac noir cultivé secrètement derrière le puits du jardin. Il m'invita dans la cuisine pour boire le café et partager le pain. Une femme vêtue de noir, sans âge, dont la silhouette recroquevillée était celle d'une pendue décrochée d'une poutre, ne bougeait pas du fond sombre de la pièce où elle paraissait attendre quelqu'un qui ne viendra plus.

– C'est ma femme, elle n'entend plus ou presque plus, me dit Le Gaillac en m'invitant à m'asseoir sur un banc où sommeillait un petit chien chasseur de rats.

– Avez-vous du mimosa ? Je vais lui fabriquer deux pavillons à placer derrière les deux oreilles, en bois de mimosa, dont le centre porte un soufflet de gaboulet. Une invention à moi… Je lui garantis un beau résultat.

– Tu es un homme de bien… Hier, tu ne m'as pas dit ton nom.

– Baltazar Ninon, inventeur et philosophe.

– Grand merci, Baltazar !

– Mais non… Je suis comme les chiens qui lèvent la patte partout où ils passent. J'aime laisser un souvenir de moi là où les gens furent aimables pour moi. C'est comme un baiser des deux doigts à travers les années qui passent.

– On pourrait partir comme toi, sur les routes, à la recherche de ce qui nous aidera à crever le mieux possible et à ne pas trop regretter ceux qu'on laisse.

– Mieux vaut rester… Vous êtes bien ici, seuls au milieu des champs, ai-je dit en essayant de distinguer le visage de la femme perdue dans la pénombre.

– C'est vrai, pourtant c'est ça qui me plairait avant de décrocher le plumeau de la pointe des orteils, aller voir comment elles sont faites, les villes nouvelles, dit-il en coupant le pain.

– Surtout pas ! La folie vous ferait prendre le premier réverbère rencontré pour un arbre de vos forêts. J'en viens de la ville, les grandes, Tch'ong-K'ing, Paris… J'ai vu Berlin aussi et Munich !…

– À présent, tu vas connaître la montagne…

– Avant d'y aller, j'aimerais trouver un travail. Si vous connaissez quelque chose, n'importe quoi, comme un boulot mal payé et dont personne ne veut.

– Rien de rien, mon pauvre gars ! Dans le temps, il y avait du travail dans les forêts. On abattait son arbre à la journée. Un arbre par jour, à la hache, coupé et débité en stères. Maintenant il y a la scie à moteur. Par là-bas, c'est pire encore, ajouta-t-il en désignant de la tête la direction des Pyrénées.

– Comment est-ce la vie dans les montagnes ?

– Pour qui veut la solitude, c'est l'endroit à choisir. Mais faut s'arranger l'esprit… Au plus on monte, au plus il faut être souple au collier. Tu comprends, l'aridité et les nuages qui vous enveloppent de partout, la neige... on a beau gueuler, il n'y a que l'écho pour vous répondre. Non, moi, à mon âge, ce que j'aimerais, c'est aller dans les villes, voir un peu comment cela se passe là-bas, m'amuser à égorger les bourgeois.

– Cassafise... prononça lentement la femme en levant une main noire à la hauteur de son visage.

– Pourquoi pas l'échaudoir ? cria Le Gaillac.

– Cassafise...

– S'il veut un salaire de misère.

– C'est qui Cassafise ? ai-je demandé.

– Un propriétaire aux Hulottes, plus de quatre cents hectares. Crois-tu qu'il te prendra, ce salaud ? Peut-être... Quoique avec tes gants et ta viole sur le dos, c'est pas ça qui va lui plaire.

– C'est une ordure, vraiment ?

– Disons, une bouture de crétin greffée sur une canaille. La face d'un bœuf, si tu vois, mais dont le regard est mauvais. Car l'œil du bœuf est bon après tout. On a beau dire...

Le Gaillac m'expliqua où se situait le domaine de Cassafise distant de plus de vingt kilomètres.

– Cassafise, prononça à nouveau la femme d'une voix qui contenait toute l'angoisse du monde.

– Cassafise, répéta Le Gaillac avec une grimace de dégoût.

– Cassafise, ai-je dit à mon tour.

Plus tard, lorsque j'eus confectionné les deux pavillons en bois de mimosa, du fond noir de la cuisine, la femme répondit à peine à mon adieu. Sa tête se renversa sur le côté, comme si elle était trop lasse à me regarder encore. Elle attendait quelqu'un, quelque chose... J'aurais dû l'interroger, peut-être... Lui dire quelques paroles amies... Le Gaillac me fit un pas de conduite sur la route ensoleillée. Suivi par le petit chasseur de rats, il me montra un raccourci à travers la campagne.

– Tu sais, mon gars, tu reviendras quand tu veux. La bouteille de Pernod se trouve sous les lavandes avec la cuillère et le sucre... Ça me fera remonter la joie de te revoir. Tu me raconteras ta vie. Tu t'en vas avec toutes tes richesses, mais tu n'es pas fier, toi, au moins...

– Mes richesses ?

– La seule vraie richesse, c'est ce qu'on garde dans la tête, tu vois... Tout ce que tu as vécu, un trésor, comme un casse-croûte à partager avec soi-même lorsqu'on se trouve trop plein de fatigue ou trop chargé d'années...

On s'est quitté, comme cela, simplement, au bord d'un champ en jachère. Le petit chien noir et blanc m'a offert la patte que j'ai serrée amicalement entre ma patte métallique. Plus loin, au bout de la route, je me suis retourné pour faire de grands gestes d'amitié à celui qui me regardait, là-bas, courbé et tremblant un peu dans la lumière douce du soleil levant.

Les routes étaient belles et ombragées entre les collines et les vallons. Je n'étais plus trop pressé d'aller voir ce Cassafise en tête de mauvais bœuf, d'autant plus qu'une secrétaire de mairie, sollicitée abruptement dans son jardin potager où elle arrosait les rangées de persil, me fit don d'une généreuse petite somme. Il existe vraiment ces matins lumineux où la chance nous guide vers celui ou celle qui nous tendra la main. Merci, mademoiselle Marie H. ! Vous étiez le soleil parmi les fleurs. Dans votre cuisine toute blanche, où par la fenêtre ouverte venaient éclore les pois de senteur, vous m'avez gâté comme vous auriez gâté cet enfant que vous souhaitiez tant avoir…

Je pris le train pour Pau, dans l'espoir de revoir le chevalier de la Touche incarcéré dans la prison de cette ville. Au souvenir de mes avatars parisiens, je m'attendais à être reçu dans cette prison comme un scélérat à tronçonner en épigraphe… Je me trompais. On fut aimable. Un monsieur en habits civils m'apprit que le nommé la Touche avait retrouvé la liberté depuis plus de six mois. Nul ne connaissait son adresse. C'est en insistant pour l'obtenir qu'un gardien en favoris, l'air solennel, alla chercher un dossier le concernant. En l'ouvrant, il trouva une longue enveloppe sur laquelle le chevalier avait noté : « À remettre à monsieur Baltazar Ninon. » Cette enveloppe contenait deux lettres. Dans la première, le chevalier me souhaitait toutes les félicités du monde en me disant qu'il s'envolait au grand bonheur la chance sur les routes de France où il espérait, pour une fin de vie en apothéose, traquer la femme idéale. « Oui, mon bon Balta, écrivait-il, la sublime que je veux ! En guise de compensation pour avoir connu tant de carognes, de rombières, de salopes en poil de vieux rat, de matrones en cul fuyant, j'exige la fée de ma belle enfance au château familial. La jeune fille pleine de pudeur extrême, éclairée dans les torrides étreintes et qui m'éclairera sauvagement des feux de sa lubricité. On se donnera la becquée, tu vois, jour et nuit, sur un édredon couvert de roses… »

Il poursuivait sur dix pages, le brave, et c'était inouï de lire ce vieux de la vieille s'embraser dans l'enthousiasme juvénile et former ces incessants projets de conquêtes. Parvenu à un certain âge, les frasques et les combats amoureux font figure de renaissance. Quel défi il imposait à sa carcasse ! Car à le lire, ce n'était ni plus ni moins sur les bancs du lycée qu'il allait la séduire, la fée angélique !

L'autre lettre, tous timbres arrachés, provenait de Chine. En proie à une vive émotion, je m'encourus dans la rue pour la lire. Vieille de deux ans, cette lettre était écrite par l'excellent Song-Siang. Il m'entretenait d'un tas d'événements entrecoupés de proverbes toutes les cinq lignes, plus énigmatiques les uns que les autres. Mû par un pressentiment, je me suis enfui à la dernière feuille de cette longue lettre : « Car l'ombre du soir descendait sur les cerisiers très chers et beaux et j'ai déclaré : tout le monde est mort ici sauf le singe à la grimace de très vieux singe. C'est infiniment regrettable mais qui est cette petite jeune fille qui marche derrière le cheval ? Le vénérable vieillard est revenu sur ses pas : c'est la fille de celle qui est morte. Comment était le nom de celle qui est morte ? Huang était son nom. Qui est le père de la fille ? Le vieillard a dit : un Mongol albinos.

Quel est le nom de la fille ? France est son nom. Plonge au cœur de la source là où son débit paraît le plus violent mais ne t'arrête pas sur les caprices du ruisseau ! Car j'ai été arrêter le cheval sur le chemin. J'ai crié : France ! La jeune fille était une petite fille avec deux rubans verts et petits dans les cheveux. Elle a votre sourire, Baltazar, et les yeux noirs presque ronds. Quand j'ai parlé de vous, elle a pleuré. Plus tard, dans le silence de la nuit, elle a désiré une photographie de vous. Mais je n'avais pas de photographie dans ma poche. J'ai dit : Quand l'arbre tremble dans la tempête, le tuteur tremble pour l'arbre. Il est bon de revenir en terre de Chine, mon respectable et grand ami Baltazar, sinon les cerisiers deviendront noirs sur la tête d'une petite fille et ne donneront plus jamais les fruits rouges de l'été… »

Je suis parti à la dérive… À ma douleur de la mort de Huang s'accrochait le désespoir de ne pas pouvoir m'arracher à ce pays et partir là-bas, où m'attendait la petite fille.

C'est un manoir fabriqué à l'ancienne qui ressemble davantage à une forteresse d'aspect claustral qu'à une ferme du sud-ouest. Autour de la bâtisse, trois vieux platanes exhibent une frénésie à griffer la face marmoréenne du ciel. À part ces arbres, tout est laid et aride autour du manoir, tout est mort, massacré par les jets de désherbants que distribue chaque semaine un canon à pompe.

Lui, Cassafise, je l'ai rencontré sous les tôles rouillées d'un immense hangar où stationnent six tracteurs et un grand nombre d'engins agricoles. C'est le dernier être que je décrirai. Cassafise est un homme grand et assez corpulent. Ce qui émerge dans sa face c'est ce nez court sous un front bas de rapace. Ses lèvres en estafilades retiennent aux commissures deux minces filets de salive qu'on s'attend bizarrement à recevoir au visage, ramenés en crachat, lorsqu'on lui parle en osant une légère contradiction. Alors, on finit par apprendre qu'il vaut mieux lui parler à distance, un peu de biais, sans trop lui regarder les yeux… Cet homme méfiant et taciturne, presque amorphe et que j'appris à bien connaître, est né pour ramasser de l'argent et mourir dans un rot après dîner, avec le néant dans le regard et un billet de banque entre les doigts pour essuyer le dernier chiffre qui lui sortira des lèvres ainsi qu'une ultime sanie.

J'ai pénétré sous le hangar ouvert à tous vents sans me soucier de la présence des ouvriers agricoles et des trois chiens de bergers qui montraient les dents en aboyant furieusement. Le Gaillac me l'avait dit: Cassafise, ce cafard, tu le reconnaîtras parmi ses ouvriers à cause de la cravate qu'il porte au cou, même au milieu des champs. Ce jour-là, il exhibait une cravate de cuir noir. Peut-être m'a-t-il regardé... Je ne sais trop... Au fur et à mesure que je le renseignais sur ma personne et sur mon besoin de trouver un travail, la moue de ses lèvres mouillées s'est accentuée. Il a fait non de la tête, puis, comme si je n'existais plus, il s'est remis à la lecture d'un cahier graisseux sur lequel s'alignait une interminable série de chiffres. Un moment, appuyé sur la roue d'un tracteur, je suis resté sans bouger pour le regarder, ce Cassafise en cravate, costaud, brutal et méprisant. Celui qui quémande, la faim au ventre ou l'angoisse qui se tord au fond de l'être et qui essuie le mépris et le refus, s'interroge toujours afin de savoir si son interlocuteur a vu en lui un être humain ou un objet. J'ai voulu savoir, insister et implorer une parole, une de celles qu'on adresse au plus misérable et qui ne coûte que l'effort de la prononcer sans la trace de la pitié.

– J'accepte n'importe quel boulot, ai-je dit.

– Quoi ? fit-il d'une voix énervée en relevant le front de son cahier.

– Dans l'état où je me trouve, j'accepte n'importe quoi.

– Dégagez !

– Offrez-moi quelques heures de travail pour pouvoir manger.

– Je vous dis de dégager ! Il n'y a rien pour vous ici.

– Deux heures de travail, une heure... !

– Foutez le camp !

J'ai compris qu'il me regardait sans me voir. Une fois de plus dans cette chienne de vie, je concevais qu'en raison de la crève et du malheur que je devais sans doute porter à la face, j'apparaissais comme une sorte d'objet sans grande valeur marchande. Un morceau de bois qui encombre la vue, une branche morte dans la boue... Il s'éloigna. Je le suivis.

– Il n'est pas nécessaire de me déclarer, ai-je affirmé d'un ton enjoué. Je travaille toujours en noir, sans musique, frais réduits... Pas d'assurance, rien... Un fameux bénéfice pour vous !

En prononçant ces derniers mots, j'ai existé ! Il m'a enfin vu, Cassafise !

– Vous demandez combien ?
– Six francs l'heure.

La somme qu'on fourre au gosier de celui qui risque de crever à même le trottoir ; le salaire minimum de toute la République. Aucun homme de France ne pouvait être payé moins que Baltazar ! Pourtant, cela ne lui a pas suffi à Cassafise car il a ergoté de cet air veule où les yeux se putréfient dans l'excès de cupidité.

– Cinq francs, m'a-t-il proposé.
– Il faut bien que je mange, j'ai dit, comme lorsqu'on demande pardon d'exister sur cette terre où l'on n'a pas vraiment sa place.

Il a regardé mes gants et mon bras presque inerte le long du corps.

– Vous avez peur de vous salir ?

D'un ton léger, presque blagueur, que je lui ai expliqué mon infirmité. Un accident de travail, autrefois, une explosion... C'était sans importance... J'ai le cœur au travail, jamais fatigué, discret surtout. J'y allais bon train dans les superlatifs comme pour lui faire plaisir ou m'étourdir afin de terrasser cette peine que je sentais monter en moi. À cet instant, devant le ridicule de mes efforts à me faire valoir, il aurait pu ébaucher un sourire ou me dire un mot amical. C'était le mépris que je voyais dans son regard, mais un mépris où surnageait l'intérêt à cause des cinq francs de l'heure et de l'absence de cotisations sociales.

– Qu'est-ce que c'est ? a-t-il demandé en soulevant son menton pour désigner la housse.
– Une viole.
– Une quoi ?
– Un violon.
– Pas de connerie au domaine ! D'accord pour cinq balles... Attendez là, je vous montrerai ce que vous avez à faire.

Je me suis assis sur mon sac et j'ai attendu plus de trois heures dans le hangar, la tête appuyée sur le pneu d'une remorque. Lorsqu'il est revenu, il m'a simplement demandé si j'étais Français.

– Oui, ai-je répondu, Tourcoing, le Nord...
– Montez !

Nous prîmes place dans la Land-Rover. Sur le siège arrière traînaient quelques hebdomadaires parmi les plus distingués, un fusil de chasse, deux ou trois lunettes de visée ainsi qu'un poignard à demi retiré de sa gaine. Sur le chemin qui conduisait au manoir, nous croisâmes une Mercedes rouge, la grosse, la suprême, déshabillée et rhabillée par La Spézia dans les arsenaux de Port Impérial. Derrière le volant, une femme brune fumait une cigarette en écoutant une musique assourdissante. Par la suite, j'appris qu'il s'agissait de l'épouse Cassafise. Une créature voluptueuse confinée dans les décibels d'une musique disco en ondes telluriques. Au volant de l'engin écarlate, elle aime s'exhiber, surtout l'été, lors des fortes chaleurs, en bikini ou en minijupe, une cigarette plantée entre ses lèvres peintes au sang desséché du taureau. Lorsque je me rends au manoir et que nous nous croisons, elle fait mine de vouloir m'écraser... Elle aimerait m'aplatir pour de bon, puis filer en montrant ses dents au rétroviseur... C'est une femme volcanique à épingler nue entre deux pages verglacées d'un magazine pour l'élite masculine. Une créature que le chevalier aurait traînée dans une auge débordante de champagne afin de lui faire subir la gamme complète de ses caprices. Ce qu'elle a de curieux, ce sont ses yeux en pétale de rose globuleuse où gémissent des orties.

Sans rompre une seule fois le silence, Cassafise conduisit le véhicule à travers des chemins en ornières jusqu'à un champ de maïs. Derrière une haie saccagée, s'étendaient des tournesols sur plus de cinq hectares. Plus loin, sous quelques arbres épargnés par la tronçonneuse, il me désigna un cabanon recouvert de tuiles et accolé à un puits où croupissait une eau saumâtre.

– Vous logerez là, me dit-il. Votre travail, c'est de faire l'épouvantail mobile pour chasser cette saloperie, les oiseaux, les pies, les corneilles... comme ceci, les bras à l'horizontal et un mouvement menaçant. Je veux vous voir en action huit heures par jour ! L'hiver, on vous enverra ailleurs.

D'un geste de conquérant, il m'a indiqué les lointaines limites de ses terres. Un empire de plusieurs centaines d'hectares coupé de haies et de bosquets déracinés ou calcinés par le feu. Ça se voyait, il aimait faire le ménage, Cassafise, tuer tout ce qui vit et pousse sur la terre, hormis ce qui rapporte. Un homme d'affaires dans la plus sanglante conception du terme.

– On détruit les haies par ici ? ai-je dit d'un ton surpris.
– Hein ?

– Les haies protègent les cultures du vent et puis elles retiennent l'eau en hiver.

– Et ça ne vous plaît pas qu'on les détruise ? m'a-t-il demandé.

– C'est-à-dire que l'homme se…

– C'est-à-dire que vous allez prendre la porte avec le pied au cul ! J'en veux pas sur mes terres de ces crétins donneurs de conseils.

– Muet je suis, ai-je dit.

Il m'a quitté dans la nuit tombante, sans un mot, sans un au revoir.

Dès le lendemain, après une nuit passée dans le cabanon, sur un matelas posé sur une table basse, j'ai entamé ma nouvelle carrière d'épouvantail mobile. J'allais sous le ciel, comme à la promenade, en agitant mon bras valide, parfois l'autre, lorsqu'il voulait bien répondre aux sollicitations de mes muscles. Parfois, je m'arrêtais pour exprimer la naïveté de quelques paroles de consolation à cette pauvre terre défigurée, jadis si belle sans doute, si harmonieuse avec ses haies vives, ses buissons, ses bosquets comme une immense farandole échevelée. J'allais m'asseoir dans l'herbe quelques courts instants pour mieux méditer à une invention nouvelle. Les oiseaux fuyaient à mon approche. J'étais le spectre représentant la mort ! Et c'était effrayant de penser qu'ils me craignaient, moi qui les aimais tant ! Alors de rage et de peine, au fil des heures sous le soleil ou sous la pluie, au moyen de roucoulements, de chansons douces et de sifflements, où l'harmonie confinait aux plus beaux adagios de Schubert, je me suis efforcé de leur faire comprendre qu'ils ne devaient rien craindre du nommé Baltazar, épouvantail musicien.

Les corneilles et les pies qui vont deux par deux, un jour, m'ont vu vaciller sur le bord d'un chemin entre deux océans de tournesols. Une faiblesse bête qui m'avait fait tourner la tête… ou cette pensée de la petite France, si loin, si seule… En me relevant, j'ai vidé mes poches qui contenaient le pain de mon déjeuner. Deux merles se sont approchés sans la moindre inquiétude. J'étais devenu un formidable épouvantail ! Au fil des jours, les oiseaux apprirent à me connaître et à ne plus me craindre… Un miracle que je dois sans doute au plus merveilleux des saints : François d'Assise. Viendra cette aube heureuse sans doute, où dans la rigueur de l'hiver, ils se poseront sur mon crâne pour se restaurer de ces petites baies rouges qu'on cueille dans les fossés et que je dispose sur mes cheveux devenus gris.

Ce matin, dans un envol étourdissant, une nuée de moineaux m'ont averti d'une présence. Par-delà les vagues jaunes des tournesols, j'ai vu venir le véhicule de Cassafise.

Ne pas mourir surtout ! Rester fort et se nourrir du plus sublime espoir en comptant les mois qui me séparent de mon voyage sans retour en terre de Chine. J'économise chaque jour quelques francs et je vole aussi, n'importe quoi, la rage au ventre, le dimanche, jour de débauche, aussi sérieusement que ceux qui se rendent à la messe. À chaque aube, à chaque crépuscule, je me tourne vers l'Orient où m'attend ma petite fille.

Cette nuit, éclairé par deux bougies, je suis dans le cabanon. Je termine ces pages disparates où je me suis efforcé de raconter certains aspects de la singulière existence de Baltazar. À part certaines heures où l'on s'oublie, ce n'est pas gai, la vie. Pour une autre vie, on ose demander de naître un peu plus crétin pour être un peu plus heureux. De ces deux qualités, l'une ne va jamais sans l'autre... Ces derniers jours, afin de dévorer les grains de maïs et les fleurs jaunes des tournesols, ils abondent de plus en plus, les divins chanteurs. C'est ici, sur les terres de la brute Cassafise, que se situe l'exquis restaurant ! C'est un comble, vraiment... Ils viennent de partout, à présent, les oiseaux, même d'Espagne et du Portugal ! En écoutant leurs trilles dans la symphonie du silence, comme les entendaient Haydn et Mozart, à genoux derrière les haies et les meules de foin, tous mes chagrins me quittent...

Cassafise, l'ignoble, a diminué mon salaire en raison de mon bras presque inerte et, par conséquent, moins menaçant. Je reçois quatre francs de l'heure, de quoi me nourrir de riz et de quelques fruits. En revanche, il ne vient plus m'espionner, par gêne peut-être, ou par quelque vague inquiétude lorsque je le regarde sauvagement au fond de ses yeux où coule la lésine.

Entre le néant qui précède la naissance et les affres de l'agonie, il existe le silence pour mieux entendre la vie qui déraille. Haïr est une entreprise désespérée et à trop aimer on flambe dans les accès de vésanie. Reste la suprême indifférence comme le sourire d'une brosse à dents... Mon maître Pettorossi se demandait si la vie existe vraiment car même cet instant précis, où je trace ce mot, n'est déjà plus. En présence des misères de la vie, il vaut mieux se trouver en état de peccabilité et brandir le tisonnier, comme un sauvage peint de multiples couleurs, vers les cabales du désespoir.

À l'aube, je suis reparti au milieu des tournesols, ce cahier à la main... Épouvantail humain et ami des oiseaux, mon bras à demi-mort dressé vers les horizons comme pour guider les accents insensés d'une symphonie. Soudain, en un seul mouvement, les fleurs d'or des tournesols se sont tournées vers le soleil levant. Moi aussi, j'ai tourné mon visage vers le soleil.

ŒUVRES DE BALTAZAR NINON
aux Éditions de L'Humaine Omniscience

– *Du bon usage de la vertu pour camoufler ses vices.*
– *Comment avoir réponse à tout grâce aux onomatopées.*
– *Force et culture dans la contemplation du néant.*
– *Comment aimer une femme sans se faire haïr aussitôt.*
– *Comment noyer son désespoir dans la mort.*
– *Du bon usage de la soutane dans l'art de la séduction.*
– *Comment distinguer un crétin en extase d'un philosophe en chambre.*
– *Arbres d'Afrique et d'Océanie dont on fait les meilleurs métaux.*
– *Du bon usage du baiser avant la trahison.*
– *Comment dire non au bonheur.*
– *Comment devenir raciste face à son miroir.*
– *Pourquoi ne pas oublier de remonter sa montre à l'heure de la mort.*
– *Comment émerger de sa propre ineptie.* (épuisé)
– *Comment trouver sa joie dans la misère d'autrui.* (épuisé)
– *Nomenclature des souffrances à l'usage des bourreaux.*
– *Comment sublimer l'abstinence charnelle dans le mariage.*
– *Traité de philosophie à l'usage des insomniaques.*

– Comment concilier l'aube du verbe être au crépuscule du verbe avoir.

– Comment établir l'impôt sur les joies non partagées.

– Détails d'élégance vestimentaire à l'heure de la mort.

– Comment se surpasser dans l'art de la médiocrité.

– Dictionnaire des mots inexistants. (épuisé)

– Histoire de la haine dans les mariages d'amour.

– Comment sublimer la faim les jours de famine.

– Souvenirs de culotte courte un soir de robe de chambre.

– Les délices de l'extrême onction au premier jour du printemps.

– Comment ne plus confondre un abattoir d'un hôpital.

– Comment d'un crachat témoigner son estime.

– Comment tuer père et mère avec la satisfaction du devoir accompli.

– Du bon usage de la clé dans une porte sans serrure.

– Fautes d'orthographe portées au sublime de la rébellion.

– Exaltation des hystéries les soirs de tristesse.

– Comment pleurer à propos et rire sans raison.

– Du bon usage de la blennorragie pour pimenter l'ébat charnel.

– Comment penser en pensant à autre chose.

– Comment par le maintien du buste prouver son honnêteté.

– Du bon usage de Schopenhauer lors d'une crise de neurasthénie.

– Comment maintenir les droits de l'exclu à ses souffrances.

– L'art du divorce en catimini lorsqu'on est bigame.

– Comment purger l'ignorance d'un océan de certitudes.

– Comment déshabiller une femme sans souhaiter qu'elle se rhabille aussitôt.

– Comment s'entendre parler sans bailler. (épuisé)

– La manière idéale de s'asseoir tout en restant debout.

– Comment rire avec élégance sans montrer ses chicots.

– *Comment partager nos immondices avec le tiers monde.* (épuisé)

– *Histoire du rire à travers les deuils.*

– *Comment ingurgiter maigre pour devenir obèse.*

– *Comment s'extirper avec grâce d'une camisole de force.*

– *Comment abréger sa vie pour mieux profiter de sa mort.*

– *Encyclopédie exemplaire des lois qui régissent l'univers et de l'homme considéré comme un objet organique.*

Achevé d'imprimer par
SDBG à Paris en août 2007
pour le compte des Éditions du Petit Véhicule.

ISBN : 978-2-84273-622-4
Dépôt légal : août 2007.